醒世姻缘传

·上册·

·经典书香·
中国古典世情小说丛书

[清]西周生 著

团结出版社

图书在版编目(CIP)数据

醒世姻缘传／(清)西周生著．—北京:团结出版社，2016.9（2025.7 重印）

ISBN 978－7－5126－4416－8

Ⅰ.①醒…　Ⅱ.①西…　Ⅲ.①章回小说－中国－清代　Ⅳ.①I242.4

中国版本图书馆 CIP 数据核字(2016)第 202565 号

出　版：团结出版社

(北京市东城区东皇城根南街 84 号　邮编:100006)

电　话：(010)65228880　65244790(传真)

网　址：www. tjpress. com

E－mail：zb65244790@ vip. 163. com

经　销：全国新华书店

印　刷：三河市明华印务有限公司

开　本：150mm＊217mm　1/16

印　张：77.5

字　数：902 千字

版　次：2017 年 1 月第 1 版

印　次：2025 年 7 月第 3 次印刷

书　号：ISBN 978－7－5126－4416－8

定　价：189.00 元

前　言

《醒世姻缘传》，本名《恶姻缘》，是一部以描写家庭生活为中心的长篇世情小说，共一百回。本书作者署名西周生，生平不详。书中多用山东方言土语，所述多为淄川、章丘一带风俗习惯，据此推测小说作者可能是山东人，或者在上述地方生活过的一位文人。生活年代大约是明末清初。

全书以明代前期（正统至成化年间）为背景，叙述了一个冤仇相报、以佛教因果报应观而演绎的两世姻缘的故事。前二十二回叙写晁源携妓女珍哥打猎时，射死了一只仙狐，并剥了它的皮，后娶珍哥为妾，且虐待其妻计氏，使她自缢而亡，此是前生故事。二十三回之后则是后世故事：晁源托生为狄希陈，仙狐托生为狄妻薛素姐，计氏托生为狄妾童寄姐。在后世姻缘中，狄希陈成了一个非常怕老婆的人，而薛、童却成了非常悍泼的女人。她们想出各种稀奇古怪的残忍手段去折磨丈夫，如把狄希陈绑在床脚上、用棒子痛打、用针刺、把炭火从其衣领中倒进去，烧得他皮焦肉烂，狄希陈却只知一味忍受。后有高僧胡无翳指明了他们的前世因果，又教狄希陈念《金刚经》一万遍，才使得冤业消除。

《醒世姻缘传》对明末清初社会黑暗的两大症状——腐败的官场和浅薄的世风进行了鞭辟入里地解剖，是一部杰出的中国古代世情小说。本书在人物塑造、故事梳理等手法方面在同类小说中也是独具特色的。书中所写人物众多，身份各不相同，从权阉官吏到乡宦士绅，从市民百姓到僧道倡优，无一不备，人物形象大多血肉丰满，惟妙惟肖。全书使用山东方言，具有浓厚的地方色彩，语言流畅，诙谐幽默，生动有趣。

这次出版，我们对书中的笔误、缺漏和难解字词进行了更正、校勘和释义，希望能够帮助广大读者顺利阅读本书。由于时间仓促，水平有限，疏漏之处还望专家和读者批评指正。

编　者

2016 年 5 月

弁　　语

五伦有君臣、父子、兄弟、朋友，而夫妇处其中，俱应合重。但从古至今，能得几个忠臣，能得几个孝子，又能得几个相敬相爱的兄弟，几个志同道合的朋友？倒只恩恩爱爱的夫妻比比皆是。约那不做忠臣，不做孝子，成不得好弟兄，做不来好朋友，都为溺在夫妇一伦去了。夫人之精神从无两用；夫妇情深，君臣、父子、兄弟、朋友的身上自然义短。把这几伦的全副精神都移在闺房之内，夫妇之私，从那娘子们手中博换得还些恩爱，下些温存，放些体贴，如此折了刚肠，成了绕指。这也是不枉了受他的享用，也不枉丧了自己的人品。可怪有一等人，攒了四处的全力，尽数倾在生菩萨的身中。你和颜悦色的装那羊声，他擦掌摩拳的作那狮吼；你做那先意承志的孝子，他做那蛆心搅肚的晚娘；你做那勤勤恳恳的逢、干，他做那暴虐狠愎的桀、纣；你做那顺条顺绺的良民，他做那至贪至酷的歪吏；舍了人品，换不出他的恩情；折了家私，买不转他的意向。虽天下也不尽然，举世间到处都有。吾尝终日不食、终夜不寝以思，不得其故。读西周生《姻缘奇传》，始憬然悟，豁然解。原来人世间如狼如虎的女娘，谁知都是前世里被人拦腰射杀剥皮剔骨的妖狐；如韦如脂如涎如涕的男子，尽都是那世里弯弓搭箭擎鹰绁狗的猎徒；辏拢一堆，睡成一处，白日折磨，夜间挞打，备极丑形，不减披麻勘狱。原来如此如此，这般这般。世间狄友苏甚多，胡无翳极少。

超脱不到万卷《金刚》，枉教费了饶舌；不若精持戒律，严忌了害命杀生，来世里自不撞见素姐此般令正。是求人不若求己之良也。

环碧主人题。辛丑清和望后午夜醉中书。

凡　例

一、本传晁源、狄宗羽、童姬、薛媪，皆非本姓，不欲以其实迹暴于人也。

一、本传凡懿行淑举皆用本名。至于荡简败德之夫，名姓皆从捏造。昭戒而隐恶，存事而晦人。

一、本传凡有懿嫩扬阐，不敢稍遗。惟有劣迹描绘，多为挂漏。以为赏重而罚轻。

一、本传凡语涉闺门，事关床第，略为点缀而止。不以淫哇媟语，博人传笑，揭他人帷箔之惭。

一、本传其事有据，其人可征，惟欲针线相联，天衣无缝，不能尽芟傅会。然与凿空硬入者不无径庭。

一、本传间有事不同时，人相异地，第欲与于扢扬，不必病其牵合。

一、本传敲律填词，意专肤浅，不欲使田夫闺媛懵矣面墙，读者无争笑其打油之语。

一、本传造句涉俚，用字多鄙，惟用东方土音从事。但亟明其句读，以意逆志，是为得之。

大凡稗官野史之书，有裨风化者，方可刊播将来，以昭鉴戒。此书传自武林，取正白下，多善善恶恶之谈。乍视之似有支离烦杂之病，细观之前后钩锁，彼此照应，无非劝人为善，禁人为恶，闲言冗语，都是筋脉，所云天衣无缝，诚无忝焉。或云："闲者节之，冗者汰之，可以通俗。"余笑曰："嘻！画虎不成，画蛇添足，皆非恰当。无多言！无多言！”原书本名“恶姻缘”，盖谓人前世既已造业，后世必有果报，既生恶心，便成恶境，生生世世，业报相因，无非从一念中流出；若无解释，将何底止，其实可悲可悯。能于一念之恶禁之于其初，便是圣贤作用，英雄手段，此正要人豁然醒悟。若以此供笑谈，资狂僻，罪过愈深，其恶直至于披毛戴角，不醒故也，余愿世人从此开悟，遂使恶念不生，众善奉行，故其为书有裨风化，将何穷乎？因书凡例之后，劝将来君子开卷便醒，乃名之曰《醒世姻缘传》。其中有评数则，系葛受之笔，极得此书肯綮，然不知葛君何人也。恐没其姓名，并识之。

东岭学道人题

姻缘传引起

《四书》中孟夫子说道：君子有三件至乐的事。即使在那极贫极贱的时候，忽然有人要把一个皇帝禅与他做，这也是从天开地辟以来绝无仅有的奇遇，人生快乐那得还有过于此者？不知君子那三件至乐的事，另有心怡神悦形容不到的田地。那忽然得做皇帝的快乐，不过是势分之荣，倏聚倏散的泡影，不在那君子三乐之中。那君子的三乐，凭你甚么大势，劫他不来。凭你甚么大钱，买他不得。凭是甚么神人、圣人、贤人、哲人，有这三乐固是完全，若不遇这三乐，别的至道盛德，懿①行纯修，都可凭得造诣，下得功夫，只是这三乐里边遇不着，便是阙略②。所以至圣至神的莫过于唐尧、虞舜、禹、汤、文、武、周公、至圣先师孔子，都不曾尝着那三乐的至趣。这般难到的遭逢，那王天下岂是这个之内？

你道那三件乐？

第一乐是"父母俱存，兄弟无故"。试想一个身子蒙父母生将下来，那婴孩就如草木的萌蘖③一样，易于摧折，难于培养。那父母时时刻刻，念念心心，只怕那萌芽遇有狂风，遭着骤雨，用尽多少心神，方成保护那不识不知的心性。悲啼疾病，苦父母的

---

① 懿（yì）——美好（多指德行）。
② 阙（quē）略——阙同"缺"，欠缺，遗憾。
③ 萌蘖（niè）——萌芽。

忧思。乳哺怀耽，劳父母的鞠育。真是恩同罔极。孩提的时候，没有力量，报不得父母深恩。贫贱的时节，财力限住，菽水尚且艰难，又不能报其罔极。及至年纪长成，家富身贵，可以报恩的时势，偏那父母不肯等待，或是先丧父后丧母，或是先丧母后丧父，或是父母双亡。想到这“子欲养而亲不待”的光景，你总做到王侯帝主，提起那羽泉之魂，这个田地是苦是乐？兄弟本是合爹共娘生的，不过分了个先后，原是一脉同气的。多有为分财不均，争立夺位，以致同气相残。当时势同骑虎，绝义相持，岂无平旦良心？你总做到极品高官，提起那“东山”之“斧”，这个光景是苦是乐？若能父母寿而且安，双双俱在堂上，兄弟你爱我敬，和和美美，都在父母膝前，处富贵有那处富贵的光显，处贫贱有那处贫贱的聚顺，这个天伦之乐真是在侧陋可以傲至尊，在颛蒙①可以傲神圣。所以说：“父母俱存，兄弟无故，一乐也。”

那第二件的乐处是“仰不愧于天，俯不怍②于人”。若寻常人看起来，怎比那做皇帝的乐处？然想到皇帝动有风雷之儆③，雨旸薄蚀之愆④，“顾左右而言他”，“吾甚惭于孟子”。想这个仰愧俯怍的光景，虽是做皇帝至尊无对，这个中心忸怩也觉道难受。怎如匹夫独行顾影，独寝顾衾，不蛆心搅肚，不利己害人，不贪财蔑义，不瞒心昧己，不忤逆⑤不忠，种种公平正直，件件正大光明？真是见青天而不惧，闻雷霆而不惊，任你半夜敲门，

---

① 颛（zhuān）蒙——愚昧。
② 怍（zuò）——惭愧。
③ 儆（jǐng）——让人自己觉悟而不犯过错。
④ 雨旸（yáng）薄蚀之愆（qiān）——旸，日出；愆，过失，罪过。此意指皇帝也会犯天阴天晴，日月相掩食一样的错误。
⑤ 忤（wǔ）逆——不孝顺（父母）。

正好安眠稳睡。试想汉高后鸩死赵王如意，酷杀戚氏夫人，忽然见日食也不由的害怕，不觉得自己说道："此天变盖为我也！"待了不多几月，也就死了。秦桧做到拜相封王，岳武穆万古元功，脱不得死他手内。一见了那疯和尚，也便弥缝遮盖，恨不得有一条地缝钻将进去。较量起来，那"仰不愧于天，俯不怍于人"岂不是第二件的乐处？

那第三件乐说"得天下英才而教育之"。这是君子以道统为重，势分为轻。虽然还让那第一第二的乐处，毕竟还在王天下之先。

但是依我议论，还得再添一乐，居于那三乐之前，方可成就那三乐的事。若不添此一乐，总然父母俱存，搅乱的那父母生不如死。总然兄弟目下无故，将来毕竟成了仇雠①。也做不得那仰不愧天，俯不怍人的品格，也教育不得那天下的英才。

看官听说。你道再添那一件？第一要紧再添一个贤德妻房，可才成就那三件乐事。父母在堂，那儿子必定多在外，少在里。委曲体贴，全要一个孝顺媳妇支持。赵五娘②说的好："怕污了他的名儿，左右与他相回护。"岂不是有了贤妻，方可父母俱存得住？兄弟们日久岁长，那得不言差语错？那贤德的妇人在男子枕傍不惟不肯乘机挑激，且能委曲调停。那中人③的性格，别人说话不肯依，老婆解劝偏肯信，挑一挑固能起火，按一按亦自冰消。孙融妻说得好："无事世人亲，有事兄弟急。"岂不是有了贤

① 雠（chóu）——同"仇"。

② 赵五娘——戏曲《琵琶记》中的女主角。此处所引的话见"临妆感叹"一出。

③ 中人——中等资质的人。

妻方使兄弟无故得成？男子人做出那无天灭理的事来，外边瞒得众人，家中瞒不得妻子。即使齐人这等登垄乞墦①，瞒得妻子铁桶相似，毕竟疑他没有富贵人来往，早起跟随，看破了他的行径。若是不贤的妻子，那管他讨饭不讨饭，且只管他醉饱罢了。他却相泣中庭，激语相讪，齐人也就从此不做了这行生意。陈仲子②嫌其兄居室饮食大约从不义中得来，避出于於陵，织鞋糊口，以求不愧不怍。若是遇着个不贤妻子，嫌贫恶贱，终日闹吵，怕那陈仲子不同食万钟之粟，不同居盖邑③之房，怕他不与兄戴同做那愧天怍人的事？那知这等异人偏偏撞着个异妇，心意相投，同挨贫苦。夫能织屦④，他偏会辟纑⑤。一日，齐王玄纁⑥束帛，驷马高车，来聘陈仲子为相，仲子已是辞却去了，其妻负薪方归，见门前许多车马脚迹，问知所以，恐怕复来聘他，同夫连夜往深山逃避。这岂不是有了贤妻方可做不愧天不怍人的事？遇着个不贤之妇，今日要衣裳，明日要首饰，少柴没米，称酱打油，激聒⑦得你眼花缭乱，意扰心烦。你就像颜回⑧好学，也不得在书馆中坐得安稳，莫说教不成天下的英才，就是自己的工夫也渐日消月减了！乐羊子⑨出外游学，虑恐家中日用无资，回家看望。

① 墦（fán）——坟墓。这段故事见《孟子·离娄下》。

② 陈仲子——人名，战国齐人。故事见《孟子·滕文公下》。

③ 邑——大夫的封地。

④ 织屦（jù）——编织一种用麻、葛等制成的鞋。

⑤ 辟纑（lú）——把苎麻一类的植物劈开。与④注合意，即为夫唱妇随之意。

⑥ 纁（xūn）——浅红色。

⑦ 激聒（guō）——声音烦杂，吵闹。

⑧ 颜回——字子渊，孔子弟子。好学，乐道安贫，在孔门中以德行著称。

⑨ 乐羊子——人名，河南人。故事见《后汉书·列女传》。

其妻正在机中织布，见夫弃学回家，将刀把机上的布来割断，说道："为学不成，即是此机织不就！"乐羊子奋激读书，后成名士。这岂不是有了贤妻方得英才教育？但从古来贤妻不是容易遭着的，这也即如"王者兴，名世出"的道理一般。人只知道夫妻是前生注定，月下老将赤绳把男女的脚暗中牵住，你总然海角天涯，寇仇吴越，不怕你不凑合拢来。依了这等说起来，人间夫妻都该搭配均匀，情谐意美才是。如何十个人中倒有八九个不甚相宜？或是巧拙不同，或是媸妍不一。或做丈夫的憎嫌妻子，或是妻子凌虐丈夫，或是丈夫弃妻包妓，或是妻子背婿淫人。种种乖离，各难枚举。正是：

夫妻本是同林鸟，心变番为异国人。

看官！你试想来，这段因果却是怎地生成？这都尽是前生前世的事，冥冥中暗暗造就，定盘星半点不差。只见某人的妻子善会持家，孝顺翁姑，敬待夫子，和睦妯娌，诸凡处事井井有条。这等夫妻乃是前世中或是同心合意的朋友，或是恩爱相合的知己，或是义侠来报我之恩，或是负逋来偿我之债，或前生原是夫妻，或异世本来兄弟。这等匹偶将来，这叫做好姻缘，自然恩情美满，妻淑夫贤，如鱼得水，似漆投胶。又有那前世中以强欺弱，弱者饮恨吞声；以众暴寡，寡者莫敢谁何。或设计以图财，或使奸而陷命，大怨大雠，势不能报，今世皆配为夫妻。看官！你想如此等冤孽寇雠，反如何配了夫妇？难道夫妇之间没有一些情义，报泄得冤雠不成？不知人世间和好的莫过于夫妇。虽是父母、兄弟是天合之亲，其中毕竟有许多行不去说不出的话，不可告父母、兄弟，在夫妻间可以曲致。所以人世间和好的莫过于夫妻，又人世仇恨的也莫过于夫妻。

君臣之中，万一有桀、纣的皇帝，我不出去做官，他也难为我不着。万一有瞽叟①的父母，不过是在日里使我完廪，使我浚井，那夜间也有逃躲的时候。所以冤家相聚，亡论稠人中报复得他不畅快；即是那君臣、父子、兄弟、朋友之际，也还报复得他不大快人。唯有那夫妻之中，就如脖项上瘿②袋一样，去了愈要伤命，留着大是苦人。日间无处可逃，夜间更是难受。官府之法莫加，父母之威不济。兄弟不能相帮，乡里徒操月旦③。即便他骂死，也无一个来解纷；即便他打死，也无一个劝开。你说要生，他偏要处置你死；你说要死，他偏要教你生。将一把累世不磨的钝刀在你颈上锯来锯去，教你零敲碎受。这等报复岂不胜如那阎王的刀山、剑树、硙④捣、磨挨，十八重阿鼻地狱？

看官！你道为何把这夫妻一事说这许多言语？只因本朝正统年间曾有人家一对夫妻，却是前世伤生害命，结下大仇，那个被杀的托生了女身，杀物的那人托生了男子，配为夫妇。那人间世又宠妾凌妻，其妻也转世托生了女人，今世来反与那人做了妻妾。俱善凌虐夫主，败坏体面，做出奇奇怪怪的事来。若不是被一个有道的真僧从空看出，也只道是人间寻常悍妾恶妻，那知道有如此因由果报？这便是恶姻缘。但要知其中彻底的根原，当细说从先的事故。

---

① 瞽（gǔ）叟（sǒu）——传说舜的父亲。他宠爱后妻所生的儿子象，曾让舜修理仓房的屋顶，他却在下边放火；又让舜去淘井，他却和象一起从上边用土把井填死。不过舜都设法躲过了灾难。

② 瘿——中医指生长在脖子上的一种囊状的瘤子，主要指甲状腺肿大等病症。

③ 月旦——东汉名士许劭、许靖经常在月旦（月初）评论时事人物，后来人们用月旦代指品评人物。

④ 硙（wèi）——方言指石磨。

妇去夫无家，夫去妇无主。本是赤绳牵，雎逑①相守聚。异体合形骸，两心连肺腑。夜则鸳鸯眠，昼效鸾凤舞。有等薄幸夫，情乖连理树。终朝起暴风，逐鸡爱野鹜。妇郁处中闺，生嫌逢彼怒。或作《白头吟》②，或买《长门赋》③。又有不贤妻，单慕陈门柳④。司晨发吼声，行动掣夫肘。恶语侵祖宗，诟谇⑤凌姑舅。去如瘿附身，留则言恐丑。名虽伉俪⑥缘，实是冤家到。前生怀宿仇，撮合成显报。同床睡大虫，共枕栖强盗。此皆天使令，顺受两毋躁。拈出通俗言，于以醒世道。

又诗曰：

关关匹鸟下河洲，文后当年应好逑。
岂特母仪能化国，更兼妇德且开周。
情同鱼水谐鸳侣，义切鸾胶叶凤俦。
漫道姻缘皆夙契，内多伉俪是仇雠。

---

① 雎（jū）逑（qiú）——雎，雎鸠，鸟名。逑，配偶。“雎逑”来源自《诗·周南·关雎》，以喻夫妻应像相和鸣声的雎鸠一样相守相聚。

② 《白头吟》——乐府《楚调曲》名。古辞写男有二心，女来决绝，并表示“愿得一人心，白头不相离”。

③ 《长门赋》——抒写陈皇后被汉武帝废弃在长门宫时哀怨的作品。

④ 陈门柳——明传奇《狮吼记》中故事：宋朝陈季常的妻子柳氏，性悍而妒。苏东坡有诗戏赠陈季常：“忽闻河东狮子吼，拄杖落地心茫然。”后人将陈季常当作怕老婆的典型，“河东狮吼”、陈门柳也成了泼妇的代名词。

⑤ 诟（gòu）谇（suì）——斥骂，耻辱。

⑥ 伉（kàng）俪——夫妻。

目　录

第　一　回　晁大舍围场射猎　狐仙姑被箭伤生 …………… 001
第　二　回　晁大舍伤狐致病　杨郎中卤莽行医 …………… 014
第　三　回　老学究两番托梦　大官人一意投亲 …………… 025
第　四　回　童山人胁肩谄笑　施珍哥纵欲崩胎 …………… 037
第　五　回　明府行贿典方州　戏子恃权驱吏部 …………… 050
第　六　回　小珍哥在寓私奴　晁大舍赴京纳粟 …………… 062
第　七　回　老夫人爱子纳娼　大官人弃亲避难 …………… 074
第　八　回　长舌妾狐媚惑主　昏监生鹘突休妻 …………… 086
第　九　回　匹妇含冤惟自缢　老鳏报怨狠投词 …………… 102
第　十　回　恃富监生行贿赂　作威县令受苞苴 …………… 115
第十一回　晁大嫂显魂附话　贪酷吏见鬼生疮 …………… 128
第十二回　李观察巡行收状　褚推官执法翻招 …………… 141
第十三回　理刑厅成招解审　兵巡道允罪批详 …………… 156
第十四回　囹圄中起盖福堂　死囚牢大开寿宴 …………… 169
第十五回　刻薄人焚林拔草　负义汉反面伤情 …………… 180
第十六回　义士必全始全终　哲母能知亡知败 …………… 191
第十七回　病疟汉心虚见鬼　黩货吏褫职还乡 …………… 203
第十八回　富家显宦倒提亲　上舍官人双出殡 …………… 215

第十九回　大官人智奸匹妇　小鸦儿勇割双头 …………… 226
第二十回　晁大舍回家托梦　徐大尹过路除凶 …………… 239
第二十一回　片云僧投胎报德　春莺女诞子延宗 …………… 254
第二十二回　晁宜人分田睦族　徐大尹悬扁旌贤 …………… 265
第二十三回　绣江县无儇薄俗　明水镇有古淳风 …………… 280
第二十四回　善气世回芳淑景　好人天报太平时 …………… 292
第二十五回　薛教授山中占籍　狄员外店内联姻 …………… 302
第二十六回　作孽众生填恶贯　轻狂物类凿良心 …………… 313
第二十七回　祸患无突如之理　鬼神有先泄之机 …………… 323
第二十八回　关大帝泥胎显圣　许真君撮土救人 …………… 335
第二十九回　冯夷神受符放水　六甲将按部巡堤 …………… 347
第三十回　计氏托姑求度脱　宝光遇鬼报冤仇 …………… 360
第三十一回　县大夫沿门持钵　守钱虏闭户封财 …………… 373
第三十二回　女菩萨贱粜赈饥　众乡宦愧心慕义 …………… 384
第三十三回　劣书生厕上修桩　程学究洋中遗便 …………… 397
第三十四回　狄义士掘金还主　贪乡约婪物消灾 …………… 410
第三十五回　无行生赖墙争馆　明县令理枉伸冤 …………… 422
第三十六回　沈节妇操心守志　晁孝子封股疗亲 …………… 435
第三十七回　连春元论文择婿　孙兰姬爱俊招郎 …………… 447
第三十八回　连举人拟题入彀　狄学生唾手游庠 …………… 459
第三十九回　劣秀才天夺其魄　忤逆子孽报于亲 …………… 471
第四十回　义方母督临爱子　募铜尼备说前因 …………… 484
第四十一回　陈哥思妓哭亡师　魏氏出丧做新妇 …………… 498
第四十二回　妖狐假恶鬼行凶　乡约报村农援例 …………… 510
第四十三回　提牢书办火烧监　大辟囚姬蝉脱壳 …………… 522
第四十四回　梦换心方成恶妇　听撒帐早是痴郎 …………… 533

第四十五回　薛素姐酒醉疏防　狄希陈乘机取鼎 …………… 546
第四十六回　徐宗师岁考东昌　邢中丞赐环北部 …………… 559
第四十七回　因诈钱牛栏认犊　为剪恶犀烛降魔 …………… 571
第四十八回　不贤妇逆姑殴婿　护短母吃脚遭拳 …………… 583
第四十九回　小秀才毕姻恋母　老夫人含饴弄孙 …………… 595
第五十回　狄贡士换钱遇旧　臧主簿瞎话欺人 …………… 608
第五十一回　程犯人釜鱼漏网　施囚妇狡兔投罗 …………… 619
第五十二回　名御史旌贤风世　悍妒妇怙恶乖伦 …………… 630
第五十三回　欺绝户本妇盗财　逞英雄遭人捆打 …………… 642
第五十四回　狄生客中遇贤主　天爷秋里殛凶人 …………… 655
第五十五回　狄员外饔飧食店　童奶奶怂恿庖人 …………… 667
第五十六回　狄员外纳妾代庖　薛素姐殴夫生气 …………… 678
第五十七回　孤儿将死遇恩人　凶老祷神逢恶报 …………… 690
第五十八回　多心妇属垣着耳　淡嘴汉圈眼游营 …………… 702
第五十九回　孝女于归全四德　悍妻逞毒害双亲 …………… 714
第六十回　相妗子痛打甥妇　薛素姐监禁夫君 …………… 726
第六十一回　狄希陈飞星算命　邓蒲风设计诓财 …………… 738
第六十二回　狄希陈诳语辱身　张茂实信嘲殴妇 …………… 749
第六十三回　智姐假手报冤仇　如卞托鹰惩悍泼 …………… 761
第六十四回　薛素姐延僧忏罪　白姑子造孽渔财 …………… 772
第六十五回　狄生遭打又陪钱　张子报仇兼射利 …………… 784
第六十六回　尖嘴监打还伤臂　狠心赔酒又捱椎 …………… 797
第六十七回　艾回子打脱主顾　陈少潭举荐良医 …………… 809
第六十八回　侯道婆伙倡邪教　狄监生自控妻驴 …………… 823
第六十九回　招商店素姐投师　蒿里山希陈哭母 …………… 834
第七十回　狠汉贪心遭主逐　贤妻巧嘴脱夫灾 …………… 844

第七十一回　陈太监周全伙计　宋主事逼死商人 …………… 856
第七十二回　狄员外自造生圹　薛素姐伙游远庙 …………… 867
第七十三回　众妇女合群上庙　诸恶少结党拦桥 …………… 879
第七十四回　明太守不准歪状　悍婆娘捏念活经 …………… 888
第七十五回　狄希陈奉文赴监　薛素姐咒骂饯行 …………… 900
第七十六回　狄希陈两头娶大　薛素姐独股吞财 …………… 914
第七十七回　馋小厮争嘴咬人　风老婆撒极上吊 …………… 925
第七十八回　陆好善害怕赔钱　宁承古诈财捱打 …………… 937
第七十九回　希陈误认武陵源　寄姐大闹葡萄架 …………… 949
第 八 十 回　童寄姐报冤前世　小珍珠偿命今生 …………… 960
第八十一回　两公差愤抱不平　狄希陈代投诉状 …………… 973
第八十二回　童寄姐丧婢经官　刘振白失银走妾 …………… 985
第八十三回　费三千援纳中书　降一级调出外用 …………… 997
第八十四回　童奶奶指授方略　骆舅舅举荐幕宾 ………… 1009
第八十五回　狄经历脱身赴任　薛素姐被嫌留家 ………… 1021
第八十六回　吕厨子回家学舌　薛素姐沿路赶船 ………… 1032
第八十七回　童寄姐撒泼投河　权奶奶争风吃醋 ………… 1043
第八十八回　薛素姐送回明水　吕厨子配死高邮 ………… 1056
第八十九回　薛素姐谤夫造反　顾大嫂代众降魔 ………… 1069
第 九 十 回　善女人死后登仙　纯孝子病中得药 ………… 1081
第九十一回　狄经司受制嬖妾　吴推府考察属官 ………… 1093
第九十二回　义徒从厚待师母　逆妇假手杀亲儿 ………… 1105
第九十三回　晁孝子两口焚修　峄山神三番显圣 ………… 1117
第九十四回　薛素姐万里亲征　狄希陈一惊致病 ………… 1129
第九十五回　素姐泄数年积恨　希陈捱六百沉椎 ………… 1141
第九十六回　两道婆骗去人财　众衙役夺回官物 ………… 1153

第九十七回　狄经历惹火烧身　周相公醍醐灌顶　…………　1165
第九十八回　周相公劝人为善　薛素姐假意乞怜　…………　1177
第九十九回　郭将军奉旨赐环　狄经历回家致仕　…………　1189
第一〇〇回　狄希陈难星退舍　薛素姐恶贯满盈　…………　1201

第　一　回

晁大舍[①]围场射猎　狐仙姑被箭伤生

公子豪华性，风流浪学狂。律身无矩度，泽口少文章。选妓黄金贱，呼朋绿蚁[②]忙。招摇盘酒肆，叱咤闯围场。冶服貂为饰，军妆豹作裳。调词无雪白，评旦有雌黄[③]。恃壮能欺老，依强惯侮良。放利兼渔色，身家指日亡！

圣王之世，和气熏蒸，生出一种麒麟仁兽，雄者为麒，雌者为麟。那麒麟行路的时候，他拣那地上没有生草的去处，没有生虫的所在，方才践了行走，不肯伤害了一茎一草之微，一物一虫之性。这麒麟虽然是圣王的祥瑞，毕竟脱不了禽兽之伦。人为万物之灵，禀赋天之灵根善气而生，天地是我的父母，万物是我的同胞。天地有不能在万物身上遂生复性的，我还要赞天地的化育。所以那样至诚的圣人，不特成已成人，还要陶成万物，务使夭乔蠢动，物物得所，这才是那至诚仁者的心肠。若是看得万物不在我胞与之内，便看得人也就在我一膜之外。那还成个大人？

所以天地间的物，只除了虎狼性恶，恨他吃人。恶蛇毒蝎，尾能螫人；再有老鼠穴墙穿屋，盗物窃粮，咬坏人的衣服书籍。再是蝇蚊能噆[④]肤败物。这几般毒物，即使在大慈大悲观世音菩

① 大舍——大少爷、大公子等称呼。
② 绿蚁——酒上浮起的绿色泡沫，酒的代称。
③ 评旦有雌黄——此意为无论做好事坏事，自会得到社会的公正批评。
④ 噆（zǎn）——咬；叮。

萨面前，也要活活敲死，却也没甚罪过。若除此这几种恶物，其余飞禽走兽，鳞介昆虫，无害于人，何故定要把他残害？人看他是异类，天地看来都是一样生机。也不必说道那鸟衔环、狗结草、马垂缰、龟献宝的故事。只说君子体天地的好生，此心自应不忍。把这不忍的心扩充开去，由那保禽兽，渐至保妻子，保百姓。若把这忍心扩充开去，杀羊不已，渐至杀牛；杀牛不已，渐至杀人；杀人不已，渐至如晋献公、唐明皇、唐肃宗，杀到亲生的儿子。不然，君子因甚却远庖厨？正是要将杀机不触于目，不闻于耳，涵养这方寸不忍的心。所以人家子弟，做父母兄长的务要从小葆养他那不忍的孩心。习久性成，大来自不戕忍，寿命可以延长，福禄可以永久。

当初山东武城县有一个上舍①，姓晁，名源。其父是个名士，名字叫做晁思孝，每遇两考②，大约不出前第。只是儒素之家，不过舌耕糊口，家道也不甚丰腴。将三十岁生子晁源。因系独子，异常珍爱。渐渐到了十六七岁，出落得唇红齿白，目秀眉清。真是：

何郎傅粉三分白，荀令留裾五日香③。

只是读书欠些聪明，性地少些智慧。若肯把他陶熔训诲，这铁杵也可以磨成绣针。无奈其母固是溺爱，这个晁秀才爱子更是甚于妇人。十日内倒有九日不读书。这一日还不曾走到书房，不住的丫头送茶，小厮递果，未晚迎接回家。如此蹉跎，也还喜得晁源

---

① 上舍——清代监生的别称。

② 两考——科举时的秀才，每三年要“岁考”和“科考”两次。

③ 何郎、荀令——何郎指三国时魏人何晏，他美貌洁白。魏明帝怀疑他涂了粉，故意在夏天赐给他热汤吃。谁知他出汗后更加白皙。荀令指荀彧，曹操谋士，曾得异香。

伶俐，那“上大人，丘乙己”还自己写得出来。后来知识渐开，越发把这本《千字文》丢在九霄云来，专一与同班不务实的小朋友游湖吃酒，套雀钓鱼，打围捉兔。晁秀才夫妇不以为非。幸得秀才家物力有限，不能供晁源挥洒，把他这飞扬泄越的性子倒也制限住几分。

晁秀才连科不中，刚刚挨得岁贡①出门。那时去国初不远，秀才出贡，作兴旗扁之类，比如今所得的多；往京师使费，比如今所用的少。因此，手头也渐从容，随与晁源娶了计处士的女儿计氏为妻。晁秀才与儿子毕姻以后，自己随即上京廷试。那时礼部大堂缺官，左侍郎署印。这侍郎原做山东提学，晁秀才在他手内考过案首，见了晁秀才，叙了些间阔，慰安了几句，说道：“你虽然不中，如今年纪不甚大，你这仪表断不是个老教授终身的。你如今不要廷试。坐了监，科他一遍科举。中了更好，即不中，考选有司，也定然不在人下。况我也还有几年在京，可以照管着你。”晁秀才听了这篇说话，一一依从。

第二年，进了北场，揭了晓，不得中，寻思道：“老师望我中举，举既不得中，若不趁他在京，急急考就了官，万一待他去了，没了靠山，考一个州县佐贰②，读书一场，叫人老爷，磕头参见，这也就苦死人了。”遂与侍郎说了这个实情。侍郎也深以为然。

晁秀才随赴吏部递了呈，投了卷。吏部司官恰好也是侍郎的门生，侍郎预先嘱托了，晁秀才方才同众赴考。出的题目是“有

---

① 岁贡——明清时，一般每年或二三年从府、州、县、学中选送廪生升入国子监读书，称岁贡。其以资历挨排，不必考。

② 佐贰——明清时，凡知府、知州、知县的辅佐官，其品级略低于主官，但非纯粹属员性质。

民人焉，有社稷焉”。晁秀才本来原也通得，又有座师的先容，发落出来，高高取中一名知县。晁秀才自家固是欢喜，侍郎也甚有光彩。

晁秀才又思量道：“我虽是考中了知县，缺的美恶就如天上地下一般，何不趁老师在京，急急寻个好地方选了，又待何时?”随即挖了年①，上了卯。怎当他造化来到，冢宰缺员，把礼部左侍郎推了吏部尚书。次年四月大选，晁秀才也不用人情，也不烦央浼②，竟把一个南直隶华亭县的签，单单与晁秀才掣着。这个华亭是天下有名的大县，甲科中用许多物力谋不到手的。晁秀才气也不呵一口，轻轻得了，报到家中，亲戚朋友那个肯信？说：“这个华亭县，自古来都是进士盘踞住的，那有岁贡得的?”报喜人嚷街坊，打门扇，要三百两，闹成一片。不两日，见了邸报，却道真真不差，将报子挂了红，送在当日教学的书房内供给，写了一百五十两的谢票，方才宁贴。

武城县这些势利小人听见晁秀才选了知县，又得了天下第一个美缺，恨不得将晁大舍的卵脬扯将出来，大家扛在肩上。又恨不得晁大舍的屁股撅将起来，大家舔他粪门。有等下户人家，央亲傍眷，求荐书，求面托，要投做家人。有那中户人家，情愿将自己的地土，自己的房屋，献与晁大舍，充做管家。那城中开钱桌的，放钱债的，备了大礼，上门馈送。开钱桌的说道：“如宅上要用钱时，不拘多少，发帖来小桌支取。等头③比别家不敢重，钱数比别家每两多二十文。使下低钱④任凭拣换。”那放债的说

---

① 挖了年——指补缺。

② 央浼（měi）——请托。

③ 等头——指对银两的衡量。

④ 低钱——成色低的钱。

道："晁爷新选了官，只怕一时银不凑手。"这家说道："我家有银二百。"这家说道："我家有三百，只管取用。利钱任凭赐下。如使的日子不多，连利钱也不敢领。"又有亲眷朋友中，不要利钱，你三十，我五十，络绎而来。

这个晁大舍原是挥霍的人，只因做了穷秀才的儿子，叫他英雄无用武之地。想起昔日向钱铺赊一二百文，千难万难，向人借一二金，百计推脱。如今自己将银钱上门送来，连文约也不敢收领，这也是他生来第一快心的事了。送来的就收，许借的就借。来投充的，也不论好人歹人，来的就收。不十日内，家人有了数十名，银子有了数千两。日费万钱，俱是发票向各钱桌支用。用了二百五十两银买了三匹好马，又用了三百两买了六头走骡，进出骑坐。买绫罗，制器皿。真是"钱可通神"！不上一月之内，把个晁大舍竟如在"槐安国"做了驸马的一般，随即差了一个旧小厮晁书，带了四个新家人，祝世、高升、曲进才、董重，携了一千两银子，进京伺候晁秀才使用。

晁秀才选了这等美缺，那些放京债的人每日不离门缠扰，指望他使银子，只要一分利钱，本银足色纹银，广法大秤称兑。晁秀才一来新选了官，况且又是极大的县，见部堂，接乡宦，竟无片刻工夫做到借债的事。日用杂费也有一班开钱铺的愿来供给，所以不甚着急。

应酬少有次序，晁书领了四个家人，携了一千两银子，刚刚到京。有了人伺候，又有银子使用，买尺头，打银带，叫裁缝，镶茶盏，叫香匠作香，刻图书，钉幞头①革带，做朝祭服，色色完备。对月领了文凭，往东江米巷买了三顶福建头号官轿，算计

① 幞头——即纱帽，是较高级官员戴的帽子。

自己、夫人、大舍乘坐；又买了一乘二号官轿与大舍娘子计氏乘坐。俱做了绒绢帏幔。买了执事，刻了封条，顺便回家到任。家主不在家，家中尚且万分气势，今正经贵人到了，这煊赫是不消说起的了。接风送行，及至任中，官囊百凡顺意，这都不为烦言碎语。

且说晁大舍随了父亲到任，这样一个风流活泼的心性，关在那县衙里边，如何消遣？到有一个幕宾，姓邢，河南淆川县人，名字叫做邢宸，字皋门，是个有意思的秀才。为人倜傥不羁，遇着有学问有道理的人，纵是贫儒寒士，他愈加折节谦恭。若是那等目不识丁的，村气射人的，就是王侯贵戚，他也只是外面怕他，心内却没半分诚敬。晁大舍道自己是个公子，又有了银钱，又道邢生是他家幕客，几乎拿出"伯颜大叔侍文章"的脸来。那邢生后来做到尚书的人品，你道他眼里那里有你这个一丁不识的佳公子？所以晁大舍一发无聊，在华亭衙内住了半年光景，卷之万金，往苏州买了些不在行玩器，做了些犯名分的衣裳，置了许多不合款的盆景，另雇了一只民座船，雇了一班鼓手，同了计氏回家。

向日①那些旧朋友都还道是昔日的晁大舍，苦绷苦拽，或当借了银钱，或损折了器服，买了礼，都来与晁大舍接风，希图沾他些资补。谁知晁大舍道这班人肩膀不齐了，虽然也还勉强接待，相见时，大模大样，冷冷落落，全不是向日洽浃②的模样。一把椅朝北坐下，一双眼看了鼻尖，拿官腔说了两句淡话，自先起身，往外一拱。众人看了这个光景，"稍瓜③打驴——不免去了

---

① 向日——往日。

② 洽浃（jiā）——融洽、和洽的意思。

③ 稍瓜——一种细长的瓜，质脆，易折。

半截”。那些新进的家人见了主人这个意思，后来这伙人再有上门的，也就“不得其门而入”了。况又六千两银子买了姬尚书家大宅，越发“侯门深似海，怎许故人敲”。

这些故友不得上门，这还是“贵易交”的常情，又寻思“富易妻”起来。那个计氏，其父虽然是个不曾进学的生员，却是旧家子弟。那计氏虽身体不甚长大，却也不甚矮小。虽然相貌不甚轩昂，却也不甚寝陋。颜色不甚莹白，却也不甚枯黧。下面虽然不是三寸金莲，却也不是半朝銮驾①。那一时，别人看了计氏到也是寻常，晁大舍看那计氏即是天香国色。计氏恃宠作娇，晁大舍倒有七八分惧怕。如今计氏还是向来计氏，晁大舍的眼睛却不是向来的眼睛了。嫌憎计氏鄙琐，说道：“这等一个贫相，怎当起这等大家！”又嫌老计父子村贫，说道：“不便向高门大宅来往。”内里有了六七分的厌心，外边也便去了二三分的畏敬，那计氏还道是向日的丈夫，动起还要发威作势，开口就骂，起手即打。骂时节，晁大舍虽也不曾还口，也便睁了一双眼怒视。打时节，晁大舍虽也不敢还手，也便不像往时遇杖则受，或使手格，或竟奔避。后来渐渐的计氏骂两句，晁大舍也便得空还一句。计氏赶将来采打，或将计氏乘机推一交，攮两步。渐渐至于两相对骂，两相对打。后来甚至反将计氏打骂起来。往时怕的是计氏行动上吊，动不动就抹颈。轻则不许进房，再不然，不许上床去睡。这几件，如今的晁大舍都不怕了，恨不得叫计氏即时促灭了，再好另娶名门艳女。那怕你真个悬梁刎颈，你就当真死了，那老计的父子也来奈不动他。若说到念经发送，这只当去了他牛身上一根毛尾。他往时外边又没处去，家中只得一间卧房，卧房

① 半朝銮驾——喻脚大。

中只得一床铺盖。不许入房，不许同睡，这也就难为他了。他如今到处书房，书房中匡床罗帐，藤簟纱衾；无非暖阁，暖阁内红炉地炕，锦被牙床。况有一班女戏常远包在家中，投充来清唱“龙阳”，不离门内。不要说你闭门不纳，那计氏就大开了门，地下洒了盐汁，门上挂了竹枝，只怕他的羊车也还不肯留住①。所以计氏也只待“张天师抄了手，没法可使了”。计氏的胆不由的一日怯似一日。晁大舍的心今朝放似明朝，收用了一个丫头，过了两日，嫌不好，弃吊了。又使了六十两银子娶了一个辽东指挥的女儿为妾，又嫌他不会奉承，又渐渐厌绝了。每日只与那女戏中一个扮正旦的小珍哥大热。

这个小珍哥，人物也不十分出众，只是唱得几折好戏文。做戏子的妓女甚是活动，所以晁大舍万分宠爱，托人与忘八说情，愿不惜重价，要聘娶珍哥为妾。许说计氏已有五六分的疾病，不久死了，即册珍哥为正。珍哥也有十分要嫁晁大舍的真心。只是忘八作势，说道：“我这一班戏通共也使了三千两本钱，今才教成，还未撰得几百两银子回来。若去了正旦，就如去了全班一样了，倒不如全班与了晁大爷，凭晁爷赏赐罢了。”又着人往来说合。媒人打夹帐，家人落背弓，陪堂讲谢礼，那“羊毛出在羊身上”，做了八百银子，将珍哥娶到家内。那计氏虽也还敢怒敢言，当不起晁大舍也就敢为敢做。计氏不肯降心，珍哥不肯逊让，晁大舍虽然有财有势，如此家反宅乱，也甚不成人家。听了陪客董仲希计策，另收拾了一处房子，做衣裳，打首饰，拨家人，买婢妾，不日之间，色色齐备，将珍哥居于其内。晁大舍也整月不进

① 相传晋武帝常用羊牵引的小车在后宫行走，羊车停在哪里，就在哪个妃子处过夜。聪明的宫人便用竹叶插门，撒盐铺路，羊儿就容易被吸引过来。

计氏内边去了。渐渐至于缺米少柴，反到珍哥手内讨缺。计氏也只好“哑子吃了黄柏味，难将苦口向人言”。

一日，正是十一月初六日冬至的日子，却好下起雪来。晁大舍叫厨子整了三四桌酒，在留春阁下生了地炉，铺设齐整，请那一班富豪赏雪。渐渐众客齐集拢来，上了座。那一班女子弟俱来斟酒侑觞①。这日不曾扮戏，这伙人说的无非是些奸盗诈伪之言，露的无非是些猖狂恣纵之态，脱不了都是些没家教，新发户，混账郎君。席间上了一道儿鲊，因此大家说道：“今冬雉兔甚多，狼虫遍野，甚不是丰年之兆。”你一言，我一语，说道：“各家都有马匹，又都有鹰犬，我们何不合伙一处打一个围顽耍一日？”内中有一个文明说：“要打围，我们竟到晁大哥庄上：一来那雍山前后地方宽阔，野兽甚多，也还得晁大哥作个东道主人方好。”晁大舍遂满口应承。讨出一本历日，拣了十一月十五日宜畋猎的日子。约定大家俱要妆扮得齐整些，像个模样。卯时俱到教场中取齐发脚。也要得一副三牲祭祭山神土地，还得一副三牲祭旗。晁大舍道：“这都不打紧，我自预备。”约期定了。吃至次日五更天气，雪渐下得小了，也有往家去的，也有在晁家暖房内同女戏子睡的。

晁大舍吃了一夜酒，又与珍哥做了点风流事件，一觉直睡到申时方起。前面借宿的朋友也都去了。晁大舍也不曾梳洗，吃了两碗酸辣汤，略坐了一会，掌上灯来，那宿酒也还不得十分清醒，又与珍哥上床睡了，枕头边说起十五日要大家到雍山打围，到庄上住脚，须得预先料理。珍哥问了详细，遂说道：“打一日，我也要去走一遭，散散我的闷气。”晁大舍说：“你一个女人家，

---

① 侑觞（yòushāng）——劝人喝酒。

怎好搭在男人队里？且大家骑马，你坐了轿，如何跟得上？”珍哥说：“这伙人，我那一个写不出他的‘行乐图’来！十个人，我倒有十一个是我相处过的。我倒也连这伙人都怕来不成！若说骑马，只怕连你们都还骑不过我哩。每次人家出殡，我不去装扮了马上驰骋？不是《昭君出塞》，就是《孟日红破贼》。如今当真打围，脱不了也是这个光景，有甚异样不成！”晁大舍说道：“你说的有理。得你去，越发觉得有兴趣些。你明日把那一件石青色洒线披风寻出来，再取出一匹银红素绫做里，叫陈裁来做了，那日马上好穿。”珍哥笑道：“我的不在行的哥儿！穿着厂衣去打围，妆‘老儿灯’哩。还问他班里要了我的金勒子，雉鸡翎，蟒挂肩子来，我要戎妆了去。”晁大舍枕头上叫道：“妙，妙，妙！咱因甚往他班里去借！淹荠燎菜的，脏死人罢了！咱自己做齐整的。脱不了也还有这几日工夫哩。”枕头边两个彼此掠掇将起来。

晁大舍次早起身，便日日料理打围的事务，要比那一起富家子弟分外齐整，不肯与他们一样。与珍哥新做了一件大红飞鱼窄袖衫，一件石青坐蟒挂肩。三十六两银子买了一把貂皮，做了一个昭君卧兔。七钱银做了一双羊皮里天青纻丝可脚的鞥鞋①。定制了一根金黄绒辫鞓带②，买了一把不长不短的錽③银顺刀，选了一匹青色骟马④，使人预先调习。又拣选了六个肥胖家人媳妇，四个雄壮丫头，十余个庄家佃户老婆，每人都是一顶狐皮卧兔，天蓝布夹坐马，油绿布夹挂肩，闷青布皮里汜鞋，鞓带腰刀，左盛右插。又另拣了一个茁壮婆娘，戎妆齐整，要在珍哥马后背标

① 鞥（wēng）鞋——方言：高鞠鞋。
② 鞓（tīng）带——皮革制成的腰带。
③ 錽（màn）——镘字之讹，为马首饰。
④ 骟马——阉割过的马。

为号。晁大舍自己的行头并家人庄客的衣服一一打点齐备。又预先问镇守刘游击借下三十匹马，二十四名马上细乐。除自己家里的鹰犬，仍向刘游击借了四只猎犬、三连鹰叉。差人往庄上杀了两三口猪，磨了三四石面，准备十五日打围食用。

到得十一月十五日卯时前后，那十余家富户陆续都到了教场，也都尽力打扮，终须不甚在行。末后晁大舍方到，从家中摆了队伍：先是一伙女骑摆对前行，临后珍哥戎妆跨马，后边标旗紧随，标后又有一二十匹女将护后，方是晁大舍兵队起行。步法整齐，行列不乱。分明是草茆儿戏，到像细柳①规模。众人见了，无不喝彩。下了马，与珍哥同向众人相见。众人虽俱是珍哥的旧日相知，只因从良以后，便也不好十分斗牙拌齿，说了几句正经话，吃了几杯壮行酒。晁大舍恐众人溷②了他的精骑，令各自分为队伍，放炮起身。不一时，到了雍山前面，蹡定围场。只见：

马如龙跃，人似熊强。虎翼旗列为前导，荡漾随风；豹尾幡竖作中坚，飘扬夺目。韝鹰绁犬③，人疑灌口二郎神；箭羽弓蛇，众诧桃园三义将。家丁庄客，那管老的、少的、长的、矮的、肥胖的、瘦怯的，尽出来胁肩谄笑，争前簇拥大官人；仆妇养娘，无论黑的、白的、俊的、丑的、小脚的、歪辣的，都插入争妍取怜，向上逢迎小阿妈。大官人穿一件鸦翎青袄，浅五色暗绣飞鱼；小阿妈着一领猩血红袍，细百纳明挑坐蟒。大官人骑追风騄駬，手持一根浑铁棒，雄赳赳抖擞神威；小阿妈跨耀日骄骢④，

---

① 细柳——汉文帝时将军周亚夫驻军细柳营，军纪严明。

② 溷（hùn）——混乱。

③ 韝（gōu）鹰绁（xiè）犬——韝：臂套；绁：绳索。意为套鹰捆狗，在此喻狩猎的热烈场面。

④ 骢（cōng）——青白色相杂的马。

腰悬两扇夹皮牌，怒狠狠施为把势。谁知佚女兴戎，比不得萧使君逡巡阘茸，那滕六神那敢涌起彤云①？况当凶星临阵，还不数汉桓侯遏水断桥，若新垣平再中景日。封狼暴虎，逐鹿熏狐，麕载者欢声动地；品箫炙管，击鼓鸣金，振旅者歌韵喧天。正是：

人生适意贵当时，纵使乐极生悲那足计！

随惊起了许多獐狍麂鹿，雉兔貛狼。大家放狗撒鹰，拈弓搭箭，擒的擒，捉的捉，也拿获了许多。

谁知这雍山洞内，久住有一个年久的牝狐，先时寻常变化，四外迷人；后来到一个周家庄上，托名叫是仙姑，缠住了一个农家的小厮，也便没有工夫再来雍山作孽。不过时常回来自家洞内照管照管。有时变了绝色的佳人，有时变了衰残的老媪，往往有人撞见。那日恰好从周家庄上回来，正打围场经过，见了这许多人马，猎犬苍鹰，怎敢还不回避？谁知他恃了自己神通广大，又道是既已变了人像，那鹰犬还如何认得？况又他处心不善，久有迷恋晁大舍的心肠。只因晁大舍庄上佛阁内供养一本朱砂印的梵字《金刚经》，却有无数诸神护卫，所以不敢进他家去。今见晁大舍是个好色的邪徒，带领了妓妾打围，不分男女，若不在此处入手，更待何时？随变了一个绝美娇娃，年纪不过二十岁之下，穿了一身缟素，在晁大舍马前不紧不慢地行走。走不上两三步，回头顾盼，引得晁大舍魂不附体，肚里想道：“这雍山前面，我

---

① 萧使君、滕六神——唐人小说《玄怪录》故事：晋州刺史萧至忠准备外出打猎，九冥使者向山上野兽宣布：你们当中有的会被猎杀。一只老鹿跪下求救，一个道士给野兽们出主意说，如果能请雪神滕六神下雪，风神巽二郎起风，萧使君便不出来打猎了。第二天真的刮起了大风，下起了大雪，萧使君便不出外打猎了。阘（tà）茸：卑贱；低劣。

都是认识的人家，那里来这个美女？看他没人跟随，定然不是大家宅眷；一身重孝，必定是寡妇新丧。真是奇货可居！弄得到家，好与珍哥称为二美。左英右皇①，这也是风流一世。……”正在忖度模拟，谁想这样皮囊幻相，只好哄那愚夫的肉眼。谁知那苍鹰猎犬的慧目把这狐精的本相看得分明。猎犬奔向前来，苍鹰飞腾罩定。狐精慌了手脚，还了本形，鹰犬四面旋绕，无隙可藏，随钻在晁大舍马肚下躲避。原要指望晁大舍救他性命，那知晁大舍从来心性是个好杀生害命的人，不惟不肯救拔，反向插袋内扯出雕弓，拈上羽箭，右手上扯，左手下推，照着马下狐精所在，对镫一箭射去，只听的嗥的一声，那狐精四脚登空，从旁一只黄狗向前咬住，眼见的千年妖畜，可怜一旦无常！从狗口里夺将下来，杂在猎获的禽兽队内，收军敛马，同回庄上吃饭。凯旋回到城内，还都到了晁家宅上。珍哥同一班妇女自回后面去了。搬出果菜，大家吃了一回酒。将所得的野味，大家均分了。将射死的狐精独让与晁大舍收下。各将辞谢回家。

晁大舍送客回来，刚刚跨进大门，恍似被人劈面一掌，通身打了一个冷噤。只道是日间劳碌，也就上床睡了。谁知此夜睡后，没兴头的事日渐生来。且听下回接说。

① 左英右皇——相传尧的两个女儿，一个叫娥皇，一个叫女英，她们同时嫁给了舜。

第　二　回

晁大舍伤狐致病　杨郎中卤莽行医

血气方刚莫恃强，精神惟恐暗消亡。

再兼残忍伤生类，总有卢医少药方①。

却说晁大舍从晚间送客回来，面上觉得被人重重打了一个巴掌一般，通身打了一个冷噤，头发根根直竖，觉得身子甚不爽快。勉强支持了一会，将那分的几只雉兔并那个射杀的死狐交付家人收了，随即进到珍哥房内，没情没绪，垂了头坐在椅上。那珍哥狂荡了一日回来，正要数东瓜，道茄子，讲说打围的故事，那大舍没投仰仗的不大做声。珍哥也就没趣了许多，问道："你回来路上欢欢喜喜的，你如何便恼巴巴起来？你一定又与禹明吾顽恼了。"晁大舍也不答应，只摇了摇头。珍哥又道："你实是为何？你的脸都焦黄土褐色的，多因路上冒了风寒。我叫人做些酸辣汤，你吃他两碗，热炕上发身汗出，情管就好了。"晁大舍说道："你叫丫头暖壶热酒来，我吃两大钟，看他怎的。"丫头看了四碟下酒的小菜，暖了一大壶极热的酒，两只银镶雕漆劝杯，两双牙箸，摆在卧房桌上。晁大舍与珍哥没一些兴头，淡淡的吃了几大杯，也就罢了。一面叫丫头扫了炕，铺了被褥，晁大舍与珍哥也都上炕睡了。睡去，梦中常常惊醒，口中不住呻吟。睡到二更，身上火热起来，说口苦，叫头疼，又不住的说谵语②。珍哥

---

① 卢医——指战国时名医扁鹊，因曾在卢地居住，所以又称卢医。

② 谵（zhān）语——胡话。

慌了手脚，叫丫头点起灯，生了火，叫起养娘，都来看侍。一面差人敲计氏的门，请计氏来看望。

那计氏两三日前听得有人说道，与珍哥做戎衣，买鞓带，要同去庄上打围，又与一伙狐群狗党的朋友同去。计氏闻得这话，口中勉强说道："打围极好。如今年成作乱，有了杨家女将出世，还怕甚么流贼也先①！"心内说道："这些婆娘，听不得风就是雨。一个老婆家，虽是娼妓出身，既从了良，怎么穿了戎衣，跟了一伙汉子打围？这是故意假说要我生气，我倒没有这许多闲气生来。若是当真同去打围，除了我不养汉罢了，那怕那忘八戴'销金帽'、'绿头巾'不成！"把那听见的话也只当耳边风，丢过一边去了。

及至十五日侵早，计氏方才起来，正在床上缠脚，只听得满家热热闹闹的喧哗，又听得那营中借来的二十四名鼓手动起乐来，又听得放了三声铳。计氏问道："外面是做甚的，如此放炮吹打？"养娘说道："你前日人说不信，这却是小珍哥同大爷打围去了。"计氏呆了半晌，说："天下怎有这等奇事！如今去了不曾？"养娘说道："如今也将待起身。"计氏说道："待我自已出去看看，果是怎样个行景。"计氏取了一个帕子裹了头，穿了一双羔皮里的段靴，加上了一件半臂，单叉裤子，走向前来，恰好珍哥、晁大舍都已上马行了。

计氏出到大门上，闭了一扇门，将身掩在门后，将上半截探出去看望，甚是齐整。计氏又是气，又是恼。那些对门两舍的妇女也都出来看晁大舍与珍哥起身，也有羡慕的，也有数说的，也有笑话的。看见计氏在门首，大家都向前来与计氏相见。计氏说

① 也先——又译额森，1407—1454，明代瓦剌部落首领，曾在土木堡之役中将明英宗俘获。

道："我还不曾梳洗，大家都不拜罢。"计氏让他们到家吃茶。众妇人都辞住不肯进去，站定叙了句把街坊家套话。

有一个尤大娘说道："晁大婶，你如何不同去走走，却闲在家中闷坐？"计氏说道："我家脸丑脚大，称不起合一伙汉子打围，躲在家中，安我过苦日子的分罢！"有一个高四嫂说道："晁大婶倒也不是脸丑脚大，只有些体沉骨重，只怕马驮不动你。"又说道："大官人也没正经。你要尊敬他，抬举他，只在家中尊他抬他罢了，这是甚么模样！他倒罢了，脱不了往时每日妆扮了昭君，妆扮了孟日红，骑着马，夹在众戏子内与人家送殡，只是大官人僧不僧，俗不俗，不成道理。莫说叫乡里议论，就是叫任里晁爷知道，也不喜欢。"计氏说道："乡里笑话，这是免不得的。俺公公知道倒是极喜欢的，说他儿子会顽，会解闷，又会丢钱，不是傻瓜了。俺那旧宅子紧邻着娘娘庙，俺婆婆合我算记，说要拣一个没人上庙的日了，咱到庙里磕个头，也是咱合娘娘做一场邻舍家。他听见了，瓜儿多，子儿少。又道是怎么合人擦肩膀，怎么合人溜眼睛。又是怎么着被人抠屁眼，怎么被人剥鞋。庙倒没去得成，倒把俺婆婆气了个挣。不是我气的极了，打了两个嘴巴，他还不知怎么顶撞俺娘哩！"

高四嫂说道："大官人这等顶撞晁奶奶，晁爷爷就不嗔么？"计氏说道："晁爷还裂着嘴笑哩。还说：'该，该！我说休去。只当叫人说出这话来才罢了！'这就俺公公管教儿的话了。"高四嫂说道："晁奶奶可也好性儿。不敢欺，俺小人家依不的。这若是俺那儿这们败坏我，我情知合他活不成！"计氏说："俺娘没的敢合他强一句么？极的慌，挤着眼，往别处吊两眼泪就是了。只是我看拉不上，倒骂两句，打两下子，倒是有的。"高四嫂说道："你这们会管教，嗔道管教的大官人做了个'咬脐郎'！"众人问说："大官人怎么是个咬脐郎？"一个老鄢说道："哎哟！你们不醒的。咬脐郎打围，井边遇着他娘是李三娘①。如今大官人同着小娘子打围，不是咬脐郎么？"众人说道："俺那里晓得。怪道人说鄢嫂子知今道古！"

计氏说道："你还说叫我管教他。我还是常时的我，他还是常时的他哩么？投到娶这私窠子以前，已是与了我两三遭下马威。我已是递了降书降表了。我还敢管他哩！"高四嫂道："晁大婶，你是伶俐人，我说你听，你倒休要赌气。要不拿出纲纪来，信着他胡行乱做，就不成个人家。抛撒了家业或是淘碌坏了大官人，他撅撅屁股丢了，穷日子是你过，寡是你守。可是说'虮蚱②秀才'的话，'飞不了你，跳不了你'。俺家里那个常时过好日子时节，有衣裳尽着教他扎括③，我一嗔也不嗔。他待和他睡觉，凭他一夜两夜，就是十来宿，他也知不道甚么是争风吃醋。要是丢风撒脚④，妄作妄为，忘八、淫妇，我可也都不饶。"计氏说道："他如今红了眼，已是反了，他可不依你管哩。"老鄢说道："真是一个同不的一个。他高大爷先鬼头蛤蟆眼，你先虎背雄腰的个婆娘。他要做文王，你就施礼乐；他要做桀纣，你就动干戈。他高大爷先不敢在你手里展爪⑤。就是你那'七大八'像

---

① 咬脐郎、李三娘——戏曲小说中人物。五代时刘知远的妻子李三娘受到兄长虐待，在磨房产子，自己咬断脐带，儿子因此叫咬脐郎。咬脐郎被送到别人家抚养，十六岁时外出打猎，追赶白兔，得与母亲李三娘在井边重逢。

② 虮蚱——蝗虫。也叫蚂蚱。

③ 扎括——打扮。

④ 丢风撒脚——卖弄放肆。

⑤ 展爪——做手脚。

个豆姑娘儿是的①，你降他像钟馗降小鬼的一般。你又自家处的正大，恩威并济，他高大爷再又正经，怎么不好？今大官人像个凶神一般，小娘子登过坛，唱过戏的人，可是说的好，妆出孟日红来，连强盗也征伏了的人。这晁大婶小身薄力，到得他两个那里？”高四嫂笑道：“狗！天鹅倒大，海青倒小，拿得住住的！”一边说，一边大家拜了拜，走散。

计氏回到房中，寻思起来，不由人不生气，号天搭地哭了一场，头也不梳，饭也不吃，烧了烧炕，睡了。到了这半夜，一片声敲得门响。若是往时，计氏有甚害怕？又是个女人，除了降汉子，别又没有甚么亏心，一发不用惊恐。如今被晁大舍降了两顿，那妇人的阴性就如内官子②一般，降怕他一遭，他便只是胆怯，再也不敢逞强。计氏想道：“有甚缘故？如何把门敲得这等紧急？这一定有多嘴献浅的人对那强人说我在大门前看他起身，与街坊妇人说话。这是来寻衅了。我就是到门前与街坊家说几句话，也还强似跟了许多狐老打围丢丑！把床头上那把解手刀拔出鞘来，袖在袖内，看他来意如何。若又似前采打，我便趁势照他脑前戳他两刀，然后自己抹了头，对了他的命！”算记停当，挺着身，壮着胆，叫起丫头养娘，开了门，问是怎么的。只见一个家人媳妇，慌慌张张的说道：“大爷不知怎的，身上大不自在，不省人事，只是谵语，快请大奶奶前去看守！”计氏说道：“他已是与我不相干了。如何打围没我去处，病了却来寻我？日里即如凶神一般，合老婆骑在马上，雄赳赳的，如何就病的这等快？这是忘八、淫妇不知定下了甚么计策，哄我前去，要算计害我。你说道：他也不认我是他老婆，我也没有了汉子！真病也罢，假病

① 是的——同“似的”。

② 内官子——指太监。

也罢，我半夜三更，不往前去。若是要处置我，脱不了还有明日！要杀要砍，任你们白日里摆布！若是真病，好了是不消说起；死了时节，他自有他任里爹娘来与淫妇讨命，我也是不管他的！”

那个来请计氏的家人媳妇将计氏的话一五一十学与珍哥。珍哥说道：“王皮①！好了，大家造化！死了，割了头，碗大的疤，有我这们个婆娘，没账！”虽是口里是这等强，心里也未免几分害怕。

晁大舍又愈觉昏沉。珍哥等不得天亮，差了一个家人晁住去请宣阜街住的杨太医来诊视。那厚友中，禹明吾在晁家对门住，是个屯院的书办，家里也起了数万家事，与晁大舍近邻，所以更觉的相厚。见晁住请了杨太医先自回来，禹明吾问说：“你趁早那里回来？这等忙劫劫的。”晁住说道：“我家大爷自从昨晚送了众位进门，似觉被人脸上打了一巴掌的，身上寒噤。到了半夜，发热起来。如今不省人事，只发谵语。小人适才往宣阜街请杨太医诊视，他还在家梳洗，小人先来回话。”禹明吾说道：“你家大爷昨日甚是精爽，怎么就会这等病？”即约了附近同去打围的朋友，一个尹平阳，一个虞凤起，一个赵雒陵，四个同到了晁家厅上坐定。杨太医却好也就进门。大家叙了揖，说起昨日怎样同去打围，怎样回来，怎样走散，还说晁大舍怎样自己射杀了一个妖狐。杨太医都一一听在肚里。

这个杨太医平日原是个有名莽郎中，牙疼下“四物汤”，肚冷下“三黄散”的主顾。行止又甚不端方，心性更偏是执拗。往人家走动，惯要说人家闺门是非，所以人都远他。偏有晁大舍与

① 王皮——霸道、不讲理。

他心意相投，请他看病。他心里想道：“晁大舍新娶了小珍哥，这个浪婆娘，我是领过他大教的。我向日还服了‘蛤蚧丸’，搽了‘龟头散’，还战他不过，幸得出了一旅奇兵，刚刚打了个平仗。晁大舍虽然少壮，怎禁他昼夜挑战，迭出不休？想被他弄得虚损极了。昨又打了一日猎，未免劳苦了，夜间一定又要云雨，岂得不一败涂地？幸得也还在少年之际，得四贴‘十全大补汤’，包他走起。”又想道：“我闻得他与小珍哥另在一院居住，不与他大娘子同居，进入内房看脉，必定珍哥出来相见。”又想道：“禹明吾这伙人在此，若同进他房去，只怕珍哥不出来了。”又想道：“这伙人也是他的厚朋友，昨日也见在一处打围，想也是不相回避的，只是人多了，情便不专。”

于是杨太医心内绝不寻源问病，碌碌动只想如此歪念头，正似吊桶般一上一下的思量。晁住出来说道：“请杨相公进去。”禹明吾等说道：“我也要同进去看看”。晁住说：“房内无人，请众位一同进去无妨。”转过厅堂，才是回廊；走过回廊，方到房前。只见：

绿栏雕砌，猩红锦幔悬门；金漆文几，鹦绿绣茵藉座。北墙下，着木退光床，翠被层铺锦绣；南窗间，磨砖回洞炕，绒条叠代籧篨①。卧榻中，睡着一个病夫，塌趿着两只眼，咭咭咕咕。床横边，立着三个丫头，拯拉②着六只脚，唧唧哝哝。铜火盆，兽炭通红；金博炉，篆烟碧绿。说不尽许多不在行的摆设，想不了无数未合款的铺陈。

晁住前面引路，杨太医随后跟行，又有禹明吾、尹平阳、虞凤起、赵雒陵一同进去。晁住掀起软帘。入到晁大舍榻前，还是

① 籧篨（qúchú）——古代指竹或苇所编的粗席。

② 拯拉——指没正行。

禹明吾开口说道："咱昨日在围场上，你一跳八丈的，如何就这们不好的快？想是脱衣裳冻着了。"晁大舍也便不能作声，只点点头儿。杨太医说道："这不是外感。脸上一团虚火，这是肾水枯竭的病症。"

五个人都在床前坐定了。杨太医将椅子向床前掇了一掇，看着旁边侍候的一个盘头丫头，说道："你寻本书来，待我看一看脉。"若说要元宝，哥哥箱子内或者倒有几个。如今说本书，垫着看脉，房中那得有来？那丫头东看西看，只见晁大舍枕头旁一本寸把厚的册叶，取将过来，签上写道：《春宵秘戏图》。杨太医说道："这册叶硬，搁的手慌。你另寻本软壳的书来。若是大本《缙绅》，更好。"那丫头又看了一遍，又从枕头边取过一本书来，签上写是《如意君传》，幸得杨太医也不曾掀开看，也不晓得甚么是"如意君"，添在那册叶上边，从被中将晁大舍左手取出，搁在书上。

杨太医也学歪了头，闭了眼，妆那看脉的模样。一来心里先有成算，二来只寻思说道："这等齐整，那珍哥落得受用，不知也还想我老杨不想？"乱将两只手也不按寸关尺的穴窍，胡乱按了一会，说道："我说不是外感，纯是内伤。"

禹明吾问道："这病也还不甚重么？"杨太医说道："这有甚么正经。遇着庸医错看了脉，拿着当外感，一贴发表的药下去，这汗还止的住哩？不繇的十生九了①！如今咱下对症的药，破着四五贴'十全大补汤'，再加上人参天麻两样挡戗②的药，包他到年下还起来合咱顽耍。"说毕，大家也就出去，各自散了。

晁住拿着五钱银，跟了杨太医去取药。一路走着，对晁住说

① 不繇的十生九了——不繇：不由。十生九：指死亡。

② 挡戗——管用、救急。

道："您大爷这病，成了八九分病了！你见他这们个胖壮身子哩，里头是空的。通像一堵无根的高墙，使根杠子顶着哩。我听说如今通不往后去，只合小珍哥在前面居住，这就是他两个的住宅么？"晁住也一问一对的回话。取了药回到家中，将药亲交与珍哥收了，说道："药袋上写的明白，如今就吃。吃了且看投不投，再好加减。"珍哥说道："他还说什么来？他没说你爷的病是怎么样着？"晁住说道："他说俺大爷看着壮实，里头是空空的，通像那墙搜了根的一般。你合你姨说，'差不多罢，休要淘碌坏了他'！"珍哥微笑了一笑，骂道："放他家那撅尾巴骡子臭屁！没的那砍头的臭声①！我淘碌他甚么来？"一面洗药铫②，切生姜，寻红枣，每贴又加上人参一钱二分。将药煎中，打发晁大舍吃将下去。谁想歪打正着，又是杨太医运好的时节，吃了药就安稳睡了一觉。临晚，又将药滓煎服，夜间微微的出了些汗，也就不甚谵语了。睡到半夜，热也退了四分。次早，也便省的人事了。

珍哥将他怎样昏迷，怎样去请计氏不来，杨太医怎样诊脉，禹明吾四人怎样同来看望，一一都对晁大舍说了。又把眼挤了两挤，吊下两点泪来，说道："天爷可怜见，叫你好了罢！你要有些差池，我只好跑到你头里罢了。跑的迟些，你那'秋胡戏'③待善摆布我哩！"晁大舍拖着声儿说道："你可也没志气！他恨不的叫我死，见了他的眼；你没要紧可去请他！你要不信，你去看看，他如今正在敲着那搉拉骨鞋帮子念佛哩！"珍哥说道："你且慢说嘴，问问你的心来。夫妻到底是夫妻，我到底是二门上门神。"晁大舍说道："你说的是我大鸡巴！我只认的小珍哥儿，不

① 臭声——屁话，臭话。
② 药铫（diào）——煎药用的器具。
③ 秋胡戏——隐了个"妻"字。《秋胡戏妻》，戏曲名。

认的小计大姐！你且起去，还叫人去请了杨古月来看看，好再吃药。”仍叫晁住进到窗下。珍哥分付道：“你还去请了杨古月再来看看你爷，好加减下药。你说吃了药，黑夜安稳睡了一觉，热也退了许多。如今也省的人事，不胡说了。你骑个头口①去，快些回来！”

晁住到了杨太医家，一五一十将珍哥分付的话说了一遍。杨太医眉花眼笑的说道：“治病只怕看脉不准。要是看的脉真，何消第二贴药？只是你大爷虚的极了，多服几剂，保养保养。要是时来暂去的病，这也就不消再看了。昨日要是第二个人看见你家这们大门户，饶使你家一大些银子，还耽阁了‘忠则尽’②哩！你那珍姨，我治好他这们一个汉子，该怎样谢我才是？”晁住说道：“我昨日对俺珍姨说来，说：‘杨爷叫和你说，差不多罢，少要淘碌坏了俺爷哩！’”杨古月问道：“你珍姨怎样回你？”晁住说：“俺珍姨没说甚么，只说‘没的放他那撅尾巴骡子屁！砍头的那臭声！’”大家笑说了一回。

杨古月备了自己的马，同晁住来到门前，到厅上坐下。往里传了，方才请进。晁大舍望着杨古月说道：“夜来有劳，我通不大省人事了。吃了药，如今病去三四分了，我的心里也渐明白了。”杨古月裂着嘴，笑的那一双奸诈眼没缝的说道：“有咱这们相厚的手段，还怕甚么！”一边要书看脉。那丫头仍往晁大舍枕旁取那册叶合《如意君传》。晁大舍看见，劈手夺下，说道：“你往东间里另取本书来！”丫头另取了一本《万事不求人》书。垫着看了脉，说道：“这病比昨日减动六七分了。今日再一帖下去，情管都好了。”

辞了晁大舍，晁住引着，由东里间窗下经过。珍哥将窗纸挖

---

① 头口——牲口。

② 忠则尽——后面隐了个“命”字

了一孔，往外张着，看着杨古月走到跟前，不重不轻的提着杨古月的小名，说道："小楞登子！我叫你多嘴！"杨古月忍着笑，低着头，咳嗽了一声，出去了。晁住另拨了一个小厮小宦童跟了杨太医家去取药回来，照依药袋上写明煎服，果然就又好了许多。禹明吾这伙厚友也时常来看望。不住的送蜜罗柑的、酥梨的、薰橘的、荸荠、乌菱的、蜜浸的，也络绎不绝。

晁大舍将息调理，也整待了一个月，至十二月十五日起来梳洗，身上也还虚飘飘的。想是虽然扶病，也还与珍哥断不了枕上姻缘，所以未得复原。天地上磕了头，还了三牲愿心。又走到后边计氏门边说道："姓计的，我害不好，多谢你去看我。我今日怎的也起来了？我如今特来谢你哩！"计氏说道："你没得扯淡，你认得我是谁？我去看你！你往看你的去处谢！你谢我则甚?"隔着门说了两句话，仍回前面来了。没到日头西，也就上床睡了。次十六日起来，将那打来的野鸡兔子取出来简点了一番，虽是隔了一月，是数九天气，一些也不曾坏动，要添备着年下送礼。又将那只死狐番来覆去看了一会，真是毛深温厚，颜色也将尽数变白了，交付家人剥了，将皮送去皮园硝熟，算计要做马上座褥。因年节近了，在家打点浇蜡烛、炸果子、杀猪、央人写对联、买门神、纸马、请香、送年礼、看着人榨酒、打扫家庙、树天灯杆、彩画桃符、谢杨古月，也就没得工夫出门。算计一发等到元旦出去拜节，就兼了谢客。正是日短夜长的时候，不觉的到了除夕，忙乱到三更天气。正是：

玉斝①频斟，今夜酒为除夕酒；

银缸共照，明朝人是隔年人。

---

① 斝（jiǎ）——古代酒器。圆口，有提手和三足。

第 三 回

老学究两番托梦 大官人一意投亲

父母惟其疾所愁，守身为大体亲忧；

请君但看枯髅骨，犹为儿孙作马牛。

话说晁家有个家人，叫是李成名，胁肢里夹着这张狐皮，正走出门去，要送到皮园里硝熟了，赶出来做成座褥，新年好放在马上骑坐。谁知出门走了不上数十步，一只极大的鹞鹰从上飞将下来，照那李成名面上使那右翅子尽力一拍，就如被巨灵神打了一掌，将挟的狐皮抓了，飞在云霄去了。李成名昏了半晌，懵懵挣挣①走到家来，面无人色，将鹞鹰拍面夺了狐皮去的事一一与晁大舍说了。幸得晁大舍家法不甚严整，倒也不曾把李成名难为，只说"可惜了那好皮"几声，丢开罢了。

到了除夕，打叠出几套新衣，叫书办预备拜帖，分付家人刷括马匹，吃了几杯酒，收拾上床睡定。又与珍哥床上辞了辞旧岁，也就搂了脖项，睡熟去了。只见一个七八十岁的白须老儿，戴一顶牙色绒巾，穿一件半新不旧的褐子道袍，说道："源儿，我是你的公公。你听我说话：你的爹爹与你挣了这样家事，你不肯安分快活，却要胡做。没要紧，却领了一伙婆娘，男女混杂的，打甚么围？被乡里笑话，也还是小事，你却惹下了一件天祸！雍山洞内那个狐姬，他修炼了一千多年，也尽成了气候，泰

① 懵懵挣挣——半醒半睡的样子。

山元君部下，他也第四五个有名的了。你起先见了他，不该便起一个邪心。你既是与他有缘了，他势望你搭救，你不救他也还罢了，却反把他一箭射死，又剥了他的皮，叫人拿去硝熟。你前日送客，劈面打你的也是他，昨日那个鹞鹰使翼拍打李成名脸的也是他。幸得你们父子俱正在兴旺的时候，门神、宅神俱不放他进来。适间你接我来家受供，那狐姬挟了他那张皮坐在马台石上。他见我来，将你杀害他的原委备细对我告诉，说你若不是动了邪心，与他留恋，他自然远避开去。你却哄他到跟前，杀害他的性命。他说你明早必定出门，他要且先行报复，待你运退时节，合伙了你着己①的人，方取你去抵命。又说道：你媳妇计氏虽然不贤惠，倒也还是个正经人，只因前世你是他的妻子，他是你的丈夫，只因你不疼爱他，尝将他欺贱，所以转世他来报你。但他只有欺凌丈夫这件不好，除此，别的都也还是好人。所以他如今也不曾坏你的门风。败你的家事，照旧报完了这几年冤孽，也就好合好散了。你如今却又不恕。你前世难为他，他却不曾难为你。他今世难为你，你却更是难为他。只怕冤冤相报，无有了期了！若是再把计氏屈死了，二难齐作，你一发招架不住了。你听公公说，明日切不可出门，家中且躲避两个月，跟了你爹娘都往北京去罢，或可避得灾过。若起身时，将庄上那本朱砂印的梵字《金刚经》取在身边。那狐姬说道，要到你庄上放火，因有这本经在庄，前后有许多神将护卫，所以无处下得手。城中又因你媳妇三世前是他同会上人，恐怕又惊吓了计氏。这等看起来，他必是怕那《金刚经》的。”临行，却将珍哥头上拍了一下，说道：“何物淫妖！致我子孙人亡家破！”

---

① 着己——亲近、贴身。

晁大舍即时惊醒，方知是个异梦。珍哥亦从梦中魇叫醒来，觉得在太阳边煞实疼痛。听了更鼓，正打五更四点，晁大舍一面起来穿衣，一面合珍哥说：“咱前日那个狐狸，不该把他射死。我适才做了个梦，甚是古怪。我过两日，对你告诉。”心里也就有几分害怕，待要不出门去，又寻思道：“身上已复原了，若不出门，大新正月里，岂不闷死人么？这伙亲朋知我不出门，都来我家打搅，酒席小事，我也没有这些精神陪他。”左思右想：“还是出门，且再看怎生光景？”一面梳洗完备，更了衣，天地灶前烧了纸，家庙里磕了头，天也就东方发亮了。只见珍哥还在床上害头疼，起不来，身上增寒发热的。晁大舍说道：“你既头疼，慢些起来罢。我出去到庙里磕个头，再到县衙里递个帖，我且回家，咱大家吃了饭，我再出去拜客不迟。”

晁大舍穿了一件荔枝红大树梅杨段道袍，戴了五十五两买的一顶新貂鼠帽套。两个家人打了一对红纱灯，一个家人夹了毡条，两个家人拿了拜匣，又有三四个散手跟的，前呼后拥，走出大门前。上得马台石上，正要上马，通像是有人从马台石上着力推倒在地。那头正在石边，幸得帽套毛厚，止将帽套跌破了碗大一块，头目磕肿，像桃一般，幸面未破。昏去半日，方才抬进家来，与他脱了衣裳，摘了巾帻，在珍哥对床上睡下。方信夜间做梦是真，狐精报冤是实，也就着实害怕。珍哥又头疼得叫苦连天。一个在上面床上，一个在窗下炕上，哼哼唧唧的不住。

过了元旦，初二早辰，只得又去请杨古月来看病。杨古月来到房内，笑说道：“二位害相思病哩！为甚么才子佳人一齐不好？”一边坐下，叙说了几句节间的闲话。晁大舍告诉了昨早上马被跌的根原。又说：“珍哥除夕三更方睡，五更梦中魇省，便觉头疼，身上发热，初一日也都不曾起来。”杨古月回说：“你两个的病，我连脉也不消看，猜就猜着八九分：都是大家人家，年下事忙，劳苦着了。大官人睡的又晚，起又早，一定又吃了酒多。”又将嘴对了晁大舍的耳朵慢慢说道：“又辞了辞旧岁。所以头眩眼花，上了上马，就跌着了。”一面说，一面把椅子掇到晁大舍床边，将两只手都诊视过了，说道：“方才说的一点不差！”又叫丫头将椅子掇到珍哥炕边。丫头将炕边帐子揭起半边，挂在钩上。珍哥故妆模样，将被蒙盖了头。杨太医道：“先伸出右手来。”看毕，又说道：“伸出左手来。”又按了一会，乘那丫头转了转面，着实将珍哥的手腕扭了一把，珍哥忍痛不敢做声，也即就势将杨古月的手挖了两道白皮。杨古月自已掇转椅子，说道：“是劳碌着了些，又带些外感。”叫人跟去取药，辞了晁大舍。家人引出厅上，吃了一大杯茶。晁大舍封了一两药金，差了一个家人晁奉山跟去。须臾，取药回来，养娘刷洗了两个药铫，记了分明，在一个火盆上将药煎中。晁大舍的药脱不了还是“十全大补汤”，且原无别的症候，不过是跌了一交，药吃下去倒也相安。珍哥的药是“羌活补中汤”，吃下去，也出了些汗。至午后，热也渐渐退了，只是那头更觉疼得紧。晁奉山媳妇说道：“我去寻本祟书来，咱与珍姨送送，情管就好了。”一边说，一边叫人往真武庙陈道士家借了一本祟书来到，查看三十日系“灶神不乐，黄钱纸五张，茶酒糕饼，送至灶下，吉”。晁大舍道：“不是三十日。醒了才觉头疼，已是五更四点，是初一日了。你查初一日看。”初一日上面写道系“触怒家亲，鬼在家堂正面坐，至诚悔过，祷告，吉”。晁大舍忽然想起梦中公公临去在他头上拍了一下，骂了两句，醒转就觉头疼，祟书上说触怒家亲，这分明是公公计较他。分付晁奉山媳妇道：“你也不必等夜晚，如今就到家堂内老爷爷面前着实与他祷告一祷告，说道放他好了，着他亲自再去谢罪。”

晁奉山媳妇平素原是能言快语的老婆，走到家堂内晁太公神主面前，一膝跪下，磕了四个头，祝赞道：“新年新年，请你老人家来受供养，你老人家倒不凡百保佑，合人一般见识，拿的人头疼发热。总然就是冲撞了你老人家，你也不该大人见小人的过。你就不看他，也该看你孙子的分上。你拿的他害不好，你孙子还道吃得下饭去哩？”祝罢，回到家来。煞也古怪，珍哥的头也就渐渐不疼了。只是晁大舍的半边脸合左目，愈觉肿起，胀痛得紧，左半边身子疼的番不得身。次初三日，又差人去与杨古月说了，取药。杨古月挂着珍哥，藉口说道：“还得我自己去看看，方好加减药味。”即使人备了马，即同晁家家人来到厅上坐下。家人走到后面，将杨古月要来自己看脉的情节说知。晁大舍这个浑账无绪官人，不说你家里有一块大大的磁石，那针自然吸得拢来，却说：“杨古月真真合咱相厚，不惮奔驰，必定要来自己亲看。”一面收拾请进。那日珍哥已是痊好了，梳毕头，穿了彻底新衣，天地前叩了首。刚刚磕完，杨古月恰好进内，珍哥避入东间，也被杨古月撞见了一半。杨古月看完了脉，辞了出房，仍经窗前走过。珍哥依旧在窗孔边说道：“小楞登子，我叫你由他！”那杨古月也依旧忍着笑，指着一只金丝哈巴，问那引路的家人道：“你家里几时寻得这等一只乖狗，得空就来咬人？”出到厅上，待茶，封药金，跟去取药。不必絮烦细说。

珍哥走到房内说道：“请他进来，可也合人说声，冒冒失失的就进来了！我正在天地上磕完了头，我黑了眼，看不上他，还被他撞见了。”晁大舍取笑道：“你是看不上他吃‘蛤蚧丸’，使‘龟头散’！”珍哥把晁大舍拔地瞅了一眼，骂道：“这是那里的臭声！”晁大舍笑道：“这是尹平阳书房内梨花轩里的臭声。”

珍哥被晁大舍说了个头正①，也就笑了一笑，不做声，随叫丫头在晁大舍床面前安了桌子。珍哥与晁大舍吃了饭，说道："你自己睡着，我到家堂内与老公公磕个头，谢谢前日保佑。"晁大舍道："说得有理，着几个媳妇子跟了你去。"珍哥跨进家堂门内，走到晁太公神主跟前，刚刚跪倒，不曾磕下头去，往上看了一看，大叫了一声，往外就跑。那门槛上又将白秋罗连裙挂住，将珍哥着实绊了一交，将一只裹脚面高底红段鞋都跌在三四步外，吓的面无人色，做声不出。跟去的几个养娘，鞋也不敢拾取，扶了珍哥，飞也似奔到房内。把晁大舍唬了一惊，坐了半日，方才说得话出，才知道鞋都跌吊了。一面叫了小宦童前去寻鞋，一面告诉说道："我刚才跪倒，正待磕下头去，只见上面坐着一个戴紫绒方巾，穿绒褐袄子，一个八十多岁的老人家，咳嗽了一声，唬得我起来就跑。门边又像有人扯住我的裙子一般。"晁大舍说道："这就是咱们的公公。如何这等灵圣！前日，公公明明白白自来托梦与我，梦中的言语甚是怕人，再三叫我初一日不要出门，说有仇家报复。临行，将你头上拍了一下，骂了两句，你魇醒转来就害头疼。怎便这等有显应得紧！梦中还有许多话说。这等看起来，都该一一遵守才是。"随先使家人到家堂内烧纸谢罪，许愿心。

珍哥虽还不曾再病，新节间也甚是少魂没识的，不大精采。晁太公虽然是家亲显圣，也毕竟那晁大舍将近时衰运退，其鬼未免有灵。又过了两日，晁大舍跌肿的面目略略有些消动，身上也略略可以番②转，只是春和好景，富贵大官人病在床上，"瘸和尚登宝坐，能说不能行"了。

---

① 头正——要害，正中。
② 番——同"翻"。

话分两头。却说计氏在后院里领了几个原使的丫鬟，几个旧日的养娘，自己孤伶仃独处。到了年节，计氏又不下气问晁大舍去要东西，晁大舍亦不曾送一些过年的物件到计氏后边，真是一无所有。这些婢女、婆娘见了前边珍哥院内万分热闹，后边计氏一伙主仆连个馍馍皮、扁食边梦也不曾梦见，哭丧着个脸，墩葫芦，摔马杓①，长吁短气，彼此埋怨，说道："这也是为奴作婢投靠主人家一场！大年下，就是叫化子也讨人家个馍馍尝尝，也讨个低钱来带带岁。咱就跟着这们样失气的主子，咱可是'八十岁妈妈嫁人家，却是图生图长'！"又有的说道："谁教你前生不去磨砖，今生又不肯积福？那前边伺候珍姨的人们，他都是前生修的，咱拿甚么伴他？"高声朗诵，也都不怕计氏听见。计氏也只妆②耳聋，又是生气，又是悲伤。

正值计老头领了儿子计疤拉，初七日来与计氏拜节。走到计氏院内，只见清锅冷灶，一物也无。女儿眼泪愁眉。养娘、婢女，胖唇撅嘴。大眼看小眼，说了几句淡话，空茶也拿不出一钟。老计长吁了一口气，说道："谁知他家富贵了，你倒过起这们日子来了！你合他赌甚么气？你也还有衣裳首饰，拿出件来变换了也过过年下。你还指望有甚么出气的老子，有甚么成头的兄弟哩。"计氏笑了一笑，说道："谁家的好老婆损折了衣裳首饰换嘴吃！"计老头父子起身作别，说道："你耐心苦过，只怕他姐夫一时间回过心来，您还过好日子。"说着，计老头也就哭了。计氏说道："你爷儿们放心去。我过的去往前过，如过不的，我也好不等俺公公婆婆回来告诉告诉？死也死个明白！"说完，送出计老头去了。

---

① 墩葫芦，摔马杓——此话意为故意找碴。

② 妆——同"装"。

正是前倨后恭，人还好过。晁大舍一向将计氏当菩萨般看待，托在手里恐怕倒了，噙在口里恐怕化了。说待打，恐怕闪了计氏的手，直条条的倘①下。说声骂，恐怕走去了，气着计氏，必定钉子钉住的一般站得住，等的骂完了才去。如今番过天来，倒像似那不由娘老子的大儿一般，不惟没一些惧怕，反倒千势百样，倒把个活菩萨作贱起来。总然木偶，也难怪他着恼。谁知计氏送了计老头出去，回到房中，思量起晁大舍下得这般薄幸，这些婆娘、妮子们又这等炎凉，按不住放声哭出一个《汨罗江》暗带《巴山虎》来，哭说道：

老天，老天！你低下些头来，听我祷告。纵着那众生负义忘恩，你老人家就没些显报。由着人将玎珰响的好人作贱成酆都②饿鬼，把一个万人妻臭窠子婆娘尊敬的似显灵神道！俺每日烧好香为你公平来也，谁知你老人家也合世人般，偏向着那强盗！罢了，俺明知多大些本事儿，便待要出得他们的圈套！罢了，狠一狠，死向黄泉，合他到阎王跟前分个青红白皂！

计氏哭到痛处，未免得声也高了。晁大舍侧着耳朵听了一会，说道："这大新正月里，是谁这们哭？清门静户，也要个吉利，不省他娘那臭屄事！叫人替我查去！"珍哥说道："不消去查。是你'秋胡戏'，从头里就'号啕痛'③ 了。怕你心焦，我没做声。数黄道黑，脱不了只多着我。你不如把我打发了，你老婆还是老婆，汉子还是汉子。却是为我一个，大新正月里叫人恶口凉舌的咒你！"这话分明是要激恼晁大舍与计氏更加心冷的意思。晁大舍说道："没帐！叫他咒去！'一咒十年旺，神鬼不敢傍！'"一面

---

① 倘——同"躺"。

② 酆（fēng）都——迷信传说指阴间。

③ 号啕痛——"痛"后隐一个"哭"字。

叫丫头后边说去。——“你说：‘大新正月里，省事着些！俺爷还病着没起来哩。等俺爷死了再哭不迟！’”

丫头与计氏说了。计氏骂道：“没的私窠子浪声，各家门，各家户，你倒也‘曹州兵备’①！你那里过好日，知道有新正月大节下。我在这地狱里，没有甚么新年节到的！趁着他没死，我哭几声，人知道是我诉冤。等他死了才哭，人不知道只说是哭他哩！”故意的妆着哭，直着脖子大叫唤了几声。

丫头回去一一学了。晁大舍笑了两声。珍哥红着脸说道：“打是疼，骂是爱，极该笑！”瞅了一眼，骂道：“涎眉瞪眼，没志气的东西！没有下唇，就不该揽着箫吹！”晁大舍道：“小珍子，你差不多罢！初一五更里，公公托的梦不好，说咱过的日子也还仗赖着他的点福分哩。”珍哥把自己右手在鼻子间从下往上一推，咄的一声，又随即呕了一口，说道：“这可是西门庆家潘金莲说的‘三条腿的蟾希罕，两条腿的骚屄老婆要千取万’，倒仗赖他过日子哩！”

晁大舍睡到正月十四日午间，一来跌的那脸目，肿也消去了一半，身上也不甚疼苦，将就也渐好了，对珍哥说道：“今日是上灯的日子，我扎挣着起去，叫他们挂上灯。你叫媳妇子看下攒盒②，咱看灯放花耍子。我要不起去，一个家，没颜落色的。”珍哥也满口撺掇。晁大舍勉强穿衣起来，没梳头，将就洗了手面，坎上了一顶浩然巾，头上也还觉得晕晕的。各处挂停当了灯，收拾了坐起，从炕房内抬出来两盆梅花，两盆迎春，摆在卧房明间上面，晚间要与珍哥吃酒。一连三日。到十六日晚上，各处俱点上了灯，说道：“一个算命的星士前来投我，见在对门禹明吾家

① 曹州兵备——歇后语，下句为“管得宽”。

② 看下攒盒——预备食盒。

住下了，我还没得与他相会。你叫人收拾一副齐整些的攒盒，拿两大尊酒，一盒子点心，一盒杂色果子，且先送与他过节。”珍哥叫人一面收拾，一面说道：“来的正好，我正待叫人替我算算命哩。实实的，你也该算算，看太岁在那方坐，你好躲着些儿。”一面斗着嘴，一面把盒子交付家人晁住。晁大舍也随后跟了晁住出来，密密的分付，说道：“你将这盒酒等物送到后边奶奶那里。你说：‘珍姨叫我送来与奶奶过节的。’你送下，来到前边，却说是送到对门禹家住的星士了，休合珍姨说往后边去。”晁住说：“小人知道。”端了三个盒子，提了两尊酒，送到计氏后边。晁住说道：“珍姨叫小人送这盒酒点心来与奶奶过节。”计氏彻耳通红的骂道：“没廉耻的淫妇！你顶着我的天，蹝①着我的地，占着我的汉子，倒赏我东西过节！这不是鼻涕往上流的事么？”养娘丫头说道：“他好意送了来，你不收他的，教他不羞么？”计氏道：“你们没的臭声！他不羞，你们替他羞罢！”说晁住道：“你与我快快的拿出去，别要惹我没那好的！”撵出晁住去了，计氏自己将腰门扑剌的一声关了。

晁住拿了盒子回晁大舍话道：“那个星士往外县里去了，没人收。”晁大舍走出中门外边，晁住将计氏的话一一对晁大舍学了。晁大舍笑了一笑，没言语。不意其中详细都被一个丫头听见了，尽情学与珍哥知道。珍哥不听见便罢；听见了，“怒从心上起，恶向胆边生”，碰头②撒泼，叫一会，骂一会，说道：“浓包忘八！浑账乌龟！一身怎当二役？你既心里舍不了您娘，就不该又寻我！你待要怎么孝顺，你去孝顺就是了！我又并没曾将猪毛绳捆住了你，你为甚么这们妆乔布跳的？那怕你送一千个攒盒，

① 蹝（xǐ）——同“屣”，踏意。
② 碰头——碰同“碰”，撞头。

一万个馍馍，你就待把我送了人，我也拦不住你。又是甚么算命的星士哩、道士哩哄我，叫他淫的搔的骂我这们一顿！我自头年里进的晁家门来，头顶的就是这天，脚踏的就是这地，守着的就是这个汉子！没听的说是你的天，是你的地，是你的汉子！”千没廉耻，万没廉耻，泼撒的不住。晁大舍那时光景通像任伯高①在玉门关与班仲升交代一般，左陪礼，右服罪，口口说道：“我也只愿你两家和美的意思。难道我还有甚么向他的心不成?”嚷闹到二更天气，灯也没点得成，家堂上香也不曾烧得，大家嘴谷都②在床炕上各自睡了。

晁大舍刚刚睡去，只见那初一日五更里那个老儿拄了根拐杖，又走进房来，将晁大舍床上帐面用杖挑起一扇，挂在钩上，说道：“晁源孙儿，你不听老人言，定有恓惶处。那日我这样嘱付了你，你不依我说，定要出去，若不是我拦护得紧，他要一交跌死你哩！总然你的命还不该死，也要半年一年活受。你那冤家伺候得你甚紧，你家里这个妖货又甚是作孽，孙媳妇计氏又起了不善的念头，你若不急急往北去投奔爹娘跟前躲避，我明日又要去了，没人搭救你，苦也！你若去时，千万要把那本《金刚经》自己佩在身上，方可前进，切莫忘记了！”又将珍哥炕上帐子挑起，举起杖来就要劈头打下，一面说道：“这等泼恶！你日间是甚么狠毒心肠！”随又缩住了手，道：“罢，罢！又只苦了我的孙儿。”

那珍哥从梦中分明还是前日堂上坐的那个太公，举起杖来要

---

① 任伯高——汉班超（字仲升）少年贫困，投效任伯高处，受任嘲弄，后班超封了定远侯，做了任伯高的上司，任伯高非常尴尬。本书引此形容晁大舍的窘态。

② 嘴谷都——撅嘴翘唇，生气的样子。

打，从梦中惊醒，揭起被，跳下炕来，精赤着身子，往晁源被里只一钻，连声说道："唬死我了！"晁源也从梦中大叫道："公公！你莫去，好在家中护我！"两个也不使性了，搂做一块，都出了一身冷汗，齐说梦中之事。晁源说道："公公两次托梦甚是分明，若不依了公公，必定就有祸事。我们连忙收拾往爹娘任里去。——只是爹娘见在华亭，公公屡次说北去，这又令我不省。我从明日起，也不再往外边行走，叫人往庄上取了《金刚经》来，打点行李，选择起身南去。"正是：

鬼神自有先知，祸福临期自见。

第　四　回

童山人胁肩谄笑　施珍哥纵欲崩胎

一字无闻却戴巾，市朝出入号山人。
搬挑口舌媒婆嘴，鞠耸腰臂妾妇身。
谬称显路为相识，浪说明公是至亲。
药线数茎通执贽，轻轻骗去许多银。

又：

房术从来不可闻，莫将性命博红裙。
珍哥撺掇将钱买，小产几乎弄断筋！

晁大舍因一连做了这两个梦，又兼病了两场，也就没魂少智的。计氏虽然平素恃娇挟宠，欺压丈夫，其外也无甚大恶。晁大舍只因自己富贵了，便渐渐强梁厌薄起来。后来有了珍哥，益把计氏看同粪土，甚至不得其所。公公屡屡梦中责备，五更头寻思起来，未免也有些良心发见，所以近来也甚雁头鸱劳嘴的，不大旺相。十七日。睡到傍午，方才起来。勉强梳了头，到家堂中烧疏送神。分付家人收拾了灯，与珍哥看牌、抢满，赢铜钱耍子。晁奉山媳妇、丫头小迎春，都在珍哥背后替他做军师。

将近午转，两个吃了饭，方才收了碗盏，家童小典书进来说道："对门禹大爷合一位戴方巾不识面的来拜爷。"晁大舍道："那位相公像那里人声音?"典书回说："瓜声不拉气的，像北七县里人家。"晁大舍道："这可是谁?"珍哥道："这一定是你昨日送攒盒与他的星士，今日来谢你哩。"晁大舍一面笑，一面叫丫头拿道袍来穿。珍哥说："你还把网巾除了，坎上浩然巾，只推身上还没大好，出不得门。不然，你光梳头，净洗面的，躲在家里，不出去回拜人，岂不叫人嗔怪？"晁大舍道："你说的有理。"随把网巾摘下，坎了浩然巾，穿了狐白皮袄，出去接待。走到中门口，站住了，对丫头说道："你合媳妇子们说，收拾下攒盒果菜，只怕该留坐的。我要，就端出去。"分付了，出到厅上，只见那个戴方巾的汉子：

焌①黑张飞脸，绯红焦赞头。道袍油粉段，方舄②烂红绸。

俗气迎人出，村言逐水流。西风梧叶落，光棍好逢秋。

禹明吾说道："这们大节下，你通门也不出，只在家里守着花罢？"晁大舍道："守着花哩！大初一五更跌了一交，病的不相贼哩！"让进厅内。那个戴方巾的说道："新节，尽晚生来意，大爷请转，容晚生奉揖。"禹明吾接口说道："这是青州童兄，号定宇，善于丹青，闻大名，特来奉拜。"晁大舍道："原来是隔府远客。愚下因贱恙没从梳洗，也且不敢奉揖。"那童定宇道："这个何妨？容晚生奉个揖，也尽晚生晋谒的诚意。"晁大舍不肯。大家拱了手。旁边禹明吾家一个小厮小二月捧着一个拜匣走将过来。童定宇将拜匣揭开，先取出一个四折柬礼帖，开道："谨具白丸子一封，拙笔二幅，丝带二副，春线四条，奉申贽敬③。青州门下晚生童二陈顿首拜。"将帖掀一掀，递到晁大舍手内。晁大舍将帖用眼转一转，旁边家人接得去了。

晁大舍又向童定宇拱手称谢，分付收了礼，两边苏坐④了，

---

① 焌（qū）——在此同"黢"，黑。
② 舄（xì）——鞋。
③ 贽（zhì）敬——旧时拜师送的礼。
④ 苏坐——随意坐下。

叙了寒温。童定宇开言道：“晚生原本寒微，学了些须拙笔，也晓得几个海上仙方，所以敝府乡老先合春元①公子们也都错爱晚生。就是钱吏部、孙都堂、李侍郎合科里张念东、翰林祁大复都合晚生似家人父子一般。只因相处的人广了，一个身子也周不过来，到了这一家，就留住了，一连几日不放出来，未免人家便不能周到。见了便就念骂，说道你如何炎凉，如何势利，‘鹁鸽拣着旺处飞’，奚落个不了！所以连青州府城门也没得出来走一走，真是‘井底蛤蟆没见甚么天日’。但是逢人都便说道：‘武城县里有个乡宦晁老爷的公子晁大爷，好客重贤，轻财尚义。投他的就做衣裳，相处的就分钱物。又风流，又倜傥。’所以晚生就如想老子娘的一般，恨不得一时间就在大爷膝下。只是穷忙，这些大老们不肯厮放，那得脱身？钱少宰老先新点了兵部，狠命的央晚生陪他上京。别的老先们听见，那个肯放？都说道：‘你如随钱老先去了，我们饭也是吃不下的。你难道下得这等狠心？’钱老先闻知众位乡尊苦留不放，钱老先说：‘他们虽是爱童定宇，不过是眼底下烦他相陪取乐，我却替童定宇算记个终身。你看，他这们一表人物，又魁伟，又轩昂，本领又好，没的这们个人止叫他做个老山人罢？可也叫他变一变化。趁我转了兵部，叫他跟了我去，扶持他做个参游副将，就是总兵挂印，有甚难焉。’”又轻轻说道：“他也还不止这一件，也还要晚生与他引引线，扯扯纤儿。所以众人才放晚生来了。”

晁大舍见他不称“大爷”不说话，不称“晚生”不开口，又说合许多大老先生来往，倒将转来又有几分奉承他的光景，即分付家人道：“后边备酒。”家人领命去了。晁大舍道：“如今钱老

① 春元——对举人的尊称。

先生到过任不曾？”童定宇道：“已于去年十二月上京去了。晚生若不是专来拜访大爷，也就同钱老先行了。今日果然有幸，就如见了天日一般。”奉承的晁大舍心痒难挠。摆上酒来，吃到起鼓以后方才起身。晁大舍送到二门上，即站住了，说道：“因贱恙也还不敢外去，这边斗胆作别。”童定宇别了出门，禹家的小厮跟了，先到对门去了。

晁大舍又将禹明吾留住说：“久没叙话了，天也还早，再奉三钟。”禹明吾道：“贵恙还不甚痊愈，改日再扰罢。”在二门上站住。晁大舍将童定宇的来历向禹明吾扣问①。禹明吾说：“我也没合他久处。是因清唱赵奇元说起他有极好的药线，要往省下赶举场说起，才合他相处了没多几日。他又没处安歇，我昨日才让他到后头亭子上住下了。”晁大舍道：“看那人倒是个四海②和气的朋友，山人清客也尽做得过了。我还没见他画的何如哩。”禹明吾道：“他也不大会画甚么，就只是画几笔柳树合杏花，也还不大好。看来倒只是卖‘春线’罢了。”晁大舍又问：“他拜我，却是怎么的意思？”禹明吾道：“这有甚么难省？这样人，到了一个地方，必定先要打听城里乡宦是谁，富家是谁，某公子好客，某公子小家局，拣着高门大户投个拜贴，送些微人事③。没的他有折了本的？”晁大舍道：“他适才送了咱那四样人事，咱掐量④着，也得甚么礼酬他？”禹明吾道：“他适才送了你几根药线？”晁大舍道：“我没大看真，不知是四根，不知是六根。”禹明吾道：“他那线就卖五分一条哩。一斤白丸子，破着值了一钱。两

① 扣问——扣同“叩”，询问，打听。
② 四海——豪爽。
③ 人事——礼物。
④ 掐量——思量，估计。

副带子，值了一钱二分。两幅画，破着值了三钱。通共六钱来的东西，你才又款待了他，破着送他一两银子罢了。”晁大舍道：“我看，那人是个大八丈，似一两银子拿不出手的。”禹明吾道：“你自己斟酌。多就多些，脱不了是自己体面。”说完，二人作别，散了。

晁大舍回进宅内，珍哥迎着坐下，问道：“星士替你算的命准不准？”晁大舍笑道：“他倒没替我算。他倒替你算了一算，说你只一更多天就要大败亏输哩！”随即将他送的礼从头又看了一遍，拿起那封春线，举着向珍哥道：“这不是替你算的命本子？一年四季四本子。”珍哥夺着要看。晁大舍道：“一个钱的物儿？你可看的！”随藏入袖中去了。说道：“拿茶来，吃了睡觉，休要‘割拉老鼠嫁女儿’！”一面吃了茶，一面走到屋头上一间秘室内，将山人送的线依法用上，回来又坐了一回，收拾睡了。枕边光景不必细说。

次早，辰牌时分，两个眉开眼笑的起来，分付厨房预备酒菜，要午间请禹明吾同童山人在迎晖阁下吃酒。差人持了一个通家生白钱帖到对门禹家去，请同禹明吾来吃午饭。禹明吾看着童山人道：“老童，情管你的法灵了！”童山人道：“咱的法再没有不灵的。只怕他闭户不纳，也就没有法了。”一边说笑，一边同到晁家大厅。西边进去，一个花园。园北边朝南一座楼，就叫是迎晖阁。园内也还有团瓢①亭榭，尽一个宽阔去处。只是俗人安置不来，摆设的像了东乡浑账骨董铺。三人相见了。晁大舍记昨日，甚是殷勤。珍哥自己督厨，肴馔比昨日更加丰盛。童山人比昨日更自奉承。席上三个人各自心里明白，不在话下。头一遭叫

① 团瓢——草舍。

是初相识，第二遍相会便是旧相知了。晁大舍也不似昨日拿捏官腔，童山人也不似昨日十分谄媚。饮酒中间，也更浃洽了许多。直至二更时分，仍送二门作别。禹明吾复回，密向晁大舍耳边问道：“所言何如?”晁大舍道：“话不虚传！我要问他多求。”禹明吾道：“咱和他说。他也就要起身，要赶二月初二日与田太监上寿哩。”晁大舍道：“你和他说，不拘多少，尽数与我，我照数酬他。”彼此拱手走散。

又隔了一日，童山人递了一个通家门下晚生辞谢全帖，又封了一封春线，下注“计一百条”，内面写道：“此物不能耐久，止可随合随用。”晁大舍收了，回说：“明午还要饯行。二十二日吉辰。出行极妙。”即差人下了请帖，又请禹明吾相陪。至期赴席，散了。

二十二日早辰，晁大舍要封五两药金，三两赆仪，送与童山人去。珍哥说道：“你每次大的去处不算，只在小的去处算计。一个走百家门串乡宦宅的个山人，你多送他点子，也好叫他扬名。那五两是还他的药钱，算不得数的。止三两银子，怎么拿的出手?”晁大舍道：“禹明吾还只叫我送他一两银子，我如今加两倍了。”珍哥道：“休要听他。人是自己做，加十倍也不多。光银子也不好意思的，倒像是赏人的一般。你依我说，封上六两折仪，寻上一匹衣着机纱，一双鞋，一双绫袜，十把金扇，这还成个意思的。”晁大舍笑道：“我就依卿所奏，这是算着贵人的命了。”写了礼帖，差人送了过去。童山人感激不尽，禹明吾也甚是光采。自己又过来千恩万谢的，方才作别，约道：“过日遇便，还来奉望。”

禹明吾又落后指着晁大舍笑道：“这情管是小珍的手段。你平日虽是大铺腾，也还到不的这们阔绰。”晁大舍道：“这样人就像媒婆子似的，咱不打发他个喜欢，叫他到处去破败咱？”禹明吾道：“他指望你有二两银子送他就满足他的愿了，实不敢指望你送他这们些。”晁大舍还让禹明吾厅上坐的，禹明吾说：“我到家陪他吃饭，打发他起身。”拱了拱手，去了。

晁大舍从此也就收拾行李，油轿帏，做箱架，买驮轿与养娘丫头坐，要算计将京中买与计氏的那顶二号官轿，另做油绢帏幔与珍哥坐，从新叫匠人收拾；又看定了二月初十日起身；又写了二十四个长骡，自武城到华亭，每头二两五钱银，立了文约，与三两定钱；又每日将各庄事件交付看庄人役。跟去家人并养娘丫头的衣服，还有那日打围做下的，不必再为料理。

那时也将正月尽了。看定初二日吉辰，差人到雍山庄上迎取《金刚经》进城。不料初四日饭后，雍山庄上几个庄户荒荒张张跑来报道：“昨夜二更天气，不知甚么缘故，庄上前后火起，厅房楼屋，草垛廪仓，烧成一片白地。掀天的大风，人又拯救不得。火烧到别家，随即折回，并不曾延烧别处。”晁大舍听了，明知道是取了《金刚经》进城，所以狐精敢于下手，叫了几声苦，只得将来报的庄客麻犯了一顿。进去与珍哥说知。想起公公梦中言语，益发害怕起来。

真是“福无双至，祸不单行”。珍哥从去打围一月之前，便就不来洗换①了，却有了五个月身孕。童山人送了许多线，虽是叫你缝联，你也还该慢慢做些针黹才是。谁知他不惜劳碌，把五个月胎气动了。听说庄上失了火，未免也唬了一跳。到了初六日午后，觉得腰肚有些酸疼，渐渐疼得紧了，疼到初七日黎明，疼个不住，小产下一个女儿。

---

① 洗换——指月经。

此时，珍哥才交十九岁，头次生产，血流个不住，人也昏晕去了。等他醒了转来，慢慢的调理倒也是不妨的。晁大舍看了道：“是个八百两银子铸的银人，岂是小可！”急火一般，差人去将杨古月请来诊视。杨古月名虽是个医官，原不过是个名色而已，何尝见甚么《素问》《难经》，晓得甚么王叔和《脉诀》！若说别的症候，除了伤寒，也都还似“没眼先生上钟楼，瞎撞”。这个妇人生产，只隔着一层鬼门关，这只脚跨出去就是死，缩得进来就是生，岂容得庸医尝试的？南门外有个专门妇人科姓萧的，却不去请他，单单请了一个杨古月胡治。这个杨古月，你也该自己忖量一忖量，这个小产的生死是间不容发的，岂是你撞太岁的时候？他心里说：“这有甚干系；小产不过是气血虚了，‘十全大补汤’一贴下去，补旺了气血，自然好了。况我运气好的时节，凭他怎么歪打，只是正着。”他又尝与人说道：“我行医有独得之妙，真是约言不烦，治那富翁子弟，只是‘消食清火’为主；治那姬妾多的人，凭他甚么病，只是‘十全大补’为主；治那贫贱的人，只是‘开郁顺气’为主。这是一条正经大路，怕他岔去那里不成？”所以治珍哥的小产，也是一帖“十全大补”兼“归脾汤”，加一钱六分人参，吃将下去。谁知那杨古月的时运也就不能替他帮助了。将恶路补住不行，头疼壮热，腹胀如鼓，气喘如牛，把一个画生般的美人只要死，不求生了！

晁大舍慌了手脚，岳庙求签，王府前演禽打卦，叫瞎子算命，请巫婆跳神，请磕竹①的来磕竹，请圆光②的圆光，城隍庙念保安经，许愿心，许叫佛，许拜斗三年，许穿单五载。又要割

---

① 磕竹——算命先生用的竹板，共两片，敲击发出声响，引人算命。

② 圆光——旧时术士迷信骗钱，持镜或白纸念咒，让孩子观看，说上面能现出的种种形象，并从而预卜吉凶祸福。

股煎药，慌成一块。倒还幸得对门禹明吾看见，问知所以，走过来看望。晁大舍备道了所以。禹明吾说道："杨古月原不通妇女科。你放着南关里萧北川专门妇女科不去请他，以致误事。你如今即刻备马，着人搬他去！"禹明吾仰起头看了看，道："这时候，只怕他往醉乡去了。"差家人李成名备了一匹马，飞也似去了。

这萧北川治疗胎前产后，真是手到病除。经他治的，一百个极少也活九十九人。只是有件毛病不好，往人家去，未曾看病，先要吃酒，掇了个酒杯，再也不肯进去诊脉；看出病来，又仍要吃酒，恋了个酒杯，又不肯起身回家撮药。若这一日没有人家请去，过了午末未初的时候，摘了门牌，关了铺面，回到家中自斟自酌，必定吃得结合了陈希夷去等候周公来才罢，所以也常要误人家事。这等好手段，也做不起家事来。这日将近未末申初了，那时还醒在家里。走到他门上，只见实秘秘的关着门。

李成名下了马，将门用石子敲了一歇，只见一个秃丫头走出来开门。李成名说道"你快进去说，城里晁乡宦家请萧老爹快去看病。牵马在此。"那丫头说道："成不的了！醉倒在床，今日不消指望起来了。"李成名道："说是甚话？救治人命，且说这们宽脾胃的声嗓①！这急不杀人么！"丫头说道："谁说不急？但他醉倒了，就如泥块一般，你就抬了他去，还中甚么用哩？起头叫着也还胡乱答应。再叫几声，就合叫死人一般了。"李成名道："好大姐！好妹妹！你进去看看。你要叫不醒他，待我自家进去请他；再不然，我雇觅四个人连床抬了他去。"丫头说道："你略等等，待我合俺娘说，叫他。"丫头进去对萧北川的婆子说了。那

① 声嗓——腔调。

婆子走到身边，将他摇了两摇。他还睁起眼来看了一看。婆子说道：“晁宅请你。”那萧北川哼哼的说道：“曹贼吊在井里，寻人捞他起来。”婆子又高声道：“是人家请你看病!”萧北川又道：“邻家请你赶饼，你就与他赶赶不差。”婆子道：“这腔儿躁杀我了！丫头子，出去，你请进那管家来自己看看。”李成名自己走到房内，一边对着萧婆子说道：“家里放着病人，急等萧老爹去治，这可怎么处?”一边推，一边摇晃，就合团弄烂泥的一般。李成名道：“您慢慢叫醒他，待我且到家回声话去，免得家里心焦。”萧婆子随套唐诗两句道：“他醉欲眠君且去，明朝有意带钱来。”

晁大舍望萧北川来，巴得眼穿。李成名扑了个空，回话萧北川醉倒的光景，又说：“我怕家里等得不耐烦，先回来说一声。我还要即刻回去等他，叫人留住城门，不拘时候，只等他醒转就来。”李成名又另换了一匹马，飞也似去了。回到萧家，敲门进去，窗楞上拴了马，问说：“那萧老爹醒未?”他婆子说：“如今他正合一个甚么周公在那里白话，只得等那周公去了，方好请他哩。管家只得在客坐里等，等困了，也有床在内面。将马且牵到驴棚里喂些草。”

婆子安顿了李成名进去，随即收拾了四碟上菜，一碗豆角干，一碗暴腌肉，一大壶热酒，叫昨日开门的那个秃丫头搬出来与李成名吃。李成名道：“请不将萧老爹去，到反取扰。”丫头将酒菜放在桌上，进去又端出一小盆火来，又端出一碟八个饼，两碗水饭来。李成名自斟自酌。家中因珍哥病，忙得不曾吃饭，这却是当厄之惠，就如那漂母待韩信一般的。吃完，秃丫头收进器皿去了。李成名到驴棚内喂上了马草回来，那秃丫头又送出一床毡条，一床羊皮褥子，一个席枕头来。李成名铺在床上，吹了灯，和衣睡下，算记略打个盹就要催起萧北川来，同进城去。原来李成名忙乱了一日，又酒醉饭饱的，安下头鼾鼾睡去。那个周公别了萧北川出来，李成名恰好劈头撞见，站住说话，说个不了。

到了五更，萧北川送出周公去了，到有个醒来的光景，呵欠了两声，要冷水吃。婆子将晁家来请的事故一一说了一遍。萧北川道："这样，也等不到天明梳头，你快些热两壶酒来，我投他一投，起去与他进城看病。"婆子道："人家有病人等你，像'辰勾盼月'的一般，你却又要投酒。你吃开了头，还有止的时候哩？你依我说，也不要梳头，坎上巾，赶天不明，快到晁家看了脉，攒了药，你却在他家投他几壶。"萧北川道："你说得也是。只是我不投一投，这一头宿酒，怎么当得？"一面也就起来，还洗了一洗脸，坎了巾，穿了一件青彭段夹道袍，走出来唤李成名。谁知那李成名也差不多像了萧北川昨日的光景了，唤了数声方才醒转来，说了话，备了马，教人背了药箱，同到了宅内，进去说知了。

却说珍哥这一夜胀得肚如鼓大，气闷得紧，真是要死不活。晁大舍急得就如活猴一般，走进走出的乱跳，急忙请萧北川进去。萧北川一边往里走着，一边说道："好管家，你快暖下热酒等着。若不投他一投，这一头宿酒怎么受？"家人回道："伺候下酒了。"入到房内，看了脉，说道："不要害怕，没账得算，这是闭住恶路了。你情管我吃不完酒就叫他好一半，方显手段。"晁大舍道："全仗赖用心调理，自有重谢。"回到厅上坐下，取开药箱，撮了一剂汤药，叫拿到后边，用水二钟，煎八分。又取出圆眼大的丸药一丸，说用温黄酒研开，用煎药乘热送下。收拾了药箱。晁大舍封出二两开箱钱来，萧北川虚让了一声，收了。又赏了背箱子的人一百文钱。随摆上酒来。萧北川道："大官人，你自进去照管病人吃药，叫管家伺候，我自己吃酒。这是何处？我难道有作假的不成?"晁大舍道："待我奉一杯，即当依命。"晁大舍递了头杯，也陪了一盏。萧北川将晁大舍让进去了。萧北川道："管家，你拿个茶杯来我吃几杯罢，这小杯闷的人慌。"

晁大舍进去问道："煎上药了不曾?"丫头回说："煎上了。"晁大舍将丸药用银匙研化了，等煎好了汤药灌下。只见珍哥的脸紫胀的说道："肚子胀饱，又使被子蒙了头，被底下又气息，那砍头的又怪铺腾酒气，差一点儿就鳖①杀我了！如今还不曾倒过气来哩!"说话中间，那药也煎好了。晁大舍拿到床前，将珍哥扶起，靠了枕头坐定，先将化开的丸药呷在口里，使汤药灌将下去。吃完药，下边一连撒了两个屁，那肚胀就似松了些的。又停了一会，又打了两个嗳，更觉宽松了好些，也掇的气转了。

萧北川口里呷着酒，说道："管家，到后边问声，吃过了药不曾？吃了药，放两三个屁，打两个嗳，这胀饱就要消动许多。"家人进去问了，回话道："果是如此。如今觉的肚内稍稍宽空了。"萧北川开了药箱，又取出一丸药，说道："拿进去用温酒研开，用黑砂糖调黄酒送下。我还吃着酒等下落。"

珍哥依方吃了，将有半顿饭时，觉得下面湿汰汰的，摸了一把，弄了一手烋紫的血。连忙对萧北川说了。萧北川那时也有二三分酒了，回说："紫血稍停，还要流红血哩。您寻了个马桶伺候着。"珍哥此时腹胀更觉好了许多，下面觉得似小解光景。挡扶起来，坐在净桶上面，夹尿夹血下了有四五升。扶到床上，昏沉了半晌，肚胀也全消了，又要寻思粥吃。回了萧北川话。这

① 鳖——同"憋"。

时，晁大舍的魂灵也回来附在身上了，走到前面，向萧北川说道："北老，你也不是太医，你通似神仙了！真是妙药！"陪了几大杯酒。

吃过饭，萧北川起辞，说道："且睡过一夜，再看怎么光景，差人去取药罢，我也不消自己来看了。"仍叫李成名牵马送去。马上与李成名戏道："我治好了你家一个八百两银子的人，也得减半，四百两谢我才是。"李成名道："何止八百两！那珍姨是八百两，俺大爷值不了八千两？俺珍姨死了，俺大爷还活得成哩？想起来还值的多哩！俺老爷没的不值八万两？大爷为珍姨死了，俺老爷也是活不成的。你老人家也不是活了俺家一个人，通是活了俺一家子哩！"萧北川又说："今日收的你家礼多了，明日取药不要再封礼了，止拿一大瓶酒来我吃罢。你那酒好。"李成名道："莫说一瓶，十瓶也有。"一边说，一边将萧北川送到家，回家复了话，将萧北川要酒的言语也说了。珍哥虽不曾走起，晁大舍也着实放心不下。未定初十日起身得成否，且听下回分解。

第　五　回

明府[1]行贿典方州　戏子恃权驱吏部

儒门莫信便书香，白昼骄人仗孔方。
虽是乞夫明入垄，胜如优孟暗登场。
催科勒耗苛于虎，课赎征锾狠似狼！
戒石[2]当前全不顾，爰书议后且相忘。
只要眼中家富贵，不知身殁子灾殃。
曲直无分胡立案，是非倒置巧商量。
天理岂能为粟米？良心未得作衣裳。
呈身景监人争笑，且托优人[3]作壁墙。

到了初九日侵早，小珍哥头也不疼，身也不热，肚也不胀饱，下边恶路也都通行，吃饭也不口苦，那标病[4]已都去九分了。只是纵欲的人，又兼去了许多血脉，只身上虚弱的紧。晁大舍又封了一两药金，抬了一沙坛好酒，五斗大米，差李成名押着往萧北川家去取药。萧北川见了银子、大米，虽是欢喜，却道也还寻常，只是见了那一沙坛酒，即如晁大舍见珍哥好起病的一般，不

① 明府——知县。
② 戒石——劝戒官员的石碑，始于宋朝，元明清均有承袭。据文献记载，碑上刻“尔俸尔禄，民脂民膏；下民易虐，上天难欺”十六字。
③ 优人——宋元以后，对从事乐舞戏剧艺人的统称。
④ 标病——表面上的病，主要的病。

由的向李成名无可不可的作谢，狠命留李成名吃酒饭，高高的封了一钱银子赏他，撮了两帖药，交付回去。

次早初十，七八个骡夫，赶了二十四头骡子，来到晁家门首。看门人说道："家中有病人，今日起身不成。"众脚户说道："这头口闲一日，就空吃草料，谁人包认？"家人传进去了。晁大舍道："家中奶奶不好，今日起不成身，还得出这二月去，另择吉日起身哩。他若肯等，叫他等着。他若不肯等候，将那定钱交下，叫他另去揽脚。咱到临时另雇。"家人传到外边。众骡夫嚷说："这春月正是生意兴旺时候，许多人来雇生口。只因宅上定了，把人都回话去了。如今却耽误了生意，一日瞎吃许多草料，前日那先支去的三两银子，还不够两三日吃的，其余耽阁的日子，还要宅上逐日包认。"一家找出，一家又要倒入，两边相持争闹。毕竟亏禹明吾走过来评处，将那三两定钱就算了这几日空闲草料，即使日后再雇头口，这三两银也不要算在里面。又叫宅里再暖出一大瓶酒来与脚户吃，做刚做柔的将脚户打发散去。

却说晁知县在华亭县里，一身的精神命脉，第一用在几家乡宦身上，其次又用在上司身上。待那秀才百姓，即如有宿世冤仇的一般。当不得根脚牢固，下面也都怨他不动。政以贿成。去年六月里考了满①，十月间领了敕命，各院复命，每次保荐不脱。九月间，适然还有一班苏州戏子，持了一个乡宦赵侍御的书来托晁知县看顾。晁知县看了书，差人将这一班人送到寺内安歇，叫衙役们轮流管他的饭食。歇了两日，逐日摆酒请乡宦，请举人，请监生，俱来赏新到的戏子；又在大寺内搭了高台唱《目莲救母记》与众百姓们玩赏。连唱了半个月，方才唱完。这些请过的乡

① 考满——官吏满三年任期后，由上司考查，升迁或降级均由上司的考语而定。

绅举监挨次独自回席，俱是这班戏子承应。唱过，每乡宦约齐了都是十两，举人都是八两，监生每家三十两，其余富家大室共凑了五百两，六房皂快共合拢二百两，足二千金不止。

十月初一日，晁夫人生日。这班人挑了箱，唤到衙内，扮戏上寿。见了晁知县，千恩万谢不尽。立住问了些外边的光景。别的也都渐渐走开去了，只有一个胡旦、一个梁生还站住白话。因说起晁知县考过满，将升的时候了。晁知县道："如今的世道，没有路数相通，你就是龚遂、黄霸①的循良，那吏部也不肯白白把你升转。皇上的法度愈严，吏部要钱愈狠。今幸得华亭县，也亏不了人，多做一日即有多做一日的事体，迟升早升亦凭吏部罢了。"梁生说道："老爷倒不可这等算计。正是这个县好，所以要早先防备。如今老爷考过满了，又不到部里干升，万一有人将县缺谋去，只好把个远府不好的同知，或是刁恶的歪州，将老爷推升了去，岂不误了大事？若老爷要走动，小人们有极好的门路，也费用得不多，包得老爷如意。如今小人们受了老爷这等厚恩，也要借此报效。"晁知县喜道："你们却是甚么门路？"梁生道："若老爷肯做时，差两个的当②的心腹人，小人两个里边议出一个，同了他去，如探囊取物的容易。明年二月包得有好音来报老爷。"晁知县道："且过了奶奶生日，我们明日商量。你说得甚是有理。万一冒冒失失推一个歪缺出来，却便进退两难了。"

议定，到了次日，将胡旦、梁生叫到侧边一座僻静书房内。梁生道："京中当道的老爷们，小人们服事的中意也极多。就是

① 龚遂、黄霸——龚遂：西汉人，任渤海太守时，开仓借粮，奖励农桑。黄霸：西汉人，官至丞相，为政外宽内明。后世并称龚黄，是清官的代表。

② 的当——可信，可靠。

吏部里司官老爷，小人们也多有相识的。这都尽可做事。若老爷还嫌不稳，再有一个稳如铁炮的去处，愈更直捷。只是老爷要假小人便宜行事，只管事成。那如何成事，老爷却不要管他。就是跟去的两个人，也只叫他在下处管顾携去物件罢，也不得多管，掣小人们肘。”晁知县笑问道：“你且说这个门路却是何人？”梁生道：“是司礼监王公那里来，是稳当。”晁知县惊问道：“我有多大汤水，且多大官儿，到得那王公跟前，烦得动他照管？”梁生道：“正是如此，所以要老爷假便宜，跟去的人不要来掣肘。老爷只管如意罢了。”晁知县道：“约得几多物件？”梁生道：“老爷且先定了主意，要那个地方的衙门，方好斟酌数目。”晁知县道：“我这几年做官的名望虽然也好，又保荐过四五次，又才考过满，第一望行取，这只怕太难些，做不来；其次是部属，事倒也易做。但如今皇上英明，司官都不容易，除了吏部、礼部，别的兵刑等四部，那一部是好做的？头一兵部，也先寻常犯边，屡次来撞口子，这是第一有干系的。其次刑部，如今大狱烦兴，司官倒也热闹，只是动不动就是为民削夺，差不多就廷杖，这是要拘本钱的去处，是不消提起的了。其余户、工两部，近来的差也多极难，有利就有害，咱命薄的人担不起。除了部属就是府同知，这三重大两重小的衙门，又淡薄，又受气，主意不做他。看来也还是转个知州罢，到底还是正印官，凡事由得自己。”梁生道：“老爷说的极是！但不知要那一方知州？”晁知县道：“那远处咱是去不得的。一来，俺北方人离不得家。第二，我也有年纪了。这太仓、高邮、南通州倒好，又就近。但地方忒大，近来有了年纪，那精神也照管不来。况近来闻说钱粮也多逋欠①，常被

① 逋（bū）欠——拖欠。

参罚，考不的满。不然，还是北直，其次河南，两处离俺山东不甚相远。若是北通州，我倒甚喜。离北京只四十里，离俺山东通着河路。又算京官，覃恩①考满，差不多就遇着了。你到京再看，若得此缺，方好。”

约定十二月十六日吉时起身，议出胡旦同家人晁书、晁凤带着一千两银子，分外又带了二百两盘费，雇了三个长骡，由旱路要赶灯节前到京干事。胡旦心中想道：“虽是受了晁爷的厚恩，借此报他一报，可也还要得些利路才好。难道白白辛苦一场？若把事体拿死蛇般做，这一千两银子只怕还不够正经使用。幸得梁生当面讲过，便宜行事。待我到京，相机而行便了。”风餐雨宿，走了二十八个日头。正月十四日，进了顺城门，在河漕边一个小庵内住了，安顿了行李。

原来司礼监太监王振，原任文安县儒学训导，三年考满无功，被永乐爷阉割了，进内教习宫女。到了正统爷手里，做到司礼监秉笔太监，那权势也就如正统爷差不多了，阁老递他门下晚生帖子，六部九卿见了都行跪礼。他出去巡边，那总制巡抚都披执了，道旁迎送。住歇去处，巡抚总督都换了亵衣，混在厨房内监灶。他做教官的时节，有两个戏子，是每日答应相熟的人。因王振得了时势，这两人就致了仕，投充王振门下，做了长随。后又兼了太师，教习梨园子弟。王振甚是喜他。后来也都到了锦衣卫都指挥的官衔，家中那金银宝物也就如粪土一般的多了。这两个都是下路人，一个姓苏的，却是胡旦的外公；一个姓刘的，乃是梁生的娘舅。

即日晚上，胡旦叫人挑了带来的一篓素火腿，一篓花笋干，

① 覃恩——朝廷有庆典时，官员受恩升迁或得奖。

一篓虎丘茶，一篓白鲞，走到外公宅上。门人通报了，请胡旦进来见了，苏都督甚是欢喜。胡旦的亲外婆死久了，房中止有三四个少妾，也都出来与胡旦相见。胡旦将那晁知县干升的事备细说了，苏锦衣点了点头。一面摆上饭来，一面叫人收拾书房与胡旦宿歇。胡旦因还有晁书、晁凤在下处，那一千两银子也未免是大家干系，要辞了到庵中同寓。苏锦衣道："外孙不在外公家歇，去到庙角，不成道理，叫人去将他两个一发搬了来家同住。"胡旦吃了饭，也将掌灯的时候，胡旦领了两个虞候①，同往庵中搬取行李。晁书二人说道："这个庵倒也干净，厨灶又都方便，住也罢了。不然，你自己往亲眷家住去，我们自在此间，却也方便。"那两个虞候那里肯依，一边收拾，一边叫了两匹马，将行李驮在马上，两个虞候跟的先行去了。晁书二人因有那一千两银在内，狠命追跟。胡旦说道："叫他先走不妨，我们慢慢行去。"

那正月十四，正是试灯的时节，又当全盛太平的光景，一轮将望的明月，又甚是皎洁得紧。三人一边看，一边走。晁书、晁凤也只道胡旦的外公不过在京中扯纤拉烟寻常门户罢了，只见走到门首，三间高高的门楼，当中蛮阔的两扇黑漆大门，右边门扇偏贴着一条花红纸印的"锦衣卫南堂"封条，两边桃符上面贴着一副朱砂红纸对联道："君恩深似海，臣节重如山。"门前柱上又贴一条示道："本堂示谕：附近军民人等，不许在此坐卧喧哗，看牌赌博，如违拿究！"晁书二人肚内想道："他如何把我们领到这等个所在来？"又想道："他的外公必定是这宅里的书办，或是长班，家眷就在宅内寄住。"但只见门上的许多人看见他三人将到，都远远站起，垂了手，走到门台下伺候，见了胡旦，说道：

① 虞候——古官名。在此为侍从。

"大叔，怎得才来？行李来得久了。老爷正等得不耐烦哩。"

走进大门，晁书向胡旦耳朵边悄悄问道："这是谁家，我们轻易撞入？"胡旦道："这就是我外公家里。"晁凤又悄悄问道："你外公是甚样人，住这等大房，门上有这许多人伺候？"胡旦道："我外公是个一点点锦衣卫都督，因管南镇抚司事，所以有几个人伺候。"说话中间，进了仪门。承值①的将晁书、晁凤送到西边一个书房安顿。那书房内也说不了许多灯火齐整。

吃了茶，晁书、晁凤大眼看小眼的道："我们既然来到此处，伺候参见了苏爷，方好叨扰。"胡旦教人传禀。许久出来回话："老爷分付，今日晚了，明日朝里出来见罢。叫当值的陪二位吃饭，请胡大叔到里面去。"胡旦道："二位宽怀自便，我到内边去罢。"晁书二人暗道："常日只说是个唱旦的戏子，谁知他是这样的根器？每日叫他小胡儿，笑落他，他也不露一些色相出来。"大家吃了饭，安歇了。

次早吃了早饭，胡旦换了一领佛头青秋罗夹道袍，戴了一顶黑绒方巾，一顶紫貂帽套，红鞋绫袜，走到书房。晁书二人乍见了，还不认得，细看方知是胡旦。二人向前相唤了，谢说："搅扰不当。"胡旦打开行李，取出梁生与他母舅的家书，并稍寄的人事。胡旦也有送他的笋鲞等物，同了苏家一个院子，要到刘锦衣家，约了晁书二人同往。晁书又只道是个寻常人家，又因梁生常在他面前说道有一个母舅在京，二位到那里，他一定要相款的，所以也就要同去望他。及至到了门上，那个光景又是一个苏府的模样。苏家的人到二门上说了数句。胡旦也不等人通报，竟自大落落走进去了，回头只见晁书二人缩住了脚不进去。胡旦立

① 承值——值班的差役。

住让道："二位请进厅坐。"晁书等道："我两人且不进去。此处离灯市相近了，我们且往那里走走，到苏宅等候罢。"一边说，一边去了。

原来这刘家是苏锦衣的内侄，是胡旦的表母舅，与梁生也都是表兄弟，所以两个干事都不分彼此。起先出头讲事都是梁生开口。梁生原要自己来，恐怕没了生脚，戏就做不成了。胡旦虽系正旦，扮旦的也还有人，所以叫胡旦来京。脱不了王振门下这两个心腹都也是胡旦的己亲，料也不会误事。那日，刘锦衣不在宅内。胡旦进去见了妗母，留吃了饭。刘锦衣回了宅，相见过，说了来京的事故。

胡旦别过，来到苏家，晚间赏灯筵宴，只见晁书等二人也自回来，要禀见苏锦衣。锦衣道："叫他过来。"苏锦衣方巾姑绒道袍、毡鞋，穿著的甚是庄重，在门槛内朝下站定。晁书不由自己，只得在厅台下跪下，磕了四个头，跪禀道："胡相公只说同行进京，并不曾说到老爷宅上。所以家主也不曾备得礼，修得书，望老爷恕罪。"苏锦衣道："胡相公一路都仗赖你两人挈带，家中管待不周，莫怪怠慢。京城也尽有游玩所在，闷了，外边闲走。你二位如今且往书房去赏灯。"又分付了一个承值拿了许多花炮陪伴晁书吃酒。

十六日早饭后，刘锦衣来苏家回拜胡旦。苏锦衣因灯节放假，闲在家里，就留刘锦衣赏灯过节，甚是繁华。席间，说起晁知县指望二人提拔，要升北通州知州。刘锦衣道："他有几数物事带来？"胡旦道："刚得一撇。"刘锦衣道："这通州是五千两的缺。叫他再出一千来，看两个外甥分上，让他三千两便宜。不然，叫他别处去做。"说过，也再不提起了。

过了十数日，晁书见了胡旦，也不敢再唤他小胡了，声声唤他胡相公，见了他也极其尊敬，问道："胡相公，我们来了这半月，事体也一些不见动静，银子又不见用费，却是怎生缘故?"胡旦道："二月半后才推升，如今却有甚动静？你们且好住着闲嬉哩。又不用出房钱，又不使饭钱，先生迷了路，在家也是闲。"晁凤道："正是无故扰苏老爷，心上不安。"胡旦道："可扰之家，扰一两年也不妨。"

到了二月初十日，傍晚的时节，刘锦衣来到了苏家相访，让他内书房里相待。胡旦却不在跟前。刘锦衣开口道："胡家外甥的事，姑夫算计要怎样与他做?"苏锦衣道："他拿了一千两头，要通州的美缺，怎样做得来?"刘锦衣道："这只好看了胡家外甥的体面，我们爷儿两个拿力量与他做罢了。叫他再添一千两银子，明白也还让他一大半便宜哩。把这二千头，我们爷儿两个分了，就作兴了梁家、胡家两个外甥，也是我们做外公做舅舅的一场，就叫他两个也就歇了这行生意，唤他进京来，扶持他做个前程，选个州县佐贰，虽是抵搭①，也还强似戏场上的假官。"苏锦衣道："不然等到十三日，与老公上寿的日子，我们两个齐过去与他说说，量事也不难。"刘锦衣道："只是还问他要一千两，不知他肯出不肯出。又不知几时拿得来。"苏锦衣道："这倒不打紧。人非木石，四五千的缺，止问他要二千银子，他岂有不出的？但则明日，我叫了他的家人，当面与他说说明白。"款待了刘锦衣酒饭，约定十三日与王振上寿，乘便就与晁知县讲情。

次日，苏锦衣衙门回来，到了厅上，脱了冠服，换了便衣，将晁书等唤到面前。晁书等叩了头，垂着手，站在一旁，苏锦衣道："你二人闲坐着，闷的慌，又没甚款待你们。你爷要的这个

① 抵搭——指地位低下。

缺，人家拿着五六千两银求不到手的，你们拿了一千两银子来，怎干的事？如今我与你锦衣卫刘老爷两个人的体面，与人讲做了二千银了，这比别人三分便宜二分哩。”晁凤原做过衙门青夫①的人，伶俐乖巧，随禀道：“小人们来时，家主也曾分付过了，原也就不敢指定这缺。若是此缺可得，这些微之物怎么得够。如今老爷主持了二数，这是极便宜的了。没有别说，只是家主来报效老爷合刘爷便了。如今只是一面做着，将见有的且先交付与他，待小人们着一人先回去取来补足。昨来的人原不多，又年节近了，路上不好走，所以没敢多带物件。”苏锦衣道：“银子倒不必去取，任凭多少，我这里可以垫发。只这几日，也就有信了。只是一件，如今那通州见有人做哩，昨日叫人查了查，还不够三年俸，怎么打发他？这到费手哩！”晁书等跑到书房将带来的一千两银，共二十封，一一交与苏锦衣收进，各回房去了。

到了十三日，王振的生日，苏刘二锦衣各备了几件希奇古怪的物件，约齐了同去上寿。只见门上人海人山的拥挤不透，都是三阁下、六部五府、大小九卿、内府二十四监官员，伺候拜寿。远远苏刘二人喝导到门，巡视人役拿了几根藤条，把拥挤的人尽数辟了开去，让苏刘二人行走到大门，下了马，把门的也不通报，把门闪开，二人穿着大红绉纱麒麟补服，雪白蛮阔的雕花玉带，拖着牌穗印绶，摇摆进去了，竟到了后边王振的住房外。近侍禀道：“苏掌家合刘掌家来了。”王振道：“叫他进里来。”说：“你两个穿着这红衣裳，一定是与我磕头。你搀空②磕了头罢，好脱了衣裳助忙。”苏刘二人就在卧房里跪下，一连磕了八个头，口称：“愿祖爷爷九千岁！每年四季平安！”起来也没敢作揖，自

① 青夫——衙役中的一种差使。
② 搀空——趁空的时候。

已跑到前面，将上寿的礼物，自己端着，捧到王振跟前。

苏锦衣的一个羊脂玉盆，盆内一株苍古小桃树，树上开着十数朵花，通似鲜花无异，细看却是映红宝石妆的。刘锦衣的也是一样的玉盆，却是一株梅树，开的梅花却是指顶大胡珠妆的。王振看了，甚是欢喜，说道："你两个可也能！那里钻钻的这门物儿来孝顺我哩？"随分付近侍道："好生收着。拿罩儿罩住，休要暴上土。不久就是万岁爷的圣诞，进了万岁爷罢。"看着苏刘二人说道："头已是磕了，礼已是送了，去脱了你那红袍，咱大家撺掇着做什么。"苏刘二人走到自己班房，脱了衣服，换上小帽两截子，看着人扫厅房，挂画挂灯，铺毡结彩，遮帏屏，搭布棚，抬铜锣鼓架子，摆桌调椅，拴桌帏，铺坐褥：真个是一了百当。王振进了早膳，升了堂，文武众官依次序上过寿，接连着赴了席。苏刘二人也没出府，乱到四更天，就在各人班房里睡了。

次日起来，仍看人收拾了摆设的物件。只见王振也进了早膳，穿着便衣，走到前厅来闲看。苏刘二人爬倒地，磕了四个头，说："老祖爷昨日陪客，没觉劳着么？"王振道："也就觉乏困的。"说着闲话，一边看着收拾。二人见王振有个进去的光景，苏刘二人走向前也不跪下，旁边站着。苏锦衣先开口道："奴婢二人有件事禀老祖爷。"王振笑嘻嘻的道："你说来我听。"二人道："奴婢二人有个小庄儿，都坐落在松江府华亭县。那华亭县知县晁思孝看祖爷分上，奴婢二人极蒙他照管。他如今考过满，差不多四年俸了，望升转一升转，求祖爷与吏部个帖儿。"王振道："他待往那里升？"二人道："他指望升通州知州，守着祖爷近，好早晚孝敬祖爷。他又要拜认祖爷做父哩。"王振道："这样小事，其实你们合部里说说罢了，也问我要帖儿！也罢，拿我个知生单帖儿，凭你们怎么去说罢。那认儿子的话别要理他。我要这混账儿子做甚么？‘老婆当军没的充数哩！’叫他外边打咱们的旗号不好。”二人方跪下谢了，书房里要了一个知生红单帖，央掌书房的长随使了一个“禁闼[①]近臣”的图书，钤[②]了名字。二人即时差了一个心腹能干事的承值，持了王振的名帖，竟到吏部大堂私宅里备细说了。那吏部钦此钦遵，没等那通州知州俸满，推升了临洮府同知，将晁知县推了通州知州。就如煖灯在火上点的一般，也没有这等快！

晁书二人喜不自胜，叩谢了苏锦衣，央苏宅差了一个人，引了晁书二人，又到刘锦衣家叩谢。收拾行李，领了刘锦衣回梁生的书。胡旦因苏锦衣留住了，不得同晁书等回去，也写了一封前后备细的书禀，回复晁知县，说叫晁知县速来赴任，西口也先常来犯顺，通州是要紧的地方。又说将他外公垫发过的一千两银子交与梁生自己持进京来。那晁书等二人正是：

鞭敲金镫响，齐唱凯歌回。

再听下回接说。

---

① 闼（tà）——门或小门。

② 钤（qián）——盖（图章）。

第　六　回

小珍哥在寓私奴　晁大舍赴京纳粟

有钱莫弃糟糠妇，贫时患难相依。何须翠绕共珠围？得饱家常饭，冲寒粗布衣。　　休羡艳姬颜色美，防闲费尽心机。得些闲空便私归。那肯团团转？只会贴天飞。

右调《临江仙》

痴人爱野鸡，野鸡毛羽好。得隙想飞腾，稻粱饲不饱。家鸡蠢夯材，守人相到老。终夜不贪眠，五更能报晓。

野鸡毛好如鲜花，自古冶容多破家。家鸡打鸣好起早，兀坐深闺只绩麻。

晁书二人得了喜信，收拾了行李，将带来二百两路费银内留下五十两与胡旦在京搅缠，辞谢了苏锦衣，雇了长骡，合了同伴回南去讫①。

却说二月十九日是白衣菩萨圣诞，珍哥调养的渐觉好些，做了两双鞋、买了香烛纸马，要打发晁住媳妇往庙里去烧香。正待出门，只见外面一片声喧嚷。晁大舍方在梳头，合珍哥都唬了一跳。家人传进说："还是那年报喜的七八个人，来报老爷升了北通州知州。"晁大舍不胜喜欢，又忽想："怪道公公两次托梦叫我往北去投奔爹娘！我想爹娘见在南边，却如何只说北去？原来公公已预先知道了。"晁大舍出去，见了报喜众人，差人往铺中买

---

① 去讫（qì）——此为交差。

了八匹大桃红拣布与众人挂红，送在东院书房内安歇。次日，摆酒款待，封出一百两喜钱。众人嫌少，渐次又添了五十两，都欢喜，打发散了。众亲朋络绎不绝，都来贺喜。晁大舍只是不敢送出大门。

按说晁知县那里，晁书二人尚未到家，报喜的已先到了十日，见了刊报，送在寺内安歇，也发付的众人心满意足。打叠申文书，造交代册籍，辞院道，写了两只官座船，择四月初一日离任，不到家，一直往通州上任。也果然兑了一千两银子交与梁生，教梁生辞了班里众人，同在船上进京。

晁知县起身之日，倒是那几家乡宦举人送赆①送行，倒也还成个礼数。那华亭两学②秀才，四乡百姓，恨晁大尹如蛇蝎一般，恨不得去了打个醋坛③的光景。那两学也并不见举甚么帐词。百姓们也不见说有脱靴④遗爱的旧规。那些乡绅们说道："这个晁父母不说自己在士民上刻毒，不知的，只说华亭风俗不厚。我们大家做个帐词，教我们各家的子弟为首，写了通学的名字，央教官领了送去。再备个彩亭，寻双靴，也叫我们众家佃户庄客，假妆了百姓，与他脱脱靴。"算记停当，至日，撮弄着打发上船去了。合县士民也有买三牲还愿的，也有合分资做庆贺道场的，也有烧素纸的，也有果然打醋坛的，也有只是念佛的，也有念佛中带咒骂的。

这晁大尹去后，倒也甚是风光，一路顺风顺水。五月端午前，到了济宁，老早就泊了船，要上岸买二三十斤胭脂，带到任上送礼。又要差人先到家里报知。

---

① 赆（jìn）——临别时赠送的财物。

② 两学——古时的国学和太学。

③ 打个醋坛——民间以此举为除掉不祥的方法之一。

④ 脱靴——为官如受百姓爱戴，离任时由百姓脱靴留作纪念。

这一夜，晁大尹方才睡去，只见他的父亲走进舱来，说道："源儿近来甚是作孽，凭空领了娼妇打围，把个妖狐射杀，被他两次报仇，都是我救护住了，不致伤生。只怕你父子们的运气退动，终不能脱他的手。你可拘束了他，同到任去，一来远避了他，二来帝都所在，那妖魂也不敢随去。"晁大尹醒来，却是一梦，唤醒夫人。夫人道："我正与公公说话，你却将我唤醒。"二人说起梦来，都是一样，也甚是诧异了一番。早起写了一封书与大舍，内说："武城虽是河边，我久客乍归，亲朋往来，就要耽阁费事。因此不到家中，只顺路到坟上祭祭祖，焚了黄，事完，仍即回到船上。"又说："公公托梦，甚是奇怪，且是我与你母亲同梦一般。你可急急收拾，同了媳妇计氏随往任中，乘便也好求干功名，不可有误！"

谁知晁大舍弃舍了计氏，用八百两取了珍哥，瞒得两个老浑账一些不知。虽不住的有家人来往，那些家人寻思，服事老主人的日短，服事小主人的日长，那个敢说？如今书上要同计氏随任，如何支吾？晁大舍随即收拾了铺盖，雇了八名轿夫，坐了前晌京中买来的大轿，带了《金刚经》，跟了六七个家人，贴河迎将上去。走了两三日，迎见了船，见了爹娘，说不了家长里短。又说计氏小产了，不能动履，目下且不能同去，只得爹娘先行，待计氏将息好了，另去不迟。

晁大舍与爹娘同在船上，走了几日，到了武城地方，祭了祖，焚过了黄，晁大尹方知雍山庄上被人放火烧得精光，也去了万把粮食等物，嗟叹了一回，开了船向北而行。晁大舍又送了两站，说定待计氏稍有起色，或是坐船，或是起旱，即往任上不题。

晁大舍回了家中，对珍哥说道："爹娘闻知娶你过门，甚是欢喜，要即时搬你上船，同往任内。因我说你小产未起，所以只得迟迟。待你一好，咱也都要行了。”到了五月尽头，过了三伏，晁大舍拣了七月初七日从陆路起身，预先雇骡子，雇轿夫，收拾行李停当，只等至日起身。

初五日，午后，计氏领了四五个养娘走到前边厅内，将公公买与他的那顶轿，带轿围，带扶手，拉的拉，拽的拽，抬到自己后边去了。口里说道：“这是公公买与我的，那个贱骨头奴才敢坐！谁敢出来说话，我将轿打得粉碎，再与拚命不迟！”家人报与晁大舍知道。珍哥气得目瞪口呆，做声不出。晁大舍道：“丢丑罢了！我看没有了这顶轿，看咱去的成去不成！我偏要另买一顶，比这强一万倍子的哩！”果然用了二十八两银子问乡宦家回了一顶全副大轿来。珍哥方才欢喜。晁大舍叫人与计氏说道：“适间①用了五十两银子买了轿来，甚是齐整，叫你去看看。”计氏望着那养娘，稠稠的唾沫猛割丁向脸上哕了一口，道：“精扯淡！那怕你五千两买轿，累着我腿疼，却叫我去看看！你只不动我的这顶破轿，就是五万两也不干我事！”哕的那养娘一溜风跑了。

到初七日，收拾了当，交付看家的明白了，大家起身往北前进。一路早行晚住，到了北京。谁想晁大舍且不敢便叫珍哥竟到任内，要慢慢的油嘴滑舌骗得爹娘允了，方好进去，随在沙窝门内，每月三两银赁了一所半大不小的房子，置买了一切器皿煤米等物，停停当当，将珍哥留住里面。跟去的养娘俱留在京中，又留下晁住两口子服侍珍哥。自己还在京中住了两日，方才带了几个家人自到通州任内，说计氏小产，病只管不得好，恐爹娘盼望，所以自己先来了。晁夫人甚是怨怅，说道：“家门口守着河

① 适间——刚才。

路，上了船直到衙门口，如何不带他同来，丢他在家？谁是他着己的人，肯用心服事？亏你也下得狠心！况且京里有好太医，也好调理。”他埋怨儿子不了，又要差人回去央计亲家送女儿前来。晁大舍也暂时支吾过了。

七月二十四日，晁大舍道：“明日二十五日是城隍庙集。我要到庙上走走，就买些甚么东西，也要各处看看，得住几日回来。”晁老依允，与了他六七十两银子，要拨两名快手跟随。晁大舍道：“这么许多家人，要那快手何用？”拨了八名夫，坐了轿，进了沙窝门珍哥宅内住了，对珍哥道：“幸得你没进去！衙门窄鳖鳖的，屁股也吊不转的，屙屎溺尿的去处也没有。咱住惯了宽房大屋，这们促织①匣内，不二日就鳖死了！亏我有主意，没即时同你进去。若是进去了，衙门规矩，就便出不来了，那时才是小珍子作难哩！”珍哥却也就被哄过了。至二十五日，端了一扶手银子，果然到了庙上，买了些没要紧的东西，回到京中宅子，住了七八日，别了珍哥，仍回通州去了。

却说那个晁住原不是从小使久的，做过门子，当过兵，约二十四五岁年纪，紫膛色一个伴②壮小伙子，是老晁选了官以后，央一个朋友送来投充的。晁大舍喜他伶俐，凡百托他，一向叫使者、定戏子、出入银钱、掌管礼物，都是他一人支管。珍哥做戏子的时节，晁住整日斗牙磕他嘴不了。临买他的时，讲价钱，打夹帐，都是他的首尾。两个也可谓倾盖如故的极了。这个昏大官人偏偏叫他在京守着一伙团脐③过日。那晁住媳妇就是合珍哥一个鼻孔出气，也没有这等心意相投。晁住夫妇渐渐衣服鞋袜也便

---

① 促织——蟋蟀的别名，此喻地方狭窄，拥挤不堪。

② 伴——同“胖”。

③ 团脐——指雌蟹。此为女人。

华丽得忒不像了，以致那闺门中的琐碎事体叫人说不出口。那个昏大官人就像耳聋眼瞎的一般。也不十分回避大官人了。只是那旁人的口碑说得匙箸都捞不起来的。那个晁住受了晁大官人这等厚恩，怎样报得起，所以狠命苦挣了些钱，买了一顶翠绿鹦哥色的万字头巾，还恐不十分齐整，又到金箔胡同买了甘帖升[①]底金，送到东江米巷销金铺内，销得转枝莲，煞也好看，把与晁大官人戴。那晁大官人其实有了这顶好头巾戴上，倒也该罢了，他却辜负了晁住的一片好心，又要另戴一顶什么上舍头巾，合他父亲说了，要起文书，打通状，援例入监。果然依了他，部里递了援例呈子，弄神弄鬼，做了个附学[②]名色。又援引京官事例，减了二三十两，费不到三百两银子，就也纳完了。寻了同乡京官的保结，也不消原籍行查，择了好日入监，参见了司业、祭酒[③]，拨了厢[④]，拜了典簿、助教等官，每日也随行逐队的，一般戴了儒巾，穿了举人的圆领，系了丈把长天青绦子，粉底皂靴，夹在队里，升堂画卯。但只是：

平生未读书，那识之乎字？蓝袍冉冉入宫墙，自觉真惶愧！刚入大成宫，孔孟都回避。争前问道是何人，因甚轻来至？

右调《卜算子》

晁大舍每日托了坐监为名，却常在京居住，一切日用盘缴，三头两日俱是通州差人送来。近日又搭识了一个监门前住的私窠

---

① 甘帖升——即倒帖。

② 附学——亦附生。科举制度中生员名目之一。明正统时，于府、县学外有取附学生员之制，清代相沿。

③ 司业、祭酒——均为官名。

④ 拨了厢——分配了席位。

子，与他使钱犯好①，推说监中宿班，整几夜不回下处。幸得珍哥甚不寂寞，正喜他在外边宿监，他却好在家里“宿监②”，所以绝不来管他。

住过了十二月二十日以后，晁老着人来说道：“就是小学生上学，先生也该放学了。如何年节到了，还在京中做甚？”晁大舍道：“你先回，上复老爷，我爽利赶了二十五日庙上买些物事，方可回去。”那人去了。自此以后，煞实与珍哥置办年节，自头上以至脚下，自口里以至肚中，无一不备。又到庙上与珍哥换了四两雪白大珠，又买了些玉花、玉结之类，又买了几套洒线衣裳，又买了一匹大红万寿宫锦。

那日，庙上卖着两件奇异的活宝，围住了许多人看，只出不起价钱。晁大舍也着人拨开了众人，才入里面去看，只见一个金漆大大的方笼，笼内贴一边安了一张小小朱红漆几桌，桌上一小本磁青纸泥金写的《般若心经》，桌上一个拱线镶边玄色心的芦花垫，垫上坐着一个大红长毛的肥胖狮子猫。那猫吃的饱饱的，闭着眼，朝着那本经睡着打呼卢。那卖猫的人说道：“这猫是西竺国如来菩萨家的，只因他不守佛戒，把一个偷琉璃灯油的老鼠咬杀了，如来恼他，要他与那老鼠偿命，亏不尽那八金刚四菩萨合那十八位罗汉与他再三讨饶，方才赦了他性命，叫西洋国进贡的人捎到中华，罚他与凡人喂养，待五十年方取他回去。你细听来，他却不是打呼卢。他是念佛，一句句念道‘观自在菩萨’不住。他说观音大士是救苦难的，要指望观音老母救他回西天去哩。”晁大舍侧着耳朵听，真真是像念经的一般，说道：“真真奇怪！这一身大

① 犯好——相好。

② 宿监——此处是双关语，指“宿奸”。

红长毛已是世间希奇古怪了，如何又会念经？但那西番原来的人今在何处？我们也见他一见，问个详细。”卖猫人说道：“那西番人进完了贡，等不得卖这猫，我与了他二百五十两银子顿下，打发那番人回去了。”

晁大舍吃了一惊，道：“怎便要这许多银子？可有甚么好处？”那人道：“你看爷说的是甚么话！若是没有好处，拿三四十个钱，放着极好有名色的猫儿不买，却拿着二三百两银子买他？这猫逼鼠是不必说的。但有这猫的去处，周围十里之内，老鼠去的远远的，要个老鼠星儿看看也是没有的。把卖老鼠药的只极①的干跳，饿的那口臭牙黄的！这都不为希罕。若有人家养活着这佛猫，有多少天神天将都护卫着哩。凭你甚么妖精鬼怪，狐狸猿猴，成了多大气候，闻着点气儿，死不迭的。说起那张天师来，只干生气罢了。昨日翰林院门口一家子的个女儿，叫一个狐狸精缠的堪堪待死的火势，请了天坛里两个有名的法师去捉他，差一点儿没叫那狐狸精治造了个臭死！后来贴了张天师亲笔画的符，到了黑夜，那符希流刷拉的怪响，只说是那狐精被天师的符捉住了。谁想不是价，可是那符动twist。见人去看他，那符口吐人言，说道：‘那狐狸精在屋门外头坐着哩，我这泡尿鳖的慌，不敢出去溺。’第二日清早，我滴溜着这猫往市上来，打那里经过，正一大些人围着讲说哩。教我也站下听听，说的就是这个。谁想那狐狸精不晓的这猫在外边，往外一跑，看见了这猫，‘抓’的一声，见了本像，死在当面。那家子请我到家，齐整请了我一席酒，谢了我五两银。我把那狐狸剥了皮，硝的熟，做了一条风领。我戴的就是。”

① 极——同“急”。下同。

众人倒仔细听他说了半日。一人道："这是笑话儿！是打趣张天师符不灵的话！"卖猫人绷着脸说道："这怎么是笑话？见在翰林院对门子住，是翰林院承差家，有招对的话。"晁大舍听见逼邪，狐精害怕，便有好几分要买的光景，问道："咱长话短说，真也罢，假也罢，你说实要多少银？我买你的。"那人道："你看爷说的话！我不图实卖，冷风淘热气的，图卖凉姜哩！年下来了，该人许多账，全靠着这个猫。就是前日买这猫，难道二百五十两银子都是我自己的不成？也还问人揭借一半添上，才买了。如今这一家货又急忙卖不出去，人家又来讨钱，差不多撰三四个银就发脱了。本等要三百两，让爷十两，只己①二百九十两罢。"晁大舍道："瞎话！成不的！与你冰光细丝②二十九两，天平兑己你，卖不卖，任凭主张。"那人道："好爷！你老人家就从苏州来，可也一半里头也还我一半，倒见十抽一起来！"晁大舍道："再添你三两，共三十二两，你可也卖了？"那人道："我只是这年下着极，没银子使。若捱过了年，我留着这猫与人拘邪捉鬼，倒撰他无数的钱。"

晁大舍又听了"拘邪捉鬼"四个字，那里肯打脱？添到三十五，三十八，四十，四十五。那人只是不卖。他那一路上的人恐怕晁大舍使性子，又恐怕旁边人有不帮衬的，打破头屑③，做张做智的圆成着，做了五十两银子，卖了。晁大舍从扶手内拿出一锭大银来递与那人。那人说："这银虽是一锭元宝，不知够五十两不够？咱们寻个去处兑兑去。"那个圆成的人道："你就没个眼色。这们一位忠诚的爷，难道哄你不成？——就差的一二两银子，也没便宜了别人。"一家拿着猫，一家拿着银子，欢天喜地的散了。那人临去，还趴在地下与那猫磕了两个头，说道："我

① 己——同"给"。
② 冰光细丝——形容成色十足的银子。
③ 打破头屑——从中破坏。

的佛爷！弟子不是一万分着极，也不肯舍了你！”

晁大舍正待走，只见又一个卖鹦哥的人唤道：“请爷回来看看我的鹦哥，照顾了罢。我也是年下着极，要打发人家帐哩。”晁大舍站住看了一看，说道：“我家里有好几个哩，不买他。”那人道：“鹦哥，爷不肯买你哩。你不自己央央爷，我没有豆子养活你哩。”那鹦哥果然晾了晾翅，说道：“爷不买，谁敢买？”说得真真的与人言无异。晁大舍喜的抓耳挠腮的道：“真是不到两京，虚了眼！怎么人世间有这们希奇物件！”晁大舍问道：“你可实要多少银子？”那人说道：“这比不的那猫能拘捉邪怪的值的钱多，这不过教道的工夫钱。富贵爷们买了家去，当个丫头小厮传话儿罢了，能敢要多少？爷心爱，多赏几两。心里不甚爱，少赏几两。我脱不了是皇城里边教鹦哥儿的教师，有数的六个月就要教会一群，也就带出三四个来。爷如今只赏小的三十两银子罢，稍了家里顽去。”晁大舍说：“与你十二两银子罢。”那人不肯卖。晁大舍走了一走，那人拿出一把绿豆来，说道：“爷去了，不买你，只是饿死了！”那鹦哥晾着翅，连叫道：“爷不买，谁敢买！爷不买，谁敢买！”晁大舍回头道：“可实作怪！就多使二两银子，也不亏人。”一面开了扶手，取出十两一封，五两一封，递与那人。那人把银解开包看了，道：“这十五两，爷赏的不太少些？罢，罢，我看爷也是个不耐烦的，卖与爷去。”

一边交割了，晁大舍上了马，家人们都雇了驴子，一溜烟往下处行走，拿到珍哥面前，就如那外国进了宝来一般，珍哥佯佯①不采的不理。又拿出买的衣服，锦段合那珠子、玉花，珍哥倒把玩个不了。晁大舍道：“村孩子！放着两件活宝贝不看，拿着那两个珠子摆划！”珍哥道：“一个混账狮猫合个鹦哥子，活宝！倒是狗宝

① 佯佯——做作之态。

哩！”晁大舍道：“村孩子！你家里有这们几个混账狮猫合这们会说话的鹦哥？”珍哥道：“咄，你见什么来！”晁大舍道：“你只强！休说别的，天下有这们大狮猫？这没有十五六斤沉么？”珍哥道：“你见甚么来！北京城里大似狗的猫，小似猫的狗，不知多少哩！”晁大舍道：“咱那里鹦哥尽多，见有这们会说话的来？”珍哥说：“他怎么这一会子没见说话？”晁大舍道：“鹦哥，你说话与奶奶听，我与你豆儿吃。”那鹦哥果然真真的说道：“爷不买，谁敢买！”珍哥道：“果然说的话真。”道：“鹦哥，你再说句话，我与你豆儿吃。”那鹦哥又说：“爷不买，谁敢买！”珍哥看着晁大舍大笑道：“我的傻哥儿！吃了人的亏了！你再叫他会说第二句话么？”

晁大舍又道：“鹦哥，猫来了！”连叫了数声。那鹦哥也连说了数声“爷不买，谁敢买！”珍哥瞅了晁大舍一眼，说道：“傻孙！买这夯杭子①做什么？留着这几钱银子，年下买瓜子嗑也是好的。瞎头子丢了钱！”晁大舍道：“几钱银！这是十五两银子哩！”珍哥嗤了一声道：“十五两银子，极少也买四十个！”问晁住道：“是实使了几钱银子？”晁住道：“实是十五两银子。少他一分哩！”珍哥道：“呸！傻忘……”就缩住了口没骂出来。又问：“这猫是几钱银子？”晁住道：“这猫是那一锭元宝买的。”珍哥道：“你爷儿们不知捣的是那里鬼！”晁住道：“没的这猫也着人哄了不成？咱这里的猫，从几时有红的来？从几时会念经来？”珍哥道：“红的！还有绿的，蓝的，青的，紫的哩！脱不了是颜色染的，没的是天生的不成？”

晁大舍道：“我的强娘娘！知不到什么，少要梆梆！你拿指头蘸着唾沫，捻捻试试，看落色不落色？”珍哥道：“谁家茜草②

---

① 夯杭子——笨蛋、傻瓜。

② 茜（qiàn）草——多年生草本植物，其根可做红色染料。

茜的也会落色来？没的毡条羯子缨子都落色罢？”晁大舍道：“瞎话。一个活东西，怎么茜？”珍哥道：“人家老头子拿着乌须，没的是死了才乌？你曾见俺家里那个白狮猫来？原起不是个红猫来？比这还红的鲜明哩！”晁大舍道：“如今怎么就白了？”珍哥道：“到春里退了毛就白了。”

晁大舍挣了一会，望着晁住道：“咱别要吃了他的亏！”又道：“只是会念经，没的不蹺蹊？”珍哥道：“你叫他念卷经咱听。”晁大舍向他脖子下挠了几挠，那猫眯风着眼，呼卢呼卢的起来。晁大舍喜的道：“你听！你听！念的真真的‘观自在菩萨，观自在菩萨’！”珍哥道：“我也没有那好笑的。这经，谁家的猫不会念？——丫头，你拿咱家小玳瑁来！”丫头将一个玳瑁猫捧到。珍哥搂在怀里，也替他脖子底下挠了几把，那玳瑁猫也眯风了眼，也念起“观自在菩萨”来了。珍哥道：“你听！你那猫值五十两，我这小玳瑁就值六十两！脱不了猫都是这等打呼卢，又是念经不念经哩！北京城不着这们傻孩子，叫那光棍饿杀罢！”与了晁大舍个闭气。晁住也没颜落色的走得去了。

晁大舍道：“脱不了也没使了咱的钱，咱开爹的帐，说这猫常能避鼠，留着当个寻常猫养活，叫他拿老鼠。”叫丫头掇了些绿豆，放在鹦哥罐里。鹦哥见了丫头掇着豆子，飞着连声叫唤“爷不买，谁敢买”！珍哥道：“好鹦哥！极会说话！”又叫丫头将猫笼内红漆几桌合那泥金《心经》取得出来，拌了一碗饭送到笼内。那猫吃不了，还剩了一半在内。正是：

贪夫再得儿孙好，天下应无悖出①财！

再听下回接道。

---

① 悖出——非义之财，不可久享。

第　七　回

老夫人爱子纳娼　大官人弃亲避难

抛子多年，路远三千，倚闾人赢得衰颜。今才聚首，又为人牵。寸心悬，相撮合，免留连。　　昏辰未定，羽书猝至，猛烽烟阵鼓遥阗。说无官守，那管忠贤？杜鹃合伴，将野鹜，弃亲还。

右调《行香子》

晁大舍与珍哥乱闹了一会，丫头在里间，将小矮桌安在热炕上，摆上饭来正吃着。一个丫头慌张张跑来，说道："好几个老鼠巴着那红猫的笼子偷饭吃哩！"晁大舍道："瞎话！那猫怎么样？"丫头道："那猫不怎么样，塌趿着眼睡觉。"珍哥道："脚底下老鼠，佛猫不计较。若是十里远的老鼠就死了！"又笑着道："我当时也拿着这红猫当天生的来！那前年，到了蒋皇亲家，就是看见了俺那个白狮猫跑了来，映着日头，就是血点般红，希诧的极了！蒋太太笑道：'你希诧这红猫哩？'蒋太太也哄我，说是外国进的。我可不就信了。后来见了他家姨们，我悄悄的问他。那姨们说：'太太哄你哩！是茜的颜色。你不信，往后头亭子看去，一大群哩！'那周姨说：'你到我后头看来。'及至走到亭子上，可不一大群？够十二三个，红的，绿的，天蓝的，月白的，紫的，映着日头怪好看。我说：'周姨，你已我个红的顽。'周姨说：'你等爷出来时，我替你要一个。'正说着，蒋皇亲来了。周姨说：'珍哥待问爷讨个红猫顽哩。'蒋皇亲说：'这是甚么贱物

醒世姻缘传

经典书香　中国古典世情小说丛书

儿，已他个！一二千两银子东西已人！叫他唱二万出戏我看了，已他一个。’教我说：‘不已罢，我买了二分银子茜草，买个白猫茜不的？’蒋皇亲望着周姨笑问道：‘是你合他说来？’周姨道：‘我闲的慌！合他说！’望着我挤眼道：‘你待真个要，你就谢了爷罢！’我磕了个头，拿着个红的往外就走。蒋太太还问，说：‘你待怎么？拿着猫飞跑的。’我说：‘是俺爷赏的。’拿到外头，叫挑箱的送了家来。人见了的，可不也都希诧的慌！到了年时三四月里，退了毛，换了个白狮子猫。头年里蒋皇亲见了我，还问：‘你拿的我红猫哩？’我说：‘合人家搭换了个白猫来了。’说起那鹦哥来，这也是我经过的。花店里使了三钱银子买了一个，嘴还没大退红哩，挂在我住的屋檐底下，每日客来，听着人说：‘丫头，姐姐要水哩，姐夫要下房。’他每日听那听的，他就会说了。但见个人来，他叫唤在头里：‘丫头，姐姐要水哩，姐夫要下房。’每日说的是这个。那日刘海斋到，他又说：“丫头，姐姐要水哩，姐夫要下房。’把个刘海斋喜的极了，只是缠着问我要。我又不已他。他说：‘把我那黑叫驴合你换罢。’我说：‘你还搭上些甚么？’他说：‘我再添上匹生纱罢。’我合他换了。他拿回去，挂在他住房檐下。那日他舅子来家，那鹦哥看见就叫唤：‘丫头，姐姐要水哩，姐夫要下房。’躁的他婆子通红的脸，越吆喝，他越叫唤。刘海斋来到，他婆子说：‘快把恁答①拿到吊远子去！可恶多着哩！’刘海斋叫人挂在客位檐下去。那日该他家司会，见个人来，叫说一阵，惹的那些人呱呱的笑。刘海斋遣人送来已我，还要那驴哩。说生纱送我穿罢。我说：“那驴卖钱使了。没已他。”晁大舍道：“那鹦哥哩？”珍哥道：“那日我没来家，黑

① 恁答——指鹦哥。

夜没人收进房来，已是冻的死了。杨古月说：‘身上还温温，待我治他一治。’煎了一酒钟九味羌活汤灌下去，拿了个旧首帕包着，丢在炕上去，也没理论他。到日头西，只见首帕动掸，解开，还醒过来了。还待了好几个月，杨古月家熬膏药，呛杀了。”说着，吃完了饭，收拾了家伙。

却说晁老指望晁大舍过了二十五庙上，二十六就可回到任内，不想过了二十七还不见到，对着夫人说道：“源儿京中不知干的什么勾当，到了今日二十七，这时节多应又不来了。休被人拿讹头①，不是顽的！”晁夫人长吁了一口气道：“别也没有甚么该拿讹头的事。我只风里言风里语的，一像②家里取了个唱的，如今通不理媳妇儿，把媳妇儿一气一个死。一似那唱的也来了，没敢叫咱知道，在京住着哩。”晁老道：“你听谁说?”夫人道：“谁肯对咱说? 这是媳妇子们背地插插，我绰见点影儿。”晁老道：“有如此等事！咱那媳妇不是善茬儿，容他做这个? 我信不过！”晁夫人道：“你倒说的好！皇帝到利害，百姓到软弱，那百姓反了，皇帝也就没法儿了。”晁老道：“若果真如此，一发接到衙门罢了，叫他外边住着做甚?”夫人道：“你自家算计。只是叫媳妇怪咱。”晁老道：“这也顾不的，叫人已他收拾去处，明日使人接他去。”次日早，差了晁凤持了一封书，又拿了一百两银子，急往京中。那书写道：

暮年一子，又在天涯，极欲汝朝夕承欢，以娱两人晚景。京城何事? 年近岁除，尚复留恋? 闻汝来时，带有侧室，何不早使我知? 侨寓于外，以致汝有两顾之苦。今遣人迎汝并汝侧室速来任所同住，我不汝咎也。恐有杂费，寄去银一百两，验收。晁凤

① 讹头——拿了人的短处进行敲诈。

② 一像——好像。

先着回报。父字与源儿。

晁凤持了书物，骑了一匹官马进京，寻到晁大舍行馆，适值不曾关门。晁凤一直走将进去，恰好撞见珍哥穿着油绿云段绵袄，天蓝段背心，大红段裤，也不曾穿裙，与晁住娘子在院子里踢毽子顽。看见晁凤，飞也似跑进屋里去了。晁大舍恰好从后层房出来。晁凤磕了个头。晁大舍道："我正要起身回任上去，你却又来做甚？"晁凤说："因等大爷不回，老爷叫小人来接大爷合珍姨同去。"晁大舍悄声问道："老爷、奶奶是怎么知道有了珍姨？是那个说的？"晁凤道："小人也不晓得老爷、奶奶是怎样得知的，只今早差了小人来接，说叫大爷即日回去，叫小人先走一步回话。有老爷的书，还有两封银子。"一面交上。

晁大舍拆看了书，见书上写得甚是关情，却也有几分自己过意不去。一面叫快些收拾酒饭与晁凤吃，好叫他先去回话。算计收拾雇夫马，要同珍哥次早起身往通州去。晁凤吃了饭。赏了他三百钱，回了晁老的一封书，写道：

儿源上禀：儿干的不成人事，岂可叫爹娘知道？今爹娘既不计较，明日即同小媳妇拜见爹娘乎。但儿不在后边住也，要在东院书房住也。可速叫人打扫乎？银一百两收讫之。儿源上复。

晁凤本日掌灯时候回到衙门，回了老晁公母两个的话，说晁大舍同新娶的那位姨明日就来，叫收拾东院的书房住。晁奶奶道："你见那新姨来不曾？"晁凤道："小人进去，那新姨叉着裤，正合晁住媳妇踢毽儿。看见小人，往屋里跑进去了。"奶奶问道："你见他是怎么个人才？"晁凤道："那人奶奶见过了，就是那女戏班里妆正旦的小珍哥！"晁奶奶问道："那班里一大些老婆，我不记的是那一个。"晁凤道："那日吉奶奶与奶奶送行，他没妆红娘？后来点杂戏，他又没妆陈妙常么？奶奶还说他唱的好，偏赏他两个汗巾，三钱银子，他没另谢奶奶的赏？”晁奶奶道：“阿，原来就是他！倒也好个人儿。”老晁听说，道：“苦也，苦也！原来是这个人！”晁奶奶道：“要是他，倒也罢了。好个活动人儿！你一定也见他来？”老晁道：“我倒没见他，闻他的名来。你说是谁？这就是那一年接了个新举人死在他身上的！樊库吏包着他，那库吏娘子吊杀了，没告状么？这岂是安静的人？寻他做甚么！”晁夫人道：“只怕进了咱家门自然的好了。”老晁道：“惯就了的性儿，半日家怎么改得过来？”晁夫人道：“那人风流伶俐，怕怎么的？”晁老道：“还要他扮戏哩，用着风流伶俐！嗔道媳妇这们个主子都照不住他，被他降伏了！”又说：“快叫人收拾东书房。”连夜传裱背匠，糊仰尘①，糊窗户，传泥水匠，收拾火炕，足足乱哄到次日日西。

且说晁大舍见了父亲的家书，也就急忙收拾，要同珍哥回到衙去。那珍哥慢条斯理，怕见起身。晁住又甚是打拦头雷，背地里挑唆珍哥不要进往衙去，又对晁大舍道：“衙内窄逼逼的个去处，添上这们些人，怎么住的开？就是吃碗饭，也不方便。依着我说，还是大爷自己去过了年合灯节再来不迟。”晁大舍道：“说窄，是哄你珍姨的话，衙内宽绰多着哩。只怕东书房，咱这些人去还住不了的房子。若吃饭嫌不方便，咱另做着吃。咱的人少。”晁住又道：“监里的事还没完，大爷还得在京常住。人都去了，大爷自己也孤恓②。珍姨进去了，还指望出得来哩？”珍哥道：“他说的也是。要不你自己去，我不去罢。”晁大舍道：“你说的是什么话！大年新节，爹娘不来接，咱也该去磕个头儿。如今爹娘差了人，拿了银子做盘缠，可推说什么不去？咱去住过了灯

① 仰尘——天花板。

② 孤恓（xī）——孤单，寂寞。

节，再和你来不迟。这房子也不消退与他，把一应家伙封锁严密，叫看门的守着。”珍哥、晁住虽是心里不愿意，也只得敢怒不敢言的。

次早，二十九日，两乘大轿，许多骡马，到了通州，进到衙内。珍哥下了轿，穿着大红通袖衫儿，白绫顾绣连裙，满头珠翠，走到中庭。老晁夫妇居中坐定。晁大舍先行过了礼。珍哥过去四双八拜，磕了头，递了鞋枕。晁老看得那珍哥：

仪容窈窕，轻盈三月杨花；性格聪明，透露九华莲藕。总非褒姒临凡，定是媚吴王的西子；即不妲己转世，亦应赚董卓的貂蝉。你若不信呵，剔起眼睛竖起眉，仔细观渠渠是谁！

老晁夫妇见了这们一个肘头霍撒脑①、浑身都动惮的个小媳妇，喜的蹙着眉，沉着脸，长吁短叹，怪喜欢的。珍哥拜完，老晁夫妇伙着与了二两拜钱，同珍哥送回东院里去了。珍哥觉得公婆不甚喜欢，也甚是没趣。

晁大舍到了次年正月初二日，要进京去，赶初三日开印，与监里老师合苏锦衣、刘锦衣拜节。那时梁生、胡旦也都做了前程，在各部里当差，俱与晁大舍似通家兄弟般相处，也要先去拜他。随拨了夫马，起身进了京城，仍到旧宅内住下。晁大舍与珍哥热闹惯了，不惟珍哥不在，连一些丫头养娘都没一个，也甚是寂寞，叫晁住去监前把那个搭识的女人接了来，陪伴晁大舍住了几日。晁大舍但是出外周旋，仍是留晁住在家看守。

到了初十，晁大舍买了礼物，做了两套衣裳，打了四两一副手钏，封了八两银，将那个女人送了回去。自己也即回到通州，挂花灯，放火炮，与珍哥过了灯节。直到二月花朝以后，要到京

---

① 肘头霍撒脑——形容做作。

完坐监的事，仍要去游耍西山。拣了二月十九日到京，仍把那监前的妇人接了来住。

不料到了二月尽边，那也先的边报一日紧如一日。点城夫，编牌甲，搜奸细。户部措处粮饷；工部料理火器悬帘滚木，查理盔甲，鎣①磨器械，修补城垣；吏、兵二部派拨文武官员守门，戎政军门操练团营人马。五城兵马合宛、大两县静街道，做栅栏，也甚是戒严，城门早关晚启。

那王振原是教官出身，有子有孙的人，狠命撺掇正统爷御驾亲征，指望仗赖着天子洪福，杀退了也先，要叙他的功，好封他儿子做公侯。那些大小群臣乱纷纷谏阻。晁大舍原不曾见过事体，又不晓得甚么叫是“忠孝”，只见了这个光景，不要说起君来，连那亲也都不顾，唬得屁滚尿流，跑回下处，送回了监门首妇人，收拾了些要紧的行李，城门上使了十数两银子，放了出去，望着通州，一溜风进到衙内，见了爹娘，喘吁吁的就如曹操酒席上来报颜良的探子一般，话也说不俐亮②。主意是要弃了爹娘，卷了银两，带了珍哥回去。晁老道：“若是这个光景，还顾做甚么官？速急递了告致仕③文书。若不肯放行，也只有拚了有罪，弃官逃回罢了！”原来晁大舍的意思：又不肯自己舍着身同爹娘在这里，恐怕堵挡不住，将身子陷在柳州城里。又不肯依父亲弃了官，恐怕万一没事，不得攒钱与他使。只要自己回去，走在高岸上观望，拚着那父亲的老性命在这里做孤注。只是口里说不出来。晁老道：“仔细寻思，‘三十六计，走为上计’。总是也先不来，我寻出来问军问死，破着使上

---

① 鎣（yíng）——琢磨使发光。

② 俐亮——流利，嘹亮。

③ 致仕——辞官。

几千银子，自然没事。再万一银子使不下来，就在刑部里面静坐，也强如把头被也先割去。还是我们大家收拾回去为是。”晁大舍也依允了。

晁老一面唤该房做致仕文书，一面走到前面书房与幕宾邢皋门商议，要他做禀帖稿，附在文内。只是邢皋门正与一个袁山人在那里着围棋，见了老晁走到，歇住了手，从容坐定，把日来也先犯边，要御驾亲征的事，大家议论。邢皋门道：“这几日乾象甚不好，圣驾万分不该轻动。我想钦天监自然执奏，群臣也自然谏阻，圣驾也定然动不成。”晁老道：“如今司礼监王公撺掇得紧，只怕圣驾留不住。”邢皋门道：“若天意已定，也是大数，没奈何了。”晁老道：“连日把个锢病发了，大有性命可虑。决意告致仕回去罢。已唤该房做文书呈稿，文内还得禀帖写出那一段不得已的情来。皋老脱一个稿。事不宜迟，姑待明日发罢。”邢皋门微笑了一笑，道：“‘如伋去，君谁与守’①？我仔细看那天文，倒只是圣驾不宜轻出，其余中国大事，倒是一些没帐的。况岁星正在通州分野，通州是安如磐石的一般。告那致仕则甚？临难卸肩，不惟行不得，把品都被人看低了。老先生，你放心去做。你只来打听我。若我慌张的时节，老先生抽头不迟。”晁老那里肯听。见邢皋门不做禀稿，遂着晁大舍做了个不疼不痒的禀帖，说得都是不伦之语，申了顺天府，并抚院关屯各院，也不令邢皋门得知。这合干上司将文书都批得转来，大约都无甚好音相报。只是那个关院，云南人，姓纪，举人出身，那得如甲科们风力？批得甚是阘茸。批详道：

---

① 如伋去，君谁与守——伋，孔子的孙子子思。语出《孟子·离娄下》。孔伋住在卫国，齐军来犯，有人劝他离开卫国，孔伋说：“如果我走了，君王同谁一起守城呢？”

本官以华亭知县升转通州，何所见而来？平居不言，突称有病，又何所见而去？得无谓国家多事，寇在门庭，驾说沉疴①，脱身规避耶？设心如此，品行何居？仰即刻速出视事。勿谓本院之白简②不灵也！缴。

老邢再不见他说告致仕，只当纳他的谏了。谁知他瞒了老邢，遍申了文书开去。得了关院的这等温旨，自己回去的念头止住了，只是收拾打发晁大舍同珍哥回去。

一日，正同邢皋门、袁山人、儿子晁源坐着白话，衙门上传梆，递进一角兵备道的文书来。拆开看时，里面却是半张雪白的连四纸，翠蓝的花边，焌黑的楷书字，大大朱红标判，方方的一颗印。读时，上面写道：

钦差整饬③通州等处兼理漕粮屯田驿传山东按察司副使许，为申饬托故规避以励官箴事：本年三月初八日，蒙钦差巡按直隶等处，专理关务，综核将领，监察御史纪宪牌前事："照得安常处顺，君子之所深忧；痛痒惊疑，至贤所以立命。今当边报狎闻，羽书旁午，正忠贞薪胆之会，主臣忧辱之时。闻鸡起舞，灭此朝食，正当其会。通州知州晁思孝平居奔栈，若蚁之附膻；遇变脱罗，恍㲋④之逞狡。昨敢恣情托病，冒昧请休。已将原详严行戒饬去后，合行再为申儆。为此牌行本道，照牌事理，谕令本官打起精神，涤除妄念，用心料理城守，毋致疏虞。本院宁惟不念其旧，抑且嘉与其新；若暮气必不可朝，柔情终难于振，本院

① 沉疴（kē）——久治不愈的病。

② 白简——古时弹劾官员的奏章。

③ 整饬（chì）——严正，多用于旧时上级对下级的公文。

④ 㲋——狡兔。

必先行拿问，然后奏闻！此系膈言①，毋徒脐噬！”等因到道，奉此合行申饬。为此牌仰本州官吏照牌事理。时直甘泉烽火，急应樽俎折冲；毋再萌拂袖青山，以致文弹白简。本道忠告相规，须至牌者。

晁知州见了这牌，就如劈开两片顶门骨，倾下一盆冰雪来，唬得软瘫成一堆，半日说不出话来。邢皋门方才知是瞒了他申文书告致仕。老邢倒也丢过一边。倒是老晁着实有些“惭于孟子”。若别的祸福倒不可知，这关院的计较，这心里吊桶一般，怎么放得下？

天下那不快活的事再没有一件就歇了的。正与晁大舍收拾行装，扎括轿马，拣了三月十六日同珍哥由旱路回去，不料华亭县两个旧役的家属，一个是宋库吏的弟宋其仁，一个是曹快手的子曹希建来到衙门口，说：“特来有事相禀。”老晁父子猜料了一会，开了衙门，放他进见。二人叩见了毕，说道：“正月间，江院在松江下马，百姓上千的把库吏宋其礼，快手曹一佳，并老爷的内书房孙商，管家晁书，都告在里面。江院准了状，批了苏松道，转批松江理刑陈爷，将宋其礼、曹一佳拿到监了，五日一比，要孙书办、晁管家。虽是他二人极力自己担当，只恐担当不住，要行文见任处所提人，事便也就按捺不下了。”

晁知州听得，那肚里就如雪上加霜的一般不快活，问道：“那些乡宦举人也没个出来说些公道话的？”宋其仁道：“那百姓们势众了，还说老爷向日在那里难为他们，都是这些乡宦举人唆拨的，唬吓道：‘若你们不出来强管，我们只得将就罢了。若你们出来管事说情，我们必定将这几年诈害百姓的恶款，上

---

① 膈（gé）言——肺腑之言。

公愤民本了。’所以这些乡宦举人躲避得还恐怕不干净，怎还敢出头？”

晁知州问道：“秀才们却没有人出来说甚么的？”宋其仁道：“秀才起先也发了传帖，写了公呈，也要在江院递了。亏不尽那两个首贡、次贡的生员将众人劝住了，说道：‘我们毕竟是读书人，要顾名义。子弟告父母官，是薄恶的事，告得动，这个名声已是不好了。若再告不动，越发没趣。前官就是后官的眼。教见在的父母官把我们不做人待，况且有了百姓公状，也就罢了。’众人道：‘这是公愤，你二人私情，怎便留得住？’那位喻相公道：‘我讲得是大体，有甚私情？若说起公愤来，把我的地断与了他人去，地内的钱粮逼勒我纳，我不在家，把我家妇女都拿到监内，还要怎样的愤？就是张兄，他的令尊被光棍辱了，把原被各罚银十五两。那光棍在房里使了几两银子，禀说被告家贫纳不起，他就都并在原告身上追。幸得刑厅巴四府说了分上，免得二十两。不然，那时这样荒年，张兄就卖了身，也纳不起三十两银子哩！’那张相公道：‘你不要说起罢了。但一提起，我便心头痛极了！’他两人说到这个田地，众人都说：‘喻、张二兄毕竟老成人，见得是，我们只索罢了。’”

晁知州道：“不知是那个喻秀才、张秀才？”宋其仁道：“这事也不叫做寻常。难道老爷都忘记了？”晁知州道：“在你华亭时，不瞒你说，这样的事也尽多，知道是那一起？但你二人的来意是要如何？”宋其仁道：“老爷速急求了当道的书去。曹一佳与宋其礼两个的罪是不敢求免的。左右在华亭也住不得了，倒不如问个充军，泄了众人的恨，离了众人的眼，也罢了。只是求那问官不要多入赃，不要拷打，免行文提孙书房与晁管家。”晁知州蹙了眉头，不做声。

晁大舍道："这事不难！塌了天，也还有四个金刚抬着哩！你二人且吃饭安歇，待仔细商量。"打发宋其仁、曹希建走开去了。老晁道："这事怎说？只怕江院有题本；即不题本，把宋其礼、曹一佳问了军，招达兵部，咱守着近近的，这风声也就不好了。"晁大舍道："爹，你放心！一点帐也没有！凭我摆划就是了！"随即差了晁住，备了自己的走骡，星飞到京，快请胡君宠、梁安朝二人速来商量急事。晁住星飞去了。晁大舍回家的行李，也将次收拾完了，只等这件事有了商量，即便起身不提。正是：

使尽满帆正风顺，不防骤雨逆头来！

不知晁大舍三月十六日起身得成起身不成，再听下回续起。

第　八　回

长舌妾狐媚惑主　昏监生鹘突[1]休妻

十四为君妇，含嚬[2]拜舅姑。妾门虽处士，夫俗亦寒儒。
世阀遥相对，家声近未殊。不说襦[3]非玉，无希佩是珠。
执贽方临庙，操匙便入厨。椿萱[4]相悦怿[5]，藁砧[6]亦欢娱。
讵[7]知时态改？谁料世情渝？妇德还为妇，夫心未是夫。
金长恩情少，身都宠爱枯。昔日原非冶，今朝岂尽嫫[8]！
只因肠不定，致使意相徂[9]。木腐虫方入，人疑见始诬。
忍教鸠是逐，堪从爵为驱。呼天发浩叹，抢地出长吁。
命固红颜薄，缘从赤胆逋。从兹成覆水，何日是还蚨[10]？
青天无可问，白日岂能呼！酆都[11]应有镜，当照黑心奴。

却说晁住到了京，各处体问，寻到傍晚，止寻见胡旦。那时夜巡甚严，晁住就同胡旦宿了。原来王振主意拿定，要正统爷御

---

① 鹘（hú）突——即糊涂。
② 嚬（pín）——同“颦”，皱眉。
③ 襦（rú）——短衣；短袄。
④ 椿萱（xuān）——父母。
⑤ 怿（yì）——喜欢。
⑥ 藁（gǎo）砧——此指丈夫。
⑦ 讵（jù）——岂。
⑧ 嫫——嫫母，传说为黄帝的妃子，其相貌丑陋。
⑨ 徂（cú）——逝去。
⑩ 还蚨（fú）——指分离之后又团聚。
⑪ 酆都——酆都城，迷信传说指阴间。

驾亲征，文武朝臣都叩马苦留不住。圣驾到了土木地方，声息已是万分紧急，若是速忙奔入城内，也还无事。只因王振有自己的辎重一千余辆落后，赶不上来，不肯叫正统爷急走，以致也先蜂拥一般围将上来，万箭齐发。真是亏不尽万神呵护！那箭似雨点般来，都落在正统爷面前，插在地下，半枝箭也不曾落在正统爷身上。那些也先怪异得紧，近前便认，方知是正统爷御驾亲征，神龙失水，被那一股儿蜂拥卷得去了。随驾的文武百官也被杀了个罄净。王振合苏刘二锦衣也都杀在数内。大小诸人恨不得灭了王振一万族才好。所以胡旦、梁生都躲得像蛰虫一般。

二人睡到五更起来。胡旦穿了两截破衣，把灰搽黑了脸。因晁住常在苏刘二家走动，恐被人认得，所以改换了妆束，同到一个僻处，寻着了梁生，说晁爷有事商议，特来接取。梁生京中无可潜住，正思量要到晁爷任内躲避些时。来得正好。梁生也换了鹑衣①破帽，收拾了些细软之物，驮在晁住骑的骡上，出了城门，雇了驴子，早饭时节，到了通州任内。晁老父子见了梁生、胡旦这等褴褛，吃了一惊。说其所以，方知是这等缘故。送到书房梳洗毕，依旧换了时新巾服，从新作了揖，陪着吃饭。说及华亭的事体，原要向苏刘二锦衣求书，不知有了这等变故出来，今却再有何处门路。梁生道："这事何难。翰林徐呈是如今第一时宦，是胡君宠的至相知，叫胡君宠细细写封书，大爷备分礼，自己进京去求他，事无不妥。"晁老爷子喜不自胜。

吃了饭，胡旦写完了书，晁大舍收了，备了三十两叶子金，八颗胡珠，即刻到京。次日，走到徐翰林私宅门首，与了门上人十两银子，喜得那人掇凳如马走的一般，请进晁大舍见了，拆开

① 鹑（chún）衣——破烂不堪，补丁很多的衣服。

看了胡旦的书，收了晁大舍的金珠，一面留晁大舍吃酒，一面写了两封书，一封是竟与江院的，一封是与松江府刑厅的，说："宋曹二人的罪不敢辞，只求少入些赃，免他拷责。那孙商、晁书系诡名，免行文提审。"回送了晁大舍一幅白绫条字，一柄真金字扇，一部家刻文集，一匹梅公布。

晁大舍得书，那时三月十二日，正有好月，晁大舍还赶出了城门，将三更天气，到了通州，要钥匙开了城门，进入衙内，梁胡二人已睡久了，走到晁老卧房床沿上坐了，说了详细。晁老不肉痛去了许多东西，倒还像拾了许多东西的一般欢喜。

却说梁生、胡旦因有势要亲眷，晁家父子通以贵客介宾相待，万分钦敬。晁老呼梁生的字为安期，呼胡旦的字为君宠。因与晁大舍结义了兄弟，老晁或呼他为贤侄。一切家人都称呼梁相公、胡相公。晁夫人与珍哥都不回避的。闻说王振与苏刘两个锦衣都被杀了，正在追论这班奸臣的亲族，晁老爷子这日相待梁胡两个也就冷淡一半。虽说还有徐翰林相知，也未必是真。晁大舍见了徐翰林，皆一一如胡旦所说。梁胡两个与晁老闲叙，说起那锦衣卫各堂多有相知，朝中的显宦也还有亲眷，把梁胡二人又从新抬敬起来。算计梁胡两个且在衙内潜住，徐看京中动静。次早，十三日，与了宋其仁、曹希建每人六两路费，交付徐翰林的两封书，叫他依命投下，吃了早饭，打发去了。

十五日，衙内摆酒与晁大舍送行，收拾了许多宦贶①，带回家去置买产业。老夫人将晁住夫妇叫到后面分付道："你两个到家时，见了大婶，传说是我嘱付：大叔既房里娶了人，这也是人家常事，当初你大婶原该自己拿出主意，立定不肯，大叔也只得

① 贶（kuàng）——赠；赐。

罢了，原不该流和心性，轻易依他。总然就是寻妾，也只寻清门静户人家女儿才是，怎么寻个登台的戏子老婆？斩眉多梭眼的，甚是不成模样！但既‘生米做成了熟饭’，‘豆腐吊在灰窝里’，你可吹的？你可弹的？只得自宽自解，大量着些，休要没要紧生气。凡百忍耐，等我到家，自然有处。这是五十两碎银子，与你大婶买针头线脑的使用；这是二两珠子，二两叶子金，两匹生纱，一匹金坛葛布，一匹天蓝缎子，一匹水红巴家绢，两条连裙，二斤绵子，你都好好收住，到家都一一交付与大婶。我到家时，要逐件查考哩。若半点捎得不停当，合你两口子算账！不消献勤，合你珍姨说！”晁住夫妇满口答应，收的去了。

到了次早，十六日，晁大舍合珍哥与同回的随从男女，辞了老晁夫妇，晁大舍又辞了邢皋门、袁山人、梁生、胡旦，到后堂同珍哥上的轿，众人骑上头口去了。晁大舍真是：

相随多白镪①，同伴有红妆。行色翩翩壮，扬州是故乡。

倒只是难为老晁夫妇撇得孤恓冷落，不大胜情。

晁大舍携着重资，将着得意心的爱妾，乘着半间屋大的官轿，跟随着狼虎的家人，熟鸭子般的丫头仆妇，暮春天气，隔和丰岁，道涂通利，一路行来，甚是得意。谁知天下之事，乐极了便要生悲，顺溜得极了就有些烦恼，大约如此。晁大舍行了七百多路，到了德州，天色未及晌午，只见从东北上油油动发起云来，细雨下得一阵紧如一阵，只得寻了齐整宽绰客店歇下。吃过了午饭，雨越下得大将起来。从来说，“春雨贵如油”，这一年油倒少如了雨，一连两日不止。晁大舍叫了人买了嗄饭，沽了好酒，与珍哥顽耍解闷。

---

① 白镪（qiǎng）——镪，古代称成串的钱。此指白银。

那晁住媳妇原是个凿木马脱生的，舌头伸将出来，比那身子还长一半。又是吴国伯嚭①托生的，惯会打勤献浅。天老爷因他做人不好，见世报，罚他做了个破蒸笼，只会撒气。因连日下雨没事，在晁大舍珍哥面前无般不搀话接舌。这也便索罢了，他还嫌那屄嘴闲得慌，将那日晁夫人分付的话，捎带的银珠尺头，一五一十向着珍哥晁大舍学个不了。晁大舍倒也望着他挤眼扭嘴。他学得兴动了，那里闲得口住？若只依了晁夫人之分付，据实学舌，倒也是"打草惊蛇"。他却又增添上了许些，说道："这样臭烂歪货！总然忘八顶了他跪在街上，白白送来，也怕污了门限！也还该一条棒赶得开去！为甚的容他使八百两银买这奴才？我几次要唤他出来，剥了他衣裳，剪了他头发，打一个臭死，唤个花子来赏了他去！只是衙门里不好行得。叫大奶奶休得生气，等老奶奶回家，自有处置。"看官试想！他那做戏子妆旦的时节，不拘什么人，挦他的毛，捣他的孤拐，揣他的眼，啃他的鼻子，淫妇穷子长，烂桃搐拉骨短，他偏受的，如今养成虼蚤②性了，怎么受得这话？随即碰吊了鬏髻，松开了头发，叫皇天，骂土地，打滚，碰头，撒泼个不了。店家的妇女，邻舍的婆娘，围住了房门看；走堂的过卖，提壶的酒生，站住了脚，在店后边听。亏他自己通说得脚色来历明明白白的。那些听的人倒也免得向人打听。晁大舍、晁住都齐向晁住媳妇埋怨。晁住媳妇自己觉得惶恐。

珍哥足足哭叫了半夜，次早住了雨，直一路绪绪叨叨的嚷骂到家。那些跟回去的家人合那养娘仆妇倒也都有去后边见计氏的。晁住将晁夫人嘱付的话一一说了，又将晁夫人捎去的物事一

① 伯嚭（pǐ）——人名，春秋时吴国大夫，贪财媚主。

② 虼（gè）蚤——即跳蚤。

一交付明白。计氏问了公婆的安否，看了那寄去东西，号天搭地的哭了一场，方把那银子、金珠、尺头收进房内去了。

到了次日，珍哥向晁住要捎来与计氏的这些东西。晁住道："从昨日已是送到后边交与大奶奶了。"珍哥虽也是与晁住寻趁①了几句，不肯与他着实变脸，只是望着晁大舍沉邓邓的嚷，血沥沥的咒。晁大舍虽极是溺爱，未免心里也有一二分灰心的说道："你好没要紧！咱什么东西没有？娘捎了这点子东西与他，你就希罕的慌了！"珍哥道："我不为东西，只为一口气。怎么我四双八拜的磕了一顿头，公母两个伙着拿出二两银来丢已人？那天又暖和了，你把那糊窗户的嚣纱着上二匹，叫下人看着，也还有体面。如今人在家里，捎这们些东西与他。我有一千两，一万两，是我自家的，我要了来，没的我待收着哩！我把金银珠子撒了！尺头裂的碎碎的烧了！"晁大舍道："你姜五老婆好小胆！咱娘捎己他的东西，你撒了裂了，好像你不敢撒不敢裂的一般。那计老头子爷儿两个不是善的儿，外头发的话狠大着哩！就是咱娘的性儿，你别要见他善眉善眼的。他千万只是疼我；他要变下脸来，只怕晁住媳妇子那些话，他老人家也做的出来。你差不多儿做半截汉子儿罢了，只顾'一头撞倒南墙'的！"镇压了几句，珍哥倒渐渐灭贴去了。可见人家丈夫，若庄起身来，在那规矩法度内行动，任你什么恶妻悍妾也难说没些严惮②。珍哥这样一个泼货，只晁大舍吐出了几句像人的话来，也未免得的"隔墙撩胳膊"，丢开手，只是慢慢截短拳，使低嘴，行狡计罢了。

接说武城县里有个刘游击。那刘游击的母亲使唤着一个丫头，唤作小青梅，年纪十六岁了，忽然害起干血痨来，这个病，

---

① 寻趁——找碴。

② 严惮（dàn）——害怕。

紧七慢八，十个要死十一个。那刘夫人狠命把他救治。他自己也许下：若病好了，情愿出家做了姑子。果然“药医不死病，佛度有缘人”。一个摇响环的过路郎中，因在大门下避雨，看门人与他闲白话，说到这干血痨病症救不活的。那郎中道：“这病也有两样：若是那禀赋虚怯，气血亏损极了，就如那枯井一般，凭你淘，也是没水的；若是偶因气滞，把那血脉闭塞住了，疏通一疏通，自然好了。怎便是都治不得？”看门人因把小青梅的病与他商议。他说：“等我看一看。若治得，我方敢下药。”看门人进去对刘夫人说了，叫青梅走到中门口，与那郎中看视。郎中站了，扯出青梅的手来诊了脉，又见那青梅虽是焦黄的脸，倒不曾瘦的像鬼一般，遂说道：“这病不打紧。一服药下去，就要见效。”那刘夫人在门内说道：“脱不了这丫头没有爹。你若医得好他，我与他替你做一件紫花梭布道袍，一顶罗帽，一双鞋袜。你有老伴没有？若有，再与他做一套梭布衫裙。就认义了你两口子为父母。”那郎中喜得满面添花。刘夫人封出二百钱来做开药箱的利市。郎中道：“这位姐姐既要认我为父，怎好收得这礼？”刘夫人道：“不多的账，发市好开箱。”那郎中方才收了，取出一包丸药来，如绿豆大，数了七丸，用红花、桃仁煎汤，食远服下。一面收拾了饭，在倒座小厅里管待那郎中。一面煎中了药引，打发青梅吃了药。待了一钟热茶的时候，青梅那肚里渐渐疼将起来。末后着实疼了两阵，下了二三升焌黑的臭水。末后下了些微的鲜红活血。与郎中说知，郎中道：“这病已是好了，忌吃冷水、葱、蒜、生物。再得内科好名医十帖补元气的煎药，就渐壮盛了。”

从此以后，青梅的面渐觉不黄了，经脉由少而多，也按了月分来了。刘夫人果然备了衣鞋，叫人领了青梅，拜认那郎中做了父母。他因自己发愿好了病要做姑子，所以日日激聒那刘夫人。

那刘夫人道："那姑子岂是容易做的？你如今不曾做姑子，只道那姑子有甚好处；你做了姑子，嫌他不好，要还俗就难了！待你调养的壮实些，嫁个女婿去过日子，是一件本等的事。"

这刘夫人说得也大有正经。谁知青梅的心里另有高见；他说："我每日照镜，自己的模样也不十分的标致，做不得公子王孙的娇妻艳妾。总然便做了贵人的妾媵，那主人公的心性，宠与不宠，大老婆的心肠，贤与不贤，这个真如孙行者压在太行山底下一般，那里再得观音菩萨走来替我揭了封皮，放我出去？纵然放出来了，那'金箍儿'还被他拘束了一生。这做妾的念头是不消提起了。其次，还有那娼妓，倒也着实该做。穿了极华丽的衣裳，打扮得娇滴滴的，在那公子王孙面前撒娇卖俏，日日新鲜，中意的，多相处几时，不中意的，头巾吊在水里，就开了交，倒也有趣。只是里边也有不好处：接不着客，老鸨子又要打；接下了客，拿不住他，老鸨子又要打。到了人家，低三下四叫得奶奶长、奶奶短，磕头像捣蒜一般，还不喜欢，恰像似进得进门，就把他汉子哄诱去了一般。所以这娼妓也还不好。除了这两行人，只是嫁与人做仆妇，或嫁与觅汉做庄家；他管得你牢牢住住的，门也不许走出一步。总然看中两个汉子，也只'赖象嗑瓜子①'罢。且是生活重大，只怕连自己的老公也还不得搂了睡个整觉哩！寻思一遭转来，怎如得做姑子快活？就如那盐鳖户②一般，见了麒麟，说我是飞鸟；见了凤凰，说我是走兽。岂不就如那六科给事中一般，没得人管束。但凡那年小力壮，标致有膂力的和尚，都是我的新郎，周而复始，始而复周，这是不中意的，准他轮班当直，拣那中支使的，还留他常川答应。这还是做尼姑的说

① 赖象嗑瓜子——歇后语，意为解不了饥。

② 盐鳖户——即蝙蝠。

话。光着头，那俗家男子多有说道：‘与尼姑相处不大利市。’还要从那光头上跨一跨过。若是做了道姑，留着好好的一头黑发，晚间脱了那顶包巾，连那俗家的相公老爹、举人秀才、外郎快手，凭咱拣用。且是往人家去，进得中门，任你甚么王妃侍长、奶奶姑娘，狠的、恶的、贤的、善的、妒忌的、吃醋的，见了那姑子，偏生那喜欢，不知从那里生将出来。让吃茶，让吃饭，让上热炕坐的，让住二三日不放去的。临行送钱的，送银子的，做衣服的，做包巾的，做鞋袜的，舍幡幢的，舍桌围的，舍粮食的，舍酱醋的，比咱那武城县的四爷还热闹哩！还有奶奶们托着买人事、请先生，常是十来两银子打背弓。我寻思一遭儿，不做姑子，还做什么？凭奶奶怎么留我，我的主意定了，只是做姑子！若奶奶必欲不放我做姑子，我只得另做一样罢了。”众伙伴道：“你还要做甚么？”青梅道：“除了做姑子，我只做鬼罢了！”众人你一言、我一语，都对着刘夫人学了。刘夫人道：“我就依着这个风妮子，叫他做姑子！我就看着他要和尚、要道士，叫官拶①不出尿来哩！你教他看往咱家走动这些师傅们，那一个是要和尚、要道士的？你叫他指出来！”伙伴道：“俺们也就似奶奶这话问他来，他说：‘往咱家来的这些师傅们，那一个是不要和尚、不要道士的？你也指出来！”刘夫人道：“了不的，了不的，这丫头风了！毁谤起佛爷的女儿们来了！不当家，不当家，快已他做道袍子、做唐巾，送他往南门上白衣庵里与大师傅做徒弟去！”拿黄历来看，四月八就好，是洗佛的日子。赶着那日，买了袍、办了供，刘夫人自己领了青梅，坐轿到了庵里。大师傅收度做了徒弟。上面还有一个姓桂的师兄，叫做海潮，因此就与青梅起成

---

① 拶（zǎn）——指旧时夹手指的刑具或实施该刑。

海会。

谁知自从海会到庵，妨剋得大师傅起初是病，后来是死，单与那海潮两兄弟住持过活。海会没了师傅，又遂了做姑子的志向，果然今日尚书府，明朝宰相家，走进走出。那些大家奶奶们见了他，真真与他算记的一些不差，且又不消别人引进，只那刘家十亲九眷，也就够他周流列国，辙环天下，传食于诸侯了。晁家新发户人家，走动是不必说了。就是计氏娘家，虽然新经跌落，终是故旧人家。俗话说得好："富了贫，还穿三年绫。"所以他还不曾堵塞得这姑子的漏洞。这海会也常常走到计家。这将近一年，因晁大舍不在家中，往计氏家走动，觉得勤了些，也不过是骗件把衣裳，说些闲话，倒也没有一些分外的歪勾当做出来。后边又新从景州来了一个尼姑，姓郭，年纪三十多岁，白白胖胖、齐齐整整的一个婆娘，人说他原是个娼妇出家。其人伶俐乖巧，能言会道，下在海会白衣庵里。海会这些熟识的奶奶家，都指引这郭尼姑家家参拜。因海会常往计氏家去，这郭尼姑也就与计氏甚是说得来。谁说这郭尼姑是个好人，件件做的都是好事！但是这个秃婆娘伶俐得忒甚，看人眉来眼去，占风使帆。到了人家，看得这位奶奶是个邪货，他便有许多巧妙领他走那邪路；若见得这家奶奶是有正经的，他便至至诚诚，妆起河南程氏两夫子①的嘴脸来，合你讲正心诚意，说王道迂阔的话，也会讲颜渊请目②的那半章书。所以那邪皮的奶奶满口赞扬他，就是那有道理有正经的奶奶越发说他是个有道有行的真僧，只在这一两日内，就要成佛作祖的了。那个计氏只生了一段不贤良降老公的心

---

① 河南程氏两夫子——指北宋时期的两个理学家程颢、程颐。

② 颜渊请目——见《论语·颜渊》："颜渊曰：请问其目。子曰：非礼勿视，非礼勿听，非礼勿言，非礼勿动。"

性。那狐精虽说他前世是一会上的人，却那些兴妖作怪，争妍取怜，媚惑人的事，一些不会。所以晁大舍略略参商即便开手，所以一些想头也是没有的。郭尼姑虽然来往，那邪念头入不进去。

珍哥听了晁住娘子这些话，虽然没了法，不做声了，正还"兜着豆子，只是寻锅要炒"哩。恰好那时，六月六日中门内吊了绳，珍哥看了人，正在那里晒衣裳，只见海会在前，郭尼姑在后，从计氏后边出来，往外行走。珍哥大惊小怪叫唤道："好乡宦人家！好清门静户！好有根基的小姐！大白日赤天晌午，肥头大耳朵的道士，白胖壮实的和尚，一个个从屋里出来！俺虽是没根基，登台子，养汉接客，俺只拣着那像模样的人接！像这臭牛鼻子臭秃驴，俺就一万年没汉子，俺也不要他！"嚷乱得不休。

晁大舍正在西边凉亭上昼寝，听得这院里嚷闹，楞楞睁睁趴起来，趿了鞋走来探问。珍哥脱不了还是那些话数骂不了，指着晁大舍的脸，千忘八、万乌龟，还说："怎么得那老娘娘子在家，叫他看看好清门静户的根基媳妇才好！这要是我做了这事，可实实的剪了头发，剥了衣裳，赏与叫花子去了，还待留我口气哩！"晁大舍道："是真个么？大晌午，什么和尚、道士敢打这里大拉拉的出去？"珍哥道："你看这昏君忘八！没的只我一个见来？这些丫头媳妇子们正在天井晒衣裳，谁是没见的？"晁大舍问众人。也有雌着嘴不做声的，也有说道："影影绰绰，可不是个道士、和尚出去了？"也有说道："那里是道士？是刘游击家的小青梅！"晁大舍道："小青梅如今做了姑子，长的凶凶的，倒也像个道士。那个和尚可是谁？"回说道："那和尚不得认的，和青梅同走，只怕也只是个姑子。"珍哥道："呸！只怕你家有这们大身量肥头大脑的姑子！"晁大舍道："不消说，小青梅这奴才，惯替人家做牵头；一定牵了和尚，妆做姑子，进来了！快叫门上的来问！"那日轮该曲九州管门，问他道："一个道士，一个和尚，从多咱进到后头？方才出去，你都见来没有？"曲九州道："什么道士和尚！是刘奶奶家的小青梅和个姑子从饭时进到大奶奶后边去了，刚才出来。若是道士、和尚，我为甚么放他进来？"晁大舍道："那道士是小青梅，不消说了。那姑子可是谁？脱不了咱城里这些秃老婆，你都认的。刚才出去的可是谁？"曲九州想了一想道："这个姑子不得认的，从来也没见他。"珍哥又望着曲九州唠了一口，骂道："既不认的他，你怎就知他是个姑子？你摸了他摸！"曲九州道："没的是和尚，有这么白净，这们富态？"珍哥道："若黑越越的穷酸乞脸，倒不要他了！"晁大舍跳了两跳道："别都罢了！这忘八我当不成！快去叫了计老头子爷儿两个来！"

去不多时，把老计爷子二人，只说计氏请他说话，诓得来家。晁大舍让进厅房坐定。老计道："姐夫来家，极待来看看，他没脸来。说小女叫俺父子说话，俺到后边。"晁大舍道："不是令爱请你，是我请你来，告诉件事。"老计道："告诉甚么？只怕是小女养了汉子，替姐夫挣上忘八当了。"晁大舍道："不是这个，可说甚么？你到神猜，一猜一个着。"遂将小青梅牵着个白胖齐整和尚，大饭时进去，大晌午出来，人所共见的话说了。又道："你女诸凡不贤惠，这是人间老婆的常事，我捏着鼻子受。你的女儿越发干起这事来了。俺虽是取唱的，那唱的入门为正，甚是尊尊贵贵的。可是《大学》上的话：'非礼不看，非礼不听，非礼不走，非礼不说。'替我挣不上忘八。你那闺女倒是正经结发，可干这个事！请了你来商议，当官断己你也在你，你悄悄领了他去也在你。"

那老计从从容容的说道："晁大官儿，你消停，别把话桶得紧了，收不进去。小青梅今日清早合景州来的郭尼子从舍侄那院里出来，往东来了，一定是往这里来了。那郭姑子穿着油绿机上纱道袍子，蓝䟶子，是也不是？没的那郭姑子是二尾子，除了一个屄，又长出一个屌来了？咱城里王府勋臣，大乡宦家，他谁家没进去？没的都是小青梅牵进和尚去了？你既说出来了，这块瓦儿要落地。你想你要说收兵，你就快收兵。小女也没碍着你做甚么。这二三年也没叫你添件衣裳，吃的还是俺家折妆奁地内的粮食。你待要合我到官，我就合你到官讲三句话！”计大舅随口接道：“爹，你见不透，他是已把良心死尽了。算记得就就的①，你要不就他，他一着高低把个妹子断送了。他说要休，就叫他休！咱家里也有他吃的这碗饭哩！家里住着等，晁大爷晁大娘可也有个回来的日子，咱合那知书达礼的讲，咱如今和他说出甚么青红皂白来？你说合他到官，如今那个官是‘包丞相’？他央探马快手送进二三百两银去，再写晁大爷的一封书递上，那才把假事做成真了！‘爷儿两个告状，死了儿’，这才死了咱哩！晁大相公，任凭你主张！你待说休俺妹子，你写下休书，我到家拾掇座屋，接俺妹子家去，这有什么难处的事？你乡宦人家开口就说到官，你不知道，俺这光棍小伙子听说见官就唬得溺醋哩！”老计道：“走！咱到后边问声你妹子去！”同到后边。

谁知前边反成一块，后边计氏还像做梦的一般。老计父子告诉了此事，把个计氏气得发昏致命，口闭牙关，几乎死去。待了半晌，方才开口说道：“我实养着和尚来！只许他取娼的，没的不许我养和尚？他既然撞见，不该把那和尚一把手拉住？怎么把和尚放的走了？既是没有和尚了，别说我养一个和尚，我就养十个和尚，你也只好干瞪着眼生气罢了！教他写休书！我就走！留

① 就就的——早有打算的意思。

恋一留恋，不算好老婆！爹和哥，你且家去，明日早些来，听说话。”

老计父子就出来了。到了大门，只见对门禹明吾合县里直堂的杨太玄在门口站着，商量着买李子，看见老计，作揖说道：“计老叔，少会。来看晁大哥哩？”计老气得喘吁吁的，怎么长、怎么短：“如今写了休书，要休小女。俺如今到家拾掇座屋，接小女家去。”禹明吾道：“这可是见鬼！甚么道士、和尚！我正送出客来，看见海会合郭姑子从对门出来，他两个到跟前，打了个‘问心’待去，叫我说：‘那海会师傅他有头发，不害晒的慌。郭师傅，你光着呼子头，这们赤白大晌午没得晒哩，快进家去吃了晌饭，下下凉走。’如今正在家里吃饭哩！这晁大哥可是听着人张眼露睛的没要紧！”那直堂的杨太玄接说道：“大爷一像有些不大自在晁相公一般。”禹明吾道：“是因怎么？”杨太玄道：“若是由学里纳监的相公们，旧规使帖子。若是白衣纳监，旧规使手本。昨日晁相公使帖子拜大爷，大爷看了看，哼了一声，把帖子往桌子底下一推，也没说什么，礼也通没收一点儿。”

正说着，只见计氏蓬松了头，上穿着一件旧天蓝纱衫，里边衬了一件小黄生绢衫，下面穿一条旧白软纱裙，手里拿了一把白晃晃的匕首，从里面高声骂到大门里面，道：“忘八！淫妇！你出来！咱同着对了街坊上讲讲！俺虽是新搬来不久，以先的事，列位街坊不必说了。自忘八领了淫妇到任上去，将近一年，我在家养和尚、养道士，有这事，没这事，瞒不过列位街坊的眼目。方才那海姑子、郭姑子来家走了走，说我大白日养着道士、和尚，叫了俺爹合俺哥来，写了休书休我！列位听着！这海姑子郭姑子，咱城里大家小户，他谁家没去？没的都是和尚、道士来！我也顾不得的甚么体面不体面，同着列位高邻，同过往的乡里说个明白，我死了，好替俺那个穷老子、穷哥做做证见。贼忘八，你怎么撞见道士和尚从我屋里出来，你也出来同着街里说个明白！你杀我，休我，你也有名，你没的缩着头就是了。我不合淫妇对命，我嫌他低搭！我只合贼忘八说个明白，对了命！”还要往街上跑出去。

那个看门的曲九州跪在地下，两只手左拦右遮，叩头央阻。珍哥把中门关顶得铁桶相似，气也不喘一声。晁大舍将身闪在二门里面，只叫道：“曲九州！拦住你大奶奶，休叫他出到街上！”那走路的人见了这等一个乡宦，大门内一个年少妇女撒泼，也只道是甚么外边的女人，有甚不平，却来上落①，谁知就是晁大舍的娘子，立住了有上万的人。禹明吾道：“我们又不好上前劝得，还得计老叔、计大哥去劝晁大嫂回里面去。你两家都是甚么人家？成甚体面？”老计道：“看这光景是势不两立了，我有甚么脸嘴去劝他？”

那海姑子、郭姑子在禹明吾家里吃了饭，听见了这个缘故，夹了屁股出后门一溜烟去了。禹明吾跑到高四嫂家说道：“对门晁大婶，家里合气②罢了，跑出大街上来，甚不成体面！俺男子人又不好去劝他，高四嫂，还得你去劝他进去。别人说不下他了。”高四嫂道：“我从头里要出去看看，为使着手拐那两个茧，没得去。”一面提了根生绢裙穿着往外走，来到前面戳了两拜。那计氏生着气，也只得还了两礼。高四嫂道：“望，好晁大婶，咱做女人的自己不先占个高地步，咱这话也说的响么？凭大官人天大不是，你在家里合他打下天来，没人管的你。一个乡宦人家娘子，住着这们深宅大院，恐怕里边嚷不开，你跑到大街上嚷？

---

① 上落——数落。

② 合气——吵架。

他男子人脸上有狗毛，羞着他甚么？咱做女人的可也要顾体面！你听着我说，有话家里去讲，我管叫他两个替你陪礼。我叫他替你磕一百个头。他只磕九十九个，我依他住了，我改了姓不姓高！好晁大婶，你听着我说，快进去！这大街上不住的有官过，看见围着这们些人，问其所以，那官没见大官人他两个怎么难为你，只见你在街上撒泼，他官官相为的，你也没账，大官人也没账，只怕追寻起他计老爷和他计舅来，就越发没体面了。”

计氏听了这话，虽然口里强着，也有些知道自己出来街上撒泼的不是，将计就计，被那高四嫂一面说，一面推到后边去了，向着高四嫂，通前彻后告诉了一遍。高四嫂道：“有数的事，合他家里理论，咱别分了不是来。”悄悄对着计氏耳朵道：“只这跑到街上去骂，这件事也就休得过。”说着，起来，又拜了两拜，说道：“阻并阻并。”去了。

计氏虽然今宵暂且休兵，再看明朝胜负。

第　九　回

匹妇含冤惟自缢　老鳏报怨狠投词

丧国亡家两样人，家由嬖妾国阉臣。
略生巧计新离旧，用点微言疏间亲。
贤作佞，假成真，忠良骨肉等灰尘。
被他弄死身无悔，空教旁人笑龂龂！

高四嫂将晁大嫂劝进后边家内，三句甜，两句苦，把计氏劝得不出街上撒泼了。晁大舍自己心里也明知出去的原非和尚，小珍哥是瞎神捣鬼，捕影捉风的。但一来不敢别白①那珍哥，二来只道那计氏是降怕了的，乘了这个瑕玷，拿这件事来压住他，休了他，好离门离户，省得珍哥刺恼，好叫他利亮快活，扶他为正。不料老计父子说出话来，茁茁实实的没些松气。计氏是有性气的妇人，岂是受得这等冤屈的？所以晁大舍倒"蜡枪头截石块——卷回半截"去了。

但那计氏岂肯善罢干休？算计要把珍哥剁成肉酱，再与晁大舍对了性命。又转想道："我这等一个身小力怯的妇人，怎有力量下得这手？总然遂了志，女人杀害丈夫，不是好事。且万一杀了他，自己死不及，落了人手，这苦便受不尽了！但只这个养道士、和尚的污名，怎生消受！"展转寻思道："命是毕竟拚他不成

① 别白——分辨是非。

的。强活在这里也甚是无为。就等得公婆回来，那公婆怎替我遮蔽得风雨？总不如死了倒也快活。”定了九分九厘的主意。

适值老计爷儿两个先到了前边，传与晁大舍道：“休书写了不曾？我来领闺女回去。”晁大舍推说着了气恼，病倒在床，等身子好了再商议罢。老计道：“只怕不早决断了这事，不止于和尚、道士要来，忘八、戏子都要来哩！”一边说着，走进计氏后头去了。计氏问道：“昨高四婆子说我昨日嚷的时节，爷和哥还在对门合禹明吾说话来？”老计道：“可不正合禹明吾说着这件事，你就出去了。”计氏道：“禹明吾说什么来？”老计道：“海姑子合郭姑子从你这里出去，擦着禹明吾送出客来。禹明吾还说：‘这们毒日头，你两个没得晒么？’让到家，歇了凉去。您这里反乱，那两个姑子正还在禹明吾家吃饭哩。”

计氏从房里取出一包袱东西来，解开，放在桌上，说道：“这是五十两银子，这是二两叶子金，这是二两珠子：俱是昨日俺婆婆捎与我的。爹与我捎的家去，等我到家交与我。这三十两碎银子是我这几年趱①的。这是一包子戴不着的首饰，两副镯子合两顶珍珠头箍，合这双金排环，哥与我捎的家去，也替我收着。把这匹蓝段子快叫裁缝替我裁件大袖衫子。这一匹水红绢，叫裁缝替我裁个半大袄，剩下的叫俺嫂子替我做件绵小衣裳，把这二斤丝绵絮上；剩下的哥也替我收着，明日赶晌午送己我，我好收拾往家去。”老计道：“这们数伏天，你做这冬衣裳做甚么？”计氏道：“你这句话就躁杀我。你管我做甚么？我不快着做了衣裳带回家去，你爷儿两个穷拉拉的，当了我的使了，我只好告丁

① 趱——同“攒”。

官儿罢了！我别的零碎东西，待我收拾在柜里，您明日着人来抬。做衣裳要紧，不留您吃饭罢。”打发老计父子去了，在房收收拾拾，恰像真个回去一般。又发出了许多衣裳，一一都分散与伏事的这些养娘。养娘道：“奶奶没要紧，把东西都俵散①了。大爷说道要休，也只要快活嘴罢了！老爷、老奶奶明媒正礼与大爷娶的正头妻，上边见放着老爷、老奶奶，谁敢休？就是大爷休了，大奶奶你也不敢回去！”计氏道：“依您这们说起来，凭着人使棍往外撵，没的赖着人家罢？”养娘道：“自然没人敢撵。”计氏又叫丫头从床下拉出那零碎趱的一捆钱来，也都分与那些伏事的女人，说道：“与你们做个思念。”众养娘道：“就是奶奶回去住些时，也只好把这门锁了，我们跟去服事奶奶。难道又留个火烟在这里？”计氏道：“我也不带你们去，你们也自然去不的。”说到中间，一个个都哭了。

天约有辰牌时分，等庄上柴不送到，还不曾做得早饭。计氏自己把那顶新轿折下几扇，烧锅做饭；又把那轿杠都用火烧的七断八截的。养娘道：“可惜的。烧了那旧轿，坐这顶新轿，却不好么？”计氏道：“我休了，不是晁家人了，怎好坐晁家的轿？”晁大舍打听得计氏收拾要回娘家去，倒也得计②的紧。但又不知他几时回去。

到了六月初八日晌午，老计父子果然做了衣裳，一一完备，用包袱包了，送与了计氏。又唤了几个人来抬计氏的箱栊。计氏止挟出四个大包袱捎回，说道：“我想这几件破柜旧箱值得几个

① 俵散——分散。

② 得计——计谋得以实现。

铜钱，被街坊上看见，说你抵盗他的东西。不希罕他的罢了！”计老道：“你说的甚是。”计氏道：“我还不曾收拾得完，大约只好明日回去。你爷儿两个明早且不要来，等我有人去唤你，方来接我。天气热，要速速打发我进房里去。等我进了房，你有话再说不迟。昨日捎去那些东西要用便用，再不可把我卖钱使了！”老计道：“听你这话，你莫非寻思短见？你若果然做出这事来，莫说他财大势大，我敌他不过；就是敌得他过，他终没有偿命的理！你千万听我说！”又再三劝解了一通，去了。又用那轿做柴烧，吃了午饭。

傍晚，计氏洗了浴，点了盘香，哭了一大场。大家收拾睡了。那些服事的婆娘死猪一般睡去。计氏起来，又使冷水洗了面，紧紧的梳了个头，戴了不多几件簪环戒指，缠得脚手紧紧的。下面穿了新做的银红绵裤，两腰白绣绫裙，着肉穿了一件月白绫机主腰，一件天蓝小袄，一件银红绢袄，一件月白缎衫，外面方穿了那件新做的天蓝段大袖衫，将上下一切衣裳鞋脚用针线密密层层的缝着。口里含了一块金子，一块银子，拿了一条桃红鸾带，悄悄的开出门来，走到晁大舍中门底下，在门桄上悬梁自缢。消不得两钟热茶时候：

半天闻得步虚声，隔墙送过秋千影。

计氏在外面寻死，晁大舍正在枕边与珍哥算计说：“这是天不容他。我倒说休不成了，他却自己没有面目，要回娘家去住。等他去了，把那后边房子开出到后门去，赁与人住。一来每月极少也有三四两房钱；二来又严紧些。”

两个你一言，我一语，说得快活得紧，到了黎明，叫丫头起去开门，好放家人媳妇进宅做饭。那丫头把门一开，大叫了一声，倒在地下，再做声不出了。晁大舍道："小夏景，因甚的大叫?"问了好几声，那丫头慌张张跑来说道："我开了门，一像个媳妇子扳着咱那门桄打滴溜哩!"晁大舍道："你就不认得是谁?"丫头道："我只一见就唬杀了，那里认得是谁!"晁大舍道："那媳妇子如今在那里?"丫头道："如今还在门底下，没去哩。"晁大舍一箍轳扒起来，提上裤，趿了鞋，跑着往外，说道："不好!后头计家的吊杀了!"到跟前看了一看，一点猜得不差，使手摸了摸口，冰凉的嘴，一些油气儿也没了。

晁大舍慌了手脚，连忙叫起家人们来，叫把计氏解下，送到后边停放。七手八脚，正待乱解，倒是家人李成名说道："不要解!快请计老爷父子来看过，才好卸尸，不过是吊死；若是解下停放着，昨日好好的个人，怎会今早就死了?说咱谋死，有口也难分。快着人请计老爷合计大舅!叫珍姨寻个去处躲躲，休在家里，看他家女人们来番①着了，吃他的亏。"那时小珍哥平时威风已不知都往那里去了，拢了拢头，坎上个鬏髻，穿着一领家常半新不旧的生纱衫子，拖拉着一条旧月白罗裙，拉拉着两只旧鞋。两个养娘敲开了禹明吾的门，把珍哥送进去了。

计老头睡到四更天气，只是心惊肉跳，睡不着。直到五更将尽方才合眼。只见计氏就穿着这做的衣裳，脖子缠着一拖罗②红带子，走到跟前，说道："爹，我来了，你只是别要饶那淫妇!"老计唬了一身冷汗。方才醒转，只见那计大官跑到老计窗下，说道："爹，你快起来!俺妹子一定死了!做的梦不好!"说起来，

---

① 番——寻查。

② 拖罗——一束。

合老计的梦半星儿不差。爷儿两个都叫唤了两声。正梳着头，只见晁家的一个家人，外边敲得门一片声响，说："大奶奶在家中痰，请老爷合大舅快去哩！"老计道："方才你大奶奶穿着天蓝大袖衫子，脖子拖拉着一根红带子，已是到了我家了。我就去。"火急梳上了头，合计大官两步只作了一步跑到晁家，只见计氏正在晁大舍住房门上提浮梁线①哩。父子放开喉咙大叫唤了一顿。老计扯着晁大舍碰了一顿头。晁大舍这时也没了那些旺气，只是磕头赔礼，声声说是快刀儿割不断的亲眷，只叫看他爹的分上。计老头又进去寻那珍哥不着，极得暴跳。

谁想到了这个时节，晁大舍像鼻涕一般，是不消说得。连那些狼虎家人，妖精仆妇，也都没个敢上前支手舞脚的。计大官道："爹，你早作主好来，如今妹子死了，你才作主，迟了，枉自伤了亲戚们的和气。就不为妹夫，也看晁大爷公母两个的分上。你只管这样，是待怎的？这们大热天，这是只管挂着的！"老计想起计氏嘱咐，说天气热，叫速速打发他进房去，待进了房说话不迟，晓得儿子是"大轴子裹小轴子——画里有画"的了，就依了儿子，束住口不骂了，也束住手不撩东扻西的了。

计大官道："这使不的别人上前。妹夫，你来抱着，待我上头解绳，收拾停放的所在。"晁大舍道："咱可停在那里？不然，还停在他住的明间里罢。"计大官道："妹夫，你没的说！家有长子哩，是你家的长儿媳妇，停在后头，明日出殡，也不好走。开了正房，快打扫安停泊床！快叫媳妇子们来抬尸！"果然抬到正房明间，停泊端正。计大官道："家里有板没有？"晁大舍道：

① 提浮梁线——此指吊着。

“家里虽有收下的几付，只怕用不过。”计大官道：“妹夫自己忖量，要差不多，就使了也罢。要是念夫妻情分一场，叫人快买去！”晁大舍道：“就央大舅领着人往南关魏家看付好的罢。”正说着，偏那些木匠已都知道，来了，跟到板店，一付八十两的，一付一百七十两的，一付三百两的。计大官道：“俺妹子虽是小人家闺女，却是大人家的娘子，也称的这付好板。”讲了二百二十两银子。八个木匠自己磕了三十两的拐①，又与计大官圆成了三十两谢礼，板店净情②一百六十两。雇了十来个人，扛的扛，抬的抬。到了宅内，七手八脚，就做起来。晁大舍见计大官说话圆通，倚了计大官为靠山一般，莫说这板是二百二十两，就是一千两也是愿情出的。午后做完了，里面挂了沥青。原来冤屈死的尸首是不坏的，放到傍晚，一些也没有坏动。虽是吊死，舌头也不曾伸出，眼睛也不曾突出，倒比活的时节去了那许多的杀气，反是善眉善眼的。计老只因漂荡失了家事，原是旧族人家，三四个亲侄也还都是考起的秀才，房族中也还有许多成体面的人家，这时计家里外的男妇也不下二百多人，都来看计氏入了殓，停在正房明间，挂上白绫帐面，供上香案桌帏。

一切停当，计大官跪下谢了他计家的本族，起来说道：“我的妹子已是入了房了，咱可乱哄一个儿！”外边男人把晁大舍一把揪番，采的采，捋的捋，打桌椅，毁门窗，酒醋米面，作贱了一个称心。一伙女人，拏③棒棰的，拿鞭子打的，家前院后，床底下，柴垛上，寻打珍哥不着，把他卧房内打毁了个精光，叫晁

① 磕了三十两的拐——从中落了三十两的钱。
② 净情——净挣。
③ 拏——拿。

大舍同了计家众人跪在当面写立服罪求饶文书。写道：

立伏罪文约晁源，因娶娼妇珍哥为妾，听信珍哥谗言，时常凌逼正妻计氏，不与衣食，囚囤冷房，时常殴辱。本月初六日，因计氏容海姑子、郭姑子到家，珍哥诬执计氏与道士、和尚有奸，挑唆晁源将计氏逼打休弃。计氏受屈不过，本日夜，不知时分，用红鸾带在珍哥门上吊死。今蒙岳父看亲戚情分，免行告官。晁源情愿成礼治丧，不得苟简。六月初八日，晁源亲笔。

将文书同众看过，交付计老收了。计大官道："且叫他起去！还用着他发送妹子哩！留着咱慢慢的算账！"摆上酒来，请了对门禹明吾来陪。禹明吾道："计老叔，听我一言：论令爱实死的苦，晁大哥也极有不是。但只令爱已是死了，令爱还要埋在他家坟里。况您与晁老叔当初那样的亲家，比哥儿弟儿还不同，千万看他老人家分上，只是叫晁大哥凡百的成礼，替令爱出齐整殡，往后把这打骂的事别要行了。"计老道："禹大哥，你要不说俺那亲家倒还罢了，你要说起那刻薄老獾儿叨的来，天下也少有！他那做穷秀才时，我正做着那富贵公子哩！我那以前的周济，咱别要提他，只说后来做了亲家起到他做了官止，这几年里，吃是俺的米，穿是俺的棉花，做酒是俺的黄米，年下蒸馍馍、包扁食是俺的麦子，插补房子是俺的稻草。这是刊成板，年年进贡不绝的。及至你贡了，娶了小女过门，俺虽是跌落了，我还竭力赔嫁，也不下五六百金的妆奁。我单单剩了四顷地，因小女没了娘母子，怕供备不到他，还赔了一顷地与小女。后来他往京里廷试，没盘缠，我饶这们穷了，还把先母的一顶珠冠换了三十八两银子，我一分也没留下，全封送与他去。他还把小女的地卖了二十亩，又是四十两。才贡出来了，坐监候选也将及一年，他那一家子牙查骨吃的，也都是小女这一顷地里的。如今做了乡宦了，有了无数的钱了，小轻薄就嫌媳妇儿丑，当不起他那大家。老轻薄就嫌亲家穷，玷辱了乡宦，合新亲戚们坐不的。从到华亭，这差不多就是五年，他没有四指大的个帖儿，一分银子的礼物，捎来问我一声！”禹明吾道：“据计老叔说将起来，难道晁老叔为人果然如此？”计老道：“好禹大哥，我没的因小女没了，就枉口拔舌的纂①他！我同着这们些亲戚，合他家的这们些管家们都听着。枉说了人，也不当家！他爷儿们的刻薄也不止在我身上，咱城里他那些旧亲戚，他管甚么有恩没恩，他认的谁来？袁万里家盖房，他一个乡宦家，少什么木头？你没的奉承他，送他二十根大松梁！他不收，你再三央及着他！袁万里说：‘你要收我的价，我收你的木头。你如不肯收价，这木头我也不好收的。’送了四十两银子，晁大官儿收了。论平价，这木头匀滚着也值五六两一根。昨日袁万里没了，说他该下木头银，二百两、三百两掐把着，要连他的夫人合七八岁的个孩子、管家，都是呈子呈着。这人做不出来的事！禹大哥，你是知道的。”禹明吾道：“这件事晁大哥也没得了便宜，叫大爷已了个极没体面。这事晁老叔也不得知道，是晁大哥干的。”计老道：“这是晁亲家不知道的事，别提。我再说一件晁亲家知道的事。那一年得罪着辛翰林，不应付他夫马，把他的‘龙节’都失落了。辛翰林复命要上本参，刚撞着有他快手②在京，听见这事，得七八百两银子按捺。咱县里郑伯龙正在京里做兵马，快手合他商议。郑伯龙道：‘亏你打听，

---

① 纂——编排，编造。

② 快手——旧时指专管缉捕的役卒。

这事上了本还了的哩！一个封王的符节，你撩在水里，这是什么顽！用银子咱刷括①。’那郑伯龙把自家见有的银子、银酒器、首饰，婆子合儿妇的珠箍，刷括了净，凑了八百两银子，把事按住了。后来零碎把银子还了，他也没收一厘一分的利钱。后来郑伯龙干升，也向他借八百两银子，写了两张四百两的文约。他把文约诓到手里，银子又没己他。过了一年，晁大官儿拿着文书问他要银子，叫郑伯龙要合他关老爷庙里发牒哩，说誓哩，才丢开手了。京里数起来的东西，什么是不贵的？这几年差往京去的，一去就是五六个、七八个，都在郑伯龙家管待，一住就是两三月。晁大官儿自己去了两三遭，都在郑伯龙家安歇，每日四碟八碗的款待。待要买什么东西，丢个四指大的帖子与他，一五一十的买了捎将来。昨郑伯龙回到家，晁大官儿连拜也没拜他拜，水也没己他口喝！他那年，京里坐监，害起伤寒来，咱县里黄明庵在京，就似他儿一般，恐怕别人不用心，昼夜伏事了他四十日；新近往通州去看他，送了他大大的二两银，留吃了一顿饭，打发的来了，恼的在家害不好②哩！”告诉不了。大家都起来散了。

晁大官被计家的人们采打了一顿，也有好几分吃重，起不来，也没打门幡。珍哥躲在禹明吾家，清早晚上都不敢出门，恐怕计家有人踅着要打，幸得与禹明吾都是旧相知，倒也不寂寞。禹明吾的娘子又往庄上看收稷子去了，禹明吾故此也不多着珍哥。

老计与那些族人商议告状。族人说：“这凭你自己主意。你

---

① 刷括——有打点、摆平、搜罗等意思。

② 害不好——生病。

自己忖量着，若罩的过他，就告上状。若忖量罩不过他，趁着刚才那个意思，做个半截汉子，罢了。若是冬月，咱留着尸别要入殓，和他慢慢讲话。这是什么时月？只得入了殓。既是入了殓，这事也就松了好几分。”那几个秀才道：“说的什么话！他拿着咱计家不当人待，生生的把个人逼杀了，就没个人喘口气，也叫人笑下大牙来！咱也还有闺女在人家哩。不己个样子，都叫人家掐巴杀了罢！不消三心二意，明日就递上状。他那立的文书就是供案！”老计道：“咱这状可在那里递好？”那些秀才道：“人命事，离不了县里，好往那里递去。索性说是珍哥逼勒的吊杀了。不要说是打杀，问虚了，倒不好的。”商议了，与众人别过。

计老父子也不曾往家去，竟到了县门口，寻着了写状的孙野鸡，与了他二钱银子，央他写状。写道：

告状人计都，年五十九岁，本县人。告为贱妾逼死正妻事：都女计氏自幼嫁与晁源为妻，向来和睦。不幸晁源富享百万，贵为监生，突嫌都女家贫貌丑，用银八百两，另娶女戏班正旦珍哥为妾，将都女囚囤冷房，断绝衣食，不时捏故殴打。今月初六日，偶因师姑海会、郭氏进门，珍哥造言都女奸通僧道，唆勒晁源将都女拷打休弃，致女在珍哥门上吊死。痛女无辜屈死，鸣冤上告。计开①：被告：晁源、珍哥、小梅红、小杏花、小柳青、小桃红、小夏景、赵氏、杨氏。干证②：海会、郭姑子、禹承先、高氏。

于六月初十日，候武城县官升了堂，拿出投文牌来，计老抱

---

① 计开——即现指诉讼参与人。
② 干证——与讼案有关的证人。

了牌，跟进去递了。点过了名，发放外面看牌伺候。十一日，将状准出，差了两个快手，一个伍小川，一个邵次湖，拘唤一干人犯。两个差人先会过了计老父子，方到晁家。门上人见是县里差人，不敢傲慢，请到厅上坐下，传于晁大舍得知。晁大舍忍了痛，坎了顶孝头巾，穿了一件白生罗道袍，出来相见。差人将出票来看了，就陪着款待了酒饭，坐间告诉了前后事情。差人道："吊死是真，这有甚帐！没的有偿命不成？只是大爷没有正经行款，十条路凭他老人家断哩！晁相公，你自己安排，明日也就该递诉状了。"要作别辞去。晁大舍取出二两银来，说："以后还要走哩。这点礼权当驴钱，明日递过诉状，专意奉屈致敬，再商议别事。"差人虚逊了一逊，叫过他跟马的人来，将银收过，送别去了。即刻请过禹明吾来商议。一面叫人往县门前请了写状的宋钦吾来，与他说了缘故，送了他五钱银子，留了他酒饭。宋钦吾写道：

诉状监生晁源，系见任北直通州知州晁思孝子，诉为指命图财事：不幸娶刁恶计都女为妻，本妇素性不贤，忤逆背伦，不可悉数。昨因家事小嫌，手持利刀，要杀源对命。源因躲避，随出大街撒泼。禹承先、高氏等劝证。自知理屈，无颜吊死。计都率领虎子计巴拉并合族二百余人蜂拥入家，将源痛殴几死。门窗器皿打毁无存，首饰衣服抢劫一空，仍要诈财，反行刁告，鸣冤上诉。被诉：计都、计巴拉、李氏族棍二百余人。干证：禹承先、高氏。

于十二日，亦赴武城县递准，佥①了票，仍给了原差拘唤。

① 佥——同"签"。

晁源虽有钱有势，但甚是孤立。他平日相厚那些人又都不是那老成有识见的人，脱不了都是几个暴发户，初生犊儿。别的倒有许多亲朋，禁不得他父子们刻薄傲慢，那个肯强插来管他？真是个“亲戚畔①之”的人。计老头虽然穷了，族中也还成个体面，只看昨日入殓的时节，不招而来的男妇不下二百多人。所以晁大官人也甚是有些着忙。但俗语说得好：“天下的官司倒将来，使那磨大的银子罨②将去”，怕天则甚？只是人心虽要如此，但恐天理或者不然。且看后来怎生结束。

① 畔——同“叛”。

② 罨（yǎn）——覆盖。

第　十　回

恃富监生行贿赂　作威县令受苞苴

官有三长，清居首美。恪守四知①，方成君子。
枉法受赃，寡廉鲜耻。罔顾人非，茫昧天理。
公论倒颠，是非圮②毁。人类鄙夷，士林不齿。
盗跖衣冠，书香臭屎。民怨彻心，神恫入髓。
恶贯满盈，去何不死？又有僇③民，靡所不至。
武断椎埋，奸盗诈伪。挟势恃财，放僻邪侈。
万恶毕居，诸慾咸备。宠妾跳梁，逼妻自缢。
身蹈宪刑，善于钻刺。打点衙门，陷官不义。
天网不疏，功曹善记。报应自明，殊快人意。

却说计家族里有个计三，是个贪财作恶的小人，还是老计的祖辈。计家合族的人虽是恶他，却又怕他。晁大舍见计老头告准了状，意思要着计三收兵。这日，点灯以后，晁大舍封了二十两银子，叫晁住袖了，走到计三家去，央他做主讲和，仍与老计一百两银子，作向日的妆奁，又分外与计巴拉二十两，又将赔来妆奁的地，并晁老卖去的二十亩都赎来退回去。谁知那计三这时却大有气节起来，说道："你要讲和，自与你计老爷说。我虽是见

---

① 四知——形容廉吏。
② 圮（pǐ）——毁坏。
③ 僇（lù）——侮辱。

了银子就似苍蝇见血的一般，但我不肯把自己孙女卖钱使！我倒不怕恶人，倒有些怕那屈死的鬼！”说了几句，佯长进门去了。

晁住来回了话。晁大舍见事按捺不下，料道瞒不得爹娘，只得差了李成名星夜前往通州报知晁老，要早发书搭救，恐怕输了官司，折了气分。一面下了请帖，摆了齐整酒席请那两个差人吃酒，每人送了四十两银子。跟马的小厮，每人一两，两个的副差，每人五两。买嘱一班人都与晁大舍如一个人相似，约定且不投文，专等通州书到。

直至七月初二日，晁老写了书，又差了晁凤，赍①了许多银子，同李成名回来打点。次早到了县前，寻见了阴阳生。那阴阳生晓得是为人命说分上的书，故意留难，足足鳖了六两银子，方才与他投下。县尹拆开书看了，大发雷霆，一片声叫下书的阴阳生进去，尖尖②十五个板子。又一片声叫原差。那伍小川、邵次湖见得不是好消息，自己不敢上去，叫了两个外差回话。县尹不由分说，一声就要夹棍，说道：“人命重情，出了票二十日，不拘人赴审，容凶犯到处寻情，你这两个奴才受了他多少钱，敢大胆卖法！”两个外差着实强辨，说：“晁监生被计都父子纠领了族人，打得伤重，至今不曾起床。且是那告的妇女多有诡名，证见禹承先又往院里上班去了，所以耽阁了投文。岂敢受贿容情。”大尹道：“且饶这两个奴才一顿夹棍，限明日投文听审！再敢故违，活活敲死！”真是：

得放手时须放手，得饶人处且饶人。

---

① 赍（jī）——把东西送给人。
② 尖尖——狠狠地。

那伍小川两个飞也似来见晁大舍。晁大舍已是晓得打了阴阳生，又要夹打原差，正没理会时节，恰好两个心腹差人到了，说道："晁相公，你闻得说来不曾？可见收你几两银子，都是买命的钱！方才一顿夹死了，连使那银子的人都没了！你快自已拿出主意，不然，这官司要柳柳①下去了！"晁大舍道："脱不了人是吊死的，已是殡殓了，这问出甚么重情来？况且见任乡宦人家，难道不看些体面？"邵次湖道："怎好不看体面？若果真不看体面时节，适才那阴阳生足足还得十五板哩！"晁大舍道："我晓得这意思了，却是怎么进去？"伍小川道："有我两人，怕他什么东西进不去？"晁大舍道："这约得若干？"伍小川道："这不得千金，少了拿不下他来！"商量算记，讲到上下使用，通共七百两银子。两个差人去了，约定晚夕回话。两个同到了伍小川家里，用纸一折，写道：

快手小的伍圣道、邵强仁叩禀老爷台下：监生晁源一起人犯拘齐，见在听审。

上边写了七月，下边写了个日字，中间该标判所在，却小小写"五百"二字。这是那武城县近日过付的暗号。若是官准了，却在那"五百"二字上面浓浓的使朱笔标一个日子，发将出来，那过付的人自有妙法，人不知，鬼不觉，交得里面。若官看了嫌少，把那丢在一边，不发出去；那讲事的自然会了意，从新另讲。

那日，这两个差人打进帖去，虽在那五百上面也标了个日子，旁边却又批了一行朱字道：

---

① 柳柳——此指要败诉。

速再换叶金六十两，立等妆修圣像应用，即日交进领价。

两个把与晁大舍看了，只得一一应承，差了人各处当铺钱桌，分头寻觅足色足数金银，分文不少，托得二人交付进去。那使用的二百两银子与了那传递的管家五十两，分与两个外差每人十两，又与那两个跟马的每人一两。其余的，两个差人都均分入了己。

次早拘齐了一干人犯，投了文，随出了牌，第一起就是犯人晁源等一干人等，打了二梆，俱到了县前伺候。晁大舍又拿了一二十吊铜钱，托那伍小川两个在衙门一切上下使用。计家因是原告，虽也略使用些，数却不多。只是那晁大舍里里外外把钱都使得透了，那些衙门里的人把他倒也不像个犯人，恰像是个乡老先生去拜县官的一般，让到寅宾馆里，一把高背椅子坐了，一个小厮打了扇，许多家人前呼后拥护卫了。两个原差把那些妇女们都让到寅宾馆请益堂后面一座亭子上坐了，不歇的招房来送西瓜，刑房来送果子，看寅宾馆的老人递茶，真是应接不暇。

伺候了多时，县尹方才上堂。门子击了云板，库夫击了升堂鼓，开了仪门。晁源等一干人在二门里照牌跪下。上面头一个叫禹承先。原差跪过去回话道："他屯院书吏，上班去了。"又叫高氏。那高氏：

合菜般蓬松头发，东瓜样打折脸皮。穿条夏布蓝裙，着件平机青褂。首帕笼罩一窝丝，袜桶遮藏半篮脚。雄赳赳跪在月台，响亮亮说出天理。若不是贪大尹利令智昏，岂不是歪监生情真罪当？

县尹道："那高氏，你要实说！若还偏向，我这拶子是不容情的！"高氏说："这个老爹可是没要紧。俺是根基人家的婆娘，你凭什么拶我？"大尹道："一个官要拶就拶，管你什么根基不根基！"高氏道："这也难说，八个金刚抬不动个'礼'字哩！"大尹道："话是这等说。你实说就罢了，拶你做甚？那计氏是怎的吊死？你可说来。”高氏道：“那计氏怎么吊死，我却不晓的。只是他头一日嚷，我曾劝他来。”大尹道：“你就把那嚷的事说详细着。”高氏道：“我合晁家挫对着门住，因他是乡宦人家，谁合他低三下四的，也从来没到他家。只前年十一月里，计氏来他大门上，看晁大官人去打围，因此见了他一面，还合街上几个婆娘到跟前站着，说了一会话，都散了。昨六月初六日，我在家里叉着裤子，手拐着几个茧，只听得街上央央插插①的嚷。我问孩子们是怎么。孩子们说：‘是对门晁相公娘子家里合了气，来大门上嚷哩。那央央插插的是走路站着看的人。’叫我说，可是丢丑！这们乡宦人家的媳妇，年小小的，也不顾人笑话，这是怎么说！心里极待出去看看，只为使着手，没得出去。待了一大会，只见邻舍家禹明吾来家说道：‘对门晁大嫂家里合气，跑到街上来嚷，成甚么模样！俺男子们又不好上前劝他。高四嫂，你不去劝他进去，别人也劝不下他来。’”

高氏正说着这个，忽道：“这话长着哩，隔着层夏布裤子，垫的跛罗盖子②慌！我起来说罢？”大尹道：“也罢，你就起来旁里站着说。”高氏接说道：“叫我说，我从头里就待出去看，只为使着这两只手。一边说着，一边滴溜着裙子，穿着往外走。那街上挤住的人，封皮似的，挤得透么？叫我一只手搡着，一只手推着，到了他门上，可不是计氏在大门里头，手里拿着刀子，一片声只待合忘八淫妇对命哩。”大尹道：“他骂谁是忘八、淫妇？”高氏道：“忘八敢就是晁大官人，淫妇敢就是小珍哥。”大尹道：

① 央央插插——嚷嚷喳喳。

② 跛罗盖子——膝盖。

"小珍哥是甚么人?"高氏道:"是晁大官人取的唱的。"大尹道:"是那里唱的?"高氏道:"老爹,你又来了!你就没合他吃过酒?就没看他唱戏?"大尹道:"胡说!你再说,他骂着,又怎样的?"高氏道:"叫我到了跟前,我说:'晁大婶,咱做女人的人不占个高枝儿,这嘴也说的响,也敢降汉子么?你是不是跑到街上来,这是做女人的事么?快着进去!有话家里说。'他对着我待告诉。我说:'这里我不耐烦听,你家里告诉去。'他又说:'怎么听着淫妇调唆要休我!'叫我插插着合他说道:'快进去!只这在街上撒泼,也就休得过了。'叫我一边说,一边推的进去了。"大尹道:"那时小珍哥在那里?"高氏道:"那时这们个雄势,什么小珍哥哩,就是小假哥也躲了!"大尹道:"彼时晁源在那里?"高氏道:"晁大官人闪在二门半边往外瞧。"大尹道:"晁源看着怎么说?"高氏道:"晁大官人只合看门的说道:'拦住大奶奶,休要放他往街上去。'没说别的。"大尹道:"这样说起来,那计氏在大门上嚷骂,晁源闪在门后不敢做声,珍哥也躲的不见踪影,这也尽怕他了,还有什么不出的气,又自吊死?"高氏道:"你看这糊涂爷!比方有人屈枉你怎么要钱,怎么酷,你着极不着极?没的你已是着极,那屈枉你的人还敢照着哩?"大尹笑了笑,道:"胡说!你同合他进去了不曾?"高氏道:"我拉进他去了。我这是头一遭往他家去。他让我坐下。叫我说:'你有甚么冤屈的气,你可对着我一五一十的告诉告诉,出出你那气么?'他说:'一个连毛姑子叫是海会,原是他亲戚家的丫头,后来出了家。又一个景州来的姑子,姓郭,从清早到了他家里,坐到晌午去了,打珍哥门口经过。'"大尹道:"那珍哥不与计氏同住?"高氏道:"就没的家说,这一个槽上也拴的两个叫驴么?珍哥在前头住,计氏在后院住。”大尹道：“那晁源同谁住？”高氏道：“他要两下里住着，倒也好来，通不到后头，只在前边合珍哥同过。”大尹道：“你再说打珍哥门首却是怎样？”高氏接说：“珍哥撞见了，就嚷成一块，说海会是个道士，郭姑子是个和尚，屈枉晁大官人娘子养着他，赤白大晌午的，也通不避人，花白①不了。晁大官人可该拿出个主意来，别要听。他没等听见，已是耳朵里冒出脚来，叫了他爷合他哥来，要休了他家去。一个女人家屈枉他别的好受，这养汉是什么事，不叫人着极！”大尹道：“只怕是道士和尚妆着姑子，这也是有的。”高氏道：“老爹，你就没的家说！那个连毛姑子原是刘游击家的个丫头，名叫小青梅。那景州来的郭姑子，这城里大家小户，谁家没到？他就没到咱家走走？”大尹道：“他不敢往我家来。”又问：“那计氏可是几时吊杀？”高氏道：“我劝了他出来了，谁知他是怎么吊杀来？”大尹道：“那计氏也曾对着你说要寻死不曾？”高氏道：“他没说自己寻死。他只说要与晁大官人和珍哥对命。”

大尹道：“我晓得了。你过一边去罢。”就叫一干人都上来，唤道：“海会。”又唤郭姑子，问说：“你是那里人？”回道：“是景州人。”问说：“你来这里做甚么？”回说：“景州高尚书太太有书荐与这蒋皇亲蒋太太家住过夏，赶秋里往泰山顶上烧香。”大尹道：“你这们一个胖女人，怎么胸前没见有奶？”郭姑子把手往衫子里边将抹胸往下一扳，突的一声跳出盆大的两只奶，支着那衫子大高的。海会也要去解那抹胸显出奶来与大尹看。大尹道：“你倒不消。你这青梅，我闻名的久了。郭姑子，你既来投托蒋

---

① 花白——数落、斥责。

太太，你在蒋府里静坐罢了，你却遥地里去串人家，致得人家败人亡。这两个该每人一拶一百敲才是！我且饶你，免你问罪，各罚谷二十石。”两个姑子道：“出家人问人抄化着吃还赶不上嘴哩，那讨二十石谷来？这就剉①了骨头也上不来！”大尹道：“呆奴才！便宜你多着哩！你指着这个为由，沿门抄化，你还不知攒多少哩！”“神不灵，提的灵”，那两个姑子果然就承认了。

大尹又叫：“晁源，你是个宦家子弟，又是个监生，不安分过日子，却取那娼妇做甚？以致正妻缢死！这事略一深求，你两个都该偿命的！”晁源道：“监生妻，这本县城内也是第一个不贤之妇，又兼父兄不良，日逐挑唆。监生何敢常凌虐他。”大尹道：“你取娼妇，他还不拦住你，有甚不贤？论你两事，都是行止有亏，免你招部除名，罚银一百两修理文庙。珍哥虽免了他出官，量罚银三十两赈济。”

又叫小梅红、小杏花、小花青、小桃红、小夏景，又叫赵氏、杨氏，问道：“这两个妇人是晁源甚么人？”赵氏道：“俺两个都是管家娘子。”大尹道：“你这七个女人倒是饶不得的。你们都在那里？凭着主母缢死，也不拦救？拿七把拶子上来，一齐拶起！”两边皂隶一齐呐了声喊，拿着七把拶子呼呼的往上跑，乱扯那丫头们的手，就把拶子往上套，唬的那七八个婆娘鬼哭狼号的叫唤。大尹道：“且都姑饶了，每人罚银五两赈济。”

又叫计都、计巴拉。大尹道：“你这两个奴才，可恶的极了！一个女子在人家，不教道他学好，却挑唆他撒泼不贤，这是怎说？人家娶妾娶娼，都是常事，那里为正妻的都持着刀往当街撒

① 剉（cuò）——同“锉”，切削。

醒世姻缘传

经典书香 中国古典世情小说丛书

泼？你分明是叫你女儿降的人家怕了，好抵盗东西与你。若是死了，你又好乘机诈财？”一边说，一边就去签筒里抓签。计老道：“这事老爷也要察访个真实。难道只听了晁源一面之词，也就不顾公论么？晁源家是乡宦。小的虽不才，难道不是乡宦的儿子？城中这些大小乡宦，也都是小的至亲。人家一个女儿嫁与人家，靠夫着主，只指望叫他翁姑喜欢，夫妻和睦，永远过好日子，岂有挑他不贤的事？谁说娶妾娶娼的没有？却也有上下之分，嫡庶之别。难道就大小易位，冠履倒置？那贱妾珠锦僭分，鼎食大烹。把正妻囚在冷房，衣不蔽体，食不充肠，一个大年下，连个馍馍皮子也不曾见一个，这也只当是死了的一般。还不肯放松一步，必欲剪草除根，听信那娼妇平地生波，诬枉通奸和尚、道士。这个养汉子名，岂是妇人肯屈受的？如今这两个姑子现在，老爷着人验他一验，若果是个和尚、道士，就该处计氏，总然计氏死了，却坐罪于小的，小的死也无辞。若验得不是和尚、道士，娼妇把舌剑杀人，这也就是谋杀一般，老爷连官也不叫他出一出，甚么是良家妇女，恐怕失了他体面不成？”大尹道：“你说囚在冷房，有何凭据？不给他衣食，你那女儿，这几年却是怎么过度？”计老道：“他使六千银子，新买的是姬尚书府宅，有八层大房。他与娼妇在第二层住；计氏领了两个丫头，一个老媪，在第七层里住。中间隔着两层空房，若不是后边有井，连水也没得吃的。计氏嫁去，小的淡薄妆奁，也不下六百余金。因他没了母亲，分外又赔了一顷地。如今这连年以来，计氏穿的就是嫁衣，吃的就是这一顷地内所出。又为晁乡宦上京廷试，卖去了二十亩。”大尹道：“看你这个穷花子一片刁词！”计老接道：“老爷不要只论眼下。小的是富贵了才贫贱的，他家是贫贱了才富贵的，小的怎便是花子?”

那高四嫂在东边老远的站着，走近前来，说道：“他说的倒是实话哩。他虽是穷了，根基好着哩。俺城里大小人儿，谁不知道计会元家!”大尹道：“可恶！砍①出去！砍出去!”那皂隶拿着板子，就待往外砍。那高氏道：“我出去就是了。火热热的，谁好意在这里哩！你拿红字黑押的请将我来。往外砍人！贼杀的！贼砍头的!”喃喃呐呐的，一边走，一边骂出去了。

大尹又接道：“计都、计巴拉都免打，也免问罪，每人量罚大纸四刀。”

看官听说。甚么叫是大纸？是那花红毛边纸的名色。虽是罚纸，却是折银。做成了旧规，每刀却是折银六两。计老、计巴拉爷儿两个，六八四十八，共该上纳四十八两银子，库里加二五秤收，又得十两往外。老计却不慌忙，禀道：“这纸叫谁与小的上?”大尹道：“你自己上纳。”老计道：“这八刀纸，六十两银搅缠不下来，就是剐了肉，只怕也还没有六十两重哩！那两个姑子好去人家抄化，小的却往那里抄化?”大尹把眉头蹙了一蹙，道：“叫晁源。他的一顷地，原是他女儿的妆奁，他的女儿既没有了，这地要退与他，好叫他变了上纸价。”晁源道：“宗师不要听他胡禀。他穷的饭也没得吃，那有一顷地赔女儿？计氏种的这一顷地，原是监生家自己的。”计老道：“是你那一年有的？用了多少价？原地主是何人？原契在那里？实征上是那个的名字?”说得晁源闭口无言，强辩不来。大尹道：“不长进！卖过的二十亩罢了。现在的八十亩即日退还!”分付了免供，将一干人犯分付出

① 砍——赶。

去了。也有说问得好的，也有怨生恨死的，也有咒骂的，这都是常事，不消提得。

直堂的当时写了一张条示，写道："一起晁源等人命事免供，并纸价逐讫。"那直堂的又写了一张票道：

武城县为贱妾逼死正妻事。计开：

晁源罚修文庙银一百两。海会罚谷二十石，折银十两。郭姑子罚谷二十石，折银十两。小梅红、小杏花、小柳青、小桃红、小夏景、赵氏、杨氏各罚银五两，共三十五两赈济。珍哥罚银二十两备赈。计都罚大纸四刀，每刀折价六两；计巴拉罚大纸四刀，每刀折六两：以上纸八刀，共银四十八两。高氏罚谷十石，折价五两，晁源名下追。又晁源名下退原地八十亩，还计都收领。计氏着晁源以礼殡葬。七月初九日。差伍圣道、邵强仁。限本月十一日缴。

仍差了两个原差，执了票严催发落。

大尹又取了一张纸，写了几句审单，写道：

审得晁源自幼娶计氏为妻，中道又复买娼妇珍哥为妾，虽蛾眉起妒，入宫自是生嫌，但晁源不善调停，遂致妾存妻死。小梅红等坐视主母之死而不救，郭姑子等入人家室以兴波，计都、计巴拉不能以家教箴其子妹，致其自裁，高氏不安妇人之分，营谋作证。以上人犯，按法俱应问罪，因念年荒时绌，姑量罚惩，尽免究拟，叠卷存案。

该房叠成了一宗文卷，使印钤记了，安在架上。

却说晁源自从问结了官司，除了天是王大，他那做王二的傲性，依然又是万丈高了，从那县里回来，也就把珍哥从对门接得来家。禹明吾是因懒去见官，只说屯院上班去了，好好的住在家里，自己送珍哥到家。晁大舍出来相见，单只谢禹明吾的扰搅。禹明吾却不谢谢晁大舍的作成。说了些打官司的事体，商量要等收了秋田，方与计氏出殡。

到了次日，两个差人来到晁家，晁大舍千恩万谢，感不尽他的指教，得打了上风官司。盛设款待了，约定了十一日去往县库上纳那罚的银子，除自己那一百两是不必说得，其珍哥的三十两，小桃红七个的三十五两，高氏的五两，脱不了都是晁大舍代上。晁大舍道："别的都罢了，只替老高婆子这五两银子，气他不过！替他说公道话，临了还要邦邦，不是大爷教人砍出来，他还不知有多少话淘哩！"差人道："我拿票子到他家呼卢①他呼卢！"晁大舍道："我是这般说，咱惹那母大虫做甚！你看不见大爷也有几分馁他？这要换了第二个婆娘，大爷拶不出他的心来哩！"差人道："晁相公，你见的真。大爷也掏量那老婆不是个善茬儿，故此叫相公替他上了谷价！"

差人又问："那八十亩地几时退己他？好叫他变转了，上纸价。"晁大舍道："地是己他，只早哩！他得了地去，贱半头卖了，上完了纸价，他倒俐亮！仗赖二位哥下狠催着他，鳖他鳖儿，出出咱那气！"差人道："只是地不退己他，取不出领状来，怎么缴票子？"晁大舍道："这也只十来日的帐，咱没的鳖他半年十个月哩！"说着，也就作别散了。

大凡天下的事都不要做到那尽头田地，务要留些路儿。咱赶那人，使那人有些路儿往前跑，赶得他跑去了就可以歇手。前边若堵塞严严的，后头再追逼的紧，别说是人，就是狗也生出极法

---

① 呼卢——吓唬。

来了。其实，这几亩地早些退出还了他，叫他把那纸价上完了，若是那两个差人不要去十分难为他，他或者乘兴而来，兴尽而返，捏着鼻子捱一钟，也是肯的。只算计要赶尽杀绝，以致：

兵家胜败全难料，卷土重来未可知。

第十一回

晁大嫂显魂附话　贪酷吏见鬼生疮

莫说人间没鬼神，鬼神自古人间有。
鬼神不在半空中，鬼神只在浑身走。
良心与鬼相盛衰，鬼若纵横心自朽。
若还信得自家心，那有鬼来开得口？
胆先虚，心自丑，所以鬼来相掣肘。
既知鬼是自家心，便识祸非天降咎。
积善人家庆有余，作恶之人灾自陡。
鬼打脖，神扯手，只为含冤无处剖。
我今试问世间人，这般报应人怕否？

那珍哥在禹明吾家躲了一个多月，回到家来，见打了得胜官司，又计氏在的时候，虽然就如那后来的周天子一般，那些强悍的诸侯毕竟也还有些拘束，今计氏死了，那珍哥就如没了王的蜜蜂一般，在家里喝神断鬼，骂家人媳妇，打丫头。卖他的那老鸨子都做了亲戚来往，人都称他做"老娘"。晁大舍略有触犯着他，便撒泼个不了，比那计氏初年降老公的法度更利害十倍，晁大舍比那起初怕计氏的光景更自不同。先年计氏与婆婆商量了要往紧隔壁娘娘庙里烧烧香，晁大舍也还敢说出两句话拦阻住了不得去。如今珍哥要游湖，合了伴就去游湖，要去游万仙山，就合了去游万仙山。要往十王殿去，呼呼的坐了晁大舍的大轿就去，没人拦得。也还常往鸨子家行走。

适值一个孔举人，原是晁家的亲戚，家里有了丧事。晁家既然计氏没了，便没有堂客去吊孝，也自罢休，那少得珍哥一个。只因有了许多珠翠首饰、锦绣衣裳，没处去施展，要穿戴了去孔家吊孝。晁大舍便极口依随，收拾了大轿，拨了两个丫头、两个家人娘子。珍哥穿戴的甚是齐整，前呼后拥，到了孔家二门内，下了轿。司门的敲了两下鼓，孔举人娘子忙忙的接出来，认得是珍哥，便缩住了脚，不往前走。等珍哥走到跟前，往灵前行过了礼，孔举人娘子大落落待谢不谢的谢了一谢，也只得勉强让坐吃茶。孔举人娘子道："人报说晁大奶奶来了，叫我心里疑惑道：'晁亲家是几时续娶了亲家婆，怎么就有了晁奶奶了?'原来可是你！没的是扶过堂屋①了？我替晁亲家算计，还该另娶个正经亲家婆，亲家们好相处。"

正说中间，只见又是两下鼓，报是堂客吊孝。孔举人娘子发放②道："看真着些！休得又是晁奶奶来了!"孔举人娘子虽口里说着，身子往外飞跑的迎接。吊过了孝，恭恭敬敬作谢，绝不似待那珍哥的礼数。让进待茶，却是萧乡宦的夫人合儿妇，穿戴的倒也不大如那珍哥，跟从的倒也甚是寥落，见了珍哥，彼此拜了几拜，问孔举人娘子道："这一位是那一们亲家？虽是面善，这会想不起来了。"孔举人娘子道："可道面善。这是晁亲家宠夫人③。"萧夫人道："呵，发变的我就不认得了!"到底那萧夫人老成，不似那孔举人娘子少年轻薄，随又与珍哥拜了两拜，说道："可是喜你!"

让坐之间，珍哥的脸就如三月的花园，一搭青，一搭紫，一

---

① 扶过堂屋——即扶正。

② 发放——吩咐。

③ 宠夫人——妾。

搭绿，一搭红，要别了起身。萧夫人道："你没的是怪我么？怎的见我来了就去？"珍哥说："家里事忙，改日再会罢。"孔举人娘子也没往外送他。倒又是萧夫人说："还着个人往外送送儿。"孔举人娘子道："家坐客，我不送罢。"另叫了一个助忙的老婆子分付道："你去送送晁家的奶奶。"珍哥出去了。萧夫人道："出挑的比往时越发标致，我就不认的他了。想是扶了堂屋了？"孔举人娘子道："晁亲家没正经！你老本本等等另娶个正经亲家婆，叫他出来随人情当家理纪的，留着他在家里提偶戏弄傀儡罢了，没的叫他出来做甚么！叫人家低了不是，高了不是！我等后晌合那司鼓的算账。一片声是'晁奶奶来了'，叫我说晁亲家几时续了弦，慌的我往外跑不迭的。见了可是他！我也没大理他。"萧夫人道："司鼓的只见坐着这们大轿，跟随着这们些人，他知道是谁？人为咱家来，休管他贵贱，一例待了他去。这是为咱家老的们，没的为他哩！"

再说珍哥打扮的神仙一般，指望那孔家大大小小不知怎么相待，却已了个"齐胡子雌了一头灰"，夹着屄往家来了。黄着虎脸，撅着嘴，倒像那计家的苦主一般。揪拔了头面，卸剥了衣裳，长吁短气，怪恼。晁大舍并不知是甚么缘故，低三下四的相问。珍哥道："人家身上不自在，'怎么来'，'怎么来'，絮叨个不了！想起来做小老婆的低搭，还是干那旧营生俐亮！"正没好气，"兜着豆子寻炒"，那个李成名的娘子一些眉眼高低不识，叫那晁住的娘子来问他量米做晌午饭。那晁住娘子是刘六、刘七里革出来的婆娘，他肯去撩蜂吃螫？说道："你不好问去？只是指使我！"那李成名娘子合该造化低，撞在他网里，夹着个簸箕，拿着个升，走到跟前，问珍姨晌午量米做饭。那珍哥二目圆睁，双眉倒竖，恨不得把那一万句的骂做成一句，把那李成名娘子骂的立刻化成了脓血，还像解不过他恨来的，骂道："放你家那臭私窠子淫妇搋拉骨接万人的大开门驴子狗臭屁！什么'珍姨'、'假姨'！你待叫，就叫声'奶奶'。你不待叫，夹着你狗屄嘴，窎远①子去！什么是'珍姨'！贼奴才！你家里有这们几个珍姨？常时还说有那死材私窠子哩，你胡叫乱叫的罢了。如今那死材私窠子已是没了，还是珍姨珍姨的！自家奴才淫妇拿着我不当人，怎么叫别人不鄙贱我？贱忘八！可说你把那肠子收拾的紧紧的，你纵着奴才淫妇们轻慢我，你待指望另寻老婆！可是孔家的那淡嘴私窠子的话么？只怕我搅乱的叫你九祖不得升天！别说你另娶大老婆在我上头，只怕你娶小老婆在我下头我还不依哩！从今后，我不依你叫人叫我珍姨！我也不依把那死材私窠子停在正房哩，快叫人替我掀到后头厢房内丢着去！把那白绫帐子拿下来，我待做夹布子②使哩！"一片声叫人掀那计氏棺材。

晁大舍道："你且消停，这事也还没了哩！计老头子爷儿两个外边发的像酱块一般，说要在巡道告状。他进御本，我不怕他，我只怕他有巡道这一状。他若下狠己你一下子，咱什么银钱是按的下来，什么分上是说的下来？就像包丞相似的，待善哩！"珍哥道："没那放屁！我打杀那私窠子来？抖出那私窠子，番尸检骨，若有伤，我己他偿命。若没有伤，我把那私窠子的骨拾烧成灰撒了！"又把自己的嘴上着实打了几个嘴巴，改了声音说道："贼贱淫妇！你掀谁的材？你待把谁的骨拾烧成灰撒了？贼欺心淫妇！我倒说你那祸在眼底下近了，叫你自家作罢，我慢慢等着！忘八淫妇，你倒要掀我的材，烧我的骨拾，把我的帐子做夹布子使！"又刮刮的打了一顿嘴，把那嘴渐渐紫肿起来。

---

① 窎（diào）远——（距离）遥远。

② 夹布子——卫生巾。

晁住媳妇道："不好！这是大奶奶附下来了！你听这那是珍姨的声音，这不通是大奶奶的声音么？咱都过来跪着！"珍哥道："他嗔您叫他珍姨，你又叫他珍姨！淫妇不跪着，你替他跪着！替我打五十个嘴瓜！数着打！"珍哥果然走到下面，跪得直挺挺的，自己"一、二、三、四、五、六"数着，自己把嘴每边打了二十五下，打得通是那猢狲屁股，尖尖的红将起来。

珍哥又道："挦贼淫妇的毛！"果然自己一把一把将那头发大绺挦将下来。那些丫头、媳妇跪了一地，与他磕头礼拜，只是求饶。珍哥道："你这些欺心的奴才！'晏公老儿下西洋①，己身难保'，还敢替别人告饶！"那些丫头媳妇们捣的头澎澎的响，告道："大奶奶，你活着为人，人心里的事，你或者还不知道。你如今死了为神，人心里谁有良心，谁没良心，大奶奶，你没得还不知道哩？自从大奶奶你不在了，俺们那个没替你老人家冤屈，谁敢欺心来？"

珍哥道："老婆们别要强辩！怎么我的两个丫头落在你手哩？你大家赶温面烙火烧吃，你已我那丫头稀米汤呵。李成名媳妇子拾了我的冠子，为甚么叫你的孩子拿着当球踢？听了那淫妇的主意，连一口汤饭也不与我供养，奴才主子一样欺心！把那淫妇的衣裳剥了！"珍哥果然把自己的衣裳上身脱得精光，露着白皑皑的一身肉，两个饱饱的奶。那晁大舍在旁边看了，唬得瘫去了的一般。

珍哥又道："贼淫妇！你有甚么廉耻！把裤子也剥了！"那些媳妇子们乱磕头祷告："奶奶，只将就这条裤子罢！赤条条的跪在奶奶跟前，没的奶奶就好看么？"望着晁大舍道："大爷，你还

---

① 晏公老儿下西洋——晏公，指阉公。这里指明朝太监郑和，他曾七次下西洋。

站着哩！快来跪着奶奶，大家替他告告！”

珍哥正待脱裤，又自己道：“饶这淫妇不脱裤罢！”晁大舍也直橛儿似的跪着说：“我那日误听了句人的话，后来说得明白，我就罢了。你自己没有忍性，寻了无常。我使二三百两银子买板，使白绫做帐子，算计着实齐整发送你哩。”

珍哥道：“我希罕你使白绫做帐子！叫人气不过，要拿下来做夹布子！你家里作恶，骂大骂小的罢了，他破口私长窠短的骂孔亲家婆，你听的下去，你就鼻子里的气儿没一声？你致死了我还没偿命，又使银子要栽派杀我的爹合我的哥！那日审官司的时节不是俺爷爷计会元央了值日功曹救护着，岂不被赃官一顿板子呼杀了？”晁大舍只是磕头，说：“你既为神，只合这凡人们一般见识做甚？你请退了神，我与你念十个经，还使二百两银子买椁打灰隔甃①坟，退己他老爷的地。我要再敢欺一点心儿，你就附着我。”珍哥道：“我为甚么附着你！有你正经的冤家，不久就来寻你，你能有几日好运哩，我合你做恶人！”晁大舍道：“我合你夫妻一场，也有好来，你休合我一般见识。你还暗中保护着我，我好与你烧香拨火的。”珍哥道：“快烧纸、灌浆水，送到我中房里去！就是这奴才，不是欺心的极了，我也只等着别人处置他，也不合他一般见识的！”烧了许多楮锭②，泼了两瓢浆水，又到灵柩前烧香焚纸。

自此一日两餐上供，再不敢怠慢，再也不敢要处置那计老的父子。珍哥住了口，一头倒在地下，就如那中恶的一般，打得那脸与温元帅相似。也不曾与他穿衣裳，就抬到床上，盖了被单，昏迷不省的睡去。直到那掌灯的时节，渐渐的省来，浑身就如捆

① 甃（zhòu）——用砖砌。
② 楮（chǔ）锭——纸钱。

绑了一月、打了几千的一般痛楚，那脸上胀痛得难受，日间的事一些也不记的。旁人一一与他学了，要了镜来，灯下照了一照，自已唬了一惊，虽是罢了，心里还有些昏迷，身子就如在半空中驾云的一般。差了人挨出门问杨古月要了一贴“安神宁志定魄汤”来吃了，次日还甚是狼狈。

再说伍少川、邵次湖把晁大舍一班男妇罚的银子，依了限，早早的完了。那两个姑子果然依了那县尹的话，沿门抄化，三两的、五两的，那些大人家奶奶布施个不了，除每人上了十两，加了二两五钱火耗，每人还剩二三十两入己，替那大尹念佛不尽的。只是那计都父子八刀大纸，通共得六十两银子方可完事，总然计氏与了那几两银子，怎便好就拿出来使得？单要等晁大官退出地来卖了上官。晁大舍道：“大尹只断退地，不曾带断青苗。如今地内黄黑豆未收，等收了豆，十月内交地不迟。”千方百计勒掯①。

那伍小川两个受了晁大舍的嘱托，那凌辱作贱，一千个也形容不尽那衙役恶处。一日又到了计家，计都的父子俱恰不在，那伍小川就要把计巴拉的娘子拿出去见官监比。正在那里行凶，计巴拉到了。好央歹央，略略有些软意。计巴拉道：“晁家的银子定是完了。那两个姑子的银子一定也还未完。难道只我父子两人相欠？”伍小川怒恨恨的从袜桶内拿出一个小书夹来，打开书夹，许多票内拣出那张发落票来，一干人并那两个姑子的名下都打了“销讫”的字样，只有计都、计巴拉的名字上不曾完纳。与计巴拉看了，说道：“若不是单单剩了你父子的，我为甚这等着极？完了事，难道就不是朋友、亲戚了？”一边说，一边收起那个书

① 勒掯（kèn）——强迫或故意为难。

夹，往袜桶里去放。谁想那书夹不曾放进袜内，虚放了一放，吊落地上了。

计巴拉把布裙带子解开结，把肚凹了一凹，往前走了一步，把布裙吊了，推在地下拾裙，把那书夹拾在袖内。伍小川还乔腔作怪的约了三日去完银，若再迟延，定然禀了官，拿出家属去监比。送出伍小川去了，拿得自己房内，开了书夹看时，内里牌票不下一百多张，也有拿人的，也有发落的。又有一折拜帖纸，上面写道："晁源一起拘齐，见在听审。"旁边朱笔写道："再换叶子赤金六十两妆修圣像，即日送进领价。"计巴拉道："如何要换金子却写在这个帖纸上？"又想起那一日在钱桌上换钱，晁住正在那钱桌上换金子，"见我走到跟前，他便说：'我转来讲话，你且打发钱。'我问那钱桌上的人：'晁住在此作甚？'他说：'有两数金子正在要换，讲价不对，想还要转来哩。'我问道：'他换金子做甚么用？'他说道：'那晓得做甚么用？只见他满城里寻金子，说得五六十两才够，又用得甚急。'谁想是干这个营生！伍圣道这两个狗合的也作贱的我们够了！今日失落了这些官票，且有些不自在哩！"又想道："这伍圣道比邵强仁还凶恶哩，他一定知道是我拾了，回将来索要不得，定是用强搜检。若被他搜将出来，他赖我是打夺他的官票，事反不美。"看了一看，把眠床掀起一头，揭开了一个砖，掘了个洞，把这书夹放在内，依旧使砖砌好了，把床脚安在砖上，一些也看不出。

刚刚收拾得完，只见伍小川同邵次湖又两个外差，伍小川的老婆、儿媳妇、两个出了嫁的女儿，风火一般赶将进来。伍小川把计巴拉两头碰得发昏，口说："你推拾布裙，把我袜子割破，取了我的牌夹，你要好好还我！"一面叫他那些女将到计巴拉婆子身上、卧房里，没一处不搜到。外面将计巴拉浑身搜检，那里有一些影响？计巴拉道：“这不是活活见鬼！你若刚才搜得出来，我只好死在你身上罢了！你既搜不出来，你却如何领了这许多人，不分里外，把妇人身上都仔细摸过？”拿了一面洗脸铜盆，把街门倒扣了，敲起盆来，喊道：“快手伍小川领了男妇，白日抄没人家！”左右邻舍，远近街坊，走路的人，挤住了上千上万，计巴拉一一告诉。那些人说起县里马快就似活阎罗下界地一般，夹得嘴严严的走开去了。剩了不多几十个人，叫计巴拉开了门，大家进去，果然有十二三个男女作恶搜检。那些人那有个敢说他不该领了许多人，不分内外，往他卧房，又向他妇人身上搜的话，都不过委委曲曲的劝他罢了。

那伍小川在外面各处搜遍，只不曾番转地来。那伙婆娘在计巴拉婆子裤裆内、胸前、腿内夹的一块布内，没有一处不摸到，床背后、席底下、箱中、柜中、梳匣中，连那睡鞋合那“陈妈妈”都番将出来，只没有甚么牌夹。自己也甚没颜面，臊不搭的，大家都去了。计巴拉道：“你这等上门凌辱人家，你莫说是武城的马快，就是武城县大爷，我也告你一状！”那伍小川、邵次湖虽也自知理亏，口里还强着麻犯了几句才去。计巴拉道：“想我若不把银子急急的上完了，合他说话也不响！”

那时正是景泰爷登极，下了覃恩，内外各官多有封赠，那珠子贵如药头一般。把那计氏交付的两条珠箍，到古董铺里与他估就了换数。谁知这样货好大行情，乱抢着要换。那陈古董除打了二三十两夹帐，计巴拉还得了七十六两银子，走到县前那马快房内，只见静悄悄一个人也没有，又走到库门口，刚刚只一个张库吏在那里静坐守库。计巴拉与他相唤了，说要交那罚的纸价。张库吏道：“只还得同了原差拿了票来，我照票内的数目收了，登了收簿，将你票上的名字榻了销讫的印。如今原差不来，我倒可以收得，只是你没了凭据。”计巴拉别了出来，那县里边也是冷冷落落的。从礼房门口经过，只见一个人一只手拿了一张黄表纸写的牒文，一只手拿了把钥匙在那里开门。原来那人是计巴拉的表弟方前山，应充礼房书手，让计巴拉到房坐下，问计巴拉来做甚事。

计巴拉道：“我拿了银子来上纸价。”方前山道：“上过了不曾？”计巴拉说：“库吏因没有原差，所以不曾收得。”方前山说：“这银子且等待几日，看看光景来上不迟。如今大爷生了发背大痈，病势利害得紧。昨日往鲁府里聘了个外科良医姓晏的来，那外科看了，说是‘天报冤业疮’，除非至诚祈祷，那下药是不中用的。也便留他不住，去了。外科悄悄的说：‘这个疮消不得，十日就烂出心肝五脏来哩。’我适才到了城隍庙叫崔道官写了疏头①，送到衙内看过，要打七昼夜‘保安祈命醮’哩。”计巴拉道：“我一些也不闻得，是从几时病起的？”方前山道：“难道这事你不曾闻见么？就从问你们的官司那一日觉得就不好起，也还上了三四日堂，这四五日来倒动不得了。那日问时，我料的你与计姨夫每人至少得二十五板，后来他掇了掇签，凭计姨夫顶触了一顿，束住了手不打，把众人都诧异的极了。谁知有个缘故，他原来手去掇签的时节，看见一个穿红袍长须的人把他手往下按住。到了衙里，那个红袍的神道常常出见，使猪羊祭了，那神道临去，把他背上搭了一下，就觉的口苦身热，背上肿起碗大一块来。说那神道有二尺长须，左额角有一块黑计。这是家人们悄悄传出来，他里边是瞒人，不叫外泄的。”

计巴拉道：“据这等说起来，这神道明明是我公公了。我的

① 疏头——指和尚、道士在诵经前焚化的祷告词。

公公三花美髯足长二尺，飘然就如神仙一般，左边额角上有钱大一块黑计。但不知公公如何便这等显应？你为甚的料得他那一日要打我们哩？”方前山道：“难道这样事，你们又不晓得？那一日，我刚在衙门传桶边等稿，一个管家在传桶边往外张了一张，把我不知错认了是谁，叫我到跟前，递出一个帖来，却是伍小川、邵次湖的禀帖，说：‘晁源一干人犯都齐到了，见在听审。’大凡是这样的禀帖传进去，定是有话说了。我接来朝了日头亮照看，那朱判的日子底下有‘五百’二字，旁边朱笔又写道：‘再换叶子赤金六十两妆修圣像。’这是嫌五百银子少，还要叫他添六十两赤金。晁家那半日内把城中金子都换遍了，轰动的谁是不知道的！”计巴拉道：“那个帖子仔么样①了？”方前山道：“我恰好出来，撞见了伍小川，把与他了。他既受了他的厚贿，说甚么不打你们？他那日又在皂隶手里大大的使了钱，嘱托他重重加刑。若不是计爷暗中保护，你们不死，也定要去层皮的！”计巴拉道：“贤弟，你既晓得这等详细，如何不透些信息与我，叫我们也准备一准备，不枉了是我们兄弟一场。”方前山道：“表兄，你凡事推不晓得。你有我这个表弟，你又不晓得，我在礼房，你又不晓得。适间不是我唤你，你到如今还不晓得有你这个表弟哩。我却往何处寻你说信？”计巴拉问说：“伍小川、邵次湖这三四日不曾到我家来作贱，不知是何缘故？”方前山说：“如今那个伍小川、邵次湖还敢在外行走？那些行时道的马快如今躲得个寂静，恐怕那许多的仇家要报怨倒赃哩！”

两个正说得热闹，只见衙内传出两三张白头票来，一张是叫工房到各板店要寻极好的杉板，一张是叫买平机白布二百匹、白

① 仔么样——相当于“怎么样”。

梭布二百匹，一张是要白绫子十匹。又叫礼房快送进牒文去看，明早起建道场，头一日是本官亲属主醮行香，第二日是乡宦举贡，第三日是阖学师生，第四日是六房吏书，第五日是皂快①、一切衙役，第六日是城内四关厢各行户，第七日是向上百姓们。那第七日百姓们也不下有二三千人，倒也亏不尽那个署捕的候缺仓官，差了阖捕衙的皂快，抗了牌，持了票，不出来的要拿了去打，所以只得三分的、五分的，也攒了有好几十两银子。那仓官与皂快分过了，剩下五六两，与了那些道士做了本日的斋钱。

计巴拉到了家，与老计一一告诉了，方晓得里边有这许多的原委。同计巴拉即时买了纸锭，办了羹饭，叩谢他父亲计会元暗中的保护。那伍小川、邵次湖也从此再不来上门作贱。后来这六七十两纸价大亏了那个礼房表弟的济，不曾丢在水里。

又过了两三日，果然衙里传出来，那个武城县循良至清至公的个父母果然应了晏外科的口，烂的有钵头大，半尺深，心肝五脏都流将出来。那些仵作行收敛也收敛不得，只得剥了个羊皮，囫囵贴在那疮口上，四边连皮连肉的细细缝了，方才装入材内。过了五七，追荐了许多的道场，起了勘合②，同家眷扶柩回家。那大尹原籍直隶蓟州人，行到永平府地方，刚刚遇着也先拥了正统爷入犯，将一切骡驮马载、车运人抬的许多细软劫了个"惟精惟一③"，不曾剩一毫人欲之私。幸得人口藏躲得快，所以倒都保

---

① 皂快——为衙门差役的称谓，下文皂隶同。

② 勘合——官员外出所持的凭证，驿站据以供给食宿、车马等。

③ 惟精惟一——《大禹谟》："帝曰：来禹，人心惟危，道心惟微，惟精惟一，允执厥中。"用在这里是作者的调侃。

全，不曾伤损了一个。亏不尽那卢龙知县是他乡里，把灵柩浮葬了，将家眷一个个从城下拔将进去，送在个行司内住了，等也先出了口，备了行李，打发得回蓟州去。这正是：

> 恶人自有恶人磨，窃盗劫来强盗打。
> 可知天算胜人谋，万事塞翁得失马。

第十二回

李观察巡行收状　褚推官执法翻招

太平时，国运盛。天地清，时令正。风雨调，氛祲①净。文官廉，武将劲。吏不贪，民少病。黜奸邪，举德行。士姱②修，臣谏诤。杜苞苴，绝奔竞。塞居间，严借倩。恶人藏，善者庆。剪强梁，剔豪横。起春台③，平陷阱。此等官，真可敬。社稷主，斯民命。岂龚黄？真礼孟。岘山碑，甘棠颂。罄山筠，书德政。告皇天，祝神圣。进勋阶，繁子姓。世枢衡，代揆柄。万斯年，永无竟。

却说那正统爷原是个有道的圣人，旰食宵衣④，励精图治，何难措置太平？外面况且有了于忠肃这样巡抚，里面那三杨阁老，都是贤相，又有一个圣德的太后，这恰似千载奇逢的一般。只是当不起一个内官王振擅权作恶，挫折的那些内外百官，那一个不奴颜婢膝的，把那士气丧尽。虽是这等说，那被他劫得动的，毕竟不是那刚硬的气骨，就如那“银样蜡枪头”一般，非不明晃晃的也好看，若遇着硬去处，略略触他触儿，不觉就拳成一块了。你看那金刚钻这样一件小小的东西，凭他什么硬物，钻得飕飕的响。

那时山东东昌府有一个临清道，是个按察司佥事⑤官衔，姓

① 祲（jīn）——旧指阴阳之气相侵形成象征不祥的妖气。
② 姱（kuā）——美好。
③ 起春台——此比喻盛世。
④ 旰（gàn）食宵衣——晚食早起，旧时用来称帝王勤于政事。
⑤ 佥事——官名。下文佥宪同。

李，名纯治，河南中牟县人，庚辰进士。初任做知县的时节，遇着那好百姓便爱如儿子一般，有那等守学规、有道理的秀才，敬如师友一般。若是那一样歪秀才、顽百姓，他却也不肯松饶轻放。乡官中有为地方公事兴利除害的，坐在寅宾馆内与他终日讲论也不觉倦怠。若是乡官的子弟族亲、家人伙计，倚了本官的势力，外面生事作恶的，休想他看些体面，宽容过去罢了。又有来通书启、说分上的，他却绝没有成心，只当是没有分上的一般，是的还他个是，非的还他个非。就是把那个有不是的人尽法处了，那人也是甘心不怨的。他又不论甚么“二六”、“三八”的告期①，也不避什么准多准少的小节，有状就准，准了就在原状上批了，交付原告自拘，也不挂号、比件②。有肯私下和了的，连状也不须来缴，话也不消来回。有那不肯和息，必定要来见官的，也不论甚么早堂晚堂，也不论甚么投文挂起数，也不拘在衙门、在公所、在酒席上，随到随审。该劝解的，用言语与他们剖断一番。有十分理屈的，酌量打他几下，又不问罪，又不罚纸，当时赶了出去。

但是那京边起存的钱粮明白每两要三分火耗。他说道：“一个县官自己要吃用，要交际上司，要取无碍官银，过往上司使客要下程③小饭。我若把你们县里的银子拿到家里买田起屋，这样柳盗跖的事，我决不做他。你若要我卖了自己的地，变了自己的产，拿来使在你县里，我却不做这样陈仲子的勾当。”他衙内衣食费用却又甚是俭省。不要说是地方上的物力过于暴殄④，所得些火耗，除了公费，用不尽的，拣那民间至贱卖不出去的粮食，

---

① 告期——古代告状有一定的日期，叫放告，放告的日期称为告期。

② 挂号、比件——指登记造册和查验惩处。

③ 下程——指送给过往官员的路费和礼物。

④ 暴殄（tiǎn）——糟蹋，灭绝。

买米上仓，等那青黄不节的时节，有那穷百姓来借的，都借了与他。那县里民间俗规，借取粮食，俱是十分行利，官借却只要五分。有那借了果然还不起的，又有死了的，通融折算将来，也实有三分利息。不上二三年，积得那仓里真是陈陈相因，作每月赎谷，给孤贫，给囚粮，助贫穷冠婚丧祭，都在这里边取用。

大略他行的美政不止于此，就生出一百副口来也说不尽。难道撇了正传，只管说这个不成？这样一个知县，其实教他进两衙门里边，断然是替朝廷兴得利，除得害，拿定是个朝阳鸣凤。但这等倔强的人，那个肯教他做科道？一堂和尚，叫你这个俗人在里边咬群！但又是个甲科，又不好挤他下水，只得升了他个礼部主事，印了脚步行去，升了郎中。据了他的学识，与他个学道，绰绰然做得过去，却不肯把学道与他，偏与他一个巡道。五年的部俸，连个少参也还不肯把与，单单与了个佥宪。

这东昌巡道衙门住扎临清。因临清是马头所在，有那班油光水滑的光棍，真是“天高皇帝远”，晓得怕些甚么！奸盗豪横，无日无天。兼那势宦强梁欺暴孤弱，那善良也甚是难过得紧。自从他到了任，穿了豸服①，束了花银带，拖了印绶，冷铁了面孔，说什么是张纲，又什么是温造，倒恰似包龙图一般。出了告示，再三劝人自新。只除了歇案的人命强盗，其外杂犯，在他到任以前的，俱免追论。但他到任以后，再有武断暴横的，十个倒有九个不得漏网。那一个漏网的毕竟是恶还不甚。他又不时戴了顶巾，骑了匹骡子，跟了一两个人，在那巡属十八州县里边不歇的私行，制伏得那些州县也不敢十分放肆。那武城大尹，一来恃②了甲科，二来也是死期将到，作的恶一日狠如一日。这巡道来稽

① 豸（zhì）服——执法官穿的衣服。
② 恃（shì）——依赖，倚仗。

察他，也一日密如一日了。

那一日闻得那大尹死了，恐怕那些虎狼衙役都逃散了，不发牌，也不发飞票，三不知带了二三十名兵快，巡到武城县来，也不进察院，一直径进县堂上坐下，击了三下堂鼓。那些六房衙役渐渐齐拢来。要出卯簿，逐项点了一遍，不相干的人，点过，叫他在东边站；有话说的，叫他在西边站。也多有不到的，将那没有过犯的也不叫来销卯，便即罢了，拣那有话说不到的，差兵快同捕衙番役立刻擒来，分别各重责四五十板不等。那伍小川、邵次湖躲得最是严密。但这巡道法度严的紧，谁敢拿性命去做人情？不一时，也都拿到了。每人也是五十，交付捕官，发下牢固监候，听另牌提审，不许死，又不许放松。把那东边站的教诲了一番，发放开去，然后回了察院，出了一大张告示：

分巡兵备道为剪除衙虎以泄民恨事：照得武城县官贪赃乱纪，峻罚虐民，人怨已深，神恫既极。本道已经揭报两台，正在参究。不谓恶贯满盈，天殛①其魄。虽豺狼已死，而假威煽恶之群凶，法当锄剪。除已经本道面拿监禁外，所有被其荼毒之家，据实赴道陈告。既死之灰，断不使其复灼。在柙②之虎，无须虑其反噬，以失报复之机，甘抱终身之辱。特示。

那告状的挨挨挤挤，不下数百余张。那计巴拉也写了一张格眼，随了牌进去，将状沓在桌上，走到丹墀③下听候点名。那巡道看到计巴拉的状上写道：

告状人计奇策，年三十五岁，东昌府武城县人。告为人命

① 殛（jí）——杀死。
② 柙（xiá）——关野兽的笼子，旧时也用来拘禁罪重的犯人。
③ 丹墀（chí）——古时宫殿前的石阶以红色涂饰，故名。这里指官府台阶。

事：策妹幼嫁晁源为妻，听信娼妾珍哥合谋诬捏奸情，将妹立逼自缢。虎役伍圣道、邵强仁过付枉赃银七百余两，黄金六十两，买免珍哥不令出官，妹命无抵，红票证。乞亲提审，或批理刑褚青天究解。上告。计开：被告：珍哥、晁源、小夏景、伍圣道、邵强仁、小柳青。干证：高氏、海会、郭姑子。

巡道看完了状，问道："这七百两银子，六十两金子，是过付与谁？"计巴拉道："小的也不知过付与谁。只有他亲笔禀帖朱笔为证。"递上与巡道看。巡道看说："那七百两银子有甚凭据？"计巴拉道："在那朱票日子底下暗有脚线。"巡道照见了"五百"二字。巡道沉吟了一会，点头道："你状上如何说是七百？"计巴拉道："这五百是过送的，那二百是伍小川、邵次湖背工。"巡道叹息了两声，说："仔么有这样事！"又问："你那妹子一定奸情是真，不然因甚自缢？"计巴拉道："若在妹子奸情是实，死有余辜，因甚行这般重贿买求？小的告做证见的海会是个连毛的道姑，郭姑子是尼姑，常在妹子家走动。珍哥诬说那海会是道士，郭姑子是和尚，说妹子与和尚、道士通奸，迫勒妹夫晁源立逼妹子自尽了。"巡道吩咐在刑厅伺候。次日，将状批发下去。计巴拉往东昌刑厅递了投状。

刑厅姓褚，四川人，新科进士，甚是少年，又是一个强项好官，尽可与那巡道做得副手。看了投词，问了些话，大略与巡道问得相似。计巴拉也就似回巡道的话一般回了。刑厅分付叫："不必回去，我速替你结词。"差人下武城县守提一干人犯，务拿珍哥出官，状上有名犯证不许漏脱一名。

那时武城县署官还不曾来到，仰那署捕的仓官依限发人。县厅的差人到了晁源的家里，不说是去拿他的，只说是计都父子上纸价，寻他不着，有人说在宅上躲藏，故来寻访，将晁源哄出厅上，一面三四个胖壮婆娘，又有五六个差人，走将进来。晁源不由得唬了一跳。那三四个婆娘，狼虎般跑到后面，拣着穿得齐整、生得标致的，料得定是珍哥，上前架住，推了出来。珍哥自从计氏附在身上采拔了那一顿，终日淹头搭脑，甚不旺相，又着了这一惊，真是三魂去了两魄，就是那些媳妇子、丫头们也都唬的没了魂。晁源说："你们明白说与我知道这却是为何？"那先进去的两个差人说："这是刑厅褚爷奉巡道老爷的状，要请相公合相公娘子相会一面。深宅大院的，相公不肯出来，我们却向何处寻得？所以不得不这样请。这是我们做差人的没奈何处，相公不要怪我们。男子人也不敢近前冲撞娘子，所以叫我们各人的妻室来服事娘子出来。"

那珍哥不晓得什么，只道还是前日这样结局，虽是有几分害怕，也还不甚。只是晁源听得说是巡道状，又批了刑厅这个古怪的人，心里想道："这遭却不好了！凭他甚么天大的官司，只是容人使得银子的去处，怕他则甚！这两个乔人①，银子进不去，分上又压不倒，命是偿不成，人是要死半截的了！"一面叫后边速备酒饭相待。珍哥被那四五个婆娘伴在厅内西里间坐的。差人取出票来看了，上面还有小夏景、小柳青一干妇人，着落晁源身上要。晁源道："这都是几个丫头合家人媳妇，见在家里，行时一同起身就是。"差人道："褚爷的法度甚严，我们也不敢领饭，倒是早些起身，好赶明早厅里投文。"晁源道："既与人打官司，难道不收拾个铺盖，不刷括个路费？没的列位们都带着锅走哩！"差人道："若是如此，相公叫人快收拾你自己行李便是，我们倒不消费心。褚爷是什么法度！难道我们敢受一文钱不成？"

---

① 乔人——坏人。

说话中间，只见又有六七个差人唤了高氏、海会、郭姑子到了。高氏进得门，喝叫道："俺的爷爷！俺的祖宗！叫你拖累杀俺了！这是俺合乡宦做邻舍受看顾哩！"晁大舍道："高四嫂，你千万受些委曲，我自有补报，只是临了教你老人家足了心，喜欢个够。你是百般别拿出那一宠性儿来。就是这二位师父，我也不肯叫他做赔面觔的厨子。"高四嫂道："县里没有官，一定是四衙里审，咱去早些，审了回来，我还要往庄上看看打谷哩！"差人说："四衙审倒好了，这是巡道的状，批刑厅审。咱还要府里走一遭哩。"高四嫂道："这成不得！我当是四衙里，跟着您走走罢了。这来回百十里地，我去不成！"往外就走，那差人就往外赶。晁大舍道："待我去央他，你休要赶。"向前说道："好四嫂！你倒强似别人，这官司全仗赖你老人家哩！这百十里地，有甚么远？四嫂待骑头口，咱家有马有骡，拣稳的四嫂骑，叫人牵着。若四嫂怕见骑头口，咱家里放着轿车，再不坐了抬的轿。脱不了珍哥也去哩，又有女人们服侍你老人家。我叫人送过几吊钱去乡里打发工钱，我分外另送四嫂两匹丝绸、十匹梭布、三十两银子，如今就先送过去。"谁知"清酒红人面，白财动人心"。一顿奉承，一顿响许，把一个爆铁般高四嫂，不觉湿渌渌的软了半截，说道："你许下这些东西，我去走一遭，我却还是前日那几句话。你要叫我另做话，我却不会另做！"晁源道："脱不了这也都是实情，难道当真的谁打杀他来？"好劝歹劝，把高四嫂劝的回来。

搬上酒饭来，大家吃了，叫人往庄上打点一班人骑的头口，札括两辆骡车，装载珍哥、高四嫂并那些妇女，并吃用的米面铺陈等物。又到对门请禹明吾来作了保，放晁大舍到后面收拾路费行李。又收拾礼出来谢那差人、捕衙众人，共三十两。那四个婆娘每人四两。刑厅两个差人、晁源自己是八十两。又与高四嫂、海会、郭姑子每人出了五两，共十五两。许那高四嫂的东西也一分不少，都悄地的送了。央禹明吾转说，若肯把珍哥提免了，不出见官，情愿再出一百两银子相谢。那两个厅差说道："禹师傅，你与我们是上下表里衙门，你说，我们岂有不依的？况晁相公待我们也尽成了礼，不算薄待。况且一百两银子，我们每人分了五十，岂不快活？但褚爷注意要这个人，我们就拚了死，枉耽了罪过，这珍哥终是躲不过的，倒是叫他出去走一遭罢了。我们既得了晁相公这般厚惠，难道还有甚么难为不成？"说着，也就夜了。晁大舍叫人收拾了床铺，预备那些差人宿歇。因差人不肯放珍哥后边去，也在里间里同那些婆娘同睡。

晁源有个胞妹，嫁与一个尹乡宦孙子，原先也有百万家产，只因公公死了，不够四五年间，三四兄弟破荡得无片瓦根椽。晁大舍把他尹妹夫的产业，使得一半价钱，且又七准八折，买了个罄净，因他穷了，待那个妹子也甚无情意。如今要到府里去问官司，那得再有个人与他看家，只得接了妹子回家管顾。次早，一干大众起身，先差了两个家人去府城里寻拣宽阔下处。行到半路，吃了中饭，喂了头口，又行了半日，那日将落山的时节，进了城到下处。那伍小川、邵次湖也都使门板抬了，也同一处安下，晁源也都一样照管他。

次早，各人吃了早饭，换了衣裳，预备投文。探事的来说："刑厅发了二梆。"一干人都到了厅前伺候。不多时，那褚四府升堂，晁大舍这一起人跟了投文牌进去。原差投了批文，逐名点过，一个也不少。点到珍哥跟前，直堂吏叫道："珍哥。"那珍哥应了一声，真是：

洞箫飞越，远磬悠扬。依依弱柳迎风，还是扮崔莺的态度；

怯怯娇花着露，浑如妆卓氏的丰神。乌帕罩一朵芙蓉，翠袖笼两株雪藕。真是我见犹怜，未免心猿意马。不识司空惯否，恐为煮鹤焚琴①。

那刑厅看了一眼，分付晚堂听审。晁大舍一干人犯仍自回了下处，仍托了两个厅差，拿了银子，打点合衙门的人役。那两个人虽是打许多夹帐，也还打发得那些众人欢喜。虽不是在武城县里问的时节，着实有人奉承，却也不曾失了体面。

四府坐了堂，唤进第一起去，却也是吊死人命，奉道详驳来问的。原是一个寡妇婆婆，有五十年纪，白白胖胖的个婆娘，养着一个三十多岁的后生，把些家事大半都贴与了他，还恐那后生嫌憎他老，怕拿他不住，狠命要把一个儿妇牵上与他。那儿妇原是旧族人家女儿，思量从了婆，辱了自己的身，违了婆婆，那个淫妇又十分凶恶得紧，只得一索吊死了。那娘家没用，倒也含忍罢了。那些街坊不愤，报了乡约②。布了地方，呈到县里。县官糊糊涂涂的罚了许多东西，问了许多罪，尽把本来面目抹杀过了。却被巡道私行访知了备细，发了刑厅，把一干人犯逐个隔别了研审，把那骨髓里边的事都问出来了，把那淫妇打了四十大鸳鸯板子，一夹棍，二百杠子，问成了抵偿，拖将出来。

第二起就是晁源。四府也不唤证见，也不唤原告，头一个就把晁源叫将上来，问道："计氏是你什么人?"晁源说："是监生的妻。"又问："珍哥是你什么人?"说："是监生的妾。"问说："原是谁家女子?"回说："是施家的女子。"问说"那不像良家女子?"回说："不敢瞒宗师老爷，原是娼妇。"问说："那计氏是怎么死的?"回说："是吊死的。"问说："因甚吊死?"回说：

---

① 煮鹤焚琴——比喻糟蹋美好的事物。

② 乡约——保甲长。

"监生因去年带了妾到父亲任上，住到今年四月方回。"问说："你如何不同妻去，却同妾去？"回说："因妻有病，不曾同行。"问说："妻既有病，怎么不留妾在家里服事他？"回说："因父亲差人来接，所以只得同妾去了。"四府说："不来接儿妇，却接了儿子的小去，也是浑账老儿。你再接了说！"回道："自监生不在家，有一个师姑叫是海会，一个尼姑郭氏，都来监生家里走动。监生同妾回了家，六月初六日，这两个姑子又从计氏后边出来。监生的妾乍撞见了，误认了是道士、和尚，说怎可青天白日从后面出来。监生也就误信了，不免说了他几句。他自己抱愧，不料自己吊死。"问说："既不是和尚、道士，却因甚原故抱愧？那姑子来家，你那妾岂不看见，直待他出去，才误认了是和尚、道士？"回说："计氏另在后边居住。"问说："你在那里？"回说："监生也在前面。"

又叫小夏景上来，问："你唤那珍哥叫甚么？"回说："叫姨。"问说："你那姨见了和尚、道士是怎么说话？"夏景道："没说甚么，只说一个道士、一个和尚出去了，再没说别的。"问说："你那主人公说甚么？"回说："甚么是主人公？"问说："你叫那晁源是甚么？"回说："叫爷。"问说："你那爷说甚么话？"回说："爷也没说甚么，只说那里的和尚、道士敢来到这里。"问说："你唤那计氏是奶奶么？"回说："是，叫奶奶。"问说："你奶奶说甚么？"回说："奶奶拿着刀子要合俺爷合俺姨对命，在大门上怪骂的。"问说："怎么样骂？"回说："贼忘八！贱淫妇！我碍着你做甚么来，你要挤排杀我！"问说："他骂的时候，你爷合你的姨都在那里？"回说："俺爷在二门里躲着往外看，俺姨躲在家里顶着门。"问说："你奶奶吊死在那里？"回说："吊在俺爷合俺姨的门上。"

又唤小柳青，又似一般的问了，回说的也大约相似。问说："那珍哥说是和尚、道士，还有许多难为那计氏去处，你却如何不说？你说的俱与小夏景说的不同。拿夹棍上来！"两边皂隶齐声吆喝讨夹棍。那禁子拿了一副大粗的夹棍，向月台震天的一声响，丢在地下。两边的皂隶就要拿他下去。柳青忙说道："我实说就是，别要夹我罢！"四府叫："且住！等他说来。若再不实说，着实夹！"回说："那一日是六月六，正晌午，珍姨看着俺们吊上绳晒衣裳。小青梅领着一个姑子，从俺奶奶后头出来。"问说："谁是小青梅？两个姑子，如何只说一个？"回说："小青梅不是一个？"问说："姑子怎是小青梅？"回说："他原是小青梅，后来做了姑子。"问说："原是谁家小青梅？"回说："是东门里头刘奶奶家的。"叫晁源问说："那一个姑子是小青梅？"回话："海会就是。"叫说："下边去。那小柳青再接着说来！"说道："青梅头里走，那个姑子后头跟着。俺珍姨看见，怪吆喝的说：'好乡宦人家！好清门静户！好有根基的小姐！大白日赤天晌午，肥头大耳朵的道士、白胖壮实的和尚，一个个从屋里去来！俺虽是没根基，登台子，养汉接客，俺只拣着像模样人接。像这臭牛鼻子、臭秃驴，俺就一万年没汉子，俺也不要他！'正嚷着，俺爷从亭子上来。俺姨指着俺爷的脸骂了一顿臭忘八、臭龟子，还说：'怎么得那老娘娘子在家，叫他看看好清门静户的根基媳妇才好！'俺爷说：'真个么？大赤天晌午的，什么和尚、道士敢进来出去的不避人！'俺姨说：'你看昏君忘八！难道只我见来！这些人谁没看见！'俺爷叫了看门的来，问：'你为什么放进和尚、道士来？'他说：'那是和尚、道士？是刘家小青梅和个姑子出去了。'俺爷问：'那个姑子是谁？你可认的么？'他说：'那个姑子，我不认得。'俺爷说：'你既不认他，怎便知是个姑子？'他说：‘没的小青梅好合个和尚走么？’俺爷说：‘小青梅这奴才惯替人家做牵头，情管是个和尚妆就姑子来家！’跳了两跳，说：‘我这忘八当不成！快去叫了计老头子来，休了罢！’待了不多一会，俺计老爷合计舅都来外头。不知说的是甚么，我没听见。待了一会，俺计老爷合俺计舅从后头出来。又待了一会，俺奶奶就拿着一把刀子骂到前面来了。”问说：“怎么样的骂？”回说：“骂道：‘贼淫妇！昏忘八！姑子又不是从我手招了来的，一起在你家里走动，谁不认的？你说我养道士、养和尚，赤天大晌午，既是和尚、道士打你门口走过，你不该把那和尚、道士一手扯住？我凭着你杀，我也没的说！你既是把和尚、道士放去了，我就真个养了和尚、道士，你也说不响了！你叫了俺爹合我的哥来，要休我回去！忘八、淫妇，你出来！同着街坊邻舍合你讲理，得个明白，我拿了休书就走！’”问说：“骂的时节，你爷在那里来？”回说：“俺爷闪在二门里边听。”问说：“你姨在那里？”回说：“俺姨顶着门，家里躲着。”问说：“你奶奶骂了一会，怎么就罢了？”回说：“是对门子老高婆子劝的进去了。明日还隔了一日，到黑夜，不知多咱①就吊杀在俺姨那门上。清早小夏景起去开门看见，唬得死过去半日才还醒过来。”说：“过去一边。”又叫高氏。

那高氏走到公案前，拜了两拜。皂隶一顿乱喊，叫他跪下了。问了前后的话，一句句都与前日县里说得相同。又唤海会、郭姑子，问说：“你是几时往计氏家去？”回说：“是六月初六日。”问说：“你往他家做甚？”青梅道：“这是俺的姑舅亲，从来走动的。”问说：“那珍哥认得你么？”青梅道：“他怎么不认

① 多咱（zǎn）——几时。

得！”问说：“这郭姑子也是亲么？”回说：“不是。初从北直景州来，方才来了一年。”叫晁源，问说：“你认得这两个姑子么？”回说：“止认得海会，不认得那郭姑子。”问说：“海会你既已认识的，那一个你还不认得他是姑子，你怎便轻信他是和尚？轻听了妾的话，就要休妻？”回说：“乍闻说是和尚，心头不平。后来晓得实是个姑子，也就罢了。监生的妻素原性气不好，自己不容，所以吊死。”问说：“这是实情。惟其晓得他性气不好，故将此等秽言加之，好教他自尽。计倒也好，只是枉了人命！这计氏的命要你与珍哥两个人与他偿！”

叫珍哥上来，问说：“你那日看见从计氏后边出来的，果然是和尚、道士么？”回说：“只见一个雄赳赳的人，戴了唐巾，穿了道袍，又一个大身材白胖的光头，打我门前走过，一时误认了是和尚、道士，后来方晓得是两个姑子。”问说：“你既然还认不真，却怎便说道乡宦人家，清门静户，好有根基的小姐，又说是赤天晌午，肥大的和尚、道士阵阵从屋里出来？你自说登台子，没根基，要接好客，不接和尚道士，你又骂晁源是乌龟忘八。你一面诬执主母奸情，一面又唆激家主。这虽是借了别人的剑杀人，这造谋下手都是你！”回说：“我只说了这几句话，谁知晁源就唤了他的爹来，要休他回去。又谁料他自己就吊死了？他来前边嚷骂，我还把门关上顶了，头也没敢探探，这干我甚事？”问说：“你说得和尚道士从他屋里出来是凿凿有据的，那晁源岂得不信？你既说得真，晁源又信得实，那计氏不得不死了。你说计氏出来前边嚷骂，你却关门躲避了，这即如把那毒药与人吃了，那个服毒的人已是在那里滚跌了，你这个下毒的人还去打他不成？那服毒的人自然是死的了。这计氏的命定要你偿，一万个口也说不去！”

叫计奇策上来，说："我已是叫珍哥抵偿你妹子的命了。你状上说伍圣道两个过付枉赃，有甚红票？取上来看。"计奇策将原票并那发落的票递将上来。四府看了票，道："怎么这一干人也不分原告被告，也不分干证牵连，一概都罚这许多东西？都完过了不曾？"回说："都完过了。上面都有销讫的印子。"问说："计都是谁？"回说："是小的的父亲。"问说："你两个的纸价怎还不完？"回说："妹子有几亩妆奁地，断了回来，指望卖出上官。晁源不肯退出，差人也不去催他，故意要凌辱小的，每日上门打骂，屡次要拿出妇女去监比。"又看那禀帖，问道："怎么这禀帖上朱笔却写换金子话？却是何说？"计奇策道："那朱判的日子下面还有'五百'二字，翻面就照出来了。是嫌五百银子少，又添这六十两金子。"问说："你状上是七百两，这却是五百，那二百有甚凭据？"回说："这五百是过付的，那二百是伍小川、邵次湖两个的偏手，不在禀帖上。"四府说："这就是了。他没有肯做干倒包的礼，少了他也不依。但这个票与这禀帖却如何到得你手里？"回说："伍圣道来催小的纸价，说别人的都纳完了，止有小的父子两人未完，因取票与看，收入却不放在靴内，放在空处了，小的所以拾得。还有这一牌夹哩。"四府都取上去看了，内中倒有四五十张发落票，通共不下万金。四府点了头，叹息道："这等一个强盗在地方，怎得那百姓不彻骨穷去，地方不盗贼蜂起哩！"将牌夹收在上面，也就不发下来。

又叫伍圣道、邵次湖，有两个人把两个背了上去。问说："你换的金子交了不曾？你那七百两银子交到那去了？"回说："不知换甚么金子，又不知是甚么七百两。"刑厅将他那禀帖递将下去，问说："这是你两个那一个写的？"两个睁了眼，彼此相看，回不出话来，只是磕头。四府问说："这禀帖日子底下的五百两罢了，那其外的二百两，是你几个分?”回说:”并不曾有其外的二百两。”四府问道：“前日巡道老爷曾打你的脚来不曾?”回说：“打了五十大板，不曾打脚。”四府道：“这等，脚也还得夹一夹。拿夹棍上来!”一齐两副夹棍，将这伍小川、邵次湖夹起。又说：“也还每人敲两棒方好!”又每人敲了二百，放起来。

一干人犯都取了供。珍哥绞罪，晁源有力徒罪，伍圣道、邵强仁无力徒罪，海会、郭姑子赎杖。余人免供带出，领文解道。又说：“晁源、珍哥本还该夹打一顿，留着与道爷行法罢。”一一交付了原差。这晁大舍与珍哥，这才是：

从前作过事，没兴一齐来。

早晚应须报，难逃孽镜台。

第十三回

理刑厅成招解审　兵巡道允罪批详

要成家，置两犁。要破家，置两妻。

小妻良妇还非可，若是娼门更不宜。

试看此折姻缘谱，祸患生来忒杀奇。

伸伸舌，皱皱眉，任教镇世成光棍，纸帐梅花独自栖。

晁大舍一干人犯，原差押着，仍回了下处。珍哥问了抵偿，方知道那锅是铁铸成的，扯了晁大舍号淘痛哭，晁大舍也悲泣不止。高四嫂道："你们当初差不多好来，如今哭得晚了！"两个厅里的差人说道："褚爷虽是如此问，上边还有道爷，还要三次驳审，你知道事体怎么，便这等哭。你等真个问死了，再哭不迟。"珍哥哭的那里肯住，声声只叫晁大舍"不要疼钱，务必救我出去"！晁大舍又央差人请了刑厅掌案的书公来到下处，送了他五十两谢礼，央他招上做得不要利害，好指望后来开释。那书办收了银子，应承的去了。那伍小川、邵次湖把四只脚骨都夹打的折了，疼得杀猪一般叫唤。

次日，那书办做成了招稿，先送与晁大舍看了，将那要紧的去处都做得宽皮说话，还有一两处茁实①些的，晁大舍俱央他改了，誊真送了进去。四府看了稿，也明知是受了贿，替他留后

① 茁实——此为利害。

着，也将就不曾究治，只替他从新改了真实口词，注了参语，放行出来，限次日解道。那招稿：

一口施氏，即珍哥，年一十九岁，北直隶河间府吴桥县人。幼年间失记本宗名姓，被父母受钱，不知的数，卖与不在官乐户①施良为娼。正统五年梳栊②接客，兼学扮戏为旦。次年二月内，施良带领氏等一班乐妇前来濮州临邑赶会生理，随到武城县寄住。有今在官监生晁源未曾援例之先尝与氏宿歇，后来渐久情浓，两愿嫁娶。有不在官媒人龙舟往来说合，晁源用财礼银八百两买氏为妾。氏只合守分相安，晁源亦只合辨明嫡庶为是。氏遂不合依色作娇，箝制晁源，不许与先存今被氏威逼自缢身死正妻计氏同住；晁源亦不合听信氏唆使，遂将计氏逐在本家尽后一层空房独自居住。计氏原有娘家赔送妆奁地土一百亩，雇人自耕糊口。连年衣食，晁源从未照管。氏犹嫌计氏碍眼，要将计氏谋去，以便扶已为正，向未得便。今年六月初六日，有在官师姑海会、尼姑郭氏，亦不合常在计氏家内行走。偶从氏房门首经过，氏又不合乘机诬嚷，称说"好乡官人家，好清门静户，好有根基的小姐，赤天晌午，精壮道士、肥胖和尚，一个个从屋里出来。俺虽是没根基，登台子，接客养汉，俺拣那有体面的方接，似这臭牛鼻子秃和尚，就是万年没有汉子，也不养他"等语，又将晁源骂说忘八、乌龟，意在激怒。在官丫头小柳青等证。晁源已经仔细察明，只合将氏喝止为是。又不合亦乘机迎奉，遂将计氏不在官父计都、在官兄计奇策诱至家内，诬执计氏与僧道通奸，白

---

① 不在官乐户——此为暗娼。

② 梳栊——妓女初次接客为梳栊。

日往来，绝无顾忌，执称氏亲经撞遇，要将计氏休逐，着计都等领回。计都回说：“海会、郭氏，合城士夫人家无不出入的，系师尼，不系僧道，人所共知。你既主意休弃，故捏奸情，强住亦无面目，待我回家收拾房屋，完日来接回家去，等你父亲晁乡宦回日，与他讲理。”遂往后面与计氏说知。计氏被诬不甘，将计都、计奇策打发出门，手持解手刀一把，嚷骂前来。氏惧计氏寻闹，将中门关闭。计氏遂嚷至大门内，骂说：“一个汉子，你霸往得牢牢的，成二三年，面也不见！我还有甚么碍你眼处，你还要铺谋定计，必定叫我远避他乡！两个姑子又不是在我手走起，一向在你家行动，这武城手掌大城，大家小户，谁人不识得是两个姑子？忘八、淫妇诬我清天白日和道士、和尚有奸，叫了我父兄来，要休我回去！忘八、淫妇出来！我们大家同了四邻八舍招对个明白。若果然不是个姑子，真是和尚道士，岂止休逐！你就同了街坊，我情愿伸着脖子，凭你杀剐！若是淫妇忘八定计诬陷我，合你们一递一刀，捅了对命！”等语。有在官邻妪高氏，见计氏在大门内嚷叫，随将计氏拉劝进内。高氏证。本月初七日，计都仍同计奇策前来接取计氏回家。计氏称说收拾未完，待初八日早去未迟。计都等随自回去。计氏于初七日夜，不知时分，妆束齐整，潜至氏房中门上，用带自缢身死。小夏景等证。眼同计都、计奇策并计门不在官族人将计氏身尸卸下，于本日申时用棺盛殓讫。

计都痛女不甘，遂将氏设计谋害情由，告赴本县。有已故胡知县票差在官快手伍圣道、邵强仁拘拿。伍圣道、邵强仁俱不合向晁源索银二百两，分受入己，卖放不令氏出官，止将晁源等一干原、被、干证，俱罚纸、谷、银两不等，发落讫。计奇策痛妹计氏冤死不甘，于某年月日随具状为人命事赴分巡东昌道李老爷案下告准，蒙批："仰东昌理刑厅究招，解。"该东昌府理刑褚推官将氏等一干人犯拘提到官，逐一隔别研审前情明白。

看得施氏惑主工于九尾，杀人毒于两头。倚新间旧，蛾眉翻妒于入宫。欲贱凌尊，狡计反行以逐室。乘计氏无自防之智，窥晁源有可炫之昏，鹿马得以混陈，强师姑为男道；雌雄可从互指，捏婆塞为优夷①。桑濮②之秽德以加主母，帷簿③之丑行以激夫君。剑锋自敛，片舌利于干将；拘票深藏，柔嫚捷于急脚。若不诛心而论，周伯仁之死无由；第惟据迹以观，吴伯嚭之奸有辨。合律文威逼之条，绞无所枉；抵匹妇含冤之缢，死有余辜。晁源升斗之器易盈，辘轴之心辄变。盟山誓海，夷凤鸣于脱屣之轻；折柳攀花，埒乌合于挟山之重。因野鹜而逐家鸡，植繁花而摧蒯草。夺宠先为弃置，听谗又欲休离。以致计氏涉淇之枉④不可居，覆水之惭何以受？无聊自尽，虽妄之由；为从加功，拟徒匪枉。伍圣道、邵强仁鼠共猫眠，擒纵惟凭指使；狈因狼突，金钱悉任箕攒。二百两自认无虚，五年徒薄从宽拟。海会不守玄虚之戒，引类呼朋；郭氏扶离清净之关，穿房入屋。致起衅端，酿成祸患。寻源溯委，并合杖惩。

四名口：计奇策年三十五岁，高氏年五十八岁，小柳青年一十七岁，小夏景年一十三岁，各供同。五名口：晁源年三十岁，

---

① 捏婆塞为优夷——指和尚为尼姑。

② 桑濮——旧指男女幽会。

③ 帷簿——旧谓闺门不整肃。

④ 涉淇（qí）之枉——淇，淇水，黄河支流。此有跳入黄河也难以洗清之意。

伍小川年六十二岁，邵强仁年三十三岁，海会年二十四岁，郭氏年四十二岁，各招同。

一，议得施氏等所犯：施氏合依威逼期亲尊长致死者律，绞，秋后处决。晁源依威逼人致死为从减等，杖一百，流三千里。伍圣道、邵强仁合依诈欺官私以取财者，计赃以窃盗论，免刺，一百二十贯以上，杖一百，流三千里。海会、郭氏合依不应得为而为之事理重者律，杖一百。除施氏死罪不减外，晁源、伍圣道、邵强仁、海会、郭氏有大诰减等。晁源、伍圣道、邵强仁俱杖八十，徒五年。海会、郭氏俱杖七十。晁源系监生有力，海会、郭氏系妇人，俱准收赎。伍圣道、邵强仁系衙役，不准赎折，配发冲驿充徒，依限满放。理合解审施行。

一，照出计奇策告纸银二钱五分，高氏、小柳青、小夏景、伍圣道、邵强仁、海会、郭氏各民纸银二钱，晁源官纸银四钱，又该赎罪，晁源折纳工价银二十五两，海会、郭氏各杖赎银一钱五分，俟详允，追封贮库，作正支销。伍圣道、邵强仁原诈晁源二百两，非本主告发之赃，合追入官。晁源监生，报部除名。伍圣道、邵强仁快手，革役另募。计奇策原赔计氏妆奁地一百亩，退还计奇策耕种，通取实收收管，领状缴报。余无再照。

将详文书册俱一一写得端正，批上佥了花押。次日，原差同一干人犯点了名，珍哥、晁源、伍圣道、邵强仁都钉了手杻①，交付原差带去，往巡道解审。

晁源、珍哥到了这个田地，也觉得十分败兴，仍同差人到了下处。晁源央那差人要他松放了杻镣。差人道："这杻，相公你

① 手杻（chǒu）——古代刑具，类似手铐。

不是带得惯的，娘子是越发不消说得了，这是自然要松的。我们蒙相公厚爱，也自然不肯叫相公、娘子带了走路。只是还在城里，且不敢开放。褚爷常要使人出来查的。万一查出，我们大家了不得。待起身行二三十里路方好开得哩。”收拾了行李，鞴①了头口，扎缚了车辆，晁源因带了手杻，不好骑得马，雇了一顶二人小轿坐着，妇人上了车辆，伍圣道两个依旧上了板门②。行有二十余里，晁源又央差人放杻。差人道：“这离临清不上百里多路，爽俐带着走罢。放了，到那里又要从新的钉，大觉费事哩。”这差人指望这松放手杻要起发一大股钱，晁源听了他几句哨话，便认要一毛不拔的，到了这个其间，那差人才慢慢的一句一句针将出来，晁源每人又送了二十两银子，方才三句苦、两句甜，替他们开放了杻。

那邵次湖夹得恶血攻心，在板门上一阵阵只是发昏，喝了一碗冷水，方不叫唤了。也只说他心定好些，却是“则天毕命之③”了。一干人只得俱在路上歇住了脚。差人寻了地方保甲来到，验看了明白，取了不扶甘结④，寻了一领破席将尸斜角裹了，用了一根草绳捆住，又拨两个小甲掘了个浅浅的坑，浮土掩埋了，方才起身又走。天气渐夜上来，寻了下处。那晁源、珍哥就如坎上一万顶愁帽的相似，那伍小川也只挨着疼愁死。只是那些差人欢天喜地，叫杀鸡，要打酒，呼了几个妓姐，叫笑得不了，这都是晁源还帐。睡到明日大亮，方才起来梳洗，又吃刮了一顿

① 鞴（bèi）——把鞍辔等套在马上。

② 板门——用板做的担架。

③ 则天毕命之——指死亡。

④ 不扶甘结——立字据，证明犯人已死。

酒饭。晁源与他们打发了宿钱，一干人众方又起身前进。进了临清城门，就在道前左近所在，寻了下处。众人吃晚饭，差人仍旧嫖娼嚼酒个不歇，看了那伍小川、邵次湖的好样，也绝没一些儆省，只是作恶骗钱。

次早，各人都草草梳洗，吃了早饭，差人带了一干人犯，赴道投文。那巡道逐名点了批回，原差呈上邵次湖身死的甘结，分付次日早堂听审。回到下处，脱不了还是满堂向隅，只有那些差人欢乐。晁源与珍哥抱了头哭道："我合你聚散死生，都只在明朝半日定了！"晁源丝毫没有怨恨珍哥起祸的言语，只说："官司完日，活着的，我慢慢报仇。死了的，我把他的尸首从棺材里倾将出来，烧得他骨拾七零八落，撒在坡里，把那二百二十两买的棺材舍了花子！"咬恨得牙辣辣响。倒是珍哥被那日计氏附在身上采打了那一顿，唬碎了胆，从那日起，到如今不敢口出乱言。哭了一场，两个勉强吃了几杯酒，千万央了差人许他两个在一床上睡了。

次早吃了饭，都到道前，开了门，投文领文毕了，抬出解审牌来，原差将一干人带了进去。晁源、珍哥、伍小川依旧上了手杻，系了铁绳，跪在丹墀下面。那巡道的衙门，说那威风，比刑厅又更不同。只见：

居中大大五间厅，公案上猴着一个寡骨面、薄皮腮、哭丧脸弹阎罗天子；两侧小小三间屋，棚底下蚊聚许些泼皮身、鹰嘴鼻、腆凸胸脯混世魔王。升堂鼓三吼狮声，排衙杖廿根狗腿。霜威六月生寒，直使奸豪冰上立；月色望时呈彩，应教良善镜中行。十八属草偃风清，百万家恩浓露湛。

那巡道也将一干人犯一个个单叫上去，逐一隔别了研审。当初刑厅审的都是句句真情，这复审还有甚么岔路？拔了签，将晁源二十大板，珍哥褪衣二十五板，伍小川一拶二百敲，海会、郭姑子每人一拶。原来妇人见官，自己忖量得该去衣吃打的，做下一条短短的小裤绷在臀上，遮住了那不该见人所在，只露出腿来受责。珍哥却不曾预备，那日也甚不成光景。幸得把钱来受了苦，打得不十分狼狈。拶打完了，将回文交付了原差，发了批回。公文上都是东昌府开拆，批上却注人犯带回东昌府收问。方知驳了本府，但不知怎样批详。托了原差，封了二两银子，往道里书房打听。晁源、珍哥也都打得动弹不得，央了差人在临清住了，请外科看疮。那差人在临清这样繁华所在，又有人供了赌钱，白日里赌钱散闷，又有人供了嫖钱，夜晚间嫖妓忘扰。有甚难为处，一央一个肯，那怕你住上一年。晁源、珍哥疼得在上房床上叫唤，伍小川在西边厢房内炕上哀号，把一所招商客店变做了一座枉死罗城。

那高四嫂只说刑厅问过了，也就好回去，不料还要解道，如今又驳了本府，听的说还要驳三四次，不知在那州那县，那得这些工夫跟了淘气。若是知道眉眼高低的婆娘，见他们打得雌牙裂嘴的光景，料且说得又不中用，且是又受了他这许多东西，也该不做声。他却喃喃呐呐、谷谷农农，抱怨个不了。晁源也是着极的人，发作起来，说道："你说的是我那鸡巴话！我叫你钻干着做证见来？你抱怨着我！我为合你是邻舍家，人既告上你做证见了，我说这事也还要仗赖哩，求面下情的央己你，送你冰光细丝三十两、十四大梭布、两匹绫机丝绸、六吊黄边钱，人不为淹渴你，怕你咬了人的鸡巴！送这差不多五十两银子己你，指望你到官儿跟前说句美言，反倒证得死拍拍的，有点活泛气儿哩！致的人问成了死罪，打了这们一顿板子！别说我合你是邻舍家，你使了我这许些银钱，你就是世人，见了打的这们个嘴脸，也不忍的慌！狠老屄的，心里有一点慈气儿么！你待去，夹着那臭屄就走！你还想着叫我央你哩！这不是钱？你拿着一吊做盘缠往家跑，从此后，你住下不住下与我不相干了！你往后住下了，我也不能管你的饭、管你的头口了！‘秀才旁牛’，请行！”高四嫂道：“该骂！这扯淡的老私窠子，没主意的老私窠子！那日为甚么见他央及央及就无可无不可的夹着屄跟了他来！官儿跟前，我没的添减了个字儿来？贼忘恩负义砍头的！贼强人杀的！明日府里问，再不还打一百板哩！我再见了官，要不证的你也戴上长板，我把‘高’字倒写已你！”一边数说着骂，一边收拾着被套，走到晁源床底下扯了一吊钱，抗上褥套，往外就走。一个差人正在大门底下坐着板凳，在那里修脚，看见高四嫂背了褥套，挂了一吊钱，往外飞跑，脚也没修得完，靸了鞋，赶上拉住，问说：“是甚缘故？”拦阻得回来，差人剖断了一阵，放下了褥套。晁源道：“我已是打发了路费，你已是起身去了。这是差公留回你来，以后只是差公照管你了。你黑夜也不消往这屋里睡，就往差公那屋里睡去！”高氏道：“没的家放屁！叫你那老婆也往差人屋里睡去！”晁源道：“俺老婆往后得合差人睡，还少甚么哩！只怕还不得在差人屋里睡哩！”说着，合珍哥都放声叫皇天，大哭了一场，倒是个解劝的住头。恰好往道里打听批语的差人抄了批语回来，交与小柳青送进与晁大舍看。晁大舍叫把烛移到床前，读那批语道：

若计氏通奸僧道是真，则自缢犹有余恨。确验与计氏往来者，尼也，非僧也，非道也。而施氏无风生浪，激夫主以兴波；

借剑杀人，逼嫡妻以自尽。论其设心造意，谋杀是其本条。拟之威逼绞刑，幸矣。晁源听艳妾之唆使，逼元妇以投缳①。伍圣道倚役诈财，卖犯漏网。均配非诬。海会、郭姑子不守空门，入人家室，并杖允宜，第施氏罪关大辟，不厌详求，仰东昌府再确讯招报。

晁大舍看了批语，大喜道："这批得极是，已是把官司驳的开了！"珍哥也喜欢不了，叫晁大舍念与他听。晁大舍念道："计氏通奸僧道是真，则自缢犹有余恨。这说计氏与僧道实实有奸，虽已吊死，情犹可恨哩。又说，计氏往来的也有尼，也有道士，也有和尚。这说的话岂不是说死的不差么？这官司开了！"喜得怪叫唤的。旋使丫头暖上酒，合珍哥在床上大饮，把那愁苦丢开了大半。那些差人在外边说道："晁相公怎么这般喜欢起来？难道是详上批得好了？却怎么道里师父对我说，详上批得十分利害，却是怎生的意思？"

晁大舍与珍哥吃了一更天气的酒，吹灯收拾睡下。到了次早，两个的棒疮俱变坏了，疼得像杀猪般叫唤，又急请了外科来看，说是行了房事，要戎顽疮了，必得一两个月的工夫，方可望好。那伍圣道又夹拶的十分沉重，一日两三次发昏。又住了五六日，那伍圣道凡遇发昏时节，便见邵次湖来面前叫他同到阴司对理别案的事情。后来不发昏的时节，那邵次湖时刻不离的守在跟前。又过了一两日，不止于邵次湖一个了，大凡被他手里摆布死的人没有一个不来讨命，有在他棒疮上使脚踢的，拿了半头砖打的，又有在那夹的碎骨头上使大棍敲的，在那被拶的手上使针掇

---

① 投缳（huán）——上吊；自缢。

的，千式百样的。自己通说受不得的苦，也只愿求个速死。

又过了五六日，晁大舍合珍哥都调理得不甚痛楚，原差也不敢十分再迟，撺掇要收拾起身往东昌府去。晁大舍、珍哥怕墩得疮疼，都坐不得骡车，从新买了卧轿，两个同在轿内睡卧，雇了两班十六名夫抬着。别的依旧坐车的坐车，骑骡马的骑了骡马。那伍小川那两根腿上合那两只脚、两只手，白晃晃烂的露着骨头，没奈何也只得上了板门，也雇了六个人，两班抬着。算还了房钱、饭钱，辞谢了店家的搅扰，大家往东昌回转不提。

却说伍小川也明知死在早晚，只指望还到得东昌。一来离家不远，二来府城内也好买材收敛他的尸骸，免似那邵次湖死在路旁，使了一领破席埋了。不料头一日仍到了前日来的那个旧主人家歇了。伍小川虽是苦不可言，却自说道："那邵次湖的魂灵与那些讨命的屈鬼都不曾跟来。"次日起来，大家吃了早饭，依前起身。行到那前日邵次湖死的所在，只见伍小川大叫道："列位休要打我！邵兄弟，你拦他们一拦，我合你们同去就是了！"张了张口，不禁几蹬搓就"尚飨①"去了。一干人众还在那前日住下的所在歇了轿马车辆，差人依旧寻见了前日的乡约地保，要了甘结，寻了三四片破席，拼得拢来，将尸裹了，就在那邵强仁的旁手②，也掘了一个浅浅的坑，草草埋了。

却待起身，那约保向晁大舍讨几分酒钱，晁大舍不肯与他。人也都说："成几百几十的，不知使费了多少，与他几十文钱也罢了。两次使了他两领破席，又费了他两张结状。"晁大舍的为

① 尚飨——意谓希望死者来享用祭品，此为死亡。
② 旁手——旁边。

人，只是叫人掐住脖项，不拘多少，都拿出来了。你若没个拿手，你就问他要一文钱也是不肯的。那约保见他坚意不肯把与，说道："不与罢了。只是你明日回来解道，再要死在此间，休想再问我要席！"一面骂着，回去了。晁住勒回马去，要赶上打他。被那个保正拾起鸡子大的一块石来，打中那马的鼻梁，疼的那马在地上乱滚。只为着几十文钱，当使不使，弄了个大没意思。直至日将落的时分，进了府城，仍旧还在那旧主人处住下。

次日，往府里投了文，点过名去。又次日领文，方知批了聊城县。聊城审过，转详本府，又改批了冠县。一干人犯又跟到冠县，伺候十多日，审过，又详本府，仍未允详，又改批了茌平县。一干人犯又跟到茌平，又伺候了半个月，连人解到本府。虽是三四次驳问，不过是循那故事，要三驳方好成招。一个刑厅问定，本道复审过的，还指望有甚么开豁。本府分付把人犯带回本县，分别监候、讨保，听候转详，由两道两院一层层上去，又一层层批允下来，尽依了原问的罪名。珍哥武城县监禁，晁源讨保纳赎，伍圣道、邵强仁着落各家属完赃，海会、郭氏亦准保在外，其余计奇策、高氏、小柳青、小夏景俱省放宁家①。

武城县发放了出来。晁源把了珍哥的手，送珍哥到了监门首，抱了头哭得真也是天昏地暗，看的人也都坠泪。公差要缴监牌，不敢停留，催促珍哥进了监去。晁源要叫两个丫头跟进去伏事，那禁子不肯放进。差人说道："晁相公待人岂是刻薄的？况正要仗赖你们的时节，你放他两个丫头进去不差。"那禁子也就慨允了，番转面来说道："晁相公，你放心回去。娘子在内，凡

① 放宁家——放回家。

百我们照管，断不叫娘子受一点屈持①。但凡传送甚么，尽来合我们说，没有不奉承的。”晁大舍称谢不尽，说：“我一回家去，就来奉谢，还送衣服铺盖。”与他作了别，走回家去。这个凄惨光景，想将来也甚是伤悲，却不知怎生排遣。有那旁人替他题四句诗道：

财散人离可奈何？监生革去妾投罗。
早知今日无聊甚，何似当初差不多！

① 屈持——委屈。

第十四回
囹圄中起盖福堂　死囚牢大开寿宴

愚人有横财，量小如贪酒。恰似猢狲戴网巾，丢下多少丑。将恼看为欢，贪前不顾后，自己脊梁不可知，指倦傍人手。

右调《卜算子》

晁大舍送了珍哥到监，自己讨了保，灰头土脸，瘸狼渴疾，走到家中，见了妹子，叙了些打官司的说话，搬上饭来，勉强吃了不多。开了房门进入房内，灰尘满地，蛛网牵床。那日又天气浓阴，秋深乍冷，总铁石人也要悲酸，遂不觉嚎啕大哭。哭得住了，妹子要别了家去，留不肯住，只得送了出门。一面先着人送了酒饭往监中与珍哥食用，又送进许多铺陈、该替换的衣服进去。又差了晁住拿了许多银子到监中打点，刑房公礼五两，提牢的承行十两，禁子头役二十两，小禁子每人十两，女监牢头五两，同伴囚妇每人五钱。打发得那一干屁滚尿流，与他扫地的、收拾房的、铺床的、挂帐子的，极其掇臀捧屁，所以那牢狱中苦楚，他真一毫也不曾经着。次早，又送进去许多合用的家伙什物并桌椅之类。此后，一日三餐，茶水、果饼，往里面供送不迭。

那个署捕的仓官已是去了，另一个新典史到任，过了一月有余，陕西人，姓柘名之图，闻得珍哥一块肥肉，合衙门的人没有一个不啃嚼他的，也要寻思大吃他一顿。一日间掌灯以后，三不知讨了监钥，自己走下监去，一直先到女监中。别的房里黑暗地洞，就如地狱一般，惟有一间房内，糊得那窗干干净净，明晃晃的灯光，许多妇人在里面说笑。典史自推开门，一步跨进门去。只见珍哥猱①着头，上穿一件油绿绫机小夹袄，一件酱色潞绸小绵坎肩；下面岔着绿绸夹裤，一双天青纻②丝女靴。坐着一把学士方椅，椅上一个拱线边青段心蒲绒垫子。地下焰烘烘一个火炉，顿着一壶沸滚的茶。两个丫头坐在床下脚踏上，三四个囚妇有坐矮凳的，有坐草墩的。典史问说："这是甚么所在！如何这等齐整？这个标致妇人却是何人？"那些禁子只在地下磕头。珍哥逼在墙角边站立，那些囚妇都跪在地下。禁子禀说："此系晁乡宦的儿妇。因乡宦差人分付，小的们不敢把他难为，所以只得将他松放。"典史道："原来是个囚妇，我只道是甚么别样的人！这也不成个监禁，真是天堂了！若有这样受用所在，我老爷也情愿不做那典史，只来这里做囚犯罢了！这些奴才，我且不多打你，打狼狈了，不好呈堂③。每人十五板。"看着把珍哥上了柙床④，别的囚妇俱各自归了监房，又问："这两个身小的也是囚妇么？"那小柳青道："俺是伏事珍姨的。"那典史道："了不得！怎有这样奇事！"把两个丫头就锁在那间珍哥住的房内，外面判了根封条封了，又就将珍哥的柙床也使封皮封住，处制那珍哥要叫皇天也叫不出了。

典史出了监，随即骑上马，出了大门，要往四城查夜。禁子使了一个心腹的人把典史下监的事飞忙报知晁大舍，叫他忙来打点："若呈了堂，便事体大不好了。"晁大舍因秋夜渐长，孤凄难寐，所以还独自一个在那里挨酒。那人敲开了门，说知此事，唬得晁大舍

① 猱——同"挠"。
② 纻（zhù）——指苎麻纤维织的布。
③ 呈堂——过堂。
④ 柙床——古代拘禁重犯的木槛。

只紧紧的夹着腿，恐怕唬得从屁股眼里吊出心来。算计打点安排，这深更半夜怎能进得门去？若等明早开了门，他若已呈了堂，便就搭救不得了。那传话的家人说道："若要安排，趁如今四爷在外边查夜，大门还不曾关，急急就去不迟。"晁大舍听见说典史在外查夜，就如叫珍哥得了赦书的一般。又知典史还要从本衙经过，机会越发可乘，叫家中快快备办桌盒暖酒，封了六十两雪花白银，又另封了十两预备，叫家人在厅上明灼灼点了烛，生了火，顿下极热的酒，果子按酒①攒盒摆得齐齐整整的。又在对面倒厅内也生了火，点了灯，暖下酒，管待下人。自己虽是革了监生，因是公子，也还照常戴了巾，穿了道袍，在大门等候。

果然候不多时，只见前面一对灯笼，一对板子，一个地方拿了一根柳棍，前面开路。典史戴着纱帽，穿了一件旧蓝绸道袍，骑在马上。晁家三四个家人走到跟前，两个将马紧紧勒住，一个跪下禀道："家主晁相公闻知老爷寒天查夜，心甚不安，特备了一杯暖酒伺候老爷御寒。这就是家主的门首，晁相公自己在道旁等候哩。"典史道："查夜公事，况且夜又太深，不便取扰，白日相会罢。"正要歹马前行，晁大舍在街旁深深一躬道："治生伺候多时了，望老父母略住片时，不敢久留。"那典史见晁大舍这等殷勤，怎肯不将计就计，说道："有罪得紧。不早说晁相公自己在这里？"一面说，一面跳下马与晁大舍谦让作揖，略略辞了一辞，同晁大舍进到厅上。那时已是十月天气，三更夜深的时候，从那冷风中走了许多寡路，乍到了一个有灯有火有酒又有别样好处的一个天堂里面，也觉得甚有风景。又将他跟从的人都安置在照厅里吃酒向火，晁大舍方与典史递酒接杯。随即又上了许多热

① 按酒——下酒的菜。

菜，也有两三道汤饭。

晁大舍口里老父母长，老父母短，老父母又怎么清廉，那一个上司不敬重；老父母又怎么慈爱百姓，那一个不感仰；如今朝廷破格用人，行取做科道只在眼前的事。这都是治生由衷之言，敢有一字虚头奉承，那真真禽兽狗畜生，不是人了！一片没良心的寡话，奉承得那典史抓耳挠腮，浑身似撮上了一升虱子的，单要等晁源开口，便也要卖个人情与他。晁源却再不提起。典史只得自己开言说："县里久缺了正官，凡事废弛得极了，所以只得自己下下监，查查夜。谁知蹊跷古怪的事说不尽这许多。适才到了北城下，一个大胡子从那姑子庵里出来。我说，一个尼僧的所在怎有个胡子出来？叫人拿他过来。他若善善的过来理辨，倒也只怕被他支吾过去了。他却听得叫人拿他，放开腿就跑，被人赶上采了一把，将一部落腮胡都净净采将下来。我心里还怪那皂隶说：'拿他罢了，怎便把他的须都采将下来？'原来不是真须，是那戏子戴的假髯。摘了他的帽子，那里有一根头发？查审起来，却是那关帝庙住持的和尚。说那监里更自稀奇。女监里面一个囚妇，年纪也还不上二十岁，生的也算标致，那房里摆设得就似洞天一般，穿是满身的绸帛，两三个丫头伏事，都不知是怎么样进去的。适才把那些禁子每人打了十五板，把那个囚妇看着上了柙，意思要拶打一顿，明日不好呈堂。"晁大舍故意做惊道："这只怕是小妾！因有屈官司，问了绞罪，陷在监内，曾着两个丫头进去陪伴他。老父母说的一定就是！原要专央老父母凡百仰仗看顾。实告，因连日要备些孝敬之物，备办未全，所以还不曾敢去奉渎，容明早奉恳。若适间说的果是小妾，还乞老父母青目①！"

---

① 青目——指人高兴时眼睛正着看。比喻对人的喜爱或重视。

典史满口应承，说："我回去就查。若果是令宠，我自有处。"典史就要起身，晁源还要奉酒。典史道："此酒甚美，不觉饮醉了。"晁源道："承老父母过称，明早当专奉，老父母当自己开尝，不要托下人开坏了酒。"

典史会了这个意思，作谢去了。果然进的大门，歇住了马，叫出那巡更的禁子，分付道："把那个囚妇开了柙，仍放他回房去罢。标致妇人不禁磕打，一时磕打坏了，上司要人不便。"说了骑着马，开了西角门进去。那些衙门人埋怨道："老爷方才不该放他，这是一个极好的拿手！那个晁大舍这城里是第一个有名的刻薄人。他每次是'过了河就拆桥'的主子！"典史道："你们放心，我叫他过了河不惟不拆桥，还倒回头来修桥，我还叫他替你们也搭一座小桥。你老爷没有这个本事，也敢把那妇人上在柙里么?"众人无言而退，都背地骨骨农农的道："我这不洗了眼看哩！吃了他几杯酒，叫他一顿没下颔的话，哨的把个拿手放了，可惜了这般肥虫蚁①！"又有的说道："你没的说！曾见那小鬼也敢在阎王手里吊谎来！"

谁知到了次日清早，晁大舍恐那典史不放心，起了个绝早，拣了两个圆混大坛，妆了两坛绝好的陈酒。昨晚那六十两银子，原恐怕他乔腔，就要拿出见物来买告，见他有个体面，不好当面亵渎。他随即解开了封，又添上二十两，每个坛内是四十两。又想要奉承人须要叫他内里喜欢，一个坛内安上了一副五两重的手镯，一个坛里放上每个一钱二分的金戒指十个，使红绒系成一处。又是两石稻米。写了通家治生的礼帖，差了晁住押了酒米。又分外犒从银十两，叫晁住当了典史的面前，分犒他衙门一干人

① 肥虫蚁——比喻有钱的人，含贬义。

众，众人都大喜欢。典史自己看了，叫人把酒另倒在别的坛内，底下倒出许多物事。那个四奶奶见了银子倒还不甚喜欢，见了那副手镯，十个金戒指，又是那徽州匠人打的，甚是精巧，止不住屁股都要笑的光景，撺掇典史把晁住叫到后边衙内管待酒饭，足足赏了一两纹银，再三说道："昨日监中实是不曾晓得，所以误有冲撞。我昨晚回来即刻就叫人放出，仍送进房里宿歇去了。拜上相公，以后凡百事情就来合我说，我没有不照管的。"千恩万谢，打发晁住出来。那些衙门人又都拉了晁住往酒店里吃酒，也都说已后但有事情，他们都肯出力。

自此以后，典史与晁大舍相处得甚是相知。典史但遇下监，走到珍哥房门口站住，叫他出来。说几句好话安慰他。又分付别的囚妇，教他们"好生伏事，不得放肆。我因看施氏的分上，所以把你们都也松放。若有不小心的，我仍旧要上枷了。"这些囚妇见珍哥如此势焰，自从他进监以来，那残茶剩饭，众婆娘吃个不了，把那几个黄病老婆吃得一个个肥肥胖胖的。连那四奶奶也常常教人送吃食进去与他。那个提牢的刑房书办张瑞风见珍哥标致，每日假献殷勤，着实有个算计之意，只是耳目众多，不便下得手。

过了年，天气渐渐热了，珍哥住的那一间房虽然收拾干净，终是与众人合在一座房内，又兼臭虫、虼蚤一日多如一日，要在那空地上另盖一间居住。晁源与典史商量。典史道："这事不难。"分付："把禁子叫来。"教他如何如何，怎的怎的，那禁子领会去了。待县官升了堂，递了一张呈子，说女监房子将倒，乞批捕衙下监估计修理。典史带了工房逐一估计，要从新垒墙翻盖，乘机先与珍哥盖了间半大大的向阳房子，一整间拆断了做住屋，半间开了前后门，做过道乘凉。又在那屋后边盖了小小的一间厨房，糊了顶格，前后安了精致明窗，北墙下磨砖合缝，打了个隔墙叨火的暖炕。另换了帐幔、铺陈、桌椅、器皿之类。恐怕带了臭虫过来，那些褪旧的东西都分与众人。可着屋周围又垒了一圈墙，独自成了院落。那伏事丫头常常的替换，走进走出，通成走自己的场园一般，也绝没个防闲。

却说晁大舍自从与典史相知了，三日两头，自己到监里去看望珍哥，或清早进去，晌午出来，或晌午进去，傍晚出来。那些禁子先已受了他的重贿，四时八节又都有赏私，年节间共是一口肥猪、一大坛酒，每人三斗麦、五百钱。刑房书手也有节礼。凡遇晁大舍出入，就是驿丞接老爷也没有这样奉承。自从有了这新房，又甚是干净，又有了独自院落，那些囚妇又没处东张西看的来打搅，晁大舍也便成几日不出来，家中凡百丢的不成人家了。

四月初七日是珍哥的生日，晁大舍外面抬了两坛酒，蒸了两石麦的馍馍，做了许多的嗄饭①，运到监中，要大犒那合监的囚犯，兼请那些禁子吃酒。将日下山时候，典史接了漕院回来，只听得监中一片声唱曲猜枚，嚷做一团。急急讨了钥匙，开门进去，只见禁子囚犯大家吃得烂醉，连那典史进去，也都不大认得是四爷了。晁大舍躲在房中，不好出来相见。将珍哥唤到院子门前，将好话说了几句，说："有酒时，宁可零碎与他们吃。若吃醉了，或是火烛，或是反了狱，事就大不好了。"叫皂隶们将那未吃完的酒替他收过了，把那些囚犯都着人守住，等那禁子醒来。

可见那做县官的，这监狱里面极该出其不意，或是拜客回来，或是送客出去，或是才上堂不曾坐定，或是完了事将近退

---

① 嗄（xià）饭——下饭的菜肴。

堂，常常下到监里查看一遍。那些禁子牢头，不是受了贿就把囚犯恣意的放松，就是要索贿把囚犯百般凌虐。若武城县里有那正印官常到监里走过两遭，凡事看在眼里，谁敢把那不必修理的女监从新番盖，谁敢把平白空地盖屋筑墙，谁敢把外面无罪的人任意出入？只因那个长发背的老胡只晓得罚银罚纸、罚谷罚砖，此外还晓的管些甚么！后来又是个孟通判署印，连夜里也做了白日，还不够放告问刑的工夫，那里理论到监里的田地。这一日不惹出事来，真也是那狱神救护。又幸得那署印的孟通判回去府中，县中寂静无人，所以抹煞过了。晁大舍仍在监内住过了夜。

到了次日饭后，只见曲九州领了晁凤从外边进来，与晁大舍磕了头，说："老爷、老奶奶见这一向通没信去，不知家中事体怎么样了，叫小人回家看望。说官司结了，请大爷即日起身往任上去，有要紧的事待商量哩。"晁大舍道："有家书把与我看。"晁凤道："书在宅里放着哩，没敢带进来。"晁大舍问道："老爷、老奶奶这向好么？"晁凤道："老爷这会子极心焦，为家里官司的事愁的整夜睡不着，如今头发、胡子通然莹白了，待不得三四日就乌一遍，如今把胡子乌的绿绿的，怪不好看。老奶奶也瘦的不像了，白日黑夜的哭。如今梁相公、胡相公外边又搜寻得紧，恐怕藏不住他，也急待合大爷商量。"晁大舍说："你老爷一点事儿也铺派不开，怎么做官！有咱这们个汉子，怕甚么官司抗不住？愁他怎么？没要紧愁的愁、哭的哭，是待怎么？就是他两人，咱忖量着去，可以为他，咱就为他。若为不得他，咱顾铺拉自己，咱没的还用着他哩！"晁凤道："老爷作难，全是为他也有好处在咱身上，怎么下攀的这个心？"晁大舍道："这没的都是瞎屄话！你不成千家已他银子，他就有好处到你来？要依着我的主意，还要问他倒着银子哩！"晁凤就没做声，走到小厨屋内，自己妆了壶凉酒，拣了两样嗄饭吃了。晁大舍穿了衣服，要同晁凤出去。珍哥扯着晁大舍撒娇撒痴的说："我不放你往任上去！你若不依我说，你前脚去了，我后脚就吊杀！那辈子哩，也还提着你的小名儿咒！"晁大舍道："我且出去看书，咱再商量。"珍哥又问："你到几时进来？"晁大舍道："我到外边看，要今日不得进来，我明日进来罢。"

晁大舍进到家内，晁凤递过书来，又有一搭连拉不动这般沉的不知甚么东西。那晁老知道儿子不大认得字，将那书上写得都是常言俗语，又都圈成了句读①，所以晁源还能一句挨一句读得将去。那旁边家人媳妇、丫头小厮听他念那书上说，爷娘怎样挂心、怎样睡不着，娘把眼都哭肿了，没有一个不叹息的。晁大舍只当耳边风，只说道："难道不晓得我在家里与人打官司要银子用？稍这一千两当得甚么事？这也不见得在那里想我！"口里说着，心里也要算计起身，只是丢珍哥不下。算计托下家人合家人娘子照管，又恐怕他们不肯用心。欲待不去，那良心忒也有些过不去。左右思量，还得去走一遭才是，且是看京师有甚门路，好求分上②搭救珍哥。

次日，带了许些任上的吃物，自己又到监中和珍哥商议，珍哥甚是不舍。说道到京好寻分上的事，珍哥也便肯放晁大舍去了。商量留下照管的人，晁大舍要留下李成名两口子。珍哥说："李成名我不知怎么，只合他生生的，支使不惯他；不然，还留下晁住两口子罢。"晁大舍道："要不只得留下他两口子罢，只是

---

① 句读（dòu）——古时称文词停顿的地方叫句或读。连称句读时，句是语意完整的一小段，读是句中语意未完，语气可停的更小的段落。

② 分上——人情。

我行动又少不得他。”晁大舍又在监里住下了，没曾出来。晁凤那日也往乡里尹家看晁大舍的妹子去了，得三日才回来。

晁大舍看定了四月十三日起身，恐旱路天气渐热，不便行走，赁了一只民座船，赁了一班鼓手在船上吹打，通共讲了二十八两赁价，二两折犒赏。又打点随带的行李，又包了横街上一个娼妇小班鸠在船上作伴，住一日是五钱银子，按着日子算，衣裳在外，回来路上的空日子也是按了日子算的，都一一商量收拾停当。一连几日，晁大舍白日出来打点，夜晚进监宿歇。十二日，自已到四衙里辞了典史，送了十两别敬，托那典史看顾，又与捕衙的人役二两银子折酒饭，又送了典史的奶奶一对玉花、一个玉结、一个玉瓶、一匹一树梅南京段子。典史欢天喜地应承了。又把晁住媳妇安排到里面，叫晁住白日在监里照管，夜晚还到外面看家。

到了十三日早辰，晁大舍与珍哥难割难离的分了手。珍哥送晁大舍到了监门内。晁大舍把那些禁子都唤到跟前嘱付，叫他们看顾；又袖内取出银子来，说："只怕端午日我不在家，家里没人犒劳你们，这五两银子你们收着，到节下买杯酒吃。"那些人感谢不尽，都说："晁相公，你只管放心前去，娘子都在我们众人身上。相公在家，娘子有人照管，我们倒也放心得下。若相公行后，娘子即如我们众人娘子一般，谁肯不用心？若敢把娘子曲持坏了一点儿，相公回来，把我们看做狗畜生，不是人养的。"晁大舍叫晁住媳妇子："你合珍姨进去罢。"

晁大舍噙着两只满眼的泪，往外去了。到了家，看着人往船上运行李，锁前后门，贴了封皮，嘱付了看家的人，坐上轿，往河边下了船，船头上烧了纸，抛了神福，犒赏了船上人的酒饭。送的家人们都辞别了，上岸站着，看他开船。鼓棚上吹打起来，点了鼓，放了三个大徽州吉炮。那日却喜顺风，扯了篷，放船前进。晁大舍搭了小班鸠的肩膀，站在舱门外，挂了朱红竹帘，朝外看那沿河景致。那正是初夏时节，一片嫩柳丛中，几间茅屋，挑出一挂蓝布酒帘。河岸下断断续续洗菜的、浣衣的、淘米的，丑俊不一，老少不等，都是那河边住的村妇，却也有野色撩人。又行了三四里，岸上一座华丽的庙宇，庙前站着两个少妇，一个穿天蓝大袖衫子，一个上下俱是素妆。望见晁大舍的船到，两个把了手，慢慢的迎上前来，朝着舱门口，说道："我姊妹两人不往前边送你了，改日等你回来与你接风罢。"晁大舍仔细一看，却原来不是别人，那个穿天蓝大袖的就是计氏，那个穿白的就是昔年雍山下打猎遇见的那个狐精。晁大舍唬得头发根根上竖，鸡皮垒粒粒光明，问那班鸠："见有甚人不曾?"班鸠说："我并不见有甚人。"晁大舍明明晓得自己见鬼，甚不喜欢，只得壮了胆，往前撞着走。正是：

> 青龙白虎同为伴，凶吉灾祥未可知。

且看后来怎的。

第十五回

刻薄人焚林拨草　负义汉反面伤情

世态黑沉沉，刻毒机深。恩情用去怨来寻。到处中山狼一只，张牙爪，便相侵。　当日说知心，绵里藏针，险过远水与遥岑①。何事腹中方寸地，把刀戟，摆森森？

右调增字《浪淘沙》

话说太监王振虽然作了些弥天的大恶，误国欺君，辱官祸世，难道说是不该食他的肉，寝他的皮么？依我想将起来，王振只得一个王振，就把他的三魂六魄都做了当真的人，连王振也只得十个没卵袋的公公。若是那六科给谏、十三道御史、三阁下、六部尚书、大小九卿、勋臣国戚合天下的义士忠臣，大家竖起眉毛，撅起胡子，光明正大，将出一片忠君报国的心来事奉天子，行得去，便吃他俸粮，行不去，难道家里没有几亩薄地，就便冻饿不成？定要丧了那羞恶的良心，戴了鬼脸，千方百计，争强斗胜的去奉承那王振做甚？大家齐心合力，挺持得住了，难道那王振就有这样大大的密网，竭了流，打得干干净净的不成？却不知怎样，那举国就像狂了的一般，也不论甚么尚书阁老，也不论甚么巡抚侍郎，见了他，跪不迭的磕头，认爹爹认祖宗个不了。依了我的村见识，何消得这样奉承！

后来王振狠命的撺掇正统爷御驾亲征，蒙了土木之难，正统

① 岑——小而高的山。

爷的龙睛亲看他被也先杀得稀烂，两个亲随的掌家刘锦衣、苏都督同时剁成两段。依我论将起来，这也就是天理显报了。他的弟侄儿男，荫官封爵的，都一个个追夺了，也杀了个罄尽①。又依我论将起来，这也算是国法有灵了。却道当初那些替他舔屁股的义子义孙。翻将转那不识羞的脸来，左手拿了张稀软的折弓，右手拿了几枝没翎花的破箭，望着那支死虎邓邓的射。有的说他不死，有的说他顺了也先，有的说他死有余恨，还该灭他三族，穷搜他的党羽，穷言杂语，激聒个不了。若再依我的村见识，他已落在井中上不来了，又只管下那石头做甚？

那苏都督、刘锦衣恃了王振的掌家，果然也薰天的富贵了几年，依达人看将起来，不过还似他当初的时节，扮了一本《邯郸梦》、《南柯梦》的一般，后来落了个身首异处，抄没了家私，连累了妻子。若说那梁安期，不过是刘锦衣姑表外甥，胡君宠也不过是苏都督闺女的儿子，两个原不曾帮了他两家作恶，也不甚指了他两家的名色诈人，不过是每人作兴了千把银子，扶持了个飞过海的前程，况还都不曾选出官去，真是狐狸小丑，还寻他做甚？却道那些扒街淘空的小人，你一疏，我一本，又说有甚么未净的遗奸，又说有甚么伏戎②的作孽，所以那梁生、胡旦都在那搜寻缉访的里边。行开了文书，撒开了应捕，悬了一百两的赏格，要拿这一班倚草附木的妖精，渐渐的俱拿得差不多了。

梁生、胡旦藏得这所在甚好，里边没人敢传将出去，外边又没人敢寻将进来，倒也是个铜墙铁壁。争奈那晁家的父子都有一件毛病，好的是学那汉高祖专一杀戮功臣。晁老儿虽是心里狠，外面还也做不出来，见梁生、胡旦没了势力，忖量得他断不能再

---

① 罄（qìng）尽——没有剩余。

② 伏戎——潜藏。

会干升了。后来因他又与徐翰林相处，他如今自身也难保，还惧怕他做甚？辗转踌躇几番，要首将出去，即不然，也要好好打发他出门。当不得外面一个讲王道的西宾邢皋门冷言讽语，说甚么病鸟依人，又讲甚么鲁朱家与季布的故事、孔褒与张俭的交情。晁老怕他议论，不好下得手。又亏不尽有一个煞狠①要丈夫做好人、不肯学那东窗剥柑子吃的一个贤德夫人，屡屡在枕边头说道："我们在华亭，幸得急急离了那里。若再迟得几时，江院按临，若那些百姓一齐告将起来，成得甚么模样？亏不尽他两个撺掇我们早早离了地方，又得这等一个好缺。虽是使了几两银子，我听得人说，我们使了只有一小半钱。如今，至少算来将两年，也不下二十万银子，这却有甚么本利？这也都是两个的力量。我们如今在这里受荣华、享富贵，怎好不饮水思源？况他两个，我听说多有亲戚朋友，他却不去投奔，却来投奔我们，他毕竟把我们当他一个好倚靠的泰山。我们不能庇护他罢了，反把他往死路里推将出去，这阿弥陀佛，我却下变不得。"所以晁老听了这些语，那心头屡次被火烧将起来，俱每次被那夫人一瓢水浇将下去。于是这梁生、胡旦也还没奈何容他藏在里边。然虽是说不尽得了夫人解劝的力量，其实得了那跨灶干蛊②的儿子不在跟前。若这个晁大舍一向住在衙中，你即有夫人的好话，晁老却不敢不听儿子的狂言。别人怕得那晁大舍是一个至奸险、至刻毒的小人，他却看得儿子就如那孔夫子、诸葛亮的圣智。

谁知这胡旦、梁生的难星将到，五月十二日，晁大舍到了张家湾，将船泊住，且不差人衙里报知，要打发小班鸠回去，除了家里预先与过的不算，又封了二十五两银子。沿路零零碎碎，也

① 煞狠——尽力。
② 跨灶干蛊——指隐伏伺机以图作乱的武人。

做过了许多衣裳，又与了四两重一副手镯、四个金戒指、一副金丁香，也还有许多零碎之物。又称了四两银子交与船上的家长，作回去的四十日饭钱，叫还在船上带他回去，将那剩的米面等物俱留与用度。跟他的小优儿，另外赏了二两纹银。方才先差了人往衙内通报，随后也就开船前进。临要上岸，又与小班鸠在官舱后面，却不知做了些甚么事件，喘吁吁的出来。岸上拨了许多马匹，抬了老晁坐的大轿。别了班鸠，前呼后拥的进州去了。到后面见了爹娘，说了些家常里短的话。看人搬完了行李，出到书房与邢皋门相见。许久，又走到胡旦、梁生那里叙了寒温。那胡旦、梁生心里算计，有了结义的盟兄到了，一定凡百更是周全，越发有了倚靠。谁知坐不稳龙霄宝殿罢了，还只怕要銮驾过尽哩！

过得两三日，与晁老说起胡旦、梁生的事来，那晁大舍说出那些伤天害理刻薄不近人情的言语，无所不至，也没有这许多口学他的说话。晁老听了，就如那山边的顽石听那志公长老讲《法华经》的一般，只是点头。又是晁夫人说道："小小年纪，要往忠厚处积泊，不是一句非言折尽平生之福。我刚刚劝住了你爹，你却又发作了。你既知他是戏子小唱，谁叫托他做事、受他的好处？又谁叫你与他结拜弟兄？这样'用人靠前，不用人靠后'的事，孩儿，你听我说，再休做他。你一朵花儿才开，正要往上长哩。"那晁大舍驴耳朵内晓得甚么叫是忠言，旁边又有一个父亲帮助他，怎得不直着个脖子强说："娘晓得甚么！人谁不先为自己？你如今为了他，这火就要烧着自己屁股哩！咱如今做着现任有司官，家里窝藏着钦犯，这是甚么小罪犯！咱己他担着是违背圣旨，十灭九族，拿着当顽哩！"晁夫人道："没的家说！他作反来？那里放着违背圣旨十灭九族？有事我耽着！"晁老道："你女人晓得甚么！大官儿说得是。”晁夫人道：“狗！是什么是！我只说是爷儿们不看长。”吃了午饭，打发晁老上了晚堂。

晁大舍走到原先住的东书房内，叫了晁书、晁凤到跟前，说道：“你们别要混账，没有主意，听老奶奶的话。那两个戏子是朝廷钦犯，如今到处画影图形的拿他，你敢放在家里藏着！这要犯出来，丢了官是小事，只怕一家子吃饭家伙都保不住哩。我想起来，他使咱这们些银子，要不按他个嘴啃地，叫他善便去了，他就展爪，咱头信①狠他一下子，已他个翻不的身！如今见悬着赏，首出来的，赏一百两银子哩。你们着一个明日到城上，我写一张首状，你拿着，竟往厂卫里递了，带着人回来捉他。只咱知道，休叫老奶奶听见。就是别人跟前也休露撒出一个字来。一百两银子的赏哩！每人分五十两，做不的个小本钱么？”晁书看着晁凤说道：“明日你去罢，挣了赏来也都是你的。不知怎么，我往京里走的生生的。”晁凤道：“还是你去，我干不的事。先是一个心下不得狠，怎么成的？”晁大舍望着晁凤哕了一口，道：“见世报！杭杭子的腔儿！您怕这一百两银子扎手么？”二人道：“这事大爷再合老爷商议，别要忒冒失了。依小人们的愚见，这不该行。他在咱身上的好处不小。这缺要不着他的力量，咱拿四五千两银子还没处寻主儿哩。就是俺两个在苏都督家住了四五十日，那一日不是四碟八碗的款待？他认得咱是谁，他也不过是为小胡儿。他就在咱家住些时，只当是回席他。就是昨日华亭的事，也该感激他。要不是他，咱那里寻徐翰林去？若不着这一封搅饿的书去，可不就像阴了信的炮仗一般罢了？咱就按他个嘴啃地，他就爬不起来，那南人们有根子哩。”晁大舍道：“你这都像那老奶

① 头信——索性。下文投信亦为此意。

奶的一样淡话，开口起来就是甚么天理、就是甚么良心，又是人家的甚么好处。可说如今的世道，儿还不认的老子、兄弟还不认的哥哩！且讲甚么天理哩、良心哩！我齐明日不许己你们饭吃，我就看着你们吃那天理合那良心！我生平是这们个性子：咱受人掐把的去处，咱就受人的掐把；人该受咱掐把的去处，咱就要变下脸来掐把人个够。该用着念佛的去处，咱旋烧那香，迟了甚来？你夹着屁股嘈远子去墩着。你看我做，你只不要破笼罢了！透出一点风去，我拧了你们的腿！”把晁凤、晁书雌了一头灰，撵过一边去了，倒背了手，低着头，在那院子里走过东走过西，肚里思量妙计。

到了次日清早，梳过头，走到梁生两个的房里坐下，问道：“二位贤弟没有带得甚么银子么？”二人道：“也有几两，不多。是待怎样？”大舍道：“本府差下人来，要一万两军饷，不拘何项银两，要即刻借发，可可的把库里银子昨日才解了个罄尽。这军储要紧，咱只得衙里凑借与他，等征上来还咱。”梁生两个道：“有几两银子都放手出去了，那日往这里来，谁敢再出去讨？要只将现有的几两银子带了来，两个合将拢来，不知够六百两不够。”一边从皮箱内零零碎碎的兜将拢来，却是六百三十两。梁生二人一封封递将过去，要留下那三十两零头，晁大舍道：“连那三十两都凑在里边罢了。”外面总用了包袱包裹的结结实实的，把胡旦的一根天蓝鸾带捆了，叫了人抗到他自己房内，又嘱付教不要与刑皋门、晁凤、晁书知道。

又过了一日，晁大舍把一本报后边空纸内故意写了个厂卫的假本，说访得胡君宠、梁安期躲藏通州知州晁思孝衙内，请旨差人捉拿。故意拿了报，慌张张的走到梁生门房里，故意教人躲开了，说道：“事体败露，不好了！如今奉了旨，厂卫就有差人到了！若进来搜简的没有，还好抵赖。若被他搜简出去，你二人是不消说得，我们这一家都被你累死了！”梁生两个慌做一团，没有计策，只是浑身冷战。晁大舍说：“没有别计，火速收拾行李，我着人送你们到香岩寺去，交付与那个住持藏你们在佛后边那夹墙里面。那个去处是我自己看过的，躲一年也不怕有人寻见。那个和尚新近被强盗扳了，是家父开了他出来，他甚感我们的恩。差人去分付他，他没有敢放肆的。事不宜迟，快些出去！”二人急巴巴收拾不迭，行李止妆了个褥套，别样用不着的衣裳也都丢下了。梁生道：“有零碎银子且与几两，只怕一时缓急要用。”晁大舍道：“也没处用银子，我脱不了不住的差出人去探望，再捎出去不迟。”二人也辞不及刑皋门，说：“我们还辞辞奶奶出去。”晁大舍道：“略等事体平平，脱不了就要进来，且不辞罢。”开了衙门，外面已有两个衙门的人伺候接着。晁大舍道：“我适才已是再三分付详细了，你二人好生与我送去，不可误事。”两个衙门人喏喏连声，替他抗了褥套去了。

原来香岩寺在通州西门外五里路上，那送去的二人抗了褥套，同梁生、胡旦出了西门，走到旱石桥上，大家站住了歇脚，一人推说往桥下解手，从小路溜之而已。又一个说道：“这还有五六里大野路，我到门里边叫两匹马来与二位相公骑了好去。”梁生二人道：“路不甚远，我们慢慢走去罢。”那人道：“见成有马，门里边走去就牵来了。”将褥套阁在桥栏干上，也就做了一对半贤者。那梁、胡二人左等右等，从清早不曾吃饭，直到了晌午，那一个先去解手的是不消说得，已是没有踪迹了，这一个去牵马的也一去无音了。那时正是六月长天，饿得肚里热腾腾的火起。那旱石桥下倒是个闹热所在，卖水果的，卖大米水饭的，一行两行的挑过，怎当梁、胡二人半个低钱也不曾带了出来，空饿得叫苦连天，却拿甚么买吃？两个心里还恨说道："这两个差人只见我们两个换了这褴褛衣裳便却放不在眼里，那晓得我们是晁大舍的义弟。过两日见了晁大舍，定要说了打他！"又想自己耽着一身罪名，要出来避难的，却怎坐在这冲路的桥上？幸喜穿了破碎的衣裳，刚得两薄薄的被套，不大有人物色。商量不如自己抗了行李，慢慢的问到香岩寺去。"晁大舍曾言已着人合住持说过了，我们自去说得头正，他也自然留住。"各人把被套抗在肩头，问了路，走了五六里，倒也果然有座香岩寺，规模也甚是齐整。

二人进了山门，又到了佛殿上叩了头，问了那住持的方丈。两个径自走进客座里面。只见一个小僧雏走来问道："你二人是做甚的？"梁、胡两个道："我们是州太爷衙里边出来的亲眷，特来拜投长老。"

那僧雏去了一会，只见那长老走将出来。但见：

年纪不上五十岁，肉身约重四百斤，鼾鼾动喘似吴牛，赳赳般狠如蜀虎。垂着个安禄山的大肚，看外像，有似弥勒佛身躯；藏着副董太师①的歪肠，论里边，无异海陵王②色胆。

两个迎到门外，那和尚从新把他两个让到里面，安了坐，略略叙了来意。长老看他两个都才得二十岁的模样，那梁生虽是标致，还有几分像个男子，那个胡旦娇媚得通似个女人，且是容貌又都光润，不像是受奔波的，却如何外面的衣服又这等破碎？再仔细偷看他们的里面，却也虽不华丽，却都生罗衫裤，甚是济楚。若果是州衙里亲眷，怎又没个人送来？虽说有两个人都从半路里逃去，这又是两头不见影的话，又怎生不留他在衙里，却又

① 董太师——指东汉末年的董卓。

② 海陵王——指金废帝完颜亮，他极其荒淫无耻。

送他往寺里来？只怕果是亲眷，在衙里干了甚么见不得人的勾当，走出来了，又该走去罢了，如何反要住在这里？他说不住使人出来探望，且再看下落。一面叫人收拾斋来吃了。

这寺原是奉皇太后敕建，安藏经焚修的所在，周围有二三十顷赡寺的地，所以这和尚是钦授了度牒来的，甚是有钱，受用得紧。虽是素斋，却倒丰洁。二人吃了斋，和尚收拾了一座净室，叫他两个住歇。等到日夕，掌了灯，何尝有个人来探问？又留吃了晚斋，乘了会凉，终不见个人影。两个还不道是晁大舍用了"吊虎离山计"，只疑道是转了背，锦衣卫差人到了，正在衙里乱哄，也未可知。但没个凭据，怎好住得安稳？连住了三四日，和尚径不见有个州里的人出来，一发疑心起来，要送他两个起身。二人道："我们的行李盘缠尽数都在衙里。原说待几日就使人接了进去，所以丝毫也不曾带了出来。每人刚得一个梳匣、两三把钥匙，此外要半个低钱也是没有的，怎么去得？待我写一封书，老师傅使个的当人下到州里，讨个信息出来。"讨了一个折柬，一个封筒，恐怕和尚不信，当了和尚的面，写道：

前日揖别仁兄，未及辞得老爷、奶奶，歉歉！送的两人俱至一石桥上，一个推说净手，一人推去催马，俱竟去不来。弟等候至午转，只得自肩行李，投托寺内。幸得长老大看仁兄体面，留住管待。近日来信息不通，弟等进退维谷。或住或行，速乞仁兄方略，手内片文也无，仍乞仁兄留意。知名不具。

写完，用糨粘封了口。长老使了一个常往州里走动的人，叫他到州里内衙门口说："三日前，衙里出来两位相公，住在寺里，等衙里人不出去，叫我送进这封书来。"把衙门的传了进去。晁大舍自己走到传桶跟前回说："我衙里相公自然在衙里住，却怎的送到寺里？这却是何处光棍指称打诈？即刻驱逐起身！稍迟，连满寺和尚都拿来重处!”唬得那个下书的金命水命的往寺里跑，将了原书，同了梁胡二人，回了长老的话。

二人听得，都呆了半晌，变了面色，气得说不出话来。那长老便也不肯容留，只是见胡旦生得标致，那个不良的念头未曾割断。随即有两地方来到寺里查问，幸得那长老是奉敕剃度的，那地方也不敢放肆，说了说去了。胡旦二人道：“我们去是半步也行不得的。没有分文路费，怎么动身？只好死在这里罢了！左右脱不了是死!”把那前后左右从根至尾的始末，怎样借银子，怎样打发出来，尽情告诉了那和尚。长老道：“原来是如此！这是大舍用了计。你那六百两和行李，准还那干官的银子。你倒是把实情合老僧说得明白，这事就好处了。你且放心住下，寺里也还有你吃的饭哩。你两个依我说，把头发且剃吊了，暂做些时和尚，不久就要改立东宫，遇了赦书，再留发还俗不迟。目下且在寺里住着，量他许大的人物也不敢进我寺里寻人。”胡梁两个道：“若得如此，我二人情愿终身拜认长老为师，说甚么还俗的话。况我们两个虽定下了亲，都还不曾娶得过门。若后来结得个善果，也不枉了老师父度脱一场。”且把这胡梁二人削发为僧的事留做后说。

却说那晁大舍用了这个妙计，挤发出梁生、胡旦来了，那晁老钦服得个儿子就如孔明再生，孙庞复出。那日地方回了话，说道：“梁胡两个都赶得去了。”晁老喜得就如光身上脱了领蓑衣的一般。只是那晁夫人听见儿子把梁生、胡旦打发得去了，心中甚是不快，恼得整两日不曾吃饭，又怪说：“这两个人也奇，你平常是见得我的，你临去的时节，怎便辞也不辞我一声，佯长去了？想是使了性子，连我也怪得了。但不肯略忍一忍，出到外面被人捉了，谁是他着己的人?”老夫人关了房门，痛哭了一个不歇，住了声，却又不见动静。丫头在窗外边张了一张，一声喊起，连说："不好了！老奶奶在床栏干上吊着哩！"大家慌了手脚，掘门的掘门，拆窗的拆窗，从堂上请了晁老下来，从书房叫了晁源来到，灌救了半晌，刚刚救得转来。晁老再三体问丫鬟、媳妇们，都说不知为甚。只是整两日不曾吃饭，刚才关了房门，又大哭了一场，后来就不见动静了，从窗孔往里张了一张，只见老奶奶在床上吊着。晁老再三又向晁夫人详问，果真是为何来。晁夫人道："我不为甚么，趁着有儿子的时候，我早些死了，好叫他披麻带孝，送我到正穴里去。免教死得迟了，被人说我是绝户，埋在祖坟外边！"晁老道："我不晓得这是怎生的说话！这等一个绝好的儿子，我们正要在他手里享福快活半世哩，为何说这等不祥的言语?"晁夫人说："我虽是妇人家，不曾读那古本正传，但耳朵内不曾听见有这等刻薄负义没良心的人，干这等促掐①短命的事，会长命享福的理！怎如早些闭了口眼，趁着好风好水的时节挺了脚②快活？谁叫你们把我救将转来！"那晁老的贤乔梓③听了晁夫人的话也不免毛骨悚然。但那晁夫人还不晓得把他的银子劫得分文不剩、衣服一件也不曾带得出去、差了地方赶逐起身这些勾当哩。大家着实解劝了一番，安慰了晁夫人。事也不免张扬开去，那刑皋门也晓得了。正是：

和气致祥，乖气致异。这样人家，那讨福器？

从此后，那没趣的事也便渐渐来也。

---

① 促掐——刁钻刻薄，爱捉弄人。

② 挺了脚——死去。

③ 乔梓（zǐ）——指父子。

第十六回
义士必全始全终　哲母能知亡知败

乾坤有善气，赋将来岂得问雌雄？有须眉仗义，脂粉成仁。青编彤管，俱足流风。休单说穆生能见蚤①，严母且知终。圣贤识见，君子先几。闺媛后虑，懿躅攸同。　　谁说好相逢？为全交合受牢笼。牛马任呼即应，一味圆通。叹痴人不省，良朋欲避。慈母心悲，兀自推聋。教人爱深莫助，徒切忡忡！

右调《风流子》

香岩寺的住持择了剃度的吉日与梁胡二人落了发。梁生的法名叫做片云，胡旦的法名叫做无翳。二人都在那住持的名下做了徒弟，随后又都拨与他事管，与那住持甚是相得。

如今且说那邢皋门的行止。这个邢皋门是河南淅川县人，从小小的年纪进了学，头一次岁考补了增，第二遍科考补了廪。他这八股时文上倒不用心在上面钻研，只是应付得过去就罢了。倒把那正经工夫多用在典坟子史别样的书上去了。所以倒成了个通才，不像那些守着一部《四书》本经，几篇滥套时文，其外一些不识的盲货。但虽是个参政的公子，他的乃父是我朝数得起一个清官，况又去世久了，所以家中也只淡薄过得。自己负了才名，又生了一副天空海阔的心性，洒脱不羁的胸衿，看得那中举人、进士即如在他怀袖里的一般。又兼他那一年往省城科举，到了开

① 蚤——同“早”。

封城外，要渡那黄河，他还不曾走到的时节，那船上已有了许多人，又有一个像道士模样的，也同了一个科举的秀才走上船来。那个道人把船上的许多人略略的看了一看，扯了那个同来的秀才，道："这船上拥挤的人忒多了，我们缓些再上。"复登了岸去。那个秀才问他的缘故。道士回说："我看满船的人鼻下多有黑气，厄难只在眼下了。"说不了，只见邢皋门先走，一个小厮挑了行李，走来上船。那个道士见邢皋门上在船上，扯了那个秀才，道："有大贵人在上面，我们渡河不妨了。"那时正是秋水大涨，天气又不甚晴明，行了不到一半，只见一个遮天映日的旋风从水上扑了船来，船上梢公、水手，忙了手脚。只听见空中喝道："尚书在船，莫得惊动！"那个旋风登时散开去。一霎时将船渡过。那些在船上的人大半是赶科举的秀才，听了空中的言语，都像汉高祖筑坛拜将，人人都指望要做将军，谁知单只一个韩信。大家上了岸，那个道人另自与邢皋门叙礼，问了乡贯姓名。临别，说道："千万珍重！空中神语，端属于公，十五年间取验。楚中小蹶①，不足为意，应中流之险也。此外尽俱顺境，直登八座。"邢皋门逊谢而别，后来果然做到湖广巡抚，为没要紧的事被了论，不久起了侍郎，升了户部尚书。这是后日的结果，不必细说。他指望那科就可中得，果然头场荐了解，二场也看起来，偏偏第三场落了一问策草，誊录所举将出来，监临②把来堂贴了，房考第三场不进去，急得只是暴跳，只得中了个副榜。想那道士说十五年之间，并不许今科就中，别人倒替他烦恼，他却不以为事，依旧是洒洒落落的衿怀。

有一个陆节推，其父与邢皋门的父亲为同门的年友，最是相

---

① 蹶——比喻失败或挫折。

② 监临——科举制度中乡试的监考官。

知，那个年伯也还见在。陆节推行取进京，考选了兵科给事，因与邢皋门年家兄弟，闻得他家计淡薄，请他到京，意思要作兴他些灯火之资，好叫他免了内顾，可以读书，差了人竟到淅川县来请他。他也说帝王之都不亲自遍历一遭，这闻见毕竟不广，遂收拾了行李，同来人上了路。不半月期程，到了陆给事衙内，相见了甚是喜欢。连住了三个月，也会过了许多名士，也游遍了香山碧云各处的名山，也看了许多的奇物，也听了许多的奇闻，也看了许多的异书秘笈，心里甚是得意，道："不负了此行。"

陆给谏旋即管了京营，甚是热闹。陆给谏见他绝没有干预陈乞的光景，又见他动了归意，说道："请了兄来，原是因年伯宦囊萧索，兄为糊口所累，恐误了兄的远大；所以特请兄来，遇有甚么顺理可做的事，不惮效一臂之力，可以济兄灯火。况如今京营里边尽有可图的事，兄可以见教的，无妨相示。"邢皋门道："但凡顺理该做的事，兄自是该做，何须说得？若是那不顺理不该做的，兄自是做不去，我也不好说得，坏了兄的官箴①，损了我的人品。况且钱财都有个分定，怎强求得来？蒙兄馆谷②了这几时，那真得处不少。那身外的长物要他做甚！"陆给谏道："兄的高洁真是可敬。但也要治了生，方可攻苦。"邢皋门道："也还到不得没饭吃的田地哩。"

又过几日，恰好晁老儿选了华亭知县。陆给谏因是亲临父母官，晁老又因陆给谏是在朝势要，你贵我尊，往来甚密。一日，留晁老在私宅吃酒，席上也有邢皋门相陪。那个邢皋门就是又清又白的醇酒一般，只除了那吃生葱下烧酒的花子不晓得他好，略略有些身分的人没有不沾着就醉的。晁老虽是肉眼凡睛，不甚晓

① 官箴——百官对王所进的箴言，此喻仕途。
② 馆谷——供给客人食宿或为幕友提供酬金。

得好歹，毕竟有一条花银带在腰里的造化，便也不大与那生葱下烧酒的花子相同，心里也有几分敬重。

一日，又与陆给谏商量，要请个西宾①。陆给谏道："这西宾的举主却倒难做，若不论好歹，那怕'车载斗量'；若拣一个有才又有行，这便不可兼得了；又有那才行俱优，却又在那体貌上不肯苟简，未免又恐怕相处不来。眼底下倒有一个全人，是前日会过的邢皋门，不惟才德双全，且是重义气的人，心中绝无城府，极好相处的。若得这等一人，便其妙无穷了。"晁老道："不知敢借重否？"陆给谏道："待我探他一探，再去回报。"送得晁老去了，走到邢皋门的书房，正见他桌上摊了一本《十七史》，一边放了碟花笋干，一碟鹰爪虾米，拿了一碗酒，一边看书，一边呷酒。陆给谏坐下，慢慢将晁老请做西宾的事说将入来。邢皋门沉吟了一会，回说道："这事可以行得。我喜欢仙乡去处，文物山水，甲于天下，无日不是神游。若镇日只在敝乡株守，真也是坐井观天。再得往南中经游半壁，广广闻见，也是好的。况以舌耕得他些学贶，这倒是士人应得之物。与的不叫是伤惠，受的不叫是伤廉，这倒是件成己成物的勾当。但不知他真心要请否？若他不是真意，兄却万万不可把体面去求他。"陆给谏道："他只不敢相求，若蒙许了，他出自望外，为甚用体面央他！"

傍晚，晁老投了书进来，要讨这个下落。陆给谏将晁老的来书把与邢皋门看了，商量束脩数目，好回他的书。邢皋门道："这又不是用本钱做买卖，怎可讲数厚薄？只是凭他罢了。这个也不要写在回书里面。"陆给谏果然只写了一封应允的书回复将去。次早，晁老自己来投拜帖，下请柬，下处齐整摆了两席酒，

① 西宾——旧时对家塾教师或幕友的敬称。

叫了戏文，六两折席，二十四两聘金，请定过了。邢皋门也随即辞了陆给谏，要先自己回去安一安家，从他家里另到华亭，雇了长骡。晁老又送了八两路费，又差了两人伺候到家，仍要伺候往任上去。陆给谏送了一百两银子，二十两赆仪，也差了一个人伴送。晁老到任的那一日，邢皋门傍晚也自到了华亭，穿了微服，进入衙中。

那晁老一个教书的老岁贡，刚才撩吊了诗云子曰，就要叫他戴上纱帽，穿了圆袖，着了皂靴，走在堂上，对了许多六房快皂，看了无数的百姓军民，一句句说出话来，一件件行开事去，也是“庄家老儿读祭文——难”。却亏不尽邢皋门原是个公子，见过仕路上的光景，况且后来要做尚书的人，他那识见才调自是与人不同。晁老只除了一日两遍上堂，或是迎送上司及各院里考察，这却别人替他不得，也只得自己出去。除了这几样，那生旦净末一本戏文全全的都是邢皋门自己一个唱了，且甚是光明正大，从不晓得与那些家人们猫鼠同眠，也并不曾到传桶边与外人交头接耳。外边的人也并没有人晓得里面有个邢相公。有了这等一个人品，晁老虽不晓得叫是甚么“无思不服”，却也外面不得不致敬尽礼。

可煞作怪，那晁夫人虽是个富翁之女，却是乡间住的世代村老。他的父亲也曾请了一个秀才教他儿子读书，却不晓的称呼甚么先生，或叫甚么师傅，同了别的匠人叫做“学匠”。一日，场内晒了许多麦，倏然云雷大作起来，正值家中盖造，那些泥匠、木匠、砖匠、锯匠、铜匠、铁匠，都歇了本等的生活，拿了扫帚、木掀来帮助那些长工、庄客救那晒的麦子。幸得把那麦子收拾完了，方才大雨倾将下来。那村老儿说道：“今日幸得诸般匠人都肯来助力，所以不致冲了麦子。”从头一一数算，各匠俱到，只有那学匠不曾来助忙。又一日，与两个亲眷吃酒，合那小厮说道："你去叫那学匠也来这里吃些罢了，省得又要各自打发。"那个小厮走到书堂，叫道："学匠，唤你到前边大家吃些饭罢，省得又要另外打发。"惹的那个先生凿骨捣髓的臭骂了一场，即刻收拾了书箱去了。

却不知怎的，那晁夫人生在这样人家，他却晓得异样尊敬那个西宾，一日三餐的饮食，一年四季的衣裳，大事小节，无不件件周全。若止靠了外边的晁老，也就不免有许多的疏节。邢皋门感激那晁老不过二分，感激那夫人倒有八分。所以凡百的事，真真是尽忠竭力，再没有个不尽的心肠。后来从晁源到了华亭，虽也不十分敢在邢皋门身上放肆，那蔡疙瘩、潘公子、伯颜大官人的俗气也就令人难当。幸得邢皋门有一个处厌物的妙法：那晁源跳到跟前，他也只当他不曾来到。晁源转背去了，他也不知是几时脱离。晁源口里说的是东南，邢皋门心里寻思的却是西北。所以邢皋门倒一毫也没有嫌憎他的意思。只是晁源第一是嗔怪爹娘何必将邢皋门这般尊敬。又指望邢皋门不知怎样的奉承，那知他又大落落的，全没些瞅睬。若与他一溜雷①发狂胡做，倒也是个相知，却又温恭礼智，言不妄发，身不妄动的人。晁源已是心里敢怒，渐渐的口里也就敢言了。邢皋门又因他爹娘的情面，只不与他相较。后来又陪了晁老来到通州，见晁源弃了自己的结发，同了娼妾来到任中，晓得他不止是个狂徒，且是没有伦理的人了。又知道他与梁生、胡旦结拜弟兄，这又是绝低不高，没有廉耻的人了。又晓得他听了珍哥的说话逼死了嫡妻，又是忍心害理的了。又晓得他把胡旦、梁生的行李、银子挤了个干净，用了计

① 一溜雷——一样，相同。

策，赶将出去，这又是要吃东郭先生的狼一般了。“生他的慈母尚且要寻了自尽，羞眼见他，我却如何只管恋在这里？这样刻毒，祸患不久就到了。我既与他同了安乐，怎好不与同得患难？若不及早抽头①，更待何日？”托了回家科考，要辞了晁老起身。晁老虽算得科考的日子还早，恃了有这个一了百当的儿子也可以不用那个邢皋门。晁源又在父亲跟前狠命怂恿得紧，看了日子，拨了长马，差定了里外送的人，预先摆酒送行，倒也还尽成个礼数。

邢皋门行后，晁大舍就住了邢皋门的衙宇，摄行相事起来。却也该自己想度一想度，这个担子，你掂量担得起担不起？不多几时，弄得个事体就如乱麻穿一般。张三的原告粘在李四的详文，徒罪的科条引到斩罪的律例。本道是个参政的官衔，他却称他是佥事。那官衔旁里小字批道的：“系何日降此二级？”一个上司丁了父艰，送长夫的禀内说他有“炊臼”② 之变。那上司回将书来说道：“不孝积愆③无状，祸及先君。荆布人幸而无恙，见与不孝同在服丧。何烦存唁！”看了书，还挺着项颈强说：“故事上面说，有人梦见‘炊臼’，一个圆梦的道：‘是无父也。’这上司不通故事，还敢驳人！”晁老儿也不说叫儿子查那故事来看看，也说那上司没文理。这只邢皋门去了不足一月，干出这许多花把戏了，还有许多不大好的光景。

晁夫人又常常梦见他的公公扯了他痛哭。又常梦见计氏脖子里拖了根红带与晁源相打。又梦见一个穿红袍戴金幞头的神道坐在衙内的中厅，旁边许多判官鬼卒，晁源跪在下边，听不见说的

---

① 抽头——抽身离开。
② 炊臼——指丧妻。
③ 愆（qiān）——罪过；过失。

是甚话，只见晁源在下面磕几个头，那判官在簿上写许多字，如此者数次。神道临去，将一面小小红旗，一个鬼卒，插在晁源头上，又把一面小黄旗插在自己的窗前。

晁夫人从那日解救下来，只是恶梦颠倒，心神不宁。又兼邢皋门已去，晁源甚是乖张，晁老又绝不救正，好生难过。一日，将晁书叫到跟前，说道："这城外的香岩寺就是太后娘娘敕建的香火院，里面必有高僧。你将这十两银子去到那里寻着住持师傅，叫他举两位有戒行的，央他念一千卷救苦难观世音菩萨的宝经。这银子与师傅做经钱。念完了，另送钱去圆经。把事干妥当回话。"

晁书领了命，回到自己房里，换了一道新鲜衣帽，自己又另袖了三两银子在手边，骑了衙里自己的头口，跟了一个衙门青夫，竟往香岩寺去。到了住持方丈里边，恰好撞见胡旦，戴了一顶缨纱瓢帽，穿了一领栗色的湖罗道袍，僧鞋净袜，拿了两朵千叶莲花，在佛前上供。晁书乍见了个光头，也还恍恍惚惚的。胡旦却认得晁书真切。彼彼甚是惊喜，各人说了来的缘故。恰好那日住持上京城与一个内监上寿去了，不在寺中。梁生也随即出来相见，备了齐整斋筵款待晁书，将晁大舍问他借银子，剩了三十两，还不肯叫他留下，还要了个干净。第二日又怎样看报，"将我们两人立刻打发出来，一分银子也没有，一件衣裳也不曾带得出来，我们要辞一辞奶奶，也是不肯的。叫两个公差说送我们到寺，只到了旱石桥上，一个推净手，一个推说去催马，将我们撇在桥上，竟自去了。我们只得自己来到寺里。蒙长老留住。大官人原说不时差人出来照管，住了三四日，鬼也没个来探头。我们写了一封书，长老使了一个人送到衙里，大官人书也不接，自己走到传桶边，千光棍，万光棍，骂不住口，还要拿住那个送书的人，随后差了两个地方，要来驱逐我们两个即时起身。若是我们有五两银子在手边，也就做了路费回南去了，当不得分文没有，怎么动得身？只得把实情告诉了长老。长老道：‘你两个一分路费也没有，又都有事在身上，这一出去，定是撞在网内了。不如且落了发，等等赦书再处。’所以我们权在这边。大官人行这样毒计罢了，只难为奶奶是个好人，也依了他干这个事；又难为你与凤哥，我们是怎样的相处，连一个气息也不透些与我们。我们出来的时节，你两个故意躲得远远去了。”

晁书听说，呆了半晌，说道：“这些详细，不是你们告诉，莫说奶奶，连我们众人都一些也不晓得。这都是跟他来的曲九州、李成名这般人干的营生。头①你们出来的两日前边，把我与晁凤叫到跟前，他写了首状，叫我们两个到厂卫里去首你们，受那一百两银子的赏。我们不肯，把我们唠了一顿，自己倒背了手，走来走去的一会，想是想出这个绝户计来了。你们说奶奶依他做这事，奶奶那里知道！他只说外边搜捕得紧，恐被你连累，要十灭九族哩。算计送你们出来，奶奶再三不肯，苦口的说他。他却瞒了奶奶，把你们打发出来了。那一日，连我们也不知道。及至打发早饭，方知你们出去了。后来奶奶知道，自己恼得整两日不曾吃饭，哭了一大场，几乎一绳吊死，幸得解救活了。”梁胡二人吃惊道：“因甚为我们便要吊死！”晁书道：“倒也不是为你们。奶奶说：他干这样刻毒短命的事，那有得长命在世的理？不如趁有他的时节，好叫他发送到正穴里去，省得死在他后边，叫人当绝户看承。这奶奶还不晓得把你们的银子、衣裳都挤了个罄净。你那银子共是多少？”胡旦道：“我们两个合拢来共是六百

① 头——临到；接近。

三十两。那时我们要留下那三十两的零头，他却不叫我们留下，使了一个蓝布包袱，用了一根天蓝鸾带捆了，李成名抗得去了。我们两人四个皮箱里，不算衣裳，也还有许些金珠值钱的东西，也约够七八百两，仗赖你回去，对了老爷、奶奶替我们说声，把那皮箱留下，把银子还我们也便罢了。”晁书道：“你们的这些事情，我回去一字也不敢与老爷说的。他就放出屁来，老爷只当是那里开了桂花了。我这回去，待我就悄悄与奶奶说，奶奶自然有处。你把这经钱留下，待老师傅回来，请人快念完经，圆经的时节，我出来回你的话。”

晁书吃完了斋，依旧骑了马去衙中回过了话。看见没人跟在面前，晁书将寺中遇见梁生、胡旦的事情，从头至尾，对了晁夫人学了个详细。晁夫人听了，就如一桶雪花冷水劈头浇下一般，又想道：“这样绝命的事，只除非是那等飞天夜叉，或是狼虎，人类中或是那没了血气的强盗，方才干得出来！难道他果然就有这样事情？只怕是梁胡两个怪得打发他出去，故意诬赖他，也不可知。他空着身，不曾拿出皮箱去，这是不消说得了。只是那银子的事，他说是李成名经手的，不免叫了李成名来悄悄的审问他。”又想：“那李成名是他一路的人，他未必肯说，泄了关机，被他追究起那透露的人来，反教那梁胡两个住不稳，晁书也活不停当了。”好生按捺不下。

可可①的那日晁源不曾吃午饭，说有些身上不快，睡在床上。晁夫人怀着一肚皮闷气，走到房里看他，只见晁源一阵阵冷颤。晁夫人看了一会，说道：“我拿件衣裳来与你盖盖。”只见一床夹被在脚头皮箱上面。晁夫人去扯那床夹被，只见一半压在那个蓝

① 可可——恰巧。

包裹底下，大沉的，那里拉得动。那包裹恰好是一根天蓝鸾带井字捆得牢牢的，晁夫人方才信得是真。晁夫人知道儿子当真做了这事，又见他病将起来，只怕是报应得恁快，慌做一团，要与晁老说知，赔那两个的衣物。知道晁老的为人，夫人的好话只当耳边之风，但是儿子做出来的，便即钦遵钦此，不违背些儿。"银子衣裳赔他不成，当真差人把他赶了去，或是叫人首到厂卫，这明白是我断送他了。罢，罢，我这几年里边，积得也有些私房，不知够与不够，我留他何用？不如替他还了这股冤债，省得被人在背后咒骂。"次日，又差了晁书，先袖了二百银子，仍到香岩寺内，长老也还不曾回来。

晁书依了夫人的吩咐，说道："这事奶奶梦也不知。奶奶有几两私房银子，如数替他偿还，一分也不肯少。这先是二百两交你们，且自收下。别的待我陆续运出来。你的皮箱，如得便，讨出还你，如不便，也索罢了。若如今问他索讨，恐怕他又生歹计出来害你们，千万叫你两个看奶奶分上，背后不要咒念他。"梁生二人道："阿弥陀佛，说是什的话！凭他刻毒罢了，我们怎下得毒口咒他！我们背后替奶奶念佛祝赞倒是有的，却没有咒念他道理。"又留晁书齐整的吃了斋回衙去，回复了夫人的话。夫人方才有了几分快活。

又过了一日，那住持方才从京里回来，看了梁生、胡旦道："你二人恭喜，连恩诏也不消等了。我已会过了管厂的孙公，将捉捕你两个的批文都掣回去，免照提了。如今你两个就出到天外边去。也没人寻你。"胡旦两个倒下头去再三谢了长老，又将晁夫人要念《观音经》的事，并遇见晁书告诉了他前后，老夫人要照数还他的银子，如今先拿出二百两来了，从根至梢，都对着长老说了。长老说道："这却也古怪的事，怎么这样一个贤德的娘，生下这等一个歪物件来!”着实赞叹了一番。梁胡二人随即与晁夫人立了一个生位，供在自己住房明间内小佛龛的旁边，早晚烧香祝赞，叫他寿福双全。长老也叫人收拾干净坛场，请了四众有戒行不动荤酒的禅僧，看了吉日，开诵救苦救难大慈大悲观世音菩萨的真经。

迟了一两日，晁夫人又差晁书押了四盒茶饼、四盒点心、二斤天池茶，送到寺内管待那诵经的僧人。长老初次与晁书相见，照旧款待不提。晁书又袖出二百三十两银子，走到他二人的卧室，交付明白，约定七月初一日圆经。晁书又押送了许多供献，并斋僧的物事，出到寺中，不必细说。又将胡旦、梁生的六百三十两银子尽数还完了。晁书临去，梁生、胡旦各将钥匙二把，梁生钥匙上面拴着一个伽南香牌，胡旦的匙上拴着个二两重一个金寿字钱，说道：“这是我们箱上的钥匙，烦你顺便捎与奶奶。倘得便，叫奶奶开了验验，可见我们不是说慌，且当我们收了银子的凭信。再上覆奶奶说：‘我们事体得长老与厂里孙公说过，已将捉捕我们的批文掣回去了，免得奶奶挂心。’”千恩万谢，送了晁书回家。正是：

一叶浮萍归大海，人生何处不相逢?

再看后文结果。

第十七回

病疟汉心虚见鬼　黩货吏褫职还乡

窃盗偷人没饭吃，截路强徒因着极。若教肚饱有衣穿，何事相驱还做贼？　　鬼神最忌忘人德，负恩不报犹相逼。病魔侵子父休官，想是良心伤得忒。

右调《木兰花》

却说晁源从那晌午身上不快，不曾吃午饭就睡了，觉身上就如卧冰的一般冷了一阵，冷过又发起热来，原来变成了疟疾。此后便一日一次，每到日落的时节，使发作起来，直待次日早饭以后，出一身大汗，渐渐醒得转来。渐渐觉得见神见鬼，整夜叫人斯守。熬得那母亲两眼一似胶锅儿，累得两鬓一似丝窝儿，好生着忙害怕。后来晁大舍又看见前年被他射死的狐精仍变了一个穿白的妖娆美妇，与计氏把了手，不时到他跟前，或是使扇子扇他，或是使火烘他，或又使滚水泼他。又连那些被他伤害的獐、狍、雉、兔都来咬的咬、啄的啄，这都从他自己的口里通说出来。胡说了一两日，又看见梁生、胡旦都带了枷锁，领了许多穿青的差人，手执了厂卫的牌票，来他房里起他的银子、行李，还要拿他同到厂卫里对证，赤了身子钻在床下面，自己扭将席子来遮盖，整夜的乱哄。

极得晁夫人告天拜斗，许猪羊，许愿心，无所不至。请了一个医学掌印的郑医官与他救治。头一日，那个医官也在家里发疟疾，走不起来。一个门子荐了城隍庙的郎道官，有极好截疟的符水，真是万试万应的。次早，请了来到，适值那郑医官却也自己进到衙来，一同请到晁大舍卧房里面，不曾坐定，只见郑医官打得牙把骨一片声响，身上战做一团，人都也晓得他是疟疾举发，倒都无甚诧异。只是那个郎道官可怪得紧，刚刚书完了符，穿了法衣，左手捻了雷诀，右手持了剑，正在那里步罡踏斗①，口中念念有词，不知怎的，将那把剑丢在地上，斜了眼，颤做一块。连那郑医官都搀扶到一所空书房床上睡了，只等得傍晚略略转头，叫人送得家去。又有一个和尚教道："房内收拾干净，供一部《金刚经》在内，自然安静。"回他说道："有一部朱砂印的梵字《金刚经》，一向是他身上佩的，久在房中。"和尚又道："你再请一部《莲经》供在上面，一定就无事了。"果然叫人到弥陀寺里请了一部《莲经》，房里揩拭净桌，将《莲经》同原先的《金刚经》都齐供养了。

晁源依旧见神见鬼，一些没有效验。你道却是为何？若是果真有甚闲神野鬼，他见了真经，自然是退避的。那护法的诸神自然是不放他进去。晁源见的这许多鬼怪，这是他自己亏心生出来的，原不是当真有甚么鬼去打他。即如那梁生、胡旦好好的活在那里做和尚，况且晁夫人又替他还了银子，又有甚么梁生、胡旦戴了枷锁来问他讨行李银子？这还是他自己的心神不安，乘着虚火作祟，所以那真经当得甚事。一时，又在那边叫唤，说梁生、胡旦叫那些差人要拿了铁索套了他去。晁夫人问他："你果然欠他的银子行李不曾？"晁源从头至尾告诉的详详细细，与晁书学得梁生、胡旦的话，一些不差。晁夫人道："原来如此。怪道他只来缠你！你快把他的原物取出来，我叫人送还与他，你情管就

---

① 步罡（gāng）踏斗——道士礼拜星宿、召遣神灵的一种动作。其步行转折，宛如踏在罡星斗宿之上，故称。

好了。”晁源一骨碌跳将下来，自己把那一包银子，用力强提到晁夫人面前，把那四只皮箱也都抬成一处。晁夫人都着人拿到自己房内。晁源又说他两个合许多差人都跟出去了，从此后那梁、胡二人的影也不见了，只剩了狐精合计氏照旧的打搅。晁夫人又许了与他建醮超度，后来也渐渐的不见。

晁源虽是一日一场发疟不止，只没有鬼来打搅，便就算是好了。晁夫人要与计氏合那狐仙建醮，怎好与外人说得，只说仍要念一千卷《观音解难经》。又叫晁书袖了十两银子去寻香岩寺的长老，叫他仍请前日念经的那几位师傅，一则保护见在的人口平安，二则超度那死亡的托化。又要把梁生、胡旦的钥匙寄出还他，说他的皮箱已自奶奶取得出来，遇便捎出与你，叫他不要心焦。恐怕箱里边有不该奶奶看的东西在内，所以奶奶也不曾开验，只替你用封条封住了。晁书领了夫人的命，收拾出去。

却说那片云、无翳，这夜半的时节，见一个金盔金甲的神将，手提了一根铁杵，到他两个面前，说道：“你的行李，我已与你取得出来交与女善人收住。早间就有人来报你知道，你可预备管待他的斋饭。”二人醒来，却是一梦。二人各说梦中所见，一些不差，知是寺中韦陀显圣，清早起来，就与长老说了。长老道：“既是韦陀老爷显应，我们备下斋饭，且看有甚人来。”待不多一会，只见晁书走到方丈，师徒三个，彼此看了，又惊又喜。晁书说了念经的来意，又到片云的禅房与他两个说了行李的缘故。二人也把梦里的事情告诉了一遍。晁书出来告辞要行，说：“大官人身上不快，衙中有事。”长老道：“这是韦陀老爷叫备斋等候，不是小僧相留。”片云、无翳又将晁夫人要出行李的始末，当了晁书告诉长老知道。大家甚是诧异，俱到韦陀殿前叩头祝谢。

晁书吃完了斋家去，回了夫人的话。夫人甚是欢喜，倒也把梁生两个的这件事放下了去。只是晁大舍病了一个多月，只不见好，瘦的就似个鬼一般的。晁夫人也便累得不似人了。

再说晁老儿自从邢皋门去了，倚了晁源，就是个明杖一般，如今连这明杖又都没了，凭那些六房书办胡乱主文，文书十件上去，倒有九件驳将下来。那一件虽不曾明明的批驳，也并不曾爽爽利利的批准。惹得一干上司憎恶得像臭屎一般。也先又拥了上皇犯边挟赏。发了一百万内帑①，散在北直隶一带州县，储积草豆，以备征剿，不许科扰百姓，这是朝廷的浩荡之恩。奉了严旨，通州也派了一万多的银子。晁老儿却听了户房书办的奉承，将那朝廷的内帑一万余金运的运、搬的搬，都抬进衙里边，把些草豆加倍的俱派在四乡各里，三日一小比，五日一大比。那时年成又好，百姓又不像如今这般穷困，一茎一粒也没有拖欠，除了正数，还有三四千金的剩余，把那内帑入了私囊，把这羡余②变了价，将一千银子分赏了合衙门的人役，又分送了佐领每人一百两，别的又报了捐助，又在那库吏手里成十成百取用，红票俱要与银子一齐同缴，弄得库吏手里没了凭据，遇着查盘官到，叫那库吏典田卖舍的赔偿，倾家不止一个。那时节的百姓真是淳良，受他恁般的荼毒，扁担也压不出个屁来。若换了如今的百姓，白日没工夫告状，半夜里一定也要告了。就是官手里不告，阎王跟前，必定也递上两张状子。他却这般歪做，直等到一个辛阁下来到。那辛阁下做翰林的时节饮差到江西封王，从他华亭经过，把他的勘合③高阁了两日，不应付他的夫马，连下程也不曾送他一

---

① 内帑（tǎng）——国库里的钱财。

② 羡余——盈余的赋税。

③ 勘合——古时以竹、木或玉作符信，分为两半，各执其一，检验相合，叫勘合。

个。他把兵房锁了一锁，这个兵房倒纠合了许多河岸上的光棍，撒起泼来，把他的符节都丢在河内。那辛翰林复命的时节，要具本参他，幸而机事不密，传闻于外，亏有一个亲戚郑伯龙闻得，随即与他垫发了八百两银子，央了那个翰林的座师，把事弥缝住了。

如今辛翰林由南京礼部尚书饮取入阁，到了通州，正是仇人相见，分外眼憎。这一番晁老倒也万分承敬。怎禁得一个阁下有了成心，一毫礼也不收，也不曾相见，也不用通州一夫一马，自己雇了脚力人夫，起早进京，随即分付了一个同乡的御史，将他的事款打听得真真确确，一本论将上去，奉了旨意叫法司提问。抄报的飞蜂也似捎下信来，叫快快打点，说："揭帖还不曾发抄，人尚不晓得本上说是甚的。"唬得那晁老不住的只是溺那焌黑冲鼻子酽[①]气的尿。叫人闻了闻，却原来溺的不是尿，却是腊脚陈醋。晁夫人一个儿子丝丝两气的病在床上，一个丈夫不日又要去坐天牢，只指望这一会子怎么得一阵大风，像括那梁灏夫人的一般，把那邢皋门从淅县括将来才好。如今举眼无亲，要与个商议的人也没有。又思量道："若不把梁生、胡旦挤发出去，若得他两个在这里，也好商议，也是个帮手。如今他又剃了个光头，又行动不得了，真是束手无策！"差了晁凤到城上报房打听那全本的说话。不知因甚缘故，科里的揭帖偏生不帖出来，只得寻了门路，使了五两银子，仍到那上本的御史宅内，把那本稿抄得出来。看了那稿上的说话，却不知从那里打听去的，就是眼见也没有看得这等真。晁凤持了本稿星飞跑了回来，递与晁老看。道：

湖广道监察御史欧阳鸣凤，为去钼[②]污鄙州官、以清畿甸事。

---

① 酽（yàn）——味浓。

② 钼——同“锄”。

《书》云："民为邦本，本固邦宁。"矧①邦畿千里之内，拥黄图而供玉食，惟民是藉。所以长民之吏必得循良恺悌之人，方不愧于父母之任。且今丑寇跳梁，不时内犯。闾阎②供亿烦难，物力堵御不易。百计噢咻③，尚恐沟瘠不起。再加贪墨之夫，吸民之髓，刮地之皮，在皇上辇毂之下，敢于恣赃以逞。如通州知州晁思孝其人者，空负昂藏之壳，殊无廉耻之心。初叨岩邑，政大愧于烹鲜；再典方州，人则嫌其铜臭。犹曰暖昧之行，无烦吹洗相求。惟将昭彰于耳目，怨毒于人心者，缕析为皇上陈之。结交近侍者有禁。思孝认阉宦王振为之父，大州大邑，不难取与以如携。比交匪类者可羞。思孝与优人梁寿结为亲，阿叔阿咸，彼此称呼而若契。倚快手曹铭为线索，百方提掇，大通暮夜之金。平其衡之赃八百，吴兆圣之贿三千，罗经洪之金珠，纳于酒坛，而过送者屈指不能悉数。听蠢子晁源为明杖，凡事指陈，尽抉是非之案。封祝龄之责四十，熊起渭之徒五年，桓之维之土田，诬为官物，而自润者更仆难以缕指。告状诉状，手本呈词，无一不为刮金之具。原告被告，干证牵连，有则尽为纳赎之人。牙行斗秤，集租三倍于常时；布帛丝麻，市价再亏于往日。至于军前草豆，皇上恐其扰累民间，以滋重困，特发帑银，颁散畿内，令其平价蓄储。严旨再申，莫不祗④惧。思孝敢将原颁公帑尽入私囊，料草尽派里下，原额之外，仍多派三千有奇，将一千俵赏衙官衙役以称其口，以一千报为节省转博其名。皇上之金钱攫搏无忌，尚何有于四境之民也！此一官者，鼯技本自不长，灵窍又为利

① 矧（shěn）——况且。
② 闾阎——指平民。
③ 噢咻——慰藉人的痛疾而发出的声音。
④ 祗（zhī）——恭敬。

塞；狼性生来欠静，鼻孔又被人牵。伏乞皇上大奋宸①严，敕下法司审究。若果臣言不谬，如律重处，以雪万家之怨，以明三尺之灵，地方与官箴，两为幸甚！

晁老儿看本稿，把个舌头伸将出来，半日缩不进去。晁夫人问道："本内却是怎么说话？"晁老儿只是摇头，寻思了半夜，要把这草豆银子散与那些百姓，要他不认科敛。把这一件的大事弥缝得过，别事俱可支吾。连夜将快手曹铭叫进衙内，与他商量。曹铭道："兵来将挡，水来土掩。百姓们把银子收得去了，依旧又不替我们弥缝，不过说起初原是私派，见后来事犯，才把银子散与我们，这不成了'糟鼻子不吃酒，何济于事？'可惜瞎了许多银子！"晁老道："依你却如何主意？"曹铭道："依了小的，使他的拳头，捣他的眼儿，拿出这银子来，上下打点，一定也还使不尽，还好剩下许些，又把别项的事情都洗刷得干净。若把银子拿出来与了他，这事又依旧掩不住，别的事还要打点，仍要拿出自己的银子来用。小的愚见如此，不知以为何如？"晁老道："你见得甚是有理。就是你大叔好时，也还不如你这主意。"就依计而行。

到了次日，法司的差人同了道里的差官到州拘拿一干官犯，两三个把晁老儿牢牢守定，不许他片刻相离，别的多去叫那些本内有名人犯，又定要晁源出官。差人开口成千成百的诈银子，送到五百两还不肯留与体面，仍要上绳上锁。却又遇着一个救星，却是司礼监金公，名英，是我朝第一个贤宦，下到通州查验城池草豆。晁老被差人扭别住了，出去迎接不得。他那门下的长随闻知差人诈到五百两，还要凌辱。金公叫人分付："晁知州虽然被

① 宸（chén）——帝王的代称。

论，不曾奉旨革职，又非厂卫拿人，何得擅加杻锁？如差人再敢凌辱，定行参拿。”只因金公分付了这一声，比那霹雳更自不同。差人不说金公是蹦那不平的路，只说金公与晁老相知，从此在晁老身上一些也不敢难为。留差人在衙内住歇，收拾了一二日，同差人投见了法司，收入刑部监内，先委了山东道御史，山东司主事，大理寺寺副会问。

却说那快手曹铭虽是个衙役，原来是一个大通家，绰号叫做曹钻天，京中这些势要的权门多与他往来相识。又亏不尽晁源害病，出不来胡乱管事，没人掣得他肘，凭他寻了妥当的门路，他自己认了指官诓骗的五六百两赃，问了个充军。晁老儿止坐了个“不谨”，冠带闲住。那些派他草豆的百姓，内中有几个老成的，主持说道：“他虽然侵欺了万把银子，我们大家已是摊认了，你便证出他来，这银子也不过入官，断没有再还我们的理。我们且要跟了随衙听审，不知几时清结，倒误了作庄家的工夫，后来州官又说我们不是淳良百姓。我们大家齐往道里递一张连名公状，说当初草豆是发官银买的，并未私派民间。如今农忙耕麦之际，乞免解京对审。”道里准了状子，与他转了详，晁老儿遂得了大济，这又亏了曹铭。问官呈了堂，又驳问了一番，依旧拟了上去，法司也就允详覆本。那欧阳御史不过是听那辛阁下的指使，原与晁老无仇，参过他一本，就算完他的事了，所以也不来定要深入他罪。奉旨发落下来，俱依了法司的原拟，曹铭问了遵化卫军。这一场事，晁老也通常费过五千余金，那草豆官银仍落得有大半。回到衙内，晁夫人相见了，也还是喜欢。

却又晁源渐觉减了病症，也省得人事了，查问那梁生、胡旦的银子、皮箱。人把那见神见鬼，他自己下床来掇银子、搬皮箱，晁夫人祷告许愿心的事，大家都众口一词，学与知道。他说："那有鬼神！是我病得昏了。如何却把银子、行李要去还他？这是我费了许多心留下的东西，却如何要轻易还他？难道他还有甚么锦衣都督不成！我怕他则甚！若我把他首将出去，他却不人财两空么？这点东西是他留下买命的钱，那怕使他一万两何妨！"每日与晁夫人相闹。晁夫人道："咱家中东西也自不少，你又没有三兄六弟分你的去。纵然有个妹子，她已嫁夫着主去了，我就与他些东西，这是看得见的。你若能安分，守住自己的用，只怕你两三辈子还用不尽哩！希罕他这点子赃东西做甚！你若再还不肯，宁可我照数陪你罢了。你不记得你前日那个凶势，几乎唬死我哩！"他又说道："娘有东西是我应得的，怎么算是赔我？我只要他两个的东西！"晁夫人道："他的东西，我已叫人还与他了。"晁源那里肯听，在那枕头上滚跌叫唤。晁夫人只是点头。

夫人还坐在房内，只见晁源的疟疾又大发将来，比向日更是利害，依旧见神见鬼。梁生、胡旦又仍旧戴着枷锁，说他皮箱里面不见了一根紫金簪，一副映红宝石网圈。梁生皮箱内不见二丸缅铃、四大颗胡珠，说都是御府的东西，押来起取。晁源自问自答的向头上拔下那支簪来，又掇过一个拜匣开将来，递出那网圈、缅铃、胡珠，送在晁夫人手内。晁夫人接过来看，说道："别的罢了，这两个金疙瘩能值甚么，也还来要？"正看着，那缅铃在晁夫人手内旋旋转将起来，唬得晁夫人往地下一撩，面都变了颜色。晁老叫人拾得起来，包来放在袖内。可煞作怪，这几件物事没有一个人晓得的。就是梁生、胡旦也并无在晁书面前提起半个字脚，这不又是韦陀显圣么？那日自己掇皮箱、搬银子，连晁老也都不信。这一番却是晁老亲眼见的。晁夫人又与他再三祝赞，直到次日五更方才出了一身冷汗，渐渐醒转，直到晁老学与他这些光景，他方略略有些转头，一连又重发了五六场，渐渐减退。

晁老专等儿子好起，方定起身。晁源又将息省得人事，狠命撺掇叫晁老寻分上，自己上本，要辩复原官。晁源要了纸笔，放在枕头旁边，要与他父亲做本稿，窝别①了一日，不曾写出一个字来，极得那脸一造红、一造白的。恰好一个丫头进房来问他吃饭，他却暴躁起来，说："文机方才至了，又被这丫头搅得回了！"打那丫头不着，极得只是自己打脸。晁老被儿子这胡说，算计便要当真上起本来要复官职。

曹快手那时保出在外，变产完赃。晁老叫他进衙，商量上本的事。曹铭听说，惊道："好老爷，胡做甚的？昨日天大的一件事，亏了福神相救，也不枉了小人这苦肉计，保全老爷回家够了，还要起这等念头！若当真上了辩复的本，这遭惹得两衙门乱参起来，便是汉锺离的仙丹，救不活了！如今趁着小人在家，或是旱路，或是水路，快快收拾起身。只怕小人去后，生出事来，便没再有人调停了。"一篇话，说得那晁老儿削骨淡去②，将曹铭的话说与晁源。晁源那里肯伏，只是说道该做，惟恨他不曾好起，没人会做本稿，又没有得力的人京中干事。若带了晁住来，也还干得来，恰好又都不在，悔说："这是定数了！"这晁夫人道："若你爷儿两个肯回去，我们同回更好。若你爷儿两个还要上本复官，且不回去，我自己先回家去住年把再来。"

晁老只得算计起身。行李重大，又兼晁源尚未起来，要由河路回去。叫人雇了两只座船，收拾行李，择了十一月二十八日起身。那日，曹快手还邀了许些他的狐群狗党的朋友，扎缚了个彩楼，安了个果盒，拿了双皂靴，要与晁老脱靴遗爱。那晁老也就

---

① 窝别——别，同"憋"。费尽心力。

② 削骨淡去——非常扫兴。

腆着脸把两只脚伸将出来，凭他们脱将下来，换了新靴，方才缩进脚去。却被人编了四句口号：

世情真好笑呵呵！三载赃私十万多。

喜得西台参劾去，临行也脱一双靴？

晁夫人先两日叫晁书拿了十两银子、两匹改机酱色阔绸、二匹白京绢，送与梁生、胡旦做冬衣，叫他等我们起身之日，送到十来里外，还他的皮箱等物。那片云、无翳感谢不尽，又到晁夫人生位跟前叩头作谢。

那日，晁夫人的船到了张家湾，只见岸上摆了许多盒子，两个精致小和尚立在跟前，看见座船到了，叫道："住了船。"晁夫人看见，心里明白。晁凤、晁书也晓得这是梁生、胡旦。只是晁老、晁源影也不晓得他在香岩寺做了和尚。若早知道，也不知从几时赶得去了。叫人传到船上，说是梁生、胡旦二人来送。晁老、晁源吃了一惊。既已来到面前，只得叫他上到船来。晁老父子若有个缝，也羞得钻进去了。幸得那梁生、胡旦只是叩头称谢，"一向取扰，多蒙覆庇"，再不提些别的事情。也请晁夫人相见，也不过是寻常称谢。晁源父子虽是指东话西，盖抹得甚是可笑，先是一双眸子眊焉①，便令人看不上了。叫人把那些盒子端到船上，两盒果馅饼，两盒蒸酥，两盒薄脆，两盒骨牌糕，一盒薰豆腐，一盒甜酱瓜茄，一盒五香豆豉，一盒福建梨干，两个金华腌腿，四包天津海味。晁老父子也带着惭愧收了他些。因说投了司礼监金公，受了礼部的度牒，在香岩寺出家。晁老惊道："香岩寺在通州城外，怎么通没个信息，也绝不进来走走？就忘了昔日的情义？"梁胡二人道："怎敢相忘！时常要进来望望老

① 眸子眊焉——眼睛昏花不明亮，此指晁氏父子心术不正。

爷、奶奶，只是那地方拦住了不叫进见。”说得那晁源的脸就如猴屁股一般。

留他吃了斋，他也并不说起行李，竟要起身。晁老说道：“前日寄下的行李正苦没处相寻，如今顺带了回去罢。”叫人将四只皮箱，一包裹银子，依旧还是蓝袱裹紧，蓝带井字捆得坚固，又将金簪、网圈、缅铃、四粒胡珠，用纸包了，俱送将出来。晁夫人也走到面前。梁胡二人见晁老父子俱在面前，这包银子好生难处，又不好说夫人已经赔过，又不好收了回来，只得说道：“我们只把皮箱收去。这银子原是我们留下孝敬老爷与大官人的，我们断然不肯都将了去。”彼此推让了许久。晁夫人道：“你既不肯收得，只当是我们的银子，你拿去，遇有甚么做好事的所在，或是修桥，或是盖庙，你替我们用了，就如送了我们的一般。”那梁胡二人方才都收了回去。晁夫人又叫他把皮箱开锁查验，他苦说钥匙不曾带来，未曾开得看来。也不曾留他甚么东西，若是留了他的，还不够叫韦驮来要的哩！

后来那六百三十两银子，他两个也不曾入已，都籴了谷，囤在空房里，春夏遇有那没谷吃的穷人，俱借与他去，到秋收时节，加三利钱，还到仓来。那借去的人都道是和尚的东西，不肯逋欠。他后来积至十数万不止，遇旱遇灾，通州的百姓全靠了这个过活，并无一个流离失所的人。胡梁二人后日有许多的显应，成了正果，且放在后边再说。这是：

屠人才放刀，立便成菩萨。
居士变初心，满身披铁甲。
请看猢狲王，不出观音法。

第十八回

富家显宦倒提亲 上舍官人双出殡

天下咸憎薄幸才，轻将结发等尘埃。
惟知野雉毛堪爱，那识离鸾志可哀！
本为糟糠生厌斁①，岂真僧道致疑猜？
自应妇女闻风避，反要求亲送得来。

晁老儿乍离了那富贵之场，往后面想了一想，说："从此以后，再要出去坐了明轿，四抬四绰的轩昂，在衙门里上了公座，说声打，人就倘在地下。说声罚，人就照数送将入来。"想到此处，不胜寂寞。晁源又恨不得叫晁老儿活一万岁，做九千九百九十九年的官，把那山东的泰山都变成挣的银子，移到他住的房内方好，甚是不快。那晁夫人看一看，丈夫完完全全的得了冠带闲住，儿子病得九分九厘，谢天地保护好了，约摸自己箱内不消愁得没的用度。十月天气，也还不十分严冷，离冬至还有二十多日，不怕冻了河。那时又当太平时节，沿路又不怕有甚盗贼凶险。回想再得一二十日程途，就回到本乡本土去了，好生快活，头上的白发也润泽了许多，脸上的皱文也展开了许多，白日里饭也吃得去，夜晚间觉也睡得着，整走了一个多月，赶到了武城家里。六七年不到家的人，一旦衣锦还乡，那亲戚看望，送礼接风，这是形容不尽，不必说起。

① 厌斁（yì）——厌弃。

那些媒婆知道晁夫人回来了，珍哥已就出不来了，每日阵进阵出，俱来与晁大舍提亲，也不管男女的八字合得来合不来，也不管两家门弟攀得及攀不及，也不论班辈差与不差，也不论年纪若与不若，只凭媒婆口里说出便是。若是一两家，晁夫人也倒容易拣择。多至了几十几家，连外县里都来许亲，倒把晁夫人成了“箩里拣瓜①”，就是晁老儿也通没有个主意，只说凭晁源自己主持，我们也主他不得。

一日，又有两个媒婆，一个说是秦参政宅上敬意差来，一个说是唐侍郎府中特教来至，俱从临清远来，传要进见。晁夫人恰好与晁老儿同在一处，商量了叫他进来。只见：

一个颈摇骨颤，若不发黄脸黑，倒也是个妖娆；一个气喘声哮，使非肉燥皮粗，谁不称为少妇？一个半新不旧青丝帕，斜裹眉端；一个待白不青蓝布裙，横拖胯下。一个说“老相公向来吉庆，待小妇人檐下庭参”。一个说“老夫人近日康宁，真大人家眼前见喜”。一个在青布合包内取出六庚牌，一个从绿绢挽袖中掏出八字帖。一个铺眉苫眼，滔滔口若悬河；一个俐齿伶牙，喋喋舌如干将。一个说“我题的此门小姐，真真闭月羞花，家比石崇豪富”。一个说“我保的这家院主，实实沉鱼落雁，势同梁冀②荣华”。一个说“这秦家姊妹不多，单单只有媛女，妆奁岂止千金”。一个说“唐府弟兄更少，谆谆只说馆甥，家业应分万贯”。一个说得天垂宝像乌头白③，一个说得地涌金莲马角牛！

---

① 箩里拣瓜——歇后语，下句为“挑花了眼。”

② 梁冀——人名，东汉末外戚，家产亿贯。

③ 乌头白——与下句的马角牛同出一典。据说战国时燕太子丹被当作人质留在秦国，他想回国，秦王说你要想回去，除非乌鸦白头，马生牛角。这里形容媒婆信口开河。

晁老听了两个媒婆的话，悄悄对夫人道："提亲的虽是极多，这两门我倒都甚喜欢，但不知大官儿心下何如?"那一个秦家使来的媒婆说道："我临行时，秦老爷合秦奶奶分付我：'既差你提亲，谅你晁爷断没得推故。晁大舍就是你的姑爷了。待姑娘今日过了门，我明日就与你姑爷纳一个中书。'"那唐家使来媒婆也就随口说："我来时，唐老爷合唐奶奶也曾分付：'我们门当户对的人家，晁爷定然慨允。待你姑爷清晨做了女婿，我赶饭时就与他上个知府。'"晁老道："胡说！知府那有使银子上的理!"媒婆道："只怕是我听错了，说是上个知州。"晁老道："知州也没有使银子上的。"媒婆道："只怕知府使银子上不的，知州从来使银子上的。晁爷你不信，只叫大官人替唐老爷做上女婿，情管待不的两日就是个知州。"晁老道："我不是个知州么？没的是银子上的不成!"媒婆道："晁爷，你不是银子上的么?"晁老道："你看老婆子胡说！我是读书挣的。你见谁家知州知县使银子上来?"媒婆道："我那里晓得？我只听见街上人说，晁爷是二千两银子上的。"晁老道："你不要听人的胡说。"叫媳妇子让二位媒婆东屋里吃饭："今日也晚了，你两个就宿了罢，待我合大官儿商议，咱明日定夺。"叫人请晁大舍讲话。晁大舍不在家中。原来从那日到了家，安不迭行李，就到监里看了珍哥，以后白日只在爹娘跟前打个照面就往监里去了，晚上老早的推往前头来睡觉就溜进监去与珍哥宿歇。

到了次日，晁大舍方才回家。晁住说："昨日有两个媒婆从临清州来与大爷提亲，老爷请大爷讲话，我回说，大爷拜客去了。两个媒人还在家里等着哩。"晁大舍后面见了爹娘，备道两家到来提亲：一家是秦参政的女，年十七岁，乙丑十二月初十日卯时生；一家是唐侍郎的女，年十六岁，丙寅二月十六日辰时生。晁大舍看了庚贴，半会子没有做声。晁夫人道："两家都是大人家，说闺女都极标致。你主意是怎的？两个媒婆都见等着哩。"晁大舍道："这是甚么小事情么？可也容人慢慢的寻思。"

原来晁大舍与珍哥火崩崩算计的要京里寻分上，等过年恤刑的来，指望简了罪放出来，把珍哥扶了堂屋。珍哥又许着替他寻一个美妾，合珍哥大家取乐，说了死誓，不许败盟。如今又有这样大乡宦人家到来提亲，临清人家的闺女没有不标致的，况且大人家小姐，一定越发标致，况且又甚年小，弃了珍哥，倒也罢了。又只怕说的那誓来寻着，所以要费寻思。想了一会，说道："放着这们大人家的女婿不做，守那个死罪囚犯做甚！若另寻将来，果然强似他，投信不消救他出来，叫他住在监里，十朝半月进去合他睡睡。若另娶的不如他，再救他出来不迟。但怎么把这两家的都得到手，一个大婆，一个小婆才好？只乡宦人家，却如何肯与人做妾？这只得两个里头拣选一个，却又少这一个有眼色的人去相看。"主意定了，回了爹娘的话，对媒婆道："两家都好，只得使人相看拣择一个，没有两个都要的理。"媒婆道："我们这两家姑娘可是不怕人相，也难说比那月里红鹅①，浑深②满临清唱的没有这们个容颜，只是不好叫大官人自己看的。若官人自己见了，若不吊了魂灵，我就敢合人赌了。"说的晁大舍抓耳挠腮，恨不的此时就把那秦小姐、唐小姐娶一个来家，即时就一木掀把那珍哥掀将出去才好。只是左右思量，没有这们一个妥当人去相看。算计要着晁书媳妇子去，为人倒也老成，只是极没有眼力，又不敢托他。寻思了一遭，想到对门禹明吾的奶母老夏为人直势，又有些见识，央他同晁书媳妇合两个媒婆，备了四个头

① 月里红鹅——指传说中月亮上的"姮娥"。用"红鹅"是调侃。
② 浑深——反正。

口，跟了两个觅汉，晁书也骑了一个骡子，跟了同去。到了临清，媒婆各自先去回话，晁书寻了一个下处住歇。

次日，老夏同晁书媳妇都扮了这边的媒人，先到了唐侍郎府里，见了夫人，说是晁家差去提亲，请出小姐相见：

五短身材，黑参参面弹。两弯眉叶，黄干干云鬓。鼻相不甚高梁，眼睛有些凹樞。只是行庄坐稳，大家风度自存。兼之言寡气和，阃①秀规模尚在。

众媒婆都见过了礼，说了些长套话，又虚头奉承了一顿。唐夫人叫养娘管待了酒饭，每人赏了一百铜钱。辞了出来，又合那个媒婆到了秦参政宅内，也照先见了夫人，又请见了小姐。那小姐：

无意中，家常素服，绝不矜妆；有时间，中窍微言，毫无矫饰。举头笼一片乌云，遍体积三冬皑雪。不肥不瘦，诚王夫人林下之风；有矩有模，洵顾新妇闺门之秀。

众人见了，肚里暗自称扬不了，说世间那有这等绝色女子，叙说了些没要紧说话。秦夫人也着人管待酒饭。门上来通报说："舅爷来了。"夫人分付："请进。"

那舅爷约有三十多年纪，戴着方巾，穿一领羊绒疙瘩绸袄子，厢鞋绒袜，是临清州学的秀才，在道门前开店治生，进来见了夫人。夫人问道："武城县一个晁乡宦，见任通州知州，兄弟，你可认得他么？他有个儿子，是个监生，够多大年纪了？"舅爷回说："我不曾认得那晁乡宦。我止认得那监生，年纪也将近三十多了。"夫人问说："人材何如？家里也过得么？"舅爷说："人才齐齐整整的，这是武城县有名的方便主子，那还有第二家不成？姐姐，你问他怎的？"夫人道："他家在这里求亲。"舅爷说：

---

① 阃（kǔn）——妇女居住的内室，此指闺房。

"求那个亲?"" 夫人道： "就是监生要求外甥为继。"舅爷说："晁监生这一年多了还没续弦哩?"夫人道："你怎么合他相识?"舅爷说："这说起来话长着哩。他正妻是计氏，后来使八百两银子娶了一个唱正旦的小珍哥。"夫人听说，惊道："啊！原来小珍哥嫁的就是他！"舅爷又说："自从有了小珍哥，就把那大婆子贬到冷宫里去了。他家里有原走的两个姑子，那日从他大婆子后头出来，小珍哥说是个和尚、道士，合计氏有奸，挑唆晁监生要休他。计氏半夜里在珍哥门上吊杀了。计氏哥在咱这道里告准了状，批在刑厅问，后来解道，打的动不的，在我店里养疮，住够四十日。"夫人问："是谁？养甚么疮?"舅爷说："是晁监生合珍哥的棒疮。"夫人问道："连监生都打来么?"舅爷说："监生打了二十，小珍哥打了二十五，两个姑子俱拶了。革了监生，问了徒罪。小珍哥问了绞罪。他这官司，连房钱饭钱，带别样零零碎碎的，我也使够他百十两银子。"夫人道："这门亲咱合他做不做?"舅爷说："这事我不敢主，只姐姐合姐夫商议。论人家，是头一个财主。论那监生，一似个混账大官儿。"

晁书媳妇在那厢房吃着饭，听见舅爷合夫人说的话，心里道："苦哉！苦哉！撞见这个冤家，好事多半不成了！"吃了饭，夫人也没慨许，只说："老爷往府里拜按院去了，等老爷回来商议停妥，你迟的几日再来讨信"。每人也赏了一百铜钱。辞了夫人出来，往下处行走。三个妈妈子商量说："唐家的姑娘人材不大出众，这还不如原旧姓计的婶子哩，这是不消提的了。这秦姑娘倒是有一无二的个美人，可可的偏撞着这们个舅爷打拦头雷①。"说着，到了下处，备上头口，打发了店钱起身，到家见了

① 打拦头雷——比喻事情一开始就受到阻碍。

晁夫人爷儿们，把两人的人材门第，舅爷合奶奶的话，一一说得明白。晁大舍将唐家小姐丢在九霄云外，行思坐想，把一个秦小姐阁在心窝。

秦参政回了家。夫人说了详细，待要许了亲，又因晁源宠娼妇，逼诬正妻吊死，不是个好人。待要不许，又舍不的这样一门财主亲家，好生决断不下。秦参政道："他舅的话也不可全信。只怕在他店里住，打发的不喜欢，恼他也不可知。临清离武城不远，咱差秦福去打听个真实，再为定夺。"这秦福是秦参政得力的管家，凡事都信任他。却都妥当。秦福到了武城，钻头觅缝的打听，也曾问着计巴拉、高四嫂、对门开针铺的老何，间壁的陈裁，说的那晁大官人没有半分好处。秦福家去回了主人的话。秦参政把那许亲的心肠冷了五分，也还不曾决绝，只是因看他"孔方兄"的体面，所以割不断这根膻肠。

这边晁大舍也瞒了珍哥，差人几次去央那舅爷在秦夫人面前保举，许过事成，愿出二百两银子为谢。为这件事，倒扯乱得晁大舍寝食不宁，几乎要害出了单思病来。又可恨那晁书媳妇看得晁大舍略略有时放下，他便故意走到跟前，把秦小姐的花容月貌数说一番，说得那晁大舍要死不生。

再说晁老儿年纪到了六十三岁，老夫老妻受用过活罢了，却生出一个过分的念头：晁夫人房内从小使大的一个丫头，叫做春莺，到了十六岁，出洗了一个像模样的女子，也有六七成人材，晁老儿要收他为妾。晁夫人道："请客吃酒，要量家当。你自己忖量，这个我不好主你的事。"晁老道："那做秀才时候，有那举业牵缠，倒可以过得日子。后来做了官，忙劫劫的，日子越发容易得过。如今闲在家里，又没有甚么读书的儿孙可以消愁解闷，只得寻个人早晚伏侍，也好替我缝联补绽的。"夫人慨然允了，看了二月初二日吉时，与他做了妆新的衣服，上了头，晚间晁老与他成过了亲。

晁老倒也是有正经的人，这沉湎的事也是没有的。合该晦气，到了三月十一日，家中厅前海棠盛开，摆了两桌酒，请了几个有势力的时人赏花，老人家毕竟是新婚之后，还道是往常壮盛，到了夜深，不曾加得衣服，触了风寒，当夜送得客去，头疼发热起来。若请个明医来看，或者还有救星，也不可知。晁源单单要请杨古月救治。杨古月来到，劈头就问："房中有妾没有？"那些家人便把收春莺的事合他说了。那杨古月再没二话，按住那个"十全大补汤"的陈方，一贴药吃将下去，不特驴唇对不着马嘴，且是无益而反害之。到了三月二十一日考终了正寝。晁夫人哭做一团，死而复活，在计氏灵前祝赞了一回，要他让正房停放晁老，把计氏移到第三层楼下。合家挂孝，受吊念经，请知宾管事，请秀才襄礼。

晁源在那实事上不做，在那虚文上倒是肯尚齐整的。画士一面传神，阴阳官写丧榜。晁大舍嫌那"奉直大夫"不冠冕，要写"光禄大夫上柱国先考晁公"。那阴阳官扭他不过，写了，贴将出去。但凡来吊孝的，纷纷议论。后边一个陈方伯来吊，见了大怒道："孝子不知事体，怎么相礼的诸兄也都不说一声，陷人有过之地！"吊过孝，晁源出来叩谢，陈方伯叫他站住，问他道："尊翁这'光禄大夫上柱国'是几时封的？"晁源道："是前年覃恩封的。"陈方伯道："这'光禄大夫上柱国'是一品勋阶，知州怎么用得？快快改了！只怕县官来吊，不大稳便。"

晁源依旧换了奉直大夫，贴将出去。又要叫画士把喜神画穿攀有蟒玉带金幞头。那画士不肯下笔，说："喜神就是生前品级。令尊在日，曾赐过蟒玉不曾？且自来不曾见有戴金幞头的官，如何画戴金幞头？"晁源道："我亲见先父戴金幞头，怎说没有？"画士道："这又奇了！这却是怎的说话？"晁源道："你不信，我去取来你看。我们同了众人赌些甚么？"画士道："我们赌甚么好？”晁源道：“我若取不出金幞头来，等有人来上祭的大猪，凭你拣一口去。你若输了，干替我画，不许要钱。”两下说定了。晁源走到后边，取了一顶朝冠出来，说道：“何如？我是哄你不成！”众人笑道：“这是朝冠，怎么是金幞头！”大家证得他也没得说了。又说：“既不好把这个画在上面，画戴黑丞相帽子罢。我毕竟要另用一个款致，不要与那众人家一般才好。”画士道：“这却不难，我与画了三幅：一幅是朝像，一幅是寻常冠带，一幅是公服像。这三幅，你却要二十五两银子谢我。”晁源也便肯了。画士不一时写出稿来。众人都道：“有几分相似。”画士道：“揭白画的，怎得十分相肖？幸得我还会过晁老先生，所以还有几分光景。若是第二个人，连这个分数也是没有的。”晁源说：“你不必管像与不像，你只画一个白白胖胖、齐齐整整、扭黑的三花长须便是。我们只图好看，那要他像！”画士道：“这个却又奇了！这题目我倒容易做，只恐又有陈老先生来责备，我却不管。再要画过，我是另要钱的。”晁源道：“你只依我画，莫要管。除却了陈老先生，别人也不来管那闲账。”那画士果然替他写了三幅文昌帝君般的三幅喜像。晁源还嫌须不甚长，都各接添了数寸，裱褙完备，把那一幅蟒衣幞头的供在灵前。乱乱烘烘的开了十三日吊，念了十来个经，暂且闭了丧，以便造坟出殡。思量要把计氏的灵柩一同带了出去，好与秦宅结亲。

这十三日之内，晁源也只往监里住了三夜，其外俱着晁住出入照管。请了阴阳官，择定四月初八日破土，闰四月初六日安葬。晁源也便日逐料理出丧的事体，备了一分表礼、三十两书仪，要求胡翰林的墓志、陈布政的书丹①、姜副使的篆盖②，俱

① 书丹——书写碑志。

② 篆盖——古时的墓志铭，通常有石盖，因盖上多用篆字，故称。

收了礼，应允了。又发帖差人各处道丧，又遍请亲朋出丧坟上助事，叫了石匠，磨砻志石。又差人往临清买干菜、纸张、磁器、衫篙、孝布、果品之类。又叫匠人刻印志铭抄本；又叫匠人扎彩冥器，灵前坟上，各处搭棚。又在临清定了两班女戏，请了十二位礼生。又请姜副使点主，刘游击祀土。诸事俱有了次第。都亏了对门禹明吾凡事过来照管，幸得晁源还不十分合他拗别。又请了那个传神的画士画了两幅销金红缎铭旌。

到了四月二十四日，开了丧。凡系亲朋都来吊祭。各家亲朋堂客也尽都出来吊丧。晁源又送了三两银子与那武城县的礼房，要他撺掇县官与他上祭，体面好看。二十五日，典史柘之图备了一副三牲祭品，自来吊孝。又拨了四个巡役，抗了四面长柄巡视牌，每日在门看守。晁源恐怕管饭不周，每日每人折钱二百，逐日见支。又差人与柘典史送了两匹白纱孝帛。二十六日，乡绅来上公祭，先在灵前摆设完备。众乡绅方挨次进到灵前，让出陈方伯诣香案拈香，抬头看见灵前供着一幅戴幞头穿大红蟒衣白面长须的一幅神像，站住了脚，且不拈香，问道：“这供养的是甚么神?”下人禀道：“这就是晁爷的像。”陈方伯道：“胡说!”向着自己的家人说道：“你不往晁爷家摆祭，你哄着我城隍庙来!”把手里的香放在桌上，抽身出来，也不曾回到厅上，坐上轿，气狠狠的回去了，差回一个家人拜上众位乡绅，说：“陈爷撞见了城隍，身上恐怕不好，不得陪众位爷上祭，先自回去了。”又说：“志铭上别要写上陈爷书丹，陈爷从来不会写字。”晁源道：“我已就是这幅喜神。也不单少了老陈光顾。但志铭上石刻、木刻俱已完成，已是改不得了。”众人虽然勉强祭了出来，见陈方伯回去，也是不甚光彩。

却说秦夫人的兄弟，前日说话的那位舅爷，因晁源许了他重谢，随即改过口来，在那秦夫人面前屡屡撺掇。秦夫人倒也听了他的前言，不信他的后语。只是“有钱”两个字梗在那秦参政的心头，放丢不下，听见晁老不在了，正在出丧，要假借了与他吊孝，要自己看看他家中光景，又好自己相看晁大舍的人材。晁大舍预先知道了，摆下齐整大酒，请下乡宦姜副使、胡翰林相陪。从新另做新孝衣、孝冠，要妆扮的标致。秦参政吊过孝，晁大舍出到灵前叩谢。秦参政故意站定了脚，要端祥他的相貌，领略他的言谈，约摸他的年纪。秦参政眼里先有了一堵影壁，件件都看得中意，出到厅上，也肯坐下吃他的酒，点了戏文，回去与夫人商议，有八九分许亲的光景。

那秦小姐知道事要垂成，只得开口对夫人说道：“他家里见放着一个吊死的老婆，监里见坐着一个绞罪老婆，这样人也定不是好东西了。躲了他走，还恐怕撞见，忍得把个女儿嫁了与他！你们再要提起，我把头发剪了去做姑子出了家！”夫人把女儿的话对秦参政说，方才割断了这根心肠。

晁大舍这里还道事有九分可成了。不觉到了闰四月初六日，将计氏的丧跟了晁老一同出了，晁夫人还请得计家的男妇都来奔丧送葬。一来看晁夫人分上，二来也都成礼。计都合计巴拉也都没有话说。到了坟上，把两个灵柩安在两座棚内，题了主，祀了土，俱安了下葬，送殡的亲朋陪了孝子回了灵到家。晁大舍因麦子将熟，急急的谢了纸，要出庄上去收麦。收完了麦，又要急急提那秦家亲事，也就忙得没有工夫，连珍哥监里也好几日不曾进去。到了初八日复过三，叫阴阳官洒扫了中堂，打点到雍山庄上。谁知这一去，有分叫晁大舍：

猪羊走入屠家，步步却寻死路。

且听下回着落。

第十九回

大官人智奸匹妇　小鸦儿勇割双头

陌上使君原有妇，贫说红颜，富贵嫌衰朽。另出千金求妙偶，二雌相扼皆珠剖。　　鸾胶续断从来有，却只钻窥，分外寻堤柳；窃玉偷香还未久，旗杆赢得双标首。

右调《蝶恋花》

晁大舍出完了丧，谢完了纸，带领了仆从，出到雍山庄上看人收麦。算计收毕了麦子，即往临清秦家谢孝，就要妥帖了亲事。又兼庄上的厅房、楼屋前年被那狐精放火烧了，至今还不敢盖起，所以也要急急回来，免乡间寂寞。

可奈旧年间，有一个皮匠，生得有八尺多长，一双圜①眼，两道浓眉，高颧大鼻，有二十四五年纪，一向原在雍山后面居住，人都不呼他的姓名，只叫他乳名小鸦儿，寻常挑了皮担，到山前替人做活。虽是个粗人，甚有些直气。雍山庄上的人都与他认识。旧年秋里，连雨了几日，住的一座草房被那山水冲坏，来到前庄，与一家姓耿的上鞋，说起冲掉了自己房子，要来山前寻屋居住。姓耿的道："东边晁家宅内有几座空房，不知有人住了不曾，你上完了鞋，我合你同去看看。若是没有人赁去，搬到山前居住，做活越发方便。"小鸦儿上完了鞋，同了姓耿的走到晁家，寻见了管庄的季春江，说道："小鸦儿要寻座房子居住。"季

① 圜——同"圆"。

春江道："我向日送鞋去上，见你住着自己的房子，且又精致，如何又来前头赁房？"小鸦儿道："昨因连雨，山水将房子冲去了，不是我背了媳妇爬在一株高杨树上，如今我正在'水晶宫'快活哩！"季春江道："原来你吃了这一场亏！房子尽有，我因问房子的都是来历不明的人，所以都不敢许人。得你来住，早晚上鞋，又省得耽搁，夜晚又好帮我们看家，一时庄家忙动，仗赖你的娘子又好在厨房搉掇。你自己去拣一座如你意的，锁了门去，看了好日子搬来。"小鸦儿道："看那日子作甚？我明日搬来就是好日子。"到了日夕，小鸦儿把那皮匠担寄放在季春江的屋里，自己空了身走回家去。次日早辰，自己挑了一担破残家伙，同了妻子往新屋里来。

那妻子姓唐，也是做皮匠的女儿，年纪只好刚二十岁。起先季春江也只道是个山妇，谁知是个乔才。虽比牡丹少些贵重，比芍药少段妖娆，比海棠少韵，比梅花少香，比莲花欠净，比菊花欠贞，虽然没有名色，却是一朵娇艳山葩。但见得：

毛青布厂袖长衫，水红纱藏头膝裤。罗裙系得高高，绫袜着来窄窄。虽不比羊脂玉莹白身躯，亦不似狗头金焦黄鬓发。颈上无四瓣甜瓜，眼内有一湾秋水。时时顾景①，惯好兜鞋。件件撩人，且能提领。

季春江看在眼里，心里想着："这样一个女人，怎在山中住得？亏不尽汉子强梁，所以没人欺侮。只怕大官人看见，生出事来。但既已招得来家，怎好叫他又去？"没奈何叫他住了。

将近一年，那小鸦儿异常吃醋，那唐氏也不敢有甚么邪心，同院住的人也不敢有甚么戏弄。季春江也便放心下了。

---

① 景——同"影"。

从晁大舍到了庄上，那唐氏起初也躲躲藏藏不十分出头露相，但小人家又没有个男女走动，脱不得要自己掏火，自己打水，上碾子，推豆腐，怎在那一间房里藏躲得住？晁大舍又曾撞见了两次，晓得房客里面有这个美人，不出来也出来，不站住也站住，或在井上看他打水，或在碾房看他推碾，故意与他扳话接舌。那唐氏倒也低了头，凭他看也不采他，凭他说也不应他。那唐氏果肯心口如一，内外一般，莫说一个晁大舍，就是十个晁大舍，当真怕他强奸了不成？谁想这样邪皮物件，就如那茅厕里的石头一般，又臭又硬，见了晁大舍，故意躲藏不迭，晁大舍刚才走过，却又掩了门缝看他。或是在那里撞见，你就端端正正的立住，那晁大舍也只好看你几眼罢了，却撩着蹶子飞跑。既是这等看不上那晁大舍，就该合他水米无交，除了打水、掏火，吃了饭便在房里坐着，做鞋缉底，缝衣补裳，那一院子有许多人家，难道晁大舍又敢进房来扯你不成？他却与晁住、李成名的娘子结了义姊妹，打做了一团，只等晁大舍略略转得眼时，溜到厨房里面，帮他们赶薄饼、涝水饭、蒸馍馍、切卷子，说说笑笑，狂个不了。这晁住与李成名的娘子，将大卷的饼、馍馍、卷子，成几十个与他。两口子吃不了，都晒了来做酱。起先小鸦儿倒也常常查考来的东西。他说晁嫂子与李嫂子央他做鞋纳底，又央他厨房助忙，所以送与他的。小鸦儿道："他将东西送你，大官人知道不曾？若是来历不明的东西，我虽是个穷人，不希罕这样赃物！"唐氏道："大人家的饭食，有甚么稽查？脱不了凭他们厨房里支拨，大官人没有工夫理论这个小事。"

一日，因起初割麦，煮肉、蒸馍馍犒劳那些佃户。小鸦儿因主顾送了两双鞋来要上，在家里做活，要唐氏在旁边搓麻线，不曾进到厨房。晁住媳妇卷着袖、叉着裤子，提了一个柳条篮，里边二十多个雪白的大馍馍，一大碗夹精带肥的白切肉，忙劫劫口里骂道："你折了腿么？自己不进来，叫我忙忙的送来与你！"走进门去，看见小鸦儿坐着上鞋，唐氏露着一根白腿在那里搓麻线。晁住媳妇道："嗔道你不去助忙，原来守着他姨夫哩！"大家说了些闲话，小鸦儿也道了几声生受①。送得晁住媳妇子去了，小鸦儿问唐氏道："他刚才叫谁是他姨夫？"唐氏道："他敢是叫你哩。"小鸦儿说："我怎么又是他姨夫了？你合他有甚亲么？"唐氏道："俺两个合李成名媳妇认义姊妹了。"小鸦儿呃了一声，说："偏你这些老婆们，有这们些'胡姑姑'、'假姨姨'的！"唐氏道："罢呀怎么！也没有玷辱了你甚么！"两口子拿着馍馍就着肉，你看他攮颡②，馋的那同院子住的老婆们过去过来，咽咽儿的咽唾沫。小鸦儿道："老婆，你听着！姊妹也许你拜，忙也许你助，只休要把不该助人的东西都助了人！你休说我吃了这两个馍馍就堵住我的嗓子了！只休要一点风声儿透到我耳朵里，咱只是白刀子进去，红刀子出来！"唐氏扯脖子带脸的通红，瞅了小鸦儿一眼，道："你怎么有这们些臭声！人家的那个都长在额颅盖上来！你到明日，就搬到一个四顾无人的所在去住，省得人要你的老婆！"小鸦儿道："婆娘们只在心正不心正，那在四顾有人无人？那心正的女人，那怕在教场心住，千人万马，只好空看他两眼罢了。那邪皮子货，就住到四不居邻的去处，他望着块石头也骑拉骑拉。"唐氏道："情管你那辈子就是这们个老婆！"小鸦儿道："那么，我要做个老婆，替那汉子挣的志门③一坐一坐的。"

---

① 生受——受累，辛苦。

② 攮颡（sǎng）——狼吞虎咽般地吃。

③ 志门——指贞节牌坊。

小鸦儿吃了饭，上了鞋，挑了担子出去了。唐氏锁上门，趄到后边厨房里去了。李成名媳妇子道：“你吃的饱饱的，夹着屄坐着罢，又进来做甚！盆里还有极好的水饭，你再吃些。”唐氏就着蒜苔、香油调的酱瓜，又连汤带饭的吃了三碗。晁大舍看见唐氏进来，倒背着手，跻蹄辇脚①的走到屋门口，故意问说：“这是谁?”晁住娘子道：“这是前头小鸦儿的媳妇。”唐氏就待放下饭碗。晁大舍道：“你既让他吃饭，可也寻根菜与他就吃。这咸瓜、蒜苔，也是待客的么?”晁住娘子道：“狗客！脱不了是一家人。他每日进来助忙，倒有些客来待他哩!”

晁大舍转过背来。唐氏道：“我当大官人不知怎样难为人的，却原来这们和气。”李成名媳妇道：“你只休抢着他的性子，一会家乔②起来，也下老实难服事的；如今没了大奶奶，珍姨又在监里，他才望着俺们和和气气的哩。”唐氏道：“我听的人说，珍姨是八百两银子财礼。却是怎么样个人儿，就值这们些银子？有八百两银子，打不出个银人来么?”李成名娘子道：“你看么！那死拍拍的个银人，中做甚么？这人可是活宝哩!”唐氏道：“使这们些银子，一定不知怎么标致。”晁住娘子道：“狗！脱不了是个人，上头一个嘴，下头一个屄，胸膛上两个奶头。我说他那模样，你就知道了。合你一般高，比你白净些。那鼻口儿还不如你俊。那喜溜溜、水汪汪的一双眼合你通没二样。怕不的他那鞋你也穿的。”李成名娘子道：“咱这妹子可没有他那本事会唱哩。”唐氏道：“怪道要这们些银子！我就没想到他会唱哩。”晁大舍又走到厨屋门口，说道：“你们休只管魔驼③。中收拾做后晌的饭，

---

① 跻蹄辇脚——形容脚步轻抬轻放。

② 乔——恶劣。

③ 魔驼——迟延，磨蹭。

怕短工子散的早。”晁住娘子道：“脱不了有助忙的哩。”晁大舍道：“这们大热天，你倒舍的叫他替你们助忙？”晁住娘子道：“怎么就舍不的？倒吊着他刷井来！”晁大舍道：“你们舍的，我可舍不的。”

从这日以后，唐氏渐渐的也就合晁大舍热化了，进来出去，只管行走，也不似常时掩掩藏藏的。晁大舍说甚么，唐氏也便搀话接舌的。晁大舍几番就要下手，那晁住合李成名的娘子这两个强盗，吃醋捻酸，管得牢牢的，休想放一点松儿。晁大舍叫人在鼻尖上抹上了一块沙糖，只是要去舔吃，也不想往临清去了，也不记挂着珍哥，丢与了晁住，托他早晚照管。可也不知是甚的缘故，晁住也不想想他的老婆往乡里来了，一向也不出到庄上看看。珍哥也不问声晁大舍如何只管住在乡里。晁住的老婆也不想想汉子为甚的通不出来看看。不料晁家的男子妇女倒都是没有挂牵的。

住到将交五月的光景，晁大舍合李成名、晁住两个娘子道：“如今端午到了，小鸦儿媳妇每日进来助忙，咱也与他两匹夏布，教他扎刮扎刮衣裳，好叫他替我们做活。”两个媳妇子道：“有两匹夏布，拿来我们一人一匹做衣服穿，不消与他。我劝你把这根肠子割断了罢。你只除另娶了奶奶，俺两个还不知肯让不肯让哩！实合你说，如今我还多着李成名媳妇，李成名媳妇还多着我，再要挂搭上他，可说‘有了存孝，不显彦章①’。你可是不会闪人的？咱浓济②着住几日，早进城去是本等。”说的晁大舍搭

① 有了存孝，不显彦章——李存孝和王彦章都是五代时勇将。王彦章号称王铁枪，听说李存孝勇猛，就借机与之比武，结果被李存孝打败。王彦章认为，有了李存孝，自己就显得微不足道了，因此便隐居了。后来李存孝死了，王彦章才又出来。

② 浓济——将就、凑合。

拉着头裂着嘴笑。晁大舍肚喃着说道："你看这两个私窠子么！在家里就像巡拦一般，巡的恁谨。"他那院里同住着一大些人，其余又烧得四通八达的，没个背净去处，这可成了"赖象嗑瓜子，眼饱肚中饥"的勾当！

一日，场里捆住不曾抖开的麦子不见了二十多个，季春江着实查考起来，领了长工到房客家挨门搜简。也有搜出两三个的，也有搜出四五个的，只有小鸦儿家没有搜得出来。一则小鸦儿早出晚归的做生意，二则他也不肯做这样鼠窃狗盗的营生，三则唐氏见成坐了吃还吃不了，何消偷得？传到晁大舍的耳朵，晁大舍喜道："这不是天送姻缘！就是人力，那有这般凑巧？"借了这个名色，把那一院里住的人做刚做柔的立了个伏罪的文约，免了送官，尽情驱赶去了。晁大舍见没有人了，要走到唐氏房里去，又恐怕小鸦儿还在家中，故意自己拿了一双鞋走到他那门外叫道："小鸦儿，你把这双鞋与我打个主跟。"唐氏道："没在家里，从早出去了。"晁大舍道："我等着要穿，他可几时回来？"唐氏道："今日是集，且不得回来哩。叫管家拿了鞋，集上寻他去罢。"晁大舍道："那里去寻他？放在你家等他罢。"晁大舍拿了鞋走到他房内看了一看，果然小鸦儿不在房中。晁大舍便这等这等。那唐氏绝不推辞，也就恁般恁般。本等是个陌路之人，倏忽做了同衾之侣。你叮我嘱，只教不许人知。此后凡有问房的，故意嫌生道冷，不肯招住。

晁大舍晓得小鸦儿在家里，故意脚影也不到前边，就是偶然撞见唐氏，正眼也不看他一眼，连唐氏到后边去的时节，晁大舍对了晁住、李成名两人的媳妇绝也不合他似往时雌牙扮齿①。李

① 雌牙扮齿——喻没话搭话。

成名媳妇对了晁住娘子说道："亏了你前日说了他那几句，说得他死心塌地的了。"晁住娘子道："你若不茁茁实实的说与他，狗揽三堆屎，有了和尚，他还有'寺'哩！甚么是看长的人！咱做这枉耽虚名的勾当！"

五月十六日是刘埠街上的集，一去一来有五十里路，小鸦儿每常去做生意，也便就在埠头住下，好次日又赶流红的集上做活，说过是那日不回来了。唐氏进在厨房内，遇便与晁大舍递了手势。晁大舍到了晚上，李成名娘子出去同他汉子睡了，晁大舍将晁住娘子打发了打发，各自去安歇。晁大舍约摸大家都睡着了，搽了头，披了一件汗褂，趿着鞋，悄悄的溜到唐氏房门口，轻轻的嗽了一声。唐氏听见了，慌忙开门出来，接进晁源房去，悉溜刷拉，不知干些甚事。

恰好小鸦儿那日不曾到得集上，只在半路上，一家子要上嫁妆鞋，尽力上了一日，还不曾上完，便要留他在那里歇了，次日好上鞋。小鸦儿道："既是离家不远，有这样皎天的月亮，夜晚了，天又风凉，我慢慢走到家去，明早再来不迟。"漫腾腾的蹭到庄上，约有一更多天，大门久已半闭。小鸦儿叫季大叔开门。季春江还不曾听见。小鸦儿又不好大惊小怪的叫唤唐氏。晁源听见是小鸦儿回来，慌做一块。待要跑出来，又正从大门里面走过，恐怕劈头撞见。唐氏说："你不要着忙，头信放了心。你躲在门背后，不要出去，我自有道理。"唐氏穿了裤，赤了上身，把房门闭了。

小鸦儿到了自己门口，推了推门。唐氏道："甚么人推门?"小鸦儿道："是我。"唐氏一边开门道："你回来的甚好。从头里一个蝎子在这席上爬，我害怕，又不敢出去掏火。你送进担子来，你去掏点火来，咱照他照，好放心睡觉。"又摸了半枝香递与小鸦儿。那时月亮照得屋里明明的，怎晓得门后边躲着一个人？小鸦儿拿着香去点火，晁源人不知鬼不觉走回去了。唐氏把阴沟打扫得干净，恐怕小鸦儿试将出来。

小鸦儿点了香来，点着了灯，在床上再三寻照，那有个蝎子影儿，只拿了两个虼蚤。亏不尽一个蝎虎在墙上钉着。小鸦儿道："就是这个孽畜！"脱下鞋来，要拓死他。唐氏拿住了小鸦儿的手，说："不要害他性命。"小鸦儿道："为他不打紧，叫我深更半夜的出去掏火！"唐氏道："又不是甚么冷天，咱照看得明白了睡觉，那样放心。方才困得我前仰后合的，只是不敢睡下。不是你回来，我这一夜也是不得睡的。如今这院里又没有别的人家，我越发害怕得紧，往后我不许你夜晚不回来。"小鸦儿说："逢六是刘埠集，过七就是流红集，流红离着刘埠只八里地，没的来回好走路哩！"唐氏道："你明日还往流红去？"小鸦儿道："那家子还有好些陪嫁的鞋，还得二日，只怕还上不了哩。"两口子说了会话，想必又做了点子营生。次日早辰，小鸦儿吃了几个冷饼，呵了两碗热水，依旧挑了担子出去。唐氏说："今日务必早些回来，休教人担惊受怕的。"唐氏打发小鸦儿出去了，也不刷锅做饭，只梳洗了梳洗，走进后面去了，没人去处撞见了晁源，唐氏问道："你吐苦水不曾？"晁源道："我怎么吐苦水？"唐氏道："我恐怕你唬破了胆。"

再说天下的事，若要人不知，除非己莫为。那唐氏自从与晁源有了话说，他那些精神丰采自是发露出来，梳得那头比常日更是光鲜，扎缚得双脚比往日更加窄小，虽是粗布衣服，浆洗得甚是洁净。晁源恨不得要与他做些衣饰，只怕小鸦儿致疑，不敢与得。一日，晁源与了他七八两银子，故意说是到大门上去失落了，打小厮，骂家人，查那些房客与行走的佃户。嚷得一地都晓得晁大舍失落银子。唐氏悄悄的对小鸦儿说道："大官人的银子被我拾了。"取出来与小鸦儿看，外面是一条半新不旧的余东汗巾包着，汗巾头上还系着一副乌银挑牙，一个香袋。小鸦儿道："人家掉下的东西，怎好拾了人家的不还？我们一个穷皮匠，怎耽得起这些银子。若生出别的事来，连老本都要拐去哩。"不依唐氏计较，竟自把银子连那汗巾送还了晁大舍，说是他媳妇拾得。晁大舍故意说道："我想不曾往别处去，只到大门首看了看牛，回来就失落了银子，原来是他拾得，空教我比较①那些小厮。难为你这样穷人拾了七八两银子不入了已，肯把来还我。天下也没有这样好人。我分一半谢你。"小鸦儿道："我倒不全要，我倒分一半！我虽是个穷皮匠，不使这样的银钱！"抽身去了。晁大舍收了银子，到第二日，买了一匹洗白夏布，一匹青夏布，四匹蓝梭布，两匹毛青布，叫李成名送与小鸦儿收了。

却说李成名与晁住两个的娘子虽然看他是个老婆，也会合人溜眼，也会合人拿情，到那要紧的所在，说起那武城县应捕，只好替他提鞋罢了。唐氏光明正大的把那夏布做了大小衫子，穿在身上。小鸦儿也不消查考，晁大舍也不消掩藏，唐氏也不用避讳。只是瞒不过那两个女番子的眼睛，从新又步步提防起来。

一日，微微的落雨，唐氏送了小鸦儿出去，走进来，看见晁住、李成名两个媳妇子不在跟前，一溜就溜到晁源的房内。李成名的媳妇从磨房出来，晁大舍屋门口有唐氏的湿脚印直到房门口边，李成名媳妇一手掀开帘子，晁大舍合唐氏正在那里撮把戏，上竿卖解，忙劫不了。这一番晁大舍倒不着忙，只是唐氏着实惶恐。须臾，晁住媳妇也就来到。晁住媳妇道："叫你进来助忙，

① 比较——此为打骂。

连这等的忙难道都教你助了不成？你看我等小鸦儿回来，我一盘托出与他。”唐氏道：“你要合他说，我也合俺两个姐夫说，咱大家都弄的成不的。”李成名媳妇道：“俺们的汉子都管不得俺们的事，俺们都不怕你说。自己的媳妇子养着自己的主人家，问不出甚么罪来。你比不的俺们。”唐氏道：“你不怕我对你汉子说，我可对俺汉子说，说是你两个做牵头，把我牵上合大官人有的。我破着活不成，俺那汉子浑深也不饶过你，叫你两个打人命官司。”晁住媳妇道：“你看！这不是犯夜的倒拿巡夜的了！”晁源道：“你三个听我说，合了局罢。”一边把晁住媳妇子按倒床上处置了一顿。李成名媳妇子要往外走，晁源叫唐氏拉住他，别要放出他去，随时又发落了李成名媳妇子。晁住、李成名媳妇两个对唐氏道：“狠杀我！俺也还个绷儿①！”一个搂住唐氏，一个把唐氏剥得上下没根丝儿，立逼着晁源着实的教训了他一顿。晁源虽也尝是管他，不如这一遭管教的利害。从此以后，四个人俱做了通家，绝不用一些回避。

晁源将次收完了麦子，也绝不提起来到庄上已将两月，也不进城去看看母亲，也便不想珍哥还在监里，恋住了三个风狂，再不提起收拾回去。凡是小鸦儿赶集不回来，唐氏就在家里边同晁住娘子三个厮混。李成名娘子倒是每夜出去睡的，夜间没他的帐算。后来小鸦儿也渐渐有些疑心，也用意觉察这事，常常的用了计策倏然走将回来撞他。谁知凡事的成败，都有个一定的日子，恰好屡次都撞他不着。不是唐氏好好的坐在屋里，就是晁源忙忙的走在外面。

直到了六月十三，小鸦儿的姐姐嫁在山里人家，离这雍山只

① 还个绷儿——折腾、整治。

有三十里路，那日是他姐姐的生日，小鸦儿买了四个鲞鱼，两大枝藕，一瓶烧酒，起了个黎明，去与他姐姐做生日，说过当日不得回来，赶第二日早凉回家，方才挑担出去。唐氏送了小鸦儿出门，对晁大舍和晁住娘子说了，要算计夜间白沟河三人战吕布。那日连李成名媳妇也要算计在里边宿歇，恰好那晚上李成名被蝎子螫了一口，痛得杀狼地动的叫唤。他的娘子只得出到外边守他。单只剩了晁住娘子合唐氏在后面。三个收拾了门户，吃了一会酒，对了星月，也不管那亵渎三光，肆无忌惮的狂肆。晁住老婆狂了一会，觉得下面似溺尿一般，摸一把在那月下看一看，原来是月信到了。他便走到自己睡的房内收拾干净，却又酒醉饭饱了，还有甚么挂绊，就便上床睡了。晁大舍把个火炉掇在前面，自己暖了酒，一边吃，一边合唐氏在那明间的当门做生活。做到二更天气，歇了手，吃了酒又做活。辛苦了，两个也就一觉睡熟，不管那天高地下的闲事。

小鸦儿那日与姐姐做了生日，到了日落的时候，要辞了姐姐起身，姐夫与外甥女儿再三留他不住，拿了一根闷棍，放开脚一直回来，看见大门紧紧的关着，站住了脚，想道："这深更半夜，大惊小怪的敲门，又难为那老季，又叫他起来，且是又叫唐氏好做回避我。那一夜叫我出去掬火，我后来细想，甚是疑心。我拿出飞檐走壁的本事来，不必由门里进去。"将那棍在地上拄了一拄，把身子往上腾了一腾，上在墙上。狗起先叫了两声，听见是熟人唤他，就随即住了口。

小鸦儿跳下墙来，走到自己房前，摸了摸儿，门是锁的。小鸦儿晓得是往晁源后边去了，想道："待我爽利走到里面看个分明，也解了这心里的疑惑。李成名老婆是在外边睡的，若他在里边与晁住老婆同睡，这是自己一个在外边害怕，这还罢了。"掇开了自己的房门，从皮担内取出那把切皮的圆刀，插在腰里，依先腾身上墙，下到晁源住的所在。那夜月明如昼，先到了东厢房明间，只见晁住的老婆赤着身，白羊一般的，腿缝里夹着一块布，睡得像死狗一般。回过头来，只见唐氏在门外站住，见了小鸦儿，也不做声，抽身往北屋里去了。小鸦儿道："这却古怪！为甚的这样夜深了还不睡觉？见了我，一些不说甚么，抽身往北屋去了？"随后跟他进去，那里又有甚么唐氏，只见两个人脱得精光，睡得烂熟。

小鸦儿低倒头，仔细认看，一个正是晁源，一个正是唐氏。小鸦儿道："事要详细，不要错杀了人，不是耍处。"在那酒炉上点起灯来。拿到跟前看了一看，只见唐氏手里还替晁源拿着那件物事，睡得那样胎孩①。小鸦儿从腰里取出皮刀，说道："且先杀了淫妇，把这个禽兽叫他醒来杀他，莫要叫他不知不觉的便宜了！"把唐氏的头割在床上，方把晁源的头发打开，挽在手内，往上拎了两拎，说道："晁源醒转来，拿头与我！"晁源开眼一看，见是小鸦儿，只说道："饶命！银子就要一万两也有！"小鸦儿道："那个要你银子！只把狗头与我！"晁源叫了一声救人，小鸦儿已将他的头来切掉，把唐氏的头发也取将开来，结成了一处，挂在肩头，依旧插了皮刀，拿了那条闷棍，腾了墙，连夜往城行走。这正叫是：

牡丹花下死，做鬼也风流。

不知这事后来怎生结束，再看后来接说。

---

① 胎孩——指舒坦、自在，有嘲讽意味。

第 二 十 回

晁大舍回家托梦　徐大尹过路除凶

轻生犯难，忘却是母鳏身独。将彝①常五件，条条颠覆。结发长门抛弃了，冶容娼女居金屋。奈杨花浪性又随风，宣淫黩。欢未满，悲生速。阴受谴，横遭戮。致伶仃老母，受欺强族。不是宰官能拔薤，后来又得生遗腹，险些使命妇不终身，遭驱逐。

右调《满江红》

小鸦儿将晁源与唐氏的两颗首级，将发来结成一处，背在肩上，绰了短棍，依旧不开他的门户，还从墙上腾身出去，往城行走不提。

却说晁住媳妇一觉睡到黎明时候方才醒转，想那正房的当面有他昨晚狼籍在地下的月信，天明了不好看相，一骨碌起来穿了裤子，赤了上身，拿簸箕掏了些灰，走到上房去垫那地上的血。一脚跨进门去，还说道："两个睡得好自在！醒了不曾？"又仔细看了一看，把个晁住娘子三魂去了九魄，披了一领布衫，撒着裤脚，往外一跄一跌的跑着，去叫季春江，说道："不好了！大官人合小鸦儿媳妇都被人杀了！"季春江慌做一堆，进来看见两个男女的死尸，赤条条的还一头躺在床上，两个人头，寻不着放在何处，床头上流了一大堆血。季春江慌忙的去叫了乡约保正，地方总甲，一齐来到，看得晁源与小鸦儿的媳妇子尸首光光的死在

① 彝——法度、常规。

一处，这是为奸情，不必疑了。但小鸦儿这日与他姐姐去做生日，晚上不曾回来。外面大门，里面的宅门，俱照旧紧紧关闭，不曾开动，却是谁来杀了？大家面面相觑，只看那晁住娘子，说道：“李管家娘子又关在外边睡觉，里边只你一个，杀了人去，岂不知情？且又前后的门户俱不曾开，只怕是你争锋，干出来的。”晁住娘子道：“我老早的就进东屋里关门睡了，他上房里干的事，我那里晓得？”季春江道：“那女人的尸首已是没了头，你怎么便晓得是小鸦儿媳妇？”晁住娘子道：“那头虽是没了，难道就认不出脚来么？这庄子上，谁还有这双小脚来！”众人道：“闲话阁起，快着人往城里报去，再着一个迎小鸦儿叫他快来。”乡约写呈子申县，将晁住娘子交付季春江看守，拾起地下一床单被把两个尸首盖了。众人且都散去。

却说晁源披了头发。赤了身子，一只手掩了下面的所在，浑身是血，从外面嚎啕大哭的跑将进来，扯住晁夫人，道：“狐精领了小鸦儿杀得我好苦！”晁夫人一声大哭，旁边睡的丫头连忙叫醒传来，却是一梦。晁夫人唬得通身冷汗，心跳得不住，浑身的肉颤得叶叶动不止。看那天气将次黎明，叫人点了灯来，晁夫人也就梳洗，叫起晁凤来，叫他即忙备上骡子，快往庄上去看晁源，说：“奶奶夜梦甚凶，叫大官人快快收拾进城。”那些养娘丫头都还说道：“有甚狐精报仇！每日讲说，这是奶奶心里丢不下这事，不由的做这恶梦。怕他怎的！梦凶是吉，莫要理他！”须臾，晁凤备完了骡子，来到窗下，说道：“小人往城门下去等罢，一开城门就好出去。”

晁凤到了城门，等了一会，天色已大亮了，开了城门。正往外走，只见一个汉子背了两个人头往城内走。管门夫拦住诘问，说是从雍山庄割的奸夫、淫妇的首级。门夫问道：“奸夫是谁？”

小鸦儿道："是晁源。"

晁凤认了一认，说声"罢了！俺大官人在何处奸你老婆，被你捉得，双双的杀了？"小鸦儿道："在你自己的正房当面，如今两个还精赤了睡哩。"晁凤也不消再往乡去，飞也似跑回来，道："大官人被人杀了！"晁夫人道："你，你，你听见谁说？"晁凤道："那人自己挑了两个头往县里出首去了。"晁夫人道："怎么两个头？"晁凤道："一个是他老婆的。"晁夫人一声哭不转来，几乎死去，亏人扶了，半日方才醒转，哭道："儿阿！你一些好事不做，专一干那促狭短命的营生，我久知你不得好死！我还承望你死在我后头，仗赖你发送我，谁知你白当的①死在我头里去了！早知如此，那在通州的时节凭我一绳子吊死，闭了眼，那样自在！没要紧解下我来，叫我柔肠寸断，闪的我临老没了结果！我的狠心的儿阿！"真是哭的石人堕泪，铁汉点头。

正哭着，庄上的人也报得来了。来报的人都还猜是晁住媳妇子争锋杀的，还不知是小鸦儿把来杀了，拿了头见在县前伺候县官升堂。晁夫人连忙使人请了闺女尹三嫂来看家，晁夫人自己收拾了，出乡殡殓，带了晁书一干人众出去，留下晁凤在县领头，叫他领了飞风②出去，好入殓。喜庄上离马头不远，正是顿放沙板的所在。及至晁夫人出到庄上，已是辰牌时分，脱不了还是痛哭了一场，叫人即时寻板买布，忙忙的收拾。季春江道："这老婆的尸首没的咱也管他？叫他自己的汉子收拾罢了！"晁夫人道："他已把他杀了，还是他甚么汉子哩？你要靠他收拾，他就拉到坡里喂了狗，不当家的。脱不了俺儿也吃了他的亏，他也吃了俺儿的亏，买一样的两副板，一样的妆裹。既是俺儿为他死了，就

---

① 白当的——白白的。

② 飞风——赶快；疾速。

教两个并了骨一同发送。”果然慌忙不迭的收拾。那六月半头正是下火的天气，两个尸首渐渐的发肿起来；及到做完了衣服，胖得穿着甚是烦难，虽勉强穿了衣服，两个没头的孤桩停在一处，单等晁凤领了头来，竟不见到。晁夫人好不心焦。

小鸦儿把两个人头放在县前地上，等候大尹升堂。围住了人山人海的挤不透缝，知是晁大舍的首级，千人万人，再没有一个人说声可惜可怜，不该把他杀了。说起来的，不是说他刻薄，就是说他歪憋①，你指一件事，我指一件事，须臾可成三寸厚的一本行状。都说：“小鸦儿是个英雄豪杰。若换了第二个人，拿着这们个财主，怕诈不出几千两银子来！”小鸦儿道：“他倒也曾许我一万，我只不要他的！”

不一时，县官升了堂，小鸦儿挑了人头，随了投文牌进去。那乡约地方起初的原呈一口咬定了是晁住媳妇争锋谋害，进了城，方知是小鸦儿自己杀的，从头又改了呈子，也随投文递了。小鸦儿合乡约都禀了前后的话。县官问道：“他是几时通奸起的？”回说：“不知从几时奸起，只是形迹久已可疑。小人久留意撞了几遭，不曾撞着，昨夜方得眼见是真。”又问那乡约：“那两个的尸首都在那里？”乡约说：“一座大北房，当中是一张凉床，床上铺着一床红毡，毡上铺一床天青花缎褥子，褥上一领藤席，一床月白胡罗单被合一个藤枕都吊在地下。女人尸首还好好的睡在床上。男人的尸首上半截在床上，下半截在床下。都是回头朝北。床头许多血。床面前又有一堆血，不甚多。”问小鸦儿道：“你却是怎样杀的？”回说：“小人进去，两个睡得正熟，月下看了一看，已认得是他两个。惟恐错杀了人，在门旁火炉内点起灯

① 歪憋——流氓，无赖。

来，照看得分明，只见唐氏手里还替他把了阳物，小人从唐氏梦中切下头来，晁源依旧不醒。小人说：叫他不知不觉的死了，却便宜了他。所以把他的头发解开，挽在手内，把他的头往上提了两提，他方才醒转。小人说道：‘快将狗头来与我！’他灯下认得小人，说道：‘只是饶命！银子要一万两也有！’小人即时割下头来。”问道：“你是怎样进到他里头去?”回说：“越墙过去的。”问说：“他里面还有谁?”说：“有一个家人媳妇在东屋里睡。”问说：“你怎的晓得?”回说：“小人起初先到了东房，看得不是，所以方才又往北屋里去。”又问：“下面跪的那一个是甚么人?”晁凤跪上禀道：“小人是被杀的晁源尸亲，伺候领头。”县尹道：“把两个头都交付与他，买棺葬埋。断十两银子与这小鸦儿为娶妻之用。押出去，即刻交完回话，快递领状来。”小鸦儿道：“小人不希罕这银子。没有名色，小人不要。”大尹道：“十两银子哩，可以做生意的本钱，如何不要?快递领状。”小鸦儿道：“这银子就逼小人受了，小人也只撩吊了。要这样赃钱那里去使!”县官道：“那个当真与你钱，我是试你。你且到监里略坐一坐。”问乡约道：“那在他里边睡的媳妇子是甚么氏?”乡约说：“是赵氏。”县尹拔了一枝签，差了一个马快：“速拘赵氏，晚堂听审。”差人拿了签，晁凤使包袱裹了两个头，都骑了骡马，飞似走回庄上。差人同了晁住媳妇也骑了一个骡子，一个觅汉跟了，往城中进发。

晁夫人见了头，又哭了不歇。都用针线缝在颈上，两口棺材都合完了，入了殓，钉了材盖，将唐氏的抬出外边庙里寄放，也日日与他去烧纸，也同了晁源建醮追荐他。晁源的棺木就停放在他那被害的房内挂孝受吊不题。

差人拿了晁住的媳妇在县前伺候，晁住就在那边照管。县官坐堂，带到堂上见了。县官说：“你将前后始末的事从头说得详细，只教我心里明白了这件事，我也不深究了。你若不实说，我夹打了也还要你招。”叫拿夹棍上来伺候。赵氏当初合计家问官司时见过刑厅夹那伍圣道、邵强仁的利害，恐怕当真夹起来，就便一则一、二则二，说得真真切切的。所以第十九回上叙的那些情节都从赵氏口中说出来的。不然，人却如何晓得？县尹把赵氏揝了一揝，说：“这样无耻，还该去衣打三十板才是！为你自己说了实话，姑免打。”问：“有甚么人领他？”回说：“他汉子晁住见在。”县尹说：“叫上他来！”说道：“没廉耻的奴才！你管教的好妻子！”拔了四枝签，打了二十板，将赵氏领了下去，监中提出小鸦儿来，也拔了四枝签，打了二十板，与他披出红去。小鸦儿仍到庄上，挑了皮担，也不管唐氏的身尸，佯长离了这庄。后来有人见他在泰安州做生意。

再说晁家没有甚么近族，不多几个远房的人，因都平日上不得芦苇，所以不大上门。内中有两个泼皮无赖的恶人，一个是晁老的族弟，一个是晁老的族孙：这是两个出尖①的光棍，其外也还有几个脓包，倚负这两个凶人。看得晁源死了，不知晁老新收的那个春莺有了五个月遗腹，虽不知是男是女，却也还有指望，以为晁夫人便成了绝户，把这数万家财，看起与晁夫人是绝不相干的，倒都看成他们的囊中之物了。每人出了分，把银子买了一个猪头、一只鸡、一个烂鱼、一陌纸，使两个人抬了。那个族弟叫做晁思才，那个族孙叫做晁无晏，领了那些脓包都出到庄上，假来吊孝为名，见了晁夫人，都直了喉咙，干叫唤了几声，责备晁夫人道：“有夫从夫，无夫从子。如今子又没了，便是我们族中人了。如何知也不教我们知道？难道如今还有乡宦，还有监

① 出尖——领头。

生，把我们还放不到眼里不成！”晁夫人道：“自我到晁家门上，如今四十四五年了，我并不曾见有个甚么族人来探探头，冬至年下来祖宗跟前拜个节，怎么如今就有了族人，说这些闲话？我也不认得那个是上辈下辈，论起往乡里来吊孝，该管待才是。既是不为吊孝，是为责备来的，我乡里也没预备下管责备人的饭食，这厚礼我也不敢当！”那晁无晏改口说道：“我还该赶着叫‘奶奶’哩。刚才这说话的还是我的一位爷爷，赶着奶奶该叫‘嫂子’哩。他老人家从来说话不犯寻思，来替大叔吊孝原是取好，不管不顾说这们几句叫奶奶心里不自在。刚才不是怪奶奶不说，只是说当家子就知不道有这事，叫人笑话。”晁夫人道：“昨日做官的没了，前年大官儿娘子殁了，及至昨日出殡，您都不怕人笑话，鬼也没个探头的，怎么如今可怕人笑话？”晁思才道：“这可说甚么来！两三次通瞒着俺，不叫俺知道，被外头人笑话的当不起，说：‘好一家子，别人倒还送个孝儿，一家子连半尺的孝布也没见一点子！’俺气不过这话，俺才自己来了！”晁夫人道：“既说是来吊孝就是好，请外边坐，收拾吃了饭去。”各人都到客位坐了，又叫进人来说道，要孝衣合白布道袍。晁夫人道：“前日爷出殡时既然没来穿孝，这小口越发不敢劳动。”众人道：“一定不晓得我们今日来，没曾预备，俺们到打醮的那日再来。你合奶奶说知，可与我们做下，穿着出去行香也大家好看。我们家里的也都要来吊孝哩。合奶奶说，该预备的也都替预备下，省得急忙急促的。”晁夫人道：“这几件衣服能使了几个钱，只这些人引开了头儿就收救不住，脱不了我这个老婆子叫他们就把我拆吃了！打哩①天爷可怜见，那肚子里的是个小厮，也不可知，怎么

① 打哩——方言，或者，假如。

料得我就是绝户！我就做了绝户，我也只喂狼不喂狗！”叫人定十二众和尚，十五日念经。此处少了些，太速了①。到那日，晁夫人拚着与他们招架。可可的和尚方才坐定，才敲动鼓钹，一阵黑云，倾盆大雨下得个不住，路上都是山水，那些人一个也没有来的。

十九日是晁源的“一七”，那些人算计恐怕那日又下了雨，要先一日就要出到庄上，可可的晁思才家老婆害急心疼的要死不活。却说蛇无头而不行，虽然还有晁无晏这个歪货，毕竟那狼合狈拆开了两处，便就动不得了。这十九日又不曾来得。

晁夫人过了“首七”，闭了丧，收拾封锁了门，别的事情尽托付了季春江，晁夫人进城去了。晁思才这两个歪人再不料晁夫人只在庄上住了“一七”便进城来。老婆心疼住了，邀了那一班虾兵蟹将，带了各人的婆娘，瘸的瘸、瞎的瞎，寻了几个头口，豺狗阵一般赶将出去。晓得晁夫人已进城去了，起先也已了一个嘴谷都。老婆们也都还到了灵前号叫了几声。季春江连忙收拾饭管待了里外的众人，又都替他们饲饱了头口。众人还千不是万不是责备季春江不周全的去处。吃了饭，问季春江要打下的麦子。季春江道：“麦子是有，只不奉了奶奶分付，我颗粒也不敢擅动。”晁思才还倒不曾开口，那晁无晏骂道：“放你的狗屁！如今你奶奶还是有儿有女，要守得家事？这产业脱不过是我们的。我们若有仁义，已他座房子住，每年已他几石粮食吃用。若我们没有仁义时节，一条棍撵得他离门离户的！”季春江回说：“你这话倒不像武城县里人家说的话，通似口外人说的番语。别说他有闺女，也别说他房里还有人怀着肚子，他就是单单的一个老婆子，

① 此处少了些，太速了——这句话可能是评语，误刻入正文中。

他丈夫挣下的泼天家业，倒不得享用！你倒把他一条棍撵了出去！好似你不敢撵的一般！气杀我那心里！不是看着宅里分上，我就没那好来！”晁思才走向前把季春江照脸一巴掌，骂说：“贼扯淡的奴才！你生气，待敢怎样的！”季春江出其不意，望着晁思才心坎上一头拾将去，把个晁思才拾了个仰百叉，地下蹬捱。晁无晏上前就合季春江扭结成一块，晁思才和他的老婆并晁无晏的老婆，男妇一齐上前。众人妆着来劝，其实是来封住季春江的手。那季春江虽平日也有些本事，怎敌的过七手八脚的一群男女。季春江的婆子见丈夫吃了亏，跑到街上大叫：“乡约地方救人！强盗白日进院！”拿了面铜锣着实的乱敲。那些邻舍家合本庄的约保都集了许多人进去，只见众人还围住了季春江在那里采打的鼻子口里流血。那些老婆们，拿了褥套的、脱下布衫来的、扎住了袖口当袋的，开了路团在那里抢麦。又有将晁源供养的香炉烛台踹扁了，填在裤裆里的，也有将孝帐扯下几幅，藏在身边的。乡约地方亲见了这个光景，喊说：“清平世界，白昼劫财伤人！”要围了庄擒捉。那晁无晏合晁思才两个头目方才放了季春江，说道：“俺们本家为分家财，与你众人何干！”乡约道：“他家晁奶奶见在，你们分罢了，如何来打抢？如今大爷这等严明，还要比那常时的混账，任你们胡行乱做哩！”要写申文报县。又做刚做柔的说着，叫他替季春江立了一张保辜的文约，撵得一班男妇驮了麦子等物回城去了。

季春江要次日用板门抬了赴县告状。众人劝说：“你主人既已不在，你又是个单身，照他这众人不过，便是我们证他的罪名，除不得根，把仇越发深了。你依我们劝说，忍了他的。我想这些人还不肯干休，毕竟还要城里去打抢，守着大爷近近的，犯到手里，叫他自去送死，没得怨怅。”慰安了一顿，各人散了回家。

季春江果也打得狼狈，卧床不起，差人报入城来。晁夫人乍闻了，也不免生气，无可奈何。谁想晁思才这两个凶徒算道："事不宜迟。莫叫他把家事都抵盗与女儿去了，我们才屁出了掩臀。我们合族的人都搬到他家住了，前后管住了老婆子，莫教透露一些东西出去，再逼他拿出银子来均分，然后再把房产东西任我们两个为头的凡百拣剩了方搭配开来许你们分去。"众人俱一一应允，即刻俱各领了老婆孩子，各人乱纷纷的占了房子，抢桌椅，抢箱厨，抢粮食，赶打得些丫头养娘、家人小厮哭声震地。又兼他窝里厮咬，喊成一块。晁夫人恐怕春莺遭了毒手，损了胎气，急急撺掇上在看家楼上，锁了楼门，去吊了胡梯。那大门前围住了几万人看晁家打抢。

这伙凶棍，若天爷放过了，叫他们得了意去，这世间还有甚么报应？不想那日一个钦差官过，徐大尹送到城外回来，恰好在门前经过，听得里面如千军万马的喧嚷，外面又拥集了几万的人，把轿都行动不得。徐大尹倒也吃了一惊。左右禀说："是晁乡宦的族人，因晁源被人杀了，打抢家财的。"徐大尹问："他家还有甚么人见在？"左右说："还有乡宦的夫人。"徐大尹叫赶开众人，将轿抬到晁家门首，下了轿，进到厅上。那些人打抢得高兴，梦也不晓得县官进到厅前。县官叫把大门关上，又问："有后门没有？"回说："有后门。"叫人把后门把住，放出一个人去重责五十板。从里面跑出两个人来，披了头，打得满面是血，身上都打得青红紫皂，开染坊的一般，一条裤都扯得粉碎，跪下，叫唤着磕头。徐大尹看着晁凤道："这一个人是前日去领头的，你如何也在这里打抢？"晁凤道："小的是晁乡宦的家人，被人打的伤了。"徐大尹道："你原来是家人！你主母见在何处？"晁凤道："奶奶被众人凌逼的将死！"大尹问说："受过封不曾？"晁凤回说："都两次封过了。"大尹道："请宜人①相见。"晁凤道："被一群妇人拦住，不放出来。"

徐大尹叫一个快手同管家进去请，果然许多泼妇围得个晁夫人封皮一般，那里肯放。快手问道："那一位是晁奶奶？"晁夫人哭着应了。快手将别的婆娘一阵赶开。晁夫人叫取过孝衫来穿上，系了麻绳，两个打伤的丫头搀扶了，哭将出来，倒身下拜。

徐大尹在门内也跪下回礼，起说："宜人请把气来平一平，告诉这些始末。"晁夫人道："近支绝没有人，这是几个远族，从我进门，如今四十余年，从不曾见他们一面。先年公姑的丧，昨日丈夫的丧，就是一张纸也是不来烧的。昨日不才儿子死了，便都跑得来，要尽得了家事，要赶我出去。昨日出到乡里，抢了个精光，连儿子灵前的香案合孝帐都抢得去了，还把看庄的人打得将死。如今又领了老婆孩子各人占了屋，要罄身②赶我出去，还恐怕我身上带着东西，一伙老婆们把我浑身翻过。老父母在这里，他还不肯饶我。差人进去是亲见的。"大尹道："共有多少人？"夫人道："八个男人，十四五个婆娘。"大尹道："这伙人一定有为首的，甚么名字？"夫人道："一个叫是晁思才，一个是晁无晏。"大尹道："如今在那里？"夫人道："如今一伙人全全的都在里面。"大尹道："且把这八个男子锁出来！"

一群快手，赶到里面，锁了六个，少了两人。大尹道："那两个却从何处逃走？"晁夫人道："墙高跳不出，一定还在里面藏着哩。"大尹道："仔细再搜！"快手回道："再搜寻不出，只有一座看家楼上面锁着门，下边没有胡梯，只怕是躲在那楼上。"夫

---

① 宜人——皇帝封赠五品官员的妻子称宜人。

② 罄身——罄：尽，空。此为身边不留分文。

人道："那楼上没有人，是一个怀孕的妾在上面。我恐怕这伙强人害了胎气，是我锁了门，掇了梯子，藏他在上面的。"大尹问："这怀孕的是那个的妾?"夫人道："就是丈夫的妾。"大尹道："怀孕几月了?"夫人道："如今五个月了。"大尹道："既有怀孕的妾，焉知不生儿子!"又叫："快去锁出那两个来!"

快手又进去翻，从佛阁内搜出了一个，只不见了晁无晏一个。小丫头说："我见一个人跑进奶奶房里去了。"差人叫那丫头领着走进房内，绝无踪迹。差人把床上的被合那些衣裳底下掀了一掀，恰好躲在里面。差人就往脖项上套锁。晁无晏跪在地下，从腰间掏出一大包东西，递与差人，只说："可怜见！饶命!"他的老婆孙氏也来跪着讨饶，说："你肯饶放了他，我凭你要甚，我都依你。"差人说："我饶了你的命去，大爷却不肯饶我的命了，我还要甚么东西!"竟锁了出去。大尹道："躲在那边，许久的方才寻见?"差人说："各处寻遍没有，一个小丫头说他跑进晁奶奶卧房去了，小人进去又寻不着，只见他躲在晁奶奶的床上被子底下。他腰里还有一大包东西掏出来要买告小人放他。"大尹道："这可恶更甚了！那一包东西那里去了?"差人道："递与他的老婆了。"又叫："把那些妇人都锁了出来!"

差人提了锁，赶到后面。那些婆娘晓得要去拿他，扯着家人媳妇叫嫂子的、拉着丫头叫好姐姐的、钻灶突的、躲在桌子底下的、妆做仆妇做饭的、端着个马桶往茅厕里跑的、躺在炕上吊了鬏髻盖了被妆害病的，再也不自己想道那些丫头、养娘被他打的打了、采的采了，那一个是喜欢你的，肯与你遮盖?指与那些差人，说一个拿一个，比那些汉子们甚觉省事。十四个团脐一个也不少。

看官！你道这伙婆娘都是怎生模样?

有的似东瓜白醭脸，有的似南枣紫绡唇，有的把皮袋挂在胸前，有的将棉花绑在脚上。有的高高下下的面孔，辨不出甚么鸠荼①，有的狰狰狞狞的身材，逼真的就如罗刹。有的似狐狸般袅娜妖娆，有的似猢狲般踢天弄井。分明被孙行者从翠微宫赶出一群妖怪，又恰像傅罗卜②在饿鬼狱走脱满阵冤魂。

大尹问夫人道："这些妇人全了不曾？"夫人道："就是这十四个人。"大尹叫本宅的家人媳妇尽都出来，一个家搯搯拉拉来到。大尹叫把这些妇人身上仔细搜简。也还有搜出环子的、丁香的、手镯钗子的、珠箍的，也还不少。大尹见了数，俱都交付夫人，又叫人快去左近边叫一个收生妇人来。把些众人心里胡乱疑猜，不晓得是为甚的。那些妇人心里忖道："这一定疑我们产门里边还有藏得甚么物件，好叫老娘婆伸进手去掏取。"面面相觑，慌做一快。

不多时，叫到了一个收生的妇人。大尹问说："你是个蓐妇③么？"那妇人不懂得甚么叫是蓐妇。左右说："老爷问你是收生婆不是？"那妇人说："是。"大尹向着晁夫人说："将那个怀孕的女人叫出来，待我一看。"晁夫人袖里取出钥匙，递与晁书媳妇，叫人布上胡梯，唤他出来见大爷。晁书媳妇去不多时，同了春莺从里面走将出来。但见：

虽少妖娆国色，殊多羞涩家风。孝裙掩映金莲，白袖笼藏玉笋。年纪在十六七岁之内，分娩约十一二月之间。

---

① 鸠荼——即鸠盘荼，又名厌魅鬼，传说中的丑鬼。这里形容丑妇。

② 傅罗卜——《目连救母劝善记》戏文中的主角，他的母亲因杀生造孽，被打入阴间受苦，他弃官寻母，游遍十八层地狱，终于找到母亲。

③ 蓐（rù）妇——接生婆。

晁夫人道："就在阶下拜谢大爷。"大尹立受了四拜，叫："老娘婆，你同那合族的妇人到个僻静所在验看果有胎气不曾。"晁夫人道："这厅上西边里间内就好。"

春莺跟了老娘婆进去，凭他揣摩了一顿，又替他诊了两手的脉出来，大尹叫春莺回到后面去。老娘婆道："极旺的胎气，这差不多是半装的肚子了。替他诊了脉，是个男胎。"大尹说："他那合族的妇人都见不曾？"老娘婆回说："他都见来。"大尹对晁夫人道："宜人恭喜！我说善人断没有无后之理！约在几时分娩？"晁夫人道："算该十一月，或是腊月初边。"大尹道："晁老先生是几时不在的？"夫人道："这妾是二月初二日收，丈夫是三月二十一不在的。"大尹肚内算了一算，正合着了日子。大尹说："这伙奴才可恶！本县不与你验一个明白，做个明府，他们后日就要起弄风波，布散蜚语。到分娩了，报本县知道，就用这个老娘收生。"说完，请宜人回宅。晁夫人仍又叩谢。大尹也仍回了礼。

大尹出到大门口，叫拿过一把椅来坐下，叫把晁思才、晁无晏带到县里发落。其余六个人，就在大门外每人三十大板，开了锁，赶得去了。叫把这些妇人，五个一排，拿下去每人三十。晁夫人叫晁凤禀说："主母禀上：若非男子们领着，这女人们能敢如此？既蒙老爷打过了他的男人，望老爷饶恕了这起妇女。主母又不好出到外面来面禀。"大尹道："全是这伙妇人领了汉子穿房入户的搜简，宜人怎么倒与他说分上？若是小罪过，每人拶他一拶就罢了。这等平空抄抢人家，我拿出街上来打他，所以儆众。多拜上奶奶，别要管他。拿下去打！"晁夫人又使了晁书出来再三恳禀。却也是大尹故意要做个开手，叫晁夫人做个情在众人身上，若是当真要打，从人揪打得稀烂，可不还阁了板子合人商议哩。回说："只是便宜了这些泼妇！再要上门抄抢，我还到这街上打这些泼妇！"又问："乡约地方怎都不见伺候？"乡约正副、地方总甲，都一齐跪将过去，回说："在此伺候久了。"大尹道："你们就是管这街上的么？"回说："正是本管。"大尹说："做得好约正副！好地方！城里边容这样恶人横行，自己不能箝束，又不报县！拿下去！每人二十板！"坐了轿，止带了两个首恶到了县堂，每人四十大板、一夹杠。晁思才一百杠子。晁无晏因躲在夫人床上，加了一百杠，共二百杠子。叫禁子领到监里，限一月全好，不许叫他死。

这分明是天理不容，神差鬼使，叫大尹打他门口经过；又神差鬼使，叫他里面嚷打做鬼哭狼号，外面拥集万把人汹汹的大势。事事都是大尹自己目见耳闻，何须又问证见？替他处治得又周密、又畅快。若不是神差鬼使，就是一百个晁夫人也到不得大尹的跟前，就到了大尹的跟前，这伙狼虫脱不了还使晁夫人的拳头捣晁夫人的眼弹，也定没有叫晁夫人赢了官司的理。如今那一条街上的居民，拥着的人众，万口一词，那一个不说徐大尹真是个神明，真正是民的父母，替那子孙干事一般，除了日前的祸患，又防那后日的风波。又都说："真正'万事劝人休碌碌，举头三尺有神明'。"但愿得春莺生出一个儿子，不负了大尹的一片苦心才好。不知何如，只得再看后说。

第二十一回

片云僧投胎报德　春莺女诞子延宗

人情从说留些好，阴功更是防身宝。不贪不妒不骄嗔，宽容抱，省烦恼，福禄康宁独寿考　败子何妨朝露早？自生英物来裀褓，守成干蛊不难兄，循理道，家业保，养志承颜事母老。

右调《天仙子》

却说那伙抄抢家事的凶徒，为从的六个人与那十四个搖拉泼妇，都当时发落去了。晁思才与晁无晏夹打了那一顿，发下监里，果然将息了一个月好了，取出来枷号通衢，两个月满放。从此之后，这伙人的魂灵也不敢再到晁家门上。大尹又因他是寡妇之家，一切差徭尽行优免。其里老什排都晓得大尹与他做主，不敢上门作贱。晁夫人虽没了丈夫儿子，倒也清闲安静，爱护那春莺就如千百万黄金一般，早晚祝天赞地，望他生个儿子。

九月二十八日，看门的进来说道："梁片云合胡无翳特从通州来到，要见奶奶。"晁夫人道："他两个这等远来，有何事件？请到厅上坐下，待我出去相见。"晁夫人一面出去见他两个，一面叫人收拾素斋。只见两个都穿栗色绸夹道袍、玄纻瓢帽、僧鞋净袜，见了晁夫人就倒身下拜，谢说恩德不了。又说起晁老父子相继死亡，两个也甚惨然。又说那后来六百三十两银子尽籴了米谷，出陈入新的放与贫人，如今两年，将及万石。又说这十月初一日是晁夫人的六十寿旦，所以特来与奶奶拜庆，也看看老爷，不料得老爷与大官人俱弃世去了。晁夫人问他下处，他说在真空寺法严长老家安歇。吃了斋，依旧回寺去了。

到了初一日，二人早到厅上，送了几样礼，要与晁夫人拜寿。晁夫人又出去见了。晁夫人因有重孝，都不曾收亲眷们的礼。这日单摆了一桌素筵款待片云、无翳。次日两个就要辞了起身，晁夫人又留他们住了两日，每人替他做了一领油绿绸夹道袍、一顶瓢帽、一双僧鞋、一双绒袜，各十两银子；又摆斋送了行。仍自起身回去。

两个朝起晚住，一路议论。无翳说道："晁大舍刻薄得异常，晁老爷又不长厚，这怀孕的断不是个儿子。"片云说道："依我的见识，晁老爷与大舍虽然刻薄，已是死去了，单单剩下了夫人。这夫人却是千百中一个女菩萨，既然留他在世，怎么不生个儿子侍养他？所以这孕妇必然生儿子，不是女儿。我看老人家的相貌也还有福有寿哩。我们受了他这样好处，怎得我来托生与他做了儿子，报他的恩德才好。"

不一日，到了通州，师徒相会，甚是欢喜。过了几日，那片云渐渐的没精塌彩，又渐渐的生起病来。一日夜间，梦见韦驮尊者亲与说道："晁宜人在通州三年，劝他的丈夫省刑薄罚，虽然丈夫不听他的好言，他的好心已是尽了。这六百两的米谷，两年来也活过了许多人，往后边的存济正没有限量哩，不可使他没有儿子侍奉。你自已发心愿与他为子报恩，这是你的善念。出家人打不的诳语，你若不实践了这句说话，犁舌地狱是脱不过的。十二月十六日子时，你去走一遭，回来也误不了你的正果。但不可迷失了本来，堕入轮回之内。"片云醒转来，记得真真切切的这梦，告诉了长老合无翳都晓得了，从此即淹淹缠缠的再不曾壮起，却只不曾睡倒，每日也还照常的穿衣洗面。到了十二月十五日的晚间，叫人烧了些汤，在暖房里面洗了浴，换了一套新衣，在菩萨韦驮面前拈了净香，叩头辞谢；又叩辞了长老合无翳，再三嘱付，叫：“把这积谷济贫的功果千万要成个始终；待你年老倦勤的时候，我自来替你的手脚。把我的尸首不要葬了，将龛来坐住，待我自己回来掩埋。”又写了四句偈子道：

知恩报恩，志谐心服；一世片时，无烦多哭。

长老合无翳说道：“虽然做了梦，这梦也虽然灵异，但怎便这等信得真切？毕竟要等他善终，难道好自尽了不成？”片云收拾完了，回到自己静室里边，点了一炷香，上了禅床，盘了膝，端端正正的坐在上面。长老合无翳道：“莫去搅混他，且看他怎么死得。只远远的防闲他，不要叫他自尽。”等到天气大明，日已露红了。众人道：“既然过了这十六的子时，便也不妨了。”进去看他一看，只见他两条玉柱①挂在膝上，不知从几时圆寂去了。惊动了合寺的僧众，传遍了京城，勋戚太监如蚁的一般下到通州来瞻礼。那布施的堆山积海样多。依他的言语，在寺后园内起了龛，坐在里面。太后都遣了太监出来与他上香，妆修得功果十分齐整。

再说春莺到了十一月半后，晁夫人便日日指望他分娩，就唤了前日大尹荐的收生婆老徐日夜在家守住，不放出去，恐怕一时间寻他不着；另在晁夫人住房重里间内收拾了暖房，打了回洞的暖炕，预先寻下两个奶子伺候，恐怕春莺年纪尚小，不会看管孩儿。从十一月十五日等起，一日一日的过去，不见动静。晁夫人只恐怕过了月分，被人猜疑。直到了十二月十五日晚间方觉得腰酸肚痛起来。晁夫人也就不曾睡觉。又唤了一个长来走动的算命女先，三个都在热炕上坐等。

---

① 玉柱——即鼻涕。传说得道的高僧圆寂时垂下的鼻涕像两条玉柱。

春莺渐渐疼得紧了。仔细听了更鼓，交过二更来了。女先道："放着这戌时极好，可不生下来，投信等十六日子时罢。这子时比戌时好许多哩。"还与春莺耍道："好姐姐，你务必的夹紧着些，可别要在亥时生将下来。"大家笑说："这是什么东西，也教你夹得住的。"

晁夫人打了个呵欠，徐老娘拉过一个枕头来，说："奶奶，你且打个盹儿，等我守着，有信儿请你老人家不迟。"晁夫人躺下，不一瞬，鼾鼾的睡着了，口中高声说道："出家人怎好到我卧房里面？快请出去！"老徐叫醒了夫人。晁夫人道："片云出去了不曾？"众人道："深更半夜，有甚么片云敢进这里来？"晁夫人道："没的是我做梦？我亲见他穿着我做与他的油绿袄子进这屋里来，还与我磕了两个头。他说：'奶奶没人服事，我来服事奶奶。'我说：'出家人怎好进我的卧房来服事？'他不答应，扬长往里间里去了。"正说着，春莺疼的怪哭。徐老娘跑不迭的进去，突的一声，生下一个孩儿。徐老娘接到手里，说道："奶奶大喜，一位极好的相公！"女先听那更鼓正打三更二点，却正是子时不差。喜的晁夫人狠命的夹着腿，恐怕喜出屁来，灯下端相了一会，说："这小厮怎么就像片云的模样？"丫鬟养娘都说与片云模样一般。看着断了脐带，埋了衣胞，打发春莺吃了定心汤，安排到炕上靠着枕头坐的。

那个小孩子才下草，也不知道羞明，挣着两个眼狄良突卢①的乱看。把众人喜的慌了。大家同徐老娘吃了些饭，晁夫人亲与徐老娘递了一杯喜酒。送了二两喜银、一匹红段、一对银花。徐老娘也与晁夫人回敬了喜酒。也与女先三钱银子。收拾完了，也

---

① 狄良突卢——即滴溜溜。

就交过五更，算计还大家休息一会。谁知着了喜欢的人也能睡不着觉。晁夫人翻来覆去，心里只是想，说："老天爷可怜见的生了个孩子，使晁家有了后代，可怎样报答天地才好?"要算计怎样的积福、如何的济贫。又算计那些族人，如今既有了儿子，许他们上门往来，况且止得七八个，每人与他五十亩地，都叫他们大家有饭吃。碌碌动寻思了半夜，天还不曾大亮，一骨碌跳起来，看了春莺，叫人熬了粥，看他吃了。又慢慢的掀开被子，看了娃娃，喜得晁夫人张开口合不拢来。晁夫人道："向日徐大爷亲自分付说道，等分娩了，叫去报他知道；又分付叫就用徐老娘收生。"叫人快打发徐老娘吃了早饭，同了晁凤去县里报喜。恰好那日学里修盖明伦堂，徐大尹早去上梁，还不曾回来。老徐合晁凤在大门里等候。

珍哥听得人说晁凤在大门里边，走到监门口，扒着那送饭的小方孔叫晁凤走到跟前。晁凤问道："珍姨，这向里边好么?"珍哥道："有甚么得好！自从大爷没了，通没有人照管！晁住通也不照常时，粮食、柴火每每的送不到。你前向提了大爷的头出来，我到正在这门口看见。我一则害怕，二则也恼他杂情，所以也不曾叫住你，看得他一看。你如今来做什么?"晁凤道："今日得了小主人，待来报徐大爷知道。"珍哥道："是谁生的?"晁凤说："是春莺姐生的。"珍哥道："春莺是老奶奶的丫头，他几时收了?"晁凤道："是老爷收了，二月初二日成亲的。"珍哥说："也罢，晁家有了主了。昨日晁思才合晁无晏在监里发的那狠，说：'徐大爷没有做一百年的理！等徐大爷前脚去了，后脚再看哩。"

正说着，只听得传锣响，徐大尹上完了梁，穿着大红圆领，坐着轿，回到县来。晁凤合老徐跟了进去。大尹方才下轿，两个就跪在面前。那徐大尹的眼力，把人见过一遍，就隔了一世也就忘记不了。两个还不曾开口，大尹先问道："生得个儿子么?"二人回说："是。"大尹问："是几时生的?"老徐道："是今日的子时。"大尹道："这个孩子有好处。怎么可可的叫我穿了吉服迎你们的喜报?"叫库吏封二两银，用红套封了，上写"粥米银二两"，叫门子拿个红折柬来，自己写道："名晁梁"三个字。分付道："这二两是我折粥米的。我也不另差人，你就与我带去，上复宜人恭喜。我正上梁回来，就名唤晁梁。"又问那老徐道："你手里拿得是甚么?"老徐道："是晁奶奶赏的花红合喜钱。"徐大尹道："便宜你。"叫库吏每人赏他喜钱一百文。

二人千恩万谢的回来，上复了晁夫人的话，说："徐大爷正上了梁，穿了吉服回来，又替起名晁梁。"晁夫人道："这又古怪。我梦见梁和尚进到卧房，他就落地。我肚里算计正要叫他是晁梁，恰好大尹就替起了这个名字。事不偶然，这个小厮定然有些好处。"亲眷家传扬开来，没一个不替晁夫人谢天谢地。

到了三日，送粥米的拥挤不开，预先定了厨子，摆酒待客。叫了庄上的婆娘都来助忙，发面做馍馍，要那一日舍与贫人食用。又叫外面也摆下酒席，要请那晁思才这八个族人，里边也还要请那些打抢的十四个恶妇。先一日都着人去请过了。到了十八日，把徐老娘接得到了，送粥米的那些亲眷渐渐的到齐，都看着与孩子洗了三。他那东昌的风俗，生子之家把那鸡蛋用红麴连壳煮了，赶了面，亲朋家都要分送。看孩子"洗三"的亲眷们，也有银子的，也有铜钱的，厚薄不等，都着在盆里，叫是"添盆"。临了都是老娘婆收得去的。那日晁夫人自己安在盆内的二两一个锞子、三钱一只金耳挖、枣栗葱蒜，临后又是五两谢礼、两匹丝绸、一连首帕、四条手巾。那日徐老娘带添盆的银钱约有十五六两。

再说那日晁夫人先使人送了一百个煮熟的红鸡子，两大盒赶就的面与徐大尹，收了，赏了家人二百文铜钱。又分送了亲朋邻舍。族中那八个人，也都有得送去。有回首帕汗巾的、有回几绺线的，都各样的不等。

这一日，族中八家子的男妇七家都到，只有晁思才一家都不曾来，他说："我们前日说他没有儿子，去要分他的家事；他如今有了儿，这是要请我们到那里，好当面堵我们的嘴。且前日吃了这一场的亏，还不曾报得仇，还有甚么脸去？"众人道："就是要堵我们的口，既然请得到家，也毕竟要备个酒席。难道叫我们空出来了不成？况且那日原是我们的不是，分他些甚么罢了，怎么倒要赶他出去？他又不曾自己呈告我们，这是天爷使官来到，吃了这亏，怎么怨得他？他既将礼来请我们，如何好不去？"也有送盒面的，也有送盒芝麻盐的，也有送十来个鸡子的，也有送一个猪肚两个猪肘的。晁夫人都一一的收了。

那些族中的婆娘恐怕去得早了，看着孩子"洗三"，要"添盆"的银钱；所以都约会齐了，直过了晌午方才来到。里外的男妇，除了晁思才，别的都是晁夫人的下辈，都替晁夫人叩喜。晁夫人都欢欢喜喜的接待他们。众人都说起前日的事来，要与晁夫人陪礼。晁夫人道："前日叫你们吃了一场亏，我不替你们陪礼罢了，你们倒要替我陪起礼来。如今我们大家都喜，把那往事再不要提他，只往好处看。既然是一族的人，人又不多，凡事看长，不要短见。"那些泼妇们也有该叫大娘婶子的，也有该叫奶奶妗母的，磕头不迭，都说："那一日若不是你老人家积福，两次叫人替俺们讨饶，拿到大街上当了人千人万的打三四十板，如今怎么见人！"晁无晏老婆说："只是那一日说声叫老娘婆，我那头就轰的一声，说：‘这是待怎么处置哩！’七奶奶插插着说：‘没帐！他见翻出点子甚么来了？一定说咱产门里头有藏着的东西，叫老娘婆伸进手去掏哩！’叫我说：‘呀，这是甚么去处，叫人掏嗤掏嗤的？’后来才知道是看春姐。”把晁夫人合众女眷们倒笑了一阵。

正说笑着，一个丫头跑来说道：“奶奶，俺小叔阿了一大些焌黑的粘屎，春姨叫请奶奶看看去哩。”晁夫人道：“孩子阿的脐屎怎么不黑?”晁夫人进去，众人也都进去看。晁夫人一只手拿着他两条腿替他擦把把，他乌楼楼的睁着眼，东一眼西一眼的看人，照着晁夫人的脸合鼻子，碧清的一泡尿雌将上去，笑的一个家不知怎么样的。

亲眷们都吃完了酒，坐轿的、坐车的、骑头口的，前前后后、七七八八，都告辞了家去。这些前日没得领打的婆娘也要家去。晁夫人都把他们送粥米的盒子里边满满的妆了点心肉菜之类，每人三尺青布鞋面、一双膝裤、一个头机银花首帕。虽然是一伙泼货，却也吃不得一个“甜枣”，那头就似在四眼井打水的一般，这个下去，那个起来。这个说：“我纳的好鞋底。”那个说：“我做的好鞋帮。”这个说：“我浆洗的衣服极好。”那个说：“我做的衣裳极精。”“奶奶、大娘、婶子、妗母，你只待做什么，我们都来替你老人家助忙。”外边的这七个族人，一个家攮丧①的鼾僧儿一般，都进来谢了晁夫人家去。晁夫人道：“你们家去罢。我看头年里不知有工夫没有，要不就是过了年，我还有话与你们讲。”众人齐说：“奶奶大娘倘有甚么分付，只叫人传一声，我们即时就来，不敢迟误。”晁夫人又谢说：“紧仔年下没钱，又叫你

---

① 攮丧——犹哭丧。

们费礼。”众人去了。晁夫人进到春莺房内，上了炕上坐着，派了晁书、晁凤两个的娘子专一在屋里答应照管奶子，分付说：“你要答应的好，孩子满月，我赏你们；要答应得不好，一个人嘴里抹一派狗屎。”

那腊月短天，容易的过，不觉的就是年下。晁老合晁大舍虽新经没了。得了这件喜事，晁夫人倒也甚不孤恓。瞬眼之间过了年，忙着孩子的满月，也没理论甚么灯节。十六日，春莺起来梳洗，出了暗房。晁夫人也早早梳洗完备，在天地上烧了纸，又到家庙里祭祀，春莺也跟在后面磕头，方才一家大小人口都与晁夫人道了喜。春莺先与晁夫人叩了头，晁夫人分付家下众人都称呼春莺为沈姨，因他原是沈裁的女儿，所以称他娘家的本姓。又与小娃娃起了个乳名叫做小和尚。吃过了早饭，可可的那十六日是个上好的吉日，“煞贡”、“八专”、“明堂”、“黄道”、“天贵”、“凤辇”都在这一日里边，正正的一个剃头的日子，又甚是晴明和暖，就唤了一个平日长剃头的主顾来与小和尚剃胎头。先赏了五百文铜钱、一个首帕、一条大花手巾，剃完了头又管待他的酒饭。渐次先是那些族里的婆娘们，又是众亲戚的女眷，都送了礼来与小和尚满月，都有与小和尚的东西，连那本族妇人也有五六分重的银钱银铃不等。

前日晁思才只道是晁夫人要请来堵他的嘴，谁知晁夫人请得他们到的，都相待得甚是厚，临去时还有回答那些老婆们的礼，所以着实后悔，今日不曾请他，他却买了两盒茶饼，打了一个银铃，领了他那个老搯拉来到，先进去见了晁夫人，那嘴就像蜜钵一般，连忙说道：“嫂子请上，受我个头儿。可是磕一万个头也不亏。那日要不是嫂子救落着，拿到大街上一顿板子，打不出我这老私窠子屎来哩！这事瞒不过嫂子，这实吃了晁无晏那贼天杀的亏，今日鼓弄，明日挑唆，把俺那老斫头的挑唆转了，叫他像哨狗的一般望着狂咬！”谁知晁无晏的老婆先已来在屋里，句句听得真切，凶神一般赶将出来。晁思才老婆见了，连忙说道：“嗳呀！你从多咱来了？”晁无晏老婆也没答应，只说：“呃！你拍拍你那良心，这事是晁无晏那天杀的不是？您一日两三次家来寻说，凡事有你上前，惹出事来您担着。后来您只捣了一百杠子，俺倒打了二百杠子，倒是人哨着你那老斫头的来？天老爷听着！谁烁谁，叫谁再遭这们一顿！”晁夫人道：“今日是孩子的好日子，请将您来是图喜欢，叫你都鬼吵来？您待吵，夹着屁股明日往各人家里吵去！我这里是叫人吵够了的了！”

人进来传说：“七爷要见奶奶哩。”晁夫人道：“请进来。”晁思才也没等进房，就在天井里跪下磕头。晁夫人也跑下回礼。晁思才说：“嫂子可是大喜！我那日听见说了声添了侄儿，把俺两口子喜的就像风了的一般，只是跳，足足的跳有八尺高！俺住的那屋是也叫矮些，我跳一跳触着屋子顶，跳一跳触着屋子顶，后来只觉的头顶生疼，忘了是那屋子顶碰的。亏了俺那老婆倒还想着，说：‘你忘了么？你夜来喜的往上跳，是屋子顶碰的！’罢，罢！老天爷够了咱的。只有这个侄儿，咱就有几千几万两的物业，人只好使眼瞟咱两眼罢了，正眼也不敢看咱！昨日这伙子斫头的们只是不听我说，白当的叫他带累的我吃这们一顿亏。”晁夫人道：“旧事休题，外边请坐去。又叫你费礼，又替孩子打生活。”晁思才道：“嫂子可是没的说，穷叔遮嚣①罢了！昨日侄儿‘洗三’，俺两口子收拾着正待来，一个客到了，要留他坐坐，就没得来替侄儿做三日。”他老婆道：“嗳哟，你是也有了几岁年

① 遮嚣——遮羞。

纪，怎么忘事？你可是喜的往上跳，碰的头肿得像没揽的柿子一般，疼得叫我替你揉搓，可就没的来，又扯上那一遭有客哩！”晁思才道：“是，是，还是你记的真。”晁夫人道：“真也罢，假也罢，外边请坐。”叫小厮们外边流水端果子咸案，中上座了。晁思才外面去了，晁无晏老婆要到外边去合他汉子说话。晁夫人道：“不出去罢。料想没有别的话说，也只是招对方才那两句舌头。里头也中上座哩。”把些女客都请到席上，晁夫人逐位递了酒，安了席，依次序坐下。十来个女先弹起瑟琶弦子琥珀词，放开刺叭喉咙，你强我胜的拽脖子争着往前唱。徐老娘抱着小和尚来到，说：“且住了唱罢，俺那小师傅儿要来参见哩。”徐老娘把小和尚抱到跟前，月白脑塔上边顶着个瓢帽子，穿着浅月白袄，下边使蓝布绵褥子裹着，端详着也不怎么个孩子：

红馥馥的腮颊，蓝郁郁的头发。两眼秋水为神，遍体春山作骨。一条紫线，从肾囊直贯肛门；满片伏犀，自鼻梁分开额角。两耳虽不垂肩，却厚敦敦的轮廓；双手未能过膝，亦长鬖鬖①的指尖。这个贼模样，若不是个佛子临凡，必然是个善人转世。

可是喜的一个家挝耳挠腮，也怪不得晁思才跳的碰着屋顶。

那日皎天月色，又有满路花灯，晁夫人着实挽留，那些堂客们都坐到二更天气方才大家散席。

正是“一人有福，拖带满屋”。若不是晁夫人是善知识，怎能够把将绝的衰门从新又延了宗祀。虽然才满月的孩子，怎便晓得后来养得大养不大？但只看了他母亲的行事便料得定他儿子的收成。再看下回，或知分晓。

---

① 鬖鬖（sān）——比喻下垂。

第二十二回

晁宜人分田睦族　徐大尹悬扁旌贤

范文丞相能敦睦，置买公田散布诸亲族。真是一人能享福，全家食得君王禄。　　此段高风千古属。上下诸贤未见芳踪续。单得妇人能步躅，分田仗义超流俗。

右调《蝶恋花》

过了小和尚的满月，正月十九日，晁夫人分付叫人发面蒸馍馍，秤肉做下菜，要二十日用。晁书娘子问道："奶奶待做甚么，做菜蒸馍馍的？"晁夫人道："我待把族里那八个人，叫他们来，每人分给他几亩地，叫他们自己耕种着吃，也是你爷做官一场，看顾看顾族里人。若是人多就说不的了，脱不了指头似的排着七八个人，一个个穷的嗤骡子气。咱过着这们的日子，死了去有甚么脸儿见祖宗？"晁书娘子道："奶奶可是没的说。咱有地，宁只舍给别人。也不给那伙子斫头的①！'八十年不下雨，记他的好晴儿。'那一日不亏了徐大爷自己来到，如今咱娘儿们正鳖的不知在那里哩！"晁夫人道："他怎么没鳖动咱？他还自家鳖的夹了这们一顿夹棍，打了这们一顿板子哩。这伙子斫头的们也只觉狠了点子，劈头子没给人句好话！我起为头也恨的我不知怎么样的，教我慢慢儿的想，咱也有不是。那新娶我的一二年，晁老七合晁溥年下也来了两遭。咱过的穷日子，清灰冷灶的，连钟凉水也没

① 斫（zhuó）头的——骂人的话。斫为用斧砍之意。

给他们吃。那咱我又才来，上头有婆婆，敢主的事么？见咱不瞅不睬的，以后这们些年通不上门了。这可是他们嫌咱穷。后来你爷做了官，他们又有来的。紧则你爷甚么，又搭上你大叔长长团团的：‘怎么咱做穷秀才时，连鬼也没个来探头的！就是贡了，还只说咱选个老教官，没甚么大出产，也还不理。如今见咱选了知县，都才来奉承咱。这穷的像贼一般，玷辱杀人罢了！’爷儿两个没一个儿肯出去陪他们陪。我这们说着，叫留他们吃顿饭，甚么是依？后来做了官，别说没有一个钱的东西给他们，连昨日回来祭祖也没叫他们到跟前吃个馍馍。这也是户族里有人做官一场。他们昨日得空儿就使，怎么怪的？我想咱揽的物业也忒多了，如今不知那些结着大爷的缘法，一应的差徭都免了咱的。要是大爷升了，后来的大户收头累命的下来，这才罢了咱哩。雍山的十六顷是咱起为头置庄子买的，把这个放着。靠坟的四顷是动不得的。把那老官屯使见钱买的那四顷分给那伙斫头的们。其余那八顷多地，这都是你大叔一半钱一半赖图人家的，我都叫了原主儿来，叫他领了去。”晁书娘子道：“奶奶把地都打发了，叫小叔叔大了吃甚么？”晁夫人道：“天老爷可怜见养活大了，就讨吃也罢，别说还有二十顷地，够他吃的哩。”晁书娘子道：“奶奶就不分些与俺众人们么？”晁夫人道：“你们都有一两顷地了，还待揽多少？你家里有甚么秀才、乡宦遮影①着差使哩？”晁书娘子道：“俺有是俺的，没的是奶奶分给俺的。”晁夫人道：“你看老婆混话！你是那里做贼偷的？脱不了也是跟着你爷做官挣的。算着，你那两顷地连城里房子，算着差不多值着一千二三百两银子哩。你要只守住了，还少甚么哩？你去外头叫他们一个来，我分

① 遮影——支应。

付他请去。”晁书娘子往外去叫了曲九州来到。晁夫人分付说：“你去请那户族里那八个明日到这里，我有话合他们说。”曲九州遂去挨门请到了，都说明日就去。曲九州回了晁夫人的话。

次日清早，众人都到了晁思才家。大家都商量说：“宅里请咱，却是为甚么？从头年里对着家里的说，待合咱讲甚么说话，年下不得闲，过了年也罢。”晁无晏道：“我一猜一个着，再没有二话，情管是那几亩坟地，叫咱众人摊粮。”晁思才说：“不是为这个。虽是大家的坟地，咱谁去种来？叫咱认粮。他家在坟上立蛟龙碑盖牌坊的，他不纳粮叫咱认，这也说不响。这老婆子要说这个，我就没那好！”内里一个晁邦邦说：“七叔，你前日对着三婶子说，那些事都吃了那伙子斫头的亏，你今日又说没那好？”晁思才道：“三官儿，你就知不道我的为人！我有个脸么？你当我嘴上长的是胡子哩，都是些狗毛。”晁思才老婆跑将出来说道：“你们不消胡猜乱猜的，情管是为你昨日卖了坟上的两科柏树，他知道了，叫了众人去数落哩。”晁无晏道：“七爷，你多咱卖了树？咱大家的坟，你自家卖树使，别说宅里三奶奶不依，我也不依！”晁思才望着晁无晏一头碰将去，说道：“你待不依！你不依，怎么的？我如今宅里做官的没了，我就是咱家里坐头一把金交椅的了！卖科坟上的树你不依，我如今待卖您的老婆哩，您也拦不住我！”晁无晏道：“你这话不怕熏的人慌！你要是正明公道的人，没的敢说你不是个大的们。人干不出来的事，你干出来了，还要卖人的老婆？你卖坟上的树，卖老婆使不得么！”晁思才就挝挠①，晁无晏就招架。晁思才就要拉着声冤。晁无晏道：“咱就去，怕一怕的也不是人！脱不了咱两个都在大爷跟前失了

① 挝挠——动手。

德行的人，咱再齐头子来挨一顿丢在监里，叫俺老婆养汉，挣着供牢食。你还没个老婆挣钱哩。”倒拉着晁思才往外去吆喝。晁思才老婆赶出来拉扯成一堆：“贼斫头的！你那老婆年小，又标致，养的汉，挣的钱！我这们大老婆子，倘在十字街上，来往的人正眼也不看哩！”晁无晏也不理他，只拉着晁思才往县门口去。晁思才见降不倒他，软了半截，骂自己的老婆，道：“老窠子！你休逞脸多嘴多舌的！你见我卖坟上的树来？二官儿，你撒了手，咱户里还有几个人哩。窝子里反反，我的不是也罢，你的不是也罢，休叫外人笑话。”众人又拉拉扯扯的劝着，说道：“宅里请咱，咱要去，咱如今就该去了。要不去，咱大家各自回家弄碗稀粘粥在肚子里干正经营生去。从日头没出来就吵到如今了！”晁思才道：“二官儿，他们说得是。你放了手，咱们往那里去来。咱还义和着要照别人哩。”

晁无晏也便收了兵，一齐望着晁宅行走。曲九州看见，进去说了。晁夫人出到厅上相见。晁思才等开口说道：“昨日嫂子差了人去，说合俺们说甚么，叫我们早来，不知嫂子有甚么分付？”晁夫人道：“我昨日没了儿，我这物业您说都该是你们的，连我都要一条棍撵的出去。”晁思才没等说完，接着说道：“那里的话！谁敢兴这个心？嫂子别要听人说话。”晁夫人又说：“如今天老爷可怜见，虽不知道是仰着合着，我目下且有儿了。既有了儿，这家业可是我的了。”那晁思才又没等晁夫人说完，接道：“嫂子叫了俺来是说这个么？”又不知待要说甚么，晁无晏道：“七爷，你有话且等三奶奶说了你再说不迟。”把晁思才的话头截住了。晁夫人又接道：“如今既成了我的家业，我可不独享，看祖宗传下来的一脉，咱大家都有饭吃，才足我的心。”晁思才又没等晁夫人说完，接道：“嫂子是为俺赤春头里，待每人给俺石粮食吃？昨日人去请我，我就说嫂子有这个好意，果不其然。这只是给嫂子磕头就是了。”晁无晏道：“七爷，你只是拦三奶奶的话！咱等三奶奶把前后的话说完了，该有甚么说的再说，该磕头的磕头，迟了甚么来？”晁夫人又接道：“我意思待把老官屯可可的是四顷地，每人五十亩。分给你八家子耕种着吃，也是俺这一枝有人做官一场。我总里是四顷地，该怎么搭配着分，您自家分去。一家还与你五两银子、五石杂粮，好接着做庄家。”

晁思才把两个耳朵垂子掐了两掐，说道：“这话，我听的是梦是真哩？这老官屯的地，一扯着①值四两银子一亩，这四顷地值着一千六七百两银子哩。嫂子肯就干给了俺罢？”晁夫人道：“你看！不干给您，您待给我钱哩？”晁思才道：“阿弥陀佛！嫂子，你也不是那世上的凡人，你不知是观音奶奶就是顶上奶奶托生的。通是个菩萨，就是一千岁也叫你活不住！”晁无晏道：“你看七爷！活了你的么？就叫俺三奶奶活一万岁算多哩？”晁夫人道：“别要掏瞎话，且说正经事。这得立个字儿给您才好。可叫谁写？”晁思才道：“二官儿就写的极好，叫他写罢。”晁夫人道：“你看糊涂！您自己写了，还自己收着，有甚么凭据哩？”晁思才道：“我还有一句话可极不该开口，我试说一说，只在嫂子。这如今俺三哥没了，我也就算个大的们了，嫂子把那庄上的房子都给了我罢。”晁夫人道：“谁这里说你不是大的们哩？只是晚生下辈的看着你是大的们，在那祖宗往下看着，您都是一样的儿孙们。可说这房子，我都不给你们，留着去上坟，除的家阴天下雨好歇脚打中火。论这几间房倒也不值甚么。您这一伙子没有一个往大处看的人，鬼扯腿儿分不匀，把我这场好事倒叫您争差违碍

---

① 一扯着——平均。

不好。您各人自家燕儿垒窝的一般，慢慢的收拾罢。这只天老爷叫收，可您都用不尽的哩。”晁无晏道：“奶奶说得有理。咱且下来先谢谢奶奶再讲。”晁夫人道：“消停，等完事，可咱大家行个礼儿不迟。”晁思才道：“等完了事再磕有多了的么？”晁夫人道：“天忒晚了，大家且吃了饭再说。”叫人摆上菜，端上嗄饭，大盘子往上端馍馍粉汤。

晁夫人此时暂往后边去了。忽然李成名进来，说道：“胡师傅从通州下来，敬意看奶奶。”晁夫人道：“梁师傅没来么？”李成名道：“我问他来，他说梁师傅从头年里坐化了。”晁夫人诧异的了不得：“的真小和尚是梁片云托生的了！”晁夫人叫：“请他到东厅里坐，待我出去见他。”

须臾，晁夫人走到厅上。胡无翳跪下叩了四首。晁夫人站着受了他的礼，说：“这们些路，大冷天，又叫你来看我。梁师傅怎么就没了？”胡无翳道：“贫僧一则来与奶奶拜节；二则挂念着，不知添了小相公不曾；三则也为梁片云死的跷蹊，所以也要自己来看看。他从这里回去，一路上只是感奶奶的恩。他知道小奶奶怀着孕，他说怎么得托生来做儿子，好报奶奶。一到家就没得精神，每日淹淹缠缠的。一日，梦见韦驮尊者合他说：‘晁宜人在通州三年，劝他丈夫省刑薄罚。虽然他丈夫不听他的好话，他的好心已是尽了。这六百多银子也济活了许多人，往后的济度还没有限哩，不可使他无子侍奉。你说与他为子，是你自己发的愿，出家人是打不得诳语的，那犁舌地狱不是耍处。你十二月十六日子时，去走一遭，回来也误不了你的正果。’他醒转来，即时都对着长老合小僧说了。我们说他虽不似常时这般精爽，却又没有甚病，怎么就会死哩？他到了十二月十五日酉时候，烧汤洗了浴，换了新衣，外面就着了奶奶与他做的油绿绸道袍，辞了各殿上的菩萨，又到韦驮面前叩了头，辞别了长老。又再三的嘱咐小僧，叫把那积谷的事别懈怠了。走进自己静室，拈了香，上在禅床上，盘膝坐了。长老说：‘这等好好的一个人，怎便就会死了？不要自己寻了短见。我们远远的防备他，只不要进他的房去搅乱。’等到十六日天大明了，长老道：‘这已过了子时，料应没事了，进去看他一看。’走进去，只见鼻子里拖下两根玉柱，直拄着膝上，不知那个时辰就圆寂了。”晁夫人道：“怎么有这样的奇事！十二月十五日的清早，孕妇也就知觉了。等到二鼓多，那老娘婆说：‘只怕还早，奶奶且略盹一盹儿。’扯过个枕头来，我就睡着了。只见梁师傅进我房来与我磕头，身上就穿着我与他做的那油绿道袍。他说：‘我因奶奶没人，我特来服事奶奶。’我从梦里当真的，说道：‘你出家人怎好进我房来服侍？外边坐去。’他佯长往我里间去了。他们见我梦里说话，叫醒我来，即刻就落地了。正正的是十二月十六日子时。”

彼此说得毛骨耸然。晁夫人道：“还有奇处。我口里不曾说出，心里想道：‘生他的时节，既是梦见梁片云进房来，就叫他是晁梁罢。’可可的那日去县里报喜，适遇着县公穿了红圆领，从学里上了梁回来。报喜的禀了，县公说：‘这个孩子有些造化，怎么叫我穿了吉服迎你们的喜服。我从学里上梁回来，名字就叫做晁梁罢。’你还不曾看见，他的模样就合梁片云一个相似。如今梁片云出过殡了不曾？”胡无翳道：“他说叫不要葬了，抬在后园，垒在龛内，等他自己回来葬他。如今果然垒在后园龛内，京城里面，多少勋臣太监都来瞻拜。皇太后都差了司礼监下来上香。修盖的好不齐整。如今等二月初二，还要着实大兴工哩。”晁夫人道：“你吃完了斋，叫人抱他出来你看。”晁夫人也自往后边吃饭去了。端上斋来，胡无翳自己享用。

那晁思才一干人狼吞虎咽的吃完了饭，说与晁夫人知道了。晁夫人道："便宜这伙人。正没人给他们立个字，这胡和尚来的正好。"晁夫人吃完了饭，又走到晁思才那里，问说："你们都吃饱了不曾？怎便收拾得恁快？"晁思才道："饱了，饱了！这是那里，敢作假不成？"

却说胡无翳也吃完了斋，叫人来说，要暂辞了回真空寺去。晁夫人道："略停一停，还有件仗赖的事哩。"合晁思才道："从通州下来了一位门僧胡师傅，央他写个字给你们罢。"晁思才道："这极好！在那里哩？请来相见一见。"晁夫人分付叫人请胡师傅来。众人望见胡无翳唇红齿白，就似个标致尼姑一般，都着实相敬。彼此行了礼。晁夫人道："这是俺族的几个人。我因我们做官一场，受了朝廷俸禄，买了几亩地，如今要分几亩与他们众人，正没人立个字。你来的极好，就仗赖罢。"胡无翳道："只怕写的不好。有脱下的稿么？"晁夫人道："没有稿。待我念着，你写出个稿来，再另外誊真。"叫人揩拭了净桌，拿过笔砚纸墨来。晁夫人念道：

诰封宜人晁门郑氏同男晁梁，因先夫蒙朝廷恩典，知县四年，知州三载，积得俸禄，买有薄田。念本族晁某等八人俱系祖宗儿孙，俱见贫寒，氏与男不忍独享富贵，今将坐落老官屯地方民地四百亩，原使价银一千六百两，分与某等八人，各五十亩，永远为业，以见氏睦族之意。业当世守，不许卖与外姓。粮差俱种地之人一切承管。此系母命，梁儿长成之日不得相争。此外再每人分给杂粮五石，银五两，为种地工本之费。立此为照。"

胡无翳听着，写完了稿，又从首至尾读了一遍与众人听，问道："就是这等写罢？"众人道："这就极好，就仗赖替写一写。"晁无晏道："'一客不烦二主。'俺们既做庄家，难道不使个头口？

爽利每人分个牛与我们，一发成全了奶奶这件好事。”晁思才道：“嫂子在上，二官儿这句话也说的有理。”旁边一个晁近仁说道：“嗳！为个人只是不知足。再不想每人五十亩地值着多少银子哩！奶奶给咱的那银子合粮食是做甚么使的，又问奶奶要牛，这七爷怪不的起个名字就叫做‘晁思才’，二哥就叫‘晁无晏’。——可是名称其实。”晁无晏瞪着一双贼眼，恨不得吃了晁近仁的火势，说道：“你不希罕罢了，你说人待怎的！”晁夫人道：“就是晁近仁不说这话，这牛我也是不给你们的。我也还要留着做庄家哩。”

晁无晏合晁思才起初乍听了给他每人五十亩，也喜了一喜，后来渐渐的待要烤火。烤了火，又待上炕。上了炕，又待要捞豆儿吃。没得捞着豆子，心里就有些不足的慌了。二人的心里又待要比别人偏些甚么，不待合众人都是一样。他一个说是族长，一个又说是族霸。两个走到外边，恓恓插插的商量了一会进来，又合晁夫人道：“俺两个又有一句话合嫂子说，凡事也有个头领，就是忘八也有个忘八头儿，贼也有个贼头儿，没的这户族中也没个长幼都是一例的。俺寻思着不动嫂子的东西，把他六家子的银子，每家子减下一两来，粮食也每家子减下一石来，把这六两银子，合这六石粮食，我情四分，二官儿情两分。就比别人偏一个钱也体面上好看。”晁夫人道：“你两个的体面好看了，难为他六家子的体面就不好看哩。没的只你两家子是正子正孙，他们六家子是刘封义子么？胡师傅，你别管他，你还往东厅里闩上门写去，写完了，拿来我画押。这里你一言我一语，混的慌。”晁夫人随即也抽身往后去了。晁思才对着众人说道：“我说的倒是正经话言，过粮过草的，俺两个县里还认的人，您们也还用的着俺。俺倒是好意取和的道理，为甚的不听呢？”没多一会，胡无翳把那八张合同都写得一字不差，大家都对过了，请出晁夫人来，胡无翳又念了一遍与晁夫人听。晁夫人把那八张合同都画了押，照着填就的各人名字，分散与他收执。晁夫人把那张稿来自己收了，叫丫头后边端出一个竹丝拜匣，内中封就的五两重八封银子，每人领了一封，约二十二日出乡交割地土，就着与他们的粮食。众人都与晁夫人磕了头。晁思才狠命的让晁夫人受礼。晁夫人道："嫂子没有受小叔礼的事，同起罢。"那些小辈们另与晁夫人磕头。晁夫人道："刚才不是我不依您的话。天下的事惟公平正直合秤一般，你要偏了，不是往这头子搭拉，就是往那头子搭拉。您既是分了这几亩子地，守着鼻子摸着腮的。老七，你别怪我说你。你既说是个族长，凡百的公平，才好叫众人服你，你承头的不公道，开口就讲甚么偏，我虽是女人家，知不道甚么，一像这个'偏'字是个不好的字儿。我见那拜帖子上都写个'正'字，一像这'正'字是个好字眼。这乡里人家极会欺生，您是知道的。您打伙子义义合合的，他为您势众，还惧怕些儿。您再要窝子里反起来，还够不着外人掏把的哩。"众人都道晁夫人说的是。大家都辞了回家。

晁夫人只留胡无翳吃了午斋，送了一应的供给合一千钱与真空寺的长老，叫供备胡师傅的饭。又说："叫人将那卖八顷地的原业主都叫的来，趁着胡师傅在这里，只怕还要写甚么。"不一日，果把那许多的原地主都叫得来，晁夫人仍自己出到厅上，也有该作揖的，也有该磕头的，都见过了。晁夫人道："您们都是卖地给俺的么？"众人应说："都是。"晁夫人道："这些顷的地，都是我在任上，是我儿子手里买的。可不知那时都是实钱实契的不曾？若你们有甚么冤屈就说，我自有处。"这些众人们各人说各人的，大约都是先借几两银子与人使了，一二十分利上加利，待不的十来个月，连本钱三四倍的算将上来，一百两的地，使不上二三十两实在的银子。就是后来找些甚么又多有准折，或是甚么老马老驴老牛老骡的，成几十两几两家算；或是那浑账酒一坛，值不的三四钱银子，成八九钱的算账；三钱银买将一匹青布来，就算人家四钱五分一匹；一两银换一千四五百的低钱，成垛家换了来，放着一吊算一两银子给人。人有说声不依的，立逼着本利全要，没奈何的捏着鼻子捱。“昨日晁爷没了，俺众人也都算计着两院子里告状。不料大官人又被人杀死了。俺倒不好说甚么了：显见的俺们为家里没了男子人欺负寡妇的一般。”晁夫人道：“我也听的说，这几顷地买的不甚公平，人多有怨的。我尽有地种，我种这没天理的地是替这点小孩子垛业①哩。我如今合你们商议：您都拿原价来赎了这地去，各人还安家乐业的。”众人说：“论如今的地倒也香亮。俺那里去弄这原价？实说：俺有了原价，那里买不出地来，又好费事的赎地哩？”晁夫人道：“不问你要文书上的原价，只问你要当日实借的银子本儿。把那算上的利钱，就是那准折的东西都不问您要。”众人道：“要是如此，又忒难为奶奶了。俺情愿一本一利的算上，把那准折的东西也都算成公道的，把那利上加的利免了俺的，俺们还便宜着许多哩。”晁夫人道：“罢了。我既然说了，也只是还本钱就是。”众人道：“既是奶奶的好心，俺们众人都去变转银子去，再来回奶奶的话。”晁夫人道：“你且不消就去。我如今就拿出原文书来，您众人领了去罢。”内中有两个，一个叫是靳时韶，一个叫是任直，说道：“还是等银子到了再给文书不迟。如今的年成不好，人皮里包着狗骨头，休把晁奶奶的一场好心辜负了，叫低人带累坏了好人。”众人齐道：“您两个就没的家说！十分的，人就这们没良

① 垛业——意为造孽。

心了？”任直道：“如今的人有良心么？这会子的嘴都像蜜钵儿，转过背去再看！”晁夫人道：“论理，您两个说的极是；但我又许了口，不好打诳语的。将文书给他们去罢。我怕亏着人垛下了业，没的他们就不怕垛业的？”任直、靳时韶道：“也罢，奶奶把这文书总里交给俺两个。俺两个，一个是约正，一个是约副，俺如今立个收地欠银的帖儿，奶奶收着，我替奶奶催赶出这银子来，不出十日之内就要完事。有昧心的，俺两个自有法儿处他。”

果然立了帖，收了文书，众人谢了晁夫人出到门外。任直合靳时韶说道：“阿弥陀佛！真是女菩萨。我只说这新添的小孩子是他老人家积下来的。咱们紧着收拾银子给他，千万别要事了①人的好心。”

这一二十人，此等便宜的事有甚难处？有了地土顶着，问人借银子，也有得借与。或将地转卖与人，除了还的仍有许多剩下。果然不出十日之内，同了任直、靳时韶陆陆续续的交与了晁夫人，总将上来差不多也还有一千多两银子。这样赖图人的事，当初晁大舍都与晁住两个干的，今据晁住报的，与众人还的，无甚大差。

内中只有一个麦其心、一个武义、一个傅惠，三个合成一伙去哄骗那靳时韶合任直两个，说道：“我们向人家借取银子，人家都不信，说：‘一个女人做这等的好事？’都要文书看了方才作准。你可把我们的文书借与暂时照一照，即刻交还与你。别人的都有了，只剩了我们三个人。显见的是行止不好的人。一时羞愧起来，恨不得自己一绳吊死！”靳时韶道：“你三个的银子分文没有，怎便把文书交与你？况我们平日又不甚么久相处，这个不

① 事了——埋没，辜负。

便。”任直道：“他也说得是。文书不与他看，银子又借不出来，这个局几时结得？与他拿了去看一看，就叫他交还我们。不然，待我跟了他去。”靳时韵道：“这也使得。你便跟他一跟。”随将三个的文书拿出来，交付他三个手里。任直跟了同到长春观新开的一个后门，说：“财主在这里面，是个辽东的参将。我们既要求借，只得小心些，与他磕个头儿，央浼他才好。”任直说：“我又不借他的银子，为甚求面下情的？”傅惠道：“这只是圆成我们的事罢了。”任直道：“你们三个进去罢，我在这门前石上坐了等你们。”三个说道：“也罢，只得你进去替我们撺掇一撺掇，更觉容易些。”傅惠望着麦其心道：“把那门上的礼儿拿出来送了与他，要央他传进去。”麦其心故意往袖里摸了一摸，说道：“方才害热，脱下了夹袄，忘在那夹袄袖内了。”傅惠道：“这做事要个顺溜，方才要这文书，被靳时韶天杀的千方百计的留难，果然就忘记了银子来。我见任老哥的袖内汗巾包有银子，你借我们二钱，省得又回去，耽阁了工夫。我们转去就将那封起的银子奉还。”任直是个爽快的人，那用第二句开口，袖内取出汗巾，打开银包，从袜筒抽出等子来，高高的秤了二钱银子，递到傅惠手里。傅惠道：“得块纸来包包才好。”任直又从袖里摸出一块纸来。傅惠包了银子，从后门里进去，还说：“你若等得心焦。可自进到门上催我们一声，省得他只管长谈，误了正经事。”

任直从清早不从①吃饭，直等到傍午的时候，只不见出来，肚里又甚饥饿起来，看见卖抹糕的挑过，买了一碗吃到肚里，又等了个不耐烦，晌午大转了，只不见三个出来，只得自己慢慢走将进去。那有甚么看门的。又走了一走，只见一个半老的姑子在

① 从——“曾”的借音。本书中常见。

那里磨石腐。忽然想起："这不是长春观的后殿？一定那个辽东参将歇在这里。"那个姑子道："施主请里面坐，待我看茶。"任直道："那位参将老爷下在那个房头？清早曾见有三个人进来么？"姑子道："从大清早的时候，傅惠合麦其心又一个不认得的走来，每人吃了我们的两碗粥去了。"任直道："从那里出去的？"姑子道："从前门出去了。"任直道："他们见过了那个辽东参将不曾？"姑子道："这观里自来不歇客。那有甚么辽东参将。"任直问："他们三个还说甚么不曾？"姑子道："他们说，若有人来寻我们，说我们在乌牛村里等他，叫他快些来。"任直想："那里有甚么乌牛村？阿！这伙狗骨头，叫我往'乌牛村'去寻他，这等奚落人，可恶！"不胜懊悔，怎回去见靳时韶？只得回去把前后的事告诉了一遍。两个又是可恼，又是好笑。

靳时韶道："不怕他走到那里，我们寻他去"。走到鼓楼前，只见三个吃得醉醺醺的，从酒铺里出来。傅惠望着任直拱一拱，道："多扰，多扰。不着你这二钱银子，俺们屁雌寡淡的，怎么回去？"任直道："你这三个杭杭子也不是人！"武义道："是人，肯揹住人的文书么？我把这扯淡的妈来使驴子肏！"傅惠道："打那贼驴肏的，打杀了，我对着他！"他那边是三个人，这边止得两个人，他那边又兼吃了酒，怎敌当得住？被他打了个不亦乐乎。亏了地方总甲见打了乡约，狠命的拦救。一个小甲跑到县里禀了。县官正坐着堂，拔了三枝签，差了三个马快带领了十来个番役，走到鼓楼前，三个凶徒还在那里作恶哩。靳时韶、任直打得血糊淋拉的躺在地下。快手把三个上了锁，扶掐了靳时韶、任直两个来见大尹，叫上靳时韶、任直去，禀了前前后后的始末。又叫了长春观的姑子来审问真了。又从傅惠身边搜出了三张文约。大尹诧异的极了，每人三十大板、一夹棍、一百杠子。三张文书共是八十亩地，约上的价银三百二十两，今该实还晁夫人的银子一百二十两。大尹道："叫库吏把那前日拆封的余银兑一百二十两来，交付靳时韶等送还晁夫人。把这八十亩地官买了，养赡儒学的贫生，原约存卷。把这三个歪畜生拖出大门外去！"

靳时韶、任直将了银子，叫人扶了，送还与晁夫人，告诉了前后的事。晁夫人道："本等是件好事，叫这三个人搅乱的这们样！大爷既把这地入官做了学田，这是极好的事，把这银子缴与大爷，把这地当我买在学里的罢。"留下靳时韶、任直待了酒饭，后来又每人送了他一石小米、一石麦子，以为酬劳养痛的谢礼。两个同了晁凤，拿了那一百二十两银子，缴还县尹。那县尹道："也罢，你奶奶是做好事的，这八十亩学田就当是你奶奶买的，后就在学里立一通碑传后，我明日还与奶奶挂扁。回家多拜上奶奶。"打发晁凤三个来了，叫上礼房来分付做齐整门扁，上书"女中义士"四字。拣择吉日，置办喜酒羊果，彩楼鼓乐，听候与晁夫人门上悬挂不提。

胡无翳住了一个多月，晁夫人与他制备了春衣，送了路费，摆了斋与他送行。小和尚将近三个月了，着实醒得人事，晁夫人叫人抱出来与胡师傅看看。可煞作怪，那小和尚看见胡无翳，把手往前扑两扑，张着口大笑，把胡无翳异样的慌了，端详着可不就合梁片云那有二样。胡无翳道："小相公无灾无难，易长易大的侍奉奶奶，我到十月初一日来与奶奶庆寿，再来望你。"小和尚只是扑着要胡无翳抱。胡无翳接过来抱了一会，奶子方才接了回去，还着实有个顾恋的光景。可见这因果报应的事确然有据，人切不可说天地鬼神是看不见的便要作恶。正是：

种瓜得瓜，种粟得粟。一点不差，舍浆种玉。

第二十三回

绣江县无儇薄俗　明水镇有古淳风

去国初淳庞未远，沐先皇陶淑綦深。人以孝弟忠信是敦，家惟礼义廉耻为尚。贵而不骄，入里门必式；富而好礼，以法度是遵。食非先荐而不尝，财未输公而不用。妇女惕三从之制，丈夫操百行①之源。家有三世不分之产，交多一心相照之朋。情洽而成婚姻，道德而为师弟。党庠家塾，书韵作于朝昏；火耨水耕，农力彻于寒燠②。民怀常业，士守恒心。宾朋过从而饮食不流，鬼神祷祀而牲牷必洁。不御鲜华之服，疏布为裳；不入僭制之居，剪茆③为屋。大有不止于小康，雍变几臻于至道。

晁源这伙人物都是武城县的故事，如何又说到绣江县去？原来这伙死去的人又都转世，聚集在绣江县里结成冤家。后边遇着一个有道的禅僧一一的点化出来，所以又要说绣江县的这些事故。

这绣江县是济南府的外县，离府城一百一十里路，是山东有数的大地方，四境多有名山胜水。那最有名的第一是那会仙山，原是古时节第九处洞天福地。唐德宗贞元二十一年，太子顺宗即位，夜间梦见一个奇形怪像的人，说是东海的龙君，拿了一丸药与唐顺宗吞了下去，梦中觉得喉咙中甚是苦楚，醒转来叫那直宿

---

① 百行——旧时指各种善行。
② 燠（yù）——暖，热。
③ 茆（máo）——同“茅”。

的宫女，要他茶吃，便一字也说不出来，从此就成了一个哑子，便不能坐朝，有甚么章奏都在宫中批答出来。皇后想道："东海龙神既来梦中下药，哑了皇帝的喉咙，若不是宿冤，必定因有甚么得罪，这都可以忏悔得的。"差了近侍太监李言忠赍了敕书，带了御府的名香宝烛，苏杭织就的龙袍，钦差前往山东登、莱两府海神庙祈祷。凡经过的名山大川俱即祈祷，务求圣音照常。李言忠领了敕旨，驰驿进发，经过绣江地方，访知这会仙山是天下的名胜，遵旨置办了牲牷，先一日上山斋宿，次早五更致祭。这时恰值九月重阳，李言忠四更起来梳洗毕了，交了五更一点，正待行礼，只听见山顶上一派乐声嘹亮，举目一看，灯火明如白日，见有无数的羽衣道流在上面周旋。待了许久，方见有骑虎、骑鹿与骑鸾鹤的望空而起。李言忠复命时节奏知其事，所以改为会仙山。这会仙山上有无数的流泉，或汇为爆布，或汇为水帘，灌泻成一片白云湖。遇着天旱的时节，这湖里的水不见有甚消涸；遇着天潦的时节，这湖里的水不见有甚么泛溢。

离这绣江县四十里一个明水镇，有座龙王庙。这庙基底下发源出来滔滔滚滚极清极美的甘泉，也灌在白云湖内。有了如此的灵地，怎得不生杰人？况且去太祖高皇帝的时节刚刚六七十年，正是那淳庞朝气的时候，生出来的都是好人，夭折去的都是些丑驴歪货。大家小户都不晓得甚么是念佛吃素、叫佛烧香，四时八节止知道祭了祖宗便是孝顺父母。虽也没有像大舜、曾、闵的这样奇行，若说那"忤逆"二字，这耳内是绝不闻见的。自已的伯叔兄长，这是不必说的。即便是父辈的朋友，乡党中有那不认得的高年老者，那少年们遇着的，大有逊让，不敢轻薄侮慢。人家有一碗饭吃的，必定腾那出半碗来供给先生。差不多的人家，三四个五六个合了伙，就便延一个师长。至不济的，才送到乡学社里去读几年。摸量着读得书的，便教他习举业；读不得的，或是务农，或是习甚么手艺，再没有一个游手好闲的人，也再没有人是一字不识的。就是挑葱卖菜的，他也会演个“之乎者也”。从来要个偷鸡吊狗的，也是没有。监里从来没有死罪犯人。凭你甚么小人家的妇女从不曾有出头露面游街串市的。惧内怕老婆这倒是古今来的常事，惟独这绣江夫是夫、妇是妇，那样阴阳倒置、刚柔失宜、雌鸡报晓的事绝少。百姓们春耕夏耘、秋收冬藏完毕，必定先纳了粮，剩下的方才食用。里长只是分散由帖的时节到到人家门上，其外并不晓得甚么叫是“追呼”，甚么叫是“比较”。这里长只是送这由帖到人家，杀鸡做饭，可也吃个不了。秀才们抱了几本书，就如绣女一般，除了学里见见县官，多有整世不进县门去的。

这个明水离了县里四十里路，越发成了个避世的桃源一般。这一村的人更是质朴，个个通是那前代的古人。只略举他一两件事，真是这晚近的人眼也不敢睁的。

一位杨乡宦，官到了宫保尚书①，赐了全俸，告老在家。他却不进城里去住，依旧还在明水庄上，略略的将祖居修盖了修盖，规模通不似个宫保尚书的府第。他却住在里边，把县里送来的青夫门皂尽数都辞了不用。或到那里游玩，或到田间，去路远的所在，坐了个两人的肩舆，叫庄客抬了；近的所在，自己拖了根竹杖，跟了个奚童，慢慢踏了前去。遇着古老街坊、社中田叟，或在庙前树下，或就门口石上，坐住了，成半日的白话。若拿出甚么村酒家常饭来，便放在石上，人家就吃，那里有一点乡宦的气儿。那些庄上的乡亲也不把他当个尚书相待，仍是伯叔兄

① 宫保尚书——宫保，为太子太保、少保的通称。此指杨乡宦官至尚书并加了宫保衔退休。

弟的称呼。大家有甚喜庆丧亡的事儿，他没有自己不到的。冬里一领粗褐子道袍，夏里一领粗葛布道袍，春秋一领浆洗过的白布道袍，这是他三件华服了。村中有甚么社会①，他比别人定是先到，定是临后才回。

有一个邻县的刘方伯特来望他，他留那方伯住了几日，遍看那绣江景致。一日，正陪刘方伯早饭，有一个老头子，䌽了头，穿了一件破布夹袄，一双破趿鞋，手里提了一根布袋，走到厅来。杨尚书见了，连忙放下了箸，自己出去，迎到阶前，手扯了那个人，狠命让他到厅。那人见有客在上面，决意不肯进去，只说要换几斗谷种，要乘雨后耕地。杨尚书连忙叫人量了与他，临去，必定自己送他到门外，叫人与他驮了谷，送到家中。那刘方伯问道："适才却是何人？怎么老年翁如此敬重？"尚书道："是族中一位家兄，来换几斗谷种。"方伯道："不过农夫而已，何烦如此？"尚书道："小弟若不遭逢圣主，也就如家兄一般了。小弟的官虽比家兄大，家兄的地却比小弟的还多好几十亩哩。"说得刘方伯甚觉失言。

再说他那村外边就是他的一个小庄，庄前一道古堤，堤下一溪活水。他把那边此边又帮阔了丈许，上面盖了五间茅屋，沿堤都种桃柳，不上二十年，那桃柳都合抱了。暮春桃花开得灿烂如锦，溪上一座平阔的板桥，渡到堤上，从树里挑出一个蓝布酒帘，屋内安下桌凳，置了酒炉，叫了一个家人在那里卖酒，两三个钱一大壶，分外还有菜碟。虽是太平丰盛年成，凡百米面都贱，他这卖酒原是恐怕有来游玩的人没钟酒吃，便杀了风景。若但凡来的都要管待，一来也不胜其烦，二来人便不好常来取扰，

---

① 社会——旧时乡村学塾逢春、秋祀社之日或其他节日举行的集会。

所以将卖酒为名，其实酒价还不够一半的本钱。但只有一件不好：只许在铺中任凭多少只管吃去，只不教把酒装了别处去。有来赊吃的也不计论，凭你吃去，也不记帐，也不去讨。人也从没有不还的。尚书自己时常走到铺中作乐。

一日，铺中没有过酒的菜蔬，叫人家去取来。有两个过路的客人过了桥走上堤来，进到铺中坐下，叫说："暖两壶酒来我们吃。"尚书道："酒倒尽有，只是没有过酒的菜，所以掌柜的往家里取去了，央我在这里替他暂时照管。你二位略等一等。"那二人道："我们酱斗内自己有菜，央你与我暖暖酒罢。"杨尚书果然自己装了两大壶酒在炉上汤内暖热了，自己提了送到两个的桌上，又将来两付钟箸送去。二人从酱斗内取出的豆豉腌鸡，盛了两碟，斟上酒，看着尚书道："请这边同吃一钟如何?"尚书说："请自方便。我从不用酒的。"那两个问说："如今这杨老爷有多少年纪了？也还壮实么?"尚书道："约摸有八十多了，还壮实着哩。"两人道："阿弥陀佛！得他老人家活二百岁才好。"尚书道："你二位愿他活这们些年纪做甚么?"二人道："我们好常来吃酒。我们是邹平县的公差，一年从这里经过，至少也有十数遭，那一次不扰他老人家几壶。"尚书道："你二位吃了他的酒难道是不与他钱的？这等的感激。"二人说："若说起钱来。也甚惶恐，十壶的酒钱还不够别铺的五壶价钱哩。他老人家只不好说是舍酒，故意要几文钱耍子罢了。"又问尚书，说："你这位老者今年有五十岁了？在那里住?"尚书道："我也在这村里住，今年五十岁略多些了。"二人又问："你这老者也常见杨老爷么?"尚书道："我是他的紧邻，他是我的房主，俺两个甚是相厚，行动就合影不离身一般。"一个道："你两个怎么今日就离开了。"尚书道："只这会就来了。"二人问："往那里来?"尚书说："就往这边来。"二人道："若是就来，我们在此搅乱不便，该预先回避去罢。”尚书道：“适才感激他也是你二位，如今要预先躲了去的也是你二位，脱不了那杨尚书也是一个鼻子两个眼睛，你怕他做甚么？”二人道：“虽然是一个鼻子两个眼，天子、大臣回家还吃着全俸，地方大小官员都还该朔望①参见哩，好小小的人，你看轻了他！”尚书道：“我合他常在一处，并没有见个公祖父母②来这里参见的。”二人道：“起初也来了几遭，杨老爷着实的辞不脱。后来凡有官员来参见的，摆下大酒席相待，人才不好来了。常时我们吃这两壶没事的，今日的酒利害，这两壶有些吃他不了。”尚书道：“天已正午，日色正热着哩，你们慢慢的吃，等掌柜的取了新菜来，再吃一壶去。若是肚饿了，也就有见成的饭，随便吃些。”二人道：“酒便罢了；饭怎么好取扰？”尚书道：“你不好扰，也留下饭钱就是了。”

正话中间，只见掌柜的提了一大篮菜，后边两个小童，一个掇了两个盆子，一个提了个锡罐，走近前来。掌柜的道：“有客吃酒哩！这是谁暖的？”尚书道：“是我暖的。”掌柜的道：“你二位甚么福分敢劳动老爷与你们暖酒哩。”二人道：“这莫非就是杨老爷么？”掌柜的道：“你们却原来不认得么？”二人连忙跪下，磕不迭的头。尚书一手扯着一个，笑道：“适间多承你二位奖许我这们一顿，多谢，多谢！我说等新菜来再吃一壶，如今却有新菜到了，家常饭也来了。”叫人掀开：“我看看是甚么。”原来一大碗豆豉肉酱烂的小豆腐、一碗腊肉、一碗粉皮合菜、一碟甜酱瓜、一碟蒜苔、一大箸薄饼、一大碟生菜、一碟甜酱、一大罐绿豆小米水饭。尚书合掌柜的说道：“把咱两个的让给这二位客吃罢，我往家里吃去。你的饭我叫人另送来你吃。”一边拖着竹杖，

① 朔望——即每月的初一和十五日。朔，初一；望，十五。

② 公祖父母——旧时对地方长官的尊称。

一个小厮打了一柄小布伞，起身家去，对二人道："这荒村野坡的，可是没有甚么您吃，胡乱点点心罢了。"二人道："冒犯了老爷，无故又敢讨扰。"尚书道："头一次是生人，再来就是相识了。"两个还送尚书下了堤，从新又到铺内。

掌柜的摆上饭，让他两个吃。二人道："这饭多着哩，只怕咱三人还不能吃得了。"让掌柜的也一同吃饭，你说我道的议论杨尚书的盛德。两个道："做到这们大官，还不似个有钱的百姓哩。真是从古来罕有的事。这要在俺们县里，有这们一位大乡宦，把天也胀开了，还够不着那些管家的们作恶哩。"掌柜的道："俺这宅里大大小小也有一二十个管家，连领长布衫也不敢穿，敢作恶哩！"二人道："却是怎的？难道是做不起么？"掌柜的道："倒不因穷做不起，就是做十领绸道袍也做起了。一则老爷自己穿的是一件旧白布道袍，我们还敢穿甚么？二则老爷也不许我们穿道袍，恐怕我们管家穿了道袍，不论好歹就要与人作揖，所以禁止的。"二人说："我适才见老爷善模善样，不是个利害的人。"掌柜的道："若是利害，禁了人的身子，禁不住人的心，人倒还有展脱。他全是拿德来感人。人做些欺心的事，他老人家倒也妆聋作哑的罢了。倒是各人自己的心神下老实不依起来，更觉得难为人子。"一边说，一边要打发酒钱。掌柜的说："大凡吃酒，遇着老爷自己在这里看见的，旧规不留酒钱。"二人道："饭是老爷当面赏的罢了，怎好又白吃了酒去？留下与掌柜的自己用了，不开帐与老爷看就罢了。"掌柜的道："刚才说过，凡事不敢欺心的。你们不曾听见么？"二人道："正是，正是。我们只朝上谢了老爷罢。"又与掌柜的作了十来个"重皮惹①"方才下堤过桥去

---

① 重皮惹——意作揖。

了。这是明水的头一位乡宦如此。

再说一个教书先生的行止，也是世间绝没有的事。这本村里有一个大财主人家，姓李，从祖上传流来，只是极有银钱，要个秀才种子看看也是没有的。到这一辈子，叫做李大郎，小时候也请了先生教书，说到种地做庄家，那心里便玲珑剔透的；一说到书上边去，就如使二十斤牛皮胶把那心窍都胶住了的一般，读到十七八岁，一些也读不进去。即如一块顽石丢在水里，浸一二千年也是浸不透的。但这个李大郎有一件人不及他的好处：听见说这个肯读书，或是见了那读书的人，他便异常的相敬。谁想天也就不肯负他的美意，二十岁上便就生了一个儿子，二十二岁又生了次子。长子八岁，名希白；次子六岁，名希裕。便请了一个先生，姓舒，名字叫做舒忠，这是明水村有名的好人，却是绣江县一个半瓶醋的廪膳。

这李大郎请到家教这两个孩子，恐怕先生不肯用心教得，要把脩①仪十分加厚，好买转先生尽心教道，每年除了四十两束脩，那四季节礼、冬夏的衣裳，真是致敬尽礼的相待。那个舒秀才感李大郎的相待，恨不得把那吃奶的气力都使将出来。这两个孩子又煞作怪，谁想把他父亲的料气，尽数都得来与了这两个儿子，真是过目成诵，讲与他的书印板般刻在心里，读过的书，牢牢的挖也挖不吊②的。教了三年，那舒秀才的伎俩尽了。

这样的馆，若换了个没品行的秀才，那管甚么耽误不耽误?就拿条蛮棒，你待赶得出他去哩！这舒秀才说道：“这两个学生将来是两个大器，正该请一个极好的明师剔拨他方好。我如今教他不过了，决要辞去，免得耽阁人家子弟。”李大郎道：“好好的

① 脩（xiū）——旧时称送给老师的薪金。
② 吊——同“掉”。

正在相处，怎便辞去？大的才得十二岁，小的新年才交得十岁，难道就教他不过？这一定是管待的不周，先生推故要去。”舒秀才道：“你若是管待得不周备，我倒是不去的。因你管待得忒周备了，所以我不忍负了你的美意，误了你的儿子。你的这两个儿子是两块美玉在那顽石里边，用寻一个绝会琢玉的好匠人方琢成得美器。若只顾叫那混账匠人摆弄，可惜伤坏了这等美才。你道是十来岁的孩子，这正是做酒的一般，好酒酵方才做得出好酒来，那样酸臭的酒酵做出来的酒自然也是酸臭的。若是读在肚里的听在耳朵里的会得忘记倒也还好，大的时节撩吊了这陈腐，再受新奇的未为不可。他这两个，凡是到了他的心里，牢牢的记住了，所以更要防他。我如今另荐一个先生与你。”李大郎只得依他辞了。

舒秀才果然另荐了一个名士杨先生。教了两年，那大学生刚得十四岁就进了学。又隔得两年，大的考了一等第十，挨补了廪。第二的也是十四岁进了学。那些富贵人家都要与他结亲。

李大郎因服舒秀才的为人，知他有两个女儿，一个十五岁，一个十三岁。舒秀才虽是寒素之家，却是世代儒门，妻家也是名族。央了人再三求他两个女儿与两个儿子为妇。舒忠道：“我这样的寒士，怎与他富家结得亲？论这两个学生倒是我极敬爱的。”舒秀才再三推辞，李大郎再三求恳，后来只得许了亲。这两亲家后来相处，说甚么同胞兄弟，好不一心相契得紧。

李大官后来官到了布政。李二官官到户部郎中。舒秀才贡了出学，选了训导①，升了通判②。杨先生官到工部尚书。李大郎受了二品的封诰。

---

① 训导——明清府、州、县学设训导协助同级学官教育所属生员。

② 通判——官名。明清设于各府，分掌粮运及农田水利等事务。

这两件还说是乡绅士林中的人物。

再说那村里还有一个小户农夫，也煞实可敬。这人姓祝，名字叫做其嵩，家中止得十来亩田，门前开个住客的店儿，一个妻，一个儿子，约有三十岁年纪，白白胖的人物，只弄成了个半身不遂的痹症，倒有一妻一妾。虽没有甚么多余，却也没有不足。

这祝其嵩一日进城去纳钱粮，只见一家酒铺门口一个粮道的书办，长山县人，往道里去上班，歇在绣江县城内，天气尚早，走到这酒铺来吃酒，临行，袖里不见了银包，说是外面一条白罗汗巾裹住，内里系一个油绿包儿，牙签内中是七两六钱银子，说是吊落酒铺里面，看见是那掌柜的拾了不还，把那掌柜的一顶细缨子帽扯得粉碎，一部极长的胡须大绺采将下来，大巴掌扇到脸上。那掌柜的因他是道里书办，教他似钟馗降小鬼的一般，那里敢动弹一动。围住了许多人看，见他说得真真切切的，都还道是那掌柜的欺心。

这祝其嵩说道："事也要仔细再想，不要十分冒失了，只怕吊在别处。"那个书办放了卖酒的，照着那祝其嵩的脸饠①稠的一口唾沫唠将过去，说道："呸，村屄养的！那里这山根子底下的杭杭子也来到这城里帮帮②。狠杀我了！"就劈脸一巴掌。看的众人说道："你这个人可也扯淡！他不见了银子发极，你管他做甚么？"祝其嵩道："'道路不平旁人蹶'！打哩不是他拾得，可为甚么就扯破人家的帽子，采人家的胡子？我刚才倒在四牌坊底下拾了一个白罗汗巾，颠着重重的，不知里面是些甚么。同了众人取开来看看，若是合得着你刚才说的，便就是你的了。"那书办说

① 饠——同"糯"。

② 帮帮——吵吵嚷嚷。

道："我是刘和斋，银包的衬布上面还有'和斋'二字。"众人道："这越发有凭据了。"祝其嵩从袖中取出汗巾解开来，果然是个油绿潞绸银包，一个牙签销住。解开，那衬布上果有"和斋"二字。称那银子，果是七两六钱高高的。众人道："亏了这个好人拾了，要不是，那庙里没有屈死的鬼？这卖酒的赔银子罢了，难为这们长胡子都采净了！"那书办道："这银子少着一大些哩！我是十七两六钱，还有五两重的两个锞子哩！"扭住了祝其嵩不放。祝其嵩道："我好意拾了银子，封也不解的还了你，你倒撒起赖来！你把我当那卖酒的不成？那卖酒的怕你，我这'山戻养的'不怕你！这守着县口门近近的，我合你去见见大爷！你倚了道里的书办来我绣江县打诈不成？"

那书办凶神一般，岂是受人说这话的，扭了祝其嵩，喊将进去。县官正坐晚堂，两个各自一条舌头说了，又叫进卖酒的与旁边看的人问了端的。县官道："你把那银子拿来，我亲自称一称。只怕是你称错了。"那书办递出银子。县官叫库吏称了数目，报说："是七两六钱。"县官将银包合汗巾俱仔细看验了一会，说道："你的银子是十七两六钱，这是七两六钱，这银子不是你的，你另去找寻。这银子还叫那拾银子的拿了去。"书办道："这银子并汗巾银包俱是小人的原物，只是少了两锭的十两。"县官道："你那十两放在那里？"书办道："都在银包里面。"县官叫库吏取五两的两锭银子来递与那书办，说："你把这两锭银子包在里面我看一看。"原来银包不大，止那七两多银子已是包得满满当当的了，那里又包得这十两银子去？书办随又改口道："我这十两银子是另包在汗巾上的。"县官道："你汗巾上包这十两银子的绉痕在那里？"叫："赶出去！"祝其嵩道："此等不义的东西，小人不要他。老爷做别用罢了。"县官道："你拾得银子，你自拿去。

你如不用，你自去舍与了贫人。”祝其嵩只得拿了这银子出来。恰好遇着养济院的孤贫来县中领粮。祝其嵩连汗巾银包都递与了众贫人分去。那书办只干瞪了瞪眼。

那个卖酒的哭诉一部长须都被他采净了。县官道：“我自教道里爷赔你的须便自罢了。”县官密密的写了一个始末的禀帖禀知了粮道。那道尊把这个书办打了三十个板子，革了役。

后来这书办选了四川彰明县典史，正在那里作恶害民，可可的绣江县官行取了御史，点了四川巡按，考察的时节，二十个大板，即时驱逐了离任。可见：

万事到头终有报，善人自有鬼神知。

第二十四回

善气世回芳淑景　好人天报太平时

官清吏洁，神仙。魂清梦稳，安眠。
夜户不关，无儇①。道不拾遗，有钱。
风调雨顺，不愆。五谷咸登，丰年。
骨肉厮守，团圆。灾难不侵，保全。
教子一经，尚贤。婚姻以时，良缘。
室庐田里，世传。清平世界，谢天。

且单说那明水村的居民，淳庞质朴，赤心不漓，闷闷淳淳，富贵的不晓得欺那贫贱，强梁的不肯暴那孤寒，却都像些无用的愚民一般。若依了那世人的识见看将起来，这等“守株待兔”的，个个都不该饿死么？谁知天老爷他自另有乘除，别有耳目，使出那居高听卑的公道，不惟不憎嫌那方的百姓，倒越发看顾保佑起来。若似如今这等年成，把那会仙山上的泉源旱得干了，还有甚么水帘瀑布流得到那白云湖里来？若是淫雨不止，山上发起洪水来，不止那白云湖要四溢泛涨，这些水乡的百姓也还要冲去的哩。

却道数十年，真是五日一风，十日一雨，风不鸣条，雨不破块，夜湿昼晴，信是太平有象。一片仙山上边满满的都是材木。大家小户都有占下的山坡。这湖中的鱼蟹菱芡，任人取之不竭，

① 儇（xuān）——轻浮。

用之无禁。把这湖中的水引决将去，灌稻池、灌旱地、浇菜园、供厨井，竟自成了个极乐的世界。第一件老天在清虚碧落的上面，张了两只荸萝①大的眼睛，使出那万丈长的手段，拣选那一等极清廉、极慈爱、极循良的善人，来做这绣江县的知县。从古来的道理，这善恶两机，感应如响。若是地方中遇着一个魔君持世，便有那些魔神魔鬼、魔风魔雨、魔日月、魔星辰、魔雷魔露、魔雪魔霜、魔雹魔电，旋又生出一班魔外郎、魔书办、魔皂隶、魔快手，渐渐门子民壮、甲首青夫、舆人番役、库子禁兵，尽是一伙魔头助虐。这几个软弱黎民个个都是这伙魔人的唐僧、猪八戒、悟净、孙行者，镇日的要蒸吃煮吃。若得遇着一个善神持世，那些恶魔自然消灭去了，另有一番善人相助赞成。怎这绣江县一连儿个好官？若是如今这样加派了又增添，捐输了又助赈；除了米麦，又要草豆；除了正供，又要练饷；件件入了考成，时时便要参罚，这好官又便难做了。

那时正是英宗复辟年成，轻徭薄赋，功令舒宽，田土中大大的收成，朝廷上轻轻的租税。教百姓们纳粮罢了，那像如今要加三加二的羡余。词讼里边问个罪，问分纸罢了，也不似如今问了罪，问了纸，分外又要罚谷罚银。待那些富家的大姓，就如那明医蓄那丹砂灵药一般，留着救人的急症，养人的元气，那像如今听见那乡里有个富家，定要寻件事按着葫芦抠子，定要挤他个精光。这样的苦恶滋味，当时明水镇的人家，那里得有梦着？所以家家富足，男有余粮；户户丰饶，女多余布。即如住在那“华胥城②”里一般。

---

① 荸萝——簸箩。

② 华胥城——传说中的国名。据《列子·黄帝》载，黄帝曾梦游华胥国，后为梦境的代称。

且说那山中的光景。有一只《满江红》词单道这明水的景象：

四面山屏，烟雾里翠浓欲滴。时物换，景色相随，浅红深碧。涧水几条寒似玉，晶帘一片尘凡隔。古今来，总汇白云湖，流不息。　　屋鱼鳞，人蚁迹。事不烦，境常寂。遍桑麻禾黍，临渊鲤鲫。胥吏追呼门不扰，老翁华发无徭役。听松涛鸟语读书声，尽耕织。

有山水的去处，又兼之风雨调和，天气下降，地气上升，山光映水，水色连山，一片都是絪絪缊缊的色象。日月俱有光华，星辰绝无愆伏，立了春，出了九，便一日暖如一日，草芽树叶渐渐发青，从无乍寒乍热的变幻。大家小户，男子收拾耕田，妇人浴蚕做茧。渐次的春社花朝、清明寒食，亡论①各家俱有株把紫荆海棠、蔷薇丁香、牡丹芍药，节次开来，只这湖边周匝的桃柳，山上千奇百怪的山花，开的就如锦城金谷一般。再要行甚么"山阴道上"，只这也就够人应接不暇了。所以又有人做《满江红》词一阕，单道这明水的春天景象：

夭桃蕊嫩，柳飏②轻风摇浅碧。草侵天，千林莺啭，满山红白。寒食清明旋过了，稻畦抢种藏鸦麦。刚昨宵雨过，趁初晴，晒袯襫③。　　晓耕夫，遍垅陌，春馌④女，行似织。遇上巳赛社，少长咸集。前后东西都坐了，野翁没个来争席。直吃得大家头重脚跟高，忘主客。

挨次种完了棉花蜀秫、黍稷谷粱，种了稻秧，已是四月半后

---

① 亡论——无论。

② 飏（yáng）——飞扬；飘扬。

③ 袯襫（bóshì）——古时指农夫穿的蓑衣之类。

④ 馌（yè）——往田野送饭。

天气。又忙劫劫打草苫，拧绳索，收拾割麦。妇人也收拾簇蚕。割完了麦，水地里要急忙种稻，旱地里又要急忙种豆。那春时急忙种下的秋苗，又要锄治。割菜子，打蒜苔，此边的这三个夏月，下人固忙的没有一刻的工夫，就是以上大人，虽是身子不动，也是要起早睡晚，操心照管。所以又有人做《满江红》词一阕，单道的明水夏天景象：

高敞茅檐，要甚么绮窗华屋？近山岩，水帘瀑布，驱除暑伏。庭际娟娟竹几个，门前树树浓阴绿。把闲书一本，趁风凉，高枕读。　　倦来时，书且束；睡迷离，将息目。待黑甜醒后，家常饭熟。食了斜阳炎气转，披襟散步清流曲。拣柳阴底下有温泉，沐且浴。

才交过七月来，签蜀秫，割黍稷，拾棉花，割谷钐谷①，秋耕地，种麦子，割黄黑豆，打一切粮食，垛秸干，捽稻子，接续了昼夜，也还忙个不了，所以这个三秋最是农家忙苦的时月。只是太平丰盛的时候，人虽是手胼足胝，他心里快活，外面便不觉辛苦。所以又有人做一只《满江红》词，单道那明水的秋天景象：

黄叶丹枫，满平山万千紫绿。映湖光玻璃一片，落霞孤鹜。沆瀣天风驱剩暑，涟漪霜月清于浴。直告成，万宝美田畴，秋税足。　　篱落下，丛丛菊；囷窖内，陈陈粟。看当前场圃又登新谷。鱼蟹肥甜刚稻熟，床头新酒才堪漉。遇宾朋大醉始方休，讴野曲。

说便是十月初一日谢了土神，辞了场圃，是个庄家完备的节候。但这样满收的风景，也依不得这个常期，还得半个月工夫。

---

① 钐（shàn）谷——抡开镰刀或钐镰大片地割谷子。

到了十月半以后，这便是农家受用为仙的时节，大囤家收运的粮食，大瓮家做下的酒，大栏养的猪，大群的羊，成几十几百养的鹅鸭，又不用自己喂他，清早放将出去，都到湖中去了，到晚些，着一个人走到湖边一声唤，那些鹅鸭都是养熟的，听惯的声音，拖拖的都跟了回家。数点一番，一个也不少。那惯养鹅鸭的所在，看得有那个该生子的，关在家里一会，待他生过了子，方又赶了出去。家家都有腊肉、腌鸡、咸鱼、腌鸭蛋、螃蟹、虾米。那栗子、核桃、枣儿、柿饼、桃干、软枣之类，这都是各人山峪里生的。茄子、南瓜、葫芦、冬瓜、豆角、椿牙、蕨菜、黄花、大囷子晒了干，放着过冬。拣那不成才料的树木，伐来烧成木炭，大堆的放在个空屋里面。清早睡到日头露红的时候，起来梳洗了，吃得早酒的，吃杯暖酒在肚。那溪中甜水做的绿豆小米粘粥，黄暖暖的拿到面前，一阵喷鼻的香，雪白的连浆小豆腐，饱饱的吃了。穿了厚厚的棉袄，走到外边，遇了亲朋邻舍，两两三三，向了日色，讲甚么“孙行者大闹天宫”、“李逵大闹师师府”，又甚么“唐王游地狱”。闲言乱语，讲到转午的时候，走散回家。吃了中饭，将次日色下山，有儿孙读书的，等着放了学。收了牛羊入栏，关了前后门，吃几杯酒，早早的上了炕。怀中抱子，脚头登妻，鬏髻帽子，放成一处。那不好的年成，还怕有甚么不好的强盗进院、仇人放火。这样大同之世，真是大门也不消闭的。若再遇着甚么歪官，还怕有甚飞殃走祸，从天掉将下来。那时的知县，真是自己父母一般。任有来半夜敲门的，也不过是那懒惰的邻家不曾种得火，遇着生产，或是肚疼来掏火的，任凭怎么敲，也是不心惊的。鼾鼾睡去，半夜里遇着有尿，溺他一泡；若没有尿，也只道第二日早辰算账了。

且不要说那富贵大人家，受享那太平的福分，只说一个姓游的秀才，名字叫做游希酢，年纪也将四十岁了。一个妻骆氏，年纪约三十五六岁的光景，也识得几个字，也吃得几杯酒，也下得几着围棋。一个大儿子名询，年十六岁；一个女儿名淑姑，年十四岁；一个小儿子名咏，年十二岁。挨肩①的三个儿女。房中使一个十三岁的丫头茗儿，厨房中一个仆妇。家中止得六七十亩地，住着一所茆房。宅东面套出一个菜园，也有些四时的花木。东南上盖了一所书房，这书房倒也收拾的有致，比住房反倒齐整。游秀才自己在里面读书，每日也定了个书程。那园中两株大垂杨树，树下一张石桌，四面都有石凳。从三月起，八月中秋止，这几个月日间的时节，游秀才只在书房完那定下的工课，连饭也是送去吃的，凡百的家事倒都是他的细君②照管。那日间，他的细君除一面料理家事，一面教导女儿习学针指。到日斜的时候，游秀才也住了工，细君也歇了手，儿子们也都放了学回家，合家俱到那园中石凳上坐下，摆上几碟精致下酒小菜，旁边生了火炉，有数是量就的一尊酒，团头聚面的说说笑笑，或是与儿子讲说些读过的书文，或是与女儿说些甚么贤孝的古记；再不然，与细君下局围棋。吃完了酒，收拾了家生，日以为常。到了冬里的时切，晚上围了炉，点了灯烛，儿子读夜书，自己也做些工夫，细君合女儿也做生活，总在这张方桌之上，两枝蜡烛之下。大家完了公事，照常的备了酒菜，吃酒完了，收拾安寝。除了岁科两考进到城里走走，不然，整年整月要见他一面也是难的。所以又有人做《满江红》词一阕，单道那明水冬天的景象：

雪封林麓，看冰针簇簇，遍悬茆屋。无底事，絮袍毡帽，负墙迎旭。闲数周瑜和鲁肃，或说宋江三十六。转夕阳西下，看寒

① 挨肩——即先后生产的孩子。

② 细君——妻子。

鸦，投古木。

掩篱门，餐晚粥；剔书灯，子夜读。饮新醪数盏，脱巾归宿。山里太平无事扰，安眠高枕何妨熟？待明朝红日上三竿，才睡足。

就是昼夜阴晴，月风雪雨，件件都有佳趣。那昼间看了四面焌青的山，翠绿的树，如镜面湖水，鱼鳞马齿挨去的人家，所以多有人题那胜概的诗。且只单取他两句道：

百丈霞明文五色，双岩树合翠千层。

到了晚间，山寺钟鸣之后，柴门尽掩，鸡犬无声，砧杵相闻，伊吾彻耳。偶在高头下望：

四合爨烟浓似雨，周遭灯火密于星。

四合阴云，清风徐起，雷声隐隐，电火拖金。登楼四瞰：牛羊下山，禽鸟奔树。樵者负薪，络绎而返；渔人携鲤，接踵而归。急雨则峰峰瀑布，壑壑川流；细雨则烟雾濛濛，潇湘三月。也有两句诗道：

奔涛混杂黄河声，琉璃掩映青山色。

拖虹歇雨，止电收雷，相送归云，非风不可。珮声闻于竹圃，笛韵出于松林。拂面不寒，吹花有致。有两句诗道：

鸟语叶声相杂响，溪流松韵总和鸣。

说那月夜，四时皆有佳致：万籁无声，四虚咸寂。疏林玉镜悬空，湖畔金轮浴水。悠扬笛韵，不知何处飞来；缥缈钟声，应自上方递至。也有两句诗道：

山遭四面沙为堞，树绕千家玉是林。

说到雪的景致，比这雨晴风月更又不同。推想这一片山河大地，通前彻后，成了一个粉妆玉琢的乾坤。就是那险溪恶岭的所在，也还遮盖的如通衢平坦的一般。何况又是这般胜迹所在？通是在广寒宫阙，冰玉壶中的光景，令人逸骨仙仙，澄空彻底，也有两句诗道：

湖成珠海三千顷，山作蓝田百万层。

山东六府，泰山、东海，这是天下的奇观，固要让他罢了。至如济南的华不注、函山、鹊山、鲍山、黉山、夹谷、长白、孝堂、紫榆、徂徕、梁父、大石、平原、大明、趵突、文卫、濯缨，这都说是名胜，写在那志书上面，这都有甚么强如这会仙山、白云湖的好处？

再如兖州的尼山，虽不是大观，但圣母颜氏祷此而生孔子，到如今颜氏所生之谷，草木之叶皆上起；所降之谷，草木之叶皆下垂。这孔圣人发迹的所在，那较得甚么优劣？雷泽相传有神主之，龙身人头，鼓其腹作雷声。《史记》“舜渔于雷泽”，就是此处。这圣地经历的所在也不消论甚好歹。至于甚么防山、龟山、峄山、君山、昌平、南武、澹台、太白、栖霞、谷城、马陵、南武，这都是兖州属内名山。会、济、汶、汜、洙、泗，这是兖州属内的古河。范蠡湖、蜀山湖、桃花涧、沧浪渊、南池、阿井、泽华池，这都是兖州属内的胜水。还有梁山泺，这藏贼的所在，上不得数的。这些水也都不如那明水的风光。

再说东昌也有甚么弇①山、陶山、历山、箕山，这都卑卑不足数。狠命争说当初舜耕的所在就是这个历山，许由隐的所在就是这个箕山。舜是山西平阳府蒲州人，却因甚的跑到东昌去耕地？许由放着本处这样首阳、中条的大山不隐，也跟了那大舜跑到东昌去隐？倒只有那鸣石山有些好景。那山岩有百余丈的高，扣之，声就是钟磬一般响。昔有人隐居岩下，尝见一人白单衣徘

① 弇（yǎn）——山名。

徊岩上，及晓方去，时常遇见。一日，扯住他的袖子，问他来历。他说："姓王，字中伦，周宣王时入少室山修道，往来经过，爱此石清响，常来留听。"用力求他养生的法术，遂留下雀卵大的一个石子，忽然不见。把石子含在口内，终日不饥。如此等的山也可以与那会仙山称得兄弟，可又没甚出产。

其水有漳河、鸣犊河、卫河、瓠①子河、漯川、鹤渚，这都是东昌的水。还有那濮水岸上，有庄周的钓台。古时有一个乐官，叫作师延，与纣做那淫哇委靡之乐。武王伐纣，恐怕武王杀他，自己投入濮水而死。后卫灵公夜宿濮水之上，听见鼓琴之声，召乐官师涓细听，要习他的曲调。师涓听了一会，说道："此亡国之音，习他何用！"不知此等的水也都载入志书。

青州府有云门山、牛山，是齐景公流涕的所在。孤山、沂山、灵山、大岘山、琅琊山、九仙山、浮莱山、大弁山、三柱山、淄渑水、白河、康浪水、葛陂水，这都是寻常的名迹。只有范公泉在府城西。范仲淹做太守时有善政，忽涌醴泉，遂以范公为名。今医家汲泉丸药，号"青州白丸子。"此药在本地不灵，出了省，治那痰症甚效。

再数，就是登州的丹崖山、田横山、羽山、莱山、之罘山、昆仑山、文登山、召石山。除了海，有一个祖洲，在海中间，相传生"不死草"，叶似菰苗，藂生，一株可活一人。秦始皇时曾遣道士徐福发童男女各五百人入洲采药，后竟不知下落。这又是虚无不经的谎话。

尽头还有莱州的黄山、之莱山、天柱山、孤山、陆山、大珠山、不其山。汉时，有一个童恢，做这不其县的知县。有虎食

---

① 瓠（hù）——河名。

人，童恢祷告了山神，要捉那食人的老虎。不两日，果然猎户捉了两只虎到。童恢分付了那两只虎道："吃人的垂首伏罪，不食人的仰首自明。"一虎垂头不动。童恢叫把那个仰首的放到山去，那个垂首的杀了抵命。后又改为"驯虎山"。其水也，除了海，有那掖河、胶河、潍水、芙蓉池，这都不如那明水。

这些的山水都是人去妆点他，这明水的山水尽是山水来养活人。我所以谆谆的夸说不尽，形容有余。但得天地常生好人，愿人常行好事，培养得这元气坚牢，葆摄得这灵秀不泄才好。但只是古今来没有百年不变的气运。亦没有常久浑厚的民风。再看后回结束。

第二十五回

薛教授山中占籍　狄员外店内联姻

买邻卜里，仁者应如是。况逢此等佳山水，更有何方是美？无烦绛阙瑶台，只须此便蓬莱。且有女儿缘在，赤绳暗地牵来。

右调《清平乐》

却说明水镇有一个也上贵的富家，姓狄，名宗羽，号宾梁，虽是读书无成，肚里也有半瓶之醋，滉滉荡荡的，常要雌①将出来。因家事过得，颇也有些侠气，人也有些古风，隔壁也开一个精致的店，招接东三府往来的仕宦。饭钱草料，些微有些撰手②就罢，不似别处的店家，拿住了"死蛇"，定要取个肯心。遇有甚么贵重的客人，通像宾客一般款待，不留饭钱，都成了相知。往来的人都称他为狄员外。

一日间，有一顶抬轿，一乘卧轿，几头骡子，老早的安下店内。狄员外问那指使的人，说道："店内歇下的是甚么官人？"回道："是一位老爷，一位奶奶，一位小夫人，一个使女，两房家人媳妇，三个管家，是河南卫辉府人，姓薛，原任兖州府学的教授，如今升了青州衡府的纪善③，前来到任。"狄员外又问："这官人约有了多少年纪了？"回说："也将近五十来的岁，极和气的

---

① 雌——同"泚"，冒出、流出之意。

② 撰手——赚钱。

③ 纪善——明清藩王府中掌侍从讲读的学官。

好人。”狄员外自己走过店去与薛教授相见了，叙了些履历。狄员外教家里另取过茶去吃了。讲话中间，倒像似旧日的相知一般。狄员外别了回家来，分付教人好生答应。薛教授也随了来狄员外家回拜。狄员外随设小酌相款，留吃了晚饭。说了更把天的话，薛教授方别了回到下处。

第二日清早，薛教授送了四包糖缠，二斤萵笋。狄员外收了，赏了管家五十文钱；又备了一个手盒，请过薛教授来送行。薛教授封了五钱银饭钱送来，狄员外再三不肯收，薛教授只索罢了。只见天气渐渐阴来，就要下雨的光景，狄员外苦留，说：“前去二十里方是二十里铺，都是小店，歇不得轿马。再二十里方是县城。这雨即刻就下，不如暂候片时。如天色渐次开朗，这自然不敢久留。若是下雨，这里房舍草料俱还方便，家常饭也还供得起几顿。”一边挽留，一边雨果然下了，薛教授只得解了行李，等那天晴。从来说：“开门雨，饭了晴。”偏这一日阴阳却是不准，不紧不慢，只是不止。

看看傍午，狄员外又备了午饭送去。薛教授合他浑家商议道：“看来雨不肯住，今日是走不成了。闷闷的坐在这里，不如也收拾些甚么，沽些酒来与狄东家闲坐一会。”薛奶奶道：“酱斗内有煮熟的腊肉腌鸡，济南带来的肉鲊，还有甜虾米、豆豉、萵笋。再着人去买几件鲜嗄饭来。”也做了好些品物，携到店尽后一层楼上，寻了一大瓶极好的清酒，请过狄员外来白话赏雨。真是“一遭生，两遭熟”，越发成了相知。

这番并不说闲话，叙起两个的家常。薛教授自说是“卫辉府胙城县人，名字叫做薛振，字起之，十七岁补了禀，四十四岁出了贡，头一任选金乡的训导，第二任升了河南杞县的教谕，第三任升了兖州府的教授，刚八个月，升了衡府的纪善。这几年积下些微束脩，倒苟且过的日子。只因家中有一个庶母弟，极是个恶人，专一要杀兄为事的。今五十二岁，尚无子女，所以只得要回避他；不然，也还可以不来做这个官的。”狄员外问：“还是有子不举？还是从来不生？”薛教授道：“自荆人过门，从来不曾生长。”狄员外说道：“何不纳宠？”薛教授说：“昨临来的时节，也只得娶了一人，但不晓天意如何哩。”又问狄员外：“有几位子女？尊庚几何？”狄员外道：“小老丈十年，今年整四十二岁。也是男女俱无。”薛教授问说：“有尊宠不曾？”狄员外道：“老丈到了五十二岁方才纳宠，可见这娶妾是不容易讲的。千个算命都说在下必定要到四十四上方可见子。”薛教授说：“若依了算命的口，也说在下五十四上方开花，到五十六上方才结子。且说还有三子送终。”又说：“这明水的‘土厚民醇，风恬俗美’，真是仙乡乐土！”狄员外道：“往时这敝镇的所在，老丈所称许的这八个字倒是不敢辞的，如今渐渐的大不似往年了，这些新发的后生，那里还有上世的一些质朴！”薛教授道：“虽不比往时，也还胜如别处。若说起敝乡的光景，越发不成道理了！不知贵处这里也许外人来住么？”狄员外道：“敝处倒不欺生。只是地土没有卖的，成几辈传流下去，真是世业。但这东三府的大路，除了种地也尽有生意可做。这里极少一个布铺，要用布，不是府里去买，就是县里去买，甚不方便。”薛教授道：“或是卖不行，怎么没个开铺的？”狄员外道：“别处的人，谁肯离了家来这里开铺？敝处本土的人只晓得种几亩地就完了他的本事，这撰钱的营生是一些也不会的。即如舍下开这个客店，不是图在饭食里边撰钱，只为歇那些头口撰他的粪来上地。贱贱的饭食草料，只刚卖本钱哄那赶脚的住下。”薛教授说：“怪道的，昨日刚才午转，从济南到这里，只走了七十里地，便苦苦的定要住了。”说着饮酒，不觉一更有余，雨还不止。狄员外打了伞，穿了泥屐，别了薛教授回家，分付安排早饭伺候。

次早，天色渐次开朗，薛教授收拾起身，见狄员外不以过客相待，倒不好再送饭钱，再三的作谢相别，许说专人来谢。薛教授赴青州到过了任，那王府官的营生，且那衡府又是天下有名的淡薄去处，只好农口①而已。年节将近，果然差了一个家人薛三槐带了二十斤糖球，两匹寿光出的土绢，写了一封书，专来狄家致谢。狄员外将薛三槐留住了两日，写了回书，封了两匹自己织的绵绸、两只腊肘回礼。又送了薛三槐三钱银子。从此之后，两个时常往来，彼此馈送不止。一年二月间，薛教授又差了一个家人薛三省要赶清明回胙城去上坟，这明水是必由之路，顺便又有与狄员外的书礼。

却说狄员外正月二十日生了一个儿子，举家就如得了异宝的一般。薛三省到的这一日，正是这儿子的满月，亲朋都来举贺，治酒款待，甚是的匆忙。狄员外对薛三省说："你薛爷大我十岁。算命的说我四十四岁方才得子，今岁刚过四十四岁，果然得了儿子。你们薛爷对我告诉，也说从有算命的许他五十四上先要开花。不知小夫人有甚喜信？"薛三省道："小夫人昨日，二月十六日，添了一位小姐。我来的那日，刚是第二日了。"狄员外道："若据了两件事这等说得着，这命又是该算的了。"将薛三省留过了夜，次日打发去了。

狄员外于三月十一日因薛教授常着人来通问，两年间并不曾回差一个人去，要趁这三月十六日是他小姐的满月，与他送个贺礼，也要报他说生了儿子。随即备了一个五钱重的一个银钱，一副一两重的手镯，外又几样吃食之物，差了家人狄周骑了个骡子

① 农口——糊口，也作"弄口"。

前去。到了薛教授家，拆看了书，收了礼，留款狄周住了两日，打发了回书，也回答了贺礼。两家相处，愈久愈厚，不觉已是八年。因考察王官，薛教授因与长史合气，被他暗地里开了个老疾，准了致仕。薛教授道："住在这里八年，一些也没有出产，到不如丢吊了自在。但回家去，当不起这个恶弟要来算计，不如顺路住在明水那里。"果然五十六上得了个儿子，五十八上又添了一个次子。"等这两个儿子略长的大些，回家不迟。"一面收拾行李，一面先差家人薛三槐持了书央狄员外预先寻下房子，要在明水久住。

狄员外看过了书，与薛三槐说："请你薛爷只管来，且在隔壁店中住下，从容待我陪伴了慢慢的自己寻那像意的房子。我在这里专等。"一边将薛三槐先打发他去回话，一边着了人在那店后边房子扫地糊窗，另换了洁净床席，重新安了锅灶，铺设了器皿、桌椅之类，预备了米面柴薪，油盐酱醋，诸色完备。

不一日，薛教授带了家眷，在三四十里路上先差了薛三省来看下处，知得凡事齐整，飞也似去回了话。薛教授甚是欢喜。狄员外忙教家中整治饭食相待。不一时，薛教授同家眷到了，进入后去，比那前日来的时节更是周全，比到自己家里也没有这等方便。狄员外随即过去拜了，亲自送了小饭，辞了回家。薛教授随即过来回拜。

次日，狄员外的娘子备了一桌酒，过去望那薛教授的夫人，初次相见，甚是和气，领出女儿合两个儿子来相见。女儿六岁，生他的时节，梦见一个穿素衣的仙女进他房去，就生他下地，所以起名素姐。大的儿子四岁，叫春哥。第二的儿子二岁，叫冬哥。看那素姐：

焌青的头皮，乌黑的是头发，白的是脸，红的是唇，纤纤的一双玉腕，小小的两只金莲。虽然是豆蔻含苞，后必定芙蓉

出色。

就是那两个儿子也都不是那穷腮乞脸的模样。又请出小夫人来相见：

戴一顶矮矮的尖头鬏髻，穿两只弯弯的跻①脚弓鞋。紫堂色的面皮，人物也还在下等。细了躭②的体段，身材到可居上中。虽然芝草无根，只怕骅骝有种。

相见过，大家叙了半日话，各自散了。

次日，薛教授的夫人也叫人称了五斤猪肉、两只鸡、两尾大鲫鱼、二十只鲜蟹、两枝莲藕、六斤山药、两盘点心，过来回望。狄员外的娘子叫人置办了齐整款待，叫出儿子狄希陈见那薛夫人。因说起与薛素姐都是同年六岁，狄学生是正月二十日寅时生，素姐是二月十六日巳时生，狄学生比薛素姐大一个月。狄学生虽不十分生得标致，却也明眉大眼，敦敦实实的。在那薛教授的夫人心里想道："若不是我们还回河南去，我就把素姐许与他做媳妇。"在那狄员外的娘子肚中算计："他若肯在这里住下，我就把陈儿与他做了女婿。"两个夫人的心肠，各人回去都对着自己的丈夫闲说，却也丢过一边。

过了几日，薛教授央狄员外陪了拜那明水镇的人家，就带着寻看房子。薛教授因与狄员外商量，算计要开一个梭布店，房子要寻前面有店面的。看了许多，再没有恰好的；不是铺面好了后面的住房不够，就是后边的住房够了前面的铺面不好。

正没理会③，恰好一个单教官的儿子单豹，当初他的父亲叫做单于民，做南阳府学训导。虽是一个冰冷的教官衙门，他贪酷将起来，人也就当他不起。缺了教授，轮该是他署印。那时新进

---

① 跻（qiāo）——同"跷"。

② 细了躭——形容身材苗条。

③ 正没理会——正没办法。

了些秀才，往时该送一两的，如今三两也打发他不下来。他要了堂上的常规，又要自己斋里的旧例，家人又要小包，儿子又要梯己，鳖的些新秀才叫苦连天，典田卖地。内中一个程生，叫做程法汤，从幼无了父母，入赘在一个寡妇丈母家内，巴结叫他读书，因府考没有银子寻分上，每次不得进道，这一次不知怎的得闯进道去，高高的进了第二。这单于民狠命问他要钱，上了比较，一五一十的打了几遭，把丈母合媳妇的首饰也烧化了，几件衣服也典卖了。丈母还有几亩地，算计卖来送了他，连女婿的两家人口却吃甚么？待不卖了送去，恐被他捉住便打个臭死。

正在苦楚，恰是八月丁祭，祭完了，取过那簿，查点那些秀才，但有不到的懒人，都是他的纳户，每人五六钱的鳖银子。程法汤点过名去，恭恭敬敬的答应了。他叫程法汤跪下，说道："那忘八的头目也有个色长，强盗的头目也有个大王，难道你这秀才们就便没个头目？看山的也就要烧那山里的柴，管河的也就要吃那河里的水，都像你这个畜生，进了一场学，只送得我两数银子，就要拱手！我没的是来管忘八乐工哩！"抬过凳来，叫门子着实的打了二十五板，打的程法汤上天无路，下地无门，一条单裤打得稀烂，两只腿打得丁黑了一块，心里气恼。进学原是图荣，如今把丈母媳妇的首饰衣裳损折得精光，还打发得不欢喜，被他痛打这一顿。如今棒疮又大发疼痛，着了恼，变了伤寒，不上四五日之间，死了。

有一个孙乡宦做了兵部主事，因景皇帝要废英宗太子，谏言得罪回来，在家闲住，闻得说有这一件事，心中大不平起来了，自己来与程法汤吊孝，必定验看了程法汤的臀。一只腿打得焌青，一只腿割得稀烂，看了大哭一场，随与单于民抵死做起对来，自己走到省下，两院司道都递了呈子。两院行了学道，后来把这单于民照贪酷例问了河间卫的军，追了七百银子的赃，零碎也打够二百多板子。把那行杖的两个门斗①都问了冲驿的徒。这单于民虽不曾抖得他个精光，却也算得一败涂地的回家。

这单豹是单于民的个独子，少年时人物生得极是标致，身材不甚长大，白面长须，大有一段仙气。十八岁进了学，补过廪，每次都考在优等。在外与人相处，真是言不妄发，身不妄动。也吃得几杯酒，却从不晓得撒甚么酒风。那花柳门中，任你甚么三朋四友，哄他不去。在家且是孝顺，要一点忤逆的气儿也是没有的。自从单于民做了教官，单豹长了三十多岁，渐渐的把气质改变坏了，也还像个人。自从打杀了程法汤，这单豹越发病狂起来，先把自己的媳妇，今日一顿，明日一顿，不上两个月，吊死了。见了单于民的踪影，便瞪起一双眼来，小喝大骂，还捏起拳来要打。也不晓得呼唤甚么爹娘，叫单于民是“老牛”，叫单于民的婆子是“老狗”，自己称呼是“我程老爷”。后来不止把气质变了，就是把那模样声音变得一些也不似那旧日的光景。一只左眼吊了上去，一个鼻子却又歪过右边，脸上的肉都横生了，一部长须都卷得像西番回子一般。间或日把②眼睛也不上吊，鼻子也不歪邪，见了爹娘，宛若就如平日驯顺，问他向日所为的事，他再也不信，说是旁人哄他。正好好的，三不知又变坏了。进去岁考，他却不做文章，把通卷子密密写的都是程法汤诉冤说苦的情节，叙得甚是详细。学道喜欢他做得好，就高高的取了一个六等第一，还行在县里查究。县里回说：“他是心病。”那宗师说：“这不是心病，这还是有甚么冤业报应。”自从县详上去，宗师也就罢了。后来他父亲死了，决不肯使棺木盛殓，要光光的拉了出去。族中的人勉强入了材，他常要使狼头③打开来看。一日防他

① 门斗——旧时儒学中的公役。

② 日把——整日。

③ 狼头——榔头。

不及，连材带凳推倒地下，把材底打开，臭得那一村人家怨天恨地，要捉他去送官。他母亲瞒了他，从新叫匠人灰布了，起了个四更，顶门穿心杠子抬去埋了。

自从单于民埋过以后，那心病渐渐的转头，改变得吃了酒撒酒风。遇着赌钱的去处，不论甚么光棍花子，坐下就赌。人赢了他的，照数与了人去；他若赢了人的，却又不问人要。遇有甚么娼妓，好的也嫖，歹的也嫖，后又生出一身“天报疮①”来。

单于民新买添的产业，卖得精空，只有祖遗的一所房子，与杨尚书家对门，前面三间铺面，后面两进住房，客厅书舍，件件都全。薛教授极是欢喜。只是杨家的对过，外人怎么插得进去？只得让杨尚书的孙子买了。央狄员外去说，薛教授要租他的房住，杨家满口应承，说：“这房子只为紧邻，不得不买，其实用他不着，任凭来住不妨。我这价钱使了一百五十两银子，每月也只一两五钱赁价罢了。”狄员外回来和薛教授说了，就封了半年的赁价九两银子，又分外封了一两八钱管家的常例，同狄员外送上门去。杨官人收了，说：“该有甚修整所在，你们自己随便修罢，记了账算做房钱就是。”薛教授急忙修理齐整。拣了吉日，移徙了过去。狄员外敛了些街坊与他去送锅，狄员外的娘子也过日办了礼去与薛教授的夫人温居。薛教授自从搬进去，人口甚是平安。狄员外两个时常一处的白话，商量要开布店。

一日，有一伙青州的布客，从临清贩下布来。往时这明水不是个住处，从临清起身，三日宿济南城东二十五里王舍店，第四日赶绣江县住。这一日因有了雨，只得在明水宿了。狄员外与那些客人说起话来，讲说那布行的生意。那些客人从头至尾说了个透彻。因说有一个亲戚要在这里开个布铺。客人说：“这有何难？我们三日

① 天报疮——指杨梅疮。

两头是不断有人走的，叫他收拾停当，等我们回来的时节，就了他同去。这是大行大市的生意，到我们青州，稳稳的有二分利息。若止到这里，三分利钱是不用讲的。这梭布行又没有一些落脚货，半尺几寸都是卖得出钱来的。可也要妥当的人做。若在路上大吃大用，嫖两夜，若在铺子里卖些低银，走了眼卖块假银子，这就不的了。你只叫他跟着俺走，再没有岔了的路。”狄员外问：“你们赶几时回来？我这里好叫他伺候。”客人道：“俺有数，二十日走一遭，时刻不爽的。就是阴天下雨，差不了半日工夫。”那日众人吃的饭钱，狄员外也再三不肯收他的，打发起身去了，方与薛教授说知，叫他收拾下银子，差下人，等他们来到就好同行，收拾停当铺面，货到就好开铺。薛教授兑足了五百两买布的本钱，又五十两买首帕、汗巾、署袜、麻布、手巾、零碎等货，差了薛三槐、薛三省两个同去，往后好叫他轮替着走。

到日期，那些客人果然回来，就领去见了薛教授，管待了酒饭，即时叫薛三槐两个一同起身。不日，同了那些人买了许多布，驴子驮了回来，拣了日子开张布铺。这样一个大去处，做这独行生意，一日整二三十两的卖银子。薛三槐两个轮着：一个掌柜，一个走水。薛教授没的事做，镇日坐在铺里看做生意。狄员外凡是空闲，便走到薛教授店里坐了，半日的说话。后来，两家越发通家得紧，里边堂客也都时常往来，狄希陈也常跟了狄员外到薛教授铺中顽耍，也往他后边去。只是那薛家素姐听见狄希陈来到，便关门闭户的躲藏不迭。他的母亲说：“你又还不曾留发，都是小孩子们，正好在一处顽耍，为甚么用这样躲避？”素姐说：“我不知怎么，但看见他，我便要生起气来，所以我不耐烦见他！”母亲笑道：“小家子丫头！你见与他些果子吃，嫌他夺了你的口分？明日还要叫他与你做女婿哩！”素姐道：“那么，他要做了我的女婿，我白日里不打死他，我夜晚间也必定打死他，出我这一口气！”母亲笑道：“这丫头，不要胡说！”这样闲话，只当是耳边风，时常有的。

又迟了两年光景，薛教授见得生意兴头，这样鱼米所在，一心要在这里入了籍，不回河南去了。常与狄员外商议，狄员外道：“既是心爱的去处，便入了籍何妨？这里如今也同不得往年，尽有了卖房子合地土的。我明日与经纪说，遇着有甚么相应的房产，叫他来说。”

这一年，狄员外又生了一个女儿，因是七月七日生的，叫是巧姐。薛教授又生了一个儿子，十月立冬的日子生的，叫是再冬。彼此狄、薛两家俱送粥米来往。一日，薛教授使了个媒婆老田到狄家要求巧姐与再冬做媳妇。狄员外同他娘子说道：“我们相处了整整的十年，也再没有这等相契的了，但只恐怕他还要回去，所以不敢便许。”老田照依回了话。薛教授道：“我之意要在这里入籍，昨日已央过狄员外与我打听房产了。若再不相信，我先把素姐许了希哥，我们大家换了亲罢。”老田又照依与狄员外说了。狄员外道：“若是如此，再没得说了。”老田领了分付，回了薛教授的话，择了吉日，彼此来往通了婚书，又落了插戴①。那薛教授的夫人向着素姐取笑说：“你道看了他生气，如今可怎么？果然做了你的女婿了。”素姐道：“再没有别的话说，只是看我报仇便了！”他母亲说：“这等胡说！以后再不与你说话！”素姐说：“我倒说得是正经，娘倒恼将起来哩。”两家原是厚交，今又成了至亲，你恭我敬，真如胶漆一般。一个河南人，一个山东人，隔着两千里地结了婚姻，岂不是“有缘千里能相会”？但只是素姐谶语②不好。后来不知怎生结果，再看下回接说。

---

① 插戴——指礼聘。

② 谶（chèn）语——迷信的人指事后应验的话。

第二十六回

作孽众生填恶贯　轻狂物类凿良心

风气淳漓不自由，中天浑噩至春秋；
真诚日渐沦于伪，忠厚时侵变作偷。
父子君臣皆是幻，弟兄朋友总如仇；
炎凉势利兼凌弱，谄富欺贫愧末流。

天下的风俗也只晓得是一定的厚薄，谁知要因时变坏。那薄恶的去处，这是再没有复转淳庞。且是那极敦厚之乡也就如那淋醋的一般，一淋薄如一淋。这明水镇的地方，若依了数十年先，或者不敢比得唐虞，断亦不亚西周的风景。不料那些前辈的老成渐渐的死去，那些忠厚遗风渐渐的浇漓，那些浮薄轻儇的子弟渐渐生将出来；那些刻薄没良心的事体渐渐行将开去，习染成风，惯行成性，那还似旧日的半分明水！

那有势力的人家广布了鹰犬，专一四散开去钻头觅缝，打听那家有了败子，先把那败子引到家内，与他假做相知，叫他瞒了父兄，指定了产业，扣住了月分，几十分行利的数目，借些银子与他。到了临期，本利还不上来，又把那利银作了本钱，利上加利。譬如一百两的本，不消十个月，累算起来就是五百两。当初那一百两的本又没有净银子与你，带准折，带保钱，带成色，带家人抽头，极好有七十两上手。若是这一个败子只有一个势豪算计，也还好叫他专心酬应，却又有许多大户，就如地下有了一个死鸡死鸭，无数的鹞鹰在上面旋绕的一般。这是以强欺弱，硬拿威势去降人的。

又有那一等，不是败子，家里或是有所精致书房，或是有甚亭榭花园，或是有好庄院地土，那人又不肯卖，这人又要垂涎他的，只得与他结了儿女婚姻，就中取事。取得来便罢，取不来便纠合了外人发他阴事。家鬼弄那家神，钩他一个罄净！若是有饭吃的人家，只有一个女儿，没有儿子的，也不与他论甚么辈数，也不与他论甚么高低，必定硬要把儿子与他做了女婿，好图骗他的家私。甚至于丈人也还有子，只是那舅子有些脓包，丈人死了，把丈人的家事抬个丝毫不剩，连那舅子的媳妇，都明明白白的夺来做了妾的。得做就做，得为就为，不管甚么是同类，也不晓得甚么叫是至亲！

侥幸进了个学，自己书旨也还不明，句读也还不辨，住起几间书房，贴出一个开学的招子，就要教道学生，不论甚么好歹，来的就收。自己又照管不来，大学生背小学生的书，张学生把李学生的字，也不管那书背得来背不来，仿写得好写得不好，把书上号的日子，仿上判的朱头，书上的字也不晓得与他正一正，仿上的字也不晓得与他改一改。看了一本讲章，坐在上面，把那些学生，大的小的，通的不通的，都走拢一处，把那讲章上的说话读一遍与他们听，不管人省得不省得，这便叫是讲过书了。有那做文章的，也并不是晓得先与他讲讲这个题目，该断做，该顺做，该先断后顺，该议论带叙事，或两截，或门扇，怎样起，怎样提，大股怎的立意，后比怎样照管，后边怎样收束，只晓得丢个题目与你，凭他乱语，胡乱点几点，抹两抹，驴唇对不着马嘴的批两个字在上面。有那肯问的学生去问他些甚么，妆起一个模样来吆喝道："你难道在场里也敢去问那宗师么?"这是支调之言，其实是应不出来。如今的时文纯是用五经，用苏文的，间有用秦、汉、《左》、《史》等传的，他自己连一部《通鉴》梦也不曾梦着。学生们买部坊刻叫他选择，把些好的尽数选吊，单单把些陈腐浅近的选将出来。要起束脩来，比那钱粮更紧。

有那天分高的学生，自家崛起进了学，定住了数目，一二十两的要谢，应得不甚爽快，私下打了，还要递呈子。若是误投了一个先生，你就要抽头去了，就如拿逃军一般，也定要清勾你转来。除非变了脸，结了仇便罢，再不然，后来不读了书。你若还要读书，后来进了学，你只跟他读一句“赵钱孙李”，他也要诈你个肯心，再没有不成仇敌的。间或有个把好先生，不似这等的，那学生又歪憋起来了，进了学，拜也不拜一拜，甚至撞见揖也不作一个的。后生们见了八九十岁的老人家，有得好的，不过躲了开去，笑他弯腰屈背、倒四颠三的。还有那样轻薄的东西，走到跟前，扑头撞脸，当把戏撮弄的。但那老人家里边也不照依往时个个都是那先朝法物，内中也有那等倚老卖老、老而无德的人。

那些后生们戴出那跷蹊古怪的巾帽，不知是甚么式样，甚么名色。十八九岁的一个孩子，戴了一顶翠蓝绉纱嵌金线的云长巾，穿了一领鹅黄纱道袍，大红段猪嘴鞋，有时穿一领高丽纸面红杭绸里子的道袍，那道袍的身倒只打到膝盖上，那两只大袖倒拖到脚面。口里说得都不知是那里的俚言市语，也不管甚么父兄叔伯，也不管甚么舅舅外公，动不动把一个大指合那中指在人前搣①一搣，口说：“哟，我儿的哥阿！”这句话相习成风。昼夜牛饮，成两三日不回家去。有不吃酒的，不管是甚么长者不长者，或一只手拧了耳朵，或使手捏住鼻子，照嘴带衣裳大碗家灌将下去。有一二老成不狂肆的，叫是怪物，扭腔支架子，弃吊了不来理的，这就唤是便

① 搣（wēi）——即响榧子。

宜，不然，统了人还来征伐。前辈的乡绅长者，背地里开口就呼他的名字。绝不晓得甚么是亲是眷，甚么是朋友，一味只晓得叫是钱而已矣！你只有了钱，不论平日根基不根基、认得不认得，相厚得不知怎样。你要清早跌落了，那平日极至的至亲，极相厚的朋友，就是平日极受过你恩惠的，到了饭后，就不与你往来，到了日中，就不与你说话，到了日落的时候，你就与他劈头撞见，他把脸扭一扭，连揖也不与你作一个，若骑着匹马或骑了头骡子，把那个屄脸腆的高高的，又不带个眼罩，撞着你竟走。若讲甚么故人，若说甚么旧友，要拿出一个钱半升米来助他一助，梦也不消做的。你不周济他也罢了，还要许多指戳，许多笑话，生出许多的诬谤。这样的衣服，这样的房子，也不管该穿不该穿，该住不该住，若有几个村钱①，那庶民百姓穿了厂衣，戴了五六十两的帽套，把尚书侍郎的府第都买了住起，宠得那四条街上的娼妇都戴了金线梁冠，骑了大马，街中心撞了人竟走！

一日间，四五个乐工身上穿了绝齐整的色衣，跟了从人，往东走去。过了一歇②，只见前边鼓乐喧天，抬了几个彩楼，里面许多轴帐、果酒、手盒。那四五个乐工都换了崭新双丝的屯绢圆领，蓝绢衬摆，头上戴了没翼翅的外郎头巾，脚上穿了官长举人一样的皂靴，腰里系了举贡生员一样的儒絛，巾上簪了黄烁烁的银花，肩上披了血红的花段，后边跟了许多举人相公，叫是迎贺色长。迎到院里边演乐，厅上摆酒作贺，把些七八十岁的老人家怪异得呼天叫地，都说不惟眼里不曾看见，就是两只耳朵里也从来不曾听见有这等奇事。

一个秀才叫是麻从吾，不要说那六府里边数他第一个没有行

---

① 村钱——此为臭钱。

② 一歇——一会儿。

止，只怕古今以来的歪货也只好是他第一个了！且姑举他一两件事：人说"吃了僧道一粒米，千载万代还不起"。这道士的饭是好吃他的？况是个廪膳，又说不得穷起，他却指了读书为名，走到一个张仙庙去，昼夜住将起来。先时也还跟道士吃饭。道士吃粥，他也就便随了吃粥，道士吃饼，他也随了吃饼。后来渐渐的越发作梗起来，嫌粥吃了不耐饥，定要道士再捍上几个饼，嫌光吃饼躁的慌，逼那道士再添几碗饭。后来不特吃饭，且要吃酒，不特吃饼，且要吃肉！道士应承得略略懒怠，是要拳打脚踢一顿。道士师徒两个往时出去与人家念一日经，分的那供献、馍馍、点心、灯斗里的粮食，师徒两个的衬钱①、藏在袖里的茶饼，辛苦一日，三四日还快活不了。自从有了这麻从吾，"大风里吊了下巴——嘴也赶不上的"。起初师徒齐去撰钱还好，都去了几遭，那房里有斗把米豆，麻从吾拿了回家去与自己的老婆、儿子吃了，几件衣裳，拿去当了他的，单单剩了一床棉被，又夺了盖在自己身上，致得那道士的师徒不敢一齐走出，定要留下一个看家。少了一人撰钱，反多了一人吃饭，怎生支拽得来？也受他作害了一年零三个月，那道士师徒只得"三十六计"②！

麻从吾等了一日，至二更天气，不见两道士回来，好生痛恨。等到次日巳牌时分，等他回来做饭，那里有个踪影。算计弄开他的房门，凭他甚么东西且拿来换食吃在肚里。走到跟前，把那锁托了一托，豁喇一声吊在地上，原来是一把没有簧的锁皮，开进房去一看，连炕上一领芦席都不知从几时揭得去了，口里骂道："这两个狠牛鼻子！亏他下得这们狠，抛撇我去了！我这一日多不曾吃饭！走回家去才吃，叫老婆孩子也笑话。没奈何的，

① 衬钱——布施给僧道的钱。

② 三十六计——指"走为上"。

且把那个铁磬拿去换些饭吃。”走进大殿上去，往四下一看，莫说铁磬，连那面大皮鼓也都没了！麻从吾发恨，咬得牙关剌剌价响，发咒要处置他师徒两个。

过了两日，写了一张呈子，呈为拐盗事，称说：“在张仙庙读书，因托道人杨玄择并贼徒凌冲霄看守书房，供伊饭食一年有余。今月十八日，因生会课他出，玄择率徒将生铺陈、衣服、古董玩器、名画手卷、书籍琴剑，盗拐无踪。伏乞尊师差人严缉追偿。”上呈赴绣江县递准，差了两个应捕，四下捉拿。倒是那两个差人有些见识，说：“这个麻相公是有名没德行的个人，啃和尚吃道士的，他有甚么铺陈衣服叫道士偷去？这样瞎头子的营生，那里去与他缉捕？”丢在一边。

麻从吾见两个差人不去拿那道士，一日跟了投文又上去禀那县官道：“生员所失的东西，不下千金，都是可舍得过的。若不急急追捕，只恐怕把许多藏书名画失落无存，不为小可。两个差人受了那两个道士的重贿，不肯拿他见官。”县官拔了一枝签，即拘原差回话。拿了两个差人来到，禀说：“他说失了许多东西，叫他开个失单，他又抵死的不肯开。没些衅隙，那里去与他缉访？”县官说：“你就当面开出单来，好叫他四外踹访。”麻从吾拿了一枝笔，铺了一张纸，想了半日，写道：

蓝布褥子一件，蓝布棉被一床，席枕头二个，蓝布道袍二件，白布裙二腰，青布夹袄二件，青布夹裤一腰，蓝布单裤一腰，毡袜二双，新旧鞋数双，唐巾二顶，锡香案五件，锡茶壶一把，锡酒壶二把，锡灯台一个，铁锅一口，铁鏊①铁勺各一把，磁器一百余件，神像大小二十余轴，《灶经》一部，《三官经》一

① 鏊（ào）——烙饼的器具。

部，剑一口，铁磬一个，大鼓一面，笙一攒，云锣一架。

县官把单前后看了一遍，咄的喝了一声："怎么你失去的都是道士的物件，可恶！赶出去！"原差拿原票来销了。他又禀道："这有个原故，容生员再禀，这张仙庙生员因在里面读书，托那两个道人在那里替我管书房，所以替他制办了这许多的衣物。他如今都拐得去了，怎是失得道士的东西?"县官道："看来这是你在庙里作贱，累得两个道士住不得，逃了。"取票上来，批了"原告自拘"四个字。"你自己去拿那两个道士来审，拿不来，行学三日一比，审虚了，候岁考时开送'行劣'!"这是他的一端。他凡百干出来的事都与这大同小异，不甚相远。后来歇了两年，钻干了教官，岁考发落，头一个举了"德行"。诧异得那合学生员、街上的百姓，通国的乡绅，面面相觑，当做件异闻传说。

这个妖物不曾殄灭得他去，又添出一个更希奇更作恶的一个秀才，叫是严列星，行状多端，说不尽这许多，也只姑举他一事：拿出那哄赖骗诈四件本事，弄得人家几亩地种，他却自己一些不动工本，耕锄耩割，子种牛粮，都是拣那几家软弱的邻舍与他做佃户。他却像种公田的一般，那些人家必定要等公事毕了，然后敢治私事。若是该雨不雨，该晴不晴，或是甚么蝗虫生发，他走去那庄头上一座土地庙里，指了土地的脸，无般不识的骂到。再不就拿了一张弓，挟了几枝箭，常常把那土地射一顿，射得那土地的身上七孔八穿的箭眼。看官试想：一个神圣，原是塑在那里儆惕①那些顽梗的凶民，说是你就逃了官法，断乎逃不过那神灵。他如今连一个神灵都不歇的骂，时常的使箭射他，还有得甚么忌惮？一座关圣帝君，他虽不照那土地去作贱，也便有十

① 儆惕——同"警惕"。

分的侮慢。

再其次，就是人家的管家娘子、管家、觅汉、短工这四样人。那管家娘子在那大人家拣那头一分好菜好肉吃在自己肚里，拣第二分留与自己的孩子老公，背了家主，烙火烧、捍油饼、蒸汤面、包扁食，大家吃那梯己，这不过叫是为嘴。虽是那主人家黑汗白流挣了来，自己掂斤播两的不舍得用，你却这样撒泼，也叫是罪过！这还不甚第一伤天害理。除大家吃了，还要成群合伙瞒了主人成斗成石的偷将出去卖铜钱、换酒食！你自己吃了不算，偷了不算，若在厨灶上把那东西爱惜一爱惜，这不也还免得些罪孽？却又大大的铺滕①，本等下三升米就够了，却下上四五升，恐怕便宜了主人家，多多的下上米，少少的使上水，做得那粥就如干饭一般！做水饭分明是把米煮得略烂些儿好吃，又怕替主人省了，把那米刚在滚水里面绰一绰就撩将出来，口里嚼得那白水往两个口角里流。捍饼的时节，惟怕替主人省下了面，在那盛面的簸箕里头使手按了又按，哄那主人家的眼目。剩下的饭食，下次热来吃了，这又叫是积福。再不然，把与那穷人担了出去，吃在人的肚里，也还是好。他却不肯，大盆的饭都倒在泔水瓮里，还又恐怕喂了猪，便宜了主人，都倒在阳沟里面流了出去。

这样堕业的婆娘，那天地看了已是甚怒。若是外面的汉子教道那老婆，或是老婆不听教诲，自己有些良心，这罪愆不也消除一半？却又天生天化的一对，还恐怕老婆作的业不甚，还要骂说："扯淡的私窠子！倒包老婆！吃了你的不成？要你与他减省！你今日离了他的门，还想明日吃得着他的哩！"外面多多的盛出

① 铺滕——铺张、浪费。

饭去，吃不了的，大盆倾在草里喂马。或是伺候主人吃饭，或是待客，那桌上有吊下的甚么东西，碗里有残剩的甚么汤饭，从不晓得拾在口里吃了，恐怕污了他的尊嘴，拿布往地下一绰。主人便叫他便手接了出去，也是拿到外边一撩。

再是那些觅汉雇与人家做活，把那饭食嫌生道冷，千方百计的作梗。该与他的工粮，定住了要那麦子绿豆，其次才是谷黍，再其次冤冤屈屈的要石把黄豆。若要搭些蜀秫黑豆在内，他说："这样喂畜生的东西，怎么把与人吃?"不是故意打死你的牛，就是使坏你的骡马，伤损你的农器，还要纠合了佃户合你着己的家人，几石家抵盗你的粮食。

又说那些替人做短工的人，若说这数伏天气，赤日当空的时候，那有钱的富家，便多与他个把钱也不为过，只是可恨他齐了行，千方百计的勒措。到了地里，锄不成锄，割不成割。送饭来的迟些，大家便歇了手坐在地上。饶你不做活也罢了，还要言三语四的声嗓。水饭要吃那精硬的生米，两个碗扣住，逼得一点汤也没有才吃，那饭桶里面必定要剩下许多方叫是够，若是没得剩下，本等吃得够了，他说才得半饱，定要鳖你重新另做饭添，他却又狠命的也吃不去了。打发他的工钱，故意挑死挑活的个不了，好乘机使低钱换你的好钱，又要重支冒领。

再是那样手艺的匠人，有些甚么要紧生活叫他来做做，自在得他也不知怎样。"这两日怕见作活，你家又把我不当个客待"；或是"你家又不与我三顿酒吃"。投一张犁，用不得一歇工夫，成千文要钱，你若与他讲讲价钱，他就使个性子去了，任你怎样再去央他，他不勒措你个够，还多要了钱，仍要留一个后手，叫你知道他的手段。这是木匠如此。凡百样匠人没有一个不是如此。银匠打些生活，明白落你两钱还好，他却搀些铜在里面，叫你都成了没用东西。裁缝做件衣服，如今的尺头已是窄短的了，他又落你二尺，替你做了“神仙摆”，真是掣衿露肘，头一水穿将出去，已是绑在身上的一般，若说还复出洗，这是不消指望的了。凡百卖的东西，都替你搀上假。极瘦的鸡，拿来杀了，用吹筒吹得胀胀的，用猪脂使槐花染黄了，挂在那鸡的屁眼外边，妆汤鸡哄人。一个山上出那一样雪白的泥土，吃在口里绝不沙涩，把来搀在面里，哄人买了去捍饼，吃在肚内，往下坠得手都解不出来。又搀面蹰了酒曲，哄人买去，做在酒内，把人家的好米都做成酸臭白色的浓泔。

那乡宦举人的家人倚借了主人的声势在外边作恶害人，已是极可恶的。连那有几个村钱的人家，使个小厮，他也妆模作样，坐在门口，看见亲朋走过，立也不晓得立一立起，骑了头口，撞见主人的亲朋，下也不知下一下。日渐月渍，起初只是欺慢外人，后来连自己的主人也都忘怀了，使出那骄蹇凌悍的态度，看得自己身分天也似高的，主人都值不得使他一般。

当初古风的时节，一个宫保尚书的管家，连一领布道袍都不许穿。如今玄段纱罗、镶鞋云履，穿成一片，把这等一个忠厚朴茂之乡，变幻得成了这样一个所在。且是大家没贵没贱，没富没贫，没老没少，没男没女，每人都做一根小小的矮板凳，四寸见方的小夹褥子，当中留了一孔，都做这个营生。此事只好看官自悟罢了，怎好说得出口，捉了笔写在纸上？还有那大纲节目的所在，都不照管，都是叫人不忍说的，怎不叫那天地不怒，神鬼包容？只恐不止变坏民风，还要激成天变。且听下回，再看结局。

第二十七回

祸患无突如之理　鬼神有先泄之机

朴茂美封疆，家给人恬汔小康①。富贵不骄贫守分，徜徉。四序咸和五谷昌。　　挟富有儿郎，暴殄恣睢犯不祥。孽贯满盈神鬼怒，昭彰。灾眚②频仍降百殃。

右调《南乡子》

单说这明水地方，亡论那以先的风景，只从我太祖爷到天顺爷末年，这百年之内，在上的有那秉礼尚义的君子，在下又有那奉公守法的小人，在天也就有那风调雨顺，国泰民安的日子相报。只因安享富贵的久了，后边生出来的儿孙，一来也是秉赋了那浇漓的薄气，二来又离了忠厚的祖宗，耳染目濡，习就了那轻薄的态度，由刻薄而轻狂，由轻狂而恣肆，由恣肆则犯法违条、伤天害理，愈出愈奇，无所不至。以致虚空过往神祇、年月日时当直功曹、本家的司命灶君、本人的三尸六相，把这些众生的罪孽，奏闻了玉帝，致得玉帝大怒，把土神掣还了天位，谷神复位了天仓，雨师也不按了日期下雨，或先或后，或多或少，风伯也没有甚么轻飕清籁，不是摧山，就是拔木。七八月就先下了霜，十一二月还要打雷震电。往时一亩收五六石的地，收不上一两石；往时一年两收的所在，如今一季也还不得全收。若这些孽种晓得是获罪于天，大家改过祈祷，那天心仁爱，自然也便赦罪消

① 汔（qì）小康——汔，庶几。意为日子过得下去。

② 眚（shěng）——灾异。

灾。他却挺了个项颈，大家与玉皇大帝相傲，却再不寻思你这点点子浊骨凡胎，怎能傲得天过？天要处置你，只当是人去处置那蝼蚁的一般，有甚难处？谁知那天老爷还不肯就下毒手，还要屡屡的儆醒众生。

那丙辰夏里，薄薄也还收了一季麦子，此后便就一点雨也不下，直旱到六月二十以后方才下了雨，哄得人都种上了晚田。那年七月十六日立秋，若依了节气，这晚田也是可以指望得的。谁知到了八月初十日边，连下了几日秋雨，刮起西北风来，冻得人索索的颤，陨了厚厚的一阵严霜，将那地里的晚苗冻得稀烂，小米小麦渐渐涨到二两一石。论起理来，这等连年收成，刚刚的一季没有收得，也便到不得那已甚的所在。却是这些人恃了丰年的收成，不晓得有甚么荒年，多的粮食，大铺大腾，贱贱粜了，买嘴吃，买衣穿。卒然遇了荒年，大人家有粮食的，看了这个凶荒景象，藏住了不肯将出粜，小人家又没有粮食得吃，说甚么不刮树皮、搂树叶、扫草子、掘草根？吃尽了这四样东西，遂将苫房的烂草拿来磨成了面，水调了吃在肚内，不惟充不得饥，结涩了肠胃，有十个死十个，再没有腾挪。又有得将山上出的那白土烙了饼吃下去的，也是涩住了，解不下手来，若有十个，这却只死五双。除了这两样东西吃不得了，只得将那死人的肉割了来吃，渐至于吃活人，渐至于骨肉相戕起来。这却口里不忍细说，只此微微的点过罢了。这些吃人肉怪兽，到了次年春里，发起瘟疫来，换了门死得百不剩一。这可不是天老爷着实的儆戒人了？这人好了创疤，又不害疼，依旧照常作孽。庚申十月天气，却好早饭时节，又没有云气，又没有雾气，似风非风，似霾非霾，晦暗得对面不见了人，待了一个时辰，方才渐渐的开朗。癸酉十二月的除夕，有二更天气，大雷霹雳，震雹狂风，雨雪交下。丙子七月初三日，预先冷了两日，忽然东北黑云骤起，冰雹如碗如拳石者，积地尺许。

一位孟参政的夫人害了个奇病，但是耳内听见打银打铁声及听有“徐”字，即举身战栗，几至于死。有一个丫头使唤了五六年，甚是喜爱，将议出嫁，问：“其人作何生理?”媒人回话：“打银。”前疾大作。又有一个戏子，叫是刁俊朝，其妻有几分姿色，忽项中生出一瘿，初如鹅蛋，渐渐如个大柳斗一般，后来瘿里边有琴瑟笙磬之声。一日间，那瘿豁的声裂破，跳出一个猴来。那猴说道：“我是老猴精，能呼风唤雨，因与汉江鬼愁潭一个老蛟相处，结党害人，天丁将蛟诛殛，搜捕余党，所以逃匿于此。南堤空柳树中有银一锭酬谢。可吃海粉一斤，脖项如故。”刁俊朝果然到那柳树里边取出五十两一个元宝，上面凿字，系贞观七年内库之物。陆续吃完了一斤海粉，果然项脖复旧如初，一些痕记也没有。又一个张南轩，老年来患了走阳的病，昼夜无度，也还活了三年方死，入殓的时节，通身透明，脏腑筋骨，历历可数，通是水晶一般。

那二十六回里边的麻从吾与那严列星更又希奇。麻从吾占住了张仙庙，逼得两个道士都逃走了。他却又生出一个妙法，打听得明水东南上十五里路沈黄庄有一个丁利国，自来卖豆腐为生，只有一妻，从不曾见有儿女，后来积至有数百两家私，自己置了一所小小巧巧的房子，买了一个驴儿推那豆腐的磨。因有了家私，两口人便也吃那好的；虽不穿甚么绸绢，布衣也甚齐楚。因没有子女，凡那修桥补路、爱老济贫的事，煞实肯做。虽是个卖豆腐的人，乡里中到却敬他。也有人常常的问他借银子使，他也要二三分利钱。人怜他是克苦挣来的钱，有借有还，倒从不曾有坑骗他的。

麻从吾知道这丁利国是个肯周济人的好人，打听了他卖豆腐必由的道路，他先在那林子边等着，看得丁利国将近走到，他却哀哀的痛哭，要往林子内上吊。丁利国看见，随歇住了豆腐担子，问道："你这位相公年纪还壮盛的时候，因有甚事这等痛哭，要去寻死？"麻从吾说："你管我不得，莫要相问。"丁利国道："你说是甚话！便看见一个异类的禽兽将死，也要救他，何况是个人？你头上戴了方巾，一定也是个相公，岂就不问你一声？你有甚不得已的事，或者我的力量可以与你出得力也不可知。"麻从吾说："我是绣江县学一个廪生，家里有一妻一子，单靠这廪银过活，如今又把这廪银半扣了，这一半又不能按时支给。教了几个学生，又因年荒都散了。三口人镇日忍饥不过，寻思再没别策，只得寻个自尽！"丁利国道："亏我再三问你，不然，岂不可惜枉死了？我只道有甚难处的事，原来不过为此！你可到我沈黄庄住么？"麻从吾道："我又没有一定的房屋，何处不可去得。"丁利国又问："你可肯教书么？"回说："教书是我本等的营生，怎的不肯。"丁利国道："你又肯到我庄上，又肯教书，你这三口人过日也不甚难。"从豆腐筐内取出二百多钱递与他。"你且到家买几升米做饭吃了，待我先回去与你收拾一所书房，招几个学生，一年包你十二两束脩。再要不够你搅用，我再贴补你的。"麻从吾说："你不过是个做生意的人，怎照管得我许多？"利国道："我既许出了口，你却不要管我。你若来时，只问做豆腐的丁善人，人都晓得。我后日做下你三个人的饭等你。"麻从吾道："果真如此，你就是我重生父母一般，我就认你是我的爹娘。"丁利国道："阿弥陀佛！罪过人子！我虽是子女俱无，怎消受得起？"说着，约定了，分手而别。丁利国回去，告诉了老婆子。老婆子说："我们又没儿女，他又没有爹娘，况又是个廪膳相公，照管得他有个好处，也是我们两个的结果。”

到了后日，老婆子家里做下了饭，丁利国老早的出去卖了豆腐回家相等。只见麻从吾领了自己妻子，三个来到家中，除了三口光身，也别再没有行李。

其妻约在四十岁之外，蓬头垢面，大脚粗唇。若只论他皮相，必然是个邋遢歪人，麻布裙衫不整。

其子只好七八周之内，顽皮泼性，掩口钝腮。如还依我形容，或倒是个长进孩子，补丁鞋袜伶俜。

进得门来，望着丁利国两口子倒头就拜，满口的叫爹叫娘。却也丁利国两口子当真不辞，将那房子截了后半层与他住，多的与他做书房教书。人家有子弟的，丁利国都上门去绰揽来从学；出不起学钱的，丁利国都与他代出束脩。许过十二两的额数，还有多余不止。丁利国时常还有帮贴。其妻其子，一个月三十日倒有二十五日吃丁家的饭。

这麻从吾倒也即如那五星内的天毛、刑切①一般，入了垣，也便不甚作祟。一住十年，渐渐的真像了父子一般。住到十一年上，麻从吾出了贡，丁利国教他把那所得作兴银子一分不动，买了十来亩地。其上京的盘费，京中坐监的日用，俱是丁利国拿出银子来照管。又与他的儿麻中桂娶了媳妇。麻从吾坐完监，考中了通判。丁利国管顾得有了功劳，拚了性命，把那数十年积攒的东西差不多都填还了他。点了两卯，选了淮安府管粮通判，同了妻子四口亲人，招了两个家人合几个养娘、仆妇。其一切打银带、做衣裳、买礼物、做盘缠，都是丁利国这碗死水里舀，却也当真舀得干上来了。丁利国道：“一来连年的积蓄也都使尽，二

① 天毛、刑切——恶星名。

则两口子都有年纪上身，婆子也做不得豆腐，老儿也挑不动担子，幸得有了这个干儿子，靠他养老过活，也用不着那家事。”约过麻从吾挈家先去，丁利国变卖了那房子合些家伙什物，随后起身。麻从吾到了任，料得丁利国将到，预先分付了把门的人，如家中有个姓丁的夫妇来到，不许传禀。

不多几日，丁利国携了老婆，一个太爷、太奶奶，岂可没个人跟随？又雇觅了一人扮了家人。既到儿子任内，岂可不穿件衣裳？又都收拾了身命。将那几两变产的银，除了用去的，刚刚的只够了去的盘缠。离淮安二十里外，寻了个客店住下，叫那跟来的人先到衙门上报知，好叫他抬出轿来迎接。那跟去的人到了衙门口，一来是山里人家，原也不知事体；二来当真道是跟太爷的家人，走到衙门口大喝小叫。那把门的问了来历，知道是姓丁的两口子来了，把那跟的人掐了脖子往外一搡，足足的搡了够二十步远。那人说道："你通反了！我是老爷家里跟太老爷、太奶奶来的，你敢大胆放肆！"那皂隶不惟不怕，一发拿起一根哭丧棒来一顿赶打，打得那人金命水命，走头没命。

丁利国坐在店内呆等轿马人夫。店主人果道是粮厅老爷的爹娘，杀鸡买肉，奉承不了。跟的人回去学了那个光景，许多人大眼看小眼的不了。店主道："这淮安的衙役有些撒野，见他是外路来的生人，不问个详细就发起粗来。这管家见他不逊，也就不与他慢慢的详说，就跑回来了，待小人自去，自有分晓。"那店主人恃了与衙门人熟识，走到那里问说："今日是那位兄管门？怎么老爷的爹娘到了，住在我家，差了管家先来通报，你们却把他一顿棍赶回去，打了，这是怎说？如今太爷合太奶奶怒得紧。我所以特来与你们解救。还不快些通报哩！"把门皂隶说道："老爷从两三日前就分付了，说：'只这两日，如家中有两个姓丁的男女来，不许通报。’适我问那人，果是姓丁的两口子，甚么叫是太爷太奶奶！你也不要容留他，惹老爷计较不是当耍!”说得那店主败兴而归，问说：“老爷姓麻，太爷怎么又姓丁了?”丁利国道：“实不瞒你说。”如此如此，这般这般。“他所以认我们是他的父母。”店家听说，嗔道：“原来脚根不正，老爷预先分付过了，待你们到此，门上不许妄禀，禀了要重责革役哩!”

丁利国听了这话，气得目瞪口呆，想道：“明日是初五日，他一定到总漕军门去作揖。我走去，当街见了他，看他怎的。”过了一晚，清早起来梳洗了，雇了一只船，坐到城外，进了城，恰好府官出来，都上军门作揖。头一顶轿是太守，第二顶轿是同知，第三是麻从吾合推官的两顶轿左右并行。麻从吾穿了翠蓝六云锦绣雪白的银带，因署山阳县印，拖了印绶，张了翠盖，坐了骨花明轿，好不轩昂。丁利国正要跑将过去，待扯住他的轿子，与他说话，被他先看见了，望着丁利国笑了一笑，把嘴扭了一扭。丁利国随即缩住了脚。麻从吾叫过一个快手去分付道：“那一个穿紫花道袍戴本色绒鬉子巾的，是我家乡的个邻舍，你问他下处在那里，叫他先回下处去，待我回衙去有处。”那人把丁利国让得回了下处。

麻从吾作揖回来，进到衙内，合他老婆说了，要封出十两银子，打发他起身。老婆说道：“你做了几日的官，把银子当粪土一般使，这银子甚么东西，也是成十来两家送人的!”麻从吾道：“依你送他多少?”老婆说：“少是一两，至多不过二两!”麻从吾道：“也要够他盘缠回去才好。”老婆说：“是我们请他来的?管他盘缠够与不够!”

两口子正在商量，恰好儿子麻中桂走到，问说：“爹娘说些甚么?”老婆道：“家里姓丁的两口子来了，你爹要送他十两银子，我说怎么把银子当了粪土，主意送他二两够了。”麻中桂问说：“是那个姓丁的两口子？”老婆说：“呸！家里还有第二个姓丁的哩！”麻中桂道：“莫不是丁爷、丁奶奶么？”老婆说：“可不是他，可是谁来！”麻中桂问说：“如今来在哪里？怎么还不差人接进衙来？慢慢打发饭钱不迟，何必先送银子出去？”老婆道：“呸！这合你说忽哩！送二两银子与他，就打发他起身，接他进衙里来，你还打发得他去哩？”麻中桂道：“你还待要打发他那里去？他养活着咱一家子这么些年，咱还席也该养活他，下意的送二两银子，也不叫他住二日，就打发他家去！怎么来！没的做一千年官不家去见人么？”老婆说：“你看这小厮，倒好叫你做证见！他养活咱甚么来？你爹教那学，使得那口角子上焦黄的屎沫子，他顾赡咱一点儿来！”麻中桂道：“他只怕没顾赡爹和娘，我只知道从八岁吃他的饭，穿他的衣裳，他还替娶了媳妇子。他可着实的顾赡我来！”麻从吾道：“依你怎么处罢？”麻中桂道：“依了我，接他公母两个老人家进衙来住着，好茶好饭的补报他那恩，死了，咱发送他。”老婆说：“他姓丁，咱姓麻，僧不僧，俗不俗，可是咱的甚么人？养活着他！”麻中桂道：“他姓丁，咱姓麻，咱是他甚么人？他成十一二年家养活着咱，还供备咱使银子娶老婆的！”老婆说：“我的主意定了，你们都别要三心两意，七嘴八舌的乱了我的主意。快叫人封二两银子来，打发他快走！”麻从吾道：“打哩他嫌少不肯去，在外头嚷嚷刮刮的。这如今做了官，还同的那咱做没皮子光棍哩？”老婆照着麻从吾的脸唠了一口屎臭的唾沫，骂道：“见世报的老斫头的！做秀才时不怕天不怕地的，做了官倒怕起人来了！他嚷嚷刮刮的，你那夹棍板子封皮封着哩？”麻从吾道：“没的好夹他打他不成？”麻中桂呆了半晌，跺了跺脚，哭着皇天，往屋里去了。麻从吾把那二两银子封了，叫了路上的那个快手，分付道："适间在那路上看见的老头子，他姓丁，你叫他老丁，你对他说：'我老爷到任未久，一无所入，又与军门本道同城，耳目不便。'把这二两银子与他做盘缠，叫他即忙回去。你就同那歇家①，即刻打发他起了身来回话。"

那个快手寻到他的下处，说了麻从吾分付的话，同了主人家催他起身。那丁利国不由得着极，说道："我千金的产业都净净的搅缠在他身上，几间房子也因往这里来都卖吊做了盘缠，如今这二两银子，再打发了这两日的饭钱，怎么勾得盘缠回去！"那快手合主人家岂有不怕本官上司，倒奉承你这两个外来的穷老。原道他真是太爷、太奶奶，三顿饭食，鸡鱼酒肉，极其奉承。如今按了本利算钱，该银一两四钱五分，要了个足数，刚只剩五钱五分银子。夫妇抗了褥套，大哭着离了店家，快手看他走得远了，方才去回了话。虽是麻从吾干了这件刻薄事，淮安城里城外，大大小小，没有一个不晓得，唾骂的。

却说丁利国夫妇来时，还有路费多余，雇了头口骑坐，又有雇的那人相伴。如今雇的那人看了这个景象，怨声聒耳。丁利国只得将那剩的五钱五分银子，又将那领紫花布道袍都与了他，叫他先自回去。丁利国刚走到了宿迁，婆子的银簪、银丁香也吃尽了，脚也走不动了，人着了恼，两口子前后都病倒了。主人家又要赶他出去，店主婆道："在家投爷娘，出家投主人。他病得这等重了，赶他往那里去？万一死得不知去向，他家里有人来寻，怎样答应他？况且他说从淮安粮厅里来，这一发不好赶他别去。"店家听了老婆的好话，只得让他病在店里。过了两日，夫妇同日

① 歇家——店家。

双双亡了。店家报了县里，差捕官来相视了，将他那两件破褥卖了，买了两领大席卷了，抬到乱葬冈内埋了。剩了几分银子，买了些钱纸与他烧化。店家落得赔了两日的粥汤，又出了阴阳生洒扫的利市。

再说麻从吾从打发丁利国起身之日，儿子麻中桂恼得哭了一场，就如害了心病的一般，胡言乱语，裸体发狂。又自从丁利国夫妇死的那日，衙中器皿自动，门窗自闭自开，狗戴了麻从吾的纱帽学人走。乌鸦飞进，到他床上去叫。过了几日，饭锅里撒上狗粪，或是做饭方熟，从空中坠下砖石，把饭锅打得粉碎。两口子睡在床上，把床脚飕飕的锯断，把床塌在地下。又过了两日，这丁利国的夫妇都附了，说起从前以往的事来，或骂，或咒，或大哭，除了麻中桂的夫妇，其余的人，没有一个不附了作孽的。作祟一日紧如一日。请了法官来镇，那鬼附了生人，或附在麻从吾两口子自己的身上，告诉那法官的始末根由。屡次禁制，无法可处。又去扬州琼花观里请了一位法师来到。那丁利国夫妇的鬼魂起初也还附了人诉说。法师道："人鬼各有分处，你有甚冤情，只合去阴司理告，怎来人世兴妖？混乱阴阳，法难轻纵！"叫："取两个坛来。"法师仗剑念咒，将令牌拍了一下，叫："快入坛去！"只听那两个鬼号啕痛哭，进入坛内。法师用猪脬将坛口扎住，上面用朱砂书了黄纸符咒，贴了封条，叫四个人抬了两个坛到城外西北十字路中埋在地内。虽是空坛，有鬼在内，谁知那两个坛都下老实的重。走路的看了，不知是甚么物件在内。从此之后，衙内照常安静。过了半月，下了一日多雨，这两个鬼忽然又大发作起来，比先作祟得更是利害。他说："你下毒手，要我永世不得出见，我如何又出来了？"问他说："你已入在坛内，安静了半月，却是如何又得出世？"鬼道："你那日抬了去埋，人见那坛重，只说里面有甚东西，每日有人要掘；只因有人巡视，不敢下手。昨晚下雨，巡夜的不出来，所以被人掘开，我们得以跑出。你断然还要去请那法师来制我？我们两个如今躲在你两口子的肚里，凭我摆布，那法师也无奈我何。”只见麻从吾合他老婆的肚里扯肠子、揪心肝，疼得碰头打滚的叫唤，只哀告饶命，口里似“救月”一般，无所不许。鬼在肚里说道：“这肚里热得紧，住不得，你张开口，待我出去。你也还有几日命限，我两个且离却这里，先到猫儿窝等你两个去罢。”自此衙内又复安稳。

到了次年正月，麻从吾被漕抚参劾回籍，想那鬼说猫儿窝相等，要得回避，问那衙门人。都说：“如走旱路，离桃源二十里有个猫儿窝。如走水路，离邳州三十里有个毛儿窝。”麻从吾主意要由水路，回避那猫儿窝的所在，坐了本厅的官船。过了邳州以北三十里上，只见丁利国夫妇站在岸上。麻从吾刚只说得一声“不好”，只见那两个鬼魂一阵旋风刮到船上。麻从吾合他老婆一齐的都自己采头发，把四个眼乌珠都一个个自己抠将出来，拿了铁火箸往自己耳内钉将进去，七窍里流血不止。麻中桂跪了哀求。鬼说：“我儿，你是好人，不难为你。你爹娘做人太毒，我奉了天符，方来见世报应。”麻从吾合老婆须臾之间同时暴死。麻中桂买板殡殓，不消说得。扶了柩回到明水。亏不尽两个月前，使了三百七十两银子，买得人家一所房子，麻中桂就把爹娘的棺木停在正寝，建了几个醮。到清明那日，双棺出殡。麻中桂满了服，也便低低的进了学。麻从吾做了八个月通判，倒在山阳县署了六个月印，被他刮地皮、剔骨髓，弄得有八千银子净净的回家。麻中桂买许些地土，成了个富翁，后来遭水劫的时候，也同那几家良善之人不到冲没，想必因那一点不忍负丁利国的善心所致。若论麻从吾两口子的行事，不当有子，岂得有家？可见虽说是远在儿孙，若是那儿孙能自己修身立命，天地又有别样安排。若因他父祖作恶，不论他子孙为人好歹，一味的恶报，这报应又不分明了。

再说那严列星的果报，更是希奇。且说了他两件小事，把那件古今未有的奇闻留在后回详说。他初次生了个儿子，七八日阿不下屎来，胀得那小孩子的肚就如面小鼓一般，昼夜的啼哭。仔细看视，原来那孩子没有粪门。这有甚法处得？只得看他死便罢了。第二年又生了个儿子，到了七八日，又是如此。一个游方的道人教他使秤梢头戳开。依了戳将进去，登时死了。第三年又生了个儿子，粪门倒是有的，那浑身无数的血孔往外流血，就如他使箭射的那土地身上一般。这等显应，他作恶依旧作恶，不知叫是甚么省改，只等后来尽头的异报才罢。真真是：

善恶到头终有报，只争来早与来迟。

第二十八回

关大帝泥胎显圣　许真君撮土救人

善恶自中分，邪徯与正路。规矩遵循合冥行，神鬼能纠护。
旌阳岂木雕？壮缪非泥塑。彰瘅①明明当面施，人自茫无据。

右调《卜算子》

严列星有一个胞弟叫是严列宿，与严列星同居过活，长了二十一岁还不曾娶有妻室。那严列宿自己做些小买卖，农忙时月与人家做些短工，积攒了几两银子，定了一个庄户人家周基的女儿周氏，择了三月十五日娶亲过门。那明水的风俗，女婿是要亲迎的。严列宿巴拽②做了一领明青布道袍，盔了顶罗帽，买了双暑袜，镶鞋，穿着了去迎娶媳妇。到了丈人家，与他把了盏，披了一匹红布，簪了一对绒花。也借了人家一匹瘦马骑了，顶了媳妇的轿子起身。

谁知严列星那种的几亩地，牛粮子种，收割耕锄，威劫那邻舍家与他代力，这地中的钱粮万万不好叫那邻家与他代纳。但邻舍家既是不与他代纳，他难道肯自己纳粮不成？遂把朝廷这十来亩的正供钱粮阁在半空中，若是那里长支吾得过，把这宗钱粮破调了；如支吾不过，只得与他赔上。这一年换了里长，还不曾经着他的利害，遂把他久抗不纳粮的素行开了手本递准，叫里长同了差人拘审。差人赵三说道："这严列星是个有名的恶人，倚了

① 瘅（dàn）——憎恨。
② 巴拽——形容来之不易。

秀才，官又不好打他。那一年也为不纳钱粮，差人去叫他，叫倒不曾叫得他来，反把那个差人的一根腿打折了。我是不敢惹他的。”里长说：“既是大爷准了手本，咱说不的去叫他一回再处。”赵三说：“这到那里，来回七八十里地，可是谁给咱顿饭吃，咱可好扑了去。”里长道：“这饭小事，我就管你的。”

两人走到半路，只见一个娶亲的来了。走到跟前，却是严列星的弟严列宿。赵三说：“咱定要拿他的哥做甚么？大爷又不好打他的。你敢啃他吃他不成？枉合他为冤计仇。不如拿了他的兄弟去好。”里长道：“你这倒说得有理。”赶上前，一个歹住马，一个扯住腿往下拉。严列宿认得是里长，只说：“俺哥的粮，你拿我待怎么？”里长说：“你弟兄们没曾分居，那个是你哥的？”不由分说，鹰撮脚拿得去了。

新媳妇只得自己到家，天地上拜了两拜。他嫂子给他揭了盖头，送他到了房内。到了起鼓以后，严列星指充是严列宿，走进房内。新人问说：“我在轿内看见把你捉将去了，你却怎得回来？”严列星假意说道：“你看么，咱哥种了地不纳粮，可拿了我去！我到了县里，回说不是我欠粮，我今日娶亲，从路上拿将我来。那大爷把差人打了十板，将我放的来了。将那布衫帽子都当了钱，打发了差人。说着，替新人摘了头，脱衣裳。新人还要做假，他说：“窄鳖鳖的去处，看咱哥合嫂子听见，悄悄的睡罢！”新人不敢做声，凡百的事都惟命是听了。

再说严列宿拿到了县里，晚堂见了官，他回说是他哥名下的钱粮，他不当家主事。官问说：“分居不曾？”里长回说：“不曾分居。”官说：“不曾分居，怎说不干你事？”抽了三枝签拿下去打，剥他的裤子，从腰里吊出一匹红布两朵绒花出来。官问说：“是甚么东西？”他回说：“是披的花红。因今日娶亲，从路上被人拿住。”官问说：“是方去娶，却是娶过回来?”回说：“是娶了亲走到半路。”官说：“放起来!”说那里长：“你平日不去催他，适当他娶亲，你却与他个不吉利，其心可恶!”把那里长打了十板，把严列宿释放回家，限三日完粮。

严列宿因天已夜了，寻了下处，住了一夜。次早回到家中。走进房去，好好的还穿了新海青①、新鞋、新帽，不是昨夜成亲的那个新郎。新人肚里明白，晓得吃了人亏，口里一字也不曾说破，只问：“还欠多少钱粮?”新郎说：“得二两五六钱方够。”新人将自己的簪环首饰拿了几件，教他丈夫即刻回去完了钱粮，不可再迟。新郎果然持了首饰，回到县里，换银纳粮。新人到一更天气，等人睡尽了，穿着得齐整，用带在自己房内吊死了。次日方知。

严列星的心里明白，严列宿那里晓得这个原故，就是神仙也猜不着。请了丈人丈母来到都猜不着。一个第二日的新人新郎，又两夜不曾在家，连亲也还未成，怎就吊死?这必定是宿世的冤业。这没账的官司就告状也告不出甚么来，徒自费钱费事，不如安静方便。打了材，念了个经，第三日起了五更抬到严家坟内葬了。

晚间，严列星与老婆赛东窗商议：“可惜新人头上带了好些首饰，身上穿了许多衣裳，埋在地里，中甚么用?我们趁这有月色的时候，掘开他的坟，把那首饰衣服脱剥了他的，也值个把银子。”老婆深以为然。等到二更天气，两口子拿了掀锄斧头，乘着月亮，从家到那坟上，不上两箭地远。严列星使镬头掘，老婆使铁锨除。一时掘出材来，一顿打开材盖，掀出尸来，身上剥得

① 海青——宽袖的袍子。

精光，头上摘得罄尽，教老婆卷了先回家去。严列星还要把那尸首放在材内，依旧要掩埋好了回去。谁知他来的那路口，有小小的一间关圣庙。那庙往日也有些灵圣，那明水镇的人几次要扩充另盖，都托梦只愿仍旧。这晚，关圣的泥身拿了周仓手内的泥刀，走出庙来，把赛东窗腰斩在那路上，把严列星在坟上也剁为两段，把材内的尸首渐渐的活将转来，递了一领青布海青与他穿了，指与他回家的路道。

新人走到半路，看见一个女人剁成两块，倘在地里，唬得往家飞奔。走到门口，门却是掩的，里边不曾关闩。一直到了自己房门叫门。新郎唬得话都说不出口，只说："我与你素日无仇，枉做夫妻一场，亲也不曾成得，累得好苦！葬过你罢了，你鬼魂又回来作祟？"新人说："我不是鬼，我是活人。是一个红脸的人，通似关老爷模样一般，救我活了。但我身上的衣裳寸丝也没有了，他递了领青布道袍穿在这里。他把一个人杀在坟上，一个人杀在路上，都是两半截子。我来的时候，那个红脸的人拿了把大刀，还在坟上站着哩。"新郎说："有这等奇事！"大声的叫他哥嫂，那有人应。只得开了门，放他进来，仔细辨认，可不是活人！穿的道袍原来就是他自己的。点起灯来，去到他哥嫂窗下叫唤，那里有个人答应。推进门去，连踪影也是没有的。心里疑道："莫非杀的那两个人就是他两口子不成？他却往坟上去做甚么？难道好做劫坟的勾当？"叫起两边紧邻来，又央了两个女人相伴了他的媳妇，又唤起乡约地方一同往坟上去看。把众人都还不信。

走到半路，只见两半截人死在道上，肠子肝花流了一地，旁边一大卷衣裳。仔细认看，果真是他嫂嫂赛东窗，一点不差。严列宿拾起那卷衣裳抱了，又到坟上，望见一个人怒狠狠站在那里。众人缩住了脚，不敢前进，问说："那站着的是个甚么人?"凭你怎么吆喝，那里肯答应一声。又前进了几步，仔细再看，不是人却是甚的?众人又缩住了脚，拾了一块石子，说道："你不答应，我撩石头打中，却不要怪!"又不做声。将那石子刚刚打在身上，只听梆的一声，绝不动弹。众人说："我们有十来个人，手里又都有兵器，他总然就是个人，难道照不过他?着一个回去再调些人来!"谁知人也就都晓得，渐渐的又来了好几个人，都有器械，齐呐了一声喊，扑到跟前，仔细一看，却是庄头上庙里的关老爷，手内提了那把大刀，刀上血糊淋拉的，地上倘着两半截人。倒下头去细看，真真的严列星，有甚岔路?斧子掀镬撩在身旁，材盖材身丢在两处。众人都跪下磕了关老爷的头。严列宿要收那尸首回去。众人说："这样异常的事，还要报官相验，尸首且不要挪动，这一夜且轮流守住了。"有回去的，进到庙中，神座上果然不见了关老爷，看那周仓手内的刀却没了，也走到庙门槛内，一只手扳了那门框，半截身子扑出门外，往那里张看。乡约地方连夜挨门进城，传梆报了县官。即时催办夫马，县官亲来仔细验看，用猪羊祭了，依旧将那泥像两个人轻轻的请进庙去站在神位上边，哄动了远近的人，起盖了绝大的庙宇。

那新妇周氏方将被骗的原委仔细说出，县官与挂了列妇的牌扁。严列宿也还置了棺木，埋葬了四段臭尸。这等奇事，岂不是从洪濛开辟以来的创见!若不是新近湖广蕲州城隍庙内的泥身鬼判白日青天都跑到街上行走，上在通报，天下皆知的事，这关圣帝君显灵，与那闻见不广的说，他也不肯相信。

只看当初那明水的居民，村里边有这样一位活活的关老爷在那里显灵显圣，这也不止于"如在其上"，明明看见坐在上边了;不止于"如在其左右"，显然立在那左右的一般。那些不忠不孝，无礼无义，没廉没耻的顽民，看了这严列星与那老婆赛东窗的恶报，也当急急的改行从善，革去歪心。关老爷是个正直广大的神，岂止于不追旧恶，定然且保佑新祥。谁知那些蠢物闻见了严列星两口子这等的报应，一些也没有怕惧，伤天害理的依旧伤天害理，奸盗诈伪的越发奸盗诈伪，一年狠似一年，一日狠似一日，说起“天地”两字，只当是耳边风，说到关帝、城隍、泰山、圣母，都只当对牛弹琴的一般。

当初只有一个麻从吾跷蹊古怪，后来又只一个严列星无所不为，人也只说得有数，天也报应得快人。到了这几年之后，百姓们的作孽、乡宦们的豪强，这都且不要提起，单且只说读书的学校中，如那虞际唐、尼集孔、祁伯常、张报国、吴溯流、陈骅这班禽兽，个个都伤败彝伦起来。若要一一的指说他那事款，一来污人的口舌，二来脏人的耳朵，三则也伤于雅道，四则又恐未必都是那一方的人，所以不忍暴扬出来。但这班异类，后来都报应得分毫不爽，不得不微微点缀。那些普面的妖魔鬼怪，酿得那毒气直触天门，熏戗得玉皇大帝也几乎坐不稳九霄凌虚宝殿，倒下天旨，到了勘校院普光大圣，详确议罚。谁知这人生在世，原来不止于一饮一啄都有前定，就是烧一根柴，使一碗水，也都有一定的分数，连这清水都有神祇司管，算定你这个人，量你的福分厚薄，每日该用水几斗，或用水几升，用够就罢了，若还洒泼过了定住的额数，都是要折禄减算，罪过也非同小可。可见这人生在那有水的去处，把水看得是容易不值钱的东西，这那孟夫子也说是：“昏暮叩人之门户求水火，无弗与者，至足矣。”你却不知道那水也是件至宝的东西，原该与五谷并重的，也不是普天地下都一样滔滔不竭的源流。

就是山东古称十二山河，济南如趵突、芙蓉等七十二泉。这等一个水国，河阔也该十里。西南五十里内，便有一个炒米店，那周围有四五十里之内，你就掘一二万丈，一滴水泉也是没有的，往来百里，使驴骡驮运。这个所在又是通泰安的大路，春秋两季，往泰安进香的，一日成几十万人经过，到了这个地方，不要说起洗脸，就要口凉水呷呷救暑，也是绝没有的。

就是济南的合属中，如海丰、乐陵、利津、蒲台、滨州、武定，那井泉都是盐卤一般的咸苦。合伙砌了池塘，夏秋积上雨水，冬里扫上雪，开春化了冻，发得那水绿威威的浓浊，头口也在里面饮水，人也在里边汲用。有那仕宦大家，空园中放了几百只大瓮，接那夏秋的雨水，也是发得那水碧绿的青苔，血红色米粒大的跟斗虫，可以手拿。到霜降以后，那水渐渐澄清将来，另用别瓮逐瓮折澄过去，如此折澄两三遍，澄得没有一些滓渣，却用煤炭如拳头大的烧得红透，乘热投在水中，每瓮一块，将瓮口封严，其水经夏不坏，烹茶也不甚恶，做极好的清酒，交头吃这一年。

如河南路上甚么五吉、石泊、徘徊、冶陶、猛虎这几个镇店，都是砌池积水，从远处驮两桶水，倒值二钱银子。饮一个头口，成五六分的要银子。冶陶有个店家婆，年纪只好二十多岁，脏得那脸就如鬼画胡一般，手背与手上的泥土积得足足有寸把厚。那泥积得厚了，间或有脱下块来的，露出来的皮肤却甚是白嫩。细端详他那模样，眼耳鼻舌身，煞实的不丑。叫了他丈夫来到，问他说："那个妇人这等龌龊，赶饼和面，做饭淘米，我们眼见，这饭怎么吃得下去？"那人说道："这个地方，谁家是有水来洗脸的？就是等得下雨，可以接得的水，也还要接来收住，只是那地凹里收不起的，这才是大小男妇洗脸洗手的时候哩！"只得加了二分银子与他，逼住了叫他洗脸洗手，方才许他和面淘米。谁知把那脸洗将出来，有红有白，即如一朵芙蓉一般，两只胳膊，嫩如花下的莲藕，通是一个不衫不履淡妆的美人。

再如山西，像这样没水的去处比比都是。单说一个平顺县，离潞安府一百里路，离城五里外，止有浅井一孔，一日止出得五桶水，有数：县官是两桶，典史教官各一桶，便也就浑浊了。这是那夏秋有雨水的时节方得如此，若是旱天，连这数也是没有的。上面盖了井庭，四面排了栏棚，专设了一名井夫昼夜防守，严加了封锁。其余的乡绅士庶休想尝尝那井泉的滋味，吃的都是那池中的雨雪。若是旱得久了，连那池中都枯竭了，只得走到黎城县地方，往来一百六十里路，大人家还有头口驮运，那小人家那得头口，只得用人去挑。不知怎样的风俗，挑水的都尽是女人。虽是那妇人，都也似牛头马面一般，却也该叫他挑水。毕竟也甚可怜。

看了这等干燥的去处，这水岂是好任意洒泼的东西？说起那明水的会仙山上数十道飞泉，两三挂水帘，龙王庙基的源头，白云湖浩渺无际，谁还顾说这水是不该作贱的，作贱了要罪过人子如此等念头？且是大家小户都把水引到家内，也不顾触犯了龙王，也不顾污浊了水伯，也不顾这水人家还要做饭烹茶，也不顾这水人家还有取去敬天供佛。你任意滥用罢了，甚至于男子女人有那极不该在这河渠里边洗的东西，无所不洗。致得那龙王时时奏报，河伯日日声冤。水官大帝极是个解厄赦罪的神灵，也替这些作祸的男女弥缝不去，天符行来查勘，也只得直奏了天廷。所以这明水的地方，众生诸恶，同于天下，独又偏背了这一件作贱泉水的罪愆。于是勘校院普光大圣会集了二十天曹，公议确报的罪案。那二十曹官里面多有说这明水的居民敢于奢纵淫佚，是恃了那富强的豪势，那富强却是藉了这一股水利。别处夏旱，他这地方有水浇田；别处忧涝，他这地方有湖受水。蒙了水的如此大利，大家不知报功，反倒与水作起仇来。况且从古以来事体，受了他的利，再没有不被他害的，循环反覆，适当其时。

却是玉帝檄召江西南昌府铁树宫许旌阳真君放出神蛟，泻那邻郡南旺、漏泽、范阳、趵突诸泉，协济白云水吏，于辛亥七月初十日子时决水淹那些恶人，回奏了玉帝。那玉帝允了所奏，颁敕许真君复勘施行，但不得玉石俱焚，株连善类。许真君接了天旨，放出慧眼的灵光，照见那明水的恶孽，俱与那天符上面说的一点不差，善人百中一二，恶者十常八九。

到了五月一日，真君扮了一个道士，云游到绣江县，渐次来到明水地方，歇在吕祖阁上，白日出来沿门化斋，夜晚回到阁上与那住持的道士张水云宿歇。那张道士是一个贪财好色、吃酒宿娼、极是个无赖的恶少，也就是地方中一个臭虫。每日家大盘撕了狗肉，提了烧酒，拾了胡饼，吃得酒醉饭饱。间或阴天下雨，真君偶然不出化斋，他就一碗稀汤水饭，也不晓得虚让一声，几番家吃醉了，言三语四，要撵真君出去，说："我这清净仙家，岂容游方浊骨混扰玄宫！"真君也凭他罗唣，不去理他。他坐了一把醉翁椅子，仰天跷脚的坐在上面，见真君出入，身子从来不晓得欠一欠。一日，把那椅子掇在当门，背了吕祖的神像，坐在上面鼾鼾的睡着。真君要出去化斋，他把那殿门挡得缝也没有。真君叹息说道："'指佛穿衣，赖佛吃饭。'你单靠了纯阳，住这样干净凉爽的所在，享用十方。这样的布施，怎就忍得把屁股朝了他面前，这般的亵渎？我待要教训他一番，一则他的死期不远，一则我却为甚管那纯阳的人？"踌躕了半会，真君从他的旁首擦出去了。

真君每日化吃了斋，或到人家门上诵经一卷，或到市上卖药一回。卖的那丸药，就在那面前地下的泥土取些起来，吐些唾沫在内调合匀了，搓成丸药，随病救疗。他又不曾避人，当了众人的面前把那唾沫和泥，人岂有信他是仙丹的理？不惟不买他的药，见他这等，连斋也都不肯化与他了。一个人慌张张从真君面前走过，真君说道："汉子，你住下！你的娘子产难，别人是没有药的。你把我这一丸药急急拿回去，使温水送下。这药还在儿手中带出，却要取来还我。"那人大惊："娘子生产不下，看着要死，他却如何晓得？但这泥丸如何得有效验？他既未卜先知，或者有些效验也不可知。"持了药跑得回去，那娘子正在那里碰头打滚，他倒了些温水，把那药送了下去，即时肚里响了两声，开了产门，易易的生下一个白胖的小厮，左手里握了他那一丸药。那人喜得暴跳，拿了这药，忙到他卖药的所在，真君还在那里坐着。这人千恩万谢，传扬开去。人偏是这样羊性，你若一个说好，大家都说起好来；若一个说是不好，大家也齐说不好。这泥丸催产原也希奇，那人又更神其说，围拢了无数的人，乱要买将起来。真君说道："你们且不要留钱，只管把药取去，照症对了引子吃下。我这药也全要遇那缘法，若有缘的吃下去，就如拿手把那病抓了去的一般。你若是没有缘的，吃也没用。所以你们吃了药，有效验的，送钱还我不迟。"那些有病吃药的，果如真君所说，有吃下即好的，有吃了没帐的，果然是"药医不死病，佛度有缘人"。

从此后真君卖药大行，当了人、旋和泥、旋搓药。卖药的钱，也有舍与贫人的。或遇甚么生物，买来放了的。忽然后来不卖了丸药，卖起散药来。那散药也不是甚么地黄、白术、甘草、茯苓合的，也是那地中的干土，随抓随卖。拿去治病，那效验的，与丸药的功用一般。到了七月七日，真君说道：“我与你们众人缘法尽了，初十日，我就要回我家山去。趁我在此，要药的快些来要！不止治病，即遇有甚么劫难的时候，你把我这药来界①在门限外边，就如泰山一般的安稳。”只是那些读书的半瓶醋，别的事体一些理也不省，偏到这个去处，他却要信起理来，说道：“世间那得有这等事来！成几两子买了参蓍金石，按了佐使君臣，修合㕮咀②丸散，拿去治那病症，还是一些不效。如今地下的泥土，当面和了哄人，成几百几千的骗钱。又说什么劫难的时候，把药界在门前，可以逃难。如此妖言惑众，可恶那地方总甲容留这等妖人在此惑世诬民！”大家诽谤。只是那些愚民百姓信从得紧，每人成两三服的买去，每服多不过两三茶匙。从初七卖到初九日晚上，真君也不曾回到吕祖阁去，霎时不见了踪影。那些百姓买得药的，有得至诚收藏的，也有当顽当耍，虽然要了来家，丢在一边的。

却说那吕祖阁的住持张道士见真君夜晚了不来，喜得说：“这个野道足足得搅乱了我两个月零四日，此时不来，想是别处去了。待我看看他的睡处还有遗下的甚么东西没有。”叫徒弟陈鹤翔持了烛，自己跟了，看得一些也没有甚么别物，只他睡觉的屋里山墙上面写有四句诗，细看那墨迹淋漓，还未曾干。那首诗道：

箨③冠芒履致翩翩，来往鄱阳路八千。

不说铁宫当日事，恐人识得是神仙。

那张水云合陈鹤翔见了，不胜诧异，只是不晓得那诗中义

---

① 界——拦。

② 㕮（fǔ）咀——咀嚼。

③ 箨（tuò）——即“笋壳”，竹笋上一片一片的皮。

理，不知说得是甚，但只心里也知道不是个野道士，必定是个神仙。两月来许多傲慢于他，自己也甚是过意不去。懊悔了一歇，收拾睡了。从此睡去，有分教张水云：

　　不做仙宫调鹤客，改为水府守鲛人。

且看下回消缴。

第二十九回

冯夷[①]神受符放水　六甲[②]将按部巡堤

洪波浩渺，滔滔若塞外九河；矗流奔腾，滚滚似巴中三峡。建瓴之势依然，瀑布之形允若。隋杨柳刚露青梢，佛浮图止留白顶。广厦变为鱼鳖国，妇男填塞鲛宫；高堂转做水晶乡，老稚漂流海藏。总教神禹再随刊③，还得八年于外；即使白圭④重筑堰，也应四海为邻。

却说那年节气极早，六月二十头就立了秋，也就渐次风凉了。到了七月初旬，反又热将起来，热得比那中伏天气更是难过。七月初九这一日，晴得万里无云，一轮烈日如火镜一般。申牌时候，只见西北上一片乌云接了日头下去，渐渐的乌云涌将起来，倾刻间风雨骤来，雷电交作。那急雨就如倾盆注溜一般，下了二个时辰不止，街上的水滔滔滚滚，汹涌得如江河一般。看看这水已是要流进人家门里，人家里面的水又泄不出去，多有想起真君那药，曾说遇有劫难，叫界在门限外边可以逃躲，急急寻将出来。也有果然依法奉行的，也有解开是个空包里边没有药的，也有着了忙连纸包不见了的，也有不以为事忘记了的。那雨愈下

---

① 冯夷——水神名，即河伯。

② 六甲——道教的神将名。

③ 神禹再随刊——刊：用刀斧砍。传说夏禹治水时，曾随山势砍折树林成为道路以通往来，他曾在外八年，三过家门而不入。

④ 白圭——名丹，战国时人，善于筑堤治水。

愈大，下到初十日子时，那雨紧了一阵，打得那霹雳震天的响，电光就如白昼一般，山上震了几声，洪水如山崩海倒，飞奔下来，平地上水头有两丈的高。只是将真君灵药界了门限的，那水比别家的门面还高几尺，却如有甚么重堤高堰铁壁铜墙挡住了的一般。其余那些人家浑如大锅里下扁食的一般。一村十万余人家禁不得一阵雨水，十分里面足足的去了七分。

那会仙山白鹤观的个道士苏步虚，上在后面道藏楼上，从电光中看见无数的神将，都骑了奇形怪状的鸟兽，在那波涛巨浪之内，一出一入，东指西画，齐喊说道："照了天符册籍，逐门淹没，不得脱漏取罪！"后面又随有许多戎装天将，都乘了龙马，也齐喊说："丁甲神将，用心查看，但有真君的堤堰及真君亲到过的人家都要仔细防护，毋得缺坏，有违法旨！"到了天明，四望无际，那里还有平日的人家、向时的茅屋？尸骸随波上下，不可计数。

到了次日，那水才渐渐的消去。那夜有逃在树上的、有躲在楼上的，看见那电光中神灵的模样、叫喊的说话，都与那道士苏步虚说的丝毫无异。那三分存剩的人家，不惟房屋一些不动，就是囤放的粮食一些也不曾着水，器皿一件也不曾冲去，人口大小完全。彼此推想他的为人，都有件把好处。

却说那些被水淹死的人总然都是一死，那死的千态万状，种种不一。吕祖阁那个住持道士张水云，那一日等真君不见回去，煞实的喜了个够。因见了那壁上的诗，又不觉的愧悔了一番。因那晚暴热得异样，叫了徒弟陈鹤翔将那张醉翁椅子抬到阁下大殿当中檐下，跣①剥得精光，四脚拉叉睡在上面。须臾，雷雨发作

① 跣（xiǎn）——光着。

起来，陈鹤翔不见师父动静，只待打了把伞走到面前，才把他叫得醒来。谁知那两脚两手，连身子都长在那椅子上的一般，休想要移动分毫。他的身躯又重，陈鹤翔的身躯又小，又是一把夯做的榆木粗椅，那里动得？张水云只是叫苦。雨又下得越大起来，陈鹤翔也没奈何可处，只得将自己那把雨伞递与他手内，叫他拿了遮盖，自己冒了雨跑到阁上去了。雨又下得异样，师父又有如此的奇事，难道又睡了的不成？后来发水的时候，那陈鹤翔只见一个黄巾力士说道："这个道人不在死数内的，如何却在这里等死？"又有一个力士说道："奉吕纯阳祖师法旨着他添在劫内，见有仙符为据。"那个黄巾力士说："既有仙符，当另册开报。"陈鹤翔见他带椅带人逐浪随波荡漾而去。后来水消下去，那张水云的尸首还好好的倘在那椅上，阁在一株大白杨顶尖头上，人又上不去取得下来，集了无数的鹞鹰老鸦，啄吃了三四日，然后被风吹得下来，依旧还粘在椅上。陈鹤翔只得掘了个大坑，连那椅子埋了。虞际唐、尼集孔都与他亲嫂抱成一处，张报国与他叔母、吴溯流与他的亲妹，也是对面合抱拢来。幸得不是骤然发水，那样暴雨震雷，山崩地裂，所以人人都不敢睡觉，身上都穿得衣裳。

那祁伯常三年前做了一梦，梦见到他一个久死的姑娘家里，正在那里与他姑娘坐了白话，只见从外面一个丑恶的判官走了进来，口里说道："是那里来的这样生野人气？"祁伯常的姑娘迎将出去，回说："是侄儿在此。"那判官说："该早令我知！被他看了本形，是何道理？"躲进一间房内，待了一顿饭的时候，只见一个戴乌纱唐巾、穿翠蓝绉纱道袍、朱鞋绫袜，一个极美的少年。他姑娘说道："这就是你的姑夫，你可拜见。"美少年道："不知贤侄下顾，致使丑形相犯，使贤侄有百日之灾。我自保护，不致贤侄伤生。”一面叫人备酒相款。待茶之间，一个虞候般的人禀说：“有西司判爷暂请会议。”美少年辞说：“贤侄与姑娘且坐，顷刻即回。”

祁伯常因乘隙闲步，进入一座书房，明窗净几，琴书古玩，旁列一架，架上俱大簿册簿。祁伯常偶抽一本揭视，俱是世人注死的名字。揭到第二叶上，明明白白的上面写“祁伯常”三字，细注：“由制科官按察司，禄三品，寿七十八岁，妻某氏，一人偕老，子三人。”祁伯常看见，喜不自胜，又看有前件二事，下注：“某年月日，用字纸作炮，被风吹入厕坑，削官二级。某年月日，诬谤某人闺门是非，削官三级。某年月日，因教书误人子弟，削官三级。某年月日，出继伯父，因伯死，图产归宗，官禄削尽。某年月日，通奸胞姊，致姊家败人亡，夺算五纪，于辛亥七月初十日子时与姊祁氏合死于水。”那时己酉七月，算到辛亥七月，整还有三年。他把那通奸胞姊的实情隐匿了不说，只说：“我适才到了姑夫书房，因见一本册上注定侄儿在上，辛亥七月初十日子时该死于水。岂有姑娘在上，姑夫见掌生死簿子，不能与自己侄儿挽回?”苦死哀求。姑娘说道：“稍停等你姑夫吃酒中间，我慢慢与你央说。”

停了片时，那美少年回来，与祁伯常安坐递盏。酒至数巡，祁伯常自知死期将到，还有甚么心绪，只是闷闷无聊。少年说道：“适才贤侄见了欢喜乐笑，怎么如今愁容可掬？只怕到我书房，曾见甚么来?”姑娘说道：“侄儿果真到你的书房，见那簿上有他的名字，注他到辛亥七月初十日子时该死于水，所以忧愁，要央你与他挽回生死哩。”少年说道：“这个所在是我的秘密室，偶然因贤侄在此，忙迫忘记了锁门，如何便轻自窥视？这是会同功曹，奉了天旨，知会了地藏菩萨，牒转了南北二斗星君，方才注簿施行，怎么挪移?”祁伯常跪了，苦死哀求。姑娘又说：“你掌管天下人的生死簿子，难道自家的一个侄儿也不能照管一照管？却要甚么亲戚！你是不图相见罢了，我却有何面孔见得娘家的人?”少年说：“你且莫要烦恼，待我再去查他的食品还有多少，再作商议。”少年回来说道：“幸得还有处法。那官禄是久已削净，不必提起了。你还有七百只田鸡不曾吃尽，你从此忌了田鸡，这食品不尽，也还好稍延。”

却原来祁伯常素性酷好那田鸡，成十朝半月没有肉吃，不放在心上，只是有了田鸡的时候，就是揭借了钱债，买一斤半斤，或煎或炒，买半壶烧酒，吃在肚里才罢。这是他生平的食性。那时醒了转来。这梦的前后记得一些也不差，从此后果然忌了不吃田鸡。虽是在人家席上有田鸡做肴品的，街头有田鸡卖的，馋得谷谷叫，咽唾沫，只是忌了不敢吃。他时刻只想着辛亥的七月初十日子时的劫数。待了一年。一日，在朋友家赴席，席上炒得极好的田鸡，喷香的气味钻进他鼻孔内去，他的主意到也定了不肯吃，可恨他肚里馋虫狠命劝他破了这戒。他被这些馋虫苦劝不过，只得依他吃了。从这一日以后，无日不吃，要补那一年不吃的缺数，心里想道：“梦中之事未必可信。况姑娘早死，见有姑夫活在此间，难道阴司里又嫁了别的不成?”虽是这等自解，那辛亥的死期时刻不敢忘记。

光阴易过，转眼到了那年六月尽边，祁伯常真是挨一刻似一夏的难过。到了七月初八日，越发心内着慌，心里想道：“注我该死于水，我第一不要过那桥，但是湖边、溪边、河边、井边，且把脚步做忌这几日。再不然，我先期走上会仙山顶紫阳庵秦伯猷书房，和他伴住两日，过了这日期。总然就是怀山襄陵，必定也还露个山顶，难道有这样大水没了山顶不成?”从初八日吃了早饭，坐了顶爬山虎小桥，走上山去，到了秦伯猷书房。秦伯猷笑道："你一定是来我这山顶躲水灾了。你住在这里，且看甚么大水没过山来。"同秦伯猷过了一夜。

次早，秦伯猷家使一个小厮说："学里师爷奉县里委了修志，请相公急去商议。门子见在家中等候。"秦伯猷对祁伯常说："你来得甚好，且好与我管管书房。这庵里的道士下山去看他妹子去了，米面柴火，也都还够这几日用的哩。"秦伯猷作了别，慢慢的步下山来，同了门子备了头口，往城中学里去了。

祁伯常住在庵内，甚为得计。初九日，掌灯时候，下得大雨，与山下一些无异。谁知那洪水正是从这山顶上发源，到了初十日子时，那紫阳庵上就如天河泻下来的一般，连人带屋，通似顺流中飘木叶，那有止住的时候。别人被水冲去，还是平水冲激罢了，这祁伯常从山上冲下，夹石带人，不惟被水，更兼那石头磕撞得骨碎肉糜，搁在一枝枣树枝上。秦伯猷那日宿在城内，一些也无恙。

又说那个陈骅，初九日上城去与他丈人做生日，媳妇也同了他去。那个丈人家因人客不齐，上得座甚晚。他吃酒不上三钟，就要起席，丈人舅子再三的留他不住，定要起身，进去别他的丈母，那丈母又自苦留，媳妇也说："家中没有别事，天色又将晚了，又西晒炎热得紧，你又不曾吃得甚么，你可在此宿过了夜，明日我与你同回，岂不甚便?"谁知他心里正要乘他娘子不在，要赶回去与他一个父妾上阵相战，所以抵死要回家去。离家还有十里之外，天色又就黑了，打了头口飞跑，还有五六里路，冒了大雨，赶到家中。也亏他这等迅雷猛雨的时候，还两下里鸣金擂鼓大杀了一场，方才罢战息兵。海龙王怕他两个又动刀兵，双双的请到水晶宫里，治办了太羹玄酒，与他两个讲和。因水晶宫里快活，两个就在那里长住了，不肯回家。

再说那狄员外。真君自五月初五日到了明水，先到狄家门上坐了化斋，适值狄员外从里边出来，问说："师傅从那里来的？我这里从不曾见你。"真君道："贫道在江西南昌府许真君铁树宫里修行，闻贵处会仙山白云湖的胜景，特云游到此，造府敬化一斋。"狄员外忙教人进去备斋管待，问说："师傅还是就行，还要久住？"真君说："天气炎热，且住过夏再看。"狄员外又问："在何处作寓？"真君说："今暂投吕仙阁内。"狄员外说："那吕仙阁的住持张道人，他容不得人，只怕管待不周，你不能在那边久住。既是方上的师傅，必定会甚么仙术了？"真君说："从不晓得甚么仙术，只是募化斋饭充饥。再则不按甚么真方，但只卖些假药，度日济贫而已。"狄员外笑说："师傅，你自己说是假药，必定就是妙药。倒是那自己夸说灵丹的，那药倒未必真哩。"叙话之间，狄周出来问说："斋已完备，在那边吃？"狄员外叫摆在客次里边。真君说："就搬到外面，反觉方便些。游方野人，不可招呼进内。"狄员外说："这街上不是待客的所在。游方的人正是远客，不可怠慢。虽仓卒不成个斋供，还是到客次请坐。"

真君随了狄员外进去，让了坐。端上斋来，四碟小菜，一碗炒豆腐，一碗黄瓜调面筋，一碗熟白菜，一碗拌黄瓜，一碟薄饼，小米绿豆水饭，一双箸。狄员外道："再取一双箸来，待我陪了师傅吃罢。"狄周背后唧哝说："没见这个大官人，不拘甚人就招他进来，就陪了他吃斋！如今又同不得往时的年成，多少强盗都是扮了僧道，先往人家哄出主人家来，拿住了，才打劫哩！"真君说："蒙员外赐斋，还是搬到外面，待贫道自己用罢。员外请自尊重，不劳相陪。管家恐怕有强盗妆扮了僧道哄执主人，却虑得有理。"狄员外道："不要理他！师傅请坐。"又心里想说：

"我一步不曾相离，狄周是何处说他甚来？"

狄周又添了饭来，狄员外说："你在那里说师傅甚来？师傅计较你哩！"狄周说道："我并不曾说师傅甚的。"真君笑道："你再要说甚么，我还叫大蜂子螫你那左边的嘴哩。"狄周笑道："原来是师傅的法术！大官人说陪了吃饭，我悄悄的自己说道：'官人不拘甚人就招进他来，就陪了吃饭。如今又不是往日的好年成，多有扮了僧道，先往人家哄出主人来，拿住了，打劫的哩！'刚刚说得，一个小小土蜂照这右嘴角上螫了一口，飞了。"狄员外道："你在那里说的？"狄周道："我在厨房门口说的。"狄员外道："厨房离这里差不多有一箭地，我一些不知，偏师傅知道，这不是异事么？蜂果然螫了嘴角，怎不见有甚红肿？"真君道："螫好人不过意思罢了，有甚红肿。你近前来，我爽利教你连那些微微的麻痒都好了罢。"使手在他右嘴角上一抹，果然那麻痒也立刻止了。狄周到了后边，对了狄员外的娘子夸说不了，说道："必定是个神仙。"

狄员外的娘子自从生了女儿巧姐以后，坐了凉地，患了个白带下的痼病，寒了肚子，年来就不坐了胎气，一条裤子穿不上两三日就是涂了一裤裆糨子的一般，夏月且甚是腥臭，肚里想说："这等异人，必定有甚海上仙方。"口里只不好对狄周说得。真君吃完了饭，从地上撮了一捻的土，吐了一些唾沫，丸了绿豆粒大的三丸药，袖中取出一片纸来包了，临去谢过斋，将那药递与狄员外道："女施主要问你得药，不曾说得，可使黄酒送下即愈。"狄员外收了，谢说："师傅若要用斋时候，只管下顾。那张水云是指他不得的。这街上的居民也没有甚么肯供斋饭的。"送出大门去了。

狄员外回到后面向娘子说："你要问道人讨药，不曾说得。

道人如今留下药了，叫使黄酒送下。但不知你要治甚么病的。”娘子道：“我还有甚么第二件病来？这是我心举了一举意，他怎么就便晓得？”解开包看，那药如绿豆大，金箔为衣，异香喷鼻。狄员外道：“这又奇了！我亲见他把地上的土捻在手心内，吐了一滴唾沫合了，搓成三丸粗糙的泥丸，如何变成了这样的金丹？”热了酒送在肚里，觉得满肚中发热，小便下了许多白白的粘物，从此除了病根。从这一日以后，真君也自己常来，狄员外也常常请他来吃斋，大大小小，背地里也没个唤他是道士的，都称为神仙。

一日，棉花地里带的青豆将熟，叫狄周去看①了人，拣那熟的先剪了来家。狄周领了人，不管生熟，一概叫人割了来家。狄员外说道：“这一半生的都尽数割来，这是秕了，不成用的。”狄周强辩道：“原只说叫我割豆，又不曾说道把那熟的先割、生的且留在那边。浑浑账帐的说不明白，倒还要怨人！”狄员外道：“这何消用人说得？你难道自己不带眼睛？”狄周口里不言，心里骂道：“这样浑账杭杭子！明白等有强盗进门割杀的时候，我若向前救一救也不是人！就是错割了这几根豆，便有甚么大事，只管琐碎不了！”一边心里咒念，一边往外走了出来，只见三不知在那心坎上叮了一下，虽然不十分疼，也便觉得甚痛，解开布衫来，只见小指顶大一个蝎子，抖在地上，赶去要使脚来蹋他，那蝎子已钻进壁缝去了。狄周喃喃呐呐的道：“这不是真晦气！为了几根豆子，被人琐碎了一顿，还造化低的不彀②，又被蝎子螫了一口。可恨又不曾蹋死他，叫他又爬得去了！”

次日，狄员外叫他请真君来家吃斋。看见狄周，真君笑道：

① 看——看守之意。

② 彀（gòu）——同“够”。

"昨日蝎子螫得也有些痛么?"狄周方才省得昨日的蝎子又是神仙的手段，随口应说："甚是疼得难忍!"真君笑说："这样疼顾下边的主人，以后心里边再不要起那不好念头咒骂他!"从袖里摸出两个蝎子来，一个大的，约有三寸余长；一个小的，只有小指顶大。真君笑说："这样小蝎子没有甚么疼，只是这大蝎子叮人一口，才是要死哩!"说着，又把那大小两个蝎子取在袖里去了，与狄周说笑着，到了家。

狄员外正陪了真君吃斋，薛教授走到客次，与真君合狄员外都叙了礼。也让薛教授坐了吃斋。薛教授口里吃饭，心里想说："这个道人常在狄亲家宅上，缘何再不到我家里?我明日也备一斋邀他家去。"就要开口，又心里想道："且不要冒失，等我再想家中有甚么东西。"忽然想道："没有大米，小米又不好待客，早些家去叫人去籴几升大米来。"吃了斋，要辞了起身，问说："师傅明早无事，候过寒家一斋。"真君说道："贫道明早即去领斋，只是施主千万不要去籴稻米，贫道又不用，施主又要坏一双鞋，可惜了的。"薛教授笑道："师傅必是神仙!家中果然没了大米，我这回去，正要去籴大米奉敬哩!"走回家去，原要自己管了店，叫薛三槐去买米，不料铺中围了许多人在那里买布，天又看看的晚了，只得拿了几十文钱，叫冬哥提着篮，跟了到米店去籴了五升稻米回来。走到一家门首，一个妇人拿了一把铁揿，除了一泡孩子的屎，从门里撩将出来，不端不正，可可的撩在薛教授只鞋上。

次早，真君同着狄员外来到薛教授家，看见薛教授，笑说："施主不信贫道的言语，必定污了一只好鞋。用米泔洗去，也还看不出的。"后边使米泔洗了，果然一些也没有痕迹。此后也常到薛家去。一日，寻见薛教授，要问薛教授化两匹蓝布做道袍。

薛教授道："这等暑天，那棉布怎么穿得？待一两日，新货到了，送师傅两匹蓝夏布做道衣，还凉快些。"真君说："夏布虽是日下图他凉快，天冷了就用他不着。棉布虽是目下热些，天凉时甚得他济。"薛教授道："等那天凉的时节，我再送师傅棉布不难。"

过了两日，果然夏货到了，薛教授拣了两匹极好的腰机送到染店染了蓝，叫裁缝做成了道袍，送与真君。次日，自己来谢，又留他吃了饭。过了几日，又问薛教授化一件布衫、一件单裤。薛教授又一一备完送去。到了七月初九日，又到薛教授家，先说要回山去，特来辞谢，还要化三两银子路费。薛教授一些也不作难，留了斋，封了三两银子，又送了一双蒲鞋、五百铜钱，还说："许过师傅两匹蓝棉布不曾送得。"真君吃完了斋，只是端详了薛教授，长吁短叹的不动，又说："贫道受了施主的许多布施，分别在即，贫道略通相法，凡家中的人都请出来待贫道概相一相。"薛教授果把两个婆子、四个儿女俱叫到跟前。真君从头看过，都只点了点头，要了一张黄纸裁成了小方，用笔画了几笔，教众人各将一张戴在头上，惟独不与素姐。薛教授说："小女也求一符。"真君说："惟独令爱不消戴得。"收了银物作别。到了狄员外家，也说即日要行。又说："薛施主一个极好的人，可惜除了他的令爱，合家都该遭难，只在刻下。"

狄员外留真君吃了斋，也送出五两银子、鞋袜布匹之类。真君说："我孑然云水，无处可用，不要累我的行李。"送了真君出门，狄员外走到薛教授家里说了来意，薛教授也告诉了戴符相面的事。狄员外别了回家，薛教授收拾箱子，只见与真君做道袍的夏布合做布衫的一匹白棉布、做单裤的一匹蓝棉布、一双蒲鞋、三两银子、五百铜钱，好好都在那箱内。又有一个贴子写道：

莫惧莫惧，天兵管顾；大难来时，合家上树！

薛教授见了这等神奇古怪的，确信是神仙。既是神仙说有灾难，且在眼下，却猜不着是甚么的劫数。

薛教授收拾停当，又自到狄家告诉留布留银并那帖子上的说话。狄员外道："天机不肯预泄。既说有天兵管顾，又教合家上树，想就是有甚祸患也是解救得的。"送别薛教授家去。后边发水的时节，那狄员外家里，除了下的雨，那山上发的水，一些也不曾流得进去。薛教授见那雨大得紧，晓得是要发水了，大家扎缚衣裳，寻了梯子，一等水到，合家都爬在院子内那株大槐树上。果然到了子时，一片声外边嚷说："大水发了！"薛教授登了梯子，爬在树上，恍惚都似有人在下边往上撮拥了一般。在那树上看见许多神将，都说："这是薛振家里，除了女儿素姐，其余全家都该溺死。赶下水去了不曾？"树下有许多神将说道："奉许旌阳真君法旨，全家俱免，差得我等在此防护。"那上边的神将问说："有甚凭据？"树下的神将回说："见有真君亲笔敕令，不得有违。"那上面的神将方才往别处去了。

狄希陈时常往他母姨家去，成两三日在那里贪顽不回家来，那日可可的又在那里，发水的时节，同了他母姨的一家人口到了水中。狄希陈扯了一只箱环，水里冲荡，只见一个戴黄巾骑鱼的喊道："不要淹死了成都府经历！快快找寻！"又有一个戴金冠骑龙的回说："不知混在何处去了，那里找寻？看来也不是甚么大禄位的人，死了也没甚查考。"戴黄巾的人说道："这却了不得！那一年湖广沙市里放火，烧死了一个巴水驿的驿丞，火德星君都罚了俸。我们这六丁神到如今还有两个坐天牢不曾放出哩！"可可的狄希陈扳了箱环，氽①到面前。又一个神灵喊道："有了！有

① 氽（tǔn）——漂浮。

了！这不是他么？送到他家去！”狄希陈依旧扯了那只箱环，氽到一株树叉里，连箱阁住。天明时节，狄周上在看家楼上，四外张看，见那外面的水比自己的屋檐还高起数尺，又见门前树梢上面挂住了一只箱子，一个孩子扯住箱环不放，细看就是狄希陈。狄周喊说：“陈官有了！在门前树上哩！”狄员外也上楼去看望，果然是狄希陈，只是且没法救他下来。喊说与他，叫他牢固扯住箱子，不可放手。到了午后，水消去了，方才救得下来，学说那些神灵救护的原委。

可见人的生死都有大数。一个成都府经历便有神祇指引。其薛教授的住房器皿，店里的布匹，冲得一些也没有存下。明白听得神灵说道：“薛振全家都该溺死，赶下水去了不曾？”别的神明回说：“奉许旌阳真君法旨，全家免死。”说见奉真君亲笔符验。原来道人是许真君托化。若那时薛教授把他当个寻常游方的野道，呼喝傲慢了他，那真君一定也不肯尽力搭救。所以说那君子要无众寡、无小大、无敢慢。这正是：

凡人不可貌相，尘埃中都有英雄。

第三十回

计氏托姑求度脱　宝光遇鬼报冤仇

求死非难，何必伤寒？伐性斧日夜追欢。酒池沉溺，误却加餐。更兼暴怒，多计算，少安眠。　　病骨难痊，死者谁旋？卧床头长梦黄泉。时光有限，无计延年。还骑劣马，服毒药，打秋千。

右调《行香子》

再说晁源的娘子计氏从那一年受屈吊死了，到如今不觉又是十二个年头。原来那好死的鬼魂随死随即托生去了。若是那样投河、跳井、服毒、悬梁的，内中又有分别。若是那样忠臣，或是有甚么贼寇围了城，望那救兵不到，看看的城要破了，或是已被贼人拿住，逼勒了要他投降，他却不肯顺从，乘空或是投河、跳井，或是上吊、抹头，这样的男子，不惟托生，还要用他为神。

那伍子胥不是使牛皮裹了撩在江里死的？屈原也是自己赴江淹死。一个做了江神，一个做了河伯。那于忠肃合岳鹏举都不是被人砍了头的？一个做了都城隍，一个做了伽蓝菩萨。就是文文山丞相，元朝极要拜他为相，他抗节不屈，住在一间楼上，饮食便溺都不走下楼来，只是叫杀了他罢。那元朝毕竟傲他不过，只得依了他的心志，绑到市上杀了。死后他为了神，做了山东布政司的土地。一年间，有一位方伯久任不升，又因一个爱子生了个眼瘤，意思要请告回去，请了一个术士扶鸾，焚诵了符咒，请得仙来降了坛，自写是本司土地宋丞相文天祥。详悉写出自己许多履历，与史上也不甚相远，叫方伯不要请告，不出一月之内，自转本省巡抚。又写了一个治眼瘤的方。果然歇不得几日，山东巡抚升了南京兵部尚书，方伯就顶了巡抚坐位。依了他方修合成汤药，煎来洗眼，不两日，那眼瘤通长好了。再说那张巡、许远[①]都是自刎了头寻死，都做了神灵。若是那关老爷，这是人所皆知，更不必絮烦说得。

如那妇人中，守节为重，性命为轻，惟恐落在人手，污了身体，或割或吊，或投崖，或赴井，立志要完名全节。如岳家的银瓶小姐，父兄被那奸贼秦桧诬枉杀了，恐怕还要连累家属，赴井而亡。那时小姐才得一十三岁，上帝怜他的节孝，册封了青城山主夫人。一个夏侯氏，是曹文叔的妻，成亲不上两年，曹文叔害病死了。夏侯氏的亲叔说他年小，又没有儿子，守满了孝，要他改嫁。他哭了一昼夜，蒙被而卧，不见他起来，揭被一看，他将刀刺死在内。上帝封了礼宗夫人，协同天仙圣母主管泰山。一个王贞妇，临海县人，被贼拿住，过青风岭，他乘间投崖而死，上帝册封为青风山夫人。

像这样的男子妇人，虽然死于非命，却那英风正气比那死于正命的更自不同。上天尊重他的品行，所以不必往那阎王跟前托生人世，竟自超凡入圣，为佛为神。就如朝廷破格用人一般，不必中举中进士，竟与他做个给事中。也不必甚么中行评博，外边的推知，留部考进，只论他有好文章做出来，就补了四衙门清华之职的一般。

若是有那一等的泼皮的光棍，无赖的凶人，动不起拿了那不值钱的狗命图赖人家，本等是妆虎吓人，不料神鬼不容，弄假成

---

① 张巡、许远——都是唐代有名的忠臣，安禄山叛乱时，二人被俘，不屈而死。

真。原是假意抹头，无意中便就抹死。假意上吊，无意中便就缢死。跳河跳井，原是望人拯救，不意救得起来，已是灌进水去，自己救不转来了。那等悍妻泼妾，逆妇悍姑，或与婆婆合气，或与丈夫反目，或是妯娌们言错语差，或是姑嫂们竟短争长，或因偏护孩子，或因讲说舌头，打街骂巷，恶舍闹邻。那一等假要死的，原是要人害怕，往后再不敢惹他，好凭他上天入地的作恶，通似没有王子的蜜蜂一般，又与那没有猫管的老鼠相似。就是那一等真个寻死的，也不过自恃了有强兄恶父，狠弟凶儿，借了他的人命为由，好去打他的家私，毁他的房屋，尸场中好锥子扎他，打官司耗散他的财物。怀了此等念头，所以犯了鬼神之怒。凡有这等死去的鬼魂，不许他托生为人，常常叫他做鬼。如吊死的脖子拖了那根送命的绳，自刎的血糊般搭拉着个头，投崖的拖拉着少七没八的骨拾①，跳河跳井的自己抱着个瓮大的肚子行动不得，在那阴司里不见天日，只除有了替代，方许托生，且还不知托生得好与不好。若是没有替代，这是整几辈子何得出世！

却说那计氏虽是晁源弃旧怜新的，情也难忍。但人家的寡妇没了汉子，难道都要死了不成？我也只当晁源死了守寡的一样！人家寡妇，没倚没靠，没柴没米，都也还要苦守；计氏不少饭吃，不少衣穿，不久婆婆回来，又有得倚靠；观其有人回家，婆婆叫人寄银子、寄金珠、寄首饰尺头与你，可见又是疼爱媳妇的婆婆；就是小珍哥合晁源谤说你通奸和尚道士，要写休书，又被你嚷到街上对了街邻骂了个“不亦乐乎”，分晰得甚是明白，人人都晓得是珍哥的狡计，个个都说晁源的薄情，就是晁源也自知理亏，躲在门后边像缩头的死鳖一般，那珍哥也软做一块，顶得

① 骨拾——骨头，此指死人。

门铁桶一般，也就可以不死。只图要那珍哥偿命，不顾了先自轻生。若不是遇见了李佥宪、褚四府这样执法的好官，单即靠了武城县那个长搭背疮的胡大爷，不惟你这命没人偿你的，还几乎弄一顿板子，放在你爷爷哥哥的臀上。珍哥虽然说是问了抵偿，他还好好的在监里快活，没见有甚难为他。只是计氏在那阴司中悠悠荡荡，不得托生。若是有晁源的时候，他还放僻邪侈，作孽非为。有了这等主人，自然就有这等的一般辅佐。既是有了如此的主仆，自然家堂香火都换了凶神，变成乖气，生出异事。你那鬼在家里，便好倚草附木，作浪兴波，使他做个替身，即好托生去了。如今却是这等一个有道理有正经有仁义的一位晁夫人当了家事。小主人虽是个孩子，又是一个高僧转世。当初那些投充的狐群狗党，有见没了雄势自己辞了去的，有拐了房钱租钱逃走了的，又有如高升、曲进才、董重吃醉打了秀才逐出去的，也有晁夫人好好打发回家的。剩下的几个都是奉公守法的人。几个丫鬟、养娘都是晁夫人着己的亲随。春莺，晁夫人看他就如自己亲生女子。那里有个与你做得替身的？况且家宅六神都换了一班吉星善曜，守护得家中铁桶一般，这计氏的阴灵，可怜何日是出头的日子！想是别再没有方法，只得托梦与那婆婆，求广做道场，仗佛超度。

一夜，晁夫人睡去，梦见计氏穿了天蓝段大袖衫子，白罗地洒线连裙，光头净面，只是项上拖了一根红带，望着晁夫人四双八拜，说他想家得紧，要晁夫人送他回去。晁夫人醒来，也只当是寻常的夜梦，丢过一边。过了几日，又梦见计氏还穿了那套衣裳，说他十二年不得家去，又等不出替身，明说叫晁夫人与他超度。晁夫人道："他死去一十二年，我那年在通州的时节，曾央香岩寺长老选了高僧替他诵了一千卷救苦难的《观世音经》。难道他不曾托生，还在家里？这六月初八日是他的忌辰，待我自己到他坟上嘱赞他一番，再看如何。”

到了忌日，晁夫人叫了人备了祭品，自己坐了轿，跟了家人媳妇，到坟上化了纸。晁夫人还着实痛哭一场，嘱说：“你两次托梦，我是个老实人，不会家参详，又不知你待要如何。你如果不曾托生，还在家里，你待要如何，今日晚夜你明明白白托梦与我，我好依了你行，不得仍旧含糊。所以你的忌日，我特来与你烧纸。”晁夫人焚了纸，奠过了酒，一个旋风，只管跟了晁夫人转个不了。

晁夫人回了家，夜间果又梦见计氏，还穿是前日的衣裳，谢晁夫人与他上坟烧纸，说他这十二年时刻还在那门楼底下等守：“要寻一个替身相代，来往出入的人都是有着实的旺气，我又不敢近他。略有些晦气的，我刚要上前，那宅神又拦阻，不许我动手。我只得央那宅神，诉我的冤苦，求他容我寻个替代，好去出世。他说：‘你不消寻人相替，你只消央你的婆婆。你婆婆曾在通州香岩寺里念了一千卷《救苦观音经》，虽然举意是为你合那狐仙念的，不曾明说，没有疏文达到佛前，如今那一千卷经还悬在那边。若或是《金刚经》，或是《莲华经》，再得二千五百卷，连你应分的这五百卷《观音经》，通共三千卷；念完了，你便好托生。’”说完，又再三的拜谢。晁夫人从梦中哭醒，记得真切，醒来对着丫头们说了一会，到黎明起来，拣了六月十三日央真空寺智虚长老拣选二十四众有德行的真僧，建三昼夜道场，不用别样经，止诵《金刚法华经》二千卷，《观音经》五百卷，连前次通州诵的共一千卷，三部真经共是三千卷，超度自缢身亡儿媳计氏。先送二两银子做写法，差了晁书前去。

晁书见了智虚和尚，回说：“银子送到了。他说在那里建醮，写大奶奶的生时八字合死的日子合领斋的名字，他好填榜写疏。”晁夫人道：“你看我混账，我都没想到这里！我只记的他生日是二月十一日，不知甚么时，记不真了。你还得请声你计舅来问他。主斋就是你二叔。就在寺里打醮，咱叫三个厨子去那里做斋。”晁书道：“奶奶不得自己到那里去看着些儿?”晁夫人道：“要你们是做甚么的？叫我往那寺里去！你跟着二叔再合计舅去罢。”

晁书去将计巴拉请得来到，见了。晁夫人说道：“你妹妹还不曾托生，连次托梦叫我超度他，我已定了这十三日做个三昼夜道场。我就忘了他生的时辰。”计巴拉说：“他是二月十一日卯时生。”晁夫人道：“到那日仗赖你将着小和尚到那里领斋，就合他说罢，省得又写造帖子。”计巴拉问说：“是在那里念经？不在家里么?”晁夫人道：“日子忒久了，家里不便，就着在寺里罢。”留计巴拉吃了晌饭，辞了晁夫人去了。晁夫人叫人打单买菜，磨面蒸馍馍，伺候十三日打醮。

计巴拉到了十三日黎明，领着儿子小闰哥来就小和尚。晁夫人叫人往书房里师傅跟前与小和尚给了三日假，扎括穿着细葛布道袍、凉鞋、暑袜，叫晁凤、李成名跟着，同了计巴拉合小闰哥三个到真空寺去。那和尚们将已到齐，都穿了袈裟，将待上坛。三个斋主到了，拈香参佛，又与众僧见过了礼。和尚们登坛宣咒，动起响器，旋即摆了六桌果子茶饼，请和尚吃茶过了，写了文疏。上写：

南赡部洲大明国山东布政使司东昌府武城县真空寺秉教法事沙门①，窃念人生若梦，石火以同光；时日如沤，镜花而并采。

① 沙门——出家修行的人。

使非寿考永终，谓是夭亡非命。兹者本县富有村无忧里五图一甲晁门计氏，生于永乐二十一年二月十一日卯时，享年二十九岁。因妾诬奸，义动不平之气；愤夫休逐，谋甘自尽之心。于景泰三年六月初八日失记的时，自经身故。诚恐沉沦夜海，未出人天；久绝明期，尚羁鬼道。是据同母孝兄计奇策，夫家孝弟晁梁，孝侄计书香，延请本寺禅僧二十四众，启建超度道场三昼夜，虔诵《法华金刚经》各一千卷，《观音救苦经》合景泰三年九月二十八日通州香岩寺诵过五百卷，共一千卷，合力投诚，仰干洪造。锡振鬼门关，出慈航而接引；幡迎佛子国，将舍利以依皈。永离鬼趣之因，急就人间之乐。如牒奉行。

计巴拉、小和尚同晁书、晁凤、李成名五个人轮流监守。那些和尚果也至至诚诚的讽诵真经。一日三顿上斋，两次茶饼，还有亲眷家去点茶的，管待得那些和尚屁滚尿流，喜不自胜。到了第三日午后，三样宝经将次念完，收拾了新手巾，新梳笼，新簸箕苕帚，伺候“破狱”的用。又说要搭金桥银桥，起发了一匹黄绢，一匹白绢。还要“撇钹”，又起发了六尺新布，又三日要了三个灯斗，又蒸了大大的米斛、面斛，准备大放施食。这半日挤了人山人海，满满的一寺看做法事。

不期这等一个极好的道场，已是完成九分九厘的时候，却生出一件事来。那一个登坛放施食的和尚，法名叫宝光，原是北京隆福寺住持长老，在少师姚广孝手下做小沙弥，甚是驯谨，姚少师甚是喜他。少师请了名师，教他儒释道三教之书。那宝光前世必定是个宿儒老学，转辈今世为僧，凭你甚么“三坟五典”，内外典章，凡经他目，无不通晓。谁知人的才气全要有德量的担承，若是没有这样福量担承，这个单“才”字就与那贝字旁的“财”字一样，会作祟害人的。这宝光恃了自己的才，又倚了姚少师的势，那目中那里还看见有甚么翰林科道、国戚勋臣。又忘记了自己是个和尚，吃起珍羞百味，穿起锦绣绫罗，渐渐蓄起姬妾，放纵淫荡，绝不怕有甚么僧行佛戒、国法王章。姚少师明知他后来不得善终，只是溺爱了，不忍说破，得罪的那些当道大僚，人人切齿、个个伤心，只碍了姚少师的体面，不好下手。后来，姚少师死了，他那惯成的心性，怎么卒急变得过来？被那科道衙门将那年来作过的恶行，又说娶妻蓄妾、污浊佛地，交章论劾，都说该立付市曹，布告天下。上将本去，仁宗皇帝说道："据他不过是个和尚，容他作这等的恶贯，两衙门缄口不言，直待国师去世方才射那死虎，科道的风力何居！宝光姑不深究，削了职，追了度牒，发回原籍，还俗为民，妻妾听其完聚。"起先那些官员个个都要候了旨意下来，致他于死，后见圣恩宽宥，经过圣上处分，反不动手他了。

宝光得了赦诏，领了妻妾，卷了金珠，戴了巾帻，骡驮车载，张家湾上了船，回他常州府原籍去做富翁。一路行去，说那神仙也没有他的快话。谁知天理不容，船过了宿迁，入了黄河，卒然大风括将出来，船家把捉不住，顷刻间把那船帮做了船底，除了宝光水中遇着一个水手揪得上来，其余妻妾资财，休想有半分存剩。宝光哇出一肚子水，前不巴村，后不着店，那上半生的富贵，只当做了个春梦。穿了精湿的衣裳，垂头丧气，走了四五里路，一座龙王庙里问那住持的和尚要了些火烘焙衣裳，又搬出饭来与他吃了。才经逃出难来，心里也还像做梦的一般，晚间就在那庙中睡了，梦见师傅姚少师与他说道："你那害身的财色，我都与你断送了，只还有文才不除，终是杀身之剑！你将那枝彩笔纳付与我，你可仍旧为僧，且逃数年性命。"宝光从口中吐出一枝笔来，五色鲜妍，许多光焰，姚少师纳入袖中。

宝光醒来，却是一梦，寻思：“师傅叫我还做和尚，我如今单孑只身，资斧皆罄，虽欲不做和尚也不可得。”番来覆去，再睡不着，心里焦道：“这等愁闷的心肠，不知不觉像死的一般，睡熟去了，还好过得。如今青醒白醒，这万箭攒心，怎生消遣？待我做诗一首，使那心里不想了别的事情，一定也就睡着。”主意要做一首排律，方写得尽这半世行藏。想来想去，一字也道不出来，钻出一句，都是那臭气薰人的说话，自己想道：“我往时立写万言，如今便一句也做不出口。排律既然不能，做首律诗。”左推右敲，那得一句。五言的改做七字，七字的减做五言，有了出句，无了对句。又想：“律诗既又不成，聊且口号首绝句志闷。”谁想绝句更绝是没有的。不料那管彩笔被姚少师取将去了，便是如此。可见那江淹才尽，不是虚言。他又想：“南方风俗嚣薄，我这样落拓回去，素日甚有一个骄惰的虚名，那个寺里肯容我住下？二来我也没有面目见那江东。不如仍回北去，看有甚么僻静的寺院可以容身的，聊且苟延度日。”沿了河岸，遇寺求斋，遇庙借宿。游了个把月，到这武城县真空寺来。

这真空寺原是个有名的道场，建在运河岸上，往来的布施，养活有百十多僧。宝光到了寺中，见了智虚长老，拨了房屋，与他居住。他虽是没了那枝彩笔，毕竟见过大光景的人，况且又是个南僧，到底比那真空寺的和尚强十万八千倍，所以但凡有甚疏榜，都是他拟撰，也都是他书写，都另有个道理，不比寻常乱话。凡是做法事、破狱、放斛，都是他主行。那日刚刚放完了施食，忽然脱了形，自己附话起来，说他叫是惠达，是虎丘寺和尚，云游到京下，在龙福寺里，有一串一百单八颗红玛瑙念珠，宝光强要他的。惠达因这串念珠是他师祖传留，不肯与他，惠达也就不好在他寺里，移到白塔寺里安歇。宝光嘱付了厂卫说他妖僧，潜住京师，诬他妖术惑众，把他非刑拷死，仍得了他那一串玛瑙的念珠。寻了他十数多年，方才从这里经过，来领施食，得遇着他。自己捻了拳头，捣眼睛，捶鼻子，登时七窍流血。合棚僧众都跪了与他祷祝，许做道场超度。他说："杀人者死，以命填命，再无别说！"顷刻把一个宝光师傅升了天，把这样一个极好的醮事，临了被那一个歪和尚弄得没有光彩。

晁书先跟了小和尚回家，对着晁夫人一一的学说不了。待了一会，晁凤合李成名才看着人收拾了合用的家伙来家，计巴拉也来谢晁夫人超度他的妹妹。留他吃饭，不肯住下。晁夫人叫人收拾了一大盒麻花、馓子，又一大盒点心，叫人跟了润哥家去，叫他零碎好吃，都打发的去了。

晁夫人对着春莺还合媳妇子们说道："叫我费了这们一场的事，也不知果然度脱了没有？怎么得他有灵有圣的，还托个梦叫我知道才好。"晁书娘子说道："观其大婶诸般灵圣，情管来托梦叫奶奶知道。"那是六月十五日后晌。晁夫人说："咱早些收拾睡罢。这人们也都磨了这几昼夜，都也乏了。"又合小和尚说："你明日多睡造子①起来，你可在家里歇息一日，后日往书房去罢。"各人收拾睡了。

晁夫人夜间梦见计氏还穿的是那一套衣裳，扎括得标标致致的，只项中没有了那条红带，来望着晁夫人磕头，说他前世是个狐狸，托生了人家的丫头，因他不肯做贱残茶剩饭，桌子上合地下有吊下的饭粒饼花子都拾在口里吃了，所以这辈子托生又高了一等，与人家做正经娘子。性气不好，凌虐丈夫，转世还该托生狐狸。因念了三千卷宝经超度，仍得托生女身，在北京平子门

① 造子——一会儿。

里，打乌银的童七家的女儿，长至十八岁，仍配晁源为妾。晁夫人道："我做三昼夜道场，超度不得你托生个男身，还托生了个女子，又还要做妾，要不你再消停托生，待我再替你诵几卷经，务必托生个富贵男子。"计氏说："这托生女身，已是再加不上去了。若诵了经，只管往好处去，那有钱的人请几千几百的僧，诵几千万卷宝经，甚么地位托生不了去？这就没有甚么善恶了。"

晁夫人又问："你为甚么又替晁源为妾？"计氏说："我若不替他做妾，我合他这辈子的冤仇可往那里去报？"晁夫人说："你何不替他做妻？单等做了妾才报得仇么？"计氏说："他已有被他射死的那狐精与他为妻了。"晁夫人问说："狐精既是被他射死，如何到要与他为妻？"计氏说："做了他的妻妾，才好下手报仇，叫他没处逃，没处躲，言语不得，哭笑不得，经不得官，动不得府，白日黑夜，风流活受，这仇才报的茁实！叫他大鞒的打了牙，往自家肚子里咽哩！"晁夫人梦中想道："我那苦命的娇儿！只说你死便罢了，谁知你转辈子去还要受这两个人的大亏哩！"从梦中痛哭醒来。春莺合丫头们都也醒了。

晁夫人对着一一的告诉了，冤冤屈屈的不大自在。清早梳了头，只见计巴拉来到，见了晁夫人，问说："晁大娘黑夜没做甚么梦？"晁夫人说："做的梦蹊跷多着哩！"计巴拉说："曾梦见俺妹妹不曾？"晁夫人说："梦见的就是你妹妹，可这里再说甚么蹊跷哩？"计巴拉道："俺妹妹没说他往北京平子门打乌银的童七家里托生？"晁夫人说："这又古怪，你也做梦来么？"计巴拉一五一十告诉他做的那梦，合晁夫人梦的一点儿不差。大家都诧异的极了。计巴拉又替他爹爹上覆晁夫人，谢替他女儿做斋超度，又不得自家来谢。晁夫人问说："亲家这些时较好些么？"计巴拉说："好甚么！那些时扶着个杌子①还动的，如今连床也下不来了。昨日黑夜也梦见俺妹妹，醒过来哭了一场，越发动不得，看来也只是等日子的勾当！"晁夫人说："这天忒热，你豫备②豫备，只当替亲家冲冲喜。"计巴拉说："也算计寻下副板，偏这紧溜子里没了钱。"晁夫人说："咱家里还有你妹夫当下的几副板哩。你不嫌不好，拣一副去豫备亲家也罢。"计巴拉说："这到极好！我看凑处出银子来，再来合晁大娘说。"晁夫人说："你看！你要有银子，就不消说了。正说这会子且没银子的话，恐怕天热，一时怕来不及。"

计巴拉作谢不尽，只说怎么好的意思。晁夫人说："你这会子没钱，咱家见放着板，这有甚么不好意思！你要有银子，凭你三百两二百两别处买去，我也不好把这浑质木头亵渎亲家，这是咱迁就一步的话。"计巴拉说："这几副板我都见来，也都不相上下，我就有钱，也只好使十来两银子买副板罢了。咱家这们的木头，我还买不起哩。既是晁大娘有这们好意，叫人不拘抬一副来就好。"晁夫人说："既是与亲家做寿木，还得你自家经经眼才好。"叫人拿黄历来看，说："今日就是个极好的黄道日子，你趁着在这里就着拣出来叫人抬了去省事。"晁夫人叫晁凤同了计巴拉开了库房。计巴后从那一年计氏死的时节，这几副木头都是他看过的，好歹记得极真，进去手到擒来，拣了一副独帮独底两块整堵头，雇了十来个人抬得去了。计巴拉进去磕了晁夫人的头，谢了回去。

晁凤说："这副板是大爷在日使了二十一两银子当的，说平值四五十两银子哩。新近晁住从乡里来还说了造子，奶奶就轻意

① 杌（wù）子——凳子。

② 豫备——预备。

的给了他。”晁夫人说：“我也不是拿着东西胡乱给人的。那咱你爷往京里去选官，他曾卖了老计奶奶一顶珠冠，十八两银子。他没留下一分，都给爷使了。我感他这情，寻思着补复他补复。”晁凤说：“这们些年，俺爷做着官，只怕也回他过了。”晁夫人说：“我倒不知道，回复他个屁来！这们些年，他何尝提个字儿？显的咱倒成了小人！”晁凤说：“要是这们，咱也就有些不是。”晁夫人道：“有些不是，你可是倒好了。”

计老头得了这板，不惟济了大用，在那枕头上与晁夫人不知念够了几千几万的阿弥陀佛。可见：

负义男儿真狗彘！知恩女子胜英雄。

第三十一回

县大夫沿门持钵　守钱虏闭户封财

众生丛业，天心仁爱无穷；诸理乖和，帝德戒惩有警。赐以眚灾而不悟，示之变异以非常。奈黔黎必怙冥顽，致碧落顿垂降鉴。收回五谷善神，敕玄夷而滋水溢；怒薄三辰景曜，遣赤魃①以逞旱干。本以水乡，致为火国。白云湖汪洋万顷，底坼②龟纹；会仙山停住千流，溪无蜗角。螟蝗蔽日遮天，蟊贼乘风扑地。平野根株尽净，山原枝茎咸空。钟鸣鼎食者，已嗟③庾④釜之藏；数米计薪者，何有斗升之望？恩爱夫妻抛弃，孝慈父子分离。渐至生人交食，后来骨肉相残。顾大嫂擦背挨肩要吃武都头的，人人如是；牛魔王成群作队谋蒸猪元帅的，处处皆然。空有造命之君师，干瞪着一双极眼；岂无素封之乡宦，紧关着两扉牢门。这也是老天收捕奸顽，不教那大家拯援饿殍。

却说绣江县明水一带地方，那辛亥七月初十日的时候，正是满坡谷黍，到处秋田，忽然被那一场雨水淹没得寸草不遗。若是寻常的旱涝，那大家巨姓平日岂无积下的余粮？这骤然滚进水来，连屋也冲得去了，还有甚么剩下的粮食？人且淹得死了，还

① 魃（bá）——怪物。
② 坼（chè）——裂开。
③ 嗟（jiē）——叹息。
④ 庾（yǔ）——露天的谷仓。

讲甚么房屋？水消了下去，地里上了淤泥，耩①得麦子，这年成却不还是好的？谁知从这一场水后，一点雨也不下，直旱到壬子，整整一年。癸丑、甲寅、丙辰、丁巳，连年荒去。小米先卖一两二钱一石，极得那穷百姓叫苦连天。后来长到二两不已，到了三两一石。三两不已，到了四两。不多几日，就长五两。后更长至六两、七两。黄、黑豆，蜀秫，都在六两之上。麦子、绿豆，都在七八两之间。起先还有处去买，渐至有了银没有卖的。糠都卖到了二钱一斗。树皮、草根都刮掘得一些不剩。偏偏得这年冬里冷得异样泛常。不要数那乡村野外，止说那城里边，每清早四城门出去的死人，每门上极少也不下七八十个，真是死得十室九空！存剩的几个孑遗，身上又没衣裳，肚里又没饭吃，通像那一副水陆画的饿鬼饥魂。莫说那老媪病媪，那丈夫弃了就跑；就是少妇娇娃，丈夫也只得顾他不着。小男碎女，丢弃了的满路都是。起初不过把那死了尸骸割了去吃，后来以强凌弱，以众暴寡，明目张胆的把那活人杀吃。起初也只互相吃那异姓，后来骨肉天亲即父子兄弟，夫妇亲戚，得空杀了就吃。他说："与其被外人吃了，不如济救了自己亲人。"那该吃的人也就情愿许人杀吃，说："总然不杀，脱不过也要饿死，不如早死了，免得活受，又搭救了人。"相习成风，你那官法也行不将去。

一个都御史出巡，住在察院。那察院后边就把两个人杀了，剐得身上精光。

一个张秀才单单止得一个儿子，有十七八岁的年纪，拿了两数银子，赶了一个驴儿，一只布袋，合了几家邻舍往三十里外籴米。赶了集回来，离家还有十里多路，驴子乏了，卧在地上，任

① 耩（jiǎng）——用耧来播种。

你怎样也打他不起。只得寻了一个熟识人家歇了，烦那同来的邻舍捎信与他爹娘，说是驴子乏了，只得在某人家宿下，明日清早等他到家。只见到了明日，等到清早，将及晌午，那里有些影响？爹娘料得不好，纠合昨日同去的那些人，又叫了地方乡约一同赶到那家。刚刚的一张驴皮还在那里，儿子与驴肉煮成一锅，抬出去卖了一半，还有一半热腾腾的熟在锅里。虽然拿到县前，绑到十字街心，同他下手的儿子都一顿板子打死，却也救不转那张秀才的儿子回来。更有奇处，打到十来板上，无数饥民齐来遮住了，叫不要打坏了他的两根腿肉，好叫饥民割吃。

一个四十多岁的妇人进县里告状，方递了状走出去，到县前牌坊底下，被人挤了一挤，跌倒了爬不起来；即时围了许多人，割腿的割腿，砍胳膊的砍胳膊。倒也有地方总甲拿了棍子乱打，也有巡视的拿了麻绳来吊。你那打不尽许多，吊不了这大众，拣那跑不动的，拿进一个去，即时发出来打死了号令，左右又只饱了饥民。

一个先生叫是吴学周，教了十来个学生，都只有十一二岁，半月里边不见了三个。家中也都道是被人哄去吃了，后来一个开面店的儿子，年纪才得十岁，白白胖胖的个小厮，吃了清早饭，他的父亲恐怕路上被人哄去，每次都是送他到了学堂门口，方得自己转去。放学的时节，有同路的学生，便也不来接他。那一日，明白把儿子送进学堂门去，撞见了一个相知，还在那学堂门口站住，说了许久一会的话，方才回去，只见晌午不见儿子回去吃饭，走到学里寻他。先生说："他从早饭后没见他来。"问别的学生，也都说："与他同回家去，不见他回到书房。"他那父亲说道："这许多时回去吃饭，叫他合了别的学生同走。吃了饭，我每次都是自己送他来到，看他进了学门，我方才回去。今日他进去了，我因撞见一个相知在书房门口，还站住说了许久的一会话，我方才回去。怎么说没来？”极得那老子在书房里嚷跳。吴学周说：“你的儿子又不是个不会说话的小物件儿，我藏他过了！你可问别的学生，自从吃了早饭曾来学里不曾？不作急的外边去寻，没要紧且在这里胡嚷！”那人说：“我自己送他进了书房，何消又往外边去寻？”正在嚷闹，只见那个学生在他先生家里探出头来一张，往里流水的缩了进去。那人说：“何如！我说送进来的，你却藏住了，唬我这一个臭死！”吴学周道：“你是那里的鬼话！甚么是我藏过了唬你！”那人说：“我已看见他张了一张缩进去了。”吴学周还抵死的相赖。那人说：“脱不了你也只有一个老婆子，又没有甚么的姣妻嫩妾，说我强奸不成！”一边说，一边竟自闯将进去。

吴学周慌了手脚，狠命拉他不住。那人走进家去叫了两声，那有儿子答应。说道：“这也古怪！我明明白白看见他张了一张，缩进来了，怎又没了踪影？”东看西看。吴学周说：“人家也有里外，我看你等不出儿子来怎样结局！”只见吴学周的老婆挠了个头，乱砍了个鬏髻，叉了一条裤子，逼在门后边筛糠抖战，灶前锅里煮的热气腾腾，扑鼻腥气。那人掀开锅盖，满满的一锅人肉。吴学周强说：“我适间打了一只狗煮在锅内，怎么是人？”那人撩起来说：“谁家的狗也是人手人脚？”又撩了一撩，说道：“连人头也有了！”嚷得那别的学生都赶了进去。

那人搜了一搜，他的儿子的衣裳鞋袜，并前向不见的那三四个的衣裳，都尽数搜出。叫了地方拴了这两个雌雄妖怪，拿了那颗煮熟的人头，同到县里审问。原来他不曾久于教学。自从荒了年，他说：“这样凶年，人家都没有力量读书，可惜误了人家子弟。我不论束脩有无，但肯来读书的，只管来从。成就了英才，又好自己温习书旨。”有这等爱便宜的人家，把儿子都送到他的虎口。但是学生有那先一个到书房的，只除非是疮头疥肚、羸瘦伶仃的，这倒是个长命的物件。若是肥泽有肉的孩子，头一个到的，哄他进去，两口子用一条绳套在那学生项上，一边一个紧拽，登时勒死，卸剥衣裳煮吃。吃完了，又是一个。带这一个孩子，接连就是四人。

县官取了口词明白，拿到市口，两口子每人打了四十板，分付叫不要打死，拖到城外壕边丢弃。这饥民跟了无数的出去，趁活时节霎时割得个罄净。如此等事，难道也还不算古来的奇闻？

这些孽种，那未荒以前，作得那恶无所不至，遭了这样奇荒，不惟不悔罪思过，更要与天作起对来。其实这样魔头，一发把天混沌混沌叫他尽数遭了灰劫，再待十二万年，从新天开地辟，另生出些好人来，也未为不可。谁知那天地的心肠就如人家的父母一样，有那样歪憋①儿子，分明是一世不成人的，他那指望他做好人改过的心肠，到底不死，还要指望有甚么好名师将他教诲转来。所以又差了两尊慈悲菩萨变生了凡人，又来救度这些凶星恶曜，一位是守道副使李粹然，是河南怀庆府河内县人，丙辰进士；一个是巡按御史，那个巡按叫杨无山，湖广常德府武陵县人，辛未进士。这两位菩萨，且不必说他那洁己爱民、忘家为国的好处，单只说他那救荒的善政。

那李粹然先在地方把他的赎银搜括了个罄净，把衙内的几副酒器杯盘，多的两条银带，都拿来煎化了赈济贫民。但贫民就是大海一般，一把沙撒在里面，那里去显？四关厢立了四个保婴局，每局里养了十数个妇人。凡是道路上有弃撩的孩子，都拾了

① 歪憋——无赖、不成才。

送与那局内的妇人收养。每月与他粮食二斗，按月支给。从八月里起，直到次年五月麦熟的时候才止。不止一处，他道属十三州县，处处皆是，只是多少不等。这也实实的救活了千数孩提。

那按院从八月初一日到了地方，见了这个景象，说："这秋成的时候尚且如此，若到了冬春，这些饥民若不设法救济，必定半个不存。"也是把那纸赎搜括得罄尽，将自己的公费都捐出来放在里边，前院裁汰了许多承差，他开了一个恩，叫他每名纳银五十两，准他复役。共是二十名，捐了一千两。共凑了三千五百两银子，差了中军、承差分头往那收熟的地方籴了五百石米来。

这杨代巡从九月二十日起，预先叫乡约地方报了贫民的姓名，登了册籍，方才把四城四厢分为八日，逐日自己亲到那里，逐名复审，给了吃粥的信票，以十月初一日为始，至次年二月终为止。又有那二百多名贫生，也要入在饥民队里吃粥。按院说："士民岂可没有分别？"将四门贫士另在儒学设立粥厂，耑①待那些贫生。四门的粥厂又分男女两处，收拾得甚有条理。可恨有一个为富不仁的光棍，叫是薛崇礼，家中开一个杂粮铺，又贩官盐，不止中人之产，叫他老婆同他两个都出来冒领粥票，被乡约举首出来，发县审究，拟了有力杖罪，呈详解院。杨按院免了他罪，责罚了他三石小米，添了赈饥。这一日一顿稀粥，若说要饱，怎得能够？但一日有这一顿稀粥吃在肚里，便可以不死。又在那各寺庙里收拾了暖房，夜晚安顿那没家室的穷人。得他这样搭救，方才存剩了十分中两分的孑遗。那按院他原籍湖广的地方，天气和暖，交了正月过了二月以后，麦子也将熟了，满地都有野菜，尽就可以度日。他把这北边山东的地方也只当是他那湖

① 耑（zhuān）——此同"专"。

广，所以要从三月初一停了煮粥，自己也便于二月初六出巡去了。

那绣江县官想道："这北边的三月正是那青黄不接的时候。正吃了这五个月粥，忽然止住，野外又无青草，树头尚无新叶，可惜把按院这一段功德泯没了！但库中久不征了，钱粮分文也不能设处，尚有守道存养弃孩剩的十四两银，盐院赈济贫生剩的十三两银，刑厅捐助的二十两银，自己设处了二十两银，共有六十七两。"想道："这煮了五个月的粥都是按院自己设处，并不靠他乡绅大姓的一粒一柴。如今再得一百石米，便可以度这三月。把这个三月过了，坡中也就有了野菜苜蓿，树上有了杨叶榆钱，方可过得。没奈何把这一个月的功果央那乡绅大姓完成了罢。况城中的乡宦富家，虽是连年不曾收成，却不曾被水冲去，甚有那大富财主的人家。"砌了一本缘薄，里边使了连四白纸，上面都排列了红签，外边用蓝绢做了壳叶，签上标了"万民饱德"四个楷字。自己做了一篇疏引，说道：

造塔者犹贵于合尖，救溺者务期于登岸。嗟下民造孽罙①深，惕上天降割已甚。溯惟绣江之版籍，洊②当饥岁之殍亡。按台老大人谓天灾固已流行，或人力可图挽救。于是百方济度，万苦挪移。不动公帑分文，未敛私家颗粒。先则计口授糈③，后则按人给粥。原定冬三月为始，拟满春正月为终。复念青黄不接之际，未及新陈交禅之期，殚精竭虑，细括穷搜，拮据又延一月。转计春令虽深，相去麦秋尚远。木叶为羹，未有垂青之叶；草茎作食，尚无拖绿之茎。使非度此荒春，胡以望臻长夏？第按台之

① 罙（mí）——同"深"，深意。

② 洊——通"荐"，再，一次又一次。

③ 糈（xǔ）——粮食。

力，已罄竭而无余；问县帑之存，又釜悬而莫济。于是与按台相向踌躇，互为辗转，不得不告助于乡先生各孝廉、诸秀孝、素封大贾、义士善人者：米豆秫粟之类，取其有者是捐；斗升庾釜之区，量其力而相济。多则固为大德，少亦借为细流。时止三十日为期，数得一百石为率。庶前养不止于后弃，救死终得以全生。伏望乡先生各孝廉、诸秀孝、素封大贾、义士善人者：念矢乔纤悉之众，仁者且欲其生；矧井闾桑梓之民，宁忍坐视其死？诚知地方荐饥有日，诸人储蓄无几。捐盆头之米，亦是推恩；分盂内之斛，宁非续命？则累仁积德，福祥自高施主之门；而持钵乞哀，功德何有脚夫之力？斯言不爽，请观范丞相之孙谋；此理非诬，幸质宋尚书之子姓①。

县官委了曲史持着缘簿，又夹了一个官衔名帖，凡是乡宦举人，叫典史亲自到门。学里富生，烦教官募化。百姓富民，就教典史劝输。

那时城内的乡宦大小有十八位，春元有十一人。典史持了这本缘簿，顺了路，先到那乡宦的门前，一连走了几家，有竟回说不在，关了门不容典史进去的。有回话出，说晓得了。有与典史相见，说合大家商议的。走了半日，到了数家，那有一个肯拿起笔来登上一两、五钱？又到了一位姚乡宦家，名万涵，己未科进士，原任湖广按察使。请进典史待茶，他说："赈荒恤患，虽是地方公祖父母的德政，也全要乡宦大家赞成。不动民间颗粒，施了一个月米，煮了五个月粥。如今这一个月的美政，要地方人完成，再有甚么推得？但这一个起头开簿的也难，如今就是治生写

① "请观范丞相"句——范丞相，指范仲淹；宋尚书，即宋祁。两人乐善好施，宽厚待人，所以子孙一直富贵繁昌。孙谋、子姓，均指后代子孙。

起，自己量力，多亦不能。”写了二十两数，说把缘簿留下与他，他转与众位乡宦好说，要完这一件美事。

典史辞了回来，姚乡绅沿门代化。一个泼天大富，两代方面的人家，人人都知他蓄有十万余粮，起先一粒不肯，当不过姚乡绅再三开说，写了输谷二石。那时的谷原不贱，两石谷就也值银十两。又有一位曹乡宦，原任户部郎中，一位张太守，一位刘主事，一位万主事，各也出了多少不等。其余那十来多位，莫说是姚乡宦劝他不肯，就是个姚神仙也休想拔他一毛！姚乡宦的伎俩穷了，把缘簿仍旧交还了典史。典史又持了缘簿，到各举人家去。乡宦如此，那举人还有甚么指望？内中还有几位说出不中听的话来，说道：“这凶年饥岁，是上天堕罚那顽民，那个强你赈济？你力量来得，多赈几时。自己力量若来不得了，止住就罢，何必勉强要别人的东西，慨自己的恩惠？我们做举人在家，做公祖父母的不作兴我们罢了，反倒要我们的赈济，这也可发一大笑！”说得那典史满面羞惭。临了到一位吕春元家，名字叫吕崇烈，因二、六日每与那杨按台在洪善书院里讲学，看了大大的体面，写上了二两，这就是十一位举人中的空谷足音。

典史又把缘簿送与教官，烦他化那富家士子。过了几日，教官叫道郭如磐，山西霍州人，自己出了五两。两个生员，一个是尚义，一个是施大才，都是富宦公子，每人出了三钱，那又完帐了学里的指望。那些百姓富豪，你除非锥子剜他的脊筋，他才肯把些与你。但你曾见化人的布施，有使锥子剜人肉筋的没有？所以百姓们又是成空。

及至到了三月，如何煮得粥成？只得把那按院守道那几宗银子俱并将上来，凑了一百五十两，封了三千封，给散了贫人。前边五个月靠了杨按台的养活，幸而存济。如今骤然止了，难道别处又有饭吃不成？那些苟延在这里的，可怜又死了许多！幸得杨按台出巡了四十日，到了三月十四日回来，只得又问抚院借了二百石谷子，于三月十七日从新煮粥，再赈一月。

那时节又当春旱，杨按台惟恐麦再不收成，越发不能搭救，行文到县里祈祷。县官果然斋戒竭诚，于二月初七日赴城隍庙里焚了牒。初十日下了一场大硝，颜色就是霜雪一般白的，滋味苦咸螫口，有半寸多厚。十一日下了一场小雨，幸得把那硝来洗得干净。等到十三日又投了一牒。十六日下了一场小雪。等到二十二日又复投了一牒文，竭诚祈恳，到了二月二十七日清明，从黎明下起大雨，下了一昼夜。二十八日县官备了猪羊，又叫了台戏，谢那城隍与龙王的雨泽。每日跟了祈雨的礼生分了胙肉，县官又每名送了四钱书资。到了三月初九，又下了一场大雨。杨按台出巡回来，又备牲牢自己专谢。那些礼生扯住了杨按台说："那次谢雨，曾每人有四钱的旧例。"按了规矩定要，惹得杨按台甚不喜欢。县官又把那神胙都分散与那乡绅人等，写了六幅的全帖送去。内中有几个乡宦，还嫌送得胙肉不多，心里不自在，就把那送胙的礼帖后裁下两幅，潦潦草草写了个古折回帖。到了三月二十三日，又是一场透地的大雨，把那年成变得转头。

杨按台感那神功保佑，要盖一座龙王庙侍奉香火。原有个旧基，只还要扩充开去几步，邻着一个乡宦的地土，毕竟多多的问杨按台勒了一大块银子，方才回了一亩多地，创造了个大大的规模，分了表忠祠的两个僧人看守，拨了二十亩官地赡庙。

县官恐怕那饥民饿得久了，乍有了新麦，那饭食若不渐渐加增，骤然吃饱，壅塞住了胃口，这是十个定死九个的，预先刊了条示，各处晓谕。但这些贫胎饿鬼，那好年成的时候，人家觅做短工，恨不得吃那主人家一个尽饱，吃得那饭从口里满出才住。

如今饿了六七个月，见了那大大的馍馍，厚厚的单饼，谁肯束住了嘴，只吃了个半饱哩？肯信那条示的说话？恨不得再生出一个口来连吃才好。多有吃得太饱，把那胃气填塞住了转不过来，张了张口，瞪几瞪眼，登时则天毕命之！

谁知好了年成，把人又死了一半，以致做短工的人都没有。更兼这些贫人，年成不好的时节，赖在人家，与人家做活情愿不要工钱，情愿只吃两顿稀粥。如今年成略好得一好，就千方百计勒掯起来，一日八九十文要钱，先与你讲论饭食，晌午要吃馍馍、蒜面，清早后晌俱要吃绿豆水饭。略略的饭不像意，打一声号，哄的散去。不曾日头下山，大家歇手住工。你依了他还好，若说是日色见在，如何便要歇手，他把生活故意不替你做完，或把田禾散在坡上，或捆了挑在半路，游游衍衍，等那日色一落，都说："日色落了，你难道还好叫做不成？"大家哄得一齐走散，极得那主人只是叫苦。正是：

才好疮口就忘疼，猪咬狗拖无足惜。
任凭以后遇荒年，切莫怜他没得吃。

第三十二回

女菩萨贱粜赈饥　众乡宦愧心慕义

歉岁叹无辰，万室艰辛。突门①蛛网釜生尘。炊桂为薪颗粒米，价重如珍。　　施济有钗裙，义切乡邻。发兴平粜救饥贫。义侠远谋甄后似，冯宝夫人②。

右调《浪淘沙》

从辛亥这一年水旱，谁想不止绣江县一处，也是天下太平日久，普天地下大约都是此骄纵淫佚之人，做得也都是越礼犯义的事，所以上天都一视同仁的降了灾罚。但别处的灾荒俱有搭救，或是乡宦举监里边银子成几百两拿出来赈济，米谷几百石家拿出来煮粥。乡宦们肯上公本，求圣恩浩荡，将钱粮或是蠲免③，或暂停征。还有发了内帑救济灾黎。即乡宦不肯上本，百姓们也有上公疏的。就是乡宦们自己不肯上本，也还到两院府道上个公呈，求他代奏。只有这武城县在京师的也没有甚么见任乡宦可以上得本。在家中几家乡宦，你就看了那乡里在那滚汤烈火里头受罪，只当不曾看见，要一点慈悲气儿也是没有的。那百姓们，你

---

① 突门——灶门。

② “义侠”二句——甄后，魏文帝曹丕夫人，相传她十多岁时就劝母亲赈济亲族乡人；冯宝夫人，即冼夫人，隋朝时南方少数民族领袖，后嫁给高凉太守冯宝，她常劝宗族行善。

③ 蠲（juān）免——免除（租税、罚款、劳役等）。

就使扁担掗①他肚子，这是屁也放不出一个来。那个循良的徐大尹又行取离任去了。这样人也没得吃的年成，把那钱粮按了分数，定了限期，三四十板打了比较。小米买到八两一石，那漕粮还不肯上本乞恩改了折色，把人家孩童儿女都拿了监追。这还说是正供钱粮由不得自己。但这等荒年，那词讼里边，这却可以减省得的。一张状递将上去，不管有理没理，准将出来，差人拘唤要钱。听审的时候，各样人役要钱。审状的时候，或指了修理衙宇，竟是三四十两罚银。或是罚米折钱，罚谷折钱，罚纸折钱，罚木头折钱，罚砖瓦折钱，罚土坯折钱。注限了三日要，你就要到第四日去纳，也是不依。卖得房产地土出去，虽说值十个的卖不上一个的钱，也还救了性命。再若房屋地土卖不出去，这只得把性命上纳罢了。把一个当家的人逼死了，愁那寡妇孤儿不接连了死去。死得干净，又把他的家事估了绝产，限定了价钱，派与那四邻上价。每因一件小事，不知要干连多少人家。人到了这个田地，也怪不得他恨地怨天，咒生望死，看看的把些百姓死了十分中的八分。

却说晁夫人见这样饥荒，心中十分不忍，把那节年积住的粮食，夜晚睡不着觉的时候，料算了一算，差不多有两万的光景。从老早的唤了雍山庄上的季春江，坟上管庄的晁住，分付他两庄上的居民，一定也不许他移徙。查了他一家几口，记了口数，与他谷吃，五日一支。凡庄上一家有事，众家护卫，不许坐视。这等时候，那个庄上不打家劫舍？那个庄上不鼠窃狗偷？那个庄上不饿莩枕藉②？惟晁家这两个庄上，也不下六七百人家，没有一家流移外去的，没有一人饿死的。本处人有得吃了，不用做贼。

---

① 掗（yà）——此同“压”。

② 饿莩（piǎo）枕藉——喻饿死的人躺了遍地。

外庄人要来他庄上做贼的，合庄的老婆、汉子就如豺狗阵的一般。虽然没有甚么坚甲利兵，只一顿叉把扫帚搫得那贼老官兔子就是他儿。那邻庄人见他这庄上人心坚固，所用者少，所保者大，那大姓人家也只得跟了他学。所以也存住了许多庄户。倒只是那城里的居民禁不得日日消磨，弄得那通衢闹市几乎没了人烟。更兼这样荒年时候，人间的乖气上升，天上的沴①气下降，掩翳得那日月不阴不晴，不红不白，通似有纱厨罗帐罩住的，久没有一些光彩。

晁夫人起先等那官府有甚赈济的良方，杳无影响，又等那乡宦富室有甚么捐输，又绝无音信，只得发出五千谷子来零粜与人，每人每日止许一升。脱不了剩下的那几个残民也是有数的人，人也是认得的了，所以也不用甚么记名给票，防那些衙役豪势冒籴的人。那时谷价四钱八分一斗，他只要一分二厘一升，折算铜钱十二个。有人说道："四十八个钱的谷，只问人要十二个钱，何不连这几个钱也不要，爽利济了贫，也好图那钦奖？如今岂不是名利俱无了？"晁夫人道："我两次受了朝廷的恩典，还要那钦奖做甚？父母公祖，乡宦大家，俱不肯捐出些来赈济，我一个老寡妇难道好形容他们不成？我也不过是碗死水，舀得干了，还有甚么指望？卖几个钱在这里，等好了年成，我还要籴补原数，预备荒年哩。"人都说晁夫人说得有理。

定了日子，叫晁凤、晁书两个管粜，一个看钱，一个发谷，起先也多有籴了又来，要转卖营利的，认住了不与他籴去，后来渐渐的也就没了。又有说家口人多，一升不足用的，要多籴升数。说道："你家果是人多，叫他自己来籴，以便查认。"这些饥

① 沴（lì）——指灾气。

民有了贱谷，便可以吃得饱饭。吃了饱饭，便有了气力可以替人家做得活、佣得工，便有了这一日籴谷的钱，不用费力措处。又有那真正疲癃①残疾的人，他却那里有一日十二个钱来买谷？只得托了两个乡约勒时韶、任直合族人晁近仁、晁邦邦分了东西两个粥厂，一日一顿，每人一大杓，也有足足的四碗。亏了这四个人都有良心，能体贴晁夫人的好意，不肯在里边刮削东西。大约每人止得两合足米，便也尽够用的。行了不足十日，不特消弭了那汹汹之势，且是那街上却有了人走动，似有了几分太平的光景。

城中一个举人乡宦，曾做陕西富平知县，叫是武卿云，听见晁夫人这般义举，说道："此等美举，我们峨冠博带的人一些也不做，反教一个三绺梳头、两截穿衣的女人做去，还要这须眉做甚？这也可羞！"也搜括了几百石谷，一边平粜，一边煮粥。晁夫人知道，差人与他去说："晁奶奶那边极没有人手，又要粜谷，又要煮粥，两下里通照管不来，也没有这许多米粮。今得武爷这一帮助，成了这一场好事。两边都煮粥，两边都卖谷，只怕这边买了谷的，又往那边去买，那边吃了粥的，又往这边来吃，稽查不得，可惜负了这段好心。今叫来禀武爷商议，我们与武爷这边，或是一边专只粜谷，或只一边专管舍粥，人又不得冒支，又省得两个照管。"武乡宦喜道："你奶奶虑的极是，我还没想到这里！不然，还是你奶奶那里粜谷，我这里舍粥罢。我听得人说，你那里舍的粥极有方略。是甚么人管理？"差去的人晁凤说道："因没得力的人，只得央了俺那里两个乡约，一个叫是任直，一个叫是靳时韶，还合自己族里的两位。"武乡宦问说："这四个

① 疲癃——年老多病。

人，他家里都过的么？肯干来替咱支使？”晁凤说：“奶奶先合他说来，叫他：‘这粥里头莫要枯刻他们的，我另酬谢你罢。’说过，见一月每人送他五斗米，这四个人可也好。一个贫人一顿合着两合米，也就稠稠的四满碗粥。”武乡宦说：“我要煮粥，不然也还在你厂里，也还仗赖那两个乡约，每月每人也送他五斗米。只怕那两位族人，我不好烦他的，另着两个人去看着。多拜上奶奶，明日是十月初一日，就是我这里煮粥罢。”晁凤回了话。晁夫人着实喜欢，叫了晁近仁、晁邦邦回来，二人一递，五日轮流，帮着粜谷，替下晁凤、晁书一个来家里走动。别的乡宦见武乡宦举了这事，也都要算计做这事，俱说：“晁夫人说得是。”大家合并在武乡宦那里，一递十日煮粥，俱是任直、靳时韶两个照管。

后来那些富家大姓渐渐的都出来捐米捐柴，附在各人亲戚乡宦之处。从头年十月初一为始，直到来年五月初一为止，通共七个月，也只用了二千七百六十七石米。晁夫人是九月十五日粜谷起，至来年四月十五日止，也是七个月，共粜过谷八千四百石。可喜收了麦子，拿住了秋苗，完成了这一片救人的心肠，成就了这一段赈荒的美事。

看官听说！但凡人做好事的，就如那苦行修行的一般。那修行的人修到那将次得道的时候，千状百态，不知有多少魔头出来琐碎。你只是要明心见性，任他甚么蛇虫毒蟒、恶鬼豺狼、刀兵水火，认得都是幻景。只坚忍了不要理他，这就是得道的根器。那唱《昙花记》的木清泰，被宾头卢祖师、山玄卿仙伯哄到一座古庙，独自一人过夜，群魔历试他，凭他怎的，只是一个不理，这才成了佛祖。若到其间，略有个怯惧的心肠，却不把弃家修道几年苦行的工夫可惜丢吊了？这人要干件好事，也就有无数的妖魔鬼怪出来打搅。你若把事体见得明白，心性耐得坚牢，凭他甚么挠乱，这一件好事，我决要做成，这事便没有不成之理。你若正这件事做得兴头，忽然钻出个人来，像那九良星打搅蔡兴宗造洛阳桥的一般，灰一灰心、懈一懈志，前功尽弃。晁夫人一个女流之辈，罄囊拿出一万四五千谷赈济那乡里饥民，这只怕那慷慨的男子也还做不出的事，他却轻省做了，却不知道也受了多少的闲气。若是没有耐性的人，从那入秋的时节，也使个性子，粜不成这谷了。

晁天晏走来说道："三奶奶，这粜万把石谷不系小事，如何不托孙子，倒托两个家人？我情愿来与三奶奶效劳。"晁夫人说："晁书、晁凤左右都是闲人，叫他自己两人粜罢，不要误了你们的正事。"晁无晏道："只怕他两个存心不善；这样贵谷，三奶奶，你只要十二个钱一升，他每升多要四五文，就每升多要二三文、一二文，这就该多少钱哩？或将一石里边搀上四五升秕谷，或是粮糠，三奶奶，你都那里查账？若是我在里面，这事那个敢做！三奶奶，你粜一斗，是你老人家一斗的福。你粜一石，是你老人家一石的福。如今为甚么丢了这们些粮食，你老人家又没积了福，叫别人撰了钱去？"晁夫人道："这两个狗头！我恩养着他，干这事，他就不怕我，没的也不怕那神灵么？一个救人命的东西，干这事，他也不待活哩！"晁无晏道："既三奶奶不用我粜谷，我替三奶奶看着煮粥罢。"晁夫人道："你早说好来。我已是叫了晁近仁合晁淳他两个分管去了。"晁无晏道："这三奶奶别要管他，你只许了口叫我去看，他两个，我管打发他去，不用三奶奶费心。"晁夫人说："我既叫了他来，他正看得好好的，为甚么打发他去？叫他看着罢了。"晁无晏雌了一头子灰，没颜落色的往家去了。

后来武乡官家煮了粥，晁近仁合晁邦邦辞了回来，晁夫人又叫他一递五日帮着晁书们粜谷。晁无晏心中怀恨，故意的装了两壶薄熬烧酒吃在肚子里，盖着那屄脸弹子猴屁股一般，踉踉跄跄走到粜谷所在，恰好晁近仁、晁邦邦都在那里合晁书、晁凤算那一日粜出去的谷数。晁无晏涎瞪着一双贼眼，望着晁近仁两个说道："怎么你两个就是孔圣人，有德行的，看着煮粥，又看着粜谷？偏俺就是柳盗跖，是强盗，是贼，拿着俺不当人，当贼待，看着煮粥就落米，看着粜谷就偷谷！呃！你两个吃的也够了，也该略退一步儿，让别人也呵点汤，看撑出薄屎劳①来，没人替你浆裤子！贼狗头！我把那没良心的妈拿驴子鸡巴合他的眼！"

晁近仁还没做声，晁邦邦恃着是他的叔辈，又恃着有点气力，出来问说："晁无晏小二子！谁是贼狗头没良心？你待合谁妈的眼？你每日架落②着七叔降人，你在旁里戳短拳。你如今越发自己出来降人哩！"晁无晏道："仔么③？我自己单身降不起你么？单只架落着七叔降人？今日七叔没在这里，咱两个就见个高低，怕一怕的不是那人屄里生的！"一边就摘了帽子，陆④了网子，脱了布衫子，口里骂说："你要今日不打杀我的，就是那指甲盖大的鳖羔儿！晁邦邦是好汉，你就打杀我！"晁邦邦把一条板凳掀倒，跺下一条腿来，说道："我就打杀你这臭虫，替户族里除了一害，咱也驰驰名！"要撑着往外出来。晁近仁合晁书、晁凤狠命的将晁邦邦拉住，不叫他出来，说："你看不见他吃了酒哩？理他做甚么？等他醒了酒，你是叔，他是侄儿，他自然与

---

① 薄屎劳——拉稀屎病。

② 架落——怂恿，支使。

③ 仔么——怎么。

④ 陆——卸下，摘掉。

你赔理。”晁无晏说：“扯淡的屄养们！我希罕你拉他！我这里巴着南墙望他打死我哩！再要拉他的，我合他妈那眼！我吃了酒，我吃了你妈那屄酒来！”晁凤说：“淳叔，你听我说，你别合他一般见识。他红了眼睛，情管就作下。你就待打帐①，改日别处打去。您在这门口打帐，打下祸来。这是来补报奶奶的好处哩？”晁邦邦说：“我齐头里不是为这个忖②着，我怕他么？你看他赶尽杀绝的往前撑。”那时街上围住了无数的人看，他正在那人围的圈子里头，光着脊梁，猱着头，那里跳搭。

那郯城③驿丞姓夏，叫是夏少坡，极是个性气的人，从河上接了官回来，打那里经过，头里拿板子的说：“顺着④，顺着！”晁无晏只当是典史，略让了一让，抬头认是驿丞，从新跳到街心，骂道：“仔么我是马夫么？你驿丞管着我鸡巴哩！哈儿晦儿⑤的！”夏驿丞句句听得甚真，自己把马歹将回来，说道：“你拦着街撒泼，我怕括着你，叫你顺顺。我没冲撞你甚么，我没曾说我管的着你那鸡巴。但你也管不着我驿丞，你为甚么降我？”晁无晏说：“怎么一个官儿只许你行走，没的不许俺骂骂街？俺是马夫？俺是徒夫？鳖俺些么送你？没有钱，你打我哩！”夏驿丞说：“我怎么只打马夫徒夫？我就说打你这光棍何妨！”叫出那门里头的人来问说：“他为甚么在这里骂？他骂的是谁？”

晁邦邦出去，还没开口。晁无晏说：“我骂的谁，我自身！不骂着郯城驿的驿丞！”晁邦邦将从前以往的事告诉了详细。夏

---

① 打帐——打架。

② 忖——揣度，思量。

③ 郯（tán）城——县名，在山东。

④ 顺着——让开。

⑤ 哈儿晦儿——形容吆喝声。

驿丞说："这们可恶！替我拿下去打！打出祸来，我夏驿丞耽着，往您下人推一推的也不是人！着实打！"两个拿板子的起先拿他不倒，添上那个打伞的，一个牵马的，一个背拜匣的，五个人服事他一位，按倒在地，剥了裤。他还口里不干不净的胡骂。夏驿丞说："咱不打就别要打。咱既是打了，就蒯他两蒯，他也只说咱打来。咱不如就像模样的打他两下子罢！"喝着数打到五板。他还说："由他！我待不见你打哩！只怕打了担不下来，你悔！"驿丞也不理他。打到十板，他才说："我是吃了两钟酒，老爹合我一般见识待怎么？"打到十五板，口里叫爷不住，说："小的瞎了眼，不认的爷，小的该死！"夏驿丞只是喝了叫打。足足的二十五个大板，叫人："带到驿里来！等你先告状，不如我先申了文书做原告好。"晁无晏说："小的敢告甚么状？老爷可怜见超生狗命罢！"夏驿丞只是不理，带到驿里，叫人写了公文，说他拦街辱骂，脱剥了衣裳，扯罗驿丞的员领。他那媳妇子知道，慌了，央了许多街邻合乡约公正，都齐去央那驿丞做了个开手，叫他立了个服罪的文约，放他去了。

晁邦邦们进去告诉了晁夫人。晁夫人说："你看我通是做梦！外头这们乱烘，我家里一点儿也不晓的。这不是自作自受的么！别人还说甚么着极，我听说他家里还有好些粮食哩，放着安稳日子不过，这们作孽哩！"晁邦邦道："你可说么？也可要他消受。年时这们年成，别人没收一粒粮食，偏他还打了十一二石荞麦，见囤着五六十石谷。他今年的麦子又好，二十亩麦子算计打三十石哩。这可亏了他三个死乞白赖的拉住我，不教我打他，说他红了眼，像心风的一般，不久就惹下。说着够多大一会，自己撞这二十五板子在臀上。"晁夫人说："这驿丞可也硬帮。常时没听的驿丞敢打人。"晁邦邦说："有名的，人叫他夏骚子。他恃着他的姑夫是杨阁老，如今县上还怕他哩!”晁夫人说：“嗔道！你可没要紧的惹他做甚么?”晁书娘子插口说：“也是那一年这街上打了众人没打他，他如今来补数儿哩。”晁邦邦说：“人们没说么，可可的就是那一年打俺的那个去处。”晁书娘子又说道：“呃！叫七爷仔细！只剩下他没在这街上打哩。”晁邦邦说：“休忙！只怕也是看不透的事哩。”

再说晁思才一日里叫人抗着三布袋大头秕子，来到粜谷的去处，叫晁邦邦合晁凤搀在谷里出粜与人，要换三布袋好谷与他。晁凤说：“这事俺不敢做。前日二哥还对奶奶说俺多卖了钱，谷里搀秕子合糠哩。这里干这个，可是他说的是真了。”晁思才说：“这没账。您这粜几千谷哩，一石搀不的一升，就带出去了。您不合奶奶说，奶奶有耳报么?”晁凤说：“这族里就只七爷一位，别说搀在谷里，就不搀，合俺也送得起两石谷与七爷吃。难为除了七爷，还有七家子哩！不消别人，只叫二哥知道，我‘吃不了他的，只好兜着’罢了。七爷，你就怪我些也罢，不敢奉承。”晁思才说：“你替我放着，我自家合您奶奶说去。”要见晁夫人。

看门的进去说了，请他进去。他见了晁夫人，把那话来说的细声妾气的道：“嫂子，你是也使了些谷，浑身替你念佛的也够一千万人。如今四山五岳那一处没传了去？光只俺两口子，这一日不知替嫂子念多少佛，愿谓侄儿多少。一日两顿饭，没端碗，先打着问心①替嫂子念一千声佛，这碗饭才敢往口里拨拉。”晁夫人道：“你老七没的家说！你吃你那饭罢，你嚼说我待怎么？我往后只面红耳热的，都是你两口子念诵的。”晁思才道：“这没的是嫂子强着谁来？只是嫂子的好处在人心里。嫂子，你说：‘晁

① 问心——和尚的行礼。

思才，你变个狗填还我！’我要难一难儿，不变个狗，这狗还是人养的哩！”晁夫人道：“你待说甚么正经话，你说罢，别要没要紧的瞎淘淘！”晁思才道：“嫂子，你只不信我的这一个狗心，只说是淘瞎话，把我的心屈也屈死了！”晁夫人道：“谁这里说你是假心哩？可只是有甚么正经话，请说罢！”晁思才道：“你看嫂子！我这就是正经话。”晁夫人道：“再没有别的话没有？若没有话了，外边请坐，我叫人收拾饭你吃。”就待往里进去。晁思才赶上一步说：“还有一事合嫂子说哩。我有三布袋谷，够两石，我嫌他黄米做不的水饭，换咱那粜的白谷，好撩①水饭割麦子吃。晁夫人说：“你那谷哩？”晁思才说：“抗在咱前头哩。”晁夫人说：“脱不了是粜给人，黄谷没的是不好的么？你叫他们换给你去。”晁思才说：“我这里就谢嫂子的作成。”作揖不迭。晁夫人说：“黄谷换白谷，谢甚么作成？”

晁思才也没等吃饭，出去对着晁凤合晁邦邦道：“我合你三婶说了，叫照着数儿换给我哩！快些倒下换上，家里还等着碾了吃晌饭哩！”晁凤说：“淳叔，你看看，且消停，等我到家再问声奶奶去，省得做下不是，惹的奶奶心里不自在。”晁思才说：“我没的有说谎的？你问何妨？只是怕耽阁了工夫。晁凤道：“我问声奶奶不差，也耽阁不了甚么。”进去问说：“奶奶分付把七爷的那秕子换谷给他？”晁夫人说：“甚么秕子！你七爷说他的是黄米，不好撩水饭，要换的白谷。我说：‘脱不了是粜给人，黄米怕怎么？没的人家籴了去，都撩水饭哩？’怎么你说是秕子？”晁凤道：“甚么黄谷！是糠里扬出来的大头秕子，叫我搀在谷里粜给人家，可换好谷给他。俺没敢依他，说来合奶奶说。说奶奶分

① 撩——同“捞”。

付叫照着数把给他哩。"晁夫人扯脖子带脸通红的说道："怎么来！谁煏①烤着我粜谷？我拿秕子搀着哄人！要是秕子，不消换，各人守着各人的！"

晁凤出去说道："亏我进去问声！要不，这不又做下不是了。奶奶说：'我的乃是黄谷换白谷。'这是谷换秕子。"晁思才老羞变成怒的骂道："扯淡的奴才！俺换了俺晁家的谷去，没换了你这扯淡的奴才的谷！"千捣包，万捣包，骂个不住。又说："忘恩负义！没良心！没天理！晁无晏那伙子人待来抢你的屋业，我左拦右拦的不叫他们动手。如今叫你守着万贯家财，两石谷不换给我，我教你由他！你说有了儿子么？'牡丹虽好，全凭绿叶扶持'。你如今已是七十多的老婆子，十来岁的孩子，只怕也还用着我老七相帮，就使铁箍子箍住了头么？"叫人："抗着咱那谷，不希罕使他的！看我饿杀不！留着咱秋里阴枣麸，也浑身丢不了。晁淳、晁凤，咱留着慢慢的算账，再看本事！"

晁凤冤冤屈屈的对着晁夫人学那晁思才说的那话。晁夫人道："王皮！随他们怎么的罢，我只听天由命的！倒没的这们些前怕狼，后怕虎哩！"晁书娘子说："何如？我说不该招惹他。没的舍了四顷地，好几十石粮食，四五十两银子，惹的人家撒骚放屁的！"晁夫人道："狗！没的我做得不是来？您只顾抱怨我！"晁书娘子方才不做声了。

再说县官，那乡宦们后来也都出米煮粥，都不去问他借，偏偏来问晁夫人借谷五百石与孤贫囚犯的月粮。晁夫人也只得应付去了。那邵强仁的老婆、伍小川的儿子，说是被晁源的事把他累

① 煏（bì）——用火烘干。

死，上门指了粜谷，每家赖了一石。又武义、麦其心、傅惠也来粜谷为繇，都赖得谷去。

虽然山鬼伎俩无穷，亦幸得老僧的不睹不闻也莫尽，所以也不曾落他的障魔，毕竟成了正果。后回结束。

第三十三回

劣书生厕上修桩　程学究裩[1]中遗便

乐得英才为教育，先知羽翼斯文。淑陶席上可为珍，案列凌云策，门罗立雪人。　　惟虑冥顽能败塾，嬉游荒业离群。一隅徒举枉艰辛，师劳功不倍，弟怨道非尊。

右调《临江仙》

圣贤千言万语叫那读书人乐道安贫，所以说："饭蔬食饮水，曲肱而枕之，乐亦在其中"；"一箪食，一瓢饮……不改其乐"；"泌之洋洋，可以乐饥"；"并口而食，易衣而出，其仕进必不可苟"。我想说这样话的圣贤，毕竟自己处的地位也还挨的过得日子，所以安得贫、乐得道。但多有连那一亩之宫、环堵之室、负郭之田，半亩也没有的，这连稀粥汤也没得一口呷在肚里，那讨蔬食箪瓢？这也只好挨到井边一瓢饮罢了，那里还有乐处？孔夫子在陈，刚绝得两三日粮，那从者也都病了，连这等一个刚毅不屈的仲由老官尚且努唇胀嘴，使性傍气，嘴舌[2]先生。孔夫子虽然勉强说道："君子固穷，小人穷斯滥矣。"我想那时的光景一定也没有甚么乐处。倒还是后来的人说得平易，道是"学必先于治生"。

但这穷秀才有什么治生的方法？只有一个书铺好开。拿上

---

① 裩（kūn）——古时称裤子。

② 嘴舌——多嘴多舌。

几百两本钱，搭上一个在行的好人伙计，自己身子亲到苏杭买了书，附在船上。一路看了书来，到了地头，又好撰得先看，沿路又不怕横征税钱。到了淮上，又不怕那钞关主事拿去拦腰截断了平分。却不是一股极好的生意？但里边又有许多不好处在内：第一件，你先没有这几百银子的本钱。第二件，同窗会友，亲戚相知，成几部的要赊去，这言赊即骗，禁不起骗去不还。第三件，官府虽不叫你纳税，他却问你要书。你有的应付得去，倒也不论甚么本钱罢了。只怕你没有的书，不怕你不问乡宦家使那重价回他，又不怕你不往远处马头上去买。买得回来，还不知中意不中意。这一件是秀才可以做得生意？做不得了。至于甚么段铺、布铺、绸铺、当铺，不要说没这许多本钱，即使有了本钱，撰来的利息还不够与官府赔垫。这个生意又是秀才们做不得的。

除了这个，只得去拾大粪。整担家挑将回来，晒干，轧成了末，七八分一石卖与人家去上地，细丝白银，黄边钱，弄在腰里。且是官府离得家里庄田甚远，这粪且运不回去。他除了上地，难道怕他取去吃在肚里不成？但这等好生意，里面又有不好在里边：第一件，人从坑厕边走一走过，熏得你要死不活。被窝中自己放个屁熏得还要恶心头疼，撞见一个粪担还要跑不及的回避，如今自己挑了黄葱葱的一担把把，这臭气怎生受得？若像往时不用本钱，将了力气营利，倒也不管他遗臭罢了。如今那拉屎的所在，都是乡先生孝廉公问官讨去为糊口之资的。那拾粪的必定先在那讨厂的人家纳了租税，方许你在那厂里拾晒。为甚么用了本钱不做那干净营生，却干这恶臭的勾当？这件营运又是秀才们治不得生的。

又想出一件主意，却只也用本钱。但凡人家有卖甚么柳树、枣树的，买了来，叫解匠锯成薄板，叫木匠合了棺材，卖与小户贫家，殡埋亡者，人说有合子利钱。那官府有死了人的，他用的都是沙板，不要这等薄皮物件。所以不用当行，也不怕他白白拿去。但这样好生意，里面又生出不好的来：第一件不好，一个好好的人家，干干净净的房屋，层层叠叠的都放了这等凶器，看了惨人。二件，新近又添了当行，凡是官府送那乡宦举人的牌扁，衙门里边做甚么断间版槅，提学按临棚里边铺的地平板，出决重囚，木驴桩橛，这都是棺材铺里备办。为甚拿了本钱，当了行户，做这样忖害人不利市的买卖？所以这卖棺材又不是秀才治生的本等。

除了这几样，想有一件极好的生意出来。看官！你猜说这是件甚么生意？却是结交官府。起头且先与他做贺序、作祭文、做四六启，渐渐的与他贺节令、庆生辰，成了熟识，或遇观风、或遇岁考、或遇类试，都可以仗他的力量，考在前边。瞒了乡人的耳目浪得虚名，或遇考童生，或遇有公事，乘机属托，可以侥幸厚利，且可以夸耀闾里，震压乡民，如此白手求财，利名兼尽，岂不美哉？却不知这等好事之中，大有不好之处。第一件，你要“未去朝天子，先来谒相公”。你要结识官府，先要与那衙役猫鼠同眠，你兄我弟，支不得那相公架子，拿不出那秀才体段。要打迭一派市井的言谈，熬炼一副涎皮顽钝的嘴脸。苗实处，还要拿出钱把钞来时常的请他吃酒吃面。听事吏是兄，门子是弟，礼房先生是朋友，直常书办是至亲，皂隶快手都是相识。把这些关节打通，你才得与那官府讲话。第二件，如今的官府，你若有甚么士气，又说有甚么士节，你就有韩、柳、欧、苏的文学，苏、黄、米、蔡的临池，且请你一边去闲坐。必定有那齐人般的一副面孔，赵师羼般的一副腰骨，祝鮀般的一副舌头，娄师德的一副忍性①，还得那铁杵磨针的一段工夫，煞后更得祁禹狄的一派缘法，你便浓济②些的字，差不多些的文章，他也便将就容纳你了。既然结识了官府，你便走到衙门口传桶边，那些把门的皂隶，直宿的门公，倒也落得没人拦阻，得以与那些管家相见。但这第三件，更要赔出小心，拿出和气，费些本钱，服些低小，也不是要他在官府面前赞扬，只是求他不在官府面前谤毁。有了这三件实落的工夫，便是那扳高接贵的成仙得道之期。但神仙又有五百年一劫哩，毕竟要过了这一劫，神仙才是神仙。若这个大劫过不去，目下虽然是个神仙，犯了劫数，打在地狱天牢里受罪，比那时的鬼魂受苦更自不同。

看官！你再猜说是甚么劫数？却是要保佑祝赞得那官府功名显达，一些也没有跌磕。使那护法天尊成了佛祖，这演法的才得做了伽蓝③。若是那相处的官蹭蹬一蹭蹬，这便是“孙行者陷在火焰山——大家俱着”。怕的是那弹章里面带上一个尊名，总然不做钦犯干连，这个麟阁标名，御览相批，传闻天下，妙不可言。又有吃了那官亏的百姓，恼得我的仇人都来归罪，架说报冤，这才关系着身家性命。想到这利少害多，荣轻辱重，得暂失久，这等经营又不是秀才的长策。夜晚寻思千条路，惟有开垦几亩砚田，以笔为犁，以舌作耒，自耕自凿的过度，雨少不怕旱干，雨多不怕水溢，不特饱了八口之家，自己且还要心广体胖，手舞足蹈的快活。且更度脱多少凡人成仙作佛，次者亦见性明

---

① 赵师羿等三句——比喻为官必具有像南宋人赵师羿、春秋卫人祝鮀那样的能谄媚谗佞，像唐人娄师德那样受了侮辱能极度容忍、不加反抗。

② 浓济——拿不出手、提不上口。

③ 伽（qié）蓝——佛寺。

心。使那有利没害的钱，据那由己不由人的势，处那有荣无辱的尊。那官府衙役，大叔管家，除非他寻上我的门来算计作贱，这是说不得的。却不是我寻上他的门去求他凌辱。所以千回万转，总然只是一个教书，这便是秀才治生之本。

但这教书又要晓得才好。你只是自己开馆，不要叫人请去。若是自己开的书堂，人家要送学生来到，好的我便收他，不好的我委曲将言辞去。我要多教几人，就收一百个也没人拦阻得；我若要少教几人，就一个不收，也没人强我收得。师弟相处得好，来者我也不拒；师弟相处不来，去者我也不追。就是十个学生去了两个，也还有四双；即使去了八个，也还剩一对。我慢慢的再招，自然还有来学，若是人家请去，教了一年，又不知他次年请与不请，傍年逼节被人家辞了回来，别家的馆已都预先请定了人，只得在家闲坐，就要坐食一年。且是往人家去，又要与那东家相处。若是东家尊师重友，成了好好相知，全始全终，好合好散，这便叫是上等。若再得几个好率教的学生，不枉了父兄请师的好意，不负了先生教训的功劳，名曰师生，情同父子，这又是上上等。若是那父兄村俗熏人，轻慢师友，相待不成相待，礼文不成礼文，只那学生都是英才，这也还可曲就，此是二等。若是东家致敬尽礼，情文交至，学生却是顽皮。“生铁必难成金，化龙定是鳅鳝。”使了东家的学贶，不见教导的功劳。目下不见超凡，已为惶恐。后日堕为异类，寻源更是羞人。这是教劣等的学了。若是自己处馆，遇有这般劣货，好好的辞他回去，岂不妙哉？人家请去的门馆，撞见此等的冤家，还有甚么得说？你不捏了鼻子受他一年？

狄员外的儿子狄希陈起先都是附在人家学堂里读书，从八岁上学，读到这一年，长成了十二岁，长长大大，标标致致的一个好学生，凡百事情，无般不识的伶俐。只到了这“《诗》云”、“子曰”，就如糨糊一般。从八岁到十二岁，首尾五年，自“赵钱孙李”读起，倒也读到那“则亦无有乎尔”。却是读过的书，一句也背不出；读过的字，一画也写不来。一来也是先生不好，书不管你背与不背，判上一个号贴，就完了一日的工夫。三日判上个“温”字，并完了三日的工夫。砌了一本仿，叫大学生起个影格，丢把与你，凭他倒下画，竖下画。没人指教写，便胡涂乱抹，完了三四十张的纸。你要他把那写过的字认得一个，也是不能的。若说甚对课调平仄、讲故事、读古文，这是不用提起的了。这一年十二月十五，早早的放了年下的学，回到家中，叫人捍炮仗，买鬼脸，寻琉璃喇叭，踢天弄井，无所不至。

狄员外自己原不大识字，凡是甚么礼柬请帖与人通问的套语，都是央一个秀才赵鹤松代笔。因年节要与薛教授家素姐追节①，备了衣服花粉，果品腥肴，停停当当的只等赵鹤松写帖。却好赵鹤松摇会②去了，不在家里。狄员外正在极躁，只见狄希陈戴了一个回回鼻子，拿了一根木斫的关刀，赶了一只鹿尾的黄狗，吆天喝地的跑将过来。狄员外倒也不曾理论。倒是狄希陈的母亲看见，说道：“陈儿，过来！你读了五年之书，一年认十个字，你也该认得五十个字了。头长身大的学生，戴着回回鼻跳塔，极的个老子像猴似的！这帖子你不该写么？”狄希陈也不答应他娘，狐哨了一声，在他娘面前跳了一跳，一阵的去了。直等赵鹤松回来，方才写了帖子，日西时分才打发送了礼去。

薛家收了礼、回了枕顶，男女鞋脚。回来到了灯下，狄员外娘子又指着狄希陈，说道：“这们大小，读了五六年书，一个送

---

① 追节——定亲之后的男方逢节向女方送礼。

② 摇会——赌博的一种。

礼的帖子还叫个老子求面下情的央及人写，你也知道个羞么?”狄希陈雌牙裂嘴，把两只手望着他娘舞哩。被他娘变了脸，一手扯将过来，胳膊上扭了两把，他就撇着嘴待哭。他娘说：“好小厮！你仔敢哭，我就一顿结果了你！你好好的拿那读过的书来认字我看！”他还不动。他娘在胳膊上又是两把。狄员外说：“你还不快着取书去哩？惹起你娘的性子来，你是知道的，我还敢扯哩！说我不管教你，只怕连我还打，没个人拉他哩！”

狄希陈才敦蹄刷脚的取了才读的一本下《孟子》来。他娘掀开一张，指着一个一个的叫他认。他指着那书道：“天字，上字，明字，星字，滴字，溜字，转字。”他娘劈脖根一巴掌。狄希陈说：“怎么呀？我认字罢，你又打我呀?”他娘说：“好小厮！我起你的皮！你哄你傻爹罢了，你连我这不戴帽儿的汉子也哄起来了！谁家这圣人爷的书上也有‘天上明星滴溜溜转’来?”狄员外道：“这是怎么说？我倒还没听出来哩。”他妈说：“了不的！了不的！这是你寻的好先生，教的好孩子！没天理的男盗女娼！万劫不得人身的臭忘八杂种羔子！把人家孩子耽误得这们样的！罢，罢，我这饭吃不成，宁可省下来请个先生来家教他！你明日就去合他丈人商议，另请一个有些天理吃人饭的秀才，我宁可三茶六饭的服事他！”狄员外说：“自家的孩子不出气，你只抱怨先生。你不信，另寻一个也不怎么的，脱不了那年发水，神灵说他有个成都府经历的造化哩。随他去做成都府经历罢。”他娘说：“你说的通是屁话！好叫你教孩子！成都府经历可也要认的个字，没的就不标个票子？他听见你这话，他还想待读书哩？我不管！另请了好先生，他不用心读书，我只合你算账！你要明日不合他丈人去说，我就自己合他丈母去说！只怕他丈人听说这们个杭杭子，只怕还退亲哩！”狄希陈说：“罢，退亲才好哩！我还不待要那小薛妮子哩！住房子的小菊姐，不标致呀？”他妈说：“好，好，好长进的话！你爹信了那神灵的话，只怕还哄杀你不偿命哩！”乱哄一后晌。

睡到次日清早，狄员外娘子催着狄员外起来，梳了头，去拜薛教授，商量又另请先生。薛教授说：“这是极该。就是俺薛如卞，过了年也是十一了，通也不成个读书。小冬哥也过了年九岁，也是该读书的时候。不然，我请个先生教女婿合两个儿罢。”狄员外道：“亲家说那里话。亲家被那年水冲了，还不大方便。亲家只替我留心踹访个好学问的，咱请了他来家，管他的饭，束脩厚着些儿，只图他用心教孩子们。薛大哥合女婿都请过去读书，都是我照管，亲家别要费事。”薛教授说：“要不我合亲家伙着也罢。只是书房我可没有，只得独累亲家。”狄员外道：“书房不打紧，咱新要的杨春那地铺子，咱家有见成的木头干草，盖上两三座房，是都不打紧的事。到其间，还有个妻侄，也是十一二了，叫他四个在一堆读书。”薛教授说：“我合亲家都察听着。”留狄员外吃早饭，没坐，来了。

有一个程乐宇，名字叫是程英才，是个增广生员，原在水寨唐家教了二年学，年终辞了来家，嫌水寨离的家远，要就近寻一个馆。狄员外与薛教授商议要请他教书。狄员外说：“程乐宇为人，合他相处了这些年，倒也没有见他有甚么难相处的事。每次也都考在前头。”薛教授说：“为人既好相处，又没考不去，这就好。咱也还得个人先通一通儿，讲讲束脩，讲妥了，咱可去拜他。”狄员外道：“亲家说的是。我就教人合他说。”狄员外使了一个投犁的沈木匠，是程乐宇的亲戚，央他去说：“共是十一二、十三四的四个学生，管先生的饭，一年二十四两束脩，三十驴柴火，四季节礼在外，厚薄凭人送罢。”沈木匠一一的说了。程乐宇一些也没有争论，慨然允了。沈木匠回了狄员外的话。狄员外说："既是请先生，还得旋盖书房哩。就仗赖沈把总你来拾掇拾掇罢。这头年里也还有十来日的工夫，你先来收拾着木料，咱擦过节去就动土。赶过了灯节，好教学生上学。"沈木匠应承去了。与薛教授商议，择了十二月二十二日，同了狄员外的妻弟相朝，号栋宇，备了三个眷生全帖，一个公请启，同到程乐宇家拜过，递了请启。程乐宇也即日都回拜了。

狄员外看着沈木匠刷括梁栋户闼门窗。转眼到了正月初三吉日，兴功修盖。有钱的大家凡百方便，不足二十日盖完了书房。那年立的春早，天又暖和，连墙都泥得干净。选了正月二十六日入学的吉日，请程乐宇到馆。三个东家领了四个学生：狄希陈学问不济，序齿①他却是个学长。第二是相栋宇的儿子相于廷，第三是薛如卞，第四是薛如兼。送了贽礼，每个三星。拜了四拜。三个东家递了酒，坐了一会，别了回家。

先生上了公座，与他们上书。狄希陈读的还是下《孟》。相于廷读的是《小雅》。薛如卞读的是《国风》。薛如兼读的是《孝经》。别的都易易的正了字下去，惟狄希陈一个字也不认得，把着口教，他眼又不看着字，两只手在袖子里不知舞旋的是甚么，教了一二十遍，如教木头的一般。先生教，他口里捱哼。先生住了口，他也就不做声。先生没奈何的把那四五行书分为两截教他，教了二三十遍，如对牛弹琴的一般。后又分为四截，又逐句的教他，那里有一点记性。先生口里教他的书，他却说："先生，先生，你看两个雀子打仗！"先生说："呃！你管读那书，看甚么雀子？"又待不多一会，又说："先生，先生，我待看吹打的

---

① 序齿——同在一起的人按照年纪长幼来排次序。

去哩！”先生说：“这教着你书，这样胡说！”一句书教了百把遍，方才会了。又教第二句，又是一百多遍。会了第二句，叫那带了前头那一句读，谁知前头那句已是忘了。提与他前头那句，第二句又不记的。先生说：“我使的慌了①，你且拿下去想想，待我还惺②还惺再教！”

却好放吃晌饭，狄希陈回去对着狄员外道：“这先生合我有仇。别的学生教一两遍，就教他上了位坐着自家读，偏只把我别在桌头子上站着，只是教站的腿肚子生疼。没等人说句话就嗔。我待还跟着汪先生去读书哩。”狄员外说：“快悄悄儿的！叫你娘听见，扭二十把，下不来哩！”相于廷说：“四五行书，先生总教了他够三十遍，他一句也念不上来。又分成两节儿教他，又念不上来。又分了四节子，他只是看雀子。又待去看门口吹打的。先生吆喝了两句。”狄员外说：“你三个叫先生教了几遍就会了？”相于廷说：“我合薛如卞没教，只正了正字。薛如兼教了三遍，就自家念上来了。”

狄员外说：“这先生同不的汪先生，利害多着哩。你还像在汪先生手里撒津。别说先生打你，只怕你娘那没牙虎儿难受。”狄希陈说：“打呀！怎么井合河里有盖子么？厨房里不是刀？咱家没放着绳么？另托生托生才新鲜哩。”狄员外长吁了两口气。他娘从厨屋里看着人送了先生的饭，来打发狄希陈合相于廷吃了饭，两个往学里去了。先生又直着脖子教了半日，那里教得会一句。将又天晚上来，只得放学。排了班，先生要出对子，对完了，才许作一个揖回去。先生问说：“你一向都对的是几个字的？”相于廷合薛如卞说：“对四个字的。”薛如兼不言语。狄希

---

① 我使的慌了——我累极了。

② 还惺——休息。

陈说："汪先生手里从来没对对子。"先生把相于廷合薛如卞出了一个四字课："穿花蛱蝶"。相于廷对了个"激水蛟龙"，薛如卞对了"点水蜻蜓"。先生都喜，说："对的极好！"又出了一个两字对："薄雾"。薛如兼对了"轻风"。狄希陈等了半日，对了个"稠粥"。先生替他改了"长虹"。作揖辞了回去。

狄希陈到了家里，跳天唆地，抱怨先生琐碎，要辞了先生。次早，睡了不肯起来，把被来蒙了头，推说身上有病，口里唧唧哼哼的叫唤。狄员外慌做一团。他母亲摸得他身上凉凉爽爽的，又不发热，骂道："不长进的孽种！不流水起来往学里去，你看我掀了被子，趁着光腚上打顿鞋底给你！"

狄希陈使性谤气，一顿穿上袄裤，系上袜子，也只说他穿完衣服，要往书房里去。他原来怕他娘当真揭被去打，所以穿上衣裳。穿了衣裳，仍自盖了被子睡觉，说肚子、太阳、腰腿一齐都疼起来。又是他娘走去揭过被，拿了他的一只鞋，掀开他的绵袄，脊梁上两鞋底，打得杀狠地动的叫唤。狄员外说："你打他怎么？只怕他真个是害那里疼可哩。"他娘拿着鞋底，望着狄员外肩膀上结实实的打了一下，骂道："我把你这个老虔婆，我就合你对了！你待几日，我也气得过。刚子昨日上了学，今日就妆病，守着你两个舅子，又是妹夫，学给你丈人，叫丈人、丈母恼不死么！"狄员外左哄右哄，哄的穿上道袍子，叫了狄周送到他书房里去。别人拿上书去，汤汤的背了，号上书，正了字，好不省事。只是这个"成都府经历老官"，从此以后，先生在外边费嘴，他令尊、令堂在家里磨牙。若不会读书，也不会顽，这也还叫人可怜而不可怒，恰又亘古以来的奇怪顽皮之事都是他干将出来。

一日夏天，先生白日睡个晌觉，约摸先生睡浓的时候，他把那染指甲的凤仙花敲了一块，加了些白矾，恐那敲碎的凤仙花冷，惊醒了，却又在日色里晒温了，轻轻的放在先生鼻尖上面，又慢慢的按得结实。先生睡起一大觉来，那花已阴得干燥，吊在一边，连先生晓也不晓得，只是染得一个血红的鼻子。先生照镜，见好好的把个鼻子齇①了，闷闷可可的不快活。那晓得是他弄的神通。

茅坑边一根树橛，先生每日扳了那根树橛，在坑岸上橛了屁股解手。他看在肚里，一日，他却起了个早走到书房，拿了刀把那树橛着根的所在周围削得细细的，止剩了小指粗的个蒂丝，仍旧把土遮了。先生吃过了早饭，仍旧又上坑解手，三不知把那树橛一扳，脑栽葱跌得四马攒蹄，仰在那茅坑里面，自己又挣不起来。小学生又没本事拉他，只得跑去狄家叫了两个觅汉，不顾龌龊，拉了出来。脱了一身衣裳，借了狄员外上下衣巾鞋袜，走了家去，把那粪浸透的衣裳足足在河里泡洗了三日，这臭气那里洗得他去。看那树橛，却是被人削细了那根脚，追究起来再没有别人，单单的就是狄希陈一个，告诉了狄员外。只得再三与先生赔礼，将那借穿的一栊衣裳赔了先生。

一日，有一个朋友来寻程乐宇说话，程乐宇同他出去。狄希陈见先生去了，爬在院子里一株大槐树上玩耍。忽然先生走了回来，热得通身的汗，解了衣服，叫学生掇了一把椅子，放在树下乘凉。他见先生坐在树下，又不敢走得下来，急了尿，从树上呼呼地溺了下来。先生伸了头，正在那里打盹，可可的灌了先生一口，淋得先生醒来，唤下来打了十来板子。

一日，放了晚学，走到那山溪里边洗澡，远远看见程乐宇走

---

① 齇（zhā）——同“渣”，即酒渣鼻。

到，他把河底里的沙泥带头带脸涂抹得遍身都是。程乐宇乍然看见，也还吃了一惊，仔细认得是人，又细看方知就是狄希陈，问说："你洗澡便了，却为何满身都涂抹了泥沙？"他说："我若不涂了脸面，恐怕水里钻出龟鳖来，要认得我哩！"程乐宇适然撞见薛教授，正立在门前，告讼这事，又是可恼，又是可笑。

一日里，见先生坐在那里看书，他不好睡觉，妆了解手，摘了出恭牌，走到茅厕里面，把茅厕门里边闩了，在门底铺了自己一条夏布裙子，头垫了门枕，在那里"梦见周公"。先生觉得肚中微痛，有个解手之情，拿了茅纸走到那边推门，那门里边是闩的，只道有学生解手，走得回来。肚内渐疼得紧，又走了去，依旧不曾开门，只得又走回来。等了又一大会，茅厕门仍旧不开，查系谁个在内，人人不少，单只不见了一个狄希陈。先生之肚又愈疼难忍，觉得那把把已钻出屁眼来的一般，叫人去推那厕门，他也妆起肚疼，不肯拔了闩关，且把那肩头抗得那门樊哙也撞不进去。人说："先生要进去出恭，你可开了门。"他说："哄我开了门，好教先生打我！"程乐宇说："你快开了门，我不打你。"他说："果真不打我？先生，你发个誓，我才开门。"先生又不肯说誓，他又不肯开门，间不容发的时候，只听得先生裤内澎的一声响亮，稠稠的一脬①大屎尽撒在那腰裤裆之内。极得那先生跺了跺脚，自己咒骂道："教这样书的人比那忘八还是不如！"相于廷只得回去与他姑娘说了，拿了狄员外的一腰洗白夏裤，又叫狄周来伺候先生洗刮换上。薛如卞口号一首诗道：

孔门三千徒弟，谁如狄姓希陈？
染鼻溺尿拔橛，专一侮弄西宾。

---

① 脬（pāo）——同"泡"。

第三十四回

狄义士掘金还主　贪乡约婪物消灾

身世百年中，泛泛飘蓬！床头堆积总成空。惟有达观知止足，清白家风。　　可笑嗜财翁，心有钱虫！营营征逐意忡忡，觅缝寻头钻鸭子，不放些松。

右调《浪淘沙》

那求仙学佛的人虽说下苦修行，要紧处先在戒那酒、色、财、气。这四件之内，莫把那财字看做第三，切戒处还当看做第一！我见世上的人为那酒、色、气还有勉强忍得住的，一犯着个财字，把那孝、弟、忠、信、礼、义、廉、耻八个字且都丢吊一边。人生最要紧的是那性命，往往人为了这财便就不顾了性命，且莫说管那遗臭万年，千人咒骂。若是这财，丧了良心，涂抹了面孔，如果求得他来，便也只图目下的快活，不管那人品节概的高低，倒也罢了。谁知这件财字的东西，忒煞作怪，冥漠之中差了一个财神掌管，你那命限八字之中该有几千几万，你就要推却一分也推却不去。你那命里边不是你应得之物，你就要强求分厘毫忽，他也不肯叫你招来。你就勉强求了他来，他不是挑拨那病鬼来缠他，乘机逃在那医人家去，或是勾引孽神琐碎①，他好投充势要之家，叫你分文不剩，空落一身狼狈。

当初尉迟敬德在那隋末的时候，还做那打铁的匠人，空负了

① 琐碎——此为找碴。

满肚的英雄，时运不来，且要受那凄凉落拓。一日五更起来，生了炉火，正要打铁，只见一个人长身阔膀，黑面虬髯，好似西洋贾胡一般，走来要尉迟敬德配一把锁匙。尉迟敬德认了他一认，问说："我侧近边曾不见有你这人。若是外来的远人，如何得来的恁蚤？"那人说道："我是财神，掌管天下人的财帛，因失落了库上钥匙，烦你配就。"尉迟敬德说道："我如此一条猛汉，这样贫困，在此打铁为生，口也糊他不足。你既系财神，何不相济？"财神说道："你是大富大贵的人，但时还未至。我见与你看守一库铜钱。你若要用，约得若干济事，你可写个支帖交我，我明日送到这村东柳树下堆垛，你五更去取便得。"尉迟敬德取过一张纸来，正待要写。那神说道："帖上不必书名，你只写鄂公支钱若干即是。"尉迟敬德问说："你可以与我多少？"神说："脱不了是你应得之物，多少任意。"尉迟敬德说："我只取三百万。"写完帖，交与了那神，作别而去。

次夜五更，尉迟敬德起来走到村东柳树底下，只见山也似的一大堆钱。尉迟敬德每边肩上先自己抗了二三十吊，走到家来，叫起四邻八舍同去与他抗钱。内中有乘机窃取的：或是缠在腰里，或是藏在袖中，那钱都变了青竹蛇儿，乱钻乱咬。也有偷了家去的，都变成了蛇，自己走到敬德家中。惟其成了活钱，所以连看守也是不必的。敬德得了这股财帛，才有力量辅佐唐太宗东荡西除，做了元勋世胄，封了鄂公，赐了先隋的一库铜钱。开库查点，按了库中旧册，刚刚的少了三百万，又掀到册的后面，当日敬德写的张票都在上边。

看官听到此处，你说这财帛岂可强求？所以古来达人义士，看得那仁义就似泰山般重，看得财物就如粪土般轻，不肯蒙面丧心，寡廉鲜耻，害理伤天，苟求那不义的财帛。至于遇着甚么失落的遗金，这是那人一家性命相关，身家所系，得了他的未必成用，断是人祸天灾。人到这个关头，确乎要拿出主意，不要错了念头，说“可以无取，可以取”的乱念，务心要做那江夏的冯商。若说常有人家起楼盖屋，穿井打墙，成窖的掘出金银钱钞，这其实又无失主，不知何年何月何代何朝迷留到此，这倒可以取用无妨，不叫是伤廉犯义。

有那样廉士，不肯苟求。管宁合华歆锄地，锄出一锭金子。管宁只当是瓦砾一般，正眼也不曾看，用锄拨过一边。华歆后来锄着，用手拾起，看是金子，然后撩在一边。旁人就看定了他两人的品行。果然华歆后来附了曹操，杀伏皇后，废汉献帝。管宁清风高节，浊世不污。

一个羊裘翁，五月热天，没有衣裳穿得，着了一领破羊皮袄，打柴度日。路上一锭遗金，有一个高人走过，把那锭金子踢了一踢，叫那羊裘翁拾了去用。羊裘翁说：“你曾见五月里穿羊裘的人是肯拾人金子的么?”他的意思说道，既是肯拾金子的人，实是无所不为，蝇营狗苟的了。既是无所不为，蝇营狗苟，这五荒六月，断然就有纱牵、纱裤、纱服、纱裙、纱鞋，纱袜的穿了，何消还着了羊皮打柴受苦哩?

这都也还是须眉男子，烈气的丈夫，不足为异。还有那妇人之中，大有不凡识见。一个李尚书名字叫是李景让，两个弟弟，一个叫是李景温，一个叫是李景庄。三个小的时候，死了父亲。他的母亲还在中年以下，守了三个儿子过日，家事甚是萧条。一年夏里连雨，濯倒两堵高墙。止了雨，叫人整理，墙脚掘出一只船来，船中满满的都是铜钱，请了那李夫人去看。夫人说道：“这是上天怜我母子孤寡，以此相周。但系地中掘出，所用无名，终是不义。若上天见怜孤寡，三子见在读书，使各自成名，把此钱作为后日俸禄。”仍叫人依旧掩埋，上面垒了墙界。后来果然李景让做到尚书，景温、景庄官居方面①。

看官听说！你道我说许多话头作甚？如今要单表狄员外掘藏还金的事情。

却说狄员外与薛教授合请了程乐宇教他两家子弟，在他间壁新买的一所闲空地基盖造书舍，俱已盖完。狄员外看了人在那里打扫，恰好正冲书房门口一株玫瑰花，半枯不活的。狄员外说：“这株朽坏的花木不宜正冲了书房，移到他井池边去，日日浇灌，或者还有生机。”叫人掘到根下，只听的砉然②一声。掘将起来，原来是一个小小的沙坛，坛内满满的都是铜钱，钱下边又是大小块锭不等的银子。狄员外道：“早教杨春自己掘得，这房基也不消卖了。我想人谋不如天算。那一个发水，家家都被了水患，偏我得了许真君的护佑，家财房屋，一些也没曾冲去。受了这样的护持，还不做那好人，图那不义之财作甚？我这有饭吃的人家，得这点子东西也显不出甚么富。若是杨春这穷鬼得了，这全就是他富家哩。使了不上八两银子买了这块铺，刚刚的才五六个月，得这望外的浮财，一定不好。”主意拿定不要他的，使人叫了杨春来到。

杨春说：“狄官人，我听见人说你在地铺子上掘了些东西，你使人叫了我来，莫非要分些与我么？”狄员外领了他看，说道：“这不够你方便的么？”杨春说：“有了这些，自然方便。但我那里有这造化？这株玫瑰花是我种的，我难道没刨这地？却怎么掘他不着，偏是狄官人你就掘着了？可见这是你的造化。”狄员外说：“这原是你的地铺里东西，你自拿去买几亩地，过日子去。

① 官居方面——独当一面的高官。

② 砉（huā）然——形容破裂声。

那年水不冲我的，就是龙天看顾，还希图这个做甚？”杨春道：“你说的甚么话。我一个钱卖已你，清早写了文书，后晌就是你的物业。你掘几千几万，也就不与我相干了。况且文书写的明白，土上土下尽系买主。如今待了这许多时，连房子也都盖了，掘出东西，叫我拿去，也没有这理。你老人家有仁义，为我的穷，你分几吊钱已我，我替你老人家念佛。你一个钱不分已我，这是本等，我也只好说我没造化罢了，也没有怨你老人家的事体。”狄员外道：“这东西是我自已掘出来的，又没有外人看见，我藏过了不说，谁人晓得？我既叫了你来，这是我真心与你。我决意不要的，你快些收拾了回去。”

杨春只是求分，狄员外只是全与。杨春说道：“我这一个穷人，骤得了这许多银钱，就是无灾，一定有祸，不如你这有福气的得了去，些微分点与我，倒是安稳的营生。”狄员外道：“你得了这个就是造化到了，那里就担架不起？你得了这个，只是往好处里想，行好事，感激天老爷，神灵自然就保护你了。你若只往不好处想：‘我曾问某人借二升粮食，他不给我。曾问人借件衣裳，他没应承我。如今怎么也有了钱！’指望就要堵人家嘴，穿好的，吃好的，这可就是你说的那话，‘没灾也有祸’了。”杨春道：“你老人家教诲的极是！只是我怎好都拿了去？也要消受。”狄员外就叫掘地的那个觅汉：“你就与他抬去。”又对杨春说：“这是他掘出来的。你待谢他些甚么，这却在你，这个我不拦阻。”杨春方才与狄员外叩头作谢，说道：“如今世上的人，谁是你老人家这心！人只说是天爷偏心，那年发水留下的，都是几家方便主子。我掐着指头儿算，那留下的，都不是小主子们歪哩。像你老人家这心肠，天爷怎么不保护？”狄员外说：“你得了这点子东西，白日黑夜的谨慎。如今咱这里人都极眼浅，不知有多少气不上的哩！还有一件，那乡约秦继楼合李云庵，这两个歪人，他也只怕要琐碎你。你可招架着他。”杨春道：“大官人，你说的极是！我仔细着就是。”

那个觅汉寻了绳杠，络住那坛，合杨春抬到家去。杨春的母亲合他媳妇见抬了一个坛去，说道：“怎么？叫了你去，分与了一坛酒么？”杨春说：“可不仔么？叫我说没着极奈何的，给了我一坛薄酒来了。”二人抬到屋里，他娘合媳妇子方才知是银钱，说：“他掘了多少？就分这们些给你？”杨春说：“就只这个，都给咱来了。”拿了一个小莩箩倒在里面，也只好有二三十来吊的钱，二百两多银子罢了。杨春掰了七八掰钱放在那觅汉袖里，又拣了两块够十来两的银子与那觅汉。那汉又自己在莩箩里拿了又够十来两的两块，说：“这直当的买二亩地种。你给我的那点子，当的什么事？”说着，往外就跑。杨春往外赶着说道：“你怎么就去了？沽一壶咱吃钟！”觅汉说：“大官人还等着我做甚么哩，改日扰你罢。”家去回了狄员外的话。狄员外道：“他分了些给你？”觅汉说：“给了我七八掰钱，够十来两银子。叫我又自己拿了他两块，也够十来两。”把那银子钱都倒在地下，数得钱是二千五百三十四文，银子共秤了二十一两四钱。狄员外说：“便宜你这狗头！这就是你一生过日子的本儿。你拿来，我替你收着，到了你手里就打伙子胡做。也罢，把那钱的零头儿给了你罢。”那觅汉彼时喜喜欢欢的谢过去了。

再说杨春得了这些物件，倒也狠命的听那狄员外的教训，着实的谨慎。但小人家的过活，浅房浅屋的去处。家里又有两个不知好歹的孩子，摇地里①对了人家告讼，说他家有一坛银钱。那

① 摇地里——到处。

日觅汉与他抬了回家，多有人看见。又兼狄家的觅汉伙伴不曾分得银钱的，心里气他不过，到处去彰扬，不止他本村扬说的一天一地，就是邻庄外县都当了一件异事传说。一个说成十个，瞎话说是真言。果不然动了那二位乡约的膻心，使人与他说道："如今朝廷因年岁饥荒，到处要人捐赈，杨春是甚么人！掘了这几十万的金银，不报了官，却都入了私已。每人分与我们千把两便罢，不然，我们具呈报县，大家不得！"

杨春听见，慌做了一团，悄悄的去与狄员外商议。狄员外道："我说这两个不是好人，果不其然！论我倒也合他两人相知。他如今待吃肉哩，就是他老子一巴掌打了他的碗，他待依哩？你若说输个已，给他些什么，少了又拿不住他，多了这又是'大年五更呵粘粥，不如不年下'了。且是一个降动了，大家都要指望。要不，你只推我，你说：'我得的是甚么，你只问狄宾梁去。'你叫他问我，我自有话答对他。"

乡约等不见杨春回话，又叫人传了话来，说："你叫他到城里去打听这大爷的姓儿。只听见乡约放个屁，他流水①就说'好香，好香'，往年鼻子里抽不迭的。我申着你掘了一万，你就认了九千九百九十九两，只怕这一两也还要你认。你叫他仔细寻思，别要后悔！"杨春说："我的个地铺子已是卖出去够半年了，从那些年俺爹手里埋了一小坛子钱，迷胡了寻不着，上在卖契里边讲过，掘着了，仍还原主。昨日狄官人移玫瑰花寻着，还了我，脱不了那坛子合钱都见在。要是几千几万，可也要屋盛他。我除了这两间草房，还有甚么四房八挖拉哩？要说叫我摆个东道请他二位吃三杯，我这倒还也擎架的起。成千家开口，甚么土拉

① 流水——急忙。

块么?”来传话的人把他的话回了乡约。那乡约说道:“你叫他长话短说。若说每人一千，这是唬唬他的话。我听的他实得了三四十吊钱，够二百多两银子。叫他每人送俺五十两，这是银子，合俺平分。那钱叫他自家得了罢。若再不依，这就叫他休怪了。”

杨春听见，又去与狄员外商议。狄员外沉思了一会，说:“这事按不下。这两个人，你就打发了去，后边还有人挟制，不如他的意思，毕竟还要到官，如今爽利合他决绝了罢。”杨春说:“他打哩真个申到县里，那官按着葫芦抠子儿，可怎么处?”狄员外说:“你昨日说这钱是你爹埋下的，文书上写的明白。这话回的他好，你往外不拘到那里都依着这话答对就好。”

杨春听了这话回去，自家先到了秦继楼家，说:“你要紧费。那年俺爹埋了罐子钱，迷胡了寻不着。昨日卖这地铺子，文书上写的明白，狄官人移玫瑰花掘出来，还了我，这都是仗赖二位约长的洪福。我明日治一根菜儿，家里也没去处，就在前头庙里请二位约长吃三钟。要肯光降，我就好预备。我还没去见李约长哩。”秦继楼说:“你没要紧费这们大事做甚么?留着添上好使。俺吃你两钟酒，堵着嗓子，还开的口哩?你得的你爹的钱，又没得了别人的，罢呀待怎么!只是这们大事，俺不敢不报，这大爷的耳朵长多着哩!你请李云庵，请与不请，他去与不去，我可不好管的。你可别为我费事。我倒不为没工夫，实是不敢枉法骗人酒食。”杨春说:“你老人家是个约正，我不与你讲通了，可怎么去合李约长说?”秦继楼说:“你只管合他说去，怕怎么的?各人的主意不同。打哩他有没甚么话说，我没的好合你为仇?落得‘河水不洗船’哩。”杨春说:“我再去见李约长，看他有甚么话，我再回来。”

杨春又到了李云庵家。李云庵说:“贵人踏贱地呀!可是喜你平地就得这万两的财帛。流水买地，我替你分种地去。”杨春说：“甚么万两的财帛？坯块么？万两财帛！那狄官人怕银子咬手，他不留下，都给了我？我治了根素菜，明日在前头庙里曲待二位约长到那里吃三杯。我刚才到了秦约长那里，他说他没有主意，单等着你老人家口里的话。你老人家只吐了口，肯去光降，他没有不去的。”李云庵说：“你看这秦继楼的混话。他倒是约正，倒说等着我！你会做好人，把恶人推给我做。我合你实说：他合我算计来，开口每人问你要五十两，实望你一共四十两银子也就罢了。你要不依，俺申到县里，就完了俺乡约的事了。只看你的造化。大爷信你的话，说这是你爹埋的，不问你要，也是有的。按着葫芦抠子儿，这也是定不住的事。一似这摆酒的话不消提。”

杨春领了一肚子闷气回去，仍去合狄员外商议。狄员外说：“你去了，我又寻思，百动不如一静的。叫他弄到官儿手里，没等见官，那差人先说你掘了银钱，措你一个够。官说你得的不止这个，掐着一五一十的要。你没的给他，刑拷起来，也是有的。要不然，你出些甚么给他也罢，难得只叫乡约堵住嗓子不言语，别的旁人也不怕他再有闲话。那乡约为自己，他自然的照管他。可知得多少打发的下来?”杨春说：“刚才李云庵的口气，说要两个共指望四十两银子。”狄员外说：“这就有拇量了，看来三十两银打发下他来了。要是这个，还得我到跟前替你处处①。你家去，爽俐狠狠给他三十两，打发他个喜欢。你去拿了银子来，我着人去请他两个到我家里合他讲话。”杨春流水回去取银。狄员外还差了前日的觅汉李九强去请二位乡约来家讲话。

① 处处——想想办法。

李九强先到了秦继楼家，说："主人家请到家中说话。"秦继楼问："待合俺说甚么？"李九强说："怕不的是为杨春的事哩。"秦继楼说："你主人家怕钱压的手慌么？一万多银子都平白地干给了人，是风是气哩？"李九强说："主人家也不是风，也不是气，只说那一年发水没冲了，凡百往那好处走，补报天老爷。"秦继楼说："既是自家不希罕，我给他一少半，把一半给了官，也落个名声。"李九强说："多少哩！浑同一小沙坛子钱，没多些银子，有了百十两罢了。"秦继楼道："你知不到，多着哩。"李九强道："我掘出来的，我合他送去，我倒不知道哩？我合他送到家，他还给了我两吊三四百钱，够十两多银子。"秦继楼说："走，我合你去。"李九强说："我还去请李约长哩。"秦继楼说："我合你就过他家去罢。"二人同到了李云庵家。秦继楼说："狄宾梁叫人请咱，不知合咱说什么，咱到他那里。"又说："李九强，你先去。我听说你家新烧了酒，俺去扰三钟。"李九强道："也罢，我先往家里说去。"狄员外叫家里定下菜，留他们酒饭。狄员外娘子说："没廉耻砍头的们，不看咱一点体面！别人家的钱，给他酒吃饭吃哩！"狄员外说："这们的钱，他不使几个，没的干做乡约捱板子么？"

说着，秦继楼合李云庵都到了。让进作了揖，坐下。狄员外开口说："杨春屡次央我在二位跟前说分上，我说：'这干分上说不的。'我没理他。他刚才又来皮缠[①]。我说：'你肯依我破费些什么，我替你管；你要一毛不拔，这我就不好管的。'我叫他家去取些什么去了。二位凡事看我的分上，将就他，不合他一般见识罢。"秦继楼说："宾梁有甚么分付，俺没有不依的。可是这一

① 皮缠——纠缠。

年家，大事小节，不知仗赖多少，正没的补报哩。”

说着，杨春也就到了。狄员外问说：“取来了没是那数儿?”杨春说：“是。”狄员外接过来看了一看，又自己拿到后边秤了一秤，高高的不少，拿出来说道：“三十两薄礼，二位买件衣裳穿罢。本等该叫他多送，他得的原也不多，只是看薄面。”李云庵只是看秦继楼。秦继楼说：“既是宾梁分付了，屁也不许再放！论起理来，看着宾梁的体面，一厘也不该要。只是这乡约的苦，宾梁是知道的，这们的钱不使几个，只是喝风了。”狄员外又说：“还有一事奉央，再有甚么人说闲话，可要仗赖二位的力量压伏哩。”秦继楼道：“好宾梁，何用分付！‘要人钱财，与人消灾。’没的只管自己使了钱，就不管别的了?”狄员外一面叫人揩桌子端菜。秦继楼说：“没的好真个取扰不成?”狄员外说：“实告，早有这个意思好预备。这是这一会儿起的意思，可是一些什么没有，新烧酒三杯。”秦继楼说：“这酒烧的，不沽早些?”狄员外说：“这是几瓮常酒酵子，那几日很暖和。我怕他过了，开开，还正好。”

正说，一面四碟小菜，四碟案酒，四碟油果，斟上烧酒。二位乡约不惟与狄员外叙说家常，且是合杨春亦甚亲热，说：“合令兄极是相厚。令兄待我，就如待自己的儿女一般；俺可也没敢错待令兄，就如待奉自己娘老子一般。你若先说令兄来，可俺也没有这些闲屁，也不消又劳宾梁费这们些事。”杨春又要次日奉请，又请狄员外陪。这倒是李云庵说道：“罢，俺既是看了你令兄的分上，这就是了。咱这里小人口面多，俺摇旗打鼓的吃了你的酒，再有人撒骚放屁的，俺不便出头管你。”狄员外道：“云庵说的有理。你有心不在近里，改日有日子哩。”一面说话，一面上了两碗摊鸡蛋、两碗腊肉、两碗干豆角、一尾大鲜鱼、两碗韭菜诲豆腐、两碗煎的藕、两碗肉鲊、鸡汤、锅饼、大米薄豆子，吃了个醉饱。

杨春先辞了回家。秦继楼说："俺这几两银子，俺没使着杨春的，这明白是宾梁给了俺几两银子。俺也想来，这白拾的银子，只许他使么？俺当乡约，白日黑夜的耽惊受怕，为甚么来？"狄员外说："这使他几两银子也不差。我那起初掘着，心里想待要舍在那庙里，或是济贫。我想，这也无为，既是他的地铺子掘的，还给了他罢。看来也不多的帐。李九强得了他够两吊多钱，十来两多银子，这刚才又去了三十，剩的也看得见了。要后有甚么人的闲话，你二位给他招架招架，这就安稳了。"两个亦别了回去。

后来那小人妒忌的口嘴，怎能杜得没有人说话？果然亏了两个乡约出头与他拦护，人也就敢怒而不敢言。他倚托了两个乡约成了相知，又有狄员外凡百照管，那得的银钱，从此也就敢拿出来使用，买了四十亩好地，盖了紧凑凑的一块草房。他一向有些好与人赌博，所以把一个小小过活弄得一空，连一点空地铺也都卖吊。他合该造化来到，手上就如生了丁疮一般，平日那些赌友，知他得了白财，千方百计的哄他，他如生定了根，八个金刚也抬他不动。就是那觅汉李九强得了那两吊钱，二十多两银子，也成了个过活。

虽说是"黄河尚有澄清日，岂可人无得运时"？毕竟还得那"贵人提掇起，才是运通时"。

第三十五回

无行生赖墙争馆　明县令理枉伸冤

瞿唐栈道，剑阁羊肠，从来险路应嗟。蜂针似箭，蚕①尾如枪，恼人声恶乌鸦。鬼蜮会含沙，豺虎相为暴，里寺黎阇②。此般异类，这样穷奇，岂愁他？　　惟有一种凶邪，宫墙托迹，诵读名家。负嵎据器，时时扰乱官衙。生事强争差，捏无情呓语，费嘴磨牙。等得神明法吏，方杀两头蛇。

右调《望海潮》

却说往日与人做先生的人毕竟要那学富道高，具那胸中的抱负，可以任人叩之不穷，问之即对。也还不止于学问上可以为师，最要有德有行，有气节，有人品，成一个模范，叫那学生们取法看样。学生们里边有富厚的，便多送些束脩，供备先生，就如那子弟们孝顺父兄一般，收他的不以为过。有那家里寒的，实实的办不起束脩，我又不曾使了本钱，便白教他成器，有何妨碍？“一日为师，终身为父”，可见这师弟的情分也不是可以薄得的。

但如今的先生就如今日做官的心肠一样。往时做官的原为“致君泽民”，如今做官的不过是为剥民肥己，所以不得于君，不觉便自热中。往日的先生原为继往开来，如今做先生的不过是为“学钱糊口”：所以束脩送不到，就如那州县官恨那纳粮不起的百

① 虿（chài）——蝎子一类有毒的动物。

② 阇（shé）——指僧。

姓一般。学生另择了先生，就如那将官处那叛逃的兵士一样。若是果真有些教法，果然有些功劳，这也还气他得过，却是一毫也没有账算。

不止一个先生为然，个个先生大约如此。不似那南边的先生，真真实实的背书，真真看了字教你背，还要连三连五的带号。背了，还要看着你当面默写。写字，真真看你一笔一画，不许你潦草，写得不好的，逐个与你改正，写一个就要认一个。讲书的时节，发出自己的性灵，立了章旨，分了节意，有不明白的，就把那人情世故体贴了譬喻与你，务要把这节书发透明白才罢。讲完了，任你多少徒弟，各人把出自己的识见，大家辩难，果有甚么卓识，不难舍已从人。凡是会课，先生必定先要自做一首程文，又要把众学生的文字随了他本人的才调与他删改，又还要寻一首极好的刊文与他们印正。这样日渐月磨，循序化诲，及门的弟子，怎得不是成才？怎得不发科发第？所以这南边的士子尽都是先生人力的工夫。

北人见那南人的文字另是一段虚灵，学问另是一般颖秀，都说是那名山秀水，地灵人杰，所以中这样文人。从古以来，再没有一个人晓得这北人的天资颖异，大过于南方，真真不愧于生知。看官自想！我这话不是过激的言语。北边每一乡科，每省也中七八十个举人。每一会场，一省也成二三十中了进士，比那南方也没有甚么争差。那南方中的举人进士不知费了先生多少陶成，多少指点，铁杵磨针，才成正果。这北方中的举人进士，何尝有那先生的一点功劳，一些成就？全是靠了自已的八字，生成是个贵人。有几个淹贯的文人，毕竟前生是个宿学悟性，绝不由人。若把这样北人换他到南方去，叫那南方的先生像弄猢狲一般的教导，你想，这伙异人岂不个个都是孙行者七十二变化的神通？若把那南人换到北边，被北方先生的赚误，这伙凡人岂不个个都是猪八戒只有攮饭的伎俩！这分明不是自己的人工不到，却说甚么南北异宜！

当日明水有一个先生姓汪，名字叫是汪为露，号叫是汪澄宇，倒也补了个增广生员；他的父亲在日，也是个学究秀才，教了一生的寡学。谁知这北边教学的固是无功受禄，却也还要运气亨通。这老儿教了一世书，不曾教成一个秀才。有几个自己挺拔可以进得学的，只为先生时运驳杂，财乡不旺，你就一连十数遍讲道，休想蹰那泮水池①边。辞了下去，从了别的先生，今日才去从起，明日遇着考试，高高的就是一个生员，成五成十的银子谢那新教的先生。后来这个老先生宾了天，汪为露进了学，袭了他令尊大人的宝座，谁知把他父亲的蹭蹬都转了他的亨通，学生们阵阵的都来从学。凡是别人家的书堂，有那积年不进的老童，你只来跟了他，遇考就进，再不用第二次出考的事。凡值科岁两考，成百金家收那谢礼，人再不说他邪运好，财神旺相。四下传扬开去，都说他是第一个有教法的明师。倍②了旧日的先生，都来趁他的好运。他即教学起家，买田置屋。起先讲书的时节，也还自己关了门，读那讲章。看课的时节，也还胡批乱抹，写那不相干的批语。后来师怠于财成，连那关门读讲章的工夫都挪了去求田问舍，成半月不读那讲章。连那胡批乱抹也就捉笔如椽，成一两会的学课尘封在那案上，不与学生发落。

只因手里有了钱钞，不止于管家，且添了放利，收长落，放钱债，合了人摇会。你道这几件事岂是容易做的？这都是要脚奔

---

① 泮水池——古代府、州、县学又称泮宫，泮宫外筑有水池，叫泮池。因为只有秀才才有资格到泮宫读书，所以中了秀才又称入泮。

② 倍——同“背”。

波，足不沾地的勾当，岂是教书人所为？失了魂的一般东磕西撞，打听甚么货贱，该拿银子收下，甚么货贵，该去寻经纪来发脱。买那贱货，便要与人争行相竞，卖那贵货，未免就有赊欠等情，自要递呈告状。有那穷人败子，都来几两几十两的取，取钱的时候，花甜蜜嘴，讲过按月按时，十来分重的利钱，不劳一些费力，定了时刻，自己送上门来。头一两个月果然不肯爽信，真真的自家送到。喜得那汪为露对他妻子说道："有银子不该买地，费了人工，利钱且又淡薄，只该放债。这十分重的利息，不消费一些人力，按着日子送来，那里还有这样撰钱的生意？"叫他婆子看小菜，留那送利钱的人吃酒。有留他不坐的，便是两杯头脑①。到了第二三个月上，有那样好的，过五六日、七八日自己还送到。其余的也便要人上他门去催讨，然后付与来人。渐渐的那自己送来之事，这是绝无未有的了。至于上门催讨得来的，十无一二，未免要劳动汪相公大驾亲征，又渐渐的烦劳动汪相公文星坐守，又甚至于兴词告状，把那县门只当了自己的居室，一月三十日，倒有二十日出入衙门。

凡有人家起会，都要插在里边。既是有会友，就多了交际。今日与李四温居，明日与张三庆寿。今日赵甲请去尝酒，明日钱乙请去看花。若说在书房静坐片刻的工夫，这是那梦想之所不到。但只是端午、中秋、重阳、冬至与夫年下这五大节的节仪，春夏秋冬这一年四季的学贶，上在考成，你要少他一分，他赶到你门上足足也骂十顿。有那学生的父兄，略略知些好歹，嫌憎先生荒废了子弟的学业，掇了桌凳，推个事故辞回家去，他却与你抵死为仇，赖那学生，说他骑了头口，撞见先生不肯下来。又说

① 头脑——酒名。

他在人面前怎样破败。又说还欠几季束脩不完。自己采打了学生，还要叫他父兄亲来赔礼。又说他倚了新先生的势力，又去征伐那新去从学的先生。

且是更有那不长进的行止，有几亩坟地与一个刘乡宦的地相邻，他把树都在自己地上促边促岸的种了。后来成了大树，一边长到刘家地内，他便也就种到那树根之旁。刘乡宦也绝不与他较量，后来越发种出那树的外边。刘家看庄的人与他讲理，说道：“你树侵了我的地，已是不顺理了，你却又种出树外。”他说：“我当初种树的时节，你家是肯教我不留余地种在促边的么？”看庄人告讼刘乡宦。刘乡宦说道：“不幸才与这样人为邻，你可奈得他何？你只依他耕到的所在立了石至罢了。”看庄人叫石匠凿了两根石柱。正在那里埋，他恰好在乡，说碍了他行犁，不许埋那石柱。

一个侯小槐开个小小药铺，与他相邻，他把侯小槐的一堵界墙作了自己的，后面盖了五间披厦①，侯小槐也不敢与他争强。过了几年，说那墙后面还有他的基址，要垒一条夹道，领了一阵秀才徒弟，等县公下学行香，拿了一张呈子跪将过去，说侯小槐侵他的地基。县官接了呈子，问说：“后面跪的诸生是做甚的？”他说：“都是门徒，为公愤故来相伴生员的。”县官说：“若有理的事，一夔足矣②，何庸公愤？”回去出了票，齐人听审。侯小槐也递了诉状，说他的房子住了两世，汪秀才是新买的，只问他的卖主果然墙是谁的。

县官问说：“汪生员买的时候，这所在是屋是墙？”侯小槐

---

① 披厦——此为顺着墙搭盖的小房子。

② 一夔（kuí）足矣——意为有夔一人已足，不必多求。夔，舜时的乐官，能正六律，和五声，以通八风而天下服。

说："从来是墙，汪生员买到手里，才起上了屋。"县官说道："侯小槐，你把他的房基画出我看。"侯小槐在那地上用手画道："他那房子原是一座北房，一座南房，一座西房。如今他方盖上了一座披厦。这后墙是小人自己的界墙。"汪为露说："这墙是生员的墙，后还有一步的地基，文书明白，他欺生员新到，故此丧了良心图赖。"县公笑道："你把这墙拆了坐出东边一步去，盖一座深大的东房，做了四合的爻象，委实也好，这也怪不得你起这个念头，我也该作成你这件好事；只是那侯小槐不肯依。"汪为露说："若是尊师断了，他怎敢不依？"县官道："你这个也说得是。"指着自己的心道："可奈他又不依！你那些徒弟今在那里？"汪为露说："都在外面，一个也不少。"县官说："怎么都不进来抱公愤？"汪为露说："因遵宗师的法度，不敢进来。待生员出去叫他们去。"县官说："也不消去叫。"拿起笔来，在那审单上面写道：

审得生员汪为露三年前买屋一所，与侯小槐为邻。汪有北屋南屋西屋，而独东无东房。以东房之地隘也，私将侯小槐之西壁以为后墙，上盖东厦三间，以成四合之象。见侯小槐日久不言，先发籍制，不特认墙为己物，且诬墙东尚有余地。果尔，汪生未住之先，不知已经几人几世，留此缺陷以待亡赖生之妄求哉？妇人孺子，谁其信之？无行劣生。法应申黜，姑行学责二十五板，押将厦屋拆去，原墙退还侯小槐收领。再若不悛①，岁考开送劣简。余俱免供。

县官写完，说道："我已判断了。我读你听。"汪为露方才垂首丧气，禀道："既蒙宗师明断，生员也不敢再言。只求叫他依旧借

① 悛（quān）——悔改。

墙，免拆这厦屋罢。”县官说：“借墙与你盖屋，原是为情。你今呈告到官，这情字讲不得，全要论法了。况你这样歪人，谁还敢再与你缠帐？我劝你快快的拆了那房，把墙退与他去。若抗断不服，目下岁考的行简，一个也就是你。我明白开送，不是瞒人，饶你罚米罢！出去！”叫原差押到学里戒饬过，拆完了房，取了侯小槐的领状同来回话。出到大门外边，汪为露还撺拳拢袖要打那侯小槐，又嗔那些徒弟不帮了他出力。差人说道：“他上边又没有拿话丁你，是大爷自己断的，你打他则甚？我是好话，相公，你莫要后悔！”

那徒弟里边都七嘴八舌发作那个侯小槐。独有一个宗昭，字光伯，也是个名士，只问说：“县公怎样断了？”差人拿出那审单来看。宗光伯看了点头说：“有理的事慢讲，不必动粗。”都同了汪为露到了学里。学师升了明伦堂，看了县公的亲笔审语，叫门子抬过凳来，要照数的戒饬。这却得了那徒弟们的大力，再三央恳。那学官方才准了免责，说道：“你却要出一两谢礼与那县里的公差，好央他去回话。”公差说道：“这个却不敢受，只说是师爷看了众位相公的情面，不曾戒饬就是了。”学师说：“瞒上不瞒下的，你何苦来？等他不谢你一两银，凭你怎么回话，我也不好怪你了。”出到外面，汪为露一个钱也不肯与那差人，只看那些徒弟。那些徒弟又众目只看那先生。内中有一个金亮公说道：“我们见在的十二个人，每人拿出一钱来，把一两谢原差，把二钱与学里门子。我有银在此。出了去，你们攒了还我。”汪为露道：“劳动陪也罢了，怎好又叫你们出银？”虚谦了一谦，看着金亮公秤出一两二钱银子，打点了差人门子开去。

差人又押了去交墙。汪为露撒赖道：“这要叫我拆房，我只是合他对命，把毛挦的罄净，啃了鼻子抠眼！我就自家照不过你，我还有许多徒弟，断不输与这光棍奴才！”又是宗光伯悄悄的说道：“先生既是还问他借墙，合他好说，这失口骂他，他岂没个火星？这事就难讲了。”他听了宗光伯的话方不做声。各人且回家去。侯小槐因受了他一肚酽气，气出一场病来，卧床不起。差人又催他拆房，侯小槐又病的不省人事。汪为露揉了头，脱了光脊梁，躺在侯小槐门前的臭泥沟内，浑身上下，头发胡须，眼耳鼻舌，都是粪泥染透，口里辱骂那侯小槐。后来必定不肯拆房。他平日假妆了老成，把那眼睛瞅了鼻子，口里说着蛮不蛮侉不侉的官话，做作那道学的狨腔①。自从这遭丢德，被人窥见了肺肝。

谁知他还有一件的隐恶，每到了定更以后，悄悄的走到那住邻街屋的小姓人家听人家梆声②。一日，听到一个屠户人家两口子正在那里行房。他听得高兴，不觉的咳嗽了一声。屠户穿了衣裳，开出门来，他已跑得老远，赶他不上，罢了。谁知他第二日又去听他。那屠子却不曾云雨，觉得外面有人响动，知道是又有人听他，悄悄的把他媳妇子身上捝③了捝，故意又要干事。媳妇故意先妆不肯，后来方肯依从。媳妇子自己故意着实淫声浪语起来。屠户悄悄的穿了衣裳，着了可脚的鞋，拿了那打猪的挺杖，三不知开出门来，撞了个满怀，拿出那缚猪的手段，一手揪番，用那挺杖从脊梁打到脚后跟，打得爬了回去，惊出许多邻舍家来。有认得是汪为露的，都说：“汪相公，你平日那等老诚，又教着这们些徒弟，却干这个营生！”次日，屠户写状子要到提学道里去告他。央了许多的人再三央求，方才歇了。

---

① 狨（róng）腔——比喻丑态。
② 听人家梆声——指探听人家私生活。
③ 捝（nǐ）——古同“捏”。

旧时的徒弟宗昭中了举。迎举人那一日，汪为露先走到他家等候。宗举人的父亲宗杰只道他为徒弟中举喜欢煞，实地陪了他酒饭。等到宗昭迎了回来，布政司差吏送了八十两两锭坊银。他取过一锭看了一会，放在袖中，说道："这也是我教徒弟中举一场，作谢礼罢了。"众人也还只道他是作戏。他老了脸，坐了首位，赴了席，点了一本《四德记》，同众人散了席，袖了一锭四十两的元宝，说了一声"多谢"，拱了一拱手，佯长而去。真是：千人打罕，万人称奇。

宗昭原是寒素之家，中了举，百务齐作的时候，去了这四十两银，弄得手里掣襟露肘，没钱使，极得眼里插柴一般。到了十月，要收拾上京会试，百方措处，那里得有盘缠。喜得提学道开了一个新恩，说："这新中的春元都是他嫡亲的门人，许每人说一个寄学的秀才，约有一百二三十两之得，以为会试之资。"这汪为露自己去兜揽了一个，封起了一百二十两银，逼住了宗昭，定要他与提学去讲。最苦是宗昭自己先定了一个，封起的银子，陆续把他用了许多，只得再三央告那先生，说："师弟之情就如父子一样，门生侥幸了一步，报恩的日子正长。如今且只当济助一般，万一会试再有前进，这一发是先生的玉成。"他把那头摇得落的一般，那里肯听。后来见央得紧了，越发说出大不好听的话来。他说："甚么年成！今日不知明日的事！你知道后来有你有我？既中了举，你还可别处腾挪，这个当是你作兴我的罢了。"

宗昭见了他拿定主意，再说也徒有变脸而已，没奈何，只得应承。但这秀才的恩典，除了不得罢了，但他自己那一个封起的银子，使动了一半，却要凑足了退还与他，那里得又有？只得再去央他，只当问他借五六十两银子的一般，添了还人。他大撒起赖来，发作说道："我看你断不肯慨然做个人情叫我知感，你将来必定人也做不着，鬼也做不着才罢。我实对你说，你若把这个秀才，或是临时开了你自己的那个名字上去，或是与我弄不停当，你也休想要去会试，我合你到京中棋盘街上，礼部门前，我出上这个老秀才，你出上你的小举人，我们大家了当！”唬得宗昭流水陪罪不迭，闭了口跑的回家。他父亲把几亩水田典了与人，又揭了重利钱债，除还了人，剩下的，打发儿子上京，可可的又不中进士，揭了晓，落第回来。

这汪为露常常的绰揽了分上，自己收了银钱，不管事体顺理不顺理，麻蚍①丁腿一般，逼住了教宗昭写书。被那府县把一个少年举子看做了极没行止的顽皮，那知道都是汪为露干的勾当。后来越发替宗昭刊了图书，凡有公事，也不来与宗昭通会，自己竟写了宗昭的伪札，恐怕那官府不允，写得都是不伦之语，文理又甚不通。也常有触怒了官府，把那下书的打几板子，连宗昭做梦一般，那里晓得。渐渐的宗昭风声大是不雅，巡按有个动本参论的声口。亏不尽宗昭的姑夫骆所闻在按院书吏，禀说：“这宗昭是书吏内侄，年纪才十八九岁，是个少年有德的举人。外边做的这些事件，宗昭闻也不闻，都是他先生汪为露干的勾当。”按院方才歇了。

宗昭晓得这话，收拾了行李书籍，辞了府县，往他河南座师家里，同了他的公子读书。后来中了进士，仍旧被他所累，一个小小的行人，与了个“不谨”闲住。

宗昭往河南去后，汪为露还写了他的假书，与一件人命关说，被县官查将出来，几乎把一个秀才问坏。从此方才洗了那一双贼手。其实家里有了钱钞，身子又没了工夫，把那误赚人家子

---

① 麻蚍——亦作“马鳖”、“蚂蚍”，即蚂蟥。

弟的这件阴骘①勾当不干，也自罢了，他却贪得者无厌。教了狄员外的儿子狄希陈整整五年，节里不算，五四二十，使了二十两束脩。他娘叫他认字，单单只记得“天上明星滴溜溜转”一句。见狄希陈不来上学，另请了程乐宇坐馆，对了人面前发作，要在路上截打狄宾梁父子，要截打程乐宇。又说薛教授也不该合狄家伙请先生，有子弟只该送与他教。狄宾梁是个不识字的长者，看长的好人，不因那儿子不跟他读书，便绝了来往。只除了脩仪不送，其余寻常的馈遗，该请的酒席，都照旧合他往来。他虽是一肚的不平，没有可寻的衅隙，就是薛教授皓然了须眉，衣冠言动就合个古人一般，也便不好把他殴打。看来罗皂②程乐宇是真。

一日，程乐宇放了晚学回家，这汪为露领了他的儿子小献宝，雇了两个光棍朱国器、冯子用伏在路上，待程乐宇走过，一把采番，众人齐上，把一个德行之儒做下了个胯下之客，打得鼻青眼肿。恐怕程乐宇告状，他先起了五更跑到绣江县里递了无影虚呈，翻说程乐宇纠人抢夺。程乐宇也随即赴县递呈。县官验得他面目俱有重伤，又久晓得汪为露的行止，都准了呈子，差了快手拘人。攒出他几个党羽，一个龙见田、一个周于东、一个周于西、一个景成，就中取事，要与他讲和。程乐宇起先不允。众人叫汪为露出了三两贿赂，备了一桌东道，央出无耻的教官闵善请了程乐宇去，硬要与他和处。程乐宇作难。闵教官煞实做起对来。程乐宇畏势，准了和息，投文见官。汪为露与景成抬了“和息牌”上去。

县官头一个叫上程英才去，问说：“你情愿和息么？”程英才说：“生员被打得这般重伤，岂愿和息？迫于众势，不敢不从。”

---

① 阴骘（zhì）——原为默定之意，后引为阴德。

② 罗皂——即罗唣，纠缠，吵闹。

周于东一干人众齐说："你在外面已是讲和停妥，方来和息。见了尊师，却又说这般反复。"县官说道："你们党恶，倚恶要盟，倚众迫胁，怎倒是他反复？兔死狐悲，物伤其类。一个秀才被人打得这般伤重，倒不同仇，还出来与人和息！"周于东等辩说："若是平人百姓殴辱了斯文，生员们岂无公愤？但二生互殴，所以诸生只得与他调停。"县官说："小献宝、朱国器、冯子用，都上来！这三个奴才都是秀才么？"周于东等说道："这小献宝就是汪生员的儿子。朱国器的父亲也是生员。"县官道："你说秀才的儿子就可以打得秀才，难道知县的儿子就可以打知县，教官的儿子可以打教官么？把这小献宝这三个光棍拿下去使大板子打！"喝了数，五板一换，每人三十板，取枷上来，写道："枷号通衢，殴打生员群虎一名某人示众，两个月满放。汪为露罚砖五万，送学修尊经阁应用。龙见田、周于东、周于西、景成押学，每人戒饬二十板。原差押汪为露在原旧行殴处所同众与程相公陪礼。"

发落了出去，将到二门，县官又把一干人犯叫回，问说："汪为露，你前年占住那侯小槐的墙基，拆了退与他不曾？"他流水答应道："自从尊师断过，生员即刻拆还与他了。"县官说："你一干人且在西边略站一站。"拔了一枝签，差了一个皂隶："快叫侯小槐回话！如侯小槐不在，叫他妻子来亦可。"

差人去不多会，叫了侯小槐来。县官问说："他退还了墙不曾？"侯小槐只是磕头。汪为露在傍叫他说道："我出去就退还与你，可回话。"县官说："你还不曾退还与他么？"问侯小槐："你那领状是谁写的？"侯小槐道："小人也没写领状。他从问了出去，只到了大门外边，就要将人挦毛捣鬓，百般辱骂。他那些徒弟们也都上前凌辱。亏了宗举人拦救住了。小人受了这口怨气，即时害了夹气伤寒，三个月才起床，不知谁人写的领状，小人不知。”汪为露说：“你同了众人情愿借墙与我，你对了老爷又是这般说话。”县公叫原差，该房叫察号簿。县官说：“不消查号，原差是刘宦。”叫了一会，回话：“刘宦出差去了。”县官说：“你图赖人的地基，本应问罪。你既抗断，连这五万砖也不问你要罢，出去！”他晓得不罚他的砖是要送他劣行，免了冠，苦死哀缠。又是他许多徒弟再四央求，方才仍旧罚了五万砖，又加了三万，方才叫人押了拆那墙西盖的厦屋，还了侯小槐的原墙。刘宦差问，尖尖打了十五个老板。也着实的不直那个闵教官，大计①赠了一个“贪”字。汪为露才觉得没趣。可见：

半截汉子好做，为人莫太刚强；

若是见机不早，终来撞倒南墙。

① 大计——按明制，六年一大计，考察官吏，作为升降的依据。下文考语“贪”字，表明大计后将被革职。

第三十六回

沈节妇操心守志　晁孝子刲[1]股疗亲

凶门孽贯已将盈，转祸为亨赖女英。
广出腴田周[2]族子，多将嘉谷济苍生。
义方开塾儿知孝，慈静宜家妾有贞。
偶尔违和聊作楚，虚空保护有神明。

人间的妇女，有那丈夫亡后，肯守不肯守，全要凭他自己的心肠。只有本人甘心守节，立志不回的，或被人逼迫，或听人解劝，回转了初心，还嫁了人去。再没有本人不愿守节，你那旁边的人拦得住他，你就拦住了他的身子，也断乎拦不住他的心肠，倒也只听他本人自便为妙。

有那妇人心口如一，不愿守节，开口明白说道："守节事难，与其有始无终，不若慎终于始。"明明白白没有子女，更是不消说得。若有子女，把来交付了公婆，或是交付了伯叔，又不把他产业带去，自己静静的嫁了人家。那局外旁人就有多口的，也只好说的一声："某家妇人见有子女，不肯守节，嫁人去了。"也再讲不出别的是非。这是那样上等的好人，虽不与夫家立甚么气节，也不曾败坏了丈夫的门风。又有一等有儿有女，家事又尽可过活，心里极待嫁人，口里不肯说出，定要坐一个不好的名目与人。有翁姑的，便说翁姑因儿子身故，把媳妇看做外人，凡百偏

① 刲（kuī）——割。
② 周——接济。

心，衣食都不照管。或有大伯小叔的，就说那妯娌怎样难为，伯叔护了自己的妻妾，欺侮孤孀。还有那上没了翁姑，中间又无伯叔，放着身长力大，亲生被肚的儿子，体贴勤顺的媳妇，只要自己嫁人，还要忍了心说那儿子忤逆，媳妇不贤，寻事讨口牙，家里嚷骂，还怕没有凭据，拿首帕踅了头，穿了领布衫，跑到稠人闹市，称说儿子合媳妇不孝，要到官府送他。围了许多人留劝回来，一连弄上几次，方才说道："儿子媳妇不孝，家里存身不住，没奈何只得嫁人了逃命求生！"卷了细软东西，留下些狼犺①物件，自己守着新夫，团圆快活。致得那儿子媳妇一世做不得人，这样的也还要算他是第二等好人。再有那一样搵拉邪货，心里边即与那打圈的猪、走草的狗、起骒②的驴马一样，口里说着那王道的假言，不管甚么丈夫的门风，与他挣一顶绿头巾的封赠。又不管甚么儿子的体面，与他荫忘八羔子四个字的衔名。就与那征舒的母亲一样，又与卫灵公家的南子一般。儿子又不好管他，旁人又只管耻笑他。又比了那唐朝武太后的旧例，明目张胆的横行。天地又扶助了他作恶，保佐他淫兴不衰，长命百岁，致得儿女们真是"豆腐吊在灰窝，吹撣不得"！

这三样是人家大老婆干的勾当。还有那等人家姬妾，更是希奇！男子汉多有那宠妾弃妻的人，难道他不晓得妻是不该弃的，妾是不应宠的？当不得那做妾的人刚刚授了这个官职，不由得做此官便会行此礼，在汉子跟前虚头奉承，假妆老实，故作勤俭，哄得那昏君老者就是狄希陈认字一般，"天上明星滴溜溜的转"。汉子要与他耍耍，妆腔捏诀："我身上不大自在，我又这会子怕见如此，我又怕劳了你的身体。"哄得汉子牢牢的信他是志诚老

① 狼犺——笨重。

② 起骒——与前边的"打圈"、"走草"一起，都是指发情。

实的妇人，一些也不防闲。他却背后踢天弄井。又是《两世姻缘记》上说道："用那血点烧酒，哄那老垂。听见有那嫁了人的寡妇，养了汉的女人，他偏千淫万㨫，斧剁刀披，扯了淡，信口咒骂。昏君老者不防他灯台不照自己，却喜他是正气的女人，观他耻笑别人，他后来断不如此，敬他就是神明，信他就如金石，爱他就如珍宝，事奉他就如父母。看得那结发正妻即是仇人寇敌，恨不得立时消化，让了他这爱妾为王。看得那正出子女，无异冤家债主，只愿死亡都尽，叫他爱妾另自生儿。再不想自己七老八十的个棺材楦子，他那身强火盛的妖精，却是恋你那些好处？不揣自己的力量，与他枕头上誓海盟山，订那"终身不二"的迂话。这样痴老，你百般的奉承，谆谆的叫他与你守节，他难道好说："你这话，我是决不依的！你死了，我必要嫁人。再不然，也须养汉。"就是傻瓜呆子也断乎说不出口，只得说道："你但放心，这样嫁人养汉的歪事，岂是吃人饭做出来的？我是断乎不的。就到万分极处，井上没有盖子，家中又有麻绳，宁可死了，也不做这不长进的勾当！倒只是你的大老婆不肯容我，你那儿子们问我要你遗下的东西，你死去又与我做不的主！"哭哭啼啼的不住。

有那正经的男子晓得那正妻不是这般的毒货，儿子们不是歪人，凭他激聒，不要理他。有那等没正经的昏人，当真信以为真，与他千方百计防御那正经的妻子，还有写了遗嘱，把他收执，日后任他所为，不许那儿子说他。他有了这个丹书铁券，天地也是不怕的了，也不消等他甚么日后，只要你把腿一伸，他就把翅膀一晾。他当初骂别人的那些事件，他一件件都要扮演了出来。若是家里大老婆还在，这也还容易好处。或是叫他娘家领去，或是做主教他嫁人，他手里的东西，也不要留下他的，与他拿了出去，这就叫是破财脱祸。只是那没有大老婆的人家，在那大儿子们手里，若是那儿子们都是不顾体面的光棍，这事也又好处。只怕上面没嫡妻，儿子们又都是戴头识脸的人物，家中留了这等没主管的野蜂，拿了那死昏君的乱命，真真学那武曌的作为，儿子们也只好白瞪了眼睛干看。世上又没有甚么纲纪风化的官员与人除害，到了官手里，像撮弄猢狲一样，叫他做把戏他看。这样的事，万分中形容不出一二分来，天下多有如此，今古亦略相同。

奉劝那有姬妾的官人，把那恩爱毕竟要留些与自己的嫡妻，把那情义留些与自己家的儿子，断不可做得十分绝义。若是有那大识见的人，约得自己要升天的时节，打发了他们出门然后自己发驾，这是上等。其次倒先写了遗嘱与那儿子，托他好好从厚发嫁，不得留在家中作孽；后日那姬妾们果然有真心守志的，儿子们断不是那狗彘，赶他定要嫁人。若是他作起孽来，可以执了父亲的遗嘱，容人措处，不许他自己零碎嫁人。所以说那嫁与不嫁倒只凭那本人为妙，旁人不要强他。

只因要说晁家春莺守节故事，不觉引出这许多的话来。这春莺原是一个裁缝的女儿。那裁缝叫是沈善乐，原是江西人，在武城成衣生理。因与武城县县官做了一套大红纻丝圆领，县官央人十二月二十四日方从南京使了十七两银子连补子买得回来，要赶出来新节穿着，叫了沈裁去裁。县官因自己心爱的衣服，亲自看他下剪。那沈裁他便没得落去，不过下剪的时候不十分扯紧，松松的下剪罢了。但看了这般猩血红的好尺头，不曾一些得手，怎肯便自干休？狠命的喷了水，把熨斗着力的熨开，定要得他些油水。但这红纻丝只是宜做女鞋，但那女鞋极小也得三寸，连脱缝便得三寸五分。他便把那四叶身一叶大衿共足足偷了一尺七寸。

二尺二寸的大袖，替他小了三寸，又共偷了尺半有零。后边摆上，每边替他打下二寸阔的一条。每只袖又都替他短了三寸，下狠要把熨斗熨的长添，却又在那大襟前面熨黄了碗大的一块。二十六日做起，直等到二十九日晚上方才催完交进。

次日元旦，县官拜过了牌，脱了朝服，要换了红圆领各庙行香。门子抖将开来与官穿在身上，底下的道袍长得拖出来了半截，两只手往外一伸，露出半截臂来，看看袖子刚得一尺九寸，两个摆裂开了半尺，道袍全全的露出外边。一个元辰五鼓的时候，大吉大利，把一个大爷气得做声不出，叫差人快拿裁缝。一面且穿了旧时的吉服，各庙里行过了香。回到县里，那裁缝还不曾拿到，只得退了回衙，家中拜岁饮酒。

外面传梆报说："裁缝拿到。"他夫人问说："这新年初一，为甚的拿裁缝？"县官把那圆领的事情对了夫人告讼，一面叫人取那圆领进去，穿上与夫人看。大家俱笑将起来，倒把那一肚皮的气恼笑退了八分。夫人问说："衣服已做坏了，你拿他来却要怎生发落？"县官说："且打四十板子，赔了圆领，再赶他出境。"夫人说道："新年新节，人家还要买物放生。你只当听我个分上，不要打他，也不要赶他出境，只叫他赔这圆领罢了。"县官道："夫人的分上倒也该听，只是气他不过。"夫人说道："这样小人，你把手略略的一抬就放他过去了，有甚么气他不过？"

夫人做了主张，叫人把这套圆领发出与他，叫他把做坏的圆领比样押着他火速赔来。家人到传桶边分付，他还有许多的分理。家人说道："你还要强辩？适间不是夫人再三与你讨饶，四十个大板，赶逐你出境哩！你还不快些赔来，定要惹打！"他拿了这套做坏的圆领走到家中，也过不出甚么好年，低了头纳闷。

他想出一个法来。恩县有一位乡宦，姓公，名亮，号燮寰，兵部车驾司员外，养病在家，身长刚得三尺，短短的两根手臂。这沈裁原也曾答应过他，记得他是正月初七日生日。他把领圆底下爽利截短了一尺有零，从新做过，照了公乡宦的身材，做了一套齐整吉服，又寻一副上好的白鹇①金补缀在上面，又办了几样食品，赶初七早辰，走到公家门上，说："闻得公爷有起官的喜信，特地做了一套吉服，特来贺寿，兼报升官。"

门上人传了进去。这公乡宦原是宦情极浓的人，当他的生日，报他起官，又送吉服，着实的喜欢。叫那沈裁进去，他把一个红毡包托了那套圆领，看了甚是齐整，又有几品精致食物，喜得公乡宦极其优待，留住了两日，足足的送了二十两纹银，打发他吃饭起身。他却不往家来，拿了这银子竟上临清要买南京红纻丝赔那县官的圆领。走到段店，看中了表里两匹，讲定了十六两银。往袖中取银包，那里有甚银子。从道袍一条大缝直透到着肉的布衫，方知是过浮桥的时节被人割了绺去。只落得叫了一声"好苦"，红段也不曾买成，当吊了那穿的道袍做了路资，就如那焦文用赔了人银子回去的一般。差人又正来催逼，幸得县官上东昌临清与府道拜节事忙，夫人又时时的解劝。差人因是熟识的裁缝，也还不十分作贱。两口子算计把这一股财帛没了，还那里再有这股总财赔得起这套圆领？若是拷打一顿，免了这赔，倒也把命去挨罢了。但拷打了依旧又赔，这却再有甚么办法？

正苦没处理会，恰好一个人拿了一只天鹅绒皮，插了草走过。他叫到跟前，看那个皮又大又有绒头，够做两个帽套的材料，讲做了四钱银子买了，又到段铺里面买了几尺镜面白绫，唤了一个毛毛匠做了两顶极冠冕的帽套。他想到那乡宦胡翰林冬间

---

① 白鹇（xián）——一种名贵的观赏鸟。

故了，有两个公子甚不晓得世务，每日戴那貂鼠帽套惯的，这丁忧怎好戴得。春初又甚寒冷。他倚了平日的主顾，甜言蜜语，送这两顶天鹅绒帽套与他。那两位胡公子戴惯了帽套，偏又春寒得异样，一个做了个白布面白绫里的幅巾，一个做了个表里布的围领脖。正苦那不齐整，一见了这雪白厚毛的暖耳，喜不自胜，每人五两银奉酬，酒饭还是分外。他有了此物，也解了一半愁烦，但此外便再没有一些方法。差人渐渐的催促紧将上来，无可奈何，只得把自己一个十一岁的女儿喜姐卖了完官。叫了媒婆老魏、老邹领到人家去卖，足足要银七两。领了几家，出到四两的便是上等的足数，再也不添上去。适值晁夫人要买个使女随任，晁夫人看得中意，先出四两，添到五两，媒钱在外。讲允肯了，媒婆叫他父母收银立约。

临别的时节，母子扯了痛哭，不肯分离。他母亲嘱付道："你既卖在人家，比不得在自己爹娘手里，务要听奶奶指使。若不听教道，要打要骂，做娘的便管你不着。梳头洗面，务要学好。第一不要偷馋抹嘴，第二不要松放了脚。你若听说听道，我常来看你。如你不肯争气，我也只当舍你一般。"真是哭得千人堕泪！连那晁夫人也眼泪汪汪，问说："你等难舍难离，年成又不是甚么不好，有甚急事卖他?"

这裁缝婆子不说自已老公可恶，只说："与县官做了一套圆领，县官性子乔，嫌圆领做得不好，立了限要赔，得银十六两才够。恩县乡宦公爷济助了二十两，拿到临清去买段子，浮桥上被人割了。昨日又蒙胡爷家二位相公助了十两，还少一半，没奈何，只得卖了孩子赔了他。"晁夫人说："既是胡相公助了十两，难道那做坏的圆领卖不出一半钱来？何须卖这孩子?"他说："那做的圆领又不发出，分外还要另赔。"晁夫人道："阿弥陀佛，酷刻这穷汉的东西，叫人卖儿卖女的！你有了十两，又是这卖孩子的五两，这才十五两了。你说得十六两才够，别的哩?”沈裁婆子道：“有了这个，还要得二两才够搅缠的。昨临清讲住的一套大红云纻就是十六两，这来往的盘缠衬摆纱补子二两还不够，上下还差着二两哩。”晁夫人说：“你这二两可往那里操兑?”他说：“到家里看，还有几件破衣裳，几件破烂家伙，都损折了添上。”

晁夫人甚是惨伤，叫他吃饭。临去，晁夫人说：“也罢，我再给你二两银，完成了这件事罢，省得你又别处腾挪。”那妇人千恩万谢，与晁夫人念佛不了。晁夫人又道：“你放心自去，我不是作贱人家孩子的人。你得闲就来看，我也不嗔。看这孩子爽爽利利的，一定也不溺床，我另给他做被子盖。”

那妇人拿了银子去了。晁夫人摩弄着他，哄他吃饭，又给他果子吃，黑夜叫他在炕脚头睡，叫他起来溺尿。扎括的红绢夹袄，绿绢裙子，家常的绿布小棉袄，青布棉裤，绰蓝布棉背心子，青布棉氾鞋，青绸子脑搭，打扮的好不干净。又不叫做甚么大活。带到华亭，又到通州。回到家长了一十六岁，越发出跳①得一个好人。晁知州要收他为妾，从新又叫了他爹娘来到，与了他十二两财礼。做了桩新的衣服，打了首饰上头。沈裁缝两口子也就来往。

晁知州不在了，沈裁缝两口子极有个叫他女儿嫁人家的意思。知道女儿有了五个月身孕，方才没好做声。到冬里生了儿子，晁夫人把他女儿看得似珍宝一般，又便不好开口。意思要等他满了晁知州的孝，再慢慢的与晁夫人讲。到了三年，晁知州将待脱服，晁夫人一来也为他生了儿子，二则又为他脱服，到正三

① 出跳——即“出挑”，也作“出條”。

月天气，与春莺做了一套石青绉纱衫，一套枝红拱纱衫，一套水红湖罗衫，一套玄色冰纱衫，穿了一条珠箍，打了一双金珠珠排，一副小金七凤，许多小金折枝花，四个金戒指，一副四两重的银镯。也与小和尚做的一领栗子色偏衫，缨纱瓢帽，红段子僧鞋，黄绢小褂子。奶子也做了衣裳。丫头养娘，家人合家人媳妇，也都有那脱服的赏赐。

到了三年的忌日，请了真空寺智虚长老做满孝的道场。各门的亲戚，晁思才这班内外族人，沈裁的一家子，都送了脱服礼来。后晌散斋管待，完了醮事，春莺换了色衣，打扮的娇娇滴滴个美人，从头都见了礼，大家方散。

待了一月，沈裁的婆子，拿了一盒樱桃、半盒子碾转、半盒子豌豆，来看晁夫人，再三谢前日打扰。坐了许久，与晁夫人说道："有一件事特来与奶奶商议，也不是强定奶奶必然要做，我也不曾与喜姐说知，该与不该，只在奶奶与闺女娘儿两个自己的主意。人家有那缺少儿女无米无柴的，也都还要守志。何况闺女守着奶奶这等恩养，跟前守着哥哥，住着花落天宫的房子，穿的吃的是那样的享用，可放着那些不该守？但只是年纪太小，今年整才二十岁了，往后的日子长着哩。奶奶合他商议，他的主意看是怎么？省得他后日抱怨娘老子。"春莺道："我见你端着两个盒子来，只道你说甚么好话，原来是说这个！你已是把我卖了两番钱使用了，没的你又卖第三番么？这是三四年里头供备的你肥风了，只怕我另嫁人去，别人家没有似这样供备你的！奶奶有了年纪，哥哥这们一点子，叫我嫁了人去，你这话是风是傻？"他娘说道："你看么！我没说叫奶奶合你商议么？我也没曾逼住叫你嫁。这是做娘老子来尽你的话。你自己愿意守志，没的倒不是好？从此说定，往后就再不消提了。"晁夫人道："你娘也该有这一尽。他知道你心里是怎么？万一你心里不愿住下，不趁着这年小合你说，到有了年纪又迟了。你既说不嫁，这是你看长。我六七十的人了，能待几年守着孩子？这们的大物业，你受用的日子长着哩。这不今年你二十岁了？破着我再替你当四五年家，你浑身也历练的好了，交付给你，也叫我闲二年，自在自在。”

说话中间，小和尚拿着他奶母子的一只鞋，飞也似的跑了来。奶子跷着一只脚，割蹬着赶。晁夫人说：“你是怎么？”奶子说：“我刚在那里缠缠脚，哥哥拿着我一只鞋跑了来了。”小和尚拿着鞋，把手逼在脊梁后头，扑在晁夫人怀里，把那鞋照着他奶子一撩，说：“娘，你看俺妈妈的‘运粮船’呃！”惹的一家子呱呱的大笑。又问晁夫人要了几点子纱罗，叫他沈姐与他做“豆姑娘”。春莺说：“我不做，我待嫁人家去哩。”小和尚又跑到晁夫人怀里问说：“俺沈姐说他要嫁人家去哩。怎么是嫁人家？”晁夫人说：“他嫌咱没饭给他吃，又嗔你叫他做这个做那个的，不在咱家，另往人家去哩。”小和尚地下打滚，说：“我不要他往人家去，我去打那人家！”晁夫人说：“你起来，别要打滚。等他真个要去，我合你说，你可打那人家去。”小和尚从此以后，凡遇吃饭，就问说：“娘，给沈姐饭吃了没有？看他又要嫁人家。”晁夫人道：“咱往后只是给他饭吃，你再休题了。这嫁人家可不是好话。”小和尚说：“这不是好话么？”谁知他极有记性，果然从此以后就便再也不说，也就再不叫他扎媳妇、剪人儿诸般的琐碎。沈裁缝两口子合晁夫人、春莺自此都相安无事，再也不题此事。

光阴似箭，日月如梭。春莺年长三十岁。晁夫人七十四岁。小和尚长了十四岁，留了头发，变了个唇红齿白的好齐整学生，读书甚是聪明，做的文章有了五六分的光景，定了姜副使的老生女儿。

这年二月尽边，晁夫人因雍山庄上盖房上梁，季春江请晁夫人出去看看，原算计不两日就回，穿的也还是棉衣。不料到了庄上，天气暴热起来，又没带得夹袄，只得脱了棉衣，光穿着两绵绸衫子，感冒了风寒，着实病将起来。捎信到城，春莺叫了人合尹三嫂说了，即时锁了门，叫晁书、晁凤两个媳妇子好生看着，同了尹三嫂小和尚即刻奔出乡去。晁夫人甚是沉重。春莺和小和尚万分着忙，请人调理，到了七日，发表不出汗来，只是极躁。

小和尚想道："我听的人说：'父母有病，医药治不好的，儿女们把手臂上的肉割下来熬了汤灌了下去就好。'这叫是'割股救亲'。娘病得如此沉重，或者使那股汤灌下，必定就有汗出。又听得说：'这割股不可令父母知道。如知道了，更反不好。'"算计往那里下手，又寻下了刀疮药并扎缚的布绢，拿了一把风快的裁刀，要到那场园里边一座土地庙内，那里僻静无人，可以动手。走到庙前开进门去，只见地下一折贴子，拾起来看，上面写道："汝母不过十二日浮灾，今晚三更出汗。孝子不必割股，反使母悲痛。"小和尚见了这贴，想道："这个事是我自己心里举念，再没有人知，如何有此贴在地？只怕是土地显神，也不可知。既说今夜三更出汗，不免再等这半日。"神前磕了头，许说："母亲好了，神前挂袍，吃三年长素。"许毕，袖了刀子回家。

晁夫人越发跑躁得异样。春莺、尹三嫂、小和尚三人不住的悲啼，一连七夜，眼也不曾得合。看看二更将尽，晁夫人躁得见神见鬼。交了三更，躁出一身冷汗，晁夫人渐渐安稳，昏昏的睡熟了去。三个着己的人轮班看守。直到次早日出醒来，想吃蜜水，呷了两三口。停了一会，想要粥吃，只吃了一钟米汤。一日一日，渐渐到了十二日果然好了。又将息了几日，恐家中没人，扎挣着都进了城。小和尚方与母亲说知土地庙显灵，要去挂袍。

晁夫人都与他置办完备，亦即吃了素。

晁夫人待要不依他吃，他又对神前许过的。依了他吃素，心里又甚是疼爱得紧，也甚觉难为。小和尚又取出那贴子来看，止剩了一张空纸，并没有一些字迹。晁夫人说：“你等黑了灯下看，一定有字。”果然真真的字在上面，众人看了，甚是希奇。可见：

孝顺既有天知，忤逆岂无神鉴？
恶人急急回头，莫待灾来悔忏！

第三十七回

连春元论文择婿　孙兰姬爱俊招郎

愚夫择配论田庄，计量牛羊合囷仓；
那怕喑聋兼跛躄，只图首饰与衣裳。
豪杰定人惟骨相，英雄论世只文章；
谁知倚市风尘女，尚识俦中拔俊郎？

人家的子弟，固是有上智下愚的品格，毕竟由于性习的甚多。若教他身子亲近的都是些好人，眼耳闻见的都是些好话，即是那火炮一样，你没有人去点他的药线，他那一肚子的火药也毕竟响不出来。即如那新城县里有一个大家，他上世的时候，凡是生下儿女，雇了奶子看养。那大人家深宅大院，如海一般。那奶母抱着娃娃，怎得出到外面？及至娃娃长到五六岁的时候，就送到家塾里边，早晚俱由家中便门出入。直到考童生的时候，方才出到街头，乍然见了驴、马、牛、羊，还不认得是甚么物件。这样的教法，怎得不把那举人进士科科不四五个与他中去？且是出来的子弟，那市井嚣浮的习气一些也不曾染在身上。所以又都忠厚善良，全不见有甚么贵介凌岸态度。后来人家富贵的久了，大地的淳庞之气都也不肯敛藏，做父兄的便也没有这等的严教，那做子弟的也便不肯遵你这般拘束。如今虽然也还不曾断了书香，只是不像先年那样蝉联甲第。到了那大司马手里，一个十一岁的儿子说他是该袭锦衣的人，便与他做了一顶小暖轿，选了八个小轿夫，做了一把小黄伞，终日叫他抬了街上行走，出拜府县。你道这样童子心肠，当如此的世故，教他葆摄初心，还要照依他家上世人品，能与不能？

这狄希陈读书的本事不会，除了这一件，其余的心性就如生猿野鹿一般。先时跟了那汪为露这等一个无赖的先生，又看了许多青出于蓝的同类，除了母亲有些家教，那父亲又甚溺爱不明，已是不成了个赤子。幸得另换了这程乐宇，一来程乐宇的为人不似那汪为露的没天理，还有些教法。二件也当不起那狄宾梁夫妇的管待，不得不尽力的教他。把那铁杵磨针，《四书》上面也就认得了许多字。出一个“雨过山增翠”，他也能对“风来水作花”。出一个“子见南子，子路不悦”的题，他也能破“圣人慕少艾①，贤者戒之在色焉”。看了人家的柬帖样子，也能照了式与他父亲写拜帖，写请启。只是有些悖晦处，人家送窗禽四翼的，他看了人家的礼帖，说窗禽不是鸡，定问那送礼的来人要甚么禽鸟，定说四翼不是两只，决是二双。如这等事不止一件。

狄宾梁见儿子长了学问，极其欢喜。他母亲又说亏了他择师教子，所以得到这一步的工夫。提学道行文岁考，各州县出了告示考试童生。狄宾梁也要叫儿子出去观场。程英才道：“他还心地不明，不成文理，出考不得。遇着那忠厚的县官还好，若是遇着个风力②的官府把卷子贴将出来，提那先生究责，不当耍处。”狄宾梁说：“他薛家的舅子，相家的表弟，比他都小两岁，俱已出考。偏他躲在家里，岂不羞人？没奈何，只得叫他出来去走走。”程乐宇道：“且再商量。”与狄宾梁别了。

薛如卞与相于廷说道：“我们同学读书，我们都出去考，只留他在家，委实体面也不好看。脱不了府县虽然编号，是任人坐

---

① 少艾——指年轻美貌的女子。

② 风力——能干。

的，我们两个每人管他一篇，也到不得贴出提先生的田地。我们再与先生商议，看是如何。”禀知了程乐宇。程乐宇道：“这却甚好，只是你两个这一番出考，我们都要指望你进学，你却不可为了别人耽误了自己的正事。”薛如卞道：“这等长天，难道三篇怕也做不完的？每人替他做一篇，不为难事。”程乐宇准了他，投卷听候县里考试。

薛如卞入籍不久，童生中要攻他冒籍，势甚汹汹。程乐宇的妻兄连举人，叫是连才，常到程乐宇书房，看得薛如卞清秀聪明，甚有爱敬之意，家中有一个小他两岁的女儿，久要许他为妇。也只恐他家去，所以不曾开口，只背后与程乐宇说了几遭。这连春元的儿子连城璧，是县学廪生，程乐宇将这几个徒弟托他出保。连城璧见薛如卞有人攻他冒籍，虽不好当面拒绝了姑夫，回家与他父亲连才商议。连春元想道：“这保他不妨。他已经入籍当差，赤历上有他父亲纳粮实户的名字，怕人怎的！就与宗师讲明，也是不怕！我原要把你妹子许他，惟恐他家去。他若进学在此，这便回去不成，可以招他为婿，倒也是个门楣。不然，爽利许过了亲，可以出头照管。”叫人去请了程乐宇来家商议此事。程乐宇甚是赞成。连春元的夫人要自己看过方好。程乐宇道：“这事不难。我叫他送结状来与内侄，嫂嫂，你相看就是了。”程乐宇回到书房叫薛如卞，说道：“外边攻冒籍的甚紧，连赵完又不肯出保的意思，我再三央他，你可将这结状送到他家。”

薛如卞拿了结状走到连家。门上人通报了，说叫请他到后面书房里去。进入中门，连春元的夫妇他也不曾回避，薛如卞作了揖。连夫人故意问说：“这是谁家的学生？”连春元道：“是薛家的，见从程姑夫念书，如今要出考哩。”叫他坐了吃茶。伸出两只雪白的长长尖手，声音圆满，相貌端方，齿白唇红，发才及额。紫花布大袖道袍，红鞋净袜。连赵完出来相见，他留了结状。连春元自进书房，取了一柄诗扇，一匣香墨，送他出来。他作揖称谢，甚有矩度。连夫人亦甚喜欢，就托了程乐宇作伐。薛教授喜不自胜，择日下定，不必烦讲。

薛如卞有了这等茁实的保结，那些千百年取不中的老童，也便不敢攻讦①。县官点完名进去，四个人都坐成了一处。出下题来：一个《论语》题是："从者见之。"一个《孟子》题是："相泣于中庭，而良人未之知也，施施从外来。"薛如卞先与狄希陈做了头篇，相于廷也先与狄希陈做了二篇，方才做自己的文字。薛如兼才得十二岁，他也不管长不管短，拿了一管笔飕飕的写起。不一顿饭时，起完了草稿，就要誊真。薛如卞说："这天色甚早，你不要忙，待我与你看看，再誊不迟。"他那里肯等。霎时间，上完了真，刚好巳牌时候，头一个递上卷去。县官看了这等一个俊俊的光头，揭开卷子，满满的一卷子字。又是头一个交卷，求那县官面试。县官把他的卷子齐头看了一遍，笑道："你今年几岁了？"回说："十二岁了。"县官笑说："你这文章还早哩，回去用心读书，到十四岁出来考，我取你。"这薛如兼只是胡缠。县官说："我出一对考你罢：'大器贵在晚成。'"他对："长才屈于短驭"。县官笑道："你对还取得。取了你罢。你去旧位上坐在那边等，再有几人交卷，放你出去。"等了一会，狄希陈也抄完了卷子，送上去面试。虽也不是幼童，却也还是个标致披发。《论语》破题道："从者为之将命，鉴其诚而已。"《孟子》破题："齐妇丑其夫，而齐人不自丑焉。"县官把那第二个破题圈了，以下的文字单点到底，卷面上写了个"可"字。又等了二三

① 讦（jié）——斥责别人的过失；揭发别人的阴私。

十个交卷的，狄希陈与薛如兼都头一牌放了出去，都是县官面试取中，欢喜的跳了回家。

薛如卞等了相于廷一齐完了，上去交卷，两个都方一十四岁，新才留发，清清秀秀的一对学生，跪了求县官面试。县官把那两通卷子都齐头看了，都圈点了许多，都在卷面上发了个大圈，问说："两个都几岁了？"回说："都是十四岁了。"又问："先生是谁？"回说："是程英才。"问说："你两个是同窗么？"回说："是。"县官说："回家快去读书，这一次是要进的了。"两个谢了县官，领了照出的牌，开门放出。各家父兄接着，都说蒙县官面试取中。天还甚早，程乐宇叫他吃了饭，写出那考的文章，都比那窗下的更加鲜艳。

程乐宇把去与连春元父子看，甚是称赏。大家估那两人的文字，程乐宇与连赵完说："薛如卞在十名里，相于廷在十名外。"连春元说："这两个都在十名里。相于廷在前，薛女婿在后。"程乐宇又把狄希陈的文字也叫他誊了出来把与连春元看。连春元说："这卷子也取的不远。据头一篇只是必取，若第二篇只怕也还不出二十名去。"程乐宇笑道："头一篇是薛女婿做的，第二篇是相学生做的。"

过了十数日，县里发出案来，共取了二百一十二名。相于廷第四，薛如卞第九，都在覆试之数。狄希陈第二十一名，薛如兼第一百九十名。四个全全取出。各家俱甚喜欢。连春元夸他认得文章，见了程乐宇，说："薛如卞合相于廷必然高进。"连夫人取笑说道："薛家女婿进了，只是少了姑夫的一分谢礼，难道好受侄女女婿的么？"连春元道："女婿进了学，咱还该另一分礼谢他姑夫哩。"程乐宇道："岂止这个？那做媒的谢礼没的好不送么？"

不两日，县里造了册，要送府学考。因四个都尚年幼无知，乍到府城，放心不下，还央程先生押了他们同去，米面吃食等物都是狄员外办的。济南府东门里鹊花桥东，有连春元亲戚的房子，问他借了做下处。一行师徒五人，又狄周、三槐、相家的小厮随童、连家拨了家人毕进跟随薛如卞、厨子尤聪，共是十人。清早都在狄家吃了早饭，各家的父兄并连春元父子都到狄家看着送他们起身。狄希陈问他娘要银子，好到府里买什么。他娘给了他四两银子，他嫌少，使性子，又问他爹要。他爹又给了他六两，叫他买书纸笔墨，别要分外胡使。

明水到府不足百里，早发晚到。次日，礼房投了文，听候考试的日期尚早，程先生要拘住他们在下处读书。这班后生，外州下县的人，又生在乡村之内，乍到了省城，就如上在天上的一般，怎拘束得住？先生道："我就管住你的身子，你那心已外驰，也是不中用的。凭你外边走走，畅畅文机，只是不可生事，往别处胡走。"这四个人得了这道赦书，"海阔从鱼跃，天空任鸟飞"，从鹊华桥发脚，由黑虎庙到了贡院里边，毕进指点着前后看了一遍。又到了府学里边看了铁牛山，从守道门前四牌坊到了布政司里面。由布政司大街各家书铺里看过书，去出西门，到趵突泉上顽耍了一大会，方才回步。

狄希陈走在趵突泉西边一所花园前，扯开裤小解。谁知那亭子栏干前站着一个十六七岁的磐头闺女，生得也甚是齐整，穿的也甚济楚。见了狄希陈在那里溺尿，那闺女朝了庭内说道："娘，你来看！不知谁家的学生朝了我溺尿！"只见里面走出一个半老女人来说道："好读书的小相公！人家这么大闺女在此，你却扯出赍子①来对着溺尿！"唬的狄希陈尿也不曾溺完，夹了半泡，提

① 赍子——山东人称雄性动物的生殖器叫赍子。

了裤子就跑，羞的绯红的脸，赶上薛如卞等说道："您也不等我一等，刚才差一点儿没惹下了祸！一个大磐头闺女在那西边亭子上，看不曾看见，朝着他溺了一泡尿，惹的他娘怪说不是的。这要被他打几下了，那里告了官去！"大家问说："有多大的闺女？"狄希陈说："磐起头了，标致多着哩！穿的也极齐整。"

毕进道："这里谁家有这齐整闺女？待我回去看看。"毕进跑去，不多一会，回来说："是两个唱的。"薛如卞说："唱的也敢嗔人么？"狄希陈说："瞎话！谁家有这们唱的，磐着头，打着鸳髻，带着坠子？是好人家的个闺女！"毕进问说："狄大哥，你见的是那穿蜜合罗的？"狄希陈说："就是。"毕进说："那就是个唱的。"狄希陈说："咱都回去看看可是唱的不是。"

一班学生都走到跟前，缩住了脚，站着往里瞧。那个半老女人说道："那位溺尿的相公照着闺女溺尿罢了，还敢回来看人？都请进来吃茶。"

这班学生待要进去，又都怕羞不敢进去。待不进去，却又舍不的离了他们。你推我让，正在那里逡巡①，可是那个穿蜜合的小姐却到跟前，猛可的将狄希陈一手扯，一边说道："你对着我溺了尿去，我倒罢了，你又上门来看人！"一边往家就拉。狄希陈往外就挣，唬的薛如卞、相于廷怪嚷，叫人上前。毕进笑道："他合狄大哥顽哩，进去歇歇凉走。"拉到屋里板凳上坐下，端上茶来吃了，又切了个瓜来。有吃一块的，有做假不吃的。那个闺女拿着一块瓜，往狄希陈口里填，说："怎么来上门子怪人溺尿，唬着你来么？原来还没梳栊的个相公，就唬他这们一跳。"打伙子②顽了一会，方才起身。那个闺女也送出门来，又对狄希陈说：

① 逡（qūn）巡——有所顾虑而徘徊或不敢前进。

② 打伙子——大家伙儿。

“呃！你极了尿，可再来这里溺罢。我可不嗔了。”同来到了江家池上，吃了凉粉、烧饼，进西门回下处去。路上嘱付，叫薛如兼休对先生胡说往唱的家去。

程乐宇见了他们，问说：“从何处回来？”回说：“走到了趵突泉上，又往江家池吃凉粉、烧饼。”狄周看得程乐宇说到凉粉、烧饼的跟前，有个咽咽的咽唾沫之情，遂问那主人家借了一个盒子，一个《赤壁赋》大磁碗，自己跑到江家池上下了两碗凉粉，拾了十个烧饼，悄悄的端到下处，定了四碟小菜，与程乐宇做了晌饭。程乐宇甚喜狄周最可人意。四个学生也吃了午饭，读了半日书。

次日，又禀了先生，要到千佛寺去。出了南门，拾的烧饼，下处拿的腊肉蒜苔，先到了下院，歇了一会，才到山上，都在尘飞不到上面吃了带去的饼肉。过了正午，方才下山。又在教场将台上顽了半会，从王府门口回到下处，仍又吃了些米饭，天也渐次晚了。

次早，向先生给了假，要到湖上，叫狄周五荤铺里买了一个十五格攒盒，自己带的酒。叫毕进先去定了一只船，在学道门首上船，沿湖里游玩。到在北极庙台上顽了半日，从新又下了船，在学道前五荤铺内拾的烧饼、大米水饭、粉皮合菜、黄瓜调面筋，吃得响饱①，要撑到西湖里去。只见先有两只船，也在那里游湖，船上也脱不了都是听考的童生。船上都有呼的妓者，内中正有那个穿蜜合罗衫的闺女，换了一件翠蓝小小衫，白纱连裙。那船正与狄希陈的船往来擦过，把狄希陈身上略捏了一把，笑道：“你怎么不再去我家溺尿哩？”狄希陈羞得不曾做声。倒是那

---

① 响饱——极饱。

个闺女对着他那船上的人告诉，大家乱笑。后晌在学道门口下船的时候，恰好又都同在那里上岸。临别后，彼此都甚留情。原来从那日狄希陈在他家吃茶回来，心里着实有个留恋之意。一来怕羞，二来自己偷去，又怕先生查考。心里真是千般摩拟，万回辗转，寻思不出一个好计。想道："没有别法，只是夯干罢了。"

次日，众人又出去到那杂货铺内闲看，他在那人丛里面转了一个人背，一溜风跑到那前日溺尿的所在，只见门前一个人牵着一匹马在那里等候。狄希陈想道："苦哉！门口有马，一定里边有人在内，我却怎好进去？且是许多亲戚都在城里，万一里面的是个熟人，不好看相。"在那门前走来走去的像转灯一般。却好一个卖菜的讴①过，有一个小丫头出来买菜，狄希陈认是那前日掇茶的丫头。那丫头看了狄希陈也笑，买了两把菜进去。

不多一时，只见那个闺女手里挽着头发，头上勒着绊头带子，身上穿着一件小生纱大襟褂子，底下又着一条月白秋罗裤，白花膝裤，高底小小红鞋，跑将出来，正见狄希陈在那里张望，用手把狄希陈招呼前去，说道："你这腔儿疼杀人！"一只手挽发，一只手扯着狄希陈到他卧房，说："床上坐着，等着我梳头。"狄希陈说："你猜我姓甚么?"那闺女说："我猜你是狄家的傻孩子！"狄希陈说："跷蹊！你怎么就知道我姓狄?"那闺女说："我是神仙，你那心里，我都猜的是是的，希罕这姓猜不着！"狄希陈说："你猜我这心里待怎么?"那闺女说："我猜你待要欺心，又没那胆，是呀不是?"狄希陈不言语，只是笑。那闺女说："你也猜我姓甚么?"狄希陈想了一想，一看见他房里贴着一幅画，上面写道："为孙兰姬写。"想道："这孙兰姬一定就是他。"说

① 讴——此为吆喝。

道："我怎么猜不着？只是不说。"那闺女道："你怎么就不说？我只是叫你说。"两个斗着嘴。那闺女可也梳完了头，盆里洗了手，使手巾擦了，走到狄希陈跟前，把狄希陈搂到怀里问道："你说不说？"狄希陈忙应："我说，我说。你是孙兰姬。"那闺女又问："你怎么知道？"狄希陈说："那画上不是么？"两个绕圈子。那外边牵马的催说："梳完了头不曾？等的久了，咱走罢。"那闺女说："不好，不好！快着，快着！我奶奶，我这孩子待去哩！"关了房门，要合狄希陈上阵。谁知那闺女虽也不是那冲锋陷阵的名将，却也还见过阵来。那狄希陈还是一个"齐东的外甥"，没等披挂上马，口里连叫"舅舅"不迭。才一交锋，败了阵就跑。那闺女笑道："哥儿，我且饶你去着，改日你壮壮胆再来。"又亲了个嘴，说道："我的小哥！你可是我替你梳栊的，你可别忘了我！"那闺女待要留他吃饭，外边那牵马的又催。两个吃了两杯寡酒，送出狄希陈行了，他方上了马，也进城来。狄希陈头里走，他骑着马后面慢跟，却好都是同路。见着狄希陈进去，知道是他的下处。

狄希陈到了家，他们还没回来哩。程乐宇问说："他三个哩？"狄希陈知他三人未回，甚是得计，说道："到了布政司街上，被人挤散了，再没找着他们。我在书铺里看了会子书，等不见他们，我就来了。"哄过了先生。从此以后，得空就去，也有五六次的光景。

府里挨次考到绣江县，外边商议停当，四人还是连号，薛如卞专管薛如兼，相于廷专管狄希陈。程乐宇说："你两个全以自家要紧，不要误了正事。他两个不过意思罢了，脱不了到道里，饶不得进，还要提先生，追究出代笔的情节，不是顽处。"那日济南府却在贡院里考，《论语》题："文不在兹乎。"《孟子》题是："王欲行王政，则勿毁之矣。"相于廷道："一个题目做两篇，毕竟得两个主意才好。"他说那"文不在兹乎"不是夫子自信，却是夫子自疑。破题就是："文值其变，圣人亦自疑也。"第二个题说不是叫齐王自行王政，是教他辅周天子的王政，留明堂还天子。破道："王政可辅，王迹正可存也。"他把这两个偏锋主意信手拈了两篇，递与狄希陈誊录，他却慢慢的自己推敲。薛如卞先把自己的文字做完，方才把薛如兼的文字替他删改了。

狄希陈早早的递了卷子，头一牌就出去了。家里的人都还不曾接着。他看见没人，正中其计，兔子般窜到孙兰姬家。适值孙兰姬正在家里，流水做饭与他吃了，到了房中，合他做了些事件。说道："今日考过，明日便要回家。"两人甚难割舍。闻得绣江县一案要调省城，倘缘法不断，府案取得有名，再来进道，这倒有许久的相处。但不知因缘何如。恐怕先生查考，只得辞回下处。说着晚上还使人与他送礼。正是："流泪眼观流泪眼，断肠人别断肠人。"

回到下处，又将言语支吾过了，都把考的文章写了出来。程乐宇看了薛如卞、相于廷的文字，许说还是十名之内。看了狄希陈的，笑说："这差了书旨，定是不取的了。"又看了薛如兼的说道："你面试不曾？"他说："官不在堂上，没有面试。"程乐宇说："若是当面交卷，看见是个孩子，倒也可取。可惜了的。"打发都吃了饭，果然家里的头口都来迎接。

众人因在府城住了二十多日，听说家去，都甚喜欢。惟有狄希陈听说家去，倒似吊了魂的一般，灯下秤了二两银子，把自己的一个旧汗巾包了，放在床头，起了个五更，悄悄的拿了银子，推说往街上出恭，一阵风跑到西门上，刚刚的开了城门，急忙到了那闺女家内。可恨那个闺女傍晚的时节被人接了进城，不在家里。他垂首丧气把那汗巾银子留与了他的母亲。要留他吃饭，他急忙不肯住下，又复翻身跑了回来。走到贡院门口，正撞见孙兰姬，骑了马，一个人牵了，送他回去。知他才从家里空来，好生难过。一个大街上，有甚么事做？只好下了马，对面站着，扯了手，说了几句可怜人的话，俱流了几点伤情的眼泪。孙兰姬从头上拔一枝金耳挖与了他，狄希陈方打发孙兰姬上了马。

狄希陈更自难为，回到下处，大家方才起来梳洗。狄周已是与他收拾完了行李，只等他不见回来。他说："撞见郡王们进朝，站着看了一会。只说后边还有来的，谁想只有那过去的一位，叫我空等了这们一日。"大家都吃完了饭，鞴上了头口，交付那借用的家伙，赏了那看房子的人三钱银子。一行人众，出了东门，望东行走，倒也是：

鞭敲金镫响，齐唱凯歌回。
独有含情子，回头泪满腮。

第三十八回

连举人拟题入彀[①]　狄学生唾手游庠

谁把莲花妆俊颊？前身应是龙阳。披眉绿发映红妆，面傅何郎粉，裾留荀令香。　　直此美人应掷果，何烦韩柳文章？蓝袍冉冉入宫墙，宋朝[②]来艺圃，弥子[③]在胶庠。

右调《临江仙》

却说程乐宇领着四个徒弟、五个仆人，从济南回家。相于廷、薛如卞兄弟离了父母二十多日，乍得回家，又因先生许说文字甚佳，可取十名之内，一路上喜地欢天，恨不得一步跨到家内。惟有狄希陈眉头不展，笑语俱无。到了龙山，大家住下吃饭，撒活头口[④]，独他连饭也不吃。狄周怕他身上不好，摸他头上不热，方才放心。程乐宇疑心因是说他文章不好，故此着恼，遂说："你今才十六岁，正是读书的时节。没有都一箭上垛罢？你若奋力读书，这能待几个月不科考哩？你十七进学，还是掐出水来的个小秀才哩。你愁甚么，放着饭不吃？倒只怕你过了这一会，你又不愁了，依旧仍不读书。他两个这一遭又都进了，可再没有人合你同考。童生场里没有人照管，这才可恼哩！"这程乐宇劝的话句句都是正经，但只不曾说着他的心事。吃完饭，上了

---

① 入彀——此意为考中。

② 宋朝——春秋时宋国公子，因貌美受到卫国夫人宣姜的宠幸。

③ 弥子——弥子瑕，春秋时卫灵公的男宠。

④ 撒活头口——给牲口松鞍喂食。

路，赶日西时到了家，各人都回本家去了。

连春元先到了程乐宇家，却好薛教授也来看望程乐宇，彼此叙礼作揖。连春元问程乐宇道：“四位高徒的文字，想都得意，有写出来的么?”程乐宇说：“都有写出的。薛大学生合相学生的，只怕也还不出十名去。薛二学生的，他没得面试，那在取不取之间。狄学生的，把书旨差了，这是没有指望的。”连春元说：“怎么差了？四个同窗都齐齐的进道才好哩。叫他们把写出的文字都送来我看看。”

次早，程乐宇领着四位徒弟都到了连春元家，各人都拿着文字递与连春元看。连春元虽然妆着有养，不免先把薛如卞的文字看了，说道：“文字做的好。”其次，又看相于廷的，也说道：“这文字比县卷还沉细。”又看了狄希陈的，没言语只笑。又看了薛如兼的，说：“这也好，定是取的。”看过，都递与连赵完看。看完了，连春元问说：“你看这四位的文章何如?”连赵完说：“姑夫评品的不差。”连春元说：“那三卷评的也是。依我看：狄学生的，这文字要取第二。”连赵完笑，没有言语。连春元说：“你笑，是不信么？你合姑夫敢与我赌些甚么?”连赵完合程乐宇说：“只怕童生文字论才气，说是小学生的文章，取了也是有的。取第二或者未必。”连春元说：“你爷儿两个敢合我赌？若取在第三，也算我输。”连赵完说：“爹说这取第二的意思是怎么？我不省的。”连春元说：“我为甚么先泄了这机，你只赌便罢了。”连赵完对着程乐宇道：“姑夫合爹赌下，姑夫输了，我合姑夫伙着。爹输了，是自家出。”连春元说：“同着四位学生，狄学生取在第三以下，我输一两。若取第二，您爷儿两个伙出一两东道。就是咱这七个，还请上薛亲家、狄亲家、相亲家共十人，吃个合家欢乐。”程乐宇说：“极好！就是如此。”连春元道：“还有一说，若狄学生取了案首，也还是我输。”程乐宇道：“若取了第一，这还算哥赢。”连春元说：“岂有此理！这还算眼色么？若取了第一，只估第二，我出二两。狄学生家去流水读书，打点进道。”薛如卞见了连夫人出来，都起身作辞。连春元留吃早饭，方才放行。连春元拟了十个经题、十个《四书》题，叫他四个料理进道。

学道兖州考完，回到省下，发了吊牌，果然绣江一案吊到省城济南府。拆了号，有人报来：薛如卞第一，狄希陈第二，相于廷还是第四，薛如兼第十九。各家从厚打发报喜的人，都各管待酒饭。倒不说一个书房四个学生出考全全的取出可喜，只服连春元的眼色怎么一点不差。程乐宇喜道：“我服他好眼力，卖亩地也输这五钱银了！”大家见了连春元问说：“怎么就必定第二？果然就一些不差，却是怎说？”连春元说：“这也易见。童生里面有如此见识，又有才气，待取案首，终是偏锋，毕竟取一个纯正的冠军。不是第二是甚么？况又不是悖谬。其实匡人围的甚紧，吉凶未料，夫子且说大话？说自疑，极有理。《孟子》题上头见有周天子，却说齐王行王政，坐明堂？如今这一圆成极好。快把输的银子送来给我置办东道，吃了好往府里考去。”算定第三日起身，还是前日那十个人，一个不少。也还是那下处，狄员外家备的食用。

狄希陈下了头口，转转眼就不见了，谁知三脚两步已跑到孙兰姬家内。孙兰姬被人接了出去，没在家里。狄希陈偷了娘的一匹绵绸送了他。老鸨子留他吃饭，没住。回来假说外头溺尿，撞见旧同窗刘毛，合他说了这会话。薛如卞说：“你这瞎话！咱来时，刘毛还在家里没起身，你合刘毛的魂灵说话来？你背着俺干的不知甚么营生！”相于廷说：“也只是偷买点子东西抹抹嘴。”打伙子说着，买了见成饭来吃了。

程乐宇说："这同不的那一遭。这是紧溜子里，都着实读书，不许再出去闲走。况府里的景致，你们已都看过了，有本事进了学，可有日子顽哩。"程乐宇也因要岁考，扯头的先读起书来，徒弟们怎好不读？狄希陈惟有起五更推出去解手，往孙兰姬家赶热被窝。先生查考他，自家又会支吾，狄周又与他盖抹，从未败露。连城璧因在他丈人华尚书家住，不同下处。来看程乐宇，留吃了饭，送出门来，恰好孙兰姬骑着马往东去。狄希陈看见他揭眼罩，恐怕孙兰姬叫他，流水挤眼。孙兰姬把他看了一眼，过去了。相于廷到了后边，说："刚才过去的不是那嗔你溺尿的他么？"狄希陈说："那是他！这一个有年纪了。"相于廷说："亏了他那日让你吃瓜，你还不认得他哩！"

说话中间，毕进从学道门口来，说："咱县里通还没投文，一像还早哩。"连春元叫人送了吃用之物，腊肉、响皮肉、羊羔酒、米、面、炒的棋子①、焦饼。又拟了六个经题、六个《四书》题，来叫学生打点。一连在下处住了十九日，方考绣江的童生。至日，起了五更，连赵完也来到下处，好往道里认保。吃完了饭，放过了头炮，一齐才往道门口去，挨次点名而入。

这学道里是要认号坐的，一些不许紊乱，狄希陈第二个就点着他坐了"玄"字八号。他头进来的时候，程英才嘱付他说："天下的事定不得，或者再合他两个撞在一堆也是有的，或是这拟的题目撞着也是有的，这就是造化到了。要是撞不见他们，再题目不省得，这就是不好的机会，宁可告了病出来，千万休要胡说。你是第二，查出来不是顽的。"所以他坐在号里望他两个邻号，就如辰勾盼月一样。薛如卞头一个已是坐到远处，第四相于

① 棋子——一种菱形小块的面食。

廷坐了“地”字七号。看着薛如兼，学道叫另拿桌子合一伙光头孩子都在堂上公座旁边坐，弄得个狄希陈四顾无朋，单单只在打点的二十六个题目里面妄想撞岁，想是这会心里或者也且不想孙兰姬了。

点完了名，学道下来自己看着封门，站堂吏拿上书去出题，旁边府里礼房过在长柄牌上。《四书》题：“不图为乐之至于斯也。”狄希陈看了题目，就是见了孙兰姬也没有这样欢喜。原来这个题目，连春元在上面发了五个圈，又拟了一首文字单与狄希陈读，把“斯”字当做“齐”字看，好完成与府卷一样偏锋，又亏不尽程乐宇管着，读了默，默了读，他一字不改誊在卷上。有了头篇做主，只不知经题何如。稍刻，又拿下牌来叫童生看题。狄希陈看那《诗经》题目是：“宛在水中央。”他肚里说道：“感谢皇天，恰好正着！”此题上面，连春元也是五圈。狄希陈又一字不改誊在卷上；依了先生分付，后面也写了草稿。心里得意，把那卷上的字虽然写得不好，却也清楚，无有涂抹。写完，头一个交卷。

宗师把那卷子看了，问道：“你府考取在那里？”回说：“取在第二。”问说：“是甚么题？”回说：“‘文不在兹乎？’”宗师说：“破题怎样破？”回说：“文值其衰，圣人亦自疑也。”“第二题哩？”回说：“第二题：‘王欲行王政，则勿毁之矣。’”宗师说：“破题哩？”回说：“王政可辅，王迹正可存也。”宗师问说：“你先生是谁？”回说：“是程英才。”宗师问说：“这书是你先生这等讲与你的么？”狄希陈心里想道：“这问的意思不好，是要提先生了。”回说：“这不是先生讲的，是个举人连才讲的主意。”宗师又问：“你今年几岁了？”他又想道：“我说得小些，打时也还好将就。若说是十六岁，便就打得多了。若说十四岁，这头发又太长些。”回说：“十五岁了。”宗师说：“你这样小年纪，文章怎就带老气？准你进学。出去。”随把卷面上边一点。领了照出的牌，等了三十个人，头一牌放出，天还未午，东西望了一望，不见有接的家人，青衣也不及脱换，放开两脚，金命水命的箭也似跑到孙兰姬家。

恰好孙兰姬正在家里，料他今日必定要到他家，定了小菜做了四碗嗄饭，包了扁食，专在那里等他，流水的打发他吃了。他还嫌肚子不饱，又与孙兰姬房中梯己吃了一个小面，方才又回到学道门口，只见狄周一班管家，连程先生、连赵完都在那里等候。

他过去相见了。先生问说：“你几时出来了？”他说：“出来也有老大一会了。因在此等他们一等，所以还不曾回去。刚才面试，已蒙宗师取准进学。”又把宗师问答的说话说了一遍，大家都甚是欢喜。接次薛如兼，再次相于廷，又次薛如卞，都已出尽，都说是面试都蒙宗师取准。宗师见他们俊秀幼童，都问他们先生是谁，他们都回说是从程先生读书。

师徒们并连赵完满面生花，回到下处，大家吃了酒饭。天气还早，先生叫他各人都写出文章看了。家中头口接到，程先生要次早打发四个学生回去。只有薛如兼想他母亲，流水答应，又甚喜欢。那三个大的都说：“且不回家，要在此陪侍先生，直等先生考过，方才一同回去。”程乐宇道：“这也有理。你们来考，我都陪着你们。岂有先生在此，你们都丢下我家去？也无此理。薛如兼还小，叫他同薛三槐先去罢。”

各人都写了喜信家去，又将写出的文字寄与连春元看。从此先生不曾考过，到是个忙人，学生倒做了散诞神仙。小孩子们父母没有家教，多与了他的银钱，胡买乱买，镇日街头闲荡。狄希陈每每与他们同走出门，只是千方百计转眼就不见了，都是在孙兰姬家鬼混。却也古怪，从来老鸨子是填不满的坑，娼妇是活活的骗贼，不知怎样，这鸨子与孙兰姬自来不曾骗他甚么。他间或与他两把银子，都还问了又问，恐他瞒了爹娘偷出来的。一连十余日，程先生尚无考信，绣江的童生倒抬出卷来拆号，取了三十八名。第一是相于廷，第三是薛如卞，第七是狄希陈，第十六是薛如兼，四个全全排在案上。报到下处，喜得程乐宇抓耳挠腮，连赵完也来下处道喜。报喜的又都报到各人家去。各家都差了人来省下打银花、买红、做蓝衫、定儒巾靴绦、买南菜等物，各自匆忙。

又过了两日，方考绣江县生员。狄希陈四个同窗，各出了分资，叫厨子尤聪办了两桌齐整酒席与程先生、连赵完两个接场。狄希陈这一日天还未午就从孙兰姬家辞了回来，说要与先生接场。于是三个徒弟全全的都在学道门前伺候，等接先生合连赵完出道。

恰好汪为露考了出来，狄希陈过去作了揖。汪为露道："你这进学，甚得了我五年教导的工夫，你要比程先生加倍的谢我便罢。如不然，你就休想要做秀才！你比宗昭何如？他中了举，我还奈何的他躲到河南去了。只怕你没有个座师在河南。你合你父亲商议，休听程英才的主谋，看误了你的事！"发作了一顿，去了。又顿了一会，却好程乐宇合连赵完一同出来，三个小新秀才接着，邀连赵完同程先生都到下处。连赵完要辞他丈人，华府里又有人来接，因程先生撺掇，方才换了衣裳，同了程先生回去赴席。狄希陈说撞见了汪先生，述了那说的话。程乐宇道："只怕我也还不好受谢哩，他就索谢！"连赵完道："此等没头脸的人，你合他讲甚么理！不消等他开口，也备个酌中的礼谢他谢，或者他也就没的说了。你要不然，他也鬼混得叫你成不的。”说话之间，汤饭上完，连赵完辞了回他丈人家去。学道挂出牌来，叫考过的诸生都听候发落，不许私回。如发落不到者，除名为民。

程先生考过无事，也便不在下处闲坐，或是去寻朋友，或是朋友寻他，未免也在各处闲串。一日，同了朋友也走到孙兰姬家内。那日孙兰姬有人接他，刚要出门，因狄希陈走到，留恋住了，不曾去得。适值这伙朋友又来，狄希陈张见内中有他先生，躲在卧房里面。孙兰姬将房门扣了，用锁锁住。内中一个郑就吾发作道："我们来到，你且不来招接我们，且连忙锁门！莫非我们是贼，怕我们偷了你的东西不成！你快快的开了门便罢。不然，我把这门两脚踢下来！"孙兰姬笑容可掬的说道："我刚才正待出门，换下的破衣烂裳都在床上堆着哩，怕你们看见，拆了我的架子。倒不怕你偷我的东西，我只怕你看我的东西哩。"众人说："他说的是实话，你待往他屋里去做甚么?"

那郑就吾不依，就待使脚跺门，一片声叫小厮，挦毛砸家伙。众人都劝他，说："咱原为散闷来这里走走，你可没要紧的生气。咱要来了几遭，他认得咱，连忙锁了门，这就是他的不是。咱一遭也没来，人生面不熟的，怎么怪他锁门？或者里头有人，也是不可知的。咱往江家池吃凉粉去罢。"扯着郑就吾往外去了。

孙兰姬往外赶着说道："茶待顿熟，请吃杯茶去，跑不迭的待怎么?"程乐宇说："你还待出门，过日闲着再来扰茶罢。"拱拱手散了。

程乐宇路上说道："这郑就吾极不知趣，这们个喜洽和气的姐儿，也亏你放的下脸来哩！"郑就吾说："你不知道，见咱进去，且不出来接咱，慌不迭的且锁门，这不诎人①么?”程乐宇说：“也不是怕咱看他的破衣烂裳，情管屋里有人正做着甚么，咱去冲开了。你没见他那颜色都黄黄的，待了半会子，才变过来?”

再说郑就吾们去了，孙兰姬开门进去看了一看，不见狄希陈的影儿，问说：“你在那里哩?”他才从床底下伸出头来，问说：“都去了不曾？唬杀我了!”孙兰姬拍着胯骨怪笑：“怎么来，唬的这们样的？没有胆子，你别来怎么!”狄希陈说：“这里头有俺先生，当顽哩!”孙兰姬把他扯到跟前，替他身上的担括了土，又替他梳了梳头，说道：“好儿，学里去罢。还知道怕先生。早背了书来家吃饭。”两个顽了一会，各自散了。

待了几日，绣江县生员也拆了号，连赵完是一等第十三，程乐宇是一等第十一。新秀才也都复试过了。狄希陈第七，该拨县学。他因恋着孙兰姬，悄悄的复试过了，故意落在后边，等薛如卞三个都出去了，他才交卷，递出一张呈来，愿改府学。宗师轻轻易易的准了。后来倒下案去，薛如卞、相于廷两个县学，狄希陈、薛如兼两个府学。都说府学不便，狄员外合薛教授商议要写呈子叫他两个递呈改学。又说：“狄姐夫第七，原该拨县学的，今想是误拨了府学，这再没有不准的。”捎了信来，谁知这府学原是他自已递呈改的，怎还又敢递呈？左支右吾的不肯去递。只得薛如兼自已递了呈，说他年小，来往路远，父母不放心，愿改县学。宗师慨然依了。这狄希陈，先生也没奈他何。别人都回到家去，单单只剩下他在府里等候送学。先生回去，同窗又都不在，他却一些也不消顾忌，每日起来就到孙兰姬家缠帐，连夜晚

① 诎（qū）人——给人下不了台。

也不回来，叫狄周合尤厨子整夜的等。

再说狄员外两口子见儿子进了学，喜不自胜。后来别的三个都回到家中，送学之日，大家好不热闹。只有他家这一日清门静户。还亏不尽女婿薛如兼进了，这日也还披红作贺，往县里奔驰，还可消遣。狄希陈在府里送过了学，学官领着参见院道，学中升堂画卯。过了几日，别人都告了假回家，偏生他不肯回家。狄周再三的催促，那里肯听？家中来了两三遍头口，只推学官琐碎，要送过了束脩方准放回。狄员外备了学官的礼，两斋各自五两银，鞋袜尺头在外。学官欢喜，收了。从此也绝不升堂，绝不画卯。他依旧又不回去。

一日，家中又叫了头口来接，家中亲友合他丈人薛教授都刻期等他回去作贺，叫了鼓乐，家中摆了酒席。狄周这里与他收拾了行李，催他起身，算定这日走七十里，宿了龙山。次日走三十里，早到便于迎贺。谁知他三不知没有影了。狄周遥地里寻，那里有他的影响。忽然想道："他这向专常出去，近日多常是整夜不回，必定是在那个娼妇家里。这一定没有别处，必定在那趵突泉西向日溺尿的所在，待我去那里寻他。"狄周悄悄地走将进去，不当不正与他撞了个满怀。狄周说道："你这干的甚么营生？下处行李都备上了，家里摆下了好多少酒席，城里都下来多少亲戚，等着明日晌午迎贺。你却跑了这里来了，这极躁不杀人么？你这位大姐可也不是，这是甚么事情，你却留住他在这里混！"

狄希陈见狄周把话来激他，又见老鸨子合孙兰姬再三劝他说："我不是嫌你。你进了学，也流水该到家，祖宗父母前磕个头儿。况且家里摆下酒，亲戚们等着贺你，你不去，这事怎么销缴？你听我说，你流水到家，脱不了你是府学，不时可以来往。路又不远，只当走南屋北屋的一样。往后的日子长着哩。你这不去，惹的大的们恼了，这才漫墙撩胳膊——丢开手了。”他摇头不摔脑的，那里肯听？倒抹[1]到日头待没的火势，方才同着狄周回到下处，又还待卸下行李住下，要明日走罢。狄周说：“一百里路，明日赶多咱到家，可叫人怎么迎贺？咱出城去，明日好早走。”他才没极奈何的骑上头口，出了东门。依着狄周还要赶到王舍店住宿。他只到了关里，就怕见待走，就寻下处住了。若不是狄周死鳔白缠，他还要搀空子[2]待跑。

次早五鼓，狄周起来，点上灯，叫着他，甚么是肯起来？推心忙，推头晕。狄周说：“心忙头晕，情管是饿困了。我打和包鸡子，你起来吃几个，情管就好了，咱早到家。我听说家里叫下的步戏，城里叫了三四个姐儿等待这二日了。”狄周望着牵头口的挤眼。牵头口的道：“可不怎么？新来的几个兖州府姐儿，通似神仙一般，好不标致哩！”狄希陈说：“你哄我哩。那里唱的？在那里住着哩？”牵头口的接着口气说道：“这是狄周说起来，我也多嘴说几句，为甚么哄你，你家去待不见哩？三个姐儿在咱西院里楼上，不是这几日每日合连大爷、相舅爷吃酒？”狄希陈听见，方才笑了一笑，说道：“好意思！咱可快着走罢！”

离家五六里地，寻了个所在，狄希陈下了头口，从新梳洗，换上了新衣。又行了二三里，离家不足四五里之程，亲朋都在文昌祠等候。狄希陈换了儒巾，穿了蓝衫。薛教授与他簪上花，披了一匹红罗，把了酒。亲友中又有簪花披红的。前边抬着彩楼，都是轴帐果酒。摆着十二对五色彩旗，上面都是连春元做的新艳对联。乐人鼓手，引导前行。无数亲朋都乘着雕鞍骡马，后边陪从。到了家中，大吹大打。狄员外合程乐宇、相栋宇俱在门首迎

① 倒抹——磨蹭。

② 搀空子——寻找机会。

宾，让进客去。

狄希陈天地上拜了四拜，又到后面见了祖先与他父母，都行过了礼。出到前面，先见过了程先生，才与众亲友行礼。又另与连春元叩谢，又谢连赵完保结，又另谢薛教授父子，又与他母舅相栋宇又另磕头，同窗们也都另行了礼。方才狄宾梁逐位递酒，叙齿坐了。狄希陈两个眼东张西瞭，那里有甚么步戏，连偶戏也是没的。还指望有妓者出来，等得吃了五六巡酒，上了两道饭，又没有妓者踪影，也推故跑下席来，寻着狄周问说："你说有步戏，又有三四个妓者，怎么都没见出来?"狄周道："咱都在府里，我那里见来？我是听见牵头口的严爽说的。"狄希陈又来寻着严爽问道："步戏哩?"严爽说："你早到好来，步戏被县上今早叫去了。"狄希陈又问："兖州府姐儿哩?"严爽说："呃！我没说像神仙似的么？谁家这神仙也久在凡间？只一阵风就过去了，等到如今哩!"狄希陈恨的在那严爽的脸上把拳头晃了两晃，仍回席上去了。到了掌灯以后，众宾都起席散了，留着相栋宇到后边合他姐姐、狄员外、狄希陈又吃了会子酒，方才辞去。且看狄希陈这一回来，未知后日何如，只怕后回还有话说。

第三十九回

劣秀才天夺其魄　忤逆子孽报于亲

穷奇泼恶，帝远天高恣暴虐，性习苍鹰贪攫搏；话言不省，一味强欺弱。　　果然孽贯非天作，诸凡莽闯良心凿，业身一病无灵药。倘生令子，果报应还错。

右调《醉落魄》

迎贺的次日清早，狄希陈衣巾完毕，先到了程先生家，次到连春元家，又次到相栋宇家，又次到汪为露家，又次到薛教授家，然后遍到亲朋邻里门上递帖。汪为露也使三分银子买了一个蓝纸边古色纸心的小轴，写了四句诗，送到狄家作贺。诗曰：

少年才子冠三场，县府宗师共六篇。

不是汪生勤教训，如何得到泮池边？

狄员外收了轴子，赏了来人二十文黄边。狄员外也将这幅轴子挂在客厅上面，凡有来拜往的宾客见了，没有人不喜①的。满镇上人都当是李太白唐诗一般传诵。

却说这汪为露自从听了人家梆声、赖了人家墙脚、写假书累得宗举人逃避河南、争学生殴打程乐宇，这许多有德行的好事，渐致得人像老虎一般怕他，学生是久已没有一个。这明水虽然不比那往时的古道，那遗风也尚未尽泯，民间也还有那好恶的公道，见了他远远的走来，大人们得躲的躲过，撞见的，得扭脸

① 喜——在此为嘲笑。

处，扭了脸，连揖也没人合他作一个。有那不知好歹的孩子，见了他都吆喝道："听梆声的来了！"他虽也站住脚与那孩子的大人寻闹，但不胜其多，自己也觉得没趣。可奈又把一个结发妻来死了，家中没了主人婆。那汤里来的东西繇不得不水里要去，只得唤了媒婆要娶继室。

有一个乡约魏才的女儿，年方一十六岁，要许聘人家。这魏才因他是个土豪学霸，家里又有几贯村钱，愿把女儿许他，好借了他的财势做乡约，可以诈人。媒婆题亲，这魏才一说就许，再也不曾作难，择了吉日，娶了过门。虽然没有那沉鱼落雁之姿，却也有几分颜色。汪为露乍有了这年小新人，不免弄得像个猢狲模样，两只眼睛吊在深深坑里，肾水消竭，弄得一张焌黑的脸皮贴在两边颧骨上面，咯咯叫的咳嗽。狠命怕那新人嫌他衰老，凡是鬓上有了白发，嘴上有了白须，拿了一把鹰嘴镊子，拣着那白的一根一根的拔了。挦来挦去，挦得那个模样通像了那郑州、雄县、献县、阜城京路上那些赶脚讨饭的内官一般。人人也都知道他死期不远，巴了南墙望他，倘得他一旦无常，可得合村安净。只是他自己不知，作恶为非，甚于平日。见程乐宇四个门生全全的进学，定有好几十金谢礼。他心里就如蛆搅的一般，气他不过，千方百计的寻衅。说狄希陈进学全是他的功劳，狄宾梁不先自上他门去叩谢。又怒狄希陈次早不先到他家，且先往程英才家去，又先往连举人众人家里，许多责备。又说谢礼成个模样便罢，若礼再菲薄，定要先打了学生，然后再打狄宾梁合程乐宇，连薛如卞、薛如兼也要私下打了，学道攻他冒籍。叫人把话传到各家。

狄员外与薛教授原是老实的人，倒也有几分害怕。连赵完听见，对那传话的人说："你多拜上汪澄宇，他晓得薛如卞是俺家女婿么？曾少欠他甚么，他要打他？他若果然要打，家父举人不好打得秀才，我谅自己也还打得过汪澄宇！秀才打秀才没有账算！他若调徒弟上阵，我也敛亲戚对兵！你叫他不如饶了薛如卞弟兄两个，是他便宜！”那人把这话对他学了，他也不免欺软怕硬，再也不提薛字，单单只与程乐宇、狄宾梁说话。

狄宾梁平日原是从厚的人，又因他是个歪货，为甚么与他一般见识，遂备了八样荤素的礼，一匹纱，一匹罗，一双云履，一双自己赶的绒袜，四根余东手巾，四把川扇，五两纹银，写了礼帖，叫儿子穿了衣巾，自己领了送到门上。传进帖去，他里边高声大骂，说：“这贼！村光棍奴才！他知道是甚么读书！你问他，自他祖宗三代以来曾摸着个秀才影儿不曾？亏我把了口教，把那吃奶的气力都使尽了，教成了文理。你算计待进了学好赖我的谢礼，故意请了程英才教学，好推说不是我手里进的么？如今拿这点子来戏弄，这还不够赏我的小厮哩！”把帖子叫人撩在门外，把门关上，进去了。狄员外道：“儿子进学，原是为荣，倒惹的叫人这样凌辱！”叫人把那地下的帖子拾起，抬了礼回去，说道：“我礼已送到，便进了御本下来，料也无甚罪过，凭他罢了！”择了吉日，发了请启，专请程乐宇、连春元、连赵完三位正宾，又请薛教授、相栋宇相陪。至日共摆了六席酒，鼓手乐人吹打，一样三分看席，甚是齐整。

这汪为露若不打过程乐宇经官到府，这两个先生，狄宾梁自是请成一处。即是变过脸的，怎好同请？原是算计两个先生各自请开，只因他吃不得慢酒，所以先送了他礼，再请不迟，不想送出这等一个没意思来。他知道这日如此酒席盛款程乐宇，几乎把那肚皮像吃了苜蓿的牛一般，几次要到狄家掀桌子，门前叫骂。他也不免有些鬼怕恶人，席上有他内侄连赵完在内，那个主子一团性气，料得也不是个善查。又想要还在路上等程英才家去的时节截住打他。他又想道：“前日打了他那一顿，连赵完说打了他的姑夫，发作成酱块一样。若不是县官处得叫他畅快，他毕竟要报仇的。”所以空自生气，辗转不敢动手。气到次日，又打听得狄员外备了四币靴袜扇帕之类，二十两书仪，连酒上的看席，连春元、连赵完也是这样两分，一齐都亲自送上门去。程乐宇都尽数收了，家中预备了酒席款待，厚赏了送礼的使人。连春元父子的礼一些不受，再三相让，只是坚却。后来薛、相两家也都大同小异仿佛了狄家谢那程乐宇，也都不甚淡薄。只是叫汪为露看之气死，叫人传话与狄宾梁知道，叫他照依谢程英才的数目，一些也不许短少，不必请酒，折银二两，图两家便宜。狄员外说：“我为甚么拿了礼走上他家门去领他的辱骂？这礼是送不成了！”

那人回了他。干等了几时，不见狄家这里动静，又只得使了人来催促，见屡催不理，情愿照程乐宇的礼数只要一半。等了几日，又不见说起，使了儿子小献宝来唤狄希陈说话。狄员外恐他难为儿子，不叫他去。他无可奈何，又叫人说，还把那前日送去的原礼补去罢了。狄员外说：“那里还有原礼？四样荤礼，岂是放得这一向的东西？四样果品拿到家中，见说汪先生不收，只道是白拾的东西，大家都吃在肚子里了。尺头鞋袜都添送了程先生。他又不肯作一作假，送去就收了。那五两银子回将转来，到了这样村光棍奴才手里，就如冷手抓着热馒头的一般，那里还有放着的哩？多拜上汪相公，叫他略宽心等一等，万一学生再得侥幸中了举，叫他也像宗相公似的孝顺他罢了。”

那人又一一的回复了。他说那腥素的礼免送，只把那纱罗等物合那五两折仪送去，也就大家不言语了。狄员外道：“此时正当乏手，等到好年成的时候补去罢。”那人道：“你这是不送的话说了，诓着只管叫我来往的走。”狄员外道：“你这倒也猜着了，九分有个不送的光景。”那人回绝了汪为露的话。他着了这个气恼，又着了这个懊悔，夜晚又当差，越发弄得不像个人模样起来。肝火胜了的人，那性气日甚一日的乖方，真是千人唾骂，骨肉畔离。宗师考完了省下，发牌要到青州，正从他绣江经过。他写了一张呈子，怀在袖中，同众人接了宗师，进到察院作过揖。诸生正待打躬走散，他却跪将过去，掏出一张呈来，上面写道：

绣江县儒学增广生员汪为露，呈为逆徒倍师殴辱事：有徒狄希陈，自幼从生读书。生尽心教诲，业底于成，昨蒙考取第七，拔送府学。希陈不思报本，倚父狄宗禹家富不仁，分文不谢。生与理讲，父子不念师徒名分，拔鬓挦须，乡约救证。窃思教徒成器，未免倚靠终身。乃为杀羿逢蒙，世风可惧！伏乞仁明宗师法究正罪。恩感上呈。

宗师看毕，说道：“这弟子谢师的礼，也要称人家的力量。若他十分来不得，也就罢了。你这为争谢礼厚薄，至于动呈，这也不是雅道。”汪为露道：“生员倒也不为谢礼。那谢礼有无，倒也不放在生员心上。只为他从生员读书十年，教他进了学，连拜也不拜生员一拜。偶然路上撞见，果然说了他两句，父子上前一齐下手，把生员两鬓挦得精光，一部长须拔得半根也不剩。市朝之挞，人所难甘，况子弟挞师？望宗师扶持名教！”宗师问说：“你那鬓发胡须都是他拔去的么？”回说：“都被他拔净了。”宗师问：“是几时拔的？”回说：“是这本月十四日拔的。”宗师说：“我记得省城发落的时候，你这鬓发胡须已是没有的了，怎是十四日拔的？”他说：“一定宗师错记了，不是生员。若是长长的两道水鬓，一部燧黑的长须，那个便是生员。”宗师说：“我记得你这个模样。那时我心里想道：‘这人须鬓俱无，一定是生了杨梅疮的。’我也还待查问，又转念罢了。你这个模样，我也还宛然在目。起去！我批到县里去查。”他禀说：“望宗师批到学里去罢。县官因生员不善逢迎，极不喜生员的。他人是富豪，平日都与官府结识得极好。”宗师说道：“一个提调官，这等胡说，可恶！快扶出去！”诸生旁边看了，恨不得吐些唾沫淹死了这个败群畜类。

恰好县官教官都报门进见。掩了门，先待县官茶。宗师问说：“一个秀才汪为露，是个怎模样的人？”县官回说：“平日也不甚端方，也甚健讼，也还武断。”宗师问道：“他的须鬓怎都没有的？”县官说：“也不晓是怎样，但也久了。”宗师说：“不然。他方才说是十四日被门人拔去的。”县官说：“从知县到任，见他便是没有须鬓，不系近日拔去的。”宗师问说：“昨日发落的时候，是没有须鬓的么？”县官回说：“是久没有了。”宗师说：“他适间递了一呈，说是一个狄希陈从他读书十年，昨日新进了学，不惟不谢他，连拜也不拜他一拜。偶然途遇，责备了他两句，父子把他两鬓并须都拔尽了。本道前日发落时，他这个模样宛然在目，正是暗中摸索，也是认得的。他说不是他。他说他是两道长长的水鬓，一部焌黑的美髯。那呈子也只得准了他的。与他查一查上来。”

县官说：“此生向来教书。这狄希陈原从他读书，教了五年，读过的书，不惟一字也不记得，连一字也不认得，只得另请了一个先生是程英才。他怒程英才抢了他的馆，纠领儿子，又雇了两个光棍，路上把程英才截住，殴成重伤。他倒先把程英才告为打夺，使出几个徒弟党羽强和。知县也不曾准他和，也还量处了他一番。一个宗举人是他的门人，他绰揽了公事强逼叫他出书，不管分上可依不可依，且把银子使了，往往的叫人与宗举人寻闹。

后来爽利替宗举人刻了图书，竟自己替宗举人写了假书，每日到县里投递。知县薄这宗举人的为人，有那大不顺理的事，也还把下书的人打了两遭。后来不知怎样，按台老大人也有所闻，宗举人只得避居河南去了，至今不曾回。他不晓得宗举人临去还来辞了知县，他又拿了假书来递。查将出来，方晓得都是他的假书。宗举人不得不与他受过。这也算是学中第一个没行止的。”宗师说：“把他呈子与他据实问上来，如虚，问他反坐。”县官说：“他的呈子再没个不虚的。但师呈弟子，把师来问了招回，却又分义上不便，老大人只是不准他罢了。”宗师说：“见教的有礼，科考时开了他行劣，留这败群做甚！”县官说：“近来也甚脱形，也不过是游魂了。”

县官辞了出去，又掩门待举人、教官的茶。宗师又问：“一个汪为露，是学里秀才么?”教官应说：“是。”宗师问：“他的行止何如?”教官说：“教官到任两年，只除了春秋两丁，他自己到学中强要胙肉。到学中一年两次，也只向书办门斗手中强要，也从不曾来见教官一面。只昨日点名发落的时候，方才认得是他。”宗师问道：“是那浓鬓长须的么?”教官说：“没有鬓发，也没有胡须，想是生杨梅疮脱落久了。”宗师问说：“这样人怎么不送他行劣?”教官说：“因他一向也还考起，所以也还怜他的才。”宗师说：“他昨日考在那里?”教官说：“昨日考在二等。”宗师说：“这样无赖的人，倒不可怜他的才。万一侥幸去了，贻害世道不小！这是杀两头蛇一般，出去叫他改过，还可姑容。”教官道：“这人想是顽冥不灵，也不晓得宗师的美意。”教官辞出，宗师掩了门。

次日，起马的时节，把他那呈子上面批道：

须鬓生疮脱落，本道发落时，面记甚真。刁辞诳语，姑免

究。不准。

将这张呈子贴在察院前照壁墙上。他因宗师许他准呈批县，外面对了人造作出宗师的许多说话，学宗师说道："世间怎有这等忘恩背本的畜物！才方进学，就忘了这等的恩师！我与你批到县去。他若从厚谢你，也还可恕。他若谢礼不成模样，黜退他的秀才，把他父亲以殴辱斯文问罪！"对了人佯佯得意，也不管递呈的时候，相于廷、薛如卞、薛如兼都在旁边听见，宗师何尝有此等的胡言？后边待县官、教官的茶，却是沈木匠的儿子沈献古当行司门子，正在那里端茶，宗师与县官、教官与他的这许多奖励，句句听得甚真。他却不捏鼻子，信口胡言。若是果然准到县里，官司赢与不赢，也还好看；这对人对众把一张刁呈贴示照壁，岂不羞死人？又羞又恼，垂了头，骑了一个骡子，心里碌碌动算计："私下打又不可，当官呈又不行，五两银，两匹纱罗，扯脱了不可复得，怎生是处？"愈思愈恼，只觉得喉咙里面就如被那草叶来往擦得涩疼。待了一会，咳嗽了几声，砉的吐了几碗鲜血，从骡子上一个头晕，倒栽葱跌在地上，昏迷不省人事。牵骡子的小厮守在旁边瞪眼。亏了撞见便人家去，传信到家，他的儿子正拿了几百钱在庙门口与人赌博，听得老子吐了鲜血，昏在路上，他那里放在心上。毕竟倒是他的老婆拿出几百钱来，央了个邻舍，教他迎到那里，雇人用板门抬他回来。及至回家，那贼模样越发不似个人，通似个鬼，只说，他若死了，别要饶了狄宗禹合程英才两个，叫儿子务必告状。那小献宝背后嗰哝，说道："那狄宗禹合程英才怎么的你来？叫我告状！你是个秀才，告谎状还可。我这光棍告了谎状，叫官再打第二顿，打不出屎来哩！人家好好的尺头鞋袜，金扇手巾，五两银子，两三抬食盒，爷儿两个自己送上门来，就是见在跟你读书，也不过如此。把他一顿光棍奴才，骂得他狗血喷了头的一般，如今可后悔！”

却说汪为露病倒在床。一来他也舍不的钱去取药吃。二则他那小献宝赌钱要紧，也没有工夫与他去取药。那虚病的人渐渐的成了金枪不倒，整夜不肯暂停，越发一日重如一日。后来日里都少不得妇人。那十六岁的少妇，难道就不顾些体面，怎依得他这胡做？胀痛得牛也般的叫唤，只得三钱一日，雇那唱插秧歌的老婆坐在上面。据那老婆说道：“起初倒也觉美，渐渐就不甚美，以至于不知美的田地，再后便内中像火烧的一般焦痛。”待了一日，第二日便再也不肯复来。只得雇了三个老婆，轮班上去，昼夜不辍。那小献宝又舍不得一日使九钱银，三个人一日吃九顿饭，还要作梗吃肉，终日嚷闹，要打发那老婆出去，说他这后娘闲着屄做甚，不肯救他父亲，却使银子雇用别人，又说他父亲病到这等模样还一日三四个的老婆日夜嫖耍。这话都也嚷得汪为露句句听得，气的要死不活。

叵耐[①]这汪为露病到这样地位，时时刻刻，不肯放松狄宾梁、程乐宇两人，每到晚上，便逼住小献宝，叫他拿了麻绳裹脚，到狄家门口上吊，图赖他的人命。小献宝说：“我这样一个精壮小伙子，过好日子正长着哩，为甚么便轻易就吊死了？”汪为露在床上发躁，道：“傻砍头的！谁教你真个吊死不成！这是唬虎他的意思，好叫他害怕，送了那礼来与咱。我已是病的待死，这银子要了来，没的我拿了去哩？也脱不了是你使。”小献宝说：“人有了命才好使银子。万一没人来救，一条绳挂拉杀了，连老本拘去了，还得使银子哩！”汪为露说：“你既不肯去，你去雇个人来把我抬到他家，教他发送我，死活由我去！”小献宝说：“你要去

① 叵耐——不可耐，可恨。

自去，我是不敢抬你去的。你没见县里贴的告示？抬尸上门图赖人者，先将尸亲重责四十板才问哩！我没要紧寻这顿板子在屁股上做甚么！”

汪为露上边合小献宝斗嘴，下边那阳物胀得火热，如棒捶一般。唱插秧歌的妇人又都被小献宝嚷骂得去了，只得叫小献宝出去强那媳妇魏氏上坐。那魏氏见了这等一个薛敖曹①的形状，那里还敢招架？你就强死，他也不肯应承。汪为露胀疼得杀猪般叫唤，魏氏只得叫他兄弟魏运各处去寻那三个妇人，找寻了半日，方才寻见。起初哄他，只说是唤他来唱，他不认得魏运，跟了便走。直来到汪家门首，晓得又是干这个营生，转身就跑。魏运赶上拉住了他再三央恳，那三个老婆是尝过恶味的，怎还肯来？魏运说道：“我与你三个一钱银子折饭，你与我另外举荐一人，何如？”那老婆们说道：“这还使得。只是有年纪些的也罢。”魏运道：“只是个妇人罢了，还论甚么老少？”那三个人中有一个年少的说道：“我们寻李五去。但只他一个。你要包他三个的钱，每日与他九钱银子，三顿与他肉吃。”这魏运只要替下他的姐姐，那论多少，满口就许。三个同了魏运走到一个酒馆，正在那里扭着屁股，打着锣，唱得发兴。三个等他唱完，要了钱，方合他在一僻静所在，讲这个事情。花言巧语，把个李五说得慨然应允，方来见了魏运。年纪约有五十八九，倒也还白胖的老婆。又与魏运当面讲过了银数，领到汪家。

汪为露正在那里要死不活的时候，巴不得有个人到，就是他的救命星君。打发了魏运出去，叫那李五赴席。那李五看了这样齐整盛馔，就要变色而作，但又贪图他的重资，舍不得走脱，只

---

① 薛敖曹——《如意君传》中武则天的男宠，阳物巨大。

得勉强承纳。过了半日，怎生受得？起来就要辞去。又强留他一会，留他不住，去了。

正在苦恼，听得一个摇响环的郎中走过，魏氏叫他兄弟魏运将那郎中唤住，合他讲这个缘故。郎中说："这除了妇人再没有别的方法。没奈何，寻那样失了时的老娼，或是那没廉耻的媒婆，淫滥的姑子，或是唱插秧歌的妇人，多与他些银子。命是救不得的，且只救目下苦楚而已。"魏运道："这虽不曾叫那老妓、尼姑，这唱插秧歌的已换过四个，每人每日也与了他三钱银子，还管他三顿酒饭。他待不多一会，便就不肯在上面了。"那郎中道："你送我二两银子，我传你一方，救他一时的苦楚。"

魏运问他姐姐要了二两银子，央他传方，他说："这药你也没处去寻，幸喜我还带得有在这里。"他东挝西撮，放在一个小药碾内，碾得为末，使纸包了。叫他用水五碗，熬三滚，晾温，将阳物泡在里面；如水冷了，再换温水。每药一帖，可用一日。魏氏依方煎水，两头使铺盖垫起，居中放了水盆，扶他扑翻睡了，将阳物泡在水内，虽也比不得妇人，痛楚也还好禁受。他最苦的是每次小便，那马口里面就如上刀山一般的割痛，那郎中叫他就在那汤药里边小解，果然就不甚疼。不受了妇人的摹勒，又不苦于溺尿。魏氏倒也感激，管待了他的酒饭，与了他那二两银子，他也还留下了两剂药。魏运还要问他多求，他说："我迟两日再来便是，这药不是多有的。"

但阳物虽是略可，只是一个病重将危的人，怎能终日终夜合转睡得？翻身转动，小献宝是影也不见。只有一个魏氏，年纪又不甚老成，也怪不得他那怨怅。他做闺女时节，闻说愿那病人速死，拿一把笊篱放在锅下烧了便就快当。那魏氏悄悄的寻了一把笊篱，去了柄，做饭的时节，暗放火里烧去，谁知这魇镇不甚有效。汪为露只是活受罪，不见爽利就死。奄奄待尽的时候，魏氏要与小献宝商量与他预备衣衾棺椁。小献宝因输了钱，正极得似贼一般。着人各处寻了他来，与他计议此事。他正发极的时候，乍听了这话，便发起躁来，说道："一个人谁没有些病，那里病病便就会死！大惊小怪的寻了人来，唬人这样一跳！"随又转念道："我正赌输了，没有本钱，且只说与他置办后事，借这个银子做做本钱，赢撰些回来，岂不是两美？"转口说道："你虑得也是。论这虎势①，也像似快了，只是我下意不得指望他死。"魏氏道："你看谁这里指望着他死哩？只怕与他冲冲喜倒好了也不可知的。如今且先买几匹细布与他做寿衣要紧，再先买下木头，其外便临期也还不迟。不知大约得多少银子？"小献宝说："那布是有模子的营生，只是那板有甚么定价？大人家几千几百也是他。你摸量着买甚样的就是。"魏氏说："我手中无银，刚刚收着一封银子，也不知多少，咱还问他一声，拿出来用罢。"小献宝说："人也病得这般沉重，还要问他做甚？若是死了，这是不消问了。若是好了时节，布是家中用得着的。木头买下，只有撰钱，没有折本，卖出来还他。"

魏氏走进房去，取出那封银来拆开，只二十二两银子。小献宝道："这当得什么？他为人挣家一场，难道不用四五十金买付板与他妆裹？这去了买布，只好买个柳木薄皮的材。"魏氏说："他有银没银，并不在我手里，单单只交了这封银子与我。我连封也不敢动他，连数也不知是多少。"小献宝道："且不要说别的起，那半月前李指挥还得七十两哩！这是我晓得的。那里去了？"魏氏道："我连影也不曾看见，那晓得甚么七十两八十两？等他

① 虎势——情景，情况。

略略醒转，咱再当面问他。”小献宝说：“你且把这二十两银子拿来先买布，好做衣裳，剩下的寻着木头定下，临时再找与他。”魏氏说：“这也是。我叫魏运合你做去，只怕你一个人乱哄不过来。”小献宝把那银子沈沈的放在魏氏面前，说道：“叫俺舅自己买罢。我这不长进的杭子，只怕拐了银子走了。”

魏氏见他不是好话，随即改口，说道：“我没的是怕你拐了银子不成？只说你自家一个人，顾了这头顾不的那头，好叫他替手垫脚的与你做个走卒。敢说是监你不成？你要拐银子走，就是十个魏运也不敢拦你。这病鬼一口气不来，甚么待不由你哩，希罕这点子就不托你么？连我这身子都要托付给你哩！”一顿抚恤，把个小献宝转怒为喜，拿着银子去了。

魏氏在家等他买了布来，还要趁好日子与他下剪。一日，二日，那有踪影。前日提了一声魏运，惹了个大没意思，这还敢叫魏运寻他？只得呆着脸呆等。阎王又甚不留情，一替一替的差了牛头马面，急脚无常①拿着花栏印的柬帖，请他到阴司里去，央他做《白玉楼记》。他也等不得与小献宝作别，洒手佯长去了。魏氏只是极的待死，那里抓将小献宝来？寻到傍晚，并没有小献宝踪迹。魏才只得赊了几匹布，叫了裁缝与他赶做衣裳，各处去寻了一副枣木板，雇人抬了来家，叫了木匠合做。

这汪为露一生作恶，更在财上欺心，也无非只为与小献宝作牛作马。谁知那牛马的主人忍心害理到这个地位！正是：

恶人魔世虽堪恶，逆子乖伦亦可伤！

只怕后回还有话说。

---

① 急脚无常——勾命鬼行鬼差。

第 四 十 回

义方母督临爱子　募铜尼备说前因

情种欢逢，娇娃偶合，岂关人力安排？前缘宿定，赤绠①系将来。不信三生石上，相逢处喜笑盈腮，那有今生乍会，金屋等闲开？　　第佳期有限，好事靡常，后约难猜。幸慈帏意转，怜爱金钗。谁料沙家吒利，闯门关硬夺章台。空归去雕鞍萧索，那不九肠回？

右调《满庭芳》

大略人家子弟在那十五六岁之时，正是那可善可恶之际。父亲固是要严，若是那母亲阘茸，再兼溺爱，那儿子百般的作怪，与他遮掩得铁桶一般，父亲虽严何用？反不如得一个有正经的母亲，儿子倒实有益处。狄希陈那日在孙兰姬家被狄周催促了回来，起初家中贺客匆忙，后来又拜客不暇，这忙中的日月还好过得。后来诸事俱完，程先生又从头拘禁，这心猿放了一向，卒急怎易收得回来？况且情欲已开，怎生抑遏得住？心心念念只指望要到济南府去，只苦没个因由。

一日，恰好有个府学的门斗拿了教官的红票下到明水，因本府太守升了河南兵道，要合学做帐词举贺，旧秀才每人五分，新秀才每人分资一钱。狄希陈名字正在票上。门斗走到他家，管待了他酒饭，留他住了一晚。次日吃了早饭，与了他一钱分资，又

① 绠（gěng）——绳子。

分与他四十文驴钱。狄希陈指了这个为由，时刻在薛如卞、相于廷两个面前唆拨，他道："我们三人都是蒙他取在五名之内，他是我们的知己老师。他如今荣升，我们俱应专去拜贺才是。怎么你们都也再没有人说起？若你两人不去，我是自己去，不等你了。"相于廷、薛如卞都回去与父亲说知。相栋宇说："你只看他众人，若是该去，你也收拾了同行。"薛教授说："这极该去的。你狄姐夫他是府学，还出过了分资，帐词上也还列有名字。你们连个名字也没得列在上面，怎好不自去一贺？向来凡事都是狄亲家那边照管，把这件事我们做罢。或是裱个手卷，或是册叶，分外再得几样套礼。你三个大些的去，薛如兼不去也罢。你再合狄大叔商议如何。"薛如卞合狄希陈说了。

狄希陈回去与他父亲说知，说道："礼物都是薛大爷家置办。"狄员外道："既是你丈人说该做的，你就收拾。等住会，我还见见你丈人去。"

薛教授自己到了城里，使了五钱银裱了一个齐整手卷，又用了三钱银央了时山人画了"文经武纬图"。央连春元做了一首引，前边题了"文经武纬"四个字。又代薛如卞、薛如兼、狄希陈、相于廷做了四首诗。连城璧做了后跋。备了八大十二小的套礼，择了日子，跟了狄周、薛三省、尤厨子。正待起身，小冬哥家里叫唤，说道："俺就不是个人么？只不叫俺去。他三个是秀才，俺没的是白丁么？脱不了都是门生，偏只拔砍①俺。我不依，我只是待去。"薛教授正在狄家打发他们起身，薛三槐来学了这话。狄员外笑道："别要嗔他，他说的委实有理。咱家里有头口，我叫他再备上一个，你叫他都走走去。"薛教授也笑说："这小厮没

① 拔砍——丢下。

家教，只是惯了他。”叫薛三槐说：“也罢。你叫他流水来，替他拿着大衣服去。”

待不多会，只见小冬哥一跳八丈的跑了来。狄员外让他吃饭。他也没吃。大家都骑上头口往府进发，仍到原先下处住下。狄希陈没等卸完行李，一溜烟，没了踪影。尤厨子做完饭，那里有处寻他。狄周口里不肯说出，心里明白，晓得他往孙兰姬家去了。直到后晌，挨了城门进来，支调了几句，也没吃饭，睡了。

次早起来，收拾了礼，早吃了饭，拿着手本公服，四个都到了府里，与了听事吏二钱银子。府尊坐过堂，完了堂事，听事吏过去禀了，四个小秀才齐齐过去参见，禀贺禀拜，又递了礼单。府尊甚是喜欢，立着待了一钟茶，分付教他们照常从师读书，不可放荡，还说了好些教诲的言语，叫他们即日辞了回去。点收了一个手卷，回送了二两书资。

依了薛、相两人主意，除了这一日，第二日再住一日，第三日绝早起身。因天色渐短，要赶一日到家。狄希陈起初口里也只管答应，到了临期，说他还要住得几日，叫他三个先回，他落后自去。见大家强他回去，他爽利躲过一边。那三个寻他不见，只得止带了薛三省一人回家，留下尤厨子、狄周在府。他放心大度一连在孙兰姬家住了两日，狄周寻向那里催他起身，他那里肯走。

一日清早，东门里当铺秦家接孙兰姬去游湖，狄希陈就约了孙兰姬叫他晚夕下船的时节就到他下处甚便。叫狄周买了东西，叫尤厨子做了肴馔，等候孙兰姬来。

到了日晚，当铺极要孙兰姬过宿。孙兰姬说：“有个远客特来探望，今日初来，不好孤了他的意思。我们同在一城，相处的日子甚久。你今日且让了生客罢。他的下处就在这鹊华桥上，你着人送我到那边去。”客伙中有作好作歹的怂恿着放孙兰姬来了。二人乍到了那下处，幽静所在，如鱼得水，你恩我爱，乐不可言。

狄周见事体不像①，只得悄悄背了他，走到东关雇骡市上，寻见往家去的熟人，烦他捎信到家，说他小官人相处了一个唱的孙兰姬，起先偷往他家里去，如今接来下处，屡次催他不肯起身，千万捎个信与大官人知道。那个人果然与他捎信回去，见了狄员外，把狄周所托的言语不敢增减，一一上闻。狄员外倒也一些不恼，只说了一句道：“小厮这等作业，你可晓得什么是嫖？成精作怪！”谢了那传信的，回去对他的浑家说知其事。他浑家说道：“多大的羔子？就这等可恶！从那一遭去考，我就疑他不停当。你只说他老实，白当叫他做出来才罢。万一长出一身疮来，这辈子还成个人哩！”狄员外说：“明日起个早，待我自家叫他去。别人去，他也不来。”他母亲说：“你去倒没的替他长志哩！你敢把他当着那老婆着实挺给他一顿，把那老婆也给他的个无体面，叫他再没脸儿去才好。你见了他还放的出个屁来哩！再见了那老婆越发瘫化了似的，还待动弹么？”狄员外说：“你既说我去不的，你可叫谁去？”他母亲说：“待我明日起个五更，自家征他去。我捞着他不打一个够也不算！把那老婆，我也挦他半边毛！”狄员外道：“这不是悖晦？你儿不动弹，那老婆就知道明水有个狄大官待嫖哩？我寻上门去，再不怨自家的人，只是怨别人？”他母亲说：“你与我夹着那张屄嘴！你要严着些，那孩子敢么？你当世人似的待他，你不知安着什么低心哩！”叫狄周媳妇子拾掇：“跟我明日五更上府里。”叫李九强拣两个快头口好生喂

① 不像——不成体统。

着。又叫煮着块腊肉，烙着几个油饼，拿着路上吃。睡了半夜，到四更就起来梳洗，吃了饭。

狄员外惟恐他娘子到了府里，没轻没重的打他，又怕他打那老婆打出事来，絮絮叨叨的只管嘱付，只叫他："唬虎着他来罢，休要当真的打他，别要后悔。"说过又说，嘱付个不了。他娘说："你休只管狂气，我待打杀那后娘孩子，我自家另生哩？厌气杀人！没的人是傻子么？"狄员外道："我只怕你尊性发了合顾大嫂似的，谁敢上前哩？"说着，打发婆子上了骡子，给他挡上衣裳，跐上了镫。又嘱付李九强好生牵着头口。狄员外说："我赶明日后晌等你。"他婆儿道："你后日等我！我初到府里，我还要上上北极庙合岳庙哩。"狄员外心里想道："也罢，也罢。宁可叫他上上庙去，既是自己上庙，也不好十分的打孩子了。"

不说狄员外娘子在路上行走。却说孙兰姬从那日游了湖，一连三日都在狄希陈下处，两个厮守着顽耍。当铺里每日往他家去接，只说还在城里未回。那日吃了午饭，狄希陈把那右眼拍了两下，说道："这只怪屄眼，从头里只管跳！是那个天杀的左道我哩！我想再没别人，就是狄周那砍头的！"正说着，只见孙兰姬一连打了几个涕喷，说道："呃，这意思有些话说。你的眼跳，我又打涕喷，这是待怎么？我先合你讲开，要是管家来冲撞你，可不许你合他一般见识。你要合他一般见识，我去再也不来了。"

正说着话，只听得外边乱轰。狄希陈伸出头去看了一看，往里就跑，唬得脸黄菜叶子一般，只说："不好了！不好了！娘来了！"孙兰姬起初见他这个模样也唬了一跳。后边听说"娘来了"，他说："呸！我当怎么哩！却是娘来了。一个娘来倒不喜，倒害怕哩！"一边拉过裙子穿着，一边往外跑着迎接。老狄婆子看了他两眼，也还没有做声。孙兰姬替婆子解了眼罩，身上担了尘土，倒身磕了四个头。狄婆子看那孙兰姬的模样：

燄黑一头绿发，髻挽盘龙；雪白两颊红颜，腮凝粉蝶。十步外香气撩人，一室中清扬①夺目。即使市人习见，尚夸为阆苑飞琼。况当村媪初逢，岂不是瑶台美玉？雄心化为冰雪，可知我见犹怜。刚肠变作恩情，何怪小奴不尔？

狄婆子见了孙兰姬如此娇媚，又如此活动，把那一肚皮家里怀来的恶意，如滚汤浇雪一般。又见狄希陈唬得焦黄的脸，躲躲藏藏的不敢前来，心中把那恼怒都又变了可怜，说道："你既是这们害怕，谁强着叫你这们胡做来？你多大点羔子？掐了头没有疤的，知道做这个勾当！你来时合你怎样说来？你汪先生待出殡，你爹说不去与他烧纸，等你去与他上祭。你两个舅子合兄弟都去了，你敢自家在这里住着？"孙兰姬在旁嗤嗤的笑。狄婆子说："你别笑！我刚才不为你也是个孩子，我连你还打哩！"

正还没发落停当，只见走进一个六十多岁的尼姑，说道："我是泰安州后石坞奶奶庙的住持，要与奶奶另换金身，妆修圣像。随心布施，不拘多少，不论银钱。福是你的福，贫僧是挑脚汉。你修的比那辈子已是强了十倍，今辈子你为人又好，转辈子就转男身，长享富贵哩。阿弥陀佛，女菩萨，随心舍些，积那好儿好女的。"狄婆子道："我可是积那好儿好女的？女还不知怎模样，儿已是极好了，从一百里外跑到这里嫖老婆，累的娘母子自己千乡百里的来找他！"那姑子把狄希陈合孙兰姬上下看了两眼说道："他两个是前世少欠下的姻缘，这世里补还。还不够，他也不去。还够了，你扯着他也不住。但凡人世主偷情养汉，总然不是无因，都是前生注定。这二人来路都也不远，离这里不上三

---

① 清扬——形容长相美好。

百里路。这位小相公前世的母亲尚在，正享福哩。这位大姐前世家下没有人了。这小相公睡觉常好落枕，猛回头又好转了脖筋。”

说到这两件处，一点不差，狄婆子便也怪异，问道：“这落枕转脖子的筋，可是怎说？”姑子说：“也是为不老实，偷人家的老婆，吃了那本夫的亏了。”狄婆子问说：“怎么吃了亏？是被那汉子杀了？”

姑子点了点头。狄婆子指着孙兰姬道：“情管这就是那世里的老婆。”姑子说：“不相干。这个大姐，那辈子里也是个姐儿，同在船上，欢喜中订了盟，不曾完得，两个这辈子来还账哩。”狄婆子道：“他听见你这话，他往后还肯开交哩？”姑子道：“不相干，不相干。只有二日的缘法就尽了，三年后还得见一面，话也不得说一句了。”

孙兰姬说：“我那辈子是多大年纪？是怎么死来？”姑子说：“你那辈子活的也不多，只刚刚的二十一岁，跟了人往泰山烧香，路上被冰雹打了一顿，得病身亡。如今但遇着下雹子，你浑身东一块疼，西一块疼，拿手去摸，又像不疼的一般，离了手又似疼的。”孙兰姬道：“你说得是是的，一点不差。那一年夏里下雹子，可不就是这们疼？”

狄婆子指着孙兰姬道：“我看这孩子有些造化似的，不像个门里人①，我替俺这个种子娶了他罢。”姑子说：“成不上来。小相公自有他的冤家，这位大姐自有他的夫主，待二日各人开交。”狄婆子道：“你说别人是是的，你说说我是怎么？”姑子说：“你这位女菩萨，你的偏性儿我倒难说。大凡女人只是偏向人家的大妇，不向人家的小妻。你却是倒将过来的。”狄婆子笑道：“可是

① 门里人——指妓女。

我实是不平，人家那大婆子作贱小老婆，那没的小婆子不是十个月生的么？”姑子说：“女菩萨，你还有一件站不得的病。略站一会，这腿就要肿了哩。”狄婆子道：“这是怎么说？就没本事站？”姑子说：“这敢是你那一辈子与人家做妾，整夜的伺候那大老婆，站伤了。因你这般折堕，你从无暴怨之言，你那前世的嫡妻托生，见与你做了女儿，你后来大得他的孝顺哩。你今生享这等富足，又因前生从不抵生盗熟，抛米撒面。你今世为人又好，转世更往好处去了。”

狄婆子问道：“你再说说俺这个种子后来成个什么东西？”姑子说：“那一年发水，已是有人合你说了。”狄婆子又道：“这眼底下要与他娶媳妇哩。这媳妇后来也孝顺么？”姑子说：“别要指望得太过了。你这望得太过，你看得就不如你的意了。你淡淡的指望，只是个媳妇罢了。这位小相公，他天不怕，地不怕，他也单单的只怕了他的媳妇。饶他这样害怕，还不得安稳哩。同岁的，也是十六岁了。”狄婆子说：“这话我又信不及了。好不一个安静的女儿哩！知道有句狂言语么。”指着孙兰姬道：“模样生的也合这孩子争不多①。”姑子说：“你忙他怎么？进你门来，他自然就不安静，就有了狂言语。”

狄周媳妇问道：“我那辈子是个什么托生的？”姑子笑说：“你拿耳朵来，我与你说。”狄周媳妇果然歪倒头去听。他在耳边悄悄的说了一句，狄周媳妇扯脖子带耳根的通红跑的去了。

看看天色将晚，狄婆子说：“你在那里住？”姑子说：“我住的不远，就在这后宰门上娘娘庙里歇脚。”狄婆子道：“既在城里不远，你再说会子话去。”问说：“做中了饭没？做中了拿来吃。”

① 争不多——差不多；不相上下。

狄周媳妇拿了四碟小菜、一碗腊肉、一碗煎鸡子赶的油饼、白大米连汤饭，两双乌木箸，摆在桌上。狄婆子说：“你叫我合谁吃?”狄周媳妇说：“合陈哥吃罢。——这位师傅合这位大姐一堆儿吃罢?”狄婆子说：“你是有菜么?爽利再添两碗来，再添两双箸来，一处吃罢。”狄周媳妇又忙添了两双箸、两碗饭、一碟子饼，安下坐儿。

狄希陈站在门边，仔么是肯动。狄周媳妇说：“等着你吃饭哩，去吃罢!”他把那脚在地上跺了两跺又不动。又催了他声，他方咽哝着说道：“我不合那姑子一桌子上吃。”狄周媳妇笑着合狄婆子插插①了声。狄婆子说道：“把这饭分开，另添菜，拿到里间里叫他两个吃去，我合师傅在这里吃。”

孙兰姬也巴不得这声往屋里去了，把个指头放到牙上咬着，摇了摇头，说道：“唬杀我了！这吃了饭不关城门了，怎么出城哩?吃过饭天就着实的黑了!”狄婆子道：“师傅，你庙里没有事，在这里睡罢。脱不了我也是才来。”又向孙兰姬说道：“脱不了这师傅说你两个只有二日的缘法了。你爽利完成了这缘法罢，省得转辈子又要找零。两个还往里间里睡去，俺三个在这外间里睡。”狄周媳妇说道：“东房里极干净，糊得雪洞似的，见成的床，见成的炕，十个也睡开了。”狄婆子说：“这就极好，我只道没有房了。那屋里点灯，咱收拾睡觉。”孙兰姬也跟往那屋里去了，在狄婆子旁里站着，见狄婆子脱衣裳，流水就接，合狄周媳妇就替狄婆子收拾铺。奶奶长，奶奶短，倒像是整日守着的也没有这样熟滑，就是自己的儿媳妇也没有这样亲热。狄希陈也到屋里突突摸摸②的在他娘跟前转转。

---

① 插插——即喳喳，轻声嘀咕。

② 突突摸摸——跑前跑后。

狄希陈看着孙兰姬，那眼睛也不转，拨不出来的一般。姑子说道："这个缘法好容易！你要是投不着，说那夫妻生气。若是有那应该的缘法，凭你隔着多远，绳子扯的一般，你待挣的开哩！"狄婆子问孙兰姬道："你两个起为头是怎么就认的了？"孙兰姬说："俺在趵突泉西那花园子里住着。那园子倒了围墙，我正在那亭子上栏杆里头。他没看见我，扯下裤子望着我就溺尿。我叫说：'娘，你看不知谁家的个学生望着我溺尿！'俺娘从里头出来说：'好读书的小相公！人家放着这们大的闺女，照着他扯出赍子来溺尿！'他那尿也没溺了，夹着半泡，提裤子就跑。俺那里正说着，算他一伙子带他四个学生都来到俺那门上，又不敢进去，你推我，我推你，只是巴着头往里瞧。叫俺娘说：'照着闺女溺尿罢了，还敢又来看俺闺女哩！'叫我走到门前把他一把扯着，说：'你照着我溺尿，我没赶着你，你又来看我。'叫我往里拉，他往外挣，唬的那一位小相公怪吆喝的，叫那管家们上前来夺。管家说：'他合狄大哥顽哩，进去歇歇凉走。'俺顿的茶，切的瓜，这三位大相公认生不吃，那一位光头小相公老辣，吃了两块。"狄婆子说："那小相公就是他的妹夫。那两个大的：一个是他小舅子，一个是他姑表兄弟。一定那三个起身，他就住下了。"孙兰姬说："这遭他倒没住下哩。他过了两日，不知怎么，一日大清早，我正勒着带子梳头，叫丫头子出去买菜，回来说："那日溺尿的那位相公在咱门间过去过来的只管走。叫我挽着头发出去，可不是他？我叫过他来，我说：'看着你这腔儿疼不杀人么！'叫我扯着往家来了，从就这一日走开，除的家白日里去顽会子就来了，那里黑夜住下来？有数的只这才住了够六七夜。"狄婆子说："天够老咱晚的了，睡去罢！我也待睡哩。"

狄婆子在上面床上，姑子合狄周媳妇在窗下炕上。收拾着待睡，狄婆子说："可也怪不的这种子，这们个美女似的，连我见了也爱。我当是个有年纪的老婆来，也是一般大的孩子。我路上算计，进的门，先把这种子打给一顿，再把老婆也打顿给他。见了他，不知那生的气都往那里去了！"姑子说："这不是缘法么？若是你老人家生了气，一顿打骂起来，这两日的缘法不又断了？合该有这两日的缘法，神差鬼使的叫你老人家不生气哩。"

狄婆子问："你才说他媳妇不大调贴，是怎么？"姑子说："这机也别要泄他，到其间就罢了。他前辈子已是吃了他的亏来，今辈子又来寻着了。"狄婆子说："这亲也还退的么？"姑子说："好女菩萨！说是甚么话？这是劫数造就的，阎王差遣了来脱生的，怎么躲的过？"狄婆子道："害不了他的命，只是怕他罢了。"姑子说："命是不伤，只是叫怕的利害些。"狄婆子说："既不害命，凭他罢。好便好，不么，叫他另娶个妾过日子。"姑子说："他也有妾，妾也生了，远着哩。这妾也就合他这娘子差不多是一对，够他招架的哩。"狄婆子说："这可怎么受哩？"姑子说："这妾的气，女菩萨你受不着他的，受大媳妇几年气罢了"。狄婆子又问说："你刚才合媳妇子插插甚么？叫他扯脖子带脸的通红。"姑子道："我没说他甚么。只合他顽了顽。"待了一会，狄周媳妇出去小解。姑子悄悄地对狄婆子道："这位嫂子是个羊脱生的，腚尾巴骨稍上还有一根羊尾子哩。他敢是背人，不叫人知的。"

狄婆子问说："我那辈子是怎么死来？"姑子说："是折堕的，小产了死的。"狄婆子道："你说我今年多大年纪？我的生日是几时？"姑子说："你今年五十七岁。小员外三岁哩。四月二十辰时是你生日。"狄婆子说："可不是怎么！你怎么就都晓得？"又问他来了几时。他说："不时常来，这一番来够一月了。因后石坞娘娘圣像原是泥胎，今要布施银钱，叫人往杭州府请白檀像，得三百多金，如今也差不多了。如多化的出来，这两位站的女官都请成一样。如化不出来，且只请娘娘圣像。”狄婆子说：“我没拿甚么银子来，你到我家去走走，住会子去，我叫人拿头口来接你。”姑子说：“若来接我，爽利到十月罢。杨奶奶到那咱许着我给布施，替我做冬衣哩。”狄婆子问那杨奶奶。姑子说：“咱明水街上杨尚书府里。”

狄婆子说：“这就越发便了。你看我空合你说了这半宿话，也没问声你姓什么。”姑子说：“我姓李，名字是白云。”狄婆子道：“咱睡罢，明日早起来吃了饭，李师傅跟着我上庙去。”姑子说：“上那个庙?”狄婆子说：“咱先上北极庙，回来上岳庙。”姑子说：“咱赶早骑着头口上了岳庙回来，咱可到学道门口上了船，坐到北极庙上，再到水面亭上看看湖里，游遭子可回来。”狄婆子说：“这也好，就是这们样。”

各人睡了一宿，清晨起来，孙兰姬要辞了家去。狄婆子说：“你头信再住一日，等我明日起身送你家去罢。”狄希陈听见这话，就是起先报他进学，也没这样欢喜。狄婆子叫李九强备三个头口，要往岳庙去。狄希陈主意待叫他娘：“今日先到北极庙上，明日再到岳庙山下院，上千佛山，再到大佛头看看，后日咱可起身。”狄婆子说：“我来时合你爹约下明日赶后晌押解着你到家。明日不到，你爹不放心，只说我这里把你打不中了。”姑子说：“小相公说的也是。既来到府里，这千佛山、大佛头也是个胜景，看看也好。”狄婆子叫狄周：“你就找个便人捎个信回去，省得家里记挂；没有便人，你就只得自己跑一遭，再捎二两银子我使。”狄周备了个走骡，骑得去了。恰好到了东关撞见往家去的人，捎了信回家，狄周依旧回来了。

狄希陈待要合孙兰姬也跟往北极庙去。狄婆子说："你两个在下处看家罢。我合李师傅、狄周媳妇俺三个去。叫李九强岸上看头口，狄周跟在船上。"狄希陈不依，缠着待去。狄周媳妇又撺掇。狄婆子说："您都混账！叫人看看敢说这是谁家没家教的种子，带着姐儿游船罢了，连老鸨子合烧火的丫头都带出来了！叫他两个看家，苦着他甚么来?"没听他往北极庙去。狄婆子在船上说："这们没主意就听他，他是待教我还住一日，他好合孙兰姬再多混遭子。"姑子说："只好今日一日的缘法了。你看明日成的成不的就是了！"众人也还不信他的话。晌午以后，上了北极庙回来，留下李姑子又过了一宿。

次日，吃了早饭，正待收拾上岳庙到山上去，却好孙兰姬的母亲寻到下处，知道是狄老婆子，跪下，磕了两个头。狄婆子说："我是来找儿，你来找闺女哩。这们两个孩子，不知好歹哩。"鸨子说："当铺里今日有酒席，定下这几日了，叫他去陪陪，赶后晌用他，再叫他来不迟。"催着孙兰姬收拾去了。

狄婆子上山回来，看着狄希陈，没投仰仗的，说："这可不干我事，我可没撵他呀！"封了三两银子、一匹锦绸，叫狄周送到他家说："要后晌回来，头信叫他来再过这一宿也罢。"姑子没做声，掐指寻文的算了一会，点了点头。

谁知那当铺里出了一百两银子，取他做两头大①，连鸨子也收在家中养活。狄周送银去的时候，孙兰姬正换了红衫上轿，门口鼓乐齐鸣，看见狄周走到，眼里吊下泪来，从头上拔下一枝金耳挖来，叫捎与狄希陈，说："合前日那枝原是一对，不要撩了，

① 两头大——指妻妾不分高低，一样对待。

留为思念。”狄周回去说了，大家敬那姑子就是活佛一般。公道说来，这时节的光景叫狄希陈也实是难过。他还有些不信，自己走到他家，方知是实。过了一晚，跟了母亲回去。姑子也暂且回家，约在十月初四日差人来接他。这真真的是：

有缘千里能相会，无缘对面不相逢。

第四十一回

陈哥思妓哭亡师　魏氏出丧做新妇

叫皇天，怨皇天，已知不是好姻缘，今方罢却缠。脱花钿，戴花钿，活人那得伴长眠，琵琶过别船。

右调《长相思》

狄婆子带着狄希陈一行人众从济南府鹊华桥下处起身，路上闲话。狄周说起孙兰姬，道："昨日我若去得再迟一步，已就不看见他了。他已是穿了衣裳，正待出来上轿哩。我迎到他亭子根前，他见我去就站住了，眼里吊泪，头上拔下这枝金簪子递给我，叫我与陈哥好生收着做思念，说合前日那一枝是一对儿。"狄婆子说狄希陈道："你这个扯谎的小厮！前日那枝金耳挖子，我问你，你对着我说是二两银子换的，这今日不对出谎来了？"狄希陈说："谁扯谎来呀？我给了他二两银子，他给了我一枝耳挖，不是二两银子换的可是甚么？"狄婆子说："你别调嘴！这府里可也没你那前世的娘子！我可也再不叫你往府里来了。我这一到家，我就叫人炸果子给你下礼，替你娶了媳妇子。你这杭杭子要不着个老婆管着，你就上天！"狄周媳妇说："这陈哥，怕不的大嫂也管不下他来哩。这得一位利害嫂子，像娘管爹似的，才管出个好人来哩。"狄希陈说："他管不下我来，你替他管我罢么？"狄婆子说："我管你爹甚么来？好叫你做证见？"狄周媳妇说："怎么没管？只是娘管的有正经。夜来北极庙上那个穿茄花色的婆娘，情管也是个会管教汉子的魔王。"狄婆子问："你怎么知道?”狄周媳妇说：“娘就没看见么？他在礓䃰子[①]上，朝东站着，那下边请纸马的情管是他汉子，穿着穣青布衫，罗帽子，草镶鞋。那卖纸马的只顾挑钱。那老婆没吆喝道：‘你换几个好的给他罢。你看不见我这晒着哩么?’他流水给了那卖纸马的好钱，滴溜着纸马往这里飞跑。着了忙的人，没看见脚底下一块石头，绊了个翻张跟斗，把只草镶鞋摔在阳沟里。那老婆瞪着眼，骂说：‘你没带着眼么？不看着走！这鞋可怎么穿哩？恨杀我！恨杀我！’这在家里可这们一个大身量的汉子，叫他唬的只筛糠抖战。”狄婆子说：“我见来。那汉子情管是他儿。”狄周媳妇说：“这娘就没看真。那婆娘有二十二三罢了，那汉子浑身也有二十七八。要不就是后娘。要是亲娘，可也舍不的这们降发那儿，那儿可也不依那亲娘这们降发。就是前窝里这们大儿也不依那后娘这们降发。情管只是汉子!”狄婆子说：“那汉子我没看真，情管是个脓包！好汉子也依老婆降发么?”狄周媳妇说：“倒不脓包哩。迭暴着两个眼，黑杀神似的，好不凶恶哩！正那里使低钱，惴那卖纸马的为看人，听见了媳妇子吆喝了两声，通像老鼠见了猫的一般，不由的就滩化成一堆了。”

原来这走路的道理，若是自己一两个人，心里有不如意的事，家里有放不下的人，口里没有说的话，路费带的短少，天又待中[②]下雨，这本等是十里地，就顶二十里走。要是同走着好几个人，心里没事，家里妥贴，路费宽快，口里说着话，眼里看着景致，再走着那铺路，本等是十里，只当得五里地走。到龙山吃了饭，撒喂了头口，不到日落时分，到了明水。

---

① 礓䃰子——房屋或门楼前所筑台阶，其两侧多用条石砌成斜坡，称为礓䃰。

② 待中——马上，眼看着。

狄员外家里叫人做了饭预备着，从那日酉时便就在大门上走进走出，又叫两个觅汉迎将上去等，见婆子领了狄希陈来到门上，看见婆子没甚怒意，见儿子无甚愁容，方才放下了这条肚肠。

狄婆子洗了脸，换了衣裳，正待吃饭，只见薛教授婆子，因亲家婆自己去寻女婿，家中也不放心，打听亲家母寻了女婿回来，自己特来看望。留住小坐，把那溺尿相遇，那李姑子说的事情，并孙兰姬叫去嫁与当铺的前后，对着薛亲家婆告诉了一遍，大家又笑又喜。又说姑子有这等的先知。坐到掌灯以后，方送薛亲家母回家。狄员外催着狄希陈出去见他丈母，那里催得他动，只得叫人合他娘说，叫来唤他出去。娘说："你也叫他有脸来见丈母！委实的，我也替他害羞！"他丈母流水说道："罢，罢，休要催他！我也改日见姐夫罢。"送得他丈母去了，方才又从新大家吃了晚饭。

再说汪为露自从那日死后，各处去找寻小献宝，再没踪影。还亏了魏氏的父亲魏才赊了两匹白布与他做了衣裳，又讲就了二两八钱银子赊了一付枣木材板，就唤了三四个木匠合了材，单等小献宝回家入殓。直至次日晚上，他方才从城里赌输了回来。还有两个人押来取"稍①"，知他老子死了，方才暂去。

小献宝有叫无泪的假哭了两声，嗔说不买杉木合材，又嗔衣服妆裹得不好，又嗔不着人去寻他回家，一片声发作，只问说是谁的主意，口里胡言乱语的卷骂。唬得魏氏再也不敢出声，只在旁里啼哭。

恰好魏才来到，听见他里边嚷骂，站住了脚，句句闻在耳

① 稍——赌资。此指欠下的赌债。

内，一脚跨进门来，说道："我把这个忤逆禽兽！你老子病了这两三个月，你是通不到跟前问他一声。病重了，给了你二三十两银子叫你买布妆裹，买板预备。你布也不买，板也不买，连人也不见，弄得你老子死了，连件衣裳也没得穿在身上！偏偏的这两日又热，我与你赊了这付板来，寻的匠人做了，这那见得我与你主坏了事。你在背地里骂我，降的娘母子怪哭。如今又不曾妆在里面，你嫌不好，几百几千你另买好板就是。把这枣木材我与他银子，留着我用。"叫人要抬到他自己家去。这小献宝甚么是肯服善，一句句顶撞那个魏才。因彼此嚷闹，魏才又不与他这枣木材使，这晚竟又不曾入殓，胀得那死尸肚子就如死牛一般。霜降已过了十数多日，将近要立冬的时节，忽然狂风暴雨，大雷霹雳，把个汪为露的尸骸震得烂泥一样。

次日清早，魏才领了四五个人要抬那棺材去庙里寄放，亏不尽徒弟金亮公来奔丧，知道小献宝昨晚方回，汪为露的尸首半夜里被雷震碎，合成的棺材魏才又要抬去，魏才又告讼他这些嚷骂的话说。金亮公把小献宝着实数落了一顿，又再三向魏才面前委曲解劝，留下这口材，雇了几个土工把那震烂的尸首收拾在那材里，看了他钉括灰布停当，做了顶三幅布的孝帐挂在材头。依了金亮公主意，教他趁热赶一七出了丧，他又再三不肯，举了五日的幡。倒也还亏魏才家四五个亲戚与几个不记仇恨只为体面的学生，带来吊孝点缀，闭了丧，要收完了秋田出殡。

这小献宝从闭丧以后，日夜出去赌钱，输了就来拷逼这个后母。魏氏听了魏才教道，一分也不肯拿出与他，只说："我与他夫妻不久，他把我事事看做外人，银钱分文也不肯托付，单单的只交付了前日的那封银子，我看也不敢看他一眼，原封取与你了，以外还那里再有银子？"小献宝说："这几年，学生送的束脩，进了学送的谢礼，与人扛帮作证，受贿讲和，搀夺经纪，诈骗拿讹，匀扯来，那一日没有两数银子进门？这都不论。只是写了宗昭的假书得过那总数的银子，难道没有五六百金？一月前那李指挥还的本利七十两，孟长子还的那五十五两，褚南峰还的那四十两，这三宗银子都是经我眼的，这都那里去了？”魏氏道：“这三宗银子却是都经过你的眼，却是我的耳朵也不曾经过。他断气的时候，谁教你不在跟前。想是他把这银子不知寄在那里，望你不见，极得那眼像牛眼一般，只骂你杂种羔子没有造化，可惜把这银子不知迷失那里去了。你怨的我中甚么用？我如今同了你到我房中，我把随身的衣服与鞋鞋脚脚的收拾出来，另在一间房子住着，你把这原旧的卧房封锁住了。咱此时就把这件事来做完。”小献宝说：“你不知从几时就估倒干净，交给我这空房做甚么？”魏氏说：“我没的有耳报，是你肚子的蛔虫，就知道你要来逼拷我的银子，我就预先估倒了不成？我使的是我陪嫁的两个柜，你娘的两个柜我连看也没看，连钥匙我还没见哩，倒是咱如今同着你进去看看极好。”小献宝依允，就待进去，魏氏说：“这不好。你去请了金亮公来，咱屋里查点，叫他外头上单子，也是个明府。”

小献宝果就去请了金亮公来，合他说了所以，窗外与他设了一张桌、一把椅、笔砚纸张。魏氏同小献宝进到房里，将汪为露的衣服并那两个锁着的柜都把锁来拧了。脱不了他娘的些簪棒衣裳，里边也还有两三吊钱，并房里的灯台、锡盆之类，都一一叫金亮公登在单上。魏氏方把自己的衣裳首饰鞋脚之物另搬到小东屋里居住。汪家的东西尽情交付与小献宝，叫他锁了门，贴了封皮。

小献宝心里，起初也还指望要寻出些银子来，谁知一分银子也不曾寻的出来。刚刚他娘的柜里有三千多钱，小献宝要拿了去做赌博的本钱，魏氏又要留着与汪为露出殡。小献宝说："就是出殡，没的这两三千钱就够了么？头信我使了，我再另去刷刮。"魏氏说："要靠着你另去刷刮，这殡就出不成了！且留这钱，不够可把我几件首饰添上，再要不够，我问徒弟们家告助，高低赶五七出了这殡，看耽误下了。这钱我也不收，央金大哥收着。"金亮公道："师娘这主的是，该把先生这殡出了。天下的事定的就么？昨日要入了殓，怎么被雷把先生震的稀烂。师娘也且休要折损首饰，待我合同窗们说去，要敛不上来，师娘再花首饰不迟。听说宗光伯也只这几日回来呀，得他来更好。"魏氏家里料理，金亮公外边传帖，小献宝依旧赌钱。

过几日，宗举人从河南回到家来，听知汪为露已死，次日变了服，拿了纸锞，来到灵前吊孝，痛哭了一大场，请见了魏氏，叙说了些正经话。

魏氏说："要赶五七出殡，止有三吊多钱做主，别的要仗赖徒弟们助济。"宗举人说："这也易处。粮食是家里有的，师娘且把三吊多钱拣要紧的置办，别的到临期待俺们处。开坟也用不多钱，脱不了有前边师娘的见成洞子。可只是先生手里有钱，可往那里去了？只在我手里刷刮了就够三四百两。"

魏氏说："他怎么没有钱？他也为我才来，又为我年小，凡是银钱出入，拿着我当贼似的防备，瞒着我，爷儿两个估倒①。昨日病重了，不知谁家，给了一封银子，从前以往就只递了这封银子到我手里。我见他着实病重了，遥地里寻了他儿来，叫他买几匹布买付板预备他。他儿还说我见神见鬼的，谁家没个病，没

① 估倒——鼓捣，暗藏。

的病病就死么。后来不知怎么又转了念头，说我说的是。我还待把这封银子问他声给他，他儿说：‘人已病的这们样子，还问他做甚么？’我原封没动，拿出来给了他，同着拆开秤了，二十二两。他拿了这银子一溜烟去了，布也没买，板也没买，又没处寻他。只得俺爹遥地里赊了两匹布替他做了两件衣裳，做了这点帐子，赊了这个枣木材。那几日天又倒过来热，等不见他来，又不敢入了殓，发变的满街满巷的气息。等到第二日掌上灯，从那里来了，叫唤了两声，一片声的说不去寻他，做的衣裳又不齐整，买的板又不好，只是问谁主的事。可可的俺爹来到，听见了，说了他几句，说：‘嫌材不好，脱不了还没入成殓，你另买好材，把这材抬了去，留着我用！’又没入成殓。到了半夜里，促风暴雨，那雷只做了一声的响，把那尸震的稀烂。亏了清早他金大哥来圆成着入了殓。一个老子病的这们样着，你可也守他守，他可也有句话嘱付你，跑的山南海北的没影子。临那断气，等不将他来，只见他极的眼像牛一般，情管待合他说甚么。如今有点子东西，不知汝唆①在那里迷糊门了。”

宗举人辞了魏氏回家，金亮公拜他，商议问同窗告助的事。宗光伯说：“这先生待徒弟也感不出叫人助来。只是当咱两个殓他们罢了。师娘一个年小的女人，小献宝又当不的人数，咱两个就替他主丧，把先生这殡出了也好。要蹉跎下了，那小献宝是倚不就的。看师娘这光景也是不肯守的，其实这们一个小献宝，可也守不的。把同窗都开出名来，厚薄在人，别要拘住了数。只是举丧的那日都要齐到，上公祭，送私礼。”算计停妥，也传知了狄宾梁。那狄宾梁把那送礼被骂，学道递呈的事对着宗光伯告诉

① 汝唆——暗藏。

了一遍。宗光伯说："昨日会着金亮公，他也说来。先生已是死了，合他计较甚么？只是有厚道罢了。"相别回家。

算计到了举丧的那日，宗光伯、金亮公两个学长且先自己代出银子来办了公祭，写了祭轴，只是空了名字，随到随填。这些徒弟们虽然名是师徒，生前那一个不受过他的毒害？比束脩，比谢礼，狠似学官一般，谁是喜欢他的？只因宗昭是个举人，金亮公平日是个好人，所以一呼翕①应，传帖上面都打了"知"字，只等至期举行。

再说魏才自从那日与小献宝嚷闹以后，便再也不来上门，只有魏氏的弟魏运与魏氏的母亲戴氏时常往来。魏氏手里的东西，其那细软的物件都陆续与那戴氏带了回家，其那狼康的物件日逐都与魏运运了家去，有的不过是两件随身衣服留在跟前。

原来那个侯小槐，因向年与汪为露争墙脚结了仇怨，怎还敢与这个老虎做得紧邻。只得把这住了三世的祖房贱价典了与人，自己远远的另买了一所房子居住，避了这个恶人开去。后来也还指了清阳沟，沟水流上他门去，作践了几番。一来也亏侯小槐会让得紧，二来也亏了他渐渐的病得恶不将来。

这侯小槐可可的断了弦，正要续亲。这魏才夫妇背后与女儿商议停妥，出了丧就要嫁人。媒婆来往提说，这魏才因侯小槐为人资本②，家事也好，主意定了许他。只是侯小槐被汪为露降怕了的，虽是做了鬼，也还怕他活将转来被他打脖，不敢应允。无奈被那媒婆撺掇，说得乱坠天花，便就慨然允诺了，择了个吉日，悄悄的下了些聘礼。原说算计等魏氏出过丧回到娘家，择期嫁娶。谁知这魏家机事不密，传到了小献宝的耳朵。小献宝说

① 翕（xī）——合，聚。

② 资本——本分、老实。

道："继母待嫁，这也是留他不得；但一丝寸缕不许带去。"要收财礼银二十两，又要在汪为露坟上使猪羊大祭，方许他嫁人。谁知这些说话又有人传与魏家，未免就"八仙过海，各使神通"。

看定十二月二十五日是汪为露五七的日子，那一日出殡。十九日开丧受吊。宗光伯、金亮公二人绝早的穿了孝衣，先到汪为露家奔丧，料理丧事。果然预备了一付三牲，齐整祭品，祭轴上写了祭文，空了名字。早饭以后，这些传帖上画了"知"字的门人都也换了素服，除了各自助丧的银子五钱、一两，也还有二两、三两的好几人。狄希陈他父亲与他封了八两银子，分外又同众人各出祭资一星。宗昭助银六两，金亮公四两。总算不料有五十两出头的银子。宗光伯两人甚是欢喜，将祭品摆在灵前。徒弟们序齿排成了班次，学长上了香，献了酒，行了五拜礼，举哀而哭。哀止起来，看那别人眼内都是干号，独宗光伯、狄希陈两个哭得悲痛，涕泪滂沱，起来还哭得不止。小献宝出来谢了众人，魏氏又出来独谢宗、金二人，让众人前边待茶。把众人送的助丧银子，二人照帖点收，不肯交与小献宝去。恐他又拿去赌博，仍自不成了丧仪。

众人说道："宗兄哭得这等悲痛，或者为是先生成就了他的功名，想起先生有甚好处，所以悲伤。这狄贤弟辞先生的时节也还甚小，却为何也这等痛哭？我们非不欲也真哭一场，只因没这副急泪。"宗举人道："我忽然想起那一年侥幸的时节，蒙宗师作兴了一个秀才。先生替我私自揽了一个人，收了一百二十两银子。我又不知，又收了人的钱，又使了他一半，先生才说。我单指这银子做会试的路费，先生给了我个绝命丹。我再三央恳先生，只当借一半给我，凑着退银子还人，先生'一毛不拔'。我说：'玉成学生上京，万一再有寸进，孝敬先生日子正长。'越发惹出先生不中听的话来，说：‘知道后日事体怎么，知道有你有我？我且挽到篮里是菜。’又说要合我到礼部门前棋盘街上拿老秀才搏对我这小举人。人家嗔怒没给他说成秀才，催还银子如火似的。几亩地又卖不出去，极的只待上吊，只恨多中了一个举。后来为那写书说分上的事，按院火绷绷的待要拿问。家父又正害身上不好，顾不的，只得舍了家父往河南逃避。回想‘能几何时，而先生安在哉’？思及于此，不由人不伤感。”众人说：“宗兄原来为想这个痛哭，这也痛哭的过。”

内中有一个姓纪名时中，极是个顽皮，说道：“宗兄的哭是感激先生有这些好处。他见鞍思马，睹物伤人，这哭的有理。这狄贤弟之哭师也更痛，小子之惑也滋甚，请无问其详，愿闻其略。”狄希陈说：“一个师死了，怎么不哭？甚么详不详，略不略的。”纪时中又戏道：“先生之死也，冠者童子之门人未有出涕者，而子独为哭失声。斯子也，必多旷于礼矣夫。”

众人笑向狄希陈道：“他说你合先生有别的勾当，你才是这等痛哭哩。”狄希陈红了脸道：“我辞下去的时节，年纪方得十二岁，我就合先生有勾当来？我那一日早到，你在先生里间内系了裤子出来，是做甚么？”纪时中道：“这也说不通。我是几时冠巾？难道这么个大汉还有别的勾当么？”狄希陈说：“难道冠了巾就做不得勾当？我见人家女人因做勾当才戴鬏髻哩。曾点还说冠者得五六人才好。”

纪时中拍掌笑道：“这是他自己供的，可见是童子六七人，这十二岁辞去的话说不过了。”众人说：“狄贤弟，你倒把那痛哭的心肠似宗兄一般实落说了，解了众人的疑心便罢；你不肯实说，岂但纪兄，连众人也都要疑的。”狄希陈说：“我哭也有所为。”众人齐道：“这不必说了。你却为何？”狄希陈道：“我因如今程先生恁般琐碎，想起从了汪先生五年不曾叫我背一句书，认一个字，打我一板，神仙一般散诞，因此感激先生，已是要哭了。又想起昨在府城与孙兰姬正顽得热闹，被家母自己赶到城中把我押将回来，孙兰姬被当铺里蛮子娶了家去，只待要痛哭一场，方才出气。先在府城，后在路上，守了家母，怎么敢哭？到家一发不敢哭了。不指了哭先生，还待那里哭去？”众人也不管甚么先生灵前，拍手大笑，说完走散。

凡这七日之内，建醮行香，出丧担祭，有了这宗光伯、金亮公两个倡义，这些人也所以都来尽礼。到了二十五日，宗、金两个自己原有体面，又有这五十两银子，于是百凡都尽像一个丧仪，不必烦说。街坊上人多有看宗、金两人分上，没奈何也有许多人与他送殡的。狄员外也还要来送葬。狄婆子说：“被他村光棍奴才骂不够么？还有嘴脸去与他送殡。不是我看理的分上，连陈儿也不许去哩。”狄员外道：“这也说得有理。”送葬的人，有送出村去的，有送两步摸回家去的，只有这些徒弟、魏才、魏运、魏氏的母亲戴氏、妗母扶氏同到坟头。众人只见坟上有一顶四人青轿，又有两个女人，又见有几桌祭品，又见侯小槐也穿了素衣在那坟上。宗举人对金亮公道：“这是侯小槐，因是处过紧邻，所在还来坟上致祭，这不显得先生越发是个小人了。”一边忙忙的收拾，下完了葬。

侯小槐叫人抬过祭品去，行了礼，奠过了酒，小献宝谢了他。侯小槐脱了上面素服，两个妇人掇过毡包盒子，取出红衣簪饰。戴氏、扶氏叫魏氏在汪为露坟上哭了一场，拜了四拜，与他换了吉服，叫他将缟素衣裳都脱了放在坟上。小献宝看了呆呆的站着，一声也做不出来。那些徒弟们从葬毕，辞过了坟，各已走散。止剩得小献宝一人，待了半晌，方问道：“你是嫁与何人，也该先说与我知道。难道一毛不拔，就干干的去了不成？在这坟上嫁了人去，连灵也不回，是何道理？”魏才说道：“我女儿年纪太小，在你家里，你又没个媳妇，虽是母子，体面不好看相。我家又难养活，只得嫁与侯小槐了。本该与你先说，因你要留他寸丝不许带去，所以不与你知。你说要财礼二十两，也莫说我当初原不曾收你家的财礼，就原有财礼，你儿子卖不得母亲。况我与你赊的布共银八钱四分，材板二两八钱，我都与你还了银子，这也只当是你得过财礼了。”

魏才这里与小献宝说话，戴氏们撮拥着魏氏上了轿，轿上结了彩，远处来了八个鼓手。侯小槐一干男妇跟随了家去，魏才然后也自行了。

那小献宝垂头搭脑蹭到家中，却好宗、金二人先在他家等候，交那同窗们助丧使剩的银子，还有十四两七钱，与了小献宝去。小献宝说他继母坟上就嫁了侯小槐去了，嗔宗、金二人来得早了，没了帮手，只得听他去了。宗、金二人方晓得侯小槐坟上设祭原是为此，说道：“便是我们在那里，师母自己情愿嫁人，我们也不好上前留得他。前日已自把家资交付与你，还有甚说。只得忍气罢了。”只是先生在日：

“凡百不留跬步地，尽教没趣在儿孙。

只此送师泉下去，便是吾侪①已报恩。”

① 吾侪（chái）——吾辈；我等

第四十二回

妖狐假恶鬼行凶　乡约报村农援例

人死已灯销，无复提傀儡。多少强梁死即休，何得仍有鬼？据屋搂人妻，疑心怀愧悔；惹得妖精报不平，累着汪生腿。

右调《卜算子》

汪为露出殡，狄宾梁叫儿子送了八两银助丧，没有一人不在背后议论狄宾梁用财太侈。都说："汪为露若是生前相处得好，果然教得那儿子益，这厚赠何妨？读了五六年书，一个瞎字也不曾教会，这功劳是没有的了。起先打程乐宇，叫他辱骂得不够，还在学道递呈，这等相处，还合他有甚情分。为宗光伯、金亮公两个的体面不好空了，一两银便是极厚的了。这银子是甚么东西，可轻易八两家与人？且宗光伯一个举人止得六两，金亮公这等世家止于四两。"狄宾梁说："我粜了十二石粮食，方才凑足了这八两银子，岂是容易？但前日儿子进学，送他的那谢礼，原不应与他那许多，我一为实是怕他无赖，二为敬奉先生不嫌过厚，不料被他大骂一顿，将帖撩出门来。我既以礼待他，他这等非礼加我，我的理直，他的理屈，我所以把原礼收回。后来他使了人三番两次来说，还要那原礼回去，我只不理他。他如今既然死了，我所以借助丧的名色，还是与他那前日的谢礼。为他死了，倒不与他一般见识的，合那死人较量。"于是乡里中有那见识的人都说狄宾梁不像个村老，行事合于古人。

却说那侯小槐明明白白的墙基被他赖了去，经官断回。我如此有理的事，怕他则甚？返又怕他起来，那墙基毕竟不敢认回。直待了一年后，打了程乐宇，去呈告到官，县官想起这事，叫了侯小槐去，问知界墙不曾退还，差人押了立刻拆去厦屋，方才结了前件。这是经官断过的事，又怕他做甚？虽是合他紧邻，我“各人自扫门前雪，不管他人瓦上霜”，他便敢奈得我何？这侯小槐却又没有这般胆量，急急的把自家祖屋减了贱价出典与人，典的时节还受了他许多勒掯。那典屋的人贪价贱便宜，不肯豁脱，送了他一分厚礼，他方才不出来作业，许人典了这房。

侯小槐得了典价，另往别处买了一处小房居住。后来汪为露死了，却倒将转来，逢人说起汪为露的名字来，开口就骂。媒婆说起汪为露的老婆嫁人，起初还有良心发现，惟恐汪为露的强魂还会作业，不敢应承。后来媒婆撺掇，魏才慨许，又自己转念说：“汪为露在日，恃了凶暴，又恃了徒弟人多，白白的赖我界墙，经官断了出来，还把我再三打骂。那里晓得自家的个老婆不能自保，就要嫁人。我娶了他老婆来家，足可以泄恨！”这等发心，已是不善，即使你就要娶他，毕竟也还要他送葬完事，回到家中，另择吉日，使他成个礼数，辞了汪为露的坟茔，脱服从吉，有何不可？偏生要在出殡那日，坟上当了众人取了他来。就是这魏氏，你虽与他夫妻不久，即是娼妇，子弟暂嫖两夜，往往有那心意相投、死生契结的。也不知那汪为露在魏氏身上果否曾有好处。只是汪为露，一个蠢胖夜叉身子，不两三个月弄得他似地狱中饿鬼一般的模样，只为要魏氏爱他少年，把那两边的白鬓，一嘴白须，镊拔得像临死的内官一般。感他这两件好处，你也不该这等恩断义绝。他那强盗般打劫来的银子，岂是当真不知去向？你抵盗了个罄尽，这也还该留点情义。怎么好只听了魏才、戴氏的主谋，扶氏、魏运的帮助，把那麻绳、孝衣、纸匝、白髻摘脱将下来，丢在坟上，戴了烩黑的金线梁冠，穿了血红的妆花红袄，插了花钿，施了脂粉，走到坟上号了数号，拜了两拜，临去时秋波也不转一转，洋洋得意，上了轿子，鼓乐喧天的导引而去？只怕心里也有些过意不去。

到了侯家，那侯小槐搂了汪为露的老婆，使了汪为露的银子，口里还一回得意，一回畅快，一回恶骂，尽使出那市嚣恶态，日日如此。这其间，也还亏了魏氏，说道："他已死了，你只管对了我这般罗唣，却是为何？你再要如此，我一索吊死，只罢耳内不听得这等厌声。"这侯小槐方才不十分絮叨。

过了几月之后，小献宝赌钱日甚，起先把宗、金两人交与他的助丧银子，翻来复去做了赌本，过了一月，渐渐的卖衣裳、卖家伙，还有几亩地也卖与了别人，止剩了那所房子。因与侯小槐紧邻，叫经纪来尽侯小槐买，原价是四十五两，因与汪为露住了几年，不曾修整，减了八两，做了三十七两。脱不了还是魏氏带来的银子兑出来买成了他的。那屋中已是一无所有，真是一手交钱，一手交货。

侯小槐买了这汪为露的房子，却把那见住的房屋卖出银来赎了他的原屋，与汪为露的房子通成一块，搬了回来居住。因汪为露原做卧房的三间是纸糊的墙，砖铺的地，木头做的仰尘，方格子的窗牖，侯小槐随同魏氏仍在里边做房。不多两日，或是灯前，或是月下，或黄昏半夜，或风雨连朝，不是魏氏就是侯小槐，影影绰绰看见汪为露的形影。那明间原是停放汪为露所在，恍惚还见一个棺材停在那里，汪为露的尸首被暴雷震碎，久已没了气息，从新又发起臭来。那当面砖上宛然一个人的形迹，天晴这迹是湿的，天雨这迹是干的。

侯小槐与魏氏害怕，不敢在内居住，仍旧挪到自己的原房。

把这房子只是顿放粮食，安置家伙，无事也没人过去。若是有人过去，定看见汪为露不在那当面地上躺卧，定是从房里走将出来。小胆的唬得丧胆忘魂的乱跑，倒是那大胆的踏住不动，看他的下落，他又三不知没了踪迹。所以连那粮食、家伙也都不敢放在那边，腾空了屋，将那新开便门用土坯垒塞坚固，门上贴了帖子，招人赁住。有人传了开去，说汪为露白日出见，所以没人敢来惹那恶鬼。锁了街门，久已闲空。因久没人过去，不见甚么形迹，只闻的作起声来，或猛然听的汪为露咳嗽，或是椎帛的砧声乱响，或是像几把刀剁的砧板乱鸣，魏氏每到茅厕解手，常见汪为露巴了墙头看他，再看又忽不见。如此待了好几个月。

一日，侯小槐正与魏氏在那里吃饭，只见一个整砖劈面飞来打在桌上，山崩似的响了一声，幸得不曾中人，连那盛菜饭的碗也不曾打破，唬得侯小槐合魏氏魂飞魄散。从此口鼻里边连汪为露的字脚，气也不敢吐的。自此以后，丢砖撩瓦，锯房梁，砍门扇，夜夜替你开了街门，夜壶底都替钻了孔洞，饭里边都撒上粪土。侯小槐不免得讨饶祷告，许愿烧钱，一毫不应。魏氏躲去娘家，也还稍稍安静，只是魏氏脚步刚才进门，不知有甚么耳报，即时就发动起来。

一日，魏氏正收拾待往家去，侯小槐正在那边打发他起身，只见魏氏把脸霎时间变的雪白，自己采打，叙说房帏中许多秽亵之语，学他不出口来。又责备他将银子尽数抵盗家去，一宗宗说的款项分明。说玉帝因他做人端正，封他为“天下游奕大将军”，掌管天下善恶，能知世人的过去未来之事。叫魏氏画他的形像，戴金幞头，红蟒衣，玉带，出队入队的仪从，供养在家。叫魏氏擎了他的精魄做了师婆，出往人家去降神，说休咎，方准安静饶免，将他的原屋做了供养他的佛堂，不然还要把魏氏拿去做“天下游奕夫人”。侯小槐跪在下面祷告哀求。附了魏氏，责备侯小槐许多可恶。又说：“这明水一镇的只有狄宾梁一个君子，其次金亮公还是个好人，宗兴伯凡事倒也亏他，只不该对了众人揭我这些短处。”又说：“我且暂退，限你二日画像擎神，我来到任。如违了我的钦限，决不轻饶！”魏氏方渐渐醒转，还了人色，问他原故，茫然不觉，只苦通身疼痛。请了魏才、戴氏前来商议。魏才因叫他女儿擎神出马做那师婆勾当，怎肯愿意，只说：“等到三日，再作区处。他若再来，我们大家向他再三哀求，只怕他也饶恕。”坐了一歇，议论不定，戴氏领了魏氏同且回家。侯小槐觉得甚是没趣，门也不出，藏在家中。

到了三日，魏氏在娘家不敢回来，只见侯小槐厨房上面登时火起，照得满天烟火。魏氏听知，只得叫他娘跟了，跑得回来，因水方便，街坊上救得火灭，却不甚利害，刚得烧了个屋角。谢了众人回去，戴氏也还正在，只见魏氏照依前日发作起来，采鬓挦毛，揣腮打脸，骂：“大胆的淫妇！负义的私窠！我倒说不与你一般见识，姑准你出马擎神，不惟不叫你死，还照顾你攒钱养后汉子，限你三日。你听那魏才老牛主意，不与我画神，不许你出马，如此大胆！我可也不要你出马，也不用你做夫人，我只拿了你去，贬你到十八层地狱，层层受罪，追还抵盗的银钱！”侯小槐合戴氏跪在下面只是磕头。把魏氏作践一个不住才罢，许神许愿的方才歇手。

歇不得两三日，又是一场。侯小槐情愿许他画像，叫魏氏擎他出马，拣了吉日，请了时山人来，依他画了戴金幞头、红蟒衣、玉带、皂靴，坐着八人轿，打着黄罗三檐凉伞，前后摆着队伍，择了个进神的吉日，唤了几个师婆跳神喜乐，杀了猪羊祭祀，供养他在原住的明间上面，做了红绢帐子。

这侯小槐原是个清门净户的人家。虽然擎了邪神，谁就好来他家求神问卜？他又附魏氏叫他挂出招牌，要与人家报说休咎。也只得依他挂出招牌，未免也就有问福祸的人至。这魏氏不曾做惯，也还顾那廉耻，先是没有那副口嘴，起发的人，有留几十文香钱的，也不晓得嫌低争少，凭人留下，回答的那话又甚是艰涩。又嫌魏氏不善擎神，往往作践。大凡事体，只怕不做，不怕不会。这魏氏一遭生，两遭熟，三遭就会，四遭也就成了惯家。人有问甚么的，本等神说一句，他就附会出两三句来。有来问病的，他就说道："这病有十分难为，阎王那里已是上过牌了。我与你去再三搭救。搭救得转，这是你的造化，若搭救不转，这也只得信命罢了。"或是来问走失，问失盗的，他说："这拐带的人，或是这盗物的人，我都晓得，只我不肯与人为仇。你只急急往东南追寻便得。如东南不着，急往西北追寻，再没有不遇之理。若再追寻不着，不是还藏躲未动，就是逃逸无踪。看你造化。"若有问那怀孕的是男是女，他就说："是女胎。你多与我这香钱，我与你到子孙娘娘面前说去，叫他与你转女为男。但不知他依与不依。若他果然依了，后来生了儿子，不惟你要谢那娘娘，还要另来谢我。"凡来问甚么的，大约都是这等活络说话。有那等愚人信他哨哄，一些听他不出。传扬开去，都说是汪相公还魂显圣，做了"天下游奕大将军"，就是他媳妇魏氏擎着，有问祸福的，其应如响。又因魏氏是个少妇人，又有指了问卜，多往他家来的，一日也就有许多香钱。他额定每日要三十个白煮鸡子，一斤极酽的烧酒供献，转眼都不知何处去了。后来在魏氏跟前常常现形，有时是汪为露的形状，有时或是个皤然的老者，有时又是个嫣然的少年。后来不止于见形，渐且至于奸宿。起先也还许侯小槐走到跟前，后来他倒占住，反不许侯小槐摸一摸。这边侯小槐发话要到城隍手里告他，又算计要央他那些徒弟们来劝他。他说："我这'游奕大将军'的官衔，城隍都是听我提调的，那怕你告。那徒弟们没有个长进的人，我先不怕他德来感动，又不怕他势来相挟，我理他们则甚。你到夺了我的老婆，反要告我！"呵呵的大笑。他或有时不在，魏氏与侯小槐偷做些勾当，他回来偏生晓得，把魏氏下狠的凌虐，后来连话也不敢与侯小槐私说一声。

金亮公与宗光伯、纪时中这伙门人，听说汪为露这般灵异，约齐了同来到侯家。他对魏氏说道："学生们要来见我，你先出去迎接他们。"金亮公等先见了魏氏，说道："闻得先生显魂说话，特来看看先生。"魏氏引他们到神厨边去，都刚才跪下磕头，只听得神厨内说道："有劳，有劳。前向若非诸贤弟济助，我的骨殖几乎归不成土，幸得诸贤弟的力量，还出了这等一个齐整大殡。只是那不贤之妻，把我的银子尽数都抵盗了回去，又在我坟上嫁人。玉皇说我有阳世为人公平正直，孝弟忠信，利不苟取，色不苟食，和睦乡里，教训子孙，尊敬长上，不作非为，正要补我做个太子太师。后报说'天下游奕大将军'缺了官，要选这等一个正人君子没有，只得把我补了这个官职，不止管南赡部洲的生死，还兼管那四大部洲的善恶。虽也威风，却只苦忙冗得紧。因与魏氏前缘未尽，时常暂在人间。"金亮公道："先生管摄那四大部洲的事体，有多少侍从？"他说："掌管三千名纪善灵童，一万名纪恶童子，一百万巡察天兵。"纪时中问道："先生这天上的衙门，是添设的，是原来有的？"他说："从天地开辟就有这个衙门。"纪时中问说："那个原旧的将军那里去了，却又补了先生？"他说："那原旧的将军，玉皇怪他旷了职事，罚他下界托生去了。"纪时中道："先生既掌管普天下的事体，又掌管这数百万的天兵，怎不见先生暂离这里一时，只时刻与师娘缠帐？”他说：“我神通广大，眼观千万里，日赴九千坛，这法身不消行动，便能照管。”纪时中道：“先生存日见不曾有这等本事，如何死了却又有这等本事起来？”他说：“神人自是各别。既做了神，自然就有神通。”纪时中道：“既是做了神就有神通，怎么那原旧的将军便又神通不济，旷了职业，贬到下界托生？”他说：“你依旧还是这等佞嘴①！我不合你皮缠。”

金亮公道：“先生说玉皇要补先生太子太师，这‘太子太师’却是怎么样的官职？”他说：“这太子太师是教太子的先生。”金亮公道：“玉皇也有太子么？”他说：“玉皇就如下边皇帝一样，怎得没有太子？如今见有三四个太子哩。”金亮公说：“皇帝的太子后来还做皇帝。这玉皇又不死，从天地开辟不知多少年代，这些太子，这却做些甚么，安放在那里？”他说：“那大太子托生下来做皇帝，其余的都托生下方来做亲王，做郡王。”

宗光伯问说：“这读书的人死了去，这读过的书也还记得么？”他说：“怎不记得？若不记得，怎做得太子太师？”宗光伯问道：“如今先生读过的书，难道都还记得不成？”他说：“玉皇因我书熟，故聘我做太子太师。我若记不的了那书，那玉皇还要我做甚？”宗光伯道：“就先生在日曾讲‘鬼神之为德’这章书，讲得极透。学生因日久遗忘了。幸得先生有这等灵响，还望先生再讲一讲。”他寂然再不做声。

金亮公道：“先生既不肯赐教这一章书，把‘狐狸食之’的一句讲一讲。”只见帐子里面大喝一声道：“被人看破行藏，不可再住，我去也！”突地跳下一只绝大的狐狸，冲人而去。

---

① 佞（nìng）嘴——顶嘴，回嘴。

魏氏就如久醉方醒，把那“游奕将军”的神像扯去烧了，神厨拆毁，绢帐出洗来做了衣服里子，白日黑夜也绝不见有汪为露的影响，当面砖上也没了汪为露的形迹，也从此不听的再有甚么棒棰声、砧板响。只是那房子，侯小槐再也不复敢去居住。安静过了几时，但这魏氏抵盗了汪为露的几百两银子回去，传将开去，一人吠影，百人吠声，说他不知得了多少。

适值朝廷开了事例，叫人纳监。绣江是个大县，额定要十六个监生。县里贴出了告示，招人援例。告示贴了一个多月，鬼也没个探头。若是那监生，见了官府待的也有个礼貌，见了秀才贡举也都入得伙去，杂役差徭可以免的。这绣江县莫说要十六个，就要一百六十个只怕也还纳不了。无奈那朝廷的事例只管要开，那下边的官府不体朝廷的德意，把那援例的人千方百计的凌辱。做个富民还可躲闪，一做了监生，倒像是做了破案的强盗一样，见了不拘甚人却要怕他。凡遇地方有甚上司经过，就向他请帏屏、借桌椅、借古董、借铺盖，借的不了。借了有还已是支不住的，说虽借，其实都是“马扁①”。有上司自己拿去的，有县官留用的。上司拿剩，县官用剩，又有那工房礼房催事快手朋伙分去，一件也没的剩还与你。或遇甚么军荒马乱，通要你定住的数目出米出豆。遇着荒年，定住数叫他捐赈。遇有甚么紧急的钱粮，强要向你借贷。遇着打甚么官司，几百几千的官要诈贿赂，差人要多诈使用，又不与你留些体面，还要比平人百姓多打板子。这监生不惟遮不得风，避不得雨，且还要招风惹雨。却那个肯去做此监生？没人肯纳。户部行了布政司催这纳监的银子急如星火，只得叫那各里里长报那富家的俊秀，后来也不拘俊秀，只

① 马扁——即骗。

论有钱的便报。但那真正有钱的大户，不是结识的人好，就是人怕他的财势，不敢报他。只是那样“二不破妈妈”头主子开了名字。若是肯使几两银子与了里长，他便把你名字去吊，另报一人。直诈到临了一个没有银子使的，方才当真报将上去，昏天黑地，那个官是肯听你辩的？追赃赎的一般，叫你讨了保，一两限不完，上了比较。再比较不完，拿来家属寄监。纳银子的时节，加二重的火耗，三四十两的要纸红。十个纳监的倒有九个监不曾纳完，卖的那房产一些没有，讨饭穷生的苦楚。

这明水镇的里长乡约诈来诈去，诈到侯小槐的跟前。这侯小槐得了横财的名望，传布四邻，诈到二十两银不肯住手，坚执要五十两方罢。这侯小槐那里这一时便有这五十两见成银子？这乡约见他啬吝，又素知他欺软怕硬，可以降的动他，单单的把他名字报到县中。差了快手，拿了红票，捉他去上纳监生。来到侯小槐家，杀鸡置酒款待差人，临行送了三两纹银，许他投状告辞。

侯小槐忙了手脚，拿了几两银子进城，到县门口寻人写了辩状，说他世代务农，眼中不识一字，祖遗地土不上四十亩，无力援例。又先到事例房科打点停当。次日投文，递了辩豁的状子。县官看了状子，点名唤他上去。他说：“小人是个种田的农夫，一个‘十’字也画不上来。乡约有仇，报小人上来。”县官说：“乡约报你别的事情，这是合你有仇。如今报你纳监，往斯文路上引你，你纳了监就可以戴儒巾、着圆领，见了府、县、院、道都是作揖，唤大宗师，这往青云路上引你，怎是乡约合你有仇？”侯小槐说：“小人可以认得个‘瞎’字，好戴那头巾、穿那圆领，如今一字不识，似盲牛一般，怎么做得监生？”县官说：“因你不识一字，所以报你纳监。若是认几个字，就该报你做农民了。”侯小槐又说：“小人只有四十亩地，赤历可查。这四十亩地卖不上一百两银子，小人拿什么纳监?”县官说：“谁叫你卖地？你把你媳妇子抵盗汪为露的银子纳监还使不尽哩。快出去凑银完纳！纳完了银子，我还与你挂旗扁。若抗拒延捱，打了你自己，还拿你家属送监。”叫原差押下去讨保。侯小槐还待要辩，旁边皂隶一顿赶喝出来。他乡间的人，离城四十里路，城中那有熟人保他？差人只得押了出乡，如狼似虎，吃酒饭，诈银子，这都不算，还受许多作践。毕竟还亏了魏才是个别里的乡约，再三央挽那公差容他措手。又与他算计使了六十两银子，寻了县公相处的一个山人说了分上。亏了县官做主，那乡约只得罢了。

魏才与他说道：“才收了原票，那原报的乡约还有许多话，说道：那个狗攮的，原要啃你一大块肉，不能遂愿，只得报了官，只指望叫你倾家荡产。你如今又寻分上免了，他仇恨愈深。这眼下就要举报农民。这监生不止于倾家，若是被他报了农民，就要管库、管仓、管支应、管下程、管铺设、管中火。若赔了，倾家不算，徒罪充军，这是再没有走滚①。你趁这个空，火速的刷括三十多两银子，跑到布政司里纳了司吏，就可以免纳农民。”侯小槐听说，又向魏氏抠索出三十多两银子，同了魏才来到省城布政司里递了援例状子。三八日收了银，首领行头，正数二十两，明加四两。吏房诸凡使用，去了五两。行文本县取结，乡约里排，该房书吏，去了四两。心红②去了五两。来往路费，做屯绢大摆、皂靴儒绦，去了二两多。通共也费了四十多银子。那魏氏盗去的银子留给了魏才一百多两，其余带来的也是有数的光

① 走滚——逃脱。

② 心红——朱红色印泥。指盖印。

景，添着买房子、画神像、还愿、跳神、求分上、纳外郎，差不多那汤里得来的东西将次也就水里去净了。单只落了一个老婆，又被假汪为露的鬼魂睡了个心满意足。可见凡事俱有天算，不在人谋。辗转相还，急须从中割断。

第四十三回

提牢书办火烧监　大辟[1]囚姬蝉脱壳

做官第一是精详，吃紧监牢要紧防。
岂止虎犀能出柙，应知驴马惯溜缰。
押衙道士茅山药，处士仙人海上方，
而今更有金蝉计，暗欲偷桃李代僵。

再说小珍哥从那未嫁晁源之先，在戏班中做正旦的时节，凡是晁源定戏，送戏钱，叫了来家照管饮食，都是晁住经手，所以那全班女子弟连珍哥倒有一大半是与晁住有首尾的[2]。晁源在京中坐监的时节，瞒了爹娘，偷把他住在下处，偏生留那晁住在那里看守，自己却到通州衙门内久住。及至珍哥入到监中，自己又往通州随任，又留下晁住两口子在家照管珍哥。那时节晁源见在，禁卒刑房没有一个不受他的重贿。一个捕官柘典史，又是他的护法喜神。小珍哥名虽是个囚妇，在监里一些不受苦楚。晁住爽利把媳妇子做了“影身草”，指称在里面伏事珍哥，这晁住也就好在里面连夜住宿。那大丫头小柳青、小丫头小夏景年纪也都不小，都大家一伙子持了卧单，教那禁子牢头人人都要蹦狗尾，只得着晁源的赏赍[3]，不便下手，至于那刑房书手张瑞风，时时刻刻的要勾引上手，也只恐晁源手段利害，柘典史扯淡防闲，所

① 大辟——死刑。
② 有首尾的——指有不正当的关系。
③ 赍（jī）——把东西送给人。

以落的叫晁住享用独分东西。及到晁源随了爹娘从任上回家，那监中禁子人等，典史该房，又都送一番重贿，所以只有来奉承的，那有扯淡管闲事的？

虽是晁源在家，这晁住的姻缘依然不断。晁源往雍山收麦，带了晁住的老婆出到庄上，恋了小鸦的妻子两三个月，就似与晁住兑换了的一样。这晁住出入监中，无所不至。后来晁源被小鸦儿杀了，小珍哥也就没了香主。晁夫人说道："他自作自受的罢了，怎么把两个没罪的丫头同被监禁？且小柳青十八九的大妮子了，在你那边也甚是不便。"都尽数唤了出来。晁夫人见两个丫头凸了一个大屁股，高了两个大奶胖，好生气恼，连忙都与他寻了汉子，打发出门。禁住了晁住再也不许进到监中，两口子都撵到乡里管庄。叫珍哥监内雇一个囚妇伏事，每月支与五十斤麦面、一斗大米、三斗小米、十驴柴火、四百五十文买菜钱，家中凡遇有甚么事情，那点心嗄饭送的不在数内，也冬夏与他添补衣裳。

却说那刑房书手张瑞风，起先那县官叫他往监里提牢，就是"牵瘸驴上窟窿桥"的一样，推故告假，攀扯轮班，再三着极；听得晁源死了，两个丫头俱已唤回家去，晁住也久不进监，柘典史又升了仓官离任，他却道指了提牢名色宿在监中，在珍哥面前作威作福，要把来上柙吊拷，说："晁相公在日四时八节的与我送礼，又柘四爷屡屡托我看顾，凡事从宽罢了。今晁相公不在，四爷已升，这许多时谁见个礼的模样？"那禁子们做刚做柔的解劝说到："张师傅，你是刑房掌案，这满监的囚犯俱是你掌着生死簿子，你高抬些手，这就是与人的活路。你老人家不肯抬起手来，你叫人三更死，俺们也不敢留到四更。但只是你老人家那里不是积福？一来咱也还看晁相公的分上，他活时没有错待了咱。

二来留着他，往后张师傅进来宿监，除的家替张师傅缀带子、补补丁，张师傅闷了，可合张师傅说话儿，他屋里爇①茶爇水，又都方便。”张瑞风道：“我且看你们的分上，姑且宽着他再看。”降了一顿去，也降得小珍哥擦眼抹泪的哭。

那雇着伏事的囚妇说道：“你哭他怎么，你就听不出那禁子的话来？这是他给你的下马威，好叫你依他，省得到了跟前扭手扭脚的。”珍哥说：“什么话？我是个傻瓜，听不出甚么来。”那囚妇说道：“是待合你睡觉！什么话，什么话！你没的真个心昏么？”珍哥说：“就待合我睡觉，可也好讲，这们降发人，还有甚么兴头子合他睡觉。这们强人似的，也睡不出甚么好来。”囚妇说：“这倒不论哩。他谁没这们降？他只得了手就好了，俺们都不是样子么？”珍哥说：“瞎话！我怎么就知不到他合你们睡觉哩？”囚妇说：“那起初进来，身上也还干净，模样也还看的。如今作索像鬼似的，他还理你哩！”珍哥说：“那么，这们没情的人我理他么？”囚妇说：“你可比不得俺。你吃着好的，穿着好的，住着这们干净去处，齐整床铺，他还摸不着的哩。”珍哥说：“本事何如？”囚妇说：“这有二年没经着了。要是那二年前的本事，也够你招架的哩。”

只见掌灯以后，一个禁子走到珍哥门上讨火。那囚妇递火与他，他与那囚妇悄悄的插插两句去了。囚妇自到小厨房炕上睡觉去了，就假睡等他叫下睡觉，梦寐之中也还不知及门②。囚妇因禁子递了脚线，不曾闩上外门。人多睡得静了，张瑞风下边止穿了一条裤，上边穿了一个小褂，悄悄的推了推门，见门是开的。他走进门来，反把门来闩了，走到珍哥床边，月光之下，看见珍

---

① 爇（ruò）——此为烧。

② 及门——及即挤，闩门之意。

哥白羊似的，脱得精光，侧着身，拳着一只腿，伸着一只腿，睡得烂熟。张瑞风把他身上抚摩了一会，也还不省。他方脱了衣裳上去，如此如此，这般这般。待了许久，珍哥方才醒来，说道："再没有别人，我猜就是张师傅。"张瑞风说："你倒也神猜。"珍哥使起架势，两个在白沟河大战一场。

天将明的时候，张瑞风方才到他提牢厅上。众禁子们有提壶酒的，煮两个鸡子的，都拿去与张瑞风扶头①，都说："张师傅，喜你好个杭货么?"张瑞风道："实是仗赖。该领工食，我早早的撺掇，一分常例也不要。"清早，那囚妇见着珍哥问说："我的话也还不差么?"珍哥点头儿没言语。

这张瑞风从此以后，凡遇值宿即与珍哥相通，论该别人上宿，他每次情愿替人。原来这提牢人役奸淫囚妇，若犯出来，是该问死罪的，所以别的同房也还知道畏法，虽也都有这个歹心，只是不敢行这歹事。只有他为了色就不顾命，放胆胡做，不止一日。

十月初一日，晁夫人生日。小珍哥替晁夫人做了一双寿鞋，叫人送了出来。晁夫人看了，倒也恓惶了一会。到了午后，晁夫人叫晁凤媳妇拾了一大盒馍馍，一大盒杂样的果子，又八大碗嗄饭、一只熟鸡、半边熟猪头、大瓶陈酒，叫人送与珍哥。因晁夫人生日，所以晁住夫妇都从庄上进来与晁夫人磕头，听见要送东西进去，他借了这个便差，要进监去看珍哥一面，也不与晁夫人说知，竟自挑得去了。见了珍哥，这晁住绨袍②恋恋，尚有故人之情。那知珍哥弃旧迎新，绝无往日之意，不疼不热的话说了几句，把那送的嗄饭拣了两碗，暖了壶酒，让晁住吃了。没及奈

---

① 扶头——此为贺喜之意。

② 绨（tí）袍——厚绸子，此为爱恋之意。

何，那晁住乜乜踅踅①的不肯动身，只得三薄两点，打发了打发，指望叫晁住去了，好叫人去约了张瑞风来同享东道。谁知这晁住还要想那旧梦，要在里边过夜。

这珍哥厌常喜新的心性，看了这晁住，就如芒刺在背的一般，催他说道："你趁早快些出去！如今比不得往时，有钱送人，有势降人。自从官人没了，就如那出了气的尿泡一般，还有谁理？那典史常来下监，刑房也不时来查夜，好不严紧。你在这里，万一叫他查出，甚不稳便，碍了你的路，我又吃了亏。你且暂出去罢。你今日一定也且不往庄去，你明日再来看我不迟。"那个雇的囚妇也解得珍哥的意思，在旁委曲的撺掇。这晁住假酒三分醉的罗唣那个囚妇，一边口里说道："我知道你们有了别人，反多着我哩。要吃烂肉，只怕也不可恼着火头。我把这狗脸放下来，和尚死老婆，咱大家没！"一边把那囚妇，撮着胸脯的衣裳，往珍哥床上一推。那囚妇只道是打他，怪叫起来。这晁住把那囚妇裤子剥将下来，如此这般，那囚妇方才闭了口嘴，只自家说道："怨不得别人，该合这私窠子！没要紧的多嘴，就一顿合杀也不亏！"他口里自已骂，身子自已撷。晁住一边捣巢，一边说道："你还敢多嘴多舌的么？"这晁住心里只说把这件来买住了那囚妇的口，便就可以住下。不想他在房里合那囚妇估捣，小珍哥走出门外与禁子递了局②，那日本不该张瑞风值夜，只因有些进来的肴馔，要他来吃，又要驱遣晁住出去。

待不多时，只听得张瑞风汹汹而来。晁住迎将出去，说道："张师傅，拜揖。这向张师傅好么？"这张瑞风平日与晁住你兄我弟极其相厚，这日见了晁住把脸扬得大高的。晁住作揖，他把手

---

① 乜乜踅踅——形容眼神不正。

② 递了局——传语，递话。

略兜了一兜，说道："这天是多咱了，你还在这里不出去？"麻犯着那些禁子道："这如今同不的常时，大爷不是常时的大爷，四爷也不是常时的四爷了，你们还放进闲人来做什么？你们再要不听，我明日回封，就禀到大爷手里。"禁子们说："张师傅，别要计较，俺们叫他出去，再不放他来就是了。"往外就撵。珍哥来到跟前，故意说道："今日是俺婆婆生日，叫他送了几碗菜来与我，要没事的他来这里做什么？什么好过日子的去处，他恋着哩？叫他去罢，你撵他怎么。"张瑞风说："你也别要多嘴！送菜给你，外头没放着小方门么？为什么放人进来？"晁住说："呃！张师傅，你怎么来？你睁开眼看看，是我呀。"张瑞风睁起眼来道："我眼花么！我连晁源家里倒包奴才也不认的了？叫我睁起眼来哩。"晁住说："你骂我罢了，你提名抖姓的叫那晁源待怎么？那晁源的银子一五一十的送你的不是了？你做刑房，也许你霸占着囚犯老婆么？你没的绝了人的牢食不成！"张瑞风说："你见我霸占了那个囚犯老婆？这杂种忘八羔子，合他说甚么，替我把他上了杻镣送到柙上，明日合他大爷上讲话！你这禁子们都是合他通同！这不大爷才退了。我也等不到明日，你们要不上他在柙里，我如今就往衙门口传梆禀去。"八个禁子做好做歹的劝着，打发晁住出去。

张瑞风对着众人笑道："好个札手的人！刚才不是咱，这们些人也撵不动他。"流水的点了风，封锁了监门，房里点上灯，暖了酒，热了菜，与张瑞风和睦消饮，把那半边猪头、四十个馒头，倒了许多酒与了那八个禁子。合张瑞风吃剩的东西酒饭，叫那雇的囚妇拿到邻房与那别的囚妇同吃。珍哥因说："晁住不识好歹，只是怕见出去，躁的人心里不知怎么样的。我见你这们降他，我可又心里不忍的慌了。"张瑞风道："你没的家说！你倒吃着碟子看着碗的罢了，这一个槽上也拴的两个叫驴么？那贼狗头情管抽了个头儿去了！”珍哥笑说：“他倒没抽着我的头儿，倒把老张婆子的头儿抽了下子去了。”张瑞风问说：“是怎么？”珍哥说：“我说叫他出去罢，咱如今同不得常时，又没了钱，又没了势，官儿又严紧，专常的下监来查。老张婆子见我说他，也旁边帮着我说。他凶神似的跑了来，撮着他胸前的衣裳。我说：‘是怎么？没的是待打他？’把他一推，推在我那床沿上，倒了裤就干。”张瑞风笑说：“老张婆子说什么？”珍哥说：“老张婆子自家骂自家说：‘该合这淡嘴的私窠子！合杀那淡嘴的私窠子也不亏！’”张瑞风呱呱的大笑。那囚妇说：“还笑哩？不是为你，吃人家这们一顿亏么？”张瑞风说：“哟，你听这话呀！怎么得你每日为我吃这们顿亏才好哩。”张瑞风又问珍哥：“他两个干事，你在那里来？”珍哥说：“我可得了这空出来吊兵哩么。”说笑了一会，与珍哥睡了。

再说晁住到了家中，因珍哥硼了情，吃了张瑞风的凌辱，对着晁夫人学舌道：“刚才奶奶叫人送什么与珍姨去，没有人去。我说：‘我走荡去罢。’到了那里，通成不得了，里头乱多着哩。合那刑房张瑞风明铺夜盖的皮缠，敢是那刑房不进去，就合那禁子们鬼混，通身不成道理！”晁夫人问：“你听见谁说，你才进去见来么？”晁住说：“谁没说？只是不好对着奶奶学那话。使匙儿撩的起来么？我正待出来，撞见张瑞风正进去。我说：‘我且站站，看他怎么样着。’他说我看他哩，降了我个眼红，待把我送到柙上。他倒说我是什么人，进来做什么。叫我说：‘怎么不许家里人送饭么？’叫我说：‘你别欺了心！你看看《大明律》，提牢的奸了囚妇该什么罪哩？’我待合他禀大爷，他才央及了我一顿，出来了。珍姨也央及我，叫我千万别合奶奶说。”晁夫人长吁了口气，说道："挺着脚子去了，还留下这们个祸害，可怎么处！"

次日，晁住两口子依旧庄上去了。晁夫人叫人送十月的米粮等物与珍哥，又叫晁凤进去，合他说："叫他好生安分，不要替死的妆幌子①，我还诸物的照管他。这不我又替他做着冬衣裳哩。我可为什么来？千万只为着死的。他既不为死的，我因何的为他？我就从此一粒米、一根柴火、一绺线也休想我管他，凭他里头合人过去罢。叫他也不消对人说是晁源的小老婆。他要好么好，再不好，我等巡按来审录，我锥上一张状，还送了他哩。你合他说去，休要吊下话。"

晁凤跟着米面进去，把晁夫人的话一句句都说了。珍哥道："这再没有别人，这是晁住那砍头的瞎话。奶奶可也查访查访，就听他的说话？他夜来到了这里，我为奶奶差了他来，我流水的叫张老婆子暖了壶酒，就把那菜，我没动着，拾了两碗，还拾的点心，打发的他吃了。我说：'你吃了可早些出去回奶奶的话，看奶奶家里不放心。'他乜乜屑屑的不动弹。他看着我说：'珍姨，我有句话合你说，大爷已是死了，你已是出不去了。你还守那什么贞节哩？这监门口也盖不得那贞节牌坊。像我这们个汉子，也辱没不了你什么。'叫我说：'你这话通是反了！我就守你爷一日，也是你个小主人家，你就这们欺心？'他就待下手强奸我，叫我吆喝说："奴才欺心，待强奸主人家哩！'禁子听说，才跑了来说他。他什么是怕？禁子去请了刑房来到，做刚做柔的才劝的他去了。他说：'我叫你由他。只许你养刑房，养禁子，不许你养我么！'晁凤，你是明白的人。别说我不肯养汉，我处心

① 妆幌子——丢脸。

待与咱晁家争口气。叫人说：‘你看多少人家名门大族的娘子，汉子方伸了腿就走作①了。这晁源的小老婆虽是唱的，又问了死罪，你看他这们正气。’我务必要争这口气。我就不长进，浪的慌了，待要养汉，这里头这汉可怎么养？在那里养？外头守着鼻子摸着腮的都是人，我住的这点去处子连腚也掉不过来，这老张婆子影不离灯的一般，又不是外头宽快去处，支了他那里去？没的好说：‘老张，你且出去，我待养汉哩。’又没的当着人就养。可也详个情，就信他的话。你也把我这话就合奶奶说，我这里过的是甚么日子哩。若奶奶不听人的话，照常的照管我，也在奶奶。万一我还得出去到咱家，我伏事奶奶二年，也是我在晁家一场。若奶奶信人的话，不照管我，我恋什么哩。一条绳子吊杀！”说着，便放声的大哭。晁凤说：“奶奶也待信不信的，所以叫我来嘱咐珍姨。若奶奶信的真了，如今也就不送供备来了。这如今替珍姨染着绵绸合绢做冬衣。珍姨的话，我到家合奶奶说。珍姨，你也要自己拿出主意来，像刚才说的那话才是。”

晁凤辞了珍哥，回了晁夫人的话。晁夫人问说：“你看那意思，可是他两个的话，那个是真？”晁凤道：“人心隔肚皮的，这怎么定的？依着珍姨说的，像似有理的。据着晁住昨日说的，又像是有理似的。”晁夫人说：“拿饭养活你们，通似世人一般，肯打听点信儿！要是晁住这贼狗头，实是欺心，我也不饶他。”晁凤说：“这晁住从珍姨来到咱家，这欺心不欺心，倒知不真。只是珍姨没到咱家时，可一像那班里几个老婆，他没有一个不挂拉上的。”晁夫人问说：“那老婆们都偏要要他，是待怎么？”晁凤道：“那咱叫戏，送戏钱，拿东西与他们吃，都是他手里讨缺，

① 走作——走样，变心。

敢不依他么？”晁夫人道：“我昨日原没差他，他可钻了进去，这们可恶！”

再说一日冬至，县官拜过牌往东昌与知府贺冬，留着待饭，晚上没回县来。典史又是一过路运粮把总请在衙门里吃酒。天有一鼓时候，霎时监内火起。人去报了典史，那典史策马回县，进了大门，报说女监失火。典史进入监内，正见刑房书办张瑞风两截子在那里章章徨徨①的督人救火。幸得是西北风往东南刮，是空去处，不曾延烧。典史问：“是怎么起火？”都回说：“是珍哥房内火扑了门，不曾救出，不知是怎么起火。”不一时，将那珍哥住房烧成灰烬。火灭了，掀开火内，烧死一个妇人，用席遮盖。次日，县官回来，递了失火呈子，把张瑞风打了十五板，禁子每人都是二十，委典史验了尸，准家属领埋。

晁书听见这信，回去与晁夫人说了。晁夫人连吊几点眼泪，说道：“也罢，也罢，死了也完了这股子帐；只是死得苦些。”当即叫晁凤：“你到监里看看，该怎么算计，咱好铺排。”

晁凤进到监内，寻着值日的禁子。说道：“这娘娘子起头进来，俺可也得了他的好处，临了就给了俺这们个结果。”晁凤问说：“他是怎么起的火来？”禁子说：“他关着门，火起就扑了门，人又进去救不的。谁知他是怎么起的？”晁凤揭开席子看了一看，也认不出一点甚么来，只像个炭将军似的躺在那里。晁凤长吁了口气，说道：“这么个画生般的人，弄成这们个模样。”托禁子：“好生看着，我到家拿衣裳来装裹他。”

晁凤来家回话。晁夫人连夜给他赶的白棱布裤，白棱布着身的布衫、小袄、大衫、白棱布裙、裤、包头，无一不备。封了五

① 章章徨徨——张皇失措的样子。

钱银子，叫囚妇们与他穿衣裳。叫晁凤也只在旁边看着，不必到跟前。又封出三两二钱银子与禁子们八个暖痛①，叫把尸从天秤出来，别要从那牢门里拉。再捎床被去裹着好秤。又叫晁书用二十两银子买了一副沙木，叫人在真空寺合材，就把尸抬到那寺里入殓，借法严的房停泊，就央法严领斋念经。若法严没有房，智虚家也罢。各自分投去了。

晁凤拿着衣裳到了监里，先把那三两二钱银子给了禁子。那禁子感激不尽，事事用心。又与了囚妇们五钱银子，果然与他七手八脚的穿了衣裳。外面使红被紧紧裹住，用布条缚了，用了桔槔秤出墙来。那些囚妇都送到墙下说："这些年，自有他进监，都吃他的残茶剩饭，不曾受的饥饿。"都也痛哭。晁凤叫人把尸板门抬了送到真空寺，借的法严闲房。晁梁也还持了服到跟前看着入了殓。次日请了十二位和尚与他建醮。停了三日，用三两银子买了一亩五分地给他出殡葬了。

晁夫人说是断了这条祸根，虽是惨伤之中，又是欢喜。三日，又叫晁书去他坟上烧纸，按节令也都差人与他上坟。

从古至今，这人死了的，从没有个再活之理。但这等妖精怪物，或与寻常的凡人不同，或者再待几年重新出世，波及无辜，也不可知。再听后回，且看怎生结果。正是：

好人不长寿，祸害几千年。

再说还魂日，应知话更长。

① 暖痛——这里指小费。

第四十四回

梦换心方成恶妇　听撒帐早是痴郎

才子佳人都十七，并蒂芙蓉，着露娇如滴。相携素手花前立，教人莫状丹青笔。　　出水鸳鸯相比翼，玉女金童，烛影摇红色。名悬金榜欢何极？相提只愿偕琴瑟。

右调《蝶恋花》

古人男子三十而娶，女子二十而嫁，使其气血充足，然后行其人道，所以古人往往多寿。但古人生在淳庞之世，未凋未凿之时，物诱不牵，情窦不起，这一定的婚娶之期所以行得将去。如今处在这轻儇泄越的世界，生出来的都是些刁钻古怪的人才，这些男女，偏那爱亲敬长的良知与世俱没，偏是这些情欲之窍，十一二岁的时节都无所不知，便要成精作怪。

即狄希陈，母亲管的也算严紧，年纪刚才一十六岁，见了孙兰姬便怎么知道就慕少艾，生出许多计策，钻头觅缝的私通？他母亲自己往府城寻他的初念，原是乍闻了这个信，心中发恨，算计赶到下处，带他连那妓者采拔一顿，与他做个没体面，使他也再不好往那妓者家去，使那妓者也便再不招他。及至过了一夜，又走了一百里路，又因丈夫再三的嘱咐，那发恨的心肠十分去了七分，那疼爱他的心肠七分倒添了三分。若使走到下处，或是狄希陈桀骜不驯，或是那妓者虎背熊腰，年纪长大，撅嘴胖唇，撩牙扮齿，黄毛大脚，再若昂昂不采，这又不免“怒从心上起，恶向胆边生”。怎禁乍时到了，先一个狄希陈唬的鬼也相似，躲躲藏藏，先叫那做娘的可怜而不可怒。一个十六七岁的美女，娇娇滴滴的迎将出来，喜笑花生的连忙与他接衣裳，解眼罩，问安请坐，行礼磕头，这一副笑脸，那严婆的辣手怎忍下的在他脸上？所以不惟不恶，且越可爱起来。又亏不尽适遇一个姑子来到，说："前世已定的姻缘割他不断，往后将断的姻缘留挽不牢。"狄婆子于是把罪发恶的排遣，尽数丢开，算道："爽利留他两日，等我上完了庙，送他二三两银子，好好送他回去，带了儿子归家。倘或处得过激，孩子生性恼出病来，悔就晚了。"谁知那姑子说得一些不爽，第二日轻轻省省，不用推辞，自然走散。狄希陈饶是这等开交，还怀了一肚皮怨气，借了哭汪为露的名头，叫唤了个不住。这样作业的孩子，你定要叫他三十而娶，这十四年里头，不知作出多少业来！这古礼怎生依的？

于是他母亲拿定主意，择在十一月过聘，过年二月十六日完婚。唤了银匠在家中打造首饰，即托薛教授买货的家人往临清顺买尺头等物，自己喂蚕织的绢发与染坊染着，自己麦子磨的白面，蜂窝里割的蜜，芝麻打的香油，叫厨子炸炸喜果，到府城里买的板圆，羊群里拣了两只牝牡大羊，鹅、鸭、鸡、鸽，都是乡中自有；唤了乐人鼓手，于十一月初十日备了一个齐整大聘。管家狄周、媒婆老田押了礼送到薛家。管待了狄周、老田的酒饭，赏了每人一千钱，一匹大红布。回了两只银镶碗，两双银镶箸，一面银打的庚牌，四副绣枕，四双男鞋，四双女鞋。狄希陈的一顶儒巾，一匹青线绢，一匹蓝线绢，一根儒绦，一双皂鞋，一双绒袜，一部《五经旁训》，一部《四书大全》，两封湖笔，两匣徽墨，一对龙尾砚，几样果品，打发回礼来家。两家各往各门亲戚分送喜果。

次日，薛教授亲到狄家来谢，说："费这许多厚礼，后日我与令爱过聘，怎么照样回得起？"狄宾梁料他要自己来谢，预先叫家中备下肴馔，留他款待。从此狄家每日料理娶亲勾当，嫌那东边一座北房低小，拆了另盖，糊墙铺地，极其齐整。薛家也叫匠人彩漆装奁，打造首饰，裁制衣裳，镟刮锡器。

时光易过，转眼就是明年。霎时交了二月初十日，狄婆子自去上头①，先送了两只活鸡，两尾鲜鱼，一方猪肉，一方羊肉，四盘果子，两尊酒。薛家叫了厨子，置酒相候。狄婆子吃过茶，坐了一会，到了吉时，请素姐出去，穿着大红装花吉服，官绿装花绣裙，环佩七事，恍如仙女临凡。见了婆婆的礼，面向东南，朝了喜神的方位，坐在一只水桶上面。狄婆子把他脸上十字缴了两线，上了鬏髻，戴了排环首饰，又与婆婆四双八拜行礼。狄婆子看了他那模样，好不温柔雅致，娇媚妖娆，心中暗自欢喜，想道："这媳妇的标致不在孙兰姬之下，这陈儿的野心定是束缚住了。只是李姑子说这媳妇要改变心肠，夫妇不睦，忤逆公婆。这话我确然信他不过。那里有这等的美人会这等的歪憋？"薛婆子殷勤让酒，他那心里且碌碌动寻思这个。薛婆子道："亲家，我见你那意思倒不是怪我，一像心中有甚么事的一般。"狄婆子笑道："亲家，你怎么就看出我来？我心中实是想着件事来。"薛婆子道："亲家想甚么事？对着我说说。"狄婆子道："对着亲家说不得的事。"薛婆子取笑道："说不得的事，情管就不是好事。亲家且吃酒，有事黑夜做就是了，不消预先的想。"两亲家笑了一会，狄婆子要请小亲家婆相会。薛婆子说："他看着人做菜待亲家哩。等亲家临行，叫他出来

---

① 上头——新嫁娘梳妆。

相见。”

薛家叫了两个女瞎子，一个谢先，一个张先，各人唱了几套喜曲。狄婆子吃过了汤饭，赏赐两个女先并厨子一应下人。薛婆子说：“闺女有几件不堪的妆奁，有张粗造的床，十五日先送到府上。”狄婆子道：“那日有几位客下顾？好伺候。”薛婆子道：“这里别再没有门亲戚，又不好单着，只是里头央连亲家婆，合我是两个。外头也只得央连亲家公，同他爹，也是两个。”狄婆子说：“哥哥们闲着做甚么，不叫他同去走走？二位大哥哥叫他外边随着二位亲家翁，三哥叫他跟着亲家在后头。一个姐姐的大喜，都叫他们顽造子去。”

薛如兼光着个头，站站着往前，戴着顶方巾，穿了一领紫花布道袍，出来见他丈母。狄婆子甚是喜悦，拜匣内预备的一方月白丝绸汗巾，一个洒线合包，内中盛着五钱银子，送与薛如兼做拜见。薛婆子道：“你专常的见，专常的叫你娘费礼，这遭不收罢。”薛如兼也没虚让一让，沉沉的接将过来，放在袖内，朝上又与丈母作了两揖。他娘笑道：“好脱气的小厮，你倒忒也不做假哩。”狄婆子说：“是别人么？作假。”

薛婆子送出狄婆子去回来，素姐又与他爹娘合他生母从头行礼。薛婆子说：“再待四五日就往人家去，回来就是客了。”

倏忽又是十五，狄家门上结了彩，里外摆下酒席。外头请了相栋宇、相于廷合狄婆子的妹夫崔近塘四个相陪，里边请的相栋宇婆子、崔近塘婆子。外头叫的是四个小唱，里头叫的还是张先、谢先。一一完备，伺候铺床。

这薛家也从清早门上吊了彩，摆设妆奁，虽也不十分齐整，但是那老教官的力量，也就叫是竭力无余的了。将近傍午，叫了许多人，抬了桌子，前边鼓乐引导，家人薛三省、薛三槐压礼。

老田夹着一匹红布，吃的憨憨的①跟着送到狄宅。狄家也照依款待，照礼单点查了一应奁具，收到房中，赏赐了来人。连举人的娘子合薛婆子两顶轿子先到。狄婆子迎到里面，见过礼，让过了茶。狄希陈出来见丈母，巧姐出来见婆婆，又都见了连亲家母，相婆子、崔婆子都相见过了。薛婆子合连婆子都往狄希陈屋里与他铺床摆设。外边薛教授、连春元、薛如卞、薛如兼四位已到。狄宾梁领着狄希陈，同着相栋宇父子，崔近塘迎接进去，安坐献茶，递酒赴席。鼓乐和鸣，歌讴迭唱。觥筹交错，肴馔丰腴。虽是新亲，都原旧友；开怀畅乐，尽兴而归。送了客去，狄家又催妆食盒一盘，粉一盘，面一盘，猪肉一盘，簪髻盖袱，一套过门的礼衣，先送到薛宅，看就十六日卯时过门。狄家的娶女客是相栋宇的婆子，四对灯笼，二个披红童子，十二名鼓手，十二名乐人，都伺候临时听用。扎刮了齐整喜轿，对彩挂红，极其鲜艳。与狄希陈做的青线绢圆领，蓝线绢衬摆，打的银花，买的红纻，备了鞍马，打点亲迎。

却说十五日晚上薛教授夫妇从狄家铺床回去，叫人置了一桌酒，要合家大小同女儿团坐一会。说起狄宾梁良善务本，像那还杨春的银，送汪为露的助丧，种种的好事，这都是人所难能的。"狄亲家婆虽是有些辣燥②，却是个正经的妇人，不是那等没道理的歪憋。女婿虽是气宇殊欠沉潜，文理也大欠通顺，但也年纪还小，尽有变化的时候。狄亲家房中又没有七大八小，膝下又没有三窝两块，只有一男一女。两个老人家年纪也都是望七的时候，你过门去，第一要夫妻和睦，这便叫是孝顺。你小两口儿和和气气的似兄妹一般，那翁姑看了自是喜欢。每日早起，光梳头，净

① 憨憨的——醉熏熏的。

② 辣燥——泼辣、暴躁。

洗面，催着女婿早往书房读书，使那父母宽心，便是做媳妇的孝顺。虽是公婆在上，百凡的也该替公婆照管。小姑的衣裳鞋脚，婆婆有了年纪，你都该照管他的。况且又是你的弟妇，不是别人，你大他小，千万不要合他合气。翁婆有甚言语，务要顺受，不可当面使性，背后啯哝，这都是极罪过的事。

“女婿叫是夫主，就合凡人仰仗天的一般，是做女人的终身倚靠。做丈夫的十分宠爱，那做女人的拿出十分的敬重，两好相合，这等夫妻便是终身到老，再没有那参商的事体。我与母亲便是样子。若是恃了丈夫的恩爱，依了自己的心性，逞了自己的骄嗔，那男子的性格有甚么正经，变了脸就没有体面，一连几次，把心渐渐的就冷了。就是丈夫外边有些胡做，这是做男子的常事。只怕夫妻的情义不深，若夫妻的情义既深，凭他有甚么外遇，被他摇夺不去的。往往男子们有那弃妻宠妾的，也都是那做女人们的量窄心偏激出来的，岂是那做男人的没个良心？岂不知有个嫡庶？无奈的做大的容不得人，终日里把那妾来打骂，再也没个休止。就是那不相干的邻舍家听了也是厌烦，何况是他妾，难道没些疼爱？况且又不光止打骂那妾，毕竟也还把自己丈夫牵扯在里头。也还不止于牵扯丈夫，还要把那家中使数的人都说他欺心、胆大、抱粗腿、惯炎凉。满河的鱼一网打尽，家反宅乱。既是像了凶神，汉子自然回避，大的屋里没了投奔，自然投奔到小的屋里去了。大的见他往小的屋里去了，越发的日远日疏。小的见他不往大的屋里去，越发日亲日近。那做丈夫的先时还是赌气，中间也还自己不安，后来老羞变成了怒，习为当得的一般。若做大老婆的再往前赶，越发成了寇仇。所以那会做女人的，拿出那道理来束缚那丈夫，那丈夫自然心服。若倚了泼悍，那丈夫岂是不会泼悍的么？

“你还不晓的那林大舅，就是你娘的弟，娶了你后来这个妗母，拿着当天神一般敬重。怕这个妗母说，那怕你外婆，只好生气罢了。也形容不出那些小心的形状。如此待了这们几年，你妗母陪嫁的一个丫头，叫是小荷香，你大舅就合他偷上了。待了几时，你大妗子打听出来，其实与他做了妾也可，或是嫁了他出去也可。又不与他，又不嫁他，无休无歇的对了他打那丫头，打得手酸了口骂，骂一声‘臭窠子’，就带上一声‘贼忘八’。致的你大舅赔礼告饶，烧香设誓。甚么是肯罢兵，像酗酒的凶徒一般，越扶越醉。你外婆劝劝，连把外婆也顶撞起来。叫你大舅指着顶撞婆婆为名说：‘罢，罢，为甚么因这丫头致得你冲撞娘？我寻个人来把丫头赏了他去，省得你这们作闹！’谁知他另收拾了一所房子，里头收拾的齐齐整整，买了的丫头小厮、家人媳妇，调了个湾子，把小荷香弄到那里，上上头，彻底换了绸帛；乡里的米面柴火只往那里供备，通不往家中送。家中的器皿、什物陆续往那头搬运，成几日不来到家。你妗子合他嚷，他说：‘你不许我要丫头罢了，没的也不许我嫖么？’家里人都晓的，只为他性气不好，没一个人敢合他说。后来人都知道他另有个家，那亲戚朋友们都往那里寻他，通也没人再往这里傍影。你大妗子的兄弟叫你大舅大酒大肉的只合他一条腿，不合你妗子一条腿。

“后来你妗子自己打听出来赶到那里。你大舅把小荷香藏在一边，说：‘我实是怕你，我情愿打光棍躲出你来了。为娘在上，收拾了这个去处，还没完哩。等收拾完了，请娘来这里住，离了你的眼，省的受你的气，被你顶触。我可也再不寻甚么老婆，你只当是死了汉子的寡妇，我只当是没有你的一般，咱‘将军不下马，各自奔前程’！你妗母说：‘咱为甚么？我只是为这丫头气他不过。既是丫头没在这里，咱还是咱，咱同的世人么？’你大舅说：‘哟，这话么！说那世人，你比仇人还狠哩！请，请，你爱这个去处，我同娘还往那里住去。’你妗母说：‘你不家去罢了，好似我不放娘来的一般。’你大舅说：‘我待怎么？要是光我，可我死活受你的。我全是为只有一个娘，怕被你气杀了，叫娘躲了你出来。你不放？你不放，咱同着官儿讲，看谁是谁不是！’他可其自数①黄道黑道的哭。叫那邻舍家听了，把他那哭的话采将出来，编了一个《黄莺儿》：

“好个狠天杀！数强人，不似他，狼心狗肺真忘八。为着那歪辣，弃了俺结发。　　你当初说的是甚么话？恼杀咱将头砍吊，碗口大巴拉。”

“你大舅凭他哭，只不理他。他待了会了，又只得往那头去了。后来他越发红了眼，到如今合你妗母如世人一般。可也有报应，宠的那小荷香上头铺脸，叫他像降贼的一般，打了牙，肚里咽。”

薛婆子说：“这天够老咱晚②的了，叫闺女睡会子好起来，改日说罢。”打发素姐睡了。

一家子俱还没睡觉，各自忙乱，只见素姐从睡梦中高声怪叫。唬得薛婆子流水跑进去。他跳起来，只往他娘的怀里钻，只说是：“唬杀我了！”怪哭的不止。他娘说：“我儿，你是怎么？你是做梦哩，你醒醒儿就好了。”醒了一大会子，才说的出话来。他娘说：“我儿，你梦见什么来？唬的我这们着。”素姐说：“我梦见一个人，像凶神似的，一只手提着个心，一只手拿着把刀，望着我说：‘你明日待往他家去呀，用不着这好心了，还换给你这心去。’把我胸膛割开，换了我的心去了。”薛婆子说：“梦凶

① 可其自数——独自数落。

② 老咱晚——时间不早。

是吉，好梦。我儿，别害怕。”乱轰着，也就鸡叫，人便都没睡觉，替他梳头插戴，穿衣裳，伺候待女婿的酒席，又伺候娶女客的茶饭，又请连春元的夫人来做送女客。

百凡事务，足足忙到五更。只见外边鼓乐到门，薛教授即忙戴了二尺高够伛头的纱帽，穿了粉红色编裂缝的一领屯绢圆领，一条骨镶的玳瑁带，水耳皂靴，出去大门外接了女婿到家。

酒过五巡，肴陈三道，吉辰已到，请催新人上舆。狄希陈簪花挂红，乘马前导，素姐彩轿紧随，连夫人合相栋宇娘子二轿随后，薛如卞、薛如兼都公服乘马，送他姐姐。新人到了门，狄家门上挂彩，地下铺毡；新人到了香案前面，狄婆子用箸揭挑了盖头。那六亲八眷，左右对门，来了多少妇人观看。只见素姐：

柳叶眉弯弯两道，杏子眼炯炯双眸。适短适长体段，不肥不瘦身材。彩罗袂下，烟笼一朵芙蓉；锦绣裙边，地涌两勾莲瓣。若使雄风不露，争夸洛浦明妃；如能英气终藏，尽道河洲淑女。

那宾相在旁赞着礼，狄希陈与素姐拜了天地，牵了红，引进洞房。宾相赞教坐床合卺，又赞狄希陈拜床公、床母。素姐看那宾相：

年纪五十之上，短短的竖着几茎黄须；身躯六尺之间，粗粗的张着一双黑手。老人巾插戴绒花，外郎袍拖悬红布。把贼眼上下偷瞧，用狗口高低喝唱。才子闺房之内，原不应非族相参；士女卧室之中，岂可叫野人轻到。

素姐看了这个形状，厌的一肚闷气，只是不好说得。只见那宾相手里拿了个盒底，里面盛了五谷、栗子、枣儿、荔枝、圆眼，口里念道：

阴阳肇位，二仪开天地之机；内外乘时，两姓启夫妻之义。凤凰且协于雌雄，麒麟占吉于牝牡。兹者：狄郎凤卜，得淑女于河洲；薛姐莺詹，配才人于壁府。庆天缘之凑合，喜月老之奇逢。夫妇登床，宾相撒帐。

将手连果子带五谷抓了满满的一把往东一撒，说道：

撒帐东，新人齐捧合欢钟。才子佳人乘酒力，大家今夜好降龙。

念毕，又抓了果子、五谷往南一撒，说道：

撒帐南，从今翠被不生寒。春罗几点桃花雨，携向灯前仔细看。

念毕，又将果子、五谷居中撒，说道：

撒帐中，管教新妇脚朝空。含苞未惯风和雨，且到巫山第一峰。

念毕，又把五谷、果子往西一撒，念道：

撒帐西，窈窕淑女出香闺。厮守万年偕白发，狼行狈负不相离。

念毕，又把五谷、果子往北一撒，念道：

撒帐北，名花自是开金谷。宾人休得枉垂涎，刺猬想吃天鹅肉。

念毕，又把五谷、果子往上撒，念道：

撒帐上，新人莫得妆模样。晚间上得合欢床，老僧就把钟来撞。

念毕，又把五谷果子往下撒，念道：

撒帐下，新人整顿鲛绡帕。须臾待得雨云收，武陵一树桃花谢。

那宾相这些撒帐诗，狄希陈那里懂得，倒也凭他胡念罢了。只是那相于廷听了，掩了嘴只是笑。薛如卞听了，气得那脸上红了白、白了红的，只是不好当面发作，勉强的含忍。

原来素姐虽不认的字，那诗中义理倒也解得出来，心中甚是恼闷。听他念到“撒帐北”那诗底下那两句，甚是不平，就要思量发作起来，赶他出去，又想道：“既是撒到北了，这也就是完事，可以不言。”谁知他又撒帐上下的不了，愈觉取笑起来。素姐怕他还有甚么念将出来，再忍不住，将薛三省娘子踧地瞅了一眼骂道：“你们耳朵不聋，任凭叫这个野牛在我房里胡说白道的，是何道理？替我掐了那野牛的脖子，撵他出去！”薛三省媳妇道：“好姐姐，你从几时来家里要句高声言语也没有，如今做新媳妇，是怎么来这们等的？”那宾相也甚没意思，丢下盒底，往外就飞跑，说道：“好俺妈！我宾相做到老了，没见这们一位烈燥的性子。”薛如卞说：“你别要多话！你那些诗，这也是在新人面前说的么？我慢慢的合你算账！”宾相说：“好薛相公！我说咱是读书人家，敢把那陈年古代的旧话来搪塞不成？我费了二三日的整工夫，从新都编了新诗来这里撒帐，好图个主顾，谁知倒惹出不是来了。薛相公，你这眼下不娶连小姐哩？我可也再不另做新诗，我只念那旧的就是。再不，薛相公你就自己做。”

正说着，只见狄希陈坐完了账，出来陪他舅子。那宾相吃完酒饭未去，仍把刚才那些话又对了狄希陈辨白。相于廷笑，薛如卞恼，狄宾梁合薛如兼不理论。狄希陈说：“这也罢了。你那诗上倒也都是些实话，没伤犯着什么，怎么该计较？”相于廷听了笑的前仰后合，薛如卞气的把狄希陈看了两眼。狄宾梁封了五钱银子送的宾相去了，方才递酒行礼，让如卞兄弟上坐。家中也摆上酒款待连春元夫人。

薛家随即送了早饭来到，要就着连夫人在此就充了一次送饭的女客。连夫人叫人把那送来的饭，一桌摆在新人房内，一桌送到上房与公婆同用。连夫人叫人请狄希陈进房吃饭，彼此认生，俱不肯吃。连夫人又再三让他，他只是不用。素姐说："他吃的那成！这饭难道臭了？叫人收了去罢！"连夫人笑说："你先不吃，怎么请狄姐夫吃哩？我回去，薛亲家自己来送晌饭，您就吃了。"一边辞了回去。狄婆子再三谢他有劳，送了上轿回来。薛家两个舅子也起席回去，进房来辞素姐，说道："姐姐，俺两个家去罢？"素姐说："没的你也嫁了他罢？不回去！"雌的薛如卞兄弟两个一头灰，往外跑。狄宾梁赶着每位送了一柄真金蜀扇、一枚桂花香牌、一个月白秋罗汗巾、一个白玉巾结，送出大门，看上了马回家。收拾叫狄希陈去薛家谢亲，一对果盒，用彩楼罩着，一副桌面，五方定肉，用食盒抬了，先用鼓乐导引，后面狄希陈衣巾乘马，送到丈人家里。薛教授仍旧穿了那套行头，接进客舍。狄希陈见过了礼，拜了祖先，上席饮酒。

薛夫人一边自己押了食盒来与女儿送午饭，相见了狄婆子，吃完茶，进到女儿房内，悄悄的说道："你家中的那温克①都往那里去了？谁家一个没折至的新媳妇就开口骂人、雌答②女婿？这是你爹那半夜教道你的？快别如此！看婆婆、女婿说什么！"素姐说："狗！他家有长锅呼吃了我罢！我不知怎么，由不的我只是生气哩。"薛夫从道："诌③孩子！那里的气？快别要胡说！后晌女婿进屋里来，顺条顺理的，头上抹下④，要取吉利。"素姐道："后晌我老早的关了门，不叫进房里来。他要敲门打户的，惹的我不耐烦了，我开了门，爽俐打几下子给他！"薛夫人道："胡说的甚么！看人听见。快来吃饭罢。"他守着他娘吃了两个馒

---

① 温克——温顺。

② 雌答——无礼，羞辱人。

③ 诌——傻，不懂事。

④ 头上抹下——第一次。

头、一碗大米水饭。

薛夫人还没回去，狄希陈已是谢过了亲回家。回送了一匹红段、一对银花、一顶方巾、一件银红巴家绢道袍、一双毡鞋、一双绫袜、一部《文章正宗》、一部《汉书》、两封湖笔、两匣徽墨、一对歙砚、两副枕顶、男鞋两双、女鞋两双。将这些回礼收到家中，狄婆子再三谢了薛夫人的重礼。狄希陈也到房里见了丈母，说了几句闲话，辞别家去。

不多一时，又早黄昏时候，差了薛三省娘子送的晚饭，让着狄希陈吃了两个火烧、一碗水饭，摸摸了造子出去了。薛三省娘子让素姐吃饭。素姐说："我黑了不吃饭，你明早煮两个鸡子我吃罢。"薛三省娘子又悄悄对他说道："娘叫我悄悄的对姐姐说，叫你后晌和姐夫好好的睡觉，别要扭手扭脚的，头一日取个和美的意思。你要听说，咱娘明日早来替你送饭。要姐姐不听说，明日咱娘也不来了，三日可也不来接你。"素姐说："哟！我是鼓楼上小雀？唬杀了我！"薛三省娘子说："我是正经话，姐姐，你别当顽耍的。俺待家里去哩。"素姐说："你去罢，叫娘早来看我。"

那狄希陈眼巴巴的看那天，只愿黑了，好洞房花烛夜，巫峡雨云期。但不知佳期果如愿否，只看下回分解，再看其详。

第四十五回

薛素姐酒醉疏防　狄希陈乘机取鼎

情知宿恨非良伴，配作夫妻，业报才无限。阃政好教严似茧，烦苛束湿无条款。　　时有香温和玉软，雨云方罢，放下鸠荼脸。痴汉猩醪挥不断，枭娘厌道钉生眼。

右调《蝶恋花》

却说素姐打发了薛三省娘子家去，渐至掌灯时节，狄希陈还在他娘屋里。他娘说："这天老咱晚的了，你往屋里去合媳妇做伴去罢。"狄希陈都都摸摸①的怕见去。他娘又催了他两遍。他说："我不知怎么，只见了他，身上渗渗的②。"他娘说："你既见他渗渗的的，你往屋里去，就且好生睡觉，别要就生生的惹他。你听我说，去罢。"

狄希陈方才回自己房来，推那房门，门是闩的。狄希陈推门，不听得里边动静。狄希陈着实推叫。那陪嫁来丫头小玉兰问说："姑夫在外头推门叫唤哩，咱开了门放他进来罢?"素姐说："你仔敢开！放他进来了，我合你算账！"狄希陈听说，越发把那门推晃起来。狄婆子听见，从房里出来，问说："这深更半夜，你爹在那房里守着近近的，你不进屋里去，在这天井里跳挞甚么?"狄希陈说："他把房门闩了，不放我进去哩。"狄婆子走到跟前，叫："小玉兰，你过来开了门，放进你姑夫去。这深更半

① 都都摸摸——嘟嘟囔囔、磨磨蹭蹭。

② 渗渗的——渗即瘆。可怕，使人害怕。

夜的，你关了他外头是怎么说？”小玉兰说：“我待开，俺姑不许我开哩。”狄婆子说：“我在这里哩！你过来开开。䠷他！”那小玉兰才待过来开门，素姐跑下床来把小玉兰一巴掌打到傍边，他依旧又往床上去了。狄婆子说：“他既不放进你去，你就往我屋里睡去。这孩子可有些攮业[①]？怎么一个头一日就闩了门不叫女婿进去？我从来也没见这们事！你听着我说，过来开开门。”那素姐甚么是理，声也不做，给了婆婆个大没意思。只得叫了儿子往自己外间睡觉去了。

狄婆子到了自家房内，对着丈夫说道：“这媳妇儿有些不调贴，别要叫那姑子说着了。可这是怎么说，把门闩得紧紧的。我这们外头站着叫他，里头什么是理。”狄员外说：“家里娇养惯的孩子，知不道好歹，随他罢。”狄婆子女人见识，说这个成亲的吉日，两口子不在一处，恐有不利市的一般，又走到他那边去，指望叫他开门。谁知狄婆子合狄希陈刚刚转背，他叫小玉兰连那院落的门都关了。狄婆子又只得自己回来，长吁了两口气，吹灯睡了。

到了次日清早，薛三槐的娘子提了一锡罐脸水送来，走到他那院里，只见院子的门尚未开，叫了两声，没人答应。薛三槐娘子恐怕冷了脸水，带罐提到厨房，与他温暖。狄周娘子把那晚上关门不放陈哥进去；娘自己来说两次，他里边不应；又打丫头，嗔他开门，前前后后告诉了薛三槐娘子。

薛三槐娘子说：“昨日娘怕他这们等的，已是叫薛三省媳妇着实的嘱咐了他，必欲还是这们，这是怎么！不叫狄大娘心里不自在么？我还只说姐夫在屋里，这咱晚还没起来哩。原起是如

---

① 攮业——淘气。

此。狄大爷合狄大娘起来了没?”狄周媳妇道:“等到如今哩!夜猫子似的,从八秋儿①梳了头,爹待中往坡里看着耕回地来,娘待中也络出两个越子②来了。”薛三槐娘子惊讶道:“好俺小姐!婆婆梳了头这一日,还关着门哩!待我叫他去。”跑到他那门前,又怕狄婆子听见,不敢大叫他。又是那十五黑夜一夜没得睡觉,又静悄悄的没人骚扰,睡熟不醒,睡梦中听得是薛三槐媳妇声音,睡梦中唤起小玉兰出来开了门。薛三槐娘子骂小玉兰道:“小臭肉!你不老早的请起姑来,你倒扯头的睡!”进去见素姐才挠着头,慢条斯理的缠脚,说道:“好俺姐姐,你家里的那勤力往那里去了?你撵出姐夫去,你可睡到如今还不起来!狄大娘梳完头,已是络出两个越子来了。咱娘也就来了。”素姐说:“怎么?来赶集哩么?起这们五更。”薛三槐媳妇说:“这是五更?待中大饭时了!”

说着,只见外头说道:“薛大娘到了。”狄婆子接住,送到素姐门口,站住了,让薛夫人自己到素姐房中。见素姐还挠着头,没缠了脚,心里也还道是合女婿同在房中。薛夫人把薛三槐娘子数说:“叫你先来了这们一日,你可不催着你姐姐起来。如今还没下床。怪道你狄大娘门口就站住了!躁煞我!这是怎么说!”薛三槐娘子说:“我来到,这天井里的门关得紧紧的。我只说姐夫还睡着哩,没敢大叫。我到了厨房里,狄周媳妇告诉说:‘昨日后晌,姐姐把姐夫撵出去了,关着门,自家睡哩。’我问:‘狄大爷合狄大娘哩?’他说:‘爹往坡里待中看着耕回地来,娘待中络出两个越子来了。’叫我慌了,才去叫门,又怕乔声怪气的教狄大娘听见。这小玉兰甚么是肯开!”薛夫人把手指着小玉兰骂

① 八秋儿——老早。

② 络出两个越子——络,纺。越子,络线、丝的工具。

了两句。

薛夫人问说："狄周媳妇怎么对着你说姐姐撵出姐夫去？"薛三槐娘子道："他说姐姐只后晌就把屋门关了，狄大娘催着姐夫来屋里，姐夫推叫不开门。狄大娘听见了，自己也来叫，姐姐只是不答应。狄大娘叫小玉兰开门，小玉兰才待去开，姐姐又打了他一巴掌。狄大娘又叫了遭子①，见只是不开，只得叫了姐夫往狄大娘屋里去了，狄大娘又复回身来叫门。越发把这天井的门也关了。"

薛夫人发躁说："好闺女，好闺女！我自己合你说了，恐怕你不依，又叫薛三省媳妇来嘱咐你。必欲不依，我可有甚么颜面见亲家合姐夫哩！"叫薛三槐娘子："你去看轿！我也不好在这里的，趁着没见你姐夫，我家去罢。"薛三槐娘子道："怕怎么的？姐姐年小，不知好歹，娘教道他。使性子往家去，没的就是了么？"薛夫人道："你说的是混话！人家娶一个媳妇儿进门，不知指望怎么喜欢哩。这头一日，就叫个婆婆努着嘴，女婿撅着唇，这是甚么道理？"

适值狄婆子走到，笑说："亲家，我倒没努着嘴，你女婿实有些撅着唇，大清早起来，不知往那里去了。亲家请外边坐，这里教孩子梳头。"薛婆子道："这们样的孩子，我自家悄悄的合他说了，又叫了薛三省媳妇子来嘱咐他，他必欲不依大的们说。你家里那声说声应的，不是你来？情管是你爹不该教道那二三更来。亲家请便，待我打发他梳完头出去。"狄婆子又暂且去了。

素姐梳完头，换了衣裳。薛夫人道："这们个玉天仙似的人，怎么只不听说！"收拾了桌子，摆上饭，叫人去请狄希陈进房吃

① 遭子——几次，一会。

饭。寻到他园子里头，他正看着人摭椿芽。人一连请了两遍，他也没理。第三遍又使人请，说薛大娘等着哩。狄希陈说："怎么，俺家是花子么？没有碗饭吃，单等着吃他的碗饭！我是他甚么人？我吃他的饭！你说俺家有饭，不吃他的饭！"随即看着人提着椿芽回到家里，也没进他媳妇房去，竟到了他娘屋里要合他爹一处吃饭。他娘说："你丈母在屋里摆着饭等着你哩，你往屋里合你媳妇儿吃去。"狄希陈说："我是他甚么人？连屋里也不叫我进去，我吃他的饭哩！他破着今日再送两顿饭，我这叫花子可没的再有指望了。"狄婆子说："你媳妇儿关你在外头，没的是你丈母教他关你在外头来，你恼你丈母？"狄希陈说："我不该恼丈母，他不该教道他么？快快的别教巧妹妹往他屋里去，学上了不贤惠不好！"狄婆子道："我倒教道你来，你听么？"狄希陈说："娘教道我，甚么我没听来？我正好好的在府里住着，娘只去，我没等的娘张口，我就跟着娘来了，还待怎么才是听说哩？好不好，我到府里递上张呈子，把那当铺里秦蛮子呈着，我还夺回孙兰姬来哩！"狄婆子说："我教这孩子们笑杀我了。你就递呈子去罢。"这狄希陈百当①不曾进房吃饭。

薛婆子也甚是不好意思，看着素姐吃了两碗面，雌没答样②的家去了，对着薛教授道："你没事的那后晌教道，教道的孩子这们样的。"把那撵女婿、拒婆婆、不起早，对着薛教授告诉。薛教授长吁了两口气，说道："他前日黑夜那个梦，我极心影③。他如今似变化了的一般，这不是着人换了心去么？这合他做闺女通是两个人了。"薛教授的妾龙氏说道："怕怎么，谁家的坐家闺

---

① 百当——百般；到底。
② 雌没答样——没精打彩。
③ 心影——有心病，别扭。

女起初就怎么样的来？再待几日，熟滑下来，只怕你留他住下，他还不住下哩。”

晌午送饭，薛婆子也没自己去，差了薛三槐娘子送去。狄希陈依旧不曾进房去吃。后晌又叫薛三省娘子送去晚饭，狄希陈又不肯进去。薛三省娘子说：“姐夫在那里哩？待我自家请他去。”素姐说：“你不好疢①！我不要他，你要了他罢！”薛三省娘子说：“姐姐，你只再说，我就要他，怎么辱没了人么？”听见说狄希陈在葡萄架底下石凳上坐着，他跑到那里，说道：“姐夫，姐姐请你吃饭去哩。”狄希陈说：“俺家里有饭，我吃过饭了。看又叫人撵出来，不好看的。”薛三省娘子道：“姐夫，你听我说，你进去吃了饭，坐着别要出来，他好掐出你来么？”又悄悄的说道：“又是独院落，关上天井的门，黑夜可凭着你摆划，可也没人替的他。”狄希陈心里想道：“这倒也是个高见。”将计就计的跟了薛三省娘子进房。谁知素姐见了狄希陈进去，那屁股坐在床上，就如生根的一般，甚么是肯下来。狄希陈等他不来同吃，心里有了那薛三省娘子的锦囊，想道：“他便一顿不吃饭，也就饿不坏人。我且吃饱，有力气可以制人。他且不吃饭，没气力，教他招不住。”正是得计，把饭吃得饱饱的，叫薛三省娘子收了家伙回去。

薛三省娘子道：“姐姐，我家去哩，你可休再似夜来，我赶五更就来接你。”素姐点了点头，见狄希陈坐着不动，知道他是不肯出去的主意。住了一会，听见狄婆子屋里关的门响，素姐说：“你去关了天井门罢，你还坐着怎么？”狄希陈只道他是真意，果然出去关门。素姐等他前脚出去，就跑下床来，自己把房

① 疢（chèn）——病。

门闩上，又合小玉兰抬过一张桌子把门紧紧顶住。狄希陈把那门先使手推，后用脚踢，又用砖石打那窗户。狄婆子听见，又只得开门出来问说："陈儿，你待怎么？"狄希陈说："他哄我出来关门，他又把房门闩了！"狄婆子说："这真也是个怪孩子了，那里有这们样的事！小玉兰，你快着来开门，我明日不起你的皮！"没见动静，又说："小玉兰，你不开门么？"小玉兰说："俺姑这里搂着我不叫我开哩。"狄婆子说："这也就琐碎少有的事！陈儿，你还往我屋里睡去罢。他明日情管就合我熟化了。"狄希陈仗着他娘的力量，还待要踢门。狄婆子说："这半夜三更的，不成道理。你跟着我那屋里去罢。"狄希陈只得跟着他娘去了。

到了五更，薛三省娘子果然就来接他，叫开门，知道狄希陈又没在屋里睡觉。问小玉兰，知道是诓他出去关了门，没教他进来。狄大娘还自己来到叫门，素姐搂着小玉兰不许他去与狄大娘开门。薛三省娘子恼的沉着脸怂恿着。素姐没梳头，踅着首帕，小玉兰跟着，待往家去，依着素姐要锁上房门。薛三省娘子说："家里放着姐夫，你可锁门哩！"走到狄婆子窗户底下，说道："狄大娘，我接了姐姐家去哩，屋门没锁，叫人看门。"狄婆子说："我知道了，你们去罢。住会①有几位客来送他？我好预备。"薛三省娘子说："脱不了是俺娘合连大娘二位，再那里还有别人？"狄婆子答应："知道了。"叫起狄希陈来，往他屋里去看家。待不多一会，也就收拾将明，公母两个都起来收拾待客。

却说素姐回家，薛婆子知道他又把女婿撵在门外，婆婆叫门不理，着实的数落着说他。他说："我不知怎么，见了他，我那心里的气不知从那里来，恨不的一口吃了他的火势！"薛婆子说：

① 住会——过会。

"你可是为他那些生气?"素姐说:"我自家也不知道是为甚么恼他。这如今说起他来,你看我这肚子气得像鼓似的。"薛婆子说:"人生一世,还再有好似那两口子的么?你以后拿出主意来,见了他亲亲热热的,只是别要生气。"素姐开了脸,越发标致的异样。连举人娘子来到,看见,喜得荒了,心里想说,自己闺女老姐那赶上他的模样?薛教授外面备了酒席,邀请女婿。狄希陈使性子,叫他爹娘降发着来了,心里不大喜欢,吃了没多大会子就辞往家去。薛夫人、连夫人送了素姐回去,狄宅请的他妗母相栋宇娘子、姨娘崔近塘娘子、张先、谢先,正在家唱着吃酒。素姐也在席上坐着,正喜笑的,只看见狄希陈来到,把那脸来一沉。众人看着,都也诧异的极了。

狄希陈从头作过了揖,回到自己房内静坐。只见薛三省娘子端着个小盒,提着一尊烧酒送到屋里。狄希陈说:"这是甚么?"薛三省娘子说:"是鸡蛋合烧酒,姐姐待吃的。"狄希陈说:"他吃酒么?"薛三省娘子说:"可是这们古怪的事:常时只喝一口黄酒就醉得不知怎样的,这烧酒是闻也不闻。他虎辣八①的,从前日只待吃烧酒合白鸡蛋哩,没好送给他吃。他今日到家,吃了够六七个煮的鸡子,喝了够两碗烧酒,还待吃,怕他醉了。他吃了没试②没试的。姐夫,你今日可别叫他再哄出去关了门。凭他怎么样的,你只是别动。你先铺个铺,早先另睡,让已他那床,哄他睡了,等各处都关上门,没人听见,你可动手。没的你这们个小伙子就治不犯他?你打哩得空子,撞着这们个美人,你就没法处治他罢?"狄希陈说:"怎么处治,叫我动甚么手?我知不道甚么,这里又没人来,你教给我试试。"薛三省娘子说:"府里孙兰

① 虎辣八——忽然;突然。
② 没试——即没事。

姬没教给你？等着我教哩。”狄希陈说：“只怕各人有各人的本事，那本事不同可哩。”薛三省娘子道：“本事都是一样，没有不同的。”狄希陈起来说道：“你来教我试试。”薛三省娘子说：“你等着，我看看人来教给你。”哄的狄希陈坐着，他一溜烟去了。狄希陈等他不来。只见小玉兰进屋里来。狄希陈说：“你叫了薛三省娘子来，把你姑的这些衣裳替他叠叠。”玉兰见了他说道：“省嫂子，姑夫叫你去替姑叠叠衣裳哩。”薛三省娘子道：“你先对姑夫说去，你说：‘他那里看人哩，看了人就来叠。’”混混着天待中黑上来，薛连二位夫人又到了素姐屋里，大家又劝说了他一会，方才去了。接次着他姨娘、妗母也都起身，又打发了两个女先家去，外头乱哄。

狄希陈在屋里摘了巾，脱了道袍子。素姐想道：“这意思，可哄不出他去了。”正寻思计策，要脱离他开去，明见他把那张吃饭桌端在那抽斗桌边帮成一处，开了箱，拿出一副铺盖，下面铺了一床毡，床上搬了一个枕头，把那尊烧酒倒了一茶钟，冷吃在肚里，脱了袜子，脱了裤，脱了衫袄，钻在桌上睡了。素姐见无计可施，喜得他不来缠帐，也便罢了，只得关了门，换了鞋脚，穿了小衣裳。收拾停当，那月色正照南窗。狄希陈假做睡着，渐渐的打起鼾睡来，其实眯缝了一双眼看他。只见素姐只道狄希陈果真睡着，叫玉兰拿过那尊烧酒，剥着鸡子，喝茶钟酒，吃个鸡蛋，吃的甚是甜美。吃完了那一尊酒，方才和衣钻进被去睡，不多时，鼾鼾的睡着去了。

狄希陈又等了一会，见他睡得更浓，还恐怕他是假妆，扬说道：“这桌上冷，我待要床上睡去。”一谷碌坐起来，也不见他动惮，走下桌来，披了个小袄，趿了鞋，走到床边，闻得满床酒香，他把手伸进被去，在他身上浑身上下无不摸到，就如那温暖的香玉一般。他悄悄的上了床，把被子轻轻的揭了，慢慢的拨他仰面睡着，与他解了裤带，渐渐的褪了下来，把两只白腿阁在自己的肩上；所以然处多加了那要紧开路的东西，认就了门，猛力往里一闯，直进无余。

素姐梦中醒转，心里晓得着了人手，那身子醉的那里动得？狄希陈见他不能扎挣，放心大战。素姐说："我自不小心，被你算计了，你只是慢些，我醒来还好将就；你若不肯轻放，我起来也断不饶你。"狄希陈说："你若后来与我亲热，我这遭便慢慢的施为；你若依旧还是这般生冷，我如今还要加力起来。"一边说，一边直冲直进，甚是勇猛，素姐再三求饶，他方才慢慢的彻了大兵，使那游兵巡徼。直待素姐安定了阵势，方才又两下交兵，毕竟后来把狄希陈战败方歇。两个睡在床上，都如芒刺在背的一般，翻来覆去，再睡不熟。狄希陈仍来桌上睡了，素姐就不曾穿衣，又复睡去。

狄希陈打了个盹起来，又走到床上，又从梦中把素姐干了一下。只见素姐醒来，比初次略略的有些温柔，不似前番倔强。事完，又仍各自睡觉，狄希陈方才称心遂意。清早起来，狄希陈看着素姐笑，素姐瞅了狄希陈两眼，说道："往后要合我说知，才许如此。再要睡梦里罗唣人，我还撵出你去！"

小玉兰往厨屋里舀洗面水，狄周媳妇问说："你姑娘合姑夫一处睡来？"玉兰说："俺姑夫在桌子上睡，没在床上去。"狄周媳妇又问说："你就没看见怎么样的么？"玉兰说："我见来，俺姑可吃大亏了！待我送下水，我可对着你说。"连忙的端进水去，等着素姐洗了脸，又端出盆来与狄希陈舀进水去。

小玉兰出到厨房，对着狄周媳妇，将那夜间干的勾当告讼的一些不差。狄周媳妇说："他两个干事，你在那里来，看的这们真？”玉兰说：“那月亮照得屋里合白日的一般，叫我妆睡着了。我可看着，看姑夫慢慢的起来，摸到床上去了。”狄周媳妇问说：“你姑就没醒么？”玉兰说：“待了老大一会子才醒。”狄周媳妇问说：“醒了怎么样着？他说害疼来没？”玉兰说：“我没听的他说害疼，他就只说：‘慢拉！慢拉！消停着！……我就没那好！’”狄周媳妇问说：“弄了多大一会子？”玉兰说：“弄了够一大会子，姑夫又回到桌上睡了一造子，又到床上，又弄，比那头一遭弄得还久。”狄周媳妇问说：“你见你姑夫的赍子来没？够多大？有毛没毛？”玉兰说：“我怎么没见？他后晌没脱裤么？”玉兰使手比着，也有四五寸长，也有个小鸡蛋粗。狄周媳妇问说：“你没的一宿也没睡觉么？单单的看着他？”玉兰说：“我后晌见姑夫那挺硬的赍子，我这心里痒痒刷刷的，睡不着。看着弄俺姑，我越发这心里不知是怎么样。也说不上来，只这屄里头像待溺尿似的，只发热。”狄周媳妇问说：“热的流水来没？”玉兰说：“一大些水，这腿上精湿的。”狄周媳妇说：“你多大点子人，知道浪！你实指望叫你姑夫也肏你一下子才好！”玉兰说：“是实得肏我下子才好。”狄周媳妇说：“小浪货！像你刚才比的这们大小，一下子还肏杀你哩！”玉兰说：“怎么没有肏杀俺姑哩？”狄周媳妇说：“你姑多大？你多大了？”

正说着，狄婆子来到厨房，小玉兰跑的去了。狄婆子问说：“你笑甚么？”狄周媳妇说：“陈哥今日黑夜得了手了。”狄婆子道：“是小玉兰说来？”狄周媳妇把玉兰的话一字不遗对着狄婆子学说。狄婆子道：“这丫头，这们可恶！后晌叫出他外头来睡。你可也好问他？那孩子知道甚么，叫他再休对着人胡说三道的。”

再说薛夫人因素姐跷蹊作怪，又大吃烧酒鸡蛋，心中甚是牵挂，叫了薛三省娘子来，说道：“你梳上头看看姐姐去，看他今日黑夜作怪来没。"薛三省娘子来到薛家，因知狄希陈在房里，没就进去，先到厨房内与狄周媳妇拜了拜，问说："夜来姐夫往屋里睡来?"狄周媳妇笑说："你该叫着个拘盆钉碗的来才好。"薛三省媳妇笑道："怎么？姐姐的家伙没的破了?"狄周媳妇笑说："打了两下子，有个没打破的么?"薛三省媳妇笑说："可不知是怎么就依了?"狄周媳妇说："他两个在两下里睡，大嫂就没提防，吃了那烧酒醉了，陈哥可悄悄的到他床上，替他脱了裤，抗起腿来。依着小玉兰说，弄得四杭多着哩！扯了一会子才醒。醒是醒了，那身上醉的还动弹不的。"薛三省媳妇笑道："敢子也就顾不得疼了。"狄周媳妇说："一声的只叫：'慢拉！慢拉！'一定是疼。"薛三省媳妇说："俺小哥不知取了喜不曾?"狄周媳妇说："谁知道？我倒没问小玉兰哩。"薛三省媳妇说："我来了这一会子，情管也梳上头了，待我进屋里去罢。"

素姐问说："你来做甚么哩?"薛三省娘子说："娘怕姐姐还作业，不放心，叫我来看看哩。"一边把素姐的被抖了一抖，三折起来，又刷那绿段褥子，说道："呀！怎么这们些血在上头?"素姐红了脸，说道："罢么，替我叠在里头!"薛三省娘子说："姐姐，可娘给你的那个哩？放着不使，这可怎么收着哩?"

薛三省娘子叠着铺盖，适值狄婆子进来。薛三省娘子把那褥子又抖将开来，说道："狄大娘，你看俺姐姐展污的褥子这们等的!"狄婆子看着，笑说："罢呀怎么！你还替他叠起来。"留下薛三省娘子吃了饭，可可的老田也来打听要喜钱。狄婆子赏了薛三省娘子合老田每人二百钱、三尺红布、一条五柳堂织的大手巾。薛三省娘子谢了回去，把素姐成亲的事从头至尾说了一遍，又说："把那褥子我都与狄大娘看了。狄大娘喜欢，赏了我二百钱、这布合手巾。老田也到了那里，也赏的合我一样。姐夫见了我，不是那夜来的脸了，满脸的带着那笑。”薛婆子说：“你赶日西些再去走遭，叫你姐姐把小玉兰挪到厨屋里睡去，这们可恶！”薛三省娘子说：“不消去了。狄大娘说，后晌待叫他外头睡哩。”龙氏道：“我说的是甚么话！这也消替他愁么？往后他女婿只怕待往外边睡觉，他还不依哩。”薛夫人方才放了这根肠子。但不知后来何如，且再看后回解说。

第四十六回

徐宗师岁考东昌　邢中丞赐环北部

世路尽茫茫，关河各一方，数封疆吴楚齐梁。一似别离难再合，嗟卯酉，叹参商。　　恩多偏易见，怨广每相偿，是相遭都在羊肠。只劝人情留好处，访故旧，遇他乡。

右调《唐多令》

却说晁夫人从晁梁七岁的时候就请武城学的一个名士尹克任教他开蒙读书，直教到十六岁。那晁梁的资性也不甚聪明，这尹克任的教法也没有甚么善诱，首尾十年，把晁梁也教了个半瓶醋的学问。宗师行文岁考，晁梁初次应试，县里也取了名字。府考是他丈人姜副宪的人情，也取在三四十名之内。学道将次按临东昌。原来那学道宗师姓徐名文山，江西吉水县人，甲戌进士，原任武城县知县。十六年前，打那晁思才与晁无晏，替晁梁起名字的，都是他。由武城知县行取工科给事中，因谏言削职为民，又丁了两遍艰①，奉恩诏起了原官，升了参政兼副使，提督山东学政。他未曾按临，心里也就想道："那武城晁家的孩子，我与他取名晁梁，今已十六岁矣。那孩子像是有些造化，只怕已是进过学了。"及到了东昌，看那府里呈送的童生文册，武城县童生第三十八名正是晁梁名字。徐宗师看了，晓得他未曾进学，叹惜时光易过，不觉又是一十六年，又叹："凡事有数，只知替他保全

① 丁艰——即丁忧。指遭逢父母丧事。

家事，又替他取名，那知又来与他成就功名。”

到了考试的日期，点到晁梁跟前，宗师见是个披发童生，眉清目秀，知是逼真晁梁无疑。宗师问说：“你是那晁乡宦的儿子么？”晁梁应说：“是。”宗师问说：“你的名字是谁起的？”晁梁回说：“是宗师老爷起的。”宗师又问：“你那嫡母与生母都还在么？”晁梁回说：“都在。”宗师说：“下去就号，用心做文。”那童生们见宗师问了他这许多家常说话，都说：“这是不消讲得，稳稳的一个秀才了。”出的题目是“故旧不遗”、“取二三策而已矣。”晁梁早早做完，交了卷子，送上宗师面试。宗师问说：“你从的先生是谁？”晁梁回说：“是尹克任。”宗师问说：“是我行后进的么？”晁梁应说：“是。”宗师说：“这先生不教你做文的法律？你这文字也还未成，我取你进学，你却要用心读书，不可说是进了学就懈了志，便辞了先生，你就终世无成了。那些晁思才这班歪憋族人也还上门来欺侮你家么？”晁梁说：“每人都与他五十亩地，几两银子，又是几石粮食，如今也都相安了。”宗师说：“与他地的时候，我还在那边。你且暂回家去，待四五日来看案。”

晁梁谢了宗师，回到下处，欢欢喜喜，备了头口，晁凤、小宦童（起名晁鸾）、厨子张重仪跟了暂且回家，说：“徐宗师再三致问，许了进学。”晁夫人甚是喜欢。丈人姜副使也来看望，问晁梁要誊出的文章看了。姜副使说：“这文字就没有情也是进的。”献过茶，欢喜而去。

过了四五日，晁梁仍往东昌，等候出案。过了两日，抬出武城县童生卷来。晁梁进了第四。晁夫人赏了报喜的人。晁梁谢了宗师，告辞回家送学，不必烦言。

再说武城县有个光棍，叫是魏三，年纪约四十上下，专一在县前做保人，替比较。后来攒了些不明白的钱，又在县前开了个酒店，又在间壁开了个小杂粮铺，家中也尽可过得日子。一日，走到晁家门上，撞见晁凤，彼此作了揖。晁凤因常往县前勾当，每次都在他酒店借坐饮酒，彼此都也相识。晁凤问道："呀！魏明泉，你是个忙人，有甚事到这里?"魏三说："我特来寻小相公，合他有句话说。"晁凤道："这事跷蹊！俺家小相公家事是一些不管的，你又不是书铺、笔铺，寻他何干？况他正在书房，也没在家里。你合他说甚，你把话留下在这里，即是一般。"魏三说："这事你也尽是晓得的，小相公是我的儿子，我因贫难度日，悄悄的收了你家三两银子，你家使老娘婆老徐抱了来家。这是我的个头首孩子，那穷就说不得了，我如今也有碗饭吃，怎舍的把个孩子放在人家？我情愿用二十两银赎他回去。我就是来说这个。"晁凤道："你胡说甚么哩？小相公是沈奶奶生的，徐大爷还自家看了，叫老娘婆验过，生了还报与大爷知道，大爷起的名字，大爷还送的粥米，这谁是不知道的？如今徐大爷不见做学道哩？到徐爷跟前就知事的真假。"魏三道："徐大爷只见有个大肚子就是了，没的徐大爷自家使手摸了一摸不成？您家里做的弄儿①，没的徐大爷是你家灶神么?"晁凤说："你休胡说！若真个来历不明，还不够叫俺族里的几个强盗掀腾哩。"魏三说："你看这话！不是为堵挡那族里的嘴，要俺这孩子做甚么？要不是有这点绕弯，晁奶奶可不就轻易的一家给他五六十亩地呀？你到家合奶奶说，奶奶心里明白，奶奶使孩子如今就跟了我家去极好。要奶奶舍不的，叫他且养活奶奶老了，可这话合我另讲。要说是合我混赖，倒趁着徐爷在这里讲个明白倒好。"晁凤道："你且去

① 做的弄儿——做的手脚。

着，待我合奶奶说。”魏三道：“我往那去？你进去说声，或长或短的，咱好各人干营生。”晁凤道：“你等等，待我进去说看。”

晁凤对着晁夫人从头说了一遍。晁夫人道：“这奇呀！这话是那里吊下来的？你去书房里请了你二叔来。”晁凤从便门请了晁梁来到。晁夫人说：“外头有个人说你是他的儿，他来认你家去哩。”晁梁说：“真个么？”晁夫人说：“真个，倒不诧异的慌了！”晁梁道：“这话可是从那里来的哩？”晁夫人叫：“晁凤，你从后门出去，到姜爷家把前后的事对着姜爷告讼告讼。看姜爷怎么说。”

晁凤见了姜副使，说了前后的事情。姜副使沉吟道：“只怕是真个！”晁凤道：“甚么真个！不知他待怎么只自乍，听了恶囊的人荒①。到其间，这真的事也假得的么？二叔是通州香岩寺梁和尚脱生的，他那里坐化，这里落草，那模样合梁和尚再无二样，这都是有招对的。那咱爷两只手上两道天关文，文里头都有一根毛，挦了又长，姜爷记的？如今这二叔的手上合爷一些不差。”姜副使说：“是，你爷那两只手上两道横文，文里头两根焌黑的毛，拔了待不多两日，又长得大长的。如今你二叔也是这们的么？”晁凤说：“可不是怎么？姜爷不信，看看就知道了。”姜副使说：“要是这等，再没的话说了。如今那光棍哩？”晁凤道：“他叫我进去合奶奶说，我从后门来了，他还等着哩。”姜副使说：“待我自己到那里。”叫了轿夫伺候。晁凤仍先从后门到家回了晁夫人的话，出去见了魏三说道：“我合奶奶说了，叫你等等，合你说甚么哩。”

不多一会，只见姜副使来到晁家，门上人报知，晁梁接待。

---

① 恶囊的人荒——恶心得使人心慌。荒，通“慌”。

献过茶，晁夫人出来相见，诉说了前后事情。姜副使说：“这是那光棍绰着点口气来诈银子，这事看来必定是合他到官才好。只是这县里断事全不在理上，这事都定不的。”说话之间，只见魏三外面吆喝道：“怎么着哩！或长或短，分付我去，叫我把这们一日门，也不当家！”姜副使说：“这就是那人么？”晁凤说：“就是他。”姜副使说：“你叫他进来，我问他。”

晁夫人辞别往后去了，晁凤将他叫到厅前。他待指望姜副使与他为礼，还让他坐下。那姜副使见他进来，坐在上面不动。他只得说道：“姜爷，我不敢作揖了。”姜副使问：“你叫甚么名字？”他说：“我没有名字，我是魏三。”姜副使说：“那个孩子是你的？”他说：“就是这新进的小相公是我的儿。那年这宅里因合族里人合气，知道家里怀着肚子，叫徐老娘去合我说：若生的是儿，要买了来当是自家生的。这宅里女人妆着怀孕等着。后来俺家里果然生了是儿，徐老娘拿了三两银子来，没断脐就抱的去了。”姜副使说：“有甚么凭据哩？”他说：“徐老娘见在，与我的三两银子也原封没动，这都不是证见么？”姜副使说：“你那孩子是几时生下来的？徐老娘是几时去抱？”他说：“是景泰四年十二月十六日酉时。徐老娘收了生，接下来就使布子裹着，揣在怀里来了。”姜副使说：“你知道我就是这小相公的丈人么？我当初原只把闺女许晁公子，若是你的儿，我没有合你做亲家的理，我只得要退亲。刚才据你说的话，有几分真理。但这里晁奶奶若使不肯叫你认回去，你却怎处？”他说：“我对着姜爷说实话，这里晁奶奶从小儿的雇奶子奶的大了，请先生教他读书，才进了学，合姜爷府上结了亲，压伏的族里人屁也不敢放个，听说晁奶奶又极疼他，我冒冒失失的来认孩子，岂肯善便就教我认了去的？但不瞒姜爷说，常时是穷光棍，自己吊着锅子底，认他回去与他甚么吃？如今托赖龙天看顾，卖着几壶酒，扭那壶瓶嘴子。又开着个杂粮铺，日求升合的，如今也颇颇的过得日子了。人只是没及奈何才卖孩子，既有碗饭吃，谁肯把孩子卖给人家？看来不是晁奶奶这里送我到官，就是只得我往县里告状，再没别话。”姜副使说：“看来你晁奶奶也不送你到官。这只是你要告状。如你必欲告状，你把说的那些情节，你就写一个与我；我执了你这个凭据，我好退亲。你兴词告状可不许你带我一个字脚。”他说：“我不会写字，我刚才说的就是了。”姜副使道：“你口里的话怎当的凭据？你待不告状哩，你就合状一般写一纸与我，我好作据。倒也亏不尽你把这事早掀腾了，要待闺女过了门，可怎么处？这保亲的这们可恶哩！”他说：“我也还等晁奶奶的分付，看晁奶奶与我好讲，我也还且消停。”姜副使说：“你也不消等晁奶奶的话，要做就做。晁奶奶刚才在这里合我说来，没有甚么好话与你说。”

姜副使对着晁凤说道：“你多拜上奶奶，这踏脚①的营生将来哄不住人，我岂肯把一个闺女许与买得小厮？我这到家就着原起保亲的送回聘礼来。合奶奶说，就把我的婚书回礼也都查了回去，再不必又往反多事。”晁凤说：“这事从天上吊下来瞎话！姜爷怎么就听他？”望着晁梁，说：“二叔，你可也把前后的事对着姜爷说说，怎么一声也不言语？”姜副使道：“他那里晓的这个缘故？你叫他说。”一边悻悻的上轿，也没合晁梁拱手作别。一面叫家人跟了魏三照依他说的话，徐老娘合原银为证，将孩子的生时八字写真。一面着人唤保亲的媒人到宅，着实发作，说他将买的小厮骗他的闺女，叫他拿了原定退与晁家。那媒人指天说地，叫屈称冤。

---

① 踏脚——骗人。

姜副使说："他的亲老子，县门口卖酒的魏三，见在这里认他，你倒还替他赖哩！"那媒人说："魏三是我妹子的外甥，我认的他，我合那砍头的讲！"毡包端着晁家的原定，气狠狠的走到魏三家里。魏三不在，说他在间壁孙野鸡家写状哩。媒人寻到那里，合他拾头打滚，说他没天理凭空毁人亲事。魏三也合他嚷了一场。拿着定礼走到晁家，对着晁夫人说了前后，气得春莺并一家大小只是要死。惟晁夫人一些也不发躁，只说："退亲就退！我有这个学生，怕寻不出这门亲来？"取出定礼来看，虽有几匹尺头钗钏，都不是原物。晁夫人心里明白，晓得姜副使另有主意，也另寻了几匹尺头，当是原礼回去。姜家也就收了。

媒人到家，家人同了魏三拿了一个揭帖回来。那揭帖上面写道：

具禀人魏镜，禀为强夺亲子事。已故晁乡宦妻郑氏因恐族人分夺绝产，故使妾假妆怀孕，于景泰四年十二月十六日酉时知镜生有一男，使老娘婆徐氏付银三两，强夺为子，欺压族人。镜畏势不敢言喘。徐氏原银存证。今镜颇可过活，镜男应断归宗。镜情愿出银二十两为谢。上禀。

姜副使看了，说道："你这禀帖写的极明白，他自是没的说。你要告状就该早告，别要待他告上状，做了被告就不好了。"

魏三辞了出去，又到晁家寻见了晁凤，说道："我已写下状子，刚才也递了一个禀帖与了姜爷。你再与奶奶商议，若奶奶必欲舍不得教我领去，与我几百两银子，我明日写个合同，教他就永世千年做晁家的人，奉晁家的香火，我也就割断了这根肠子。要是不依，只是给我孩子将去。再不，我只是告上状，凭大爷断罢。"晁凤说："叫你鬼混的着姜爷家把亲都退了，你还说这个？你等着，我与奶奶说去。"晁凤从里边出来说道："叫你流水快走，要再上门胡说，叫人把毛挦了，打你个臭死哩！”魏三说：“罢呀怎么！咱待不见哩么？”佯佯的去了。晁梁问晁夫人道：“娘，我真个是三两银子买的么？”晁夫人说：“诌孩子！要是银子买的，就合晁鸾似的了，他才是买的哩。”

却说次日清辰，魏三持着状跟进投文的去，递在案上，告着徐氏为证。次日准出状来，差了民壮齐人。姜副使差人往直堂房里打听状上的话说，与禀帖上果然一字无差。姜副使说：“这光棍也不知听谁调唆了。我见他说的话离了母，我恐怕他后来改了口，所以哄他叫写个禀帖给我做了凭据，叫他改不得口。只这他自己的状上好些别脚，‘一字入公门，九牛拔不出’哩。他说为穷卖孩子，怎么有原银为证？子时生的，早堂就往县里去报，徐县公从学里上梁回来，起名晁梁。那梁上见有建造年月日时，他没打听真就说是酉时。只这两三个叉股子①，问不杀他哩！”晁夫人急着待合他见官，自己用诰封宜人的呈子，徐氏的诉状，姜副使也有公呈，都准了出来，伺候听审。

那县官姓谷名器，江本新淦人，丙戌进士，坐了堂，先唤上魏三去。魏三说：“小人那时甚穷，有妻怀孕。这收生婆老徐说道：‘晁乡宦无子，族里人欺他，要当绝产分他的家事，把一个妾装做怀孕，要寻一个孩子当是自己生的。你家又穷，就生个孩子也没得给他吃。若你生的是个儿子，叫他给你三两银子，你把儿子与他罢。’小人因穷，也就应承了。到了临月的时候，这徐氏日夜守着。到景泰四年十二月十六日酉时，果然生的是儿。连脐也没断，徐氏就抱得去了。小人因穷，故卖儿子，如今挣得有碗饭吃，怎么舍的卖孩子。他那原银三两，小人原封见在。小人

---

① 叉股子——即“岔子”，指前后矛盾。

情愿加上二十两银子谢他养育之恩。”

谷大尹道：“你既受他三两银子，他抚养已成，又教他读书进学，这也难认回去了。我叫他再与你二十两银子罢。”魏三说：“如今小人见在无子，老爷就断二千两与小人也是无用，只断还儿子便是天恩。”谷县公又叫徐氏问道：“这晁梁果然是你抱了去的么？”徐氏道：“我若起先曾看见这魏三，就滴瞎了双眼！若曾到他家，就搉折了双腿！这是晁乡宦妾沈氏所生，因合族人争产，前任徐大爷亲到他家，叫了我来诊脉，果真有胎，就着我等候收生。还说生的是男是女，还报徐大爷知道。等至十二月十六日子时落草，见是个小厮，清早就往县里来报，徐大爷往学里上梁去了，等得徐大爷回来，因此徐大爷替起的名字是晁梁，还送了二两折粥米银子，何尝是他的儿子！”

谷大尹说：“这是你们做的脚子哄那徐大爷。这也是常事，我那边就极多。只是你不该刚才发那两个咒，该拶一拶子。”叫晁梁：“你明白是魏三的儿子，你愿回去么？”晁梁说：“生员有嫡母，有生母，俱还见在。若生员果是买的，只嫡母也便罢了，如何生母才十六岁就因生员守节？既说生员是他儿子，他知生员身上有甚暗记？”魏三说：“你方才生下，徐氏就抱得你去了，谁得细看？”徐氏道：“我若从你家抱了他去，把这双手折了！”谷大尹说：“你还要发咒！可恶！”魏三说：“只记得他右臂上有朱砂瘢记一块，够折字钱大，合朱砂一般红的。”

晁梁把右手伸将出来说道：“这右臂何尝有甚朱砂瘢记？你是那日在我家见我端茶，手臂上因夜间被蝎螫了一口，抹的麝香胭脂，你就当是砂瘢了。”谷大尹道：“读书人不要忘本。你虽在晁家，一定你那嫡母也恩养得你好，但毕竟不是你真正的根本。况这魏三他说也没儿子，你怎可不归宗去？”魏三也说：“儿，你别要恋着富贵伤了天理，我如今也够你过的哩。”晁凤禀说：“老爷听他的瞎话！他家见放着三个儿子，都叫了他来，与这小主人比一比，看是果否一般不是。”谷大尹道：“又不曾叫你，你却上来多话！”拔了四枝签，把晁凤尖尖的打了二十，叫上一干人来，谷大尹写审单道：

审得晁乡宦于景泰四年身故，族人因其无子，抢夺家财。本官妻宜人郑氏，将妾假妆怀孕，用银三两买魏三之子，于分娩之时，螟蛉诳众。抱去者，蓐妇徐氏也，活口见在。今此子十六岁，进学矣。魏镜欲十倍其价赎回，但魏镜仍有三子，若晁梁断回，则晁官为若敖①矣。留养养母终身，俟晁梁生子，留一子奉晁氏香火，方许复姓归宗。落房存卷。免供。

谷大尹读了审单。晁梁大哭，说是：“光棍明说诈银，离间母子，望尊师再断！”谷大尹道：“连你自己也不晓得，这也难怪你。我断得不差。”傍边人役不容回话，一顿赶了下来。除了魏三得意，这晁思才、晁无晏甚是猖狂，说：“怪道每人给四五十亩地，四五两银子，几石粮食，原来有这些原故！”算记要从新说话。连那姜副使也垂首丧气。

晁夫人只是叫屈呼天，每日早晚烧了香，祝赞天地，愿求显报。又说：“他爹在华亭时候，曾问这样一件事情，问的与这丝毫不差，后来却是假的，被一个道里问明。这明白是天理不容，现世报应，这也非是县官与我们有仇。”晁夫人要自己出官，赴道告状。只见县里礼房拿了一张纸牌，上面写道：

兵部右侍郎邢，为公务事，票仰武城县官吏照票事理，即将发去官银六两置办单开祭品，听候本部经临之日，亲诣该县已故

① 若敖——绝后嗣。

乡官晁墓次致祭。事完，开的数报查。须至票者。粘单一纸，计开：汤猪一口、汤羊一腔、神食一桌、祭糖一桌、油果一桌、树果一桌、攒合一桌、汤饭一桌、油烛一对、降香一炷、奠酒一尊、楮锭。

将牌送到晁家来问："这邢老爷是与府上致祭不是？恐错了不便。如果与宅上致祭，好预先往坟上伺侯。探马来报，明晚座船就到河下。"

晁凤进去说了。晁夫人道："这一定就是河南的邢爷。你问打听邢爷是甚么名字，是那里人？"礼房说："缙绅上刻的是邢宸员皋门河南淅川人。"晁凤说："原来是旧日的西宾邢爷。他来这里做甚么？"礼房说："他原是湖广巡抚，合陵上太监合气，被太监参了一本。查的太监说谎，把太监处了。邢爷告病回家，没等得回籍，路上闻了报，升了北京兵部侍郎，朝廷差官守催赴任，走的好不紧哩。"晁凤说："起动到家请坐吃茶。"礼房说："你认的我不？我是方前山，合咱家都有亲，我是你故了的计大婶表兄哩。"晁凤说："原来是方大叔，就不得认的。坟上该怎么伺候？早说，咱好预备。"方前山说："您不消费事罢，我叫那里的地方催去。得一座三间的祭棚，一大间与邢老爷更衣的棚，一间伺候大爷，一间伺候邢老爷的中军。"晁凤说："若教地方催办，这就越发省事。"因邢皋门将到，忙乱接待，又要坟上伺候，又要河下送下程小饭，又请姜副使到坟庄上陪县官合邢皋门，倒也把官司的事情丢待脑后。

果然次日晚上，邢皋门三只大座船，带着家眷，从湖广上京。晁夫人送的两石大米、四石小米、四石面、一石绿豆、六大坛酒、四个腊腿、油酱等物，不可悉数。晁书领着晁梁，衣巾齐整，候见。邢皋门即忙让到船上见了，又喜又悲，感不尽晁夫人数年相待周全，将送的礼尽都收了。天够二更，方送下船来。次早自到晁家回拜，选了两匹南京缎子、两匹松绫、两匹绉纱、两匹生罗、两领蕲簟、两篓糟鱼、六十两银子，又送晁梁书资二十两、贺仪十两，又赏晁书、晁凤、晁鸾向日服事过的旧人共银十两。晁夫人也自己出来相见，置酒相待，去请姜副使来陪，已往坟上去了，止晁梁自己陪着吃酒。邢侍郎还要赶到坟上致祭，即日起身，别了上船。晁夫人合晁梁急急的又赶到坟上，好照管迎接。大家忙的恨不得像孙行者一般，一个分为四五个才好。谁知：

贵人一到，福曜旋临。

多少阴祸，立刻潜消。

再听下回接说。

第四十七回

因诈钱牛栏认犊　为剪恶犀烛降魔

九疑凶，人更险。方寸区区层叠皆坑坎，柔舌为锋意剑惨，一言祸败，几致人宗斩。　　鬼难欺，天有眼。宪台犀火明于闪，霹雳当空回梦魇，端人确证，惊破妖狐胆。

右调《苏幕遮》

接说晁梁被那光棍魏三的搅乱，谷大尹的胡断，致得那晁思才、晁无晏俱算计要大动干戈，就是晁梁也自生疑虑。晁夫人和春莺气的只是哭。你说这样光棍，叫他昌盛过好日子，岂不天爷没眼？晁夫人发恨，要自出去，趁着徐宗师按临夏津，亲自递状申冤，望求明断。适值邢侍郎经过，忙乱了几日。邢侍郎在城中回拜，匆匆的赴了一席，连忙的上船，要往晁乡宦坟上致祭，祭完还要连夜开船。到了坟上，武城县官接着相见过，辞了开去。却是姜副使迎接入棚，更衣上祭。祭完，让至庄上筵宴，姜副使备说魏三冒认告状，县官绝不详情，立了文卷，勒令养母终身，改姓归宗。邢侍郎说："这事一定有个因由，不然这个光棍凭何起这风波？"姜副使又把当日晁知州死后，族人怎样打抢，徐县公经过怎样问断，亲自叫老娘婆验看，叫人报喜起名，前后细说了一遍。邢侍郎说："这个县官也可谓缜密之极，后来谁知还有此等浮议！"姜副使说："这徐父母就是如今敝省的见任学道。"邢侍郎说："原来如此。有他见在，这就是极真的确见了。"姜副使说："正是，所以晁夫人算要自己出告，不然留这疑端在后，甚是不妥。魏三的状上，他说因贫卖子，又说卖子的原银三两现在为证。这小婿是十二月十六日子时生，黎明即往县里报徐父母知道。适值那十六日早辰徐父母往儒学上梁回来，还穿着吉服，还说：‘此子定有造化，叫我穿了吉服迎你们的喜信。我上梁回来，就起名晁梁。’如今那光棍打听不真，说是十六日酉时。如此的矛盾，县公也绝不推究，只以光棍之言为主。”

晁凤说道：“俺爷两只手上天关文，文里长的毛。邢爷记得不曾？”邢侍郎道：“这我记的么。我还常对着人说。”晁凤说：“如今俺二叔两只手上合爷的一样。二叔，你伸出手来与邢爷看看。”晁梁伸开手掌。邢侍郎道：“可不奇怪？与尊翁的一些无异！”晁凤又说：“昔日梁生的模样，邢爷还记得么？”侍郎道：“我记的么。”晁凤说：“俺二叔这模样，邢爷看像似谁？”邢侍郎说：“你说像谁？”晁凤说：“别人没见梁生，邢爷是见过的。这二叔合梁生的模样有二样么？”邢侍郎说：“我昨日相见，就说合梁生一个模样，这却是怎说？”晁凤道；“这二叔可是梁生脱生的。”邢侍郎说：“这奇！你细说说我听。”

晁凤把那晁源从邢侍郎行后，怎么发疟疾，发的怎样见鬼。奶奶差晁书香岩寺请僧保安，撞见梁生、胡旦在寺出家，怎样晁源留他行李，骗他银子，晁夫人替晁源赔了梁生、胡旦的六百三十两银。梁生、胡旦怎样常来山东看望，梁生发愿要托生与奶奶为子。到了十二月十六夜子时，他那里坐化，这里奶奶做梦，梦见他进屋里来与奶奶叩头，说奶奶没人，他愿来伏侍。奶奶刚醒，沈姨就生二叔，落草也是子时。奶奶说梦见梁和尚生的，算计待起名“晁梁”，可可的大爷就起了个名字。又说：“梁和尚至今未葬，肉身坐在龛内等他自己葬他。奉敕修建的坟茔，好不齐整。明日邢爷船过，待不见哩？胡和尚知道邢爷船到，他自然来接邢爷的。”邢侍郎着实嗟叹，说：“停会等县官来送我，叫他把这事断明，立案防后。”

姜副使说：“这个谷父母性极偏执，老先生到这里，他心里必定说是告诉老先生了。若老先生不题还可，若老先生说一说，这事就不可知了。”邢侍郎说：“既晁夫人要往学道告状，学道正在这里送礼，我回书中写与学道罢。”姜副使说：“这舍亲就拨云见日，晚生代舍亲叩谢。”姜副使要出席去叩谢，邢侍郎止住，罢了。

邢侍郎要起席上船，晁夫人又自己出来再三致谢。邢侍郎说，去京不远，凡有难处之事，俱许照管。又说：“那光棍诬告，我就有书与学道，老夫人这一状是少不得的，速急该递。”晁夫人说：“这山里荒村，通没有甚么相待，该叫学生到船上送一两程才好。他又一步不肯离我，昨日两次往府里考去，我都跟了他去，通像个吃奶的孩子一般。”邢侍郎说：“这正是见赤子的天性。不劳送，就这边别过。”

邢侍郎上轿到船，放了三个炮，点鼓起身。晁凤、晁书、晁鸾三个伏侍过的，都送到船上，叩别而回。行了数里，县官禀送。邢侍郎叫拢船相见，请到官舱待茶。谷县公必料邢侍郎替晁家讲这件事，心里想道：“若邢侍郎不讲便罢，若是讲时，要着实番起招来，把晁梁立刻断了回去。”幸喜姜副使嘱付过了，邢侍郎绝口不言，只说：“这晁老先生在日，原是旧东家，极蒙相爱。经临其地，到他墓上一奠，喜得还有一子，也令人悲喜交集。凡他家中之事，望都推分垂青。”谷县公说道：“是。拳拳谨领。”邢侍郎亦再无别言而去。谷县公对着左右说道：“便宜他。我说邢爷一定替他讲这事，谁想一字不题。”县公坐船回去。邢侍郎把魏三冒认之事，自己与晁家相处之情，说晁夫人要自己出官告状，备细写在学道回书之内。徐宗师拆开看书，不胜诧异。

过了两日，只见一人跪门递状，徐宗师唤入。方到台口，徐宗师问说："你是晁乡宦的家人晁凤？告的是甚么事?"晁凤说："告的冤苦事。老爷看呈子就明白了。"呈上写道：

诰封宜人郑氏系已故原任北直隶通州知州晁思孝妻，呈为积棍冒认孤子吓诈人财事：氏夫于景泰二年三月二十一日病故，有妾沈氏怀孕五月，因族人打抢家财，蒙老公祖亲临氏家，即唤蓐妇徐氏，公同合族妇女，验得沈氏之孕是真，蒙谕徐氏看守收生。生时驰报，又蒙赐礼赐名。氏上自祖宗感戴延祀，天恩不可名状。今被积恶棍徒魏三突至氏家，称言氏子晁梁系伊亲子，景泰三年十二月十六日酉时，因贫难度，受氏银三两，将子分娩之时即卖与氏，原银与徐氏抱证，谎状告县。县官信以为真，断令氏子晁梁养氏终身，即许改姓回去，止着晁梁留下一子奉晁氏香火。似此以真符假，起衅族人，离间母子，斩人血祀，绝鬼蒸尝，冤恨难伸，伏望神明老公祖详察！晁梁生于十六日子时。老公祖儒学上梁回县，时方正卯，氏已差人报闻。今伊言十六日酉时，相去已远。既称因贫卖子，何得又有原银三两存于十六年之久？种种不情，自相矛盾。伏乞青天爷台暂停片刻之冗，亲提魏三并徐氏质审，自见真情。投天呼吁上呈。

宗师看了呈子，问道："你主母在那里?"晁凤说："见在门外。"宗师说："请回下处，我提人亲审。"晁夫人合晁梁都回到下处。

徐宗师次早即佥了牌，差人提魏三、徐氏、晁思才、晁无晏，限次日投文听审。牌上朱批："如违限一日，县差与原差各重责三十板革役。"晁夫人又差晁书家去照管徐老娘婆的头口。学道文书下在县里，谷县公恨得咬牙切齿，只得与他出了票拘人。这魏三恃着县公问过，倒不放在心上。倒是这晁思才、晁无晏两个是领过徐宗师大教的，倒觉有不胜恐惧之至，都面面相觑，说道："这可是没要紧！这事与我两个何干？把我们呈在里面。这不有屈难伸么？"晁无晏道："这再无二话。这一定是七爷你前日陪着审官司的时候说了那几句闲话，有人传到他耳朵里，所以把咱都呈上了。"晁思才道："二官儿，你没说么？没的光我说来？"晁无晏道："你看七爷，我要没说，他倒不呈告我了。"差人拘齐了人，佥了批。众人打发了差人的常例，连夜回到夏津，依限次早投了文。挂牌晚堂听审，各人暂回下处。

且说武城县的任直，挟着几匹厂绸在街上卖，撞见晁凤，问说："你在这里做甚？"晁凤将魏三认儿的事情仔细告诉了一遍。任直问说："这个相公今年十几了？"晁凤说："十六了。"任直掐着指头算了一算，说道："景泰三年生的。是几月？"晁凤说："是十二月十六日子时。"任直又沉吟了一会，问道："就是才听审的魏三呀？"晁凤说："可不就是他么。"任直说："他如今县门口卖酒，开粮食铺子哩。"晁凤说："就是。"任直说："他这一定有人调唆。不然，就是待诈钱。我且去卖绸，赶晚堂，我来陪你。问明了就罢；不问明，我叫这光棍死不难。"晁凤说："你在这里做甚么？"任直说："我家里闲空没的做，顿①了几匹厂绸来卖，通卖不出去。我也使性子，正待回去哩。"晁凤说："日西没事，仗赖你来陪俺一陪极好，我专候着。"晁凤别了任直，回到下处，吃了饭，都来道前候审。

徐宗师放炮开门，唤进听审人去，头一人就叫徐氏，问说："我记得当初曾叫你同了他族里的许多妇人验明说是有孕。你还

---

① 顿——批发。

说是已有半肚，是个男胎。这话都是你说的，怎么如今又有这事？”徐氏说：“从那一年腊月初一日晁奶奶就叫了我去守着，白日黑夜就没放出我来，怕我去的远了，寻我不见。每日等着，不见动静。直到十五日饭时，才觉的肚子疼。晁奶奶还叫了个女先等着起八字，等到十五日的二更天还没生。晁奶奶打盹，我说只怕还早，叫我拉着个枕头来，我说：‘奶奶，你且在这热炕上睡睡，待俺等着罢。’天打三更，晃奶奶睡梦中说话，就醒了，说：‘梁和尚那里去了？’俺说：‘没有甚么梁和尚。’晁奶奶说：‘我亲见梁和尚进我房来与我磕头。他说：“奶奶没人伏待，我特来伺候奶奶。”我说：“你是个出家人，怎么好进我卧房？”他径往里间去了。’晁奶奶正说着，里间里就孩子哭。我接过来看是个儿子，我说：‘奶奶大喜，是个小相公！’女先刻了八字，正正的子时。十六日清早，晁奶奶就叫我来报与老爷知道，老爷起的名字是‘晁梁’。晁奶奶说：‘我梦见梁和尚，正算计要叫他是‘晁梁’，怎么大爷可可的起了这个名字！’”

徐宗师说：“梦见梁和尚是怎说？”徐氏道：“这梁和尚是晁奶奶家的门僧，在通州香岩寺出家。那咱被人杀了的晁源曾坑了这梁和尚的六百多银子，晁奶奶知道了，替晁源还了那和尚的银子，后来又从晁源手里要出原银。晁奶奶也没收，就舍在那寺里买谷常平粜粜，如今支生的够十万多了。那梁和尚发愿要托生晁家做儿，补报晁奶奶的恩。梁和尚十二月十六日子时那里坐化，这里是十二月十六日子时下地。这事奏过旨，替梁和尚建的塔，修的寺院，差司礼监亲自御祭。梁和尚的真身还不曾葬，留得遗言，等他自去葬他哩。这事这们有凭据的。他说是他的儿，腊月十六日酉时生的，晁奶奶使我拿了三两银子，买了他的来。我说：‘若起初曾见他一面，滴瞎了双眼；曾到他家，跌折了双腿。’县官嗔我说誓。”

宗师说：“过去。”叫魏三。宗师看了他几眼，说道：“你说晁梁是你的儿子，他那些像你？”魏三说：“老爷岂不说‘居移气，养移体’？他住的见是甚么房子？吃的见是甚么东西？穿的见是甚么衣服？这要像小的，怎么得像？若叫他跟着小的过几时穷日子，情管就像小的了。”

宗师说：“你却指甚么是你的确证？”魏三说：“交银子与小的，抱孩子去的，都是这徐氏。这徐氏是活证。还有他原银为证。”宗师说：“他因何就问你买？你却因何就肯卖与他？”魏三说：“他家乡宦死了，晁源被人杀了，族里人抢他的家事，这都是老爷问过的。他把个丫头装着怀孕，要寻一个新生的孩子，当是自己亲生的，哄那族人。这徐氏因平日也都认识，他见小的媳妇子怀着孕，他说：‘你穷穷的，养活着孩子，累着手不好挣饭吃，我给你寻一个好主子，替你养活着，就不拘待多少年，脱不了还是你的儿子。我叫他给你三两银子，你又好做生意的本钱。’小的实是穷的慌了，应承了他。及至临月的时候，徐氏白日黑夜守着，等到十二月十六日酉时，果然生的是个儿。徐氏使了块布子裹了裹，揣在怀里，脐也没断，就抱的去了。”

宗师问：“你那孩子身上也有些甚么记号没有？”魏三说：“天已点灯的时候，忙忙的，那里看有甚么记号。”宗师说：“十二月的酉时也还是大亮有日色的时候，怎就看不见记号？”魏三说：“那腊月短天，怎么得有日色？”宗师说：“那三两银子是几时交与你的？”魏三沉吟了片刻，说：“徐氏抱了孩子回来，与了小的三两银子。”宗师说：“给你银子的时候是几时？”魏三说：“天有起鼓了。”宗师说：“你那原银在那里？”他从腰里兜肚内取出一封银来。宗师问说：“这是徐氏给你的银子么？”魏三说：

“就是。小的拆也不拆，原封未动。”宗师问说：“你为甚么不动?”魏三说：“小的料得后来要合气，所以留着原银，好为凭据。”

宗师笑了一笑，说道：“我把你这个光棍奴才！你在我手里支调。拿夹棍上来夹起!”魏三说：“老爷，县官问得至公至明，徐氏合晁梁一些也没有闲话，断的叫晁梁侍奉他这养母终身才许他改姓回去，还叫他留下一个儿子奉晁家的香火。老爷若讨与小的这个儿子，是老爷天恩；若不讨与小的，小的饶不得儿子罢了，难道还夹小的不成?”宗师说：“快着实夹起来!”十二个皂隶两边拢起，每边敲了三十狼头①。

只见一个人跪在大门外面。宗师看见，一声叫那跪门的进来，却是任直。宗师问说：“你是甚么人？因甚跪门?”任直说：“小的是武城县人，原起先年曾当乡约，如今顿了几匹厂绸，赶老爷考棚好卖，适遇着这件官司，小的偶然站住看看，见老爷夹这魏三，已是知道老爷明见万里了。但证不倒他，明日老爷行后，他据了县里的审单，这事就成了疑案。老爷只问他景泰三年他在那里，景泰三年十二月他曾否有妻，叫他回话，小的合他对理。”魏三套着夹棍，只是磕头，说：“小的该死。”任直说：“你景泰元年十月抢夺韩公子的银子，问了黄山馆驿的三年徒罪。你景泰四年十一月才回武城，景泰六年正月你才娶了刘游击的使女。这景泰三年十二月十六日酉时，这徐氏抱去的孩子，你是做梦么!”

宗师着实的骇然，问道：“魏三，你怎么说?”他只是磕头，说道：“小的没的说，‘饭饱弄箸’，是死催的。”宗师说：“你一

① 狼头——即榔头。

定有人主使才做这事！你实说，你的主意为何？”他只磕头，不肯实说。宗师又叫使杠子敲打，打了五十。他方说：“老爷松松夹棍，待我实说就是。”宗师说：“我叫人与你松了夹棍，你却要实说。若不是实话，我再夹起来，一顿就要敲死！”叫人且把夹棍松了。

魏三说道：“因那一日新秀才送学，都先到县里伺候簪花。这晁梁的族人晁无晏、晁思才都在小的酒铺等候吃酒。晁思才说：‘咱给他做满月，分地给咱，这能有几日？如今不觉的十六岁，进了学，这日子过的好快！晁无晏说：‘那咱徐大爷说他有些造化，只怕他是不可知的事。’晁思才说：‘咱家多咱给他算算，有些好处，也是咱的光彩。’晁无晏说：“我就不记的他是甚么时。’晁思才说：‘我记的么。景泰三年十二月十六日酉时生的。’晁无晏说：‘只这三奶奶头里进了学就是造化。要是三奶奶没了，他还是个白丁，我也还有三句话说。如今进了学，这事就做不的了，又寻了这们一门丈人，越发动不得秤了。’晁思才说：‘他就不进学，这事也说不响了。那咱徐大爷替他铺排的，好不严实哩，你怎么弄他？’晁无晏说：“那么，我说他那咱是假肚子，抱的人家孩子养活，搅得他醒邓邓①的，这家财还得一半子分给咱。’小的绰了这口气，记的他是十六岁，十二月十六日酉时生。小的又问说：‘他是前街上李老娘收生的？李老娘是俺亲戚。”晁思才说：‘那是？倒是那街上徐老娘收生的。’小的掏换②的真了，想道：‘一个女人家有甚么胆气，小的到他门上澎③几句闲话，他怕族人知道，他自然给小的百十两银子，买告小

① 醒邓邓——指无可奈何。

② 掏换——查访。

③ 澎——说。

的。'不料的就弄假成真。小的家也尽够过的，神差鬼使的做这没天理的勾当。只望老爷饶这狗命罢。"

宗师说："你这奴才！不是我问出真情，这一家的祀就被你绝了！"放下夹棍，拔下六根签，三十大板。叫上晁无晏去。他跪在下面，不曾听见魏三说是甚话。宗师也不说甚么，拔了四根签，叫拿下去打。晁无晏极力的辩。宗师说："打你在魏三酒铺内那些话说得不好！"打过，宗师又向任直说："你与这魏三有仇么？"任直说："没有仇。"宗师又问："你与晁家有亲么？"任直说："也没有亲。只因受过晁夫人的恩，所以不平这事，故出来证他。"宗师想他："你是那一年被傅惠、武义打的？买学田的事，就是你么？"任直叩头说："就是小的。那一个约正是靳时韶。"宗师说："你如今须发白了，我所以不认得你。晁思才，起去！一干人都在刑厅伺候。徐氏也回去罢。"任直说："小的哩？"宗师说："你还得到刑厅走一遭。"

次日，宗师将自己审的口词情节批刑厅成招拟罪。谁知这厅官的要诀，凡奉上司批词，只该立了严限，叫州县解了人来，亲自与他审断，问了上去，切不可又批州县，把出入之权委于别人。万一问得不如自己意思，允了转详，自己的心又过意不去。驳回再问，彼此的体面又甚是无光。魏三的这件事，徐宗师已问得极是明白，又经这任直证倒，再遁不去的田地。况徐宗师亲笔写的口词，甚又详尽。这批到刑厅，不过是招了口词，具一个招，加一个参语，将魏三拟一个徒罪，晁无晏拟一个杖罪，连人解将上去，定了驿分，这不是剪截的营生？谁知这刑厅素性一些也不肯担事，即针鼻大的事情也都要往州县里推，把魏三这件事仍往武城县批将下去。

那谷大尹听见徐宗师番了他的案，任直又证出了真情，那执拗的心性，恨不得要一口吞了晁梁合任直下去，见了刑厅的票，佯佯不理，也不说长说短，也不把魏三收监。原差禀说："这是道里的人犯，还该送监。"谷大尹瞪了一双白眼，望着差人说道："他有何罪，送他到监？"就要拔签打那差人。差人再三告禀，分付就叫原差保他出去。徐宗师见三日不成上招去，一张催票行到刑厅。刑厅又行票到武城县来。后来学道一日一催，刑厅极得魂出，谷大尹只当耳边之风。学道又行票来，只要原人缴还上去，不要具招。刑厅愈加着极，只得差了几个快手拿了直行票子，方把魏三提到厅去，连夜具了招详，次早解到道里。徐宗师把他的详文扯将下来，用了官文封袋封了，批上写道"原详带回"四字，当时打发了差人回去。适值济南府祖刑厅来见，徐宗师把自己审的口词情节连了一干人犯差人守催着，要次日解报。

那祖刑厅正在一家乡宦花园赴席，还不曾上坐，拆看了文书，晓得是因东昌刑厅问不上去，宗师计较的事情。又仔细看宗师写的口词情节甚是详悉，原不是难完的事件，借了乡宦的一座亭子上，摆了一张公座，安了提砚，叫过一干人去，先叫上晁梁去问了几声，又叫上任直去问了几声，就叫画供。魏三无力徒，晁无晏稍无力杖，余人免供，伺候明早解道。将口辞传进公馆内叫书办做稿，即刻等完，送到席上呈看。赴席中间稿已呈到，刑厅叫且住了戏，借过笔砚，就在席上改定了招，做了参语道：

看得魏三智奸过鬼，计毒逾蛇。止在图诈人财，冒认官家孤子，究及生时不对，驾言原物无伦，本犯自己无说。至于晁梁所生之日，本犯以别罪发配在徒，且是旷夫鳏处之日，未尝得妻，从何有子？任直之证确也。合配冲途之驿，用当郊遂之投。晁无晏圮族凶人，创谋异说，以致旁人窃听，平地兴妖，唯口启羞，亦应杖儆。

刑厅放了衙，仍把稿传到公馆，叫人灯下写出文来，磨对无差。祖刑厅起席回去，书办将真文呈看。

次日将一干人犯解上道去。如此迅速，徐宗师已是喜欢，且招参做得甚好。徐宗师晚堂唤审，把魏三疮腿上又是三十大板，发夏津县暂监，取武城县长解到日发界河驿，三年徒罪。解夫不曾取到，魏三报已死在狱中。谷大尹甚是怀恨。谁知晁梁合任直吉人天相，谷大尹报升了南京刑部主事，一则离任事忙，二则心绪不乐，只得也丢开一边罢了。离了任从兖州经过，徐宗师刚在兖州按临，便道参见，徐宗师留饭，那谷大尹还谆谆讲说晁梁是魏三儿子，魏三不曾冒认。徐宗师说："只是生晁梁的时节，他还不曾有妻。他有妻的时节，晁梁已三岁矣。"谷大尹方才红了脸不曾做声。可见这做官的人凡事俱要详慎，不可任情。难道谷大尹与魏三有亲不成？只是起先不与他推情细断，据了自己的偏心，后来又不肯认错，文过饰非，几致绝了人家宗祀。挽救回来，倒也还该感激徐宗师才是。但不知他心下如何。

第四十八回

不贤妇逆姑殴婿　护短母吃脚遭拳

两曲春山带剑，一湾秋水藏枪。
不是孙权阿妹，无非闵损亲娘①。
浪说凤逑鸾配，空成蝶恋蜂狂。
怒则庞涓孙膑，喜时梁鸿孟光。
若使娴于姆训，庶几不坠夫纲。
无奈有人护短，致教更不贤良。

再说薛素姐自到狄家，光阴似箭，日月如梭，不觉就是两月。这六十日里边，不是打骂汉子，就是忤逆公婆。这狄宾梁夫妇，一则为独儿独妇，百事含忍，二则恐人笑话，打了牙只往肚里咽。又亏不尽那姑子李白云预先说了那前生的来历，所以绝不怨天尤人，甘心忍受。

狄宾梁家的觅汉李九强，叫他往仓房里量出稻子来晒，因他久在家中做活，凡事都也托他，不甚防备。况那一年得了杨春那二十两银子买了地，靠了大树，绝不沾霜，耕芸锄种，俱是狄家的力量，打来的粮食，春放秋放，利中有利，成了个觅汉中的富家。既然富足，也就该生礼义出来，谁知这样小人，越有越贪，抵熟盗生是其素性。量稻子的时候，乘狄宾梁不在跟前，便多量了两袋，寄在房客卖私盐的陈柳家中。这陈柳，若是个好人，拒

① 闵损亲娘——孔子的弟子闵子骞曾受后母虐待。

绝了他，不与他寄放。其次全全的交还与他。再其次你便留他一半也可。谁知这陈柳比李九强更狠十倍，更贪几分！李九强量完了稻子，锁了仓门，交还了匙钥，走到陈柳家取那寄放的稻子。陈柳说："李哥，你来做甚？"李九强说："我来抗那稻子哩。"陈柳说："抗甚么稻子？你多咱买了稻池打出稻子来了？"李九强说："我没有稻池，这是主人家支与我的工粮。"陈柳说："你的工粮不在你家罢，寄在我家做甚？你休要弄的来历不明，犯出来，带累我住不成房子。稻子我收着哩，我去问声狄大叔，看该与你不。"李九强说："陈柳子，你就不见人了？这能值几个钱，就昧了心？"陈柳说："我怎么昧心？我只问声狄大叔，他说该与你，我就与你去了。我待要你的哩！"李九强说："疢杭杭子的腔！罢，你问甚么问，你可倒那布袋还我。"陈柳说："我又没替狄大叔抗粮食，布袋怎么到俺家里？我就有布袋，也只交给狄大叔，也没有给你的。"李九强说："罢呀怎么！你就使铁箍子箍着头？"李九强敢怒而不敢言，怀着一肚皮仇气去了。陈柳也便没有颜面，另寻了别家的房子，搬开去了。

李九强时刻图谋报仇，不得其便。陈柳虽然大卖私盐，谁知这久惯盐徒都与这巡盐的民壮结成一伙，四时八节都与那巡役纳贡称臣。所以任凭那盐徒四处横行，壅①阻盐法。

一日，绣江县的典史因盐院按临省城，考察了回来，一条腿搉跨在那马上，到了狄家客店歇住，下了马，要吃了饭去，一瘸一瘸的往里走，走到正房坐下。狄宾梁知是本县父母，流水杀鸡备饭，拨了李九强、狄周在那里服事。听见手下人凄凄插插的说："典史因拿私盐不够起数，蒙盐院戒饬了十板，甚是没有

① 壅（yōng）——堵塞。

好气。”

李九强打听得陈柳这一日夜间正买了许多私盐藏在家里，尚未曾出去发脱，要得乘机报复，服事中间，说道：“小人闻的四爷因私盐起数不够，受了屈回来。这绣江县要别的没有，若要私盐，休说每月止要四起，就是每月要四十起也是有的。只这明水地方拿的，还用不尽哩。”典史说：“我着实问他们要，他们只说因巡缉的严紧，私盐不敢入境。昨日考察，被盐院戒饬了十板。”李九强说：“小人听见人说道是四爷不教人拿，任人贩卖。”典史说：“你看我是风是傻？我一个巡盐官，我倒教别拿卖私盐的？”李九强说：“四爷，你要肯拿，这眼皮子底下就有一个卖私盐的都把势哩。只是四爷你不敢拿他。”典史说：“他既卖私盐，我怎么不敢拿他？只怕他是连春元家深宅大院的，我不好进去翻的。除了他家，凭他甚么富豪，我不怕他。如今被火烧着自己的身子，还顾的人哩。你说，是甚么人？我叫人拿去。”李九强说：“差人拿不将他来。差人都合他是一个人，谁肯拿他？四爷，你肯自己去堵住门子，一拿一个着。”典史说：“这要翻出盐来才是真哩。”李九强说：“你看四爷？要翻不出盐来，这事还好哩！”典史说：“咱就去，回来吃饭。”骑上马，跟了许多人，叫了地方乡约，李九强引了路，一直奔到陈柳门口。差人堵住门，典史领人进去，何消仔细搜简，两只大瓮、两个席篓，还有两条布袋、大缸、小瓶尽都是满满的私盐。

典史叫乡约地方取了抬秤将盐逐一秤过，记了数，贴了封皮，把陈柳上了锁，带了地方乡约，说他通同容隐，要具文呈堂转申盐院。这伙人慌了手脚，打点弥缝①。两个乡约每人送了四

① 弥缝——补救行事的缺失。

两银子，地方送了二两银子，磕了一顿头，做了个开手，放得去了，诈了陈柳二大两银，量责了十板，也放了开去。

陈柳知是李九强害他，纠合了地方乡约，一齐都与李九强为仇。李九强自知寡不敌众，将几亩地仍照了原价卖与别人，把些粮食俱赶集卖了，腰里扁着①银子，拿了火种，领了老婆，起了个三更，走到陈柳门上，房上放上火，领着婆子一溜烟走了。陈柳房上火乘风势，烧了个精光。众人都疑心是李九强放的，又见李九强走了，这事再无别说，绣江县递了状，坐名告了李九强，出票拘人。

幸得狄宾梁为人甚好，乡庄人都敬服他，又且儿子是个秀才，没人敢说他是李九强的主人，向他琐碎，然也不免牵着葛条，草也有些动惮。

薛教授听有此事，特来狄家看望。狄宾梁让过了茶，薛教授往后边看素姐。狄宾梁教人定菜暖酒，要留薛教授吃饭。狄周媳妇领了人在厨房料理，妆了一碗白煮鸡，还待等煎出藕来，两道齐上。及至妆完了藕，那碗里的鸡少了一半，极得狄周媳妇只是暴跳，说道："这可是谁吃了这半碗？满眼看着，这是件挡戗的东西，这可怎么处？再没见人来，就只是小玉兰来走了一遭，没的就是他？"狄周媳妇正咕哝着，不料素姐正从厨房窗下走过，听见说是小玉兰偷了鸡吃，素姐扯脖子带脸通红的把小玉兰叫到房中，把衣裳剥脱了个精光，拿着根鞭子，像打春牛的一般，齐头子的鞭打，打的个小玉兰杀狠地动的叫唤。狄婆子说："薛亲家外头坐着，家里把丫头打的乔声怪气的叫唤，甚么道理？"叫狄周媳妇："你到后头看看。有甚么不是，已是打了这一顿，饶

① 扁着——藏着。

了他罢。”

狄周媳妇走到跟前，问说：“怎么来？大嫂你这们生气？”素姐说：“怎么来？不长进，不争气，带了这们偷馋抹嘴的丫头来，叫贼淫妇私窠子们屄声嗓气的！我一顿打杀他，叫他合私窠子们对了！”狄周媳妇说：“大嫂，你好没要紧！厨屋里盛就了一碗鸡，我只回了回头就不见了半碗。我说：‘再没人来，只有小玉兰来走了一遭，没的就是他？’我就只多嘴了这句，谁还说第二句来？娘说叫你饶了他罢哩。”素姐不听便罢，听了越发狠打起来，手里打着丫头，口里骂着道：“贼多嘴的淫妇！贼瞎眼的淫妇！你挽起那眼上的屄毛仔细看看，我的丫头是偷嘴的？贼多管闲事的淫妇！贼扯臭屄淡的淫妇！我打打丫头你也管着？”只管打骂不止。狄周媳妇说：“你打的那成？越扶越醉的使性子往前来了。”那丫头越发怪叫。

老狄婆子自家走到跟前，说道：“素姐，你休这等的。丫头就有不是，已是打这一顿了。我说饶了罢，你越发打的狠了。你二位爹都在外头坐着，是图好听么？”素姐双眉直竖，两眼圆睁，说道：“你没的扯那臭淡！丫头纵着他偷馋抹嘴，没的是好么？忒也曹州兵备，管的恁宽！打杀了，我替他偿命！没的累着你那腿哩！”狄婆子道：“素姐，你醉了么？我是你婆婆呀。你是对你婆说的话么？”素姐说：“我认的你是婆婆，我没说甚么；我要不认你是婆婆，我可还有三句话哩！”狄婆子折身回去，一边说道：“前生，前生，这是我半辈子积泊的！”素姐说：“你前生前生，我待不见你后世、后世的哩！”依旧把那丫头毒打不止。

狄婆子说：“狄周，你到前头对薛大爷说：大嫂把小玉兰丫头待中打死呀，俺娘说不下他来，请薛大爷进去说声哩。”薛教授道：“我从头里听见人叫唤，原来是他打丫头。”看着狄希陈道："姐夫，你到后头说声，叫他别要打了。"狄希陈都都磨磨，蹭前退后，那里敢进去。狄宾梁笑道："仗赖亲家进去看看罢，他也不敢去惹他。"

薛教授到了后边，素姐还把那丫头三敲六问的打哩。薛教授见那丫头打的浑身是血，只有一口油气。薛教授连声喝"住"，素姐甚么是依。薛教授自己拉那丫头起来，那丫头的手脚都是捆缚住的。薛教授一边去拉，素姐一边还打，把薛教授的身上还稍带了两下。薛教授怒道："这们没家教！公婆在上，丈夫在下，自家的老子在傍，如此放肆！"望着狄周道："管家，烦你把这丫头送到我家去。已是打的不中了。是为怎么来？"狄周媳妇走到跟前，说道："俺爹叫留薛大爷吃饭，我妆了一碗鸡，回头少了一半。我说：'再没人来，就只小玉兰来了一遭，没的就是他？'就只这一句，要第二句话，也敢说个誓。"把那狄婆子怎样来劝，素姐怎样打骂，告诉了个详细。薛教授通红了脸说道："素姐，你休这等的！这们不省事不贤惠，是替娘老子妆门面么？"素姐说："嫁出去的女，卖出去的地，不干你事！脱不了一个丫头，你又将的去了！刚才要不是你敦着腚、雌着嘴吃，怎么得少了鸡，起这们祸？"薛教授说："这有甚么祸？"长吁了两口气，往外去了。到了厅房，狄宾梁留他再坐，他也没肯坐下，送出大门去了。

狄宾梁合狄希陈俱回到后头。狄宾梁说："孩子不知好歹，理他做甚么？叫薛亲家闷闷渴渴的，留他不住，去了。"狄婆子说："一个丫头，打了一二千鞭子，风了的一般！媳妇子说，骂媳妇子；婆婆说，骂婆婆。薛亲家闷闷渴渴的，是他闺女雌答的。咱怎么的来，他恼咱？"

狄希陈都抹了会子，蹭到房里。素姐说："我只说你急心疼跌折了腿进不来了，你也还知道有屋子顶么？那老没廉耻的来雌嘴，我叫你留他吃饭来？平白的赖我的丫头偷嘴吃！”狄希陈说：“他怎么就是没廉耻的来雌嘴？明日巧妹妹过了门，咱爹就别去看看，也是雌嘴吃哩？媳妇子又没丁着丫头吃了鸡，不过是说了一声。这有甚么大事，嚷得这们等的？”素姐说：“放你家那狗臭屁！你那没根基没后跟的老婆生的没有廉耻。像俺好人家儿女害羞，不叫人说偷嘴！”狄希陈说：“你睁开眼看看！谁是没根基没后跟的老婆生的？我见那姓龙的撒拉着半片鞋，搐拉着两只蹄膀，倒是没后跟的哩！只怕俺丈母的根基我知不道，要是说那姓龙的根基，笑吊人大牙罢了！”素姐说：“姓龙的怎么？强起你妈十万八倍子！你妈只好拿着几个臭钱降人罢了。”狄希陈说：“那么俺娘就不拿着一个钱，那姓龙的替俺娘端马子①、做奴才还不要他，嫌他低搭哩！”素姐说：“那么，你妈替姓龙的舐腚！”狄希陈说：“你达替俺那奴才舐腚！你妈替俺那奴才老婆舔屄！”

素姐跑上前把狄希陈脸上兜脸两耳拐子，丢丢秀秀②的个美人，谁知那手就合木头一般，打的那狄希陈半边脸就似那猴腚一般通红，发面馍馍一般暄肿。狄希陈着了极，捞了那打玉兰的鞭子待去打他，倒没打的他成，被他夺在手内，一把手采倒在地，使腚坐着头，从上往下鞭打。狄希陈一片声叫爹叫娘的：“来救人！”

两个赛骂的时节，狄宾梁两口子句句听的真切，气的老狄婆子筛糠抖战。狄宾梁只说：“理他做甚么？咱只推没听见罢了。你出去，轻了不是，重了不是的，可怎么处？你忘了那李姑子的话了么？”狄婆子说：“这气怎么受？李姑子说小陈哥是他冤仇，

① 马子——马桶。

② 丢丢秀秀——文静，腼腆。

没的咱也是他的冤仇么？”狄宾梁说：“看你糊突呀！咱是小陈哥的娘老子，咱儿是他的冤仇，咱也就是他的冤仇了。这是天意叫咱受他的。你听我说，休合他一般见识。”狄婆子只得忍耐。后来听的狄希陈叫爹娘救人，狄婆子跑进房去，素姐正坐着狄希陈的头，鹰拿寒雀，鞭子像雨点似的往下乱打。狄婆子把素姐推了个骨碌，夺过鞭子，劈头劈脸摔了几下子。他就手之舞之的照着。狄婆子也像他骑着狄希陈的一般使屁股坐着头，打了四五十鞭子，打的那素姐口里七十三八十四无般不骂。狄宾梁只是叫他婆子妆聋。

到了后晌，狄希陈也没敢往屋里去睡，在他娘的外间里睡了。到了二更天气，狄宾梁从睡梦中被一人推醒，说道：“快起去看火！”狄宾梁睁开眼看见窗户通红，来开房门，门是锁的，百推晃不开，只得开了后墙吊窗。走到前边，只见窗前门前都竖着秫秸点着，火待着不着的熰①，知是素姐因狄婆子打了他，又恨打的狄希陈不曾快畅，所以放火烧害。

狄宾梁连夜差狄周去请薛教授来看。薛教授说：“他活是你家人，死是你家鬼。我没有这们个闺女。我没有脸去看。我从此以后，我家里也不许他进门。”狄周回了话。狄宾梁长吁了两口气，看着人搬秫秸、泼水，乱轰着，也没睡觉。

薛教授知道他女打女婿、放火，在家里恼得动不的。薛夫人说：“你恼他怎么？自家的个孩子，你可怎么样的？着人接回他来，慢慢的说他，你没的真个就弃了他不成？”薛教授道：“你再休题他，你只当死了他的一般！”薛夫人也没等的薛教授说肯，使了薛三省媳妇到狄家来接素姐。进来见了老狄婆子，只见一家

① 熰（ǒu）——直冒烟而不起火苗地烧。

子都胖唇撅嘴，像那苦主一般。薛三省娘子说要接素姐回去。狄婆子把狄希陈的夹袄一手脱将来下，叫薛三省媳妇："看看俺那孩子的脊梁！"只见狄希陈脊梁上黄瓜、茄子似的，青红柳绿，打的好不可怜。薛三省娘子进去见了素姐，说是接他回去，叫他梳头，来厨屋里替他舀水。狄周娘子一五一十从头至尾告诉个详细。直待素姐梳完了头，穿完了衣裳，薛三省媳妇问说："狄大娘，俺姐姐家去哩。吩咐叫姐姐住几日来。"狄婆子说："我用他做甚么哩？叫他家里只管住着。等他消消气，我去接他，叫他来。"薛三省娘子说："狄大娘定个日子，好叫姐姐家去，这活络话怎么住的安稳？咱家姐姐待几日不往俺那头去哩么？"狄婆子说："那么，也敢说的嘴响，俺那闺女不似这等的！定要似这们样着，我白日没工夫，黑夜也使黄泥呼吃了他！"素姐说："罢呀，我待不见打你那嘴哩！"狄婆子说："你休数黄道黑的！待去，夹着腚快去！"

素姐拜也不拜，佯长往家去了。进了家门，薛教授屋里坐着，也没出来理他。薛夫人迎着说道："你怎么来？你是风是气，还是替娘老子妆门面哩？"素姐说："我怎么他来？我骂了他句没根基没后跟的老婆生的，罢呀怎么！伤着他甚么来？他就把姓龙的长、姓龙的短，提掇了一顿。我又骂了两句，他拿鞭子打我。我不打他，怕他腥么？"薛夫人说："你通长红了眼，也不是中国人了！婆婆是骂得的？女婿是打得的？这都是犯了那凌迟的罪名哩！"素姐说："狗！破着一身剐，皇帝也对打，没那燥屄帐！"

龙氏在傍，气的那脸通红，说道："这也怪不的孩子！他姓龙的长、姓龙的短，难说叫那孩子没点气性？我待不见他那孩子往咱家来哩？我也叫小冬哥提着姓相的骂！"薛夫人说："这是你贤惠，会教孩子！你那孩子不先骂婆婆，他就提着姓龙的骂来？

他饶了没骂我合他丈人，这就是他省事。”龙氏道：“一个孩子知不道好歹，骂句罢了，也许他回口么？谁知不道我是姓龙的？我等小巧姐过了门，我叫小冬哥一日三场提着姓相的骂！他要不依我，也把小巧姐打顿鞭子！”薛夫人说：“好有本事，会教道！只怕我死了，你打小巧姐。我要不死，你也且打不成哩！”龙氏说：“我不打，叫小冬哥打！”龙氏正在扬子江心打立水——紧溜子里为着人，只见薛教授猛熊一般从屋里跑将出来，也没言语，照着龙氏脸上两个酽巴掌，打的像劈竹似的响，腿上两脚，跺了个趔趄，又在身上踢了顿脚。薛夫人说：“这们些年，你从几时动手动脚的虎拔八的行粗？”薛教授道：“叫我每日心昏，这孩子可是怎么变得这们等的？原来是这奴才把着口教的！你说这不教他害杀人么！要是小素姐骂婆婆打女婿问了凌迟，他在外头剐，我在家里剐你这奴才！”

龙氏乔声怪气的哭叫，薛夫人道：“你不说不省事，不会教道孩子，自己惹的，还怨人打哩？自己悔不杀么！”龙氏走到自己房里闩上门，一边哭，一边骂说：“贼老强人割的！贼老强人吃的！你那咱不打我，我生儿长女的你打我！我过你家那屄日子！贼老天杀的！怎么得天爷有眼死那老砍头的，我要吊眼泪，滴了双眼！从今以后，再休指望我替你做活！我抛你家的米、撒你家的面。我要不豁邓①的你七零八落的，我也不是龙家的丫头！”薛教授又从屋里出来，待去跺②门。薛夫人双手拉住，说道：“你好合他一般见识？”又说：“姓龙的，我劝你是好，别教人掐面皮面，才是会为人的。惹的人打开了手，只怕收救不住，那巴掌合脚已是揭不下来了。再寻第二顿不好看相。”龙氏方才

---

① 豁邓——败坏。

② 跺（duò）——踹，踢。

见经识经，渐渐的收了法术。

素姐在家住了数日，薛教授话也不合他说句，冷脸墩打①着他。只是薛夫人早起后晌，行起坐卧，再三教训，无般不劝。那被人换了心的异类，就如对着牛弹琴的一般，他晓的甚么宫商角徵羽的？他娘说的口干舌涩，他耳朵里一点也没进去。一连住了半月，狄家也没人说来接他。

薛夫人看了个吉日，备了两架食盒，自己送素姐上门，见了狄婆子，千赔礼、万服罪，倒也教狄婆子无可无不可的。教素姐与他婆婆磕头，他扭扎鬼的②，甚么是肯磕。狄婆子道："亲家，你没的淘气哩！他知道甚么叫是婆婆，通是个野物！"薛夫人见他强头别项的，只得说道："罢，罢，你往屋里去罢。你爹已是冷透了心，两个大些的兄弟恨的你牙顶儿疼，你要只是这们等的不改，我也只好从今日卖断这路罢了！"

薛夫人吃过茶，说了几句闲话，就要起身。狄婆子再三苦留。薛夫人说："亲家将心比心，我有甚么颜面坐着扰亲家？就是亲家宽洪大量不计较，我就没个羞耻么？"狄婆子说："亲家说那里话！没的为孩子们淘气，咱老妯娌们断了往来罢？"薛夫人道："我白日后晌的教道了这半月，实指望他较好些了，谁知他还这们强。没的说，只是难为亲家，求亲家担待罢了。"狄婆子叫出巧姐来见薛夫人，留了拜钱，巧姐又从头谢了。薛夫人又请狄希陈相见，回说往书房去了。薛夫人别了回去。狄婆子将那送的两架盒子一点也没收，全全的回还了去。送盒的人再三苦让。狄婆子道："看我这们好媳妇儿，有脸吃他那东西？"来人只得将盒子抬回去了。从此素姐也通不出房，婆婆也绝不到他房里。

---

① 墩打——拉长脸不管理人。

② 扭扎鬼的——即"油炸鬼"，油条类面食。喻笔直不跪。

小玉兰打的成了创，浑身流脓搭水，动不的，还在薛家养活着。端茶掇饭，都是狄周媳妇伏事。薛三省、薛三槐两个的媳妇，薛教授都禁止了，不许来看他；凡遇节令，也通不着人接他回去。狄希陈轻则被骂，重则惹打，浑身上不是绯红，脸弹子就是焌紫。狄宾梁夫妇空只替他害疼，他本人甘心忍受。那薛如卞、薛如兼与狄希陈只是同窗来往，因素姐悍恶不良，从不往后边看他姐姐。致的人人看如臭屎，他却恬不在意，忤逆不贤，日甚一日。后来还有许多事故，且听逐段说来。

第四十九回

小秀才毕姻恋母　老夫人含饴弄孙

家庭善事惟和气，和则致祥乖则异。母慈子顺乐融融，诸福备，凡事遂，小往大来都吉利。　　义方令子诚佳器，名家淑秀真闺懿。莫言景福不双临，名花植，麟儿出，堂上老萱应健食。

右调《天仙子》

再说晁梁进了学，与魏三打过了官司，不觉又过了一年，年已十七岁。晁夫人择了正月初一日子时，请了他岳父姜副使与他行冠礼，择二月初二日行聘礼，四月十五日子时与他毕姻。这些烦文琐事都也不必细说。

且说晁梁自从生他落地，虽是雇了奶子看养，时刻都是晁夫人照管。两个里间，沈春莺合两个丫头在重里间居住。外层里间贴后墙一个插火炕与奶子合晁梁睡。贴窗户一个插火炕，晁夫人自己睡。这晁梁虽是吃奶子的奶，一夜倒有大半夜是晁夫人搂着他睡觉。晚间把奶子先打发睡了，暖了被窝，方把晁梁从晁夫人被窝里抱了过去。清早奶子起来，就把晁梁送到晁夫人被内，叫奶子梳头洗脸。奶子满了年头，他一点也没淘气，就跟着晁夫人睡觉。睡到十三四，晁夫人嫌不方便才教他在脚头睡，还是一个被窝。渐渐成了学生，做了秀才，后晌守着晁夫人在炕上读书，就似影不离灯的一般。从奶子去了，沈春莺就搬出外间炕上与晁夫人作伴。

晁梁见说替他下聘娶亲，他甚是欢喜。晁夫人叫了木匠收拾第三层正房，油洗窗门，方砖铺地，糊墙壁，札仰尘，收拾的极是齐整，要与晁梁作娶亲的洞房。晁梁说："咱前头住得好好的，又挪到后头待怎么？"晁夫人说："一个新人进门，谁家住那旧房？你丈人家来的妆奁可也要盛的开。"说着罢了，他也没大理论。四月十三日姜宅来铺床。那衣饰器皿，床帐鲜明，不必絮聒。晚间，俗忌铺的新床不教空着，量上了一布袋绿豆压在床上。十五日娶了姜小姐过门，晁梁听着晁夫人指教，拜天地，吃交巡酒，拜床公床母，坐帐牵红，一一都依俗礼。拜门回来，姜家三顿送饭。

将次天晚上来，晁梁对晁夫人说道："这天待黑上来了，屋里摆的满满的，咱在那里铺床？"晁夫人说："铺甚么床？丫头教他外头来睡，你自己关门闭户的罢。"晁梁说："娘合我的床，沈姐的床，都铺在那里？"晁夫人道："我合你沈姐在炕上睡罢。怎么又铺床？"晁梁说："娘说新人该住新房，怎么又不来住了哩？"晁夫人道："你合你媳妇儿是新人，谁是新人？"晁梁还不懂的，还只说是教他媳妇自己在新房睡哩。到了后晌，他还在晁夫人炕上磨磨。晁夫人道："这咱晚的了，咱各人收拾睡觉。小和尚，你也往你屋里去罢。"晁梁还挣挣的脱衣裳，摘网子，要上炕哩。晁夫人道："你往自家屋里去罢。你待怎么？"晁梁说："娘是待怎么？叫我往那屋里去？"晁夫人道："你看这傻孩子。你往后头你媳妇儿屋里合你媳妇儿睡去，我从今日不许在我脚头睡了。"晁梁道："真个么？"晁夫人道："你看，不是真个，是哄你哩？"晁梁道："这我不依。每日说娶媳妇儿，原来是哄我离开娘。这话我不依。这是哄我。"上了炕就往被子里钻。晁夫人道："好诌孩子，别要睡倒。起来往后头去。"见晁夫人催的他紧了，把眼挤了两挤，呱的一声就哭，把个头拱在晁夫人怀里，甚么是拉的他起来。不由的晁夫人口里说着诌孩子，眼里扑簌扑簌的流泪。春莺起先见了只是笑，后来也缩搭缩搭的哭起来了。

轮该晁凤娘子在屋里上宿。晁凤娘子说道："这可怎么样着？不然，且教叔叔在这炕上睡罢。"晁夫人道："你就没的家说！可也要取个吉利。好儿，听娘说，你去合媳妇儿睡了，你明日早起来看娘。"晁梁听说，越发的痛起来了。晁夫人说："好诌孩子，你是待怎么？"晁梁说："我不怎么，我只待还合娘睡。"晁夫人说："你合我睡，你媳妇儿哩？"晁梁说："俺媳妇儿合沈姐睡，我合娘睡。"晁夫人说："好诌！你怎么知文解字做秀才来？你见谁娶了媳妇儿还合娘睡的？"晁梁道："要不合沈姐都往那屋里去，我合娘在大床上，俺媳妇儿合俺姐在那窗户底下炕上。"晁夫人说："好儿，别要殴气，好好儿的往那屋里睡了，明日早起来看娘。"

晁梁倒沫，晁夫人发躁，春莺合晁凤媳妇怪笑的。晁夫人道："这是人间的个大礼。你今年十七岁了，进了学，冠了巾，你还小哩？那里一个娘的话也不听？这不眼下考科举哩？你没的往省下进场，京里会试，你也都叫娘跟着你罢？你要做了官，也叫娘跟着你同上堂？这天已是三更了，我害困，你急赶到屋里，打不了个盹也就天明了。起来，我送你屋里去。"扯着晁梁的手往外走。晁梁往后挣。晁夫人说："好孝顺儿！一个老娘母子，你挣倒了罢？"那个光景，通似逃学的书生不肯赴学的模样。无奈晁夫人拉着往外走，晁梁只得擦眼抹泪的去了。晁夫人送下他，教他关上门，然后自己回到房中。晁夫人虽是强了他去了，心里也未免热呼辣的。只是晁梁在自家屋里也没睡觉，哭了一大会子。晁夫人也没合眼，撞了明钟，只见晁梁已来门外敲门。晁夫人叫人与他开了门。晁夫人说：“这们早起待怎么？你在我脚头再睡会子。”晁梁放倒头鼾鼾的睡到日头大高的，姜家来送早饭，方才起来。

晁夫人对着姜夫人告诉晁梁夜来淘气。姜夫人说是好，说是天性。到了晚上，又淘了无数的气，他不肯去。晁夫人千哄万哄的去了。从此每日晚间挨抹到三四更才去，没等到五更就往晁夫人屋里来脚头一觉，成了旧规。晁夫人心里疼的慌，说道：“你听我说，别要这们晚去早来的。我等你媳妇儿过了对月，我把这重里间替你拾掇拾掇，你合媳妇儿来住，我合你姐可在这外间里守着你。”晁梁喜的那嘴裂的再合不上来。没等对月，他催着晁夫人把那里间重糊了仰尘，糊了墙，绿纱糊了窗户，支了万字藤簟凉床，天蓝水纱帐子，单等过了对月就要来住。春莺说：“只怕他娘子嫌不方便不肯来。”晁夫人道：“咱别管他。他叫咱替他收拾房，咱就替他收拾。等他媳妇儿不肯来，他就没的说了。”谁知他娘子知道收拾了房，更是喜欢，说道：“一个七八十岁的老娘母子丢在一座房里，自家住着也放心么？清早黑夜守着些儿好。”

到了五月十五，姜小姐回去娘家，只住三四日就来了，与晁梁都搬到里间里来，早起后晌，都在晁夫人脚头睡会子才去，每宿合媳妇都还到晁夫人炕前看一两遭。若看外边，真像两个吃奶的孩子，不知背后怎么成精作怪，那姜小姐渐渐的皮困眼涩，手脚懒抬，干呕恶心，怕见吃饭，只好吃酸。晁夫人知道是有喜事，叫了静业庵陈姑子讽诵五千卷《白衣观音经》，又许与白衣大士挂袍。光阴迅速，不觉又是次年四月十五日辰时，去昨年毕姻的日子整整一年，生了一个白胖旺跳的娃娃。喜的晁夫人绕屋里打磨磨，姜夫人也喜不自胜。

晁夫人赏了徐老娘一两银、一匹红潞绸。姜夫人也赏了一匹红刘绢、一两银。那徐老娘把脸沉沉的，让他递酒，也没大肯吃，他要辞了回去。约他十七日早来洗三，他说："那咱俺婆婆来收生相公时，落草头一日，晁奶奶赏的是二两银、一匹红缎，还有一两六的一对银花。我到十七来与小相公洗三，晁奶奶，你还照着俺婆婆的数儿赏我。"晁夫人道："这们十七八年了，亏你还记着，我就不记得了。"春莺说："我倒还记的，你说的一点不差。你可不记的那咱没有姜奶奶的赏哩？"徐老娘说："你禁的我这点造化么？"晁夫人说："这是小事。难得姜奶奶得了外孙，我得了孙子。我任从折损了甚么，我情管打发的你喜欢。"徐老娘方回嗔作喜，去了。

转眼十七，三朝之期，姜夫人带了家人姜朝娘子来与娃娃开口，徐老娘也老早的来了。姜、晁两门亲戚，来送粥米的，如流水一般。晁夫人叫了许多厨子，多设酒席管待内外宾朋。又着各庄上各蒸馍馍三石，每个用面半斤，舍与僧道贫人。徐老娘将娃娃洗过了三，那堂客们各有添盆喜钱，不必细说。照依晁梁那时旧例，赏了徐老娘五两银子、两匹罗、一连首帕、四条手巾，放在盆里的二两银、三钱金子。姜夫人放在盆里的一两银。两个妗子每人五钱。临后姜夫人又是二两银、两个头机首帕，二位妗子每人又是五钱银。徐老娘抱着孩子，请进姜副使合姜大舅、姜二舅看外甥。姜副使爷儿三个甚是喜欢。姜副使又赏了老娘婆银一两，二位舅各赏了五钱。徐老娘抱了娃娃进去，姜副使请晁夫人相见道喜。晁夫人叫中堂设座，出见献茶，央姜副使与娃娃起名。姜副使命名"全哥"，晁夫人谢了。吃过了茶，晁梁让到前厅上坐。姜副使点的戏是《冯商四德记》。

一个道士领过了斋供，说道：“扰了施主厚斋，无可答报。我有一个好方相送。你可将娃娃断下的脐带，用新瓦两片合住，用炭火煅炼存性，减半加入上好明净朱砂，研为细末，用川芎、当归、甘草各一钱，煎为浓汁，将药末陆续调搽乳上，待小儿咽下，以尽为度。大便黄黑极臭稠屎，浑身发出红点，一生不出痘疹，即出亦至轻。”晁夫人依他修合煅过的脐带，称重三分五厘，加了一分七厘朱砂，都与他陆续吃了。果如道士所言，发了一身红点。后来小全哥生了三个痘儿。这是后话。

再说晁、姜二位夫人差了媒婆各处雇觅奶子，急不能得。姜小姐又不会看孩子，每日都是姜朝媳妇帮贴，又甚不方便。一个媒婆老张领了一个媳妇子来，年纪约有二十多岁，黄白净儿，暴暴的两个眼，模样也不丑，只是带着一段凶相，胸膛上两个彭膨的奶，身上衣服也不甚褴褛，小小的缠着两只脚儿，怀里抱着个够三四个月的女儿，他说汉子编鬏髻、做梳妆，他与婆婆合气①，要与婆婆分开另住，他汉子又不依他，赌气的要舍了孩子与人家做奶母，就是五年为满也罢，要等的他婆婆死了方才回去。晁夫人不待②家寻他，将言语支开他去了。

老张又自家回来说道：“晁奶奶寻奶子这们紧，再有像这婆娘爽俐干净，又年小，又好奶，又不丑，情管奶的哥哥也标致。奶奶不要他，是嫌他怎么?”晁夫人道：“一个躲婆婆的人，这还是人哩！叫孩子吃他奶！这不消提他，你与我快着另寻，我重谢你。”老张去了。

到了次日，姜夫人教人领了两个奶子来与晁夫人看。一个：

婀娜来从道士处，未洗铅妆，绿鬓犹黄，突腮凹脸鼻无梁。

---

① 合气——闭气，闹气。

② 不待——不打算。

问道是何方娇婧？家住前冈，母在邻庄，烂柯人是妾儿郎。

右调《丑奴儿令》

那一个：

面傅瓜儿粉，腰悬排草香，洛酥茄挂在胸膛，颈项有悬囊。春山浓似抹，莲瓣不多长，薄情夫婿滞他乡，无那①度年荒。

右调《巫山一段云》

晁夫人看得那个黑的虽是颜色不甚白净，也还不似那乌木形骸。皂角色头发，洼跨脸，骨挝腮，塌鼻子，半篮脚，是一个山里人家，汉子打柴为生，因坠崖跌伤了腿，不能度日，老婆情愿舍了孩子撰月钱养他。那一个白的虽是颜色不甚焌黑，也还不似那霜雪的形容。玄白相间的双鬓，烧饼脸，扫帚眉，竹节鼻子，倒跟脚，是一个罪人的妻室，因丈夫充徒去了，不能度日，雇做奶子营生。

晁夫人口里不说，心里注意要那一个山人之妇，但不知他奶的好歹多寡何如，教他各人都挤出些奶来，用茶钟盛着，使重汤顿过，嗅得那个白净老婆的奶有些膻气，又清光当的；嗅得那个黑色老婆的奶纯是奶香，顿的似豆腐块相似，且又乳汁甚多。晁夫人已有七八分定了，又叫他把孩子抱来一看，却原来是个女儿，方有两个月，焌青的头皮，莹白的脸，通红的唇，不似他娘那俊模样一点。晁夫人看见，问说："你要做了奶子，这孩子怎么发付？"他说："如奶奶留下我，可这孩子寻给人家养活。"晁夫人又问："万一没人肯要，你可怎处？"他说："若没有人要的，只得舍了。"晁夫人听见，好生不忍。晁凤两口子四十二三年纪，从无子女，忽然怀孕七个月，小产了一个丫头。晁夫人道："晁

---

① 无那——无奈。

凤媳妇儿，你把他这孩子养活着罢。”晁凤媳妇说：“这两个月的孩子，又不会吃东西，我给他甚么吃？”晁夫人说：“你虽是小产，已是七个月了，叫他咂几日，只怕咂下奶来也不可知的。”晁凤媳妇道：“奶奶要留下他，可我合晁凤商量。”

晁夫人把那一个白净婆娘赏了一钱银子，先自打发去了。春莺说：“这一个白净，模样又不丑，脚又不大，穿鞋面也省些，奶奶可不留下他，可留下这个丑的？”晁夫人说：“我也想来，一则是个徒夫老婆，提掇着丑听拉拉的；一则甚么模样，青光当的搽着一脸粉，头上擦着那棉种油触鼻子的熏人，斩眉多睃眼的，我看不上他。这一个虽是黑些，也还不什么丑。脱不了是小厮，选那奶子的人材待怎么？你看他奶的自己的孩子那像他一点儿？”

晁夫人问说：“你汉子姓甚么，叫甚么名字？”他说：“俺当家的姓吴，名字叫吴学颜。”晁夫人说：“他已是跌伤了脚，爽俐把你卖几两银子不好么？”回说：“他待不卖我哩么？我说：‘你看我好一表人才哩？就把我卖二两银子，你坐着能吃几日？不如舍了这孩子，替人家做奶子，挣的月钱，娘儿两个还好度日。’”晁夫人问说：“你还有婆婆么？”回说：“可不有婆婆？今年五十九了。”晁夫人问说：“就是你做奶子，这月钱能有多少，够养活两口人的？”回说：“他也还会编席，编盖垫子，也会编囤。”晁夫人问说：“他就会编席、编囤的，伤了腿，怎么去卖？”回说：“他那咱腿好，可他也不自家卖，都是俺婆婆赶集去卖。俺婆婆壮实多着哩。”

晁夫人都听在心里，说道：“你且住二日，写文书。这媒婆姓甚么？”回说：“我姓魏。这里沈奶奶不是俺婆婆说的媒么？”晁夫人说：“阿！你是老魏的媳妇儿么？你从多咱替了你婆婆的职了？”回说：“我只出来够两三个月了，也没大往别处去，就只往姜奶奶宅里走的熟。”晁夫人问说：“你婆婆的眼也还漏明①儿？”回说：“漏明儿倒好了，通常看不见。头年里还看见日头是红的，今年连日头也看不见了，行动都着人领着。亏了大的丫头子，今年十二了，下老实知道好歹，家里合他奶奶作伴儿。”晁夫人道：“我倒也想他的，白没个信儿。”回说：“怪得他好不想奶奶哩！可是说不尽那奶奶的好处。”晁夫人笑说：“你婆婆是老魏，你又不老，可叫你什么？叫你小老魏罢。”回说：“俺婆婆是老魏，我就是小魏。”

晁夫人又问：“老邹这向还壮实么？他也久没到这里。”小魏回道：“俺婆婆要不为着老邹，那眼也还到不得这们等的，全是为他，一气一个挣。人旁里劝着，他又不听。”晁夫人问说：“是怎么为他生气？”小魏说：“俺婆婆那咱提下的亲，凡有下礼嫁娶的，他都背着俺婆婆吃独食。俺婆婆央他，教他续上我罢，他刺挠的不知怎么样，甚么是肯。这里头年里锅市周奶奶家姑姑出嫁，下礼铺床。周奶奶说：‘老魏虽是他眼看不见，这媒原是你两个做的，该与他的礼合布。老邹，你与他捎了去，务必替我捎到，我还要招对哩。’他尽情昧下，一点儿也没给。也是我到了周奶奶家，周奶奶问我。我说：‘谁见他甚么钱、甚么布来？’气的周奶奶不知怎么样的。周奶奶说：‘这们可恶！我着人叫了他来，数落他那脸！’叫我说：‘奶奶要叫他去，趁着我在这里叫他；我要不在跟前，他就说送去了，再紧紧，就说昧心誓，他有点良心儿么？’周奶奶说：‘你说的是。’叫人叫了他来，从外头‘长三丈阔八尺’的来了。我听见进来。我说：‘周奶奶，你且问他，看他怎么说。我且躲在一边去。’他进来，趴倒地替周奶奶

① 漏明——透亮，引申为能看清东西。

磕了头，问说：‘奶奶着人叫我哩?’周奶奶说：‘我待问你句话：我那咱叫你捎与老魏的布和钱，你给过他了没?’他老着脸说：‘你看奶奶！奶奶忘不了他，教我捎与他的东西，我敢昧下他的?即时送给他了。他说眼看不见，不得来谢奶奶。我还替他捎了话来，回过奶奶的话了。没的奶奶忘了么?’周奶奶说：‘可怎么他又指使他媳妇儿来要?’他说：‘我已给过他了，他凭甚么来要?’周奶奶说：‘你给他，可他媳妇儿见来没?’他说：‘他怎么没见?老魏炕上坐着，他媳妇在灶火里插豆腐①。’我说：‘周奶奶家姑姑娶了，这是周奶奶赏你的两匹布、两封钱，共是一千二百。’他娘儿两个喜的像甚么是的。他媳妇儿还说：‘周奶奶可是好，谁家肯使这加长衣着布赏人来?’老魏说：‘你替我谢谢你邹婶子。’还让我吃了他两碗小豆腐子来了。我又没给他哩?真是长昧心痞，不当家豁拉的②！’正说着，叫我猛乞丁的走到跟前。我说：‘呃！老邹！你害汗病，汗鳖的胡说了！你捣的是那里鬼话?你给的是甚么布?是青的蓝的?是甚么一千二百钱?’他打仔③和我说誓：‘我要没吃了你的豆腐，这嗓子眼长碗大的疔疮。你要没让我吃小豆腐，你嘴上也长碗大的疔疮。’叫我说：‘谁这里说你没吃小豆腐儿么?你可给布给钱来没?’他说：‘你好聒拉主儿！我不送布合钱给你，你可不就让我吃小豆腐儿?’叫我说：‘俺插着麦仁，你成三四碗家攮嗓你，你送的是甚么布合钱?昨日西门里头王奶奶家送的烧酒、腊肉合粽子，我见你没送布合钱去，你打脊背里也都吃了去了。但只说你忒狠，周奶奶费了这们一片好心，你昧下一半，给俺一半儿怎么?我把俺那瞎婆婆抬到

① 插豆腐——插，即搀。插豆腐，指未去渣加入菜的豆腐。
② 不当家豁拉的——不用心想想。
③ 打仔——打算。

你家，有本事问你要！’他说：‘你抬了去呀，怎么？我给他面吃。’我说：‘甚么面？是不见面！’周奶奶又是笑，又是恼，可也说了他几句好的，说：‘我知道你那钱一定使了，你那布还有哩。你快拿了来，我添上钱还与老魏去，我还许你上门。你要这们没德行，明日叔叔下礼，我也不许你来。’他才给了两匹蓝梭布，周奶奶添上一千二百钱，叫我拿了去给与俺婆婆。”

晁夫人说：“这们可恶！不是你自己见了周奶奶，这股财帛不瞎了？你都往厨屋里吃饭去，二十四好日子，来写文书罢。可教谁来写哩？”小魏说他汉子走不的，还是叫他婆婆来罢。

过了两日，二十四日，早饭以后，小魏将着老吴婆子来了，替晁夫人磕了头。晁夫人见他：

不黄不白的头发，不大不小的瘿囊。戴一顶老婆鬏髻，穿一双汉子翁鞋。拳头似醋盆样大，胳膊如酱瓮般粗。浑身上数道青筋，胸脯前一双黑奶。不是古时节佘太君的先锋，定是近日里秦良玉的上将。

晁夫人叫小魏合他讲工钱，讲衣服。老吴婆子道：“这就没的家说！有名的晁奶奶是个女菩萨，不相干的人还救活了多少哩，何况媳妇子看着小相公？我说，我敢说多少？奶奶但赏赏就过去界了。”晁夫人道：“休这们说。凡事先小人后君子好，先君子后小人就不好了。还是说个明白，上了文书。我赏是分外赏你的。你要不说个明白，我就给你一千一万也只是该你的。”老吴婆子道：“奶奶这分付的是。奶奶定住数就是了。”晁夫人道：“我每年给你三两六钱银子，三季衣服。孩子生日，四时八节，赏赐在外。满了年头，我替他做套衣裳，打簪环，买柜，做副铺盖，送出他去。就是这们个意思儿，多不将去。”老吴婆子说：“好奶奶，这还待怎么？同奶奶要多少才是够，可也要命担架呀。”晁夫人给了五十个钱，教晁书将着他寻人写了文书。晁夫人收了，管待了众人的酒饭，先支了一季九钱银子，赏了小魏三百媒钱。老吴婆子千恩万谢的，待抱他那个女儿去寻人抚养。

晁夫人问晁凤媳妇说：“你合晁凤商议的是怎么?”回说：“我教他咂了这二日，可不咂下奶来了。”晁凤说：“只怕辛辛苦苦的替他养活大了，他认了回去。乌鸦闪蛋，闪的慌。”老吴婆子说：“嫂子说那里话！这是小厮么？怕这里便宜杀他，认他回去过好日子寻好亲家哩。”晁夫人说：“这倒不消虑。我下意不的这们个旺跳的俊孩儿舍了。他就认回去了，您也是他的养身父母，孩子也忘不了你。”老吴婆子说：“阿弥陀佛！我的活千岁上天堂的奶奶！俺山里没香，我早起后晌焚着松柏斗子替奶奶念佛。我还有句话禀奶奶：除的家还许我来看看这媳妇子？浆衣裳，纳鞋底，差不多的小衣小裳，我都拿掇的出去。”晁夫人道：“你没的卖给我哩？你只别嘴大舌长的管闲事，说舌头，那怕你一日一遍看哩。”老吴婆子欢天喜地而去。

这吴奶子虽是个丑妇，后来奶的小全哥甚是白胖标致。又疼爱孩子，又勤力，绝不像人家似的死拍拍的看着个孩子，早眠晏起，饭来开口，箸来伸手的懒货。除了奶小全哥，顶一个雇的老婆子做活，厨房里做饭赶饼，上碾磨，做衣服，这还是小可，最难得的不搬挑舌头，不合人成群打伙，抵熟盗生。只是惯会咬群，是人都与他合不上来，惹得那仆妇养娘、家人婢妾个个憎嫌，话不投机，便是晁夫人他也顶撞几句。后来，他的婆婆老吴，晁夫人用他在城里做活。他的汉子吴学颜虽然成了瘸子，都也行动得了，晁夫人也留他在乡里编席管园，为人梗直倔强，天生天化，真真是与他老婆一对。后来看小全哥满了五年，晁夫人齐整送他与吴学颜一处，却也还在宅里住的日多，在庄上住的日少。

看雍山庄的管家季春江老病将危，晁夫人自己出到庄上看他。他把庄上一切经管的首尾备细交与了晁夫人，说他儿子赌钱吃酒，近日又添上养了婆娘，凡事经托他不得，极力举荐，说："吴学颜是个好人，叫他管雍山庄子，能保他不与人通同作弊。"晁夫人果然叫他替了季春江的职掌，却也事事称职。季春江病了八个月才死，见得吴学颜不负所举，病中甚是喜欢。这也是晁夫人一人有庆，凡事都是好人相逢，恶人回避。又见得晁夫人虽是个妇人，能在那两个奶子之中独拣这个丑妇，在格外识人。后来还有出处，再看后回。

第五十回

狄贡士换钱遇旧　臧主簿瞎话欺人

花娘莫信已从良，刻刻须防本是娼。
休恃新人恩倍厚，直思旧友技偏长。
守宫深恨绛樊缚，出阁惟图翮①羽扬。
说谎绣江臧主簿，想来前世出平康。

再说狄希陈虽然做了一年多的秀才，文理原不曾通，不过徼天之幸，冒滥衣巾。若肯从此攻苦读书，还像小学生一般受那先生程乐宇的教诲，这样小小年纪，资质也算聪明，怕那文理不成？无奈那下愚不移的心性，连自己竟忘记了那秀才是别人与他挣的，居之不疑。兼之程先生又没有甚么超凡远见，学生进了学，得了谢礼，这便是收园结果，还与他做甚么恶人？凭他“五日打鱼，十日晒网”。

不料新宗师行了文书，要案临绣江岁考。他只道幸可屡徼，绝不介意。狄员外夫妇原是务农之家，那晓得儿子的深浅？倒是薛教授替他耽愁，来请狄宾梁商议，说道：“如今同不得往年，行了条边之法②，一切差徭不来骚扰。如今差徭烦、赋役重，马头库吏，大户收头，粘着些儿，立见倾家荡产。亲家，你这般家事，必得一个好秀才支持门户。如今女婿出考甚是耽心，虽也还

① 翮（hé）——指鸟的翅膀。
② 条边之法——即一条鞭法，明万历年间普遍施行的简化税。

未及六年，却也可虑，倒不如趁着如今新开了这准贡①的恩例，这附学援纳缴缠四百多金，说比监生优选，上好的可以选得通判，与秀才一样优免。这新例之初，正是鼓舞人的时候，依我所见，作急与他干了这事。又在本省布政司纳银，不消径上京去。”狄宾梁从来无甚高见，又向来自从与薛教授做了亲戚，事事倚薛教授如明杖一般，况且这个算计又未尝不是。狄宾梁深以为然，依其所说，粜粮食、卖棉花，凑了银子，自己同了狄希陈来到省下，先寻拜了学道掌案先生，商确递呈子援例。

那掌案先生是黄桂吾。狄宾梁领了狄希陈拜见，先送了一两贽仪。黄桂吾将援例的规矩对他说了仔细，又说：“廪膳纳贡比附学省银一百三十两，科举一次免银十两。这省银子却小事，后来选官写脚色，上司见是廪监，俱肯另眼相待。所以近来纳监的都求了分上，借那廪增名色的甚多。就是我们书吏中也常常的乞恩禀讨。”狄宾梁问道：“如老哥们替人讨这廪生名色，约要多少谢礼？”黄桂吾说：“把那省下的银子尽数拿出来做了谢礼。本生图名，我们图利。外来的分上多有不效不着，亲切的座师、相厚的同年、当道的势要，都有拿不准的。只是我们讨的，一个是一个，再没走滚。”狄宾梁问：“小犬不知也可以仗赖么？”黄桂吾道：“这极做的么！作候廪名色一百三十两，作科举一次银十两，共银一百四十两。”狄宾梁道：“这银子不是叫我又添出来，不过还是援例的银内抽分的。一一奉命，日西即来回话。”黄桂吾留狄宾梁父子小坐，又说：“如今当十的折子钱通行使不动，奉了旨待收回去。行下文来，用这折子钱援例，咱九十个换。咱上纳时，八十个当一两。”狄宾梁问说：“这折子钱那里有换的？”黄

---

① 准贡——此指捐监生。

桂吾道："东门秦敬宇家当铺里极多。要是好细丝银子，还一两银子换九十二三个。"狄宾梁辞了黄桂吾，回到下处，封了一百四十两银子，掌灯时分，还同狄希陈请出黄桂吾来，送了谢礼。黄桂吾收了，替狄希陈写了援例的呈子，竟作了候廪名色；又说科举一次，将呈也不令狄希陈亲递，替他袖了进去。众书吏明白向学道乞恩。学道惟命是听，准了呈子，行咨布政司。狄宾梁同了主人家高没鼻子，预先的与事例房合库官并库里的吏书都送了常例，打通了关节，专候三八日收银。

狄希陈想起："前年娶孙兰姬的当铺正是那东门里边的秦敬宇，浙江义乌人。既说他家有当十的折钱，换钱之际，乘机得与孙兰姬一面，也不可知。况且姑子李白云曾说，再待三年，还得一面。只怕这就是个偶凑机缘。"他不等狄宾梁知道，自己走到秦敬宇店内柜台外边坐下，与秦敬宇拱了拱手。秦敬宇见他少年标致，更兼衣服鲜华，料道不是当甚衣饰的人物。

秦敬宇问道："贵姓？有何事下顾？"狄希陈却瞒了他的本姓，回说："贱姓相，绣江县人，闻得贵铺有当十的折钱，敬要来换些，不知还有否？"秦敬宇道："虽还有些，不知要换多少？"狄希陈说："约三百两。"秦敬宇道："只怕三百两也还有，便是不够，我替转寻。但这几日折子钱贵了。前向原是朝廷要收折子钱回去，所以一切援纳事例都用折钱。那有折钱的人家，听了这个消息，恨不得一时打发干净，恐怕又依旧不使了，一两可换九十文。若换得多，银色再高，九十一二个也换。如今折子钱将次没了，官府胶柱鼓瑟，不肯收银，所以这折子钱一两银子还换不出七十七八个来。"狄希陈说："我打听得每两可换九十三文，如何数目便这等差的多了？"秦敬宇道："适间曾告过了，如今就是小铺还有些，别家通长的换尽了。"狄希陈说："每两九十文如何？”秦敬宇道：“这个敢欺么？别人家多不过是七十八文，小铺照依行使钱数，若是足色纹银，每两八十文算。相公再往别家去商量，不要说八十以上，就是与八十个的，相公也不消再来下顾，就近照顾了别人。”狄希陈道：“这是大行大市，你一定不易哄我。你且把一锭元宝收下，待我再去取来。”

秦敬宇放在天平内兑了一兑，足数五十两，写了一个收贴，交与了狄希陈，说道：“钱在家里，不曾放在铺中，如相公用得急，今日日西时到家里去交易。如用得不急，明日早我在家拱候。”狄希陈想了一想，说道：“明早我还有小事，不消在家等我，爽利明日晚上些罢。”与秦敬宇约就，分别去了。回到下处，把折钱腾贵的缘故与狄宾梁说了。狄员外道：“只怕是他哄咱。这一两差十二三文，三百两差着好些哩。”狄希陈说：“爹再往别处打听，要是他哄咱，咱倒出银子来往多数的去处换去。”

吃了午饭，高没鼻子走到，前来问说：“咱换了折子钱了？可是咱自己有哩？”狄员外说：“咱自己没有，正待换钱哩，不知那里有换的？”高没鼻子说：“十日前换好来，每两换到九十二三文哩。今乃钱贵了，好银子换七十八九个，银色差些换七十七八个。如今没了钱，还换不出来哩。东门里秦家当铺只怕还有，他还活动些，差不多就罢了。西门外汪家当铺也还有，可是按着葫芦抠子儿，括毒①多着哩。除了这两家子，别家通没这钱了。”

狄员外听在肚内，同狄希陈将城里城外的铺子排门问去，一概回说没有。直问到西门外剪子巷汪家铺内。问着他，大模大样，不瞅不睬的，问说要换多少。狄希陈见他大意，做说要换一千两。汪朝奉道：“这折子钱不过是纳例事用，如何要换这许

---

① 括毒——歹毒，刻薄。

多?”狄希陈说：“有两个小价甚是小心，所以每人都要与他纳个监生。”汪朝奉道：“没有这许多了，多不过二三百两光景。”狄员外说：“就是二三百两也可，待我零碎再换。每两换多少数?”汪朝奉道：“有带的银子么?取出来看看。看了银色，再讲钱数。”狄员外取出一锭元宝来。汪朝奉接到手里，看了一看，问说：“银子都是一样么?”狄员外说：“都是足色纹银。”汪朝奉道：“既是纹银，每一两七十八文。”狄员外道：“八十二文罢。”汪朝奉道：“这银钱交易，那有谎说?”狄员外道：“八十一文何如?”汪朝奉佯佯不理，竟自坐在柜内。狄员外道：“八十个齐头罢。”汪朝奉道：“如今钱贵了，等几时贱些再与盛价纳监罢。”狄希陈道：“既是换不出钱来，且叫他开着当铺，营运着利钱，等候纳监不迟。”彼此看几眼散了。回到下处，方知秦敬宇说得不差，高没鼻子也是实话。

次早，狄希陈又拿了二百两银子，叫狄周跟着，约道秦敬宇已到铺中。狄希陈走到秦敬宇家内客位里坐起，走出一个十一二岁的丫头来，说道：“俺爹往当铺去了，家中通没有人，有甚话说请往当铺说去。”狄希陈道：“你到家里说去，我是明水镇的狄相公，你爹约我来家换钱哩。你后头说家里知道。”丫头果然回家去说了。孙兰姬听说，将信将疑，悄悄地走到客厅后边张了看，一些也不差，真真正正的一个狄希陈，在后边轻轻的咳嗽了一声。狄希陈晓得个中机括，把狄周支调了出去。孙兰姬猛然跑到外面，狄希陈连忙作了个揖。孙兰姬拜了一拜，眼内落下泪来。狄希陈问说：“这几年好么?”孙兰姬没答应，把手往后指了两指，忙忙的进去了，教那丫头端出茶来。狄希陈吃过茶，丫头接了茶钟进去。孙兰姬把丫头支在后边，从新走到客厅后头，张看没有别人，探出半截身，去袖里取出一件物事往狄希陈怀里一撩。狄希陈连忙藏在袖中，看得外面没人进来，连急走到厅后与孙兰姬搂了两搂，亲了两个嘴。狄希陈仍到前边坐下，取下簪髻的一只玉簪并袖中一个白湖绸汗巾，一副金三事挑牙，都用汗巾包了，也得空撩与孙兰姬怀内。恰好狄周走进门来。狄希陈说："我们且自回去，等日西再来罢。"孙兰姬在后面张着狄希陈去了。

狄希陈在袖中捏那孙兰姬撩来的物件，里边又有软的，又有硬的，猜不着是甚么东西。回到下处背静处所，取出来看，外面是一个月白绉纱汗巾，也是一副金三事挑牙，一个小红绫合，包里边满满的盛着赵府上清丸并湖广香茶，一双穿过的红绸眠鞋。狄希陈见了甚是销魂，把那鞋依旧用原来汗巾包裹，藏裤腰之内，见狄宾梁说："秦敬宇往店中去了，约在日西再去。"

孙兰姬差人替秦敬宇送午饭，教人合他说道："有一人来家，说是约他来换钱的，回他去了。"秦敬宇说："原约过日西关了店回去交易，如何便早来了？你叫家中备下一个小酌。也是三四百两交易，怎好空去得？"送饭的人回去说了。孙兰姬甚是欢喜，妄想吃酒中间还要乘机相会，将出高邮鸭蛋、金华火腿、湖广糟鱼、宁波淡菜、天津螃蟹、福建龙虱、杭州醉虾、陕西琐琐葡萄、青州蜜饯棠球、天目山笋鲞、登州淡虾米、大同酥花、杭州咸木樨、云南马金囊、北京琥珀糖，摆了一个十五格精致攒盒，又摆了四碟剥果、一碟荔枝、一碟风干栗黄、一碟炒熟白果、一碟羊尾笋嵌桃仁。又摆了四碟小菜，一碟醋浸姜芽、一碟十香豆豉、一碟莴笋、一碟椿芽。一一预备完妥。知狄希陈不甚吃酒，开了一瓶窨①过的酒浆。实指望要狄希陈早到，秦敬宇迟回，便

① 窨（yìn）——此为陈存的酒。

可再为相会。

谁知这个见面的缘法，也是前生注定，一些也教人勉强不得。狄希陈也怀是这个心肠，没等日西吃了午饭，叫狄周拿了银子，走到秦敬宇家内，以为秦敬宇这赤天大晌午，岂有不在铺中，早来家中之理。谁知秦敬宇因要留狄希陈小坐，恐怕家中备办不来，吃了饭，将铺子托了伙计，回家料理。狄希陈跨进门去，秦敬宇接出门来，与了狄希陈一个闭气，让到客次坐下。吃了两道茶，狄希陈又取出二百两银子兑了。秦敬宇叫人拭桌，端上菜来。狄希陈再三固辞，秦敬宇再三固让。狄希陈还有不死的念头，将计就计，依允坐下。谁知秦敬宇在家，这孙兰姬别要说见他的影响，你就再要听他声咳嗽也杳不可闻。狄希陈忖量得无有可乘之机，还不“三十六计”，更待何时？推辞起席。秦敬宇问说：“这钱如何运去？”狄希陈叫狄周回到下处，取两三头骡子、几条布袋，前来驮取。秦敬宇叫人从后边将钱抗了出来，从头一一见了数目，用绳贯住，垛成一堆。待不多时，狄周将了头口，把钱驮得去了。狄希陈也辞谢出门，翘首回环，玉人不见，甚难为情。秦敬宇又再三请他留号。狄希陈说：“我名唤相于廷，府学廪膳，今来府援纳准贡。”秦敬宇必于问他尊号。他说：“号是觐皇。”通是冒了他表弟的履历。

秦敬宇送了狄希陈回去，孙兰姬故意问说：“这个来换钱的，你认得他么？”秦敬宇道：“原不认得他。叙起来，他说是绣江县人，在明水镇住，府学的廪膳生员，名字叫是相于廷，号是相觐皇。”孙兰姬说：“呸，扯淡！我只说你认得他，叫我摆这们齐整攒盒待他！不认得的人，却为甚么留他？”秦敬宇说：“休道三百两的交易，也不可空了他去。这们个少年秀才，又是个富家。人生那里不会相逢？再见就是相知了。况我常到绣江县讨账，明水是必由之地，阴天避雨，也是好处。你那攒盒，他又不曾都拿去了，不过吃了你十来钟酒，这们小人样！”

两个说笑了一会，秦敬宇依旧往铺中去讫。狄希陈只因冒了相于廷，恐怕露了马脚，便不好再到他家，从此一别，便都彼此茫茫，再难相见。

狄希陈换了折钱回去，心猿意马，甚是难为。等到初三纳银，布政司因接诰命，改到初八，初八又因右堂①到任，彼此拜往，吃公宴，又改至十三，方才收了银子，出了库收，行文本县，取两邻里老并府学结状。父子在省整整的住了一月，方才回家。

这援例纳监，最是做秀才的下场头。谁知这浑账秀才援例，却是出身的阶级。狄希陈纳了准贡回去，离家五里路外，薛教授备了花红鼓乐，做了青绢圆领，备了果酒，前来迎贺。连春元父子、相栋宇父子、崔近塘、薛如卞兄弟并庄邻街里，都备了贺礼，与狄员外挂旗悬扁。狄员外家中照依进学的时节设了许多酒席，管待宾朋。坐首席的一位老秀才，号是张云翔，年纪九十一岁，点了一本《五子登科记》，大吹大擂，作贺了一日。

次日，往城里见县公，送了“八大十二小”一分厚礼。点收了绒簟二床、犀杯一只、姑绒一匹、密蜡金念珠一串。檐下留了茶。又送该房一两银，央他在县公面前撺掇，要与他扯旗挂扁，许过行了旗扁，还要重谢。该房怂恿，县公起先作难。该房禀说：“这是朝廷开的新例，急用此项银两充饷。这初时节若不与他个体面，后来便鼓舞不动。”县公依允，即时分付做“成均升

① 右堂——官名，右布政使。

秀”的扁、“贡元”的旗、彩亭羊酒，差礼工二房下到明水与狄希陈行贺。狄宾梁预先又央了该房，要请一位佐贰官下乡，好图体面。县尊委了粮衙臧主簿同来。狄宾梁在本家办了酒席管待主簿，间壁客店设席管待二位该房，前面店房管待行人。主簿该房酒席都有戏子乐人。散席时候，二位该房，每位二两，一切行人俱从厚优谢。

次早，狄希陈仍备了礼谢县公，谢主簿。县公点收了银鼎杯二只、银执壶一把、绉纱二匹。主簿收了两匹潞绸，两匹山茧绸、一副杯盘、两床绒簟、十两折席，让坐留茶。主簿自叙，说也是准贡出身，他也是廪膳援例，科过了三遍举，说他遭际的不偶：“甲子科场里本房已是荐了，只因二场表里多做了两股，大主考就把卷子贴出来了，挂出榜来，只中了一个副榜。丁卯那一科，更造化低，已是取中了解元，大主考把卷子密密层层的圈了，白日黑夜拿着我的卷子看，临期把我的卷子袖在袖子里忘了，另中了一个解元。后来我见他那卷子，圈点的那如我的两篇?《孟子》的文章，抹了好几笔。三篇经文章也通没有起讲。叫我说：‘这文章怎么中的解元！’我要合他见代巡。那大主考恐怕皇上知道，再三的央我说：‘前程都有个分定的，留着来科再中解元罢。叫他把牌坊银子让了兄使。’我说：‘岂有此理！既是老大人这等说，生员狗屁也不放了。’我仔细想来，头一科已是中了，神差鬼使的多做上两股，不得中；后一科已是中了解元，被人夺去。这是命里不该有这举人的造化了。遇着这纳贡的新例，所以就了这一途。敝县的县公合宗师都替我赞叹，都说可惜了的，也都不称我甚么‘斋长’，都称我是‘俊秀才’。这俊秀才的名色也新呀。后来上京会试，吏部里又待考哩。其实拿着自己的本事考他下子好来，吃亏那长班狗攮的撺掇说：‘这准贡的行头，考得好的，该选知州、知县、推官、通判哩。爷不消自己进去，受这辛苦做甚么？有专一替人代考的人，与他几两银子，他就替咱考了。'谁知造化低的人，撞见了个不通文理的人，《四书》本经都不记的。出了个《孟子》题是'政事冉有季路'。他做的不知是甚么，高高的考了个主簿。挂出榜来，气了我个挣！我说：'罢了，罢了，天杀的杀了我了！'无可奈何的选了这里来。说不尽敝堂尊认的英雄，我头一日到了任，他没等退堂，只是对门子、书办夸我说：'你三爷真是一个豪杰，可惜做这们个官，不屈了这们个人品？我必欲扶持他，荐本还教升个知县。'每日准十张状，倒足足的批八张给我。咱读书的人心里明白，问的那事就似见的一般，大小人都称我是'臧青天'。咱把那情节叫管稿的做了招，我自提起笔来写上参语，看得某人怎么长，该依拟问徒；某人怎么短，该依拟问杖，多多的都是有力。咱不希罕他一点东西，尽情都呈到堂上去。行下发落来，咱收他加二三，堂上又喜咱会干事，百姓又喜咱清廉，昨日已许过我升的时节要与我剥靴哩。昨日考童生的卷子，二衙里倒是个恩贡，只分了三百通卷子与他，四衙里连一通也没有；这七八百没取的卷子，通常都叫我拆号。我开了十个童生上去，一个也没遗，都尽取了。就是昨日委我与兄挂扁，这都是堂尊明明的照顾。这要不是堂尊委了我去，兄为甚送我这礼？瞒不得兄，贵县自从我到，那样的'国顺天心正，官清民自安'的？兄这青年就了这一途，省的岁考淘那宗师的气，京里坐了监，就热气考他下子。勤力自己进去，怕是进去，雇个人进去替考。只是要雇的着人才好，像我就是吃了人亏。这要走差了路头，再要走到正路上去就费事了。虽是堂尊许说，待他去了就要保升我坐转这里知县哩，你知道天老爷是怎么算计？兄临上京的时节，我还到贵庄与兄送行，